清宮豔系列(3)

埋香恨

乾隆皇帝與孝賢皇后、香妃

樸月——著

埋香恨

目次

埋香恨

《埋香恨》新版序

孝賢皇后

《清宮豔系列》共有四部書：《玉玲瓏》、《金輪劫》、《埋香恨》、《胭脂雪》。《胭脂雪》寫得最晚，主題人物是「光緒與珍妃」。因為年代較近、資料豐富，初版時，就是近三十萬字，分上下兩冊，算是已「寫滿」了。前兩本為了出大陸版，也都一再整理、增訂過。只有《埋香恨》，因寫的是「香妃」，資料相當欠缺，可以說除非「灌水」，已經無法再增訂了。相較於其他三部，顯然是太過單薄。因此，在出大陸簡體字版的《清宮豔》時，就只出了另三本，獨缺《埋香恨》，頗引以為憾。

後來有了個想法：「香妃」的故事既已無可增訂，想要讓字數與其他三部相當，只能另找一位適用於《埋香恨》這個「主題」的人物來寫。最後決定，在香妃之前，加寫乾隆的原配：「孝賢皇后」。

講起「孝賢皇后」，記得年輕時，曾經受到高陽先生的「誤導」；他寫過一本《乾隆韻事》，認為乾隆與他的原配「孝賢皇后」富察氏琴瑟不和。甚至言之鑿鑿：孝賢皇后是因為乾隆與她的弟媳（傅恆之妻）偷情的刺激，又受到乾隆的冷遇，悲憤交集之下，在德州「投水自盡」！當時還年輕的我也曾「信以為真」。

而在我讀了更多史料之後，對「乾隆」與「孝賢」的看法，完全改觀；孝賢這位「元后」，可說是乾隆一生的「最愛」！她薨逝之後，乾隆「悲悼」了她一輩子；直到他八十歲，還在想念她，為她作「悼亡詩」。在乾隆的詩作中，被後世指認為她寫的詩，數量以「百」為單位；她的死，更絕非「投水自盡」，而是她正因她親生的「皇七子」永琮夭亡而傷痛時，乾隆要陪皇太后登泰山。她為了盡孝，強撐病體，陪同東巡。她「求全責備」又完美主義的心性，使她無法好好的休養，對自己的病痛，也因為怕皇太后和乾隆皇帝擔心，增添別人的麻煩，而隱忍不說。終於因病、因累而死於德州旅次。

這位歷史上公認的「賢后」，在嫁給當時還是「皇四子」的弘曆之後，就執著於「孝」與「賢」的為人處世原則；對長輩盡孝，對她位下後宮的妃嬪，與王、貝勒的福晉們包容、體貼、善待。對晚輩們，則一視同仁的以慈愛之心公平對待；她自己生了二子二女（由此可證明乾隆與皇后間的恩愛逾恆），而殤其三；只剩下三公主（封固倫和敬公主）。「孝賢」這個「謚號」，也是她生前，在乾隆謚貴妃高氏為「慧賢皇貴妃」時，自己向乾隆提出的「要求」；可以說：「孝賢」這兩個字，就是她對自己一生為人處世要求的「準則」，也是她期望去世後，對她一生行誼的「定論」。

她是雍正帝、后親自為四阿哥弘曆「指配」的嫡福晉；當時，弘曆還沒有封號，只是雍正皇帝的皇四子。她的家世，可說是相當顯赫的；「富察氏」本來就是滿族「八大姓」的貴族之一。她的祖上，早年就歸附了「後金」時代的努爾哈赤，與大清有非常深厚的淵源。祖父米思翰曾任戶部尚書，二伯父馬齊，是雍正朝建了「擁立之功」的首輔（宰相），父親則任察哈爾總管。可以說，是一位真正的滿族名媛閨秀。

清朝的「選秀」制度，使出身「三品」以上官員家的姑娘們，從小就被當作「后妃備選」來教養；因此，滿族的姑娘們，個個明理、賢慧、能幹、有教養、識大體。比那些出身王公或官員家的子弟們，強勝得太多！那些「爺們」，雖然也讀書，並不廢騎射。但除了少數真正靠參加科考（大清除了文科科舉，也有武科的科舉）中舉，是真正以自身的才學入仕的，其他大多數都只靠著祖上餘蔭襲爵。甚至因為在制度上，滿蒙八旗出身，從生下來，就高人一等的享有一份「錢糧」，完全不需要為餬口「自謀生計」。連一般人都享如此特權，更別說出身王公貴族或官員家庭的爺們了。從小就養尊處優，不必為生活操心的這些人，可以說大多都是「不食人間煙火」的；這一點，可從《紅樓夢》裡的賈寶玉身上窺知一二。

相較之下，家中姑娘、少奶奶，因為從小教養不同，就顯得「強勢」了；這種強勢，也可在《紅樓夢》中找到例證；二奶奶「鳳姐」、三姑娘「探春」，正是典型。她們從小的教養，讓她們事上以孝，待人以禮，當家理事更是井井有條。對比之下，在家庭中，男人往往處於「弱勢」（如在鳳姐強勢之下，賈璉的處境），實際上，這也是整個時代風氣造成的。

《紅樓夢》中的賈家，雖有承襲的「爵位」，其實並無實質上的「權勢」。而且，這種靠祖上餘蔭的爵位，除非「世襲罔替」（所謂「鐵帽子」），爵位的承襲，也是一代代遞減的；賈家的爵位，是靠「軍功」掙來的；賈演、賈源，封「寧國公」、「榮國公」，傳到「文字輩」的賈敬、賈赦，就只是「一等將軍」了；而且還是爵位，而非「官位」。

「孝賢皇后」，卻出生於真正掌有實權的「相府」。所以，她對「政治」和「官場」情勢，必然從小耳濡目染，具有超過一般人的敏銳。相對的，也必具有因應的政治智慧。我甚至有點懷疑：這就是雍正帝、后要把她「指婚」給皇四子的原因之一；「嫡福晉」有這樣強大的政治背景，對皇四子弘曆來說，在「繼位」的條件上，無疑有加分效果。

這位大福晉，曾陪著皇四子弘曆經歷了許多人生的風險波濤。雍正登基，一改父親康熙施政的寬和；他以「法家」自許，認為「不過正，無以矯枉」，所以政治措施相當嚴峻苛厲。使王公大臣無不戰戰兢兢，「吏治」的確也為之澄清不少。事實上，當時百姓的生活，較之於明末，富庶安樂許多，這是雍正不可否認的「政績」；「康雍乾」是為當世與後世稱道的「盛世」，而「百姓富足安樂」，是盛世的重要基礎。

雍正登基後，尚未「改元」，唯一封王的人，並不是他的兒子，而是「廢太子」允礽的兒子弘晳；封為「多羅理郡王」。康熙朝的宗室，照傳統，大多在成年（十八歲）或成婚後「首封」爵位。這還可以解釋是因為他們的年齡不夠。但，乾隆和與他同齡的弟弟弘晝，以雍正親生的皇子，卻直到雍正十一年，二十一歲時才被首封為「寶親王」、「和親王」；在這之前，他們只是照「排行」稱謂的皇四子（四阿哥）、皇五子（五阿哥）。而在他們封親王之前，弘晳也已晉封為「和碩理親王」了；前加「和碩」，還是高他們一等。這其實是不合常理的，當然，雍正也出於無奈；他的無奈，也有其「背景」。

雍正朝發生了許多「震驚朝野」的事；像囚禁或誅殺曾與他對立的兄弟、誅殺扶植他登基的「舅舅」隆科多、「功臣」年羹堯。因曾靜師生遊說當時的川陝總督，岳飛的後裔岳鍾琪「造反」，而大興「文字獄」；尤其對提出「夷夏之防」的呂留良，不但挫屍揚灰，誅戮九族，連學生、門人都不放過。後來又下令：刊刻任何的書籍、文章，都不許出現「胡」、「虜」、「夷」、「狄」字樣！

他還做了一件驚世駭俗的事：以「上諭」與引發文字獄的曾靜師生做「對簿公堂」式的「質辯」。而且，把這些內容，刊刻為《大義覺迷錄》，廣頒於天下，而且命各「學宮」當教科書宣講。

他對當代大儒呂留良銜恨入骨，卻認為曾靜師生是「功臣」；因為若非他們勸岳鍾琪造反的那封信，他還不知道天下人是怎麼「罵」他的！在曾靜寫給岳鍾琪的書信中，列舉了雍正的「十大罪狀」：謀父、逼母、弒兄、屠弟、貪財、好殺、酗酒、淫色、誅忠、任佞！而他認為，已以無礙辯才「折服」了這師生二人，讓這兩人承認錯誤：皇帝不但不如外傳的殘刻，還是個聖明之君。於是，他就讓這二人到處宣講，以「還他清白」。還下詔：他的子子孫孫都不得殺害這二人。

但這件事讓當時的皇四子弘曆痛心疾首；原本只私下流傳的流言，因為他父皇的剛愎自用，自認為是辯論的「勝方」，而刊刻了《大義覺迷錄》，並廣頒天下，成為當代流傳最廣的書。卻不知道：在百姓心目中，未必認為他的這些「罪名」就此洗刷清白，反而「愈描愈黑」的，讓這些原本隱晦的事遍傳天下，引發了更多的質疑。

因此，乾隆登基之後，做的第一件事，就是把他父皇的《大義覺迷錄》燬禁；查禁之嚴，等同於文字獄！而且馬上違反父皇的「煌煌詔令」，把曾靜師生處以極刑！顯見雍正自認的「英察聖明」，連親生的兒子都不能認同！

雍正一生剛愎，卻曾經一度因「精神耗弱」，整個人陷入了恐懼、焦慮狀態。而病源，似乎出於「廢太子」允礽的鬼魂糾纏騷擾。情況嚴重到：使他的神智也陷入恍惚怔忡。在這情況之下，被廢太子允礽的「世子」弘皙掌握了他「心虛」的弱點，讓他留下了一份「密詔」給弘皙，內容是：未來「傳位」給弘皙，「還政」於廢太子一支。

我們都知道，他即位之後，「殺」的人不少；包括與他爭帝位的手足，和力挺他登基的「功臣」隆科多、年羹堯。更不要說他為整頓官箴，鼓勵「告密」，因而得罪、處死的官員，和因「曾靜」一案，追遡出了源頭出於呂留良，因此推行的「文字獄」。因為呂留良是當代公認並尊敬的大儒，因此被誅連受害的士子，幾乎遍及天下。但他顯然都認為是他們「該死」，並沒有任何心理上的陰影。為什麼獨對廢太子的「鬼魂」如此驚恐？甚至在這件事後，還下令建了「潮神廟」，而他頒下的「潮神」畫像，明眼人一看，就知道是「廢太子」。

由整個事件推論：恐怕當年「太子」被廢，與他的「陷害」有著絕對的關係；若太子沒有被廢，繼康熙之位的，必然是從小就被立為「太子」的皇二子允礽，怎麼會輪得到他？而且「廢太子」幾乎大半生都被幽禁在宮中，並在他登基第二年就因「病」而死！就算不是被他害死，得「病」的因由，也必然與抑鬱症有關。也可以說：廢太子是他直接、間接害死的！因此，在他身體病弱的時候，就變得疑神疑鬼、心神恍惚；似乎被當時已死的廢太子鬼魂所「祟」。

過去，許多故事講到雍正「奪位」，都說是他篡改了放在「正大光明」匾之後，「建儲匣」裡的康熙遺詔：將「傳位十四子」改為「傳位于四子」。但這「故事」是無法成立的！因為，將「建儲匣」藏於「正大光明」匾後，等皇帝駕崩，在王公大臣共同見證之下，取下開封，確認繼位人選的「制度」，就是雍正「首創」的，也可以說，是他「發明」的！雖然他自己為了奪位不擇手段，可不希望這種事，在自家兒孫身上重演！因而獨創了這種方式，以求政權能「和平轉移」。而且寫在「傳位詔書」上的文字，必然是滿漢文並列，滿文的「十四子」與「于四子」寫法完全不同！

現代還有人以「現存」的康熙「遺詔」為證明：康熙本來就是要傳位給雍正的。可是實際上，這個說法還是可疑；「遺詔」必在雍正登基後才「昭告天下」。在他登基後，以強勢主導，讓本已戰戰兢兢的臣下，照他的意思寫「遺詔」公諸於世，太容易了！誰能，又誰敢追究真假？

以當時和後來所發生的事，都證明他的登基，引發了很大的風波。主要的原因恐怕是：當時在朝的王公親貴、文武大臣，甚至在野的百姓，都沒有康熙想傳位的人是「皇四子」的「心理準備」！要知道：當時康熙已年逾六十高齡，朝野之間，必然非常關心繼位人選，而且一定已有了心目中的特定對象了；這特定對象，才是在他們認知中，康熙有意傳位的「人選」，但顯然絕不是「雍親王」。

以他後來會寫下「密詔」給弘晳，更可以了解：他繼位的「真相」，比一般所認知的更為曲折複雜；還不僅限於眾所周知的「屠弟」：殺害了皇八子允禩、皇九子允禟。恐怕對「廢太子」一案，也有重大嫌疑，甚至就是他主謀的！以致在他駕崩後，弘晳拿出了他親書的傳位「密詔」，就在他遺體前，強勢要求在場的王公大臣承認密詔內容，並要求「繼位」；使乾隆都差點因此失去了皇位！因為「正大光明」匾後的「建儲匣」，是雍正即位之後，雍正元年存放的。而弘晳言之鑿鑿：給他的密詔，寫於雍正六年；依情、理、法，都是「後詔改前詔」，應該以「後詔」為「準」！

幸虧，在皇四子弘曆的嫡子滿月時，雍正曾公開宣稱：弘曆的這個「嫡子」，是大清的「承宗之子」，許以「璉瑚之器」，並命名「永璉」；也就是說：永璉是雍正親自指定的「皇位繼承人」。而此事又發生在他給弘晳寫下「密詔」之後！而且不論「正大光明」匾後的建儲匣，或是為「永璉」命名之事，都是公開「昭告天下」的。弘晳手上的密詔，卻是「私相授受」，沒有見證！這一點，不能不承認薑是老的辣！可能雍正在被迫寫下「密詔」的時候，就已用了心機。

雍正在一次自認「病危」時，曾召見最親信的滿臣鄂爾泰、漢臣張廷玉到病榻前，告知此「隱祕」之事。並以「臨終托孤」的悲苦，鄭重要求他們一定要照「正大光明」匾後建儲匣中所寫的名字，扶立皇四子登基！在種種不利因素之下，原本自認勝券在握的弘皙，也不得不在忿忿不平下退讓。但撂下一句話：「皇位是讓給永璉的！」也就是說：根本不承認「乾隆」的「繼位權」，只算他「父以子貴」。

乾隆三年冬，他「嫡出」的次子永璉夭逝，年僅九歲。乾隆四年，當初放話「皇位是讓給永璉的」弘皙二度爭位，引發了幾乎動搖國本的「政變」。

這些「驚濤駭浪」發生時，唯一被乾隆信任，而且追陪在他身邊支持他、鼓勵他，甚至幕後幫他畫謀定策的人，只有「孝賢皇后」。對這樣既孝且賢，且與他共患難的賢后，他會忘恩負義「逼」得投水自盡？照高陽的說法，是他把孝賢「逼死」的！但難以自圓其說的是，歷史上明確記載：他在孝賢薨逝之後，幾乎用了一生來追悼懷念！

孝賢所處的時代，和經歷的「故事」，實在是太精彩了！也因此，當我在想要讓《埋香恨》與另三本《清宮豔》在字數上取得平衡的時候，決定不在「香妃」故事中加油添醬，甚至灌水，而在前面加寫了「孝賢皇后」；所謂「瘞玉埋香之恨」，在乾隆朝來說，恐怕也只有這位元后當得起了！她在雍正五年，十五歲時被指配為皇四子弘曆的「嫡福晉」。乾隆二年，被冊立為「中宮皇后」。薨逝於乾隆十三年，得年三十六歲。

我的「孝賢皇后」其實寫得相當早，第一稿距今大概已有十幾年了。卻因整個出版生態的改變，始終沒有發表或出版。其實，這些事也有點怪我自己，對發表或出版太不積極了；我的性情和自幼讀「聖賢書」養成的風骨，很難開口求人，也很難去「促銷」自己。但這也沒什麼不好，我自己每隔幾年，都會再拿出來一邊閱讀，一邊修訂、潤飾；相信現在出版的這一稿，比「第一稿」一定進步很多。

「孝賢皇后」這個人，過去似乎很少人注意，在我寫的時候，幾乎還不太為人所知。倒聽說近年有幾部歷史電視劇演出了這位賢后。我家沒有電視，也不看電視連續劇。我所寫的「孝賢皇后」，是根據史料、相關論文，再經過自己思考、推究、整合、編排，自出機杼寫的，這一點是應該在此說明的。

香妃

《埋香恨》的第二部分，是早年遠流出版《清宮豔》時的第三部《埋香恨》的女主角：香妃！

這是一個「正史無徵」的人物。正史上，大清平準之後，從祖父輩，就被準部俘虜到天山之北，當時為準部「農奴頭子」的回部領袖大、小和卓，在被釋放回南疆後，為了答謝大清，曾進獻了一位回族美人給乾隆。這位回族美人，先封「和貴人」，後來晉位「容嬪」，又晉位為「容妃」。她在乾隆身邊約三十年，相當受寵，因老病自然死亡。

照理來說，這樣的妃子，是沒什麼「故事」可言的。但民初，卻傳出了乾隆宮中另有一位回族女子，被稱為「香妃」。她的故事，完全不同於「容妃」，她的來歷與死亡，真是高潮迭起，震撼人心！

歷來，有許多電視、電影取材於「香妃」。其中真正用心研究、考證，不但遍搜相關史書，並親臨南疆實地探勘考察人、地、時、事，鄭重寫下相關著作的劇作家，是姜龍昭先生。但首位把香妃這個人物，由「西陲」帶到「中土」，並為她寫下小說的，不是他，而是一位曾任職於新疆，精通維吾爾文的我國外交官水建彤先生；他以「桑簡流」為筆名，將他在新疆聽說的香妃故事，寫成了小說《香妃》，並於一九五四年出版。

在我寫《清宮豔》的計畫中，是無法省略「香妃」這個人物的。雖然從孟森先生主張「香妃」就是「容妃」以來，也有不少學者跟進，接受此說。而我自己比較認同的，是姜龍昭先生的看法：「香妃另有其人」。

我寫《埋香恨》時，當然參考了姜龍昭先生的著作。但和寫其他人物一樣，這些都只是當「參考資料」。此外，我也參考了許多乾隆「平準」、「平回」之役的正史，以了解前因後果。看了不少相關天山南北，準部與維吾爾回部民情、風俗的資料。並向信仰回教的朋友，請教回教的教義，然後才鄭重下筆。

在寫作期間，我曾告知姜龍昭先生：我在寫《清宮豔》系列歷史小說。前面已寫了「孝莊文皇后」與「董鄂妃」。目前正在寫「香妃」，並把他的大作，列為重要參考資料。姜先生是位極具長者風範的長輩，多方鼓勵。在《埋香恨》出版後，我當然也寄了書給姜先生，請他指教。

不意，後來他轉寄來一封水建彤先生寫給他的信；原來，他已在給水先生的信中，提起了我寫《埋香恨》的事。並告訴我：水先生才是寫香妃小說的「第一人」！因為他是一位資深的外交官，早年數度奉派新疆，參與劃定疆界的工作。更重要的是：他熟諳維吾爾語言，香妃的故事，就是他派駐新疆時，聽維吾爾族耆老對他說的！而且，他也曾往訪喀什噶爾，知道當地有個很大的回族墓園「阿巴和加瑪扎」，香妃墓正在其中！因此，這個墓園，當地俗稱為「香妃墓」。

香妃墓在喀什噶爾！明確的推翻了「香妃」就是「容妃」之說；容妃是乾隆的妃子，當然葬在乾隆的陵寢（裕陵）附近，絕無遠葬回疆之理！事實上，「裕陵」的「妃園寢」中就有容妃墓！

姜龍昭先生建議我送一本《埋香恨》給水建彤先生，請他指教！水先生當時人在挪威，這本書寄出後，心裡不免有點「班門弄斧」的忐忑不安。而不久，水先生就親自給我回了一封信：

樸月先生惠鑒：

承賜手教及說部《埋香恨》，極為感幸。

能以前代佚聞，印證準回歷史恩怨。點醒滿清興師無名，確是的見，甚是！甚是！伏筆用力準、回兩役，襯出刺、殉高潮，為故事最難令人置信，最難交代之情節定案，尤佩卓見。頁六一前後，交代策妄阿拉布坦祖孫三代事略及影響，警闢深刻，有過史班史筆！

予早年于役新疆，七渡天山，日夕參與收復伊（黎）、塔（爾巴哈台）、阿（爾泰）三區——舊日準噶爾部——交涉，並單身出使哈薩斯坦，安排瑪納斯河停戰。所寫「香妃」，意亦在介紹該邊圉地理民性，惜浮淺漫汗。尊著如出蒙、回史家之手，人名、地名無不精賅鑿實，如蘇黛香、圖狄貢，達爾札等。封面面貌極肖回部女，郎世寧之戎裝像，反似蒙族女矣。佩服，

祝好

桑簡流　十月二十三日

「桑簡流」是水建彤先生的筆名；當初他寫的《香妃》小說，就是用這個筆名出版的。

找出這封早年影印存檔的信，主要說明：這部書中，香妃雖然是正史無徵的人物；正史上只有容妃。但並不能因此證明「香妃無其人」；只因新疆地處西北荒漠邊陲，早年的交通極為不便，

很少人真正有機會遠赴新疆。而能往來新疆的人，又有多少具有文學基礎，既關注了解歷史、文化，又有創作能力，能把所見所聞化為文字出版？此事頗有礙於乾隆的聖德與顏面，「正史」略而不寫或刪除，亦在情理之中。

而且，有多少人像水先生這樣，有機會「七渡天山」，並參與外交上的交涉，深入當地，了解風俗民情？

他是一位精通數國語言文字，在文史方面極具根柢，又重視傳統歷史文化的外交官。他所寫的《香妃》，又豈能視為「戲說」的通俗小說？不僅是他，姜龍昭先生也不僅是以「通俗劇」編劇為滿足，而是抱持著學者的嚴謹態度寫這齣「歷史劇」。

不能否認所謂的歷史小說中，必然有虛構的情節；如果完全照歷史寫，那直接把史書中的古文翻譯為白話文就可以了，還用花什麼心力去架構歷史、詮釋文本、劃刻人物，寫成「歷史小說」？我也必得說明：相關歷史記載的部分，我也是尊重歷史的！而「香妃」這個人物，有他們兩位「背書」，使我也能對「歷史」的部分心安理得了。

關於香妃，我另寫了一篇論文：〈由「寶月樓自警詩」看「香妃」〉，列為附錄，給對歷史比較有探索興趣的朋友存參。

上部

孝賢皇后

楔子

又到了大清皇室三年一度選看八旗「秀女」的時節了。戶部已請旨，開始預備名冊。八旗滿洲、蒙古內外三品以上官員，有十三歲至十五歲女孩兒的人家，都忙碌了起來。平日就留心教養，以為「后妃備選」的女兒，不就為了這一天？未來是否能「飛上枝頭做鳳凰」，也就在此一舉了！

當今的雍正皇帝已逾四旬。人入中年，而且一向自矜清心寡欲，不好女色，再選秀女入宮為妃嬪的機會不大。但，具有相當品貌的女孩子們，指配給皇子，或親王、郡王、貝勒、貝子府中的世子、王子，或近支宗室子弟的機率還是很大的。若有幸被指配給皇子，或親王、郡王府世子、王子為「福晉」，也是足以傲人的事！最不濟，給撂了牌子，好歹也算應過了卯，了卻一件大事；可以由父母作主自行婚配了；姑娘的終身，不必再這麼懸著，可以有個著落了。

選八旗秀女，對後宮來說，也是件興頭的大事。想想：有多少及齡王、公府邸的親貴、近支宗室的子弟都等著指配呢！指配之後，各府邸都要忙著給這些年輕一輩的孩子們成親，又是多麼熱鬧喜慶的事！更何況，宮裡的四阿哥弘曆、五阿哥弘晝都十七歲了，也還沒有冊立嫡福晉。皇上已有了明確的旨意：要在這一回的秀女裡，選取閨秀淑媛指配皇子！也就是說：皇帝家也要娶媳婦了！當然，弘曆年長些，也以他為優先。

這並不是雍正皇帝家第一件喜事；三阿哥弘時，比弘曆、弘晝大七歲，早在康熙五十八年，就娶了福晉。那時，如今的雍正皇帝尚未登基，還是「雍親王」。王子娶親，說是由皇帝指配。康熙爺年紀大了，孫子多得鬧不清誰是哪家的，自有後宮代勞。當時，指配給弘時的，是尚書席爾達之女董鄂氏。

未受封的王子婚儀，視其父的爵位。弘時的婚禮也夠盛大體面的。只是，畢竟不過是王府娶親，雍親王府裡熱鬧一番也就完了。

康熙爺孫子眾多，弘時又不出色，連雍親王對他也不甚措意；甚至，在康熙六十一年，皇三子和碩誠親王胤祉之子弘晟、皇五子和碩恆親王胤祺之子弘昇俱封為「世子」。依照清室傳統，「十八歲」視為「成年」，可由各王府到宗人府「掛號」，列入「請封」名單。當時已十九歲的弘時，卻並未受封！而未受恩封之故，竟是因為雍親王根本就沒有為他「請封」！

為了這事，當時的雍王府還鬧了一點風波；弘時之母，如今已封為「齊妃」的李氏，當時是雍親王府的「側福晉」。在雍親王的眾多妻妾中，她算是甚受寵愛的；雍親王的諸福晉中，唯有她與大將軍年羹堯之妹年氏連生三子。年氏三子殤其二。而李氏生的弘盼、弘昀、弘時，三個孩子裡，也有兩個早殤，僅存一個弘時。

也因為如此，李氏對弘時就格外嬌寵溺愛。事實上，弘時上面原有三個哥哥。大哥是雍親王的嫡福晉烏拉那拉氏的獨子弘暉，已然夭折。兩個親哥哥裡，弘盼夭折時才兩歲，沒算進排行。弘昀成了老二，因此，他算是老三。不意，弘昀也在十歲時夭折了。在這情況下，李氏心裡篤定的把弘時視同「嫡長子」。總以為「子以母貴，母以子貴」，雍親王「世子」的名位，捨弘時其誰？

不料，及齡而不受封，而且是因為雍親王根本不曾為他請封；顯然，雍親王並無意視他為雍親王府的「世子」。李氏自覺難忍，在嫡福晉烏拉那拉氏面前一再哭鬧訴冤之餘，對身分在她之下，沒有名位，只通稱「格格」的弘曆生母鈕祜祿氏、弘晝生母耿氏，更一再冷嘲熱諷，無理取鬧。這兩位「格格」本是「宮女子」出身，既沒她得寵，又沒她「側福晉」的身分名位，為此不知暗地裡賠了多少眼淚。

幸好，雍親王素性嚴峻，李氏雖恃寵，畢竟不敢太招惹雍親王。若不是雍親王壓伏得住，恐怕會傳出笑話來。

她只知弘時受屈，卻未檢討何以致此？雍親王子息不旺；生的兒子雖然並不少，卻都幼年夭折。弘時可以說是當時雍親王膝下唯一「成丁」的兒子，又正當諸王暗中較勁之時，他若得力，何至於此？問題就在於他少年佻達，言行舉止輕浮，品行不端。這正是素來特別重視邊幅、禮教的雍親王最厭惡的！尤其，他一向以此自矜自重，也以此驕人，還不時以「不守分際、不知禮儀」教訓諸弟、諸侄。弘時的作為，豈不是給他沒臉？

弘時成親之後，又納二妾。妾鍾氏生了一子，是雍親王的頭一個孫子，命名永珅。雖然弘時不稱雍親王的意，永珅總是「長孫」，也頗受雍親王鍾愛。不意，此子不久夭殤。而且從此之後，弘時妻妾中，就再沒有傳出過喜信！

年紀輕輕，又不是天生不能生育的，顯見是自己蹧蹋的結果！為此，更是父不疼、祖不愛。這當然與李氏給他的教養有關，簡直就應了「愛之適足以害之」的古話！

康熙皇帝駕崩，雍親王奇兵突出的掌握了機先，在風風雨雨中即了位。由於康熙皇帝在位六十一年，雍正皇帝即位時，年事已長。立儲之事，也不能不仔細考量。有鑑於父皇一再立儲、廢儲；先是東宮太子胤礽被有心建「擁立之功」的群臣包圍，妄自尊大，不肖不孝，大傷父心。廢儲之後，諸王奪嫡，各擁勢力，彼此窺伺、攻訐不遺餘力，更成為康熙皇帝心中最大的「痛」。

雖然雍正自己也是「奪嫡」的競逐者之一，卻不願見到這樣的事在自家兒孫輩中重演。因而自出機杼，創下了「密詔立儲」的制度。並親自示範：

親書密詔，儲於黃色錦盒中。命人將此密封的「建儲匣」，放在宮中最高處：乾清宮他皇祖順治皇帝御筆親書的「正大光明」匾後。明告王公大臣：一旦大行，在「顧命」的王公大臣共同見證下，取出存放密詔的「建儲匣」，同拆、同觀。然後將密詔上所寫立為皇儲的皇子名字，詔告天下，擇吉登基。

幾乎所有的王公大臣都暗中臆測：密詔中所寫的名字，必定是皇四子弘曆！最明顯的證據是：雍正皇帝登基，次年改元。而雍正元年正月第一次天壇郊祀之後，就特別把皇四子弘曆召到了「養心殿」，並親自將帶回的祭肉，割下了一塊「賜食」弘曆。當時，他的一兄弘時，一弟弘晝也在現場，卻都不曾蒙此恩澤。顯然在皇帝心目中，弘曆異於他子！

到親書密詔後，十一月十三日，是康熙爺的周年忌辰。皇帝派往遵化祭皇祖陵寢的，也不是已成年的弘時，而是年僅十三歲的弘曆！

理由很正大：皇祖當日最疼愛的「皇孫」就是弘曆！當然應由特蒙皇祖恩眷的弘曆前往，方能上慰皇祖之心！等於給了大家一個明確的「證據」：對「正大光明」匾後皇儲名字的臆測，所料不差！

也不知道是否因此「逼反」了心懷不忿的弘時，竟投向敵營，去向皇帝最痛恨的「政敵」廉親王允禩輸誠「靠攏」。

雍正皇帝即位之初，為了向天下示以「寬仁」，把當年曾與他爭位激烈的皇八弟「多羅貝勒」允禩封為「廉親王」。不料他非但不領情，他的福晉烏雅氏，更公然冷笑著對道賀的文武臣僚說：「給王爺賀喜？我們擔心著腦袋還來不及呢！」

三年服滿，雍正皇帝為示無私，以允禩頗有幹才，命他以「親王」的身分總理事務。不料，允禩處處唱反調不說，竟因居此名位，更便於營私結黨，有所圖謀。

而最令雍正痛心疾首的卻是：當此用人之際，皇三子弘時，不但不協助父皇整肅允禩一黨，反而對允禩一黨表示同情，甚至與他們勾結一氣。

弘時從小就對兩個在他眼中「出身寒微」的弟弟弘曆、弘晝極不友善，常以欺凌為樂，全無手足之情。到這時，自覺只要弘曆存在，入繼大寶就全然無望的他，竟在允禩慫恿之下窺伺神器；並效法當日康熙的皇長子允禔，施行咒詛鎮魘之事害弟。

雍正在康熙晚年，從諸王爭位的大風大浪中走過來，可不希望當年為爭位，諸王傾軋、讒陷之事在自己的兒子們中間重演。對素來心性不純的弘時，處處提防。他是何等心機深沉又精明敏銳的人！更何況已先存「防範」之心，自然任何事涉敏感的蛛絲馬跡，都逃不過他的法眼去！

弘時鎮魘弟弟弘曆之事「東窗事發」。他痛心疾首之餘，私室宣召弘時詢問。弘時自覺行事隱密，亟口喊冤。

直到雍正忍無可忍，將人證、物證一一陳列在他面前，要他「解釋」時，他才面如死灰，俯首認罪。跪在如山鐵證面前，只有戰慄的份。

雍正皇帝冷然的注視，更令弘時如芒刺在背，苦苦哀告求饒。

雍正慘然而笑：

「明擺著，你就是以身為我的兒子為恥，恨不能生在你八叔家裡！這有何難？我就成全了你！下詔把你過繼給你八叔為子，了卻你的心願！」

弘時驚恐狂喊：

「不！皇阿瑪！兒子……兒子……」

雍正冷然搖頭：

「你這時再想做我的兒子，已經遲了！」

一般以皇子「過繼」王府，總因親王無子，由皇帝指派過繼一子，以承襲爵位和產業，可以說是出自於皇帝的「恩典」。允禩卻是本身已有「世子」弘旺了。雍正以弘時「出繼」允禩，顯然的用意，就在於明白表示：一是「我沒有你這個兒子」，二是「承嗣皇位，你是不用想了」！

弘時這才發現事態嚴重，然而已來不及了。雍正不但下詔宗人府，把他從玉牒的皇帝譜系中除名，並載明：已將弘時「過繼」允禩為子，以示絕決之意。而且明言：

「斷不可留在宮廷！」

換言之，明示中外：根本不認這個兒子。也不許他居住宮中了。

至此，雍正已完全掌握了政局，不再容忍，命議允禩之罪。先削籍離宗，革近支宗室的「黃帶子」，不入「宗室」之列，授以「民王」。後更削王爵，改名為「阿其那」圈禁高牆。當日的「皇三子」弘時，竟以「已過繼為允禩之子」為由，而以允禩之子的身分受到牽連，一併在「削籍離宗，圈禁高牆」之列！

與允禩同黨，並為雍正所憎，並改名「塞思黑」的貝子允禟，在雍正四年八月幽死。允禩也於當年九月死於幽所。這兩人的死因，隱晦不明，暗地裡傳言紛紛。然而，又有誰敢明言，誰敢追究？

處置了這兩個「心腹大患」，如石去心。為了一掃因政治鬥爭帶來的烏煙瘴氣，特意以「皇子娶親」營造喜氣。

弘時既削籍離宗，弘曆雖是「四阿哥」，也等於是皇帝名下的「皇長子」了。而且皇家已有七、八年沒辦過喜事，又是雍正「登基」以來的第一件喜事，誰不興頭？

宮裡的后妃們，誰也看得出來：這一回選秀指配，可不比三年前；皇上的態度不過當個「例行公事」。

原也難怪！對日理萬機的皇帝而言，這些「別人家孩子」們的婚嫁之事，哪能讓他放在心上！這一回，可不一樣了！連皇上都顯見著格外鄭重。他自己都說：要特別向幾位近臣打聽，哪位大臣家裡有出色的及齡閨秀應選呢！

回到後宮，雍正興致勃勃把弘曆生母——已封為「熹妃」，住「景仁宮」的鈕祜祿氏，召到皇后烏拉那拉氏的「坤寧宮」裡。自袖中取出一張紙，笑道：

「不是預備著今年給四阿哥指配嫡福晉嗎？朕跟好幾個近臣打聽了，有的說這家的姑娘好，有的說那家的妞妞不錯。講起一位來，倒是眾口一詞都說『好』。你們猜是哪一家的姑娘？」

皇后笑道：

「後宮不預外事！咱們姊妹怎麼知道今年應選的都是些什麼人家？皇上就別跟咱們打啞謎了，還是直說吧。」

「李榮保家的。」

「李榮保？漢軍？」

「不對！這名字像漢人；也不知他阿瑪怎麼取名的。他姓富察氏。」

皇后蹙眉想想，笑著搖搖頭：

「『富察氏』是咱們大清國的八大姓之一，人才可多了；還是不知道是哪一家的。」

雍正笑道：

「說李榮保，你們不知道。說到他的二哥，你們就明白了；他是馬齊家四兄弟裡的老四。論起四兄弟，他的才具最平常，倒生得好兒好女！」

提到馬齊，皇后心裡有了譜；當日雍正登基，馬齊是建了「擁立之功」的！當時，他曾以「顧命」的身分，力挺雍正繼位。更難得的是：當時的幾位功臣，像隆科多、年羹堯都自恃功高，以致「功高震主」，未能全始全終。只有馬齊，至今仍為雍正心腹重臣，位列「首輔」。可知他是個知所進退，能恪守臣節的。而且，有「首輔」馬齊的親侄女為嫡福晉，對四阿哥的政治前途和地位，也將是強而有力的保障。既然這位馬齊家的侄女眾口稱譽，這一門親事也就有八成了。

於是，皇后笑了：

「早說是馬齊的侄女，不就明白了？我也聽說馬齊家有個侄女，人材在八旗閨秀裡是個頂尖的。不但她，她家幾房兄弟也不錯。」

雍正倒好奇了：

「你怎麼知道？」

「就只皇上會疼兒子？看著四阿哥、五阿哥都到成親的年歲了，我總也留了心，在命婦們進宮請安的時候，有意無意的總也打聽著。還特別向這一回家裡沒有選看秀女的命婦打聽；怕自己家裡有人應選，難免有私心。」

雍正聽了還沒表示，熹妃鈕祜祿氏已先站起來向皇后行禮謝恩了：

「四阿哥哪來的造化？讓他皇額娘這麼為他費心！」

烏拉那拉氏皇后只生了一個皇長子弘暉，卻不幸早夭。明擺著自己已年逾四旬，不可能再生子嗣位了。在眼下雍正諸子中，弘曆是最心性淳厚，且最得祖、父鍾愛，是最有希望繼位的。雖非己出，他的生母熹妃鈕祜祿氏，早先以「宮女子」指派到雍王府，在她屋裡當過差，是服伺過她的。說起來，比其他妃嬪都貼心。為人本分，對她更是一向恭而敬之，不敢逾越。不比兩位側福晉出身的妃子，雖然禮法拘束著，還不時的「恃寵而驕」，不那麼馴順。在心理上，她當然寧可偏向著「聽話」的熹妃。何況，弘曆這孩子，雖非己出，總也是從小看著長大，疼愛過的。

而且，皇后心裡有數：雍正的皇位，多少還托了點弘曆的福；當年的雍親王，並不是康熙爺的兒子裡最得寵的。但孫輩裡，弘曆卻是他皇瑪法心尖尖上的一塊肉！

她心裡更明白：就眼前住在宮裡的兩位皇子，弘曆是最有希望繼大寶的。她的「母后皇太后」雖是再怎麼也跑不了的，「聖母皇太后」則非鈕祜祿氏莫屬！自己雖然是「嫡母」，兒子畢竟是人家生的，總以結好為是！便笑道：

「坐著說話吧！別這麼多禮了。好歹他也喊我一聲『皇額娘』不是？」

雍正向鈕祜祿氏笑道：

「你這個兒子的造化還小嗎？都這麼多年了，還有人說，我能得位，是皇阿瑪愛孫及子呢！」

鈕祜祿氏這麼多年冷眼看著朝中、府裡的明爭暗鬥，深知「明哲保身」之道，便不肯接口，只微笑不語。卻聽雍正吩咐皇后：

「這富察家的姑娘，大約是不錯的，而且身家背景都合適。但總還是道聽途說，不知本人究竟如何？你不妨召馬齊家的入宮，細問問這妞妞的品貌、性情。還有，弘曆從小喜歡讀書，總要知書識禮才好。」

馬齊下朝，還未出宮，大學士張廷玉就把他拉到一邊，滿臉堆笑：

「皇上今天特別召我問話；問我知不知道這一回選秀，誰家有出色的姑娘應選？我回道：也不知有哪些人家有姑娘應選。而且，除非通家之好，平素也見不到這些姑娘們。但記得上回在你府上，見到令侄女，真可說是品貌出眾，蕙質蘭心。皇上笑了，說，這位姑娘想必是好的，已有好幾位大臣都特別提出她來。」

張廷玉說著，笑著雙手一拱：

「令侄女如今可說是已『簡在帝心』了呢。可喜可賀！」

馬齊為人穩重審慎，心中雖然喜悅，表面上卻不動聲色，笑道：

「多謝廷公抬愛揄揚！只是天外有天，人上有人。舍侄女雖然說人品才貌過得去，八旗人家，哪一家的姑娘不是著意教養出來的閨秀淑媛？就算選上了秀女，指配誰家也還沒定準呢。」

張廷玉刻意示好，以自家人的語氣，悄悄道：

「若只是指配王子、宗室，還勞皇上特地動問？這一回選秀，誰不知道頂要緊的，是給四阿哥選嫡福晉！說句體己話吧，咱們都知道……」

話雖沒說完，言下之意已心照不宣。馬齊連連拱手：

「多謝廷公金口！但願舍侄女有這福命。」

「是真的？連皇上都問起咱們家蘭沁了？」

馬齊沉得住氣，夫人可是喜形於色。恨不得馬上就把侄女喊出來，告訴她這喜訊。馬齊攔阻道：

「別急！你一說，讓她心裡存了指望，萬一落了空，倒不好辦了。」

「張閣老不是說都『簡在帝心』了？」

「旨意沒下之前，都做不得準！只是，照這情形看，眼下雖沒十分把握，八分是有的了。我不早說過？老四自己才具平平，卻生得好兒好女！咱們富察家人丁興旺，但以我看，侄子裡，一個傅清，一個傅恆，是最有出息的！傅清已經被選為侍衛，從這條路往上走，有個十年，總是可以出人頭地了。傅恆呢，如今年紀還小。但依我看來，他的造化，不但強爺勝祖，富察家以後的興衰，恐怕都靠他了！蘭沁的八字，更是貴不可言！可惜的是……」

「可惜什麼？」

馬齊精通命理，自侄女八字中看出她雖旺夫，子息方面卻有缺陷。但這一切都言之過早，也不必說出來徒亂人意。便一語帶過：

「人哪有十全的？真十全，倒要遭天嫉了。哪天，你進宮給皇后請安的時候，也可以探探皇后的口風；選秀女，畢竟還是後宮的事。總要先經皇后，名姓才到得了皇上跟前呢！」

馬齊夫人還沒有上入宮請安的帖子，皇后召見的懿旨就先到了。她不覺喜心翻倒，忙收拾了進宮請安。

到了宮裡，更讓她篤定了幾分；向來命婦入宮請安，都是成群結隊的。這一回，卻是她「獨對」。

照例請安後，皇后賜坐、賜茶。也不迂迴，直接問道：

「就要選秀女了。聽說你們富察家這一回也有人應選？」

「回皇后的話：這回我們富察家裡應選的，是奴才丈夫馬齊的四弟，李榮保的女兒，閨名叫蘭沁。」

「李榮保如今在哪兒任職？」

「回皇后，奴才小叔現任察哈爾總管，如今人在咸陽任上。」

「那，這位姑娘也在咸陽？」

「回皇后，奴才夫家一門和睦，小叔李榮保任職咸陽，關山路遠的。女兒蘭沁正當備選的年歲，小兒子傅恆也正在上學。所以這兩個孩子就都留在京裡了，如今都在奴才家裡住著。」

皇后笑道：

「都說這位姑娘人品才貌都好，倒是怎麼個好法？」

馬齊夫人聞言，心中暗喜。卻莊重回道：

「回皇后，蘭沁是奴才丈夫的親侄女，骨肉至親的，奴才也不好自稱自贊。論相貌，倒還說得上清麗娟秀，而且從小溫柔嫻靜，心性淳良。李榮保兒子多，女兒少，把這個女兒愛如掌上明珠。除了針黹女紅，從小也請了女塾師在家裡教她識字讀書，所以頗為知書達禮，琴棋書畫也是一學就會。往來的人家，沒有不誇讚的。李榮保到咸陽上任，她在奴才家裡，可成了奴才得力的臂膀；奴才女兒們都早已出閣，兒子們也各自成家，不在身邊。當家理事，種種操心勞碌，還得靠自己。近年年紀大了，身體也不好，不時犯病。裡裡外外、大大小小的事，就都交給她了。難為她一個不過十三、四歲的姑娘家，這兩年來，當這麼一份家，竟是妥妥貼貼，委實為奴才分了不少勞。」

聽這麼說，皇后暗自點頭；雖說因著「選秀」制度，滿人家的姑娘，都自幼經心教導，以「能幹」出名。但像這位姑娘，這麼小就獨當一面當家理事的，畢竟不多，可知道能幹是不用說的了。更難得的是知書達禮，溫柔嫻靜。笑道：

「這真難為了她！這樣的好孩子，我倒想賞她點東西；不知她平日喜歡些什麼？」

馬齊夫人聽說，心裡更暗自歡喜。回道：

「這孩子也怪，一點都不像一般女孩兒，喜歡胭脂花粉、金銀珠翠的。倒喜歡讀書、寫字、作畫。」

聽說富察蘭沁不但美貌溫柔，而且讀書識字，精通琴棋書畫。還心性澹泊，不慕浮華，使皇后更滿意了。笑道：

「那可真是難得！我要『如意館』找兩本好字帖賞她吧。」

馬齊夫人忙代侄女謝了恩。皇后略一沉吟：

「這麼辦，你先找人給姑娘畫張像，送進宮來，讓我們瞧瞧。要真是有福氣的，也好請皇上給她指門好親！」

雖沒明說指給誰，馬齊夫人當然心領神會，謝恩而去。

畫像入宮，果然眉清目秀，端麗絕俗。雍正帝后見了，心中大喜。熹妃看了，也十分中意。皇后在四阿哥入宮請安的時候，特意把畫像給他看。

「這位姑娘，是馬齊的親侄女，今年參加選秀女。你皇阿瑪打聽了，都說人材是八旗閨秀裡拔尖的。你瞧瞧，覺得怎麼樣？」

弘曆見畫像中的姑娘，眉目如畫，端麗清秀，甚可人意。他也明白，要他看畫像，是有意為他選「嫡福晉」了。便笑道：

「皇阿瑪、皇額娘中意的，自然是好的！」

「有你這句話，事情就算定規了；你皇阿瑪準備把她指配給你，當『嫡福晉』呢！」

弘曆帶著喜悅與靦腆的謝了恩，問：

「皇額娘說是馬齊家的侄女，不知是傅清的什麼人？」

「傅清？」

「姓富察氏，說也是馬齊的侄子。皇阿瑪說，富察家是『侍衛世家』，個個都是忠心耿耿的。如今傅清已授『三等侍衛』了。」

「這個傅清，人品怎麼樣？」

「真是個好樣的！在侍衛群裡，就他最是出類拔萃！皇額娘問他……？」

皇后笑了：

「你不知道？民間人家提親，不知姑娘品貌教養，就看她兄弟；有好樣的兄弟，姑娘準差不了！」

說著打趣：

「你呀，既覺得傅清這『大舅子』是好樣的，姑娘一定也能中你的意。你就等著做新郎倌吧！」

弘曆笑著，又謝了恩。抬頭看看皇后，似乎欲言又止。皇后察覺了，問：

「你有什麼事，這麼難開口？」

「兒子想，這是皇阿瑪登基以來第一回辦喜事。不知道會不會『頒大赦』？」

皇后搖頭：

「『頒大赦』是多大的事！皇子成親，哪夠得上頒大赦？是誰出了事，讓你想藉著『頒大赦』赦了他？」

弘曆面帶著失望：

「是兒子想得太容易了。我原想：若頒大赦，是不是能把三哥放出來？」

這話倒讓皇后詫異了；原來他希望能得開赦的竟是弘時！

講起弘時，皇后也不能不有些惘然。康熙四十三年，弘暉死，弘時生，而且像貌與弘暉有幾分肖似。那時在她心裡，多多少少有點將弘時當成了弘暉的替身，把對弘暉的感情，移情到弘時身上。

在年、李二氏爭寵時，她也因著愛屋及烏，而不免偏向著李氏。想不到弘曆、弘晝出世之後，弘時竟變得那麼心狹量窄！她從弘時的言行態度，和弘曆、弘晝見到弘時那份明顯的畏怯，都看得出這小兄弟倆受了不少哥哥的欺。特別是弘曆，因著討喜，得人疼寵，弘時更特別仇視。

後來，康熙爺偏疼弘曆，一見之後，就把他帶進宮去親自教養。這自然是弘曆可疼可愛。但依她想：恐怕多少也因為知道弘時對這個弟弟不好，有藉此保護愛孫之意！

失意的弘時，變本加厲的成了雍親王府的「叛逆」。那拉氏皇后想不明白，弘時素日看著也是個聰明孩子，怎麼會這麼糊塗？再怎麼說「疏不間親」，難道把他八叔或十四叔拱上了寶座，他就能當上皇嗣？

想到這兒，皇后輕嘆了一口氣：

「你皇阿瑪的脾氣，你總也知道。他凡事能忍就忍，一旦不忍了，決絕起來，那是六親不認的！當時，你三哥夥著阿其那他們算計他，是真傷透了他的心。才想出那個絕主意：把弘時過繼給阿其那。我一直沒有告訴你，阿其那死了之後，你三哥也病了。恐怕……」

她垂著頭又嘆了口氣，讓弘曆心裡不覺一怵：

「皇額娘是說，三哥……怪不得，那日見到齊妃母妃，她神情悲悽。兒子以為，她只是因為想念三哥，不知道三哥……」

他眼中泛起了淚光。皇后悲憐地點點頭：

「只怕是挨日子了。我知道，你皇阿瑪嘴裡狠，咬著牙不認他。其實，畢竟是兒子，氣過了，心也軟了，只是下不來台。所以他一直都知道齊妃背地裡給弘時送衣物、送吃食，總也裝個不知道。弘時病了，他也想派太醫去給他診治，還怕落人話柄；如今竟是弄得騎虎難下，給自家兒子看病，還得繞個彎兒，假裝是我派人去的。結果，太醫院來人給我回話，我才知道他這份用心。」

想起這事，她不禁感傷，嘆道：

「恐怕弘時還未必知道；是他自己把路走絕了！讓你皇阿瑪就想要開恩，都無從開起！」

弘曆心中也感慨萬端；他真沒想到，皇阿瑪也有他的矛盾與為難。是弘時不幸生在帝王家，還是……？親父子呵！竟然弄成這樣「父不父，子不子」的！

「聽皇額娘的話，三哥的日子恐怕已經不多了。我能不能求皇阿瑪，讓他能在『走』以前，回復宗籍，讓他安心瞑目？」

皇后搖頭：

「你皇阿瑪最不能、也最不願意聽這個。而且，這也不是他怎麼想、怎麼做，還得顧著外邊人的想法；都說你皇阿瑪專斷，誰知道他心裡多在乎別人的想法！他也好不容易為了這件喜事，有了兩天舒心的日子。你就別再節外生枝，讓他歡歡喜喜的為你辦喜事吧！」

雍正聽皇后說了馬齊夫人講的話，也見到富察氏蘭沁的畫像，覺得此女相貌端麗，知書達禮，既淳良又能幹，的確堪為弘曆嫡配之選。又聽說，弘曆本人也中意。心裡一高興，也不等「選秀」了，逕自將富察氏蘭沁指配給皇四子弘曆為「嫡福晉」！選定的吉日，是雍正五年的七月十八日。並指定在宮裡的「西二所」給皇四子「鋪宮」，作為小倆口的新房。

於是，滿朝文武都知道：最為皇上鍾愛的皇四子要成親了！嫡福晉是「首輔」馬齊的親侄女：富察氏的蘭沁姑娘！

第一章

馬齊夫婦聞訊，心中的歡喜，就不用說了。當即喚出了侄女，向她賀喜，並告訴她這個喜訊。

蘭沁在聽了喜訊之後，臉上泛起又羞又喜的紅暈。使原本清秀端麗的顏容，平添了幾分豔麗的色彩。莊容向馬齊夫婦盈盈下拜：

「蘭沁能承聖眷，全託賴著祖宗福佑，二伯、二娘教導。」

馬齊示意夫人扶起蘭沁，喟然道：

「可惜，你爹娘如今不在京裡，不然，不知多歡喜呢！不過，這消息皇上已命快馬傳送到咸陽，不多時，他們也就知道了。」

馬齊夫人對馬齊笑道：

「如今，吉日已定了。我想，你倒是把四阿哥的事，多給蘭沁說說。也好讓蘭沁心裡有個譜，知道四阿哥是個怎麼樣的人，日後也好相處。」

馬齊會意，笑道：

「照我看，蘭沁跟四阿哥真是天生地設的一對兒璧人，再沒有處不好的事！不過，你說的也對，總該讓蘭沁對這未來的夫婿有個譜。」

他想了想，道：

「說起四阿哥的生母，如今的熹妃鈕祜祿氏，算起來，還是當年弘毅公額亦都的曾孫女。但是，除了額亦都，鈕祜祿家也沒再出過什麼顯要重臣。更何況，隔了幾代，又不是繼承爵位的支派，也談不上顯赫了。她的父親，只不過是個四品典儀。三品以上官員之女選『秀女』，她都還夠不上資格。所以，當年是以『宮女子』派到雍王府當差的。可也真是福命過人……」

他說著一笑：

「這話，可不是我說的。是聖祖康熙爺的金口玉音，說她是：『有福之人』呢。」

他娓娓說起：

「這是後話了。當初，她由內務府指派進雍親王府，原是派到上房，侍候雍親王大福晉；也就是當今烏拉那拉氏皇后的。因為心性淳樸勤謹，也很受福晉看承，沒多久，就成了貼身侍候的大丫頭。有一年，雍親王重病，福晉、側福晉們，都養尊處優慣了，誰願意守著侍候；就願意，恐怕也侍候不了。所以，大福晉選派了兩個貼身宮女，送到雍親王房裡侍疾。因為貼身照應，少不了沐浴、更衣的，兩個姑娘家，多少總有點不方便。因此，大福晉作主，就給了她們一個『格格』的名分。那時候，各府邸沒有正式名位的侍妾，稱謂上沒個定規，統稱『格格』；就彷彿一般人家丫頭收房，稱『姑娘』的意思。去給雍親王侍疾的兩位格格，一位是耿氏，一位就是鈕祜祿氏。

「她們也真辛苦了好一段日子。幸喜，雍親王的病倒日漸好了。就因為這麼貼身侍候，她們也都承了恩。這兩位格格，還真都具有『宜男之相』，生下的，就是如今四阿哥弘曆和五阿哥弘晝；這兩位阿哥同年，只差月分。論起生母的出身來，這哥兒倆，比起當年雍親王府其他的幾個兒子都不如。夭折的不算，那時還在的，三阿哥弘時，是雍王府的側福晉，如今的齊妃李氏生的。福惠，是薨逝的年氏皇貴妃生的；年氏，當時在雍親王府也是側福晉。年、李兩位，當時都是十分得寵的；各生過三個兒子。只是那時候，都有兩個兒子早夭了。」

蘭沁靜靜聽著。從伯父的敘述裡，她才知道，皇四子弘曆是何等的不凡……

皇四子的確不凡！若非如此，又如何能在康熙皇帝眾多的孫子中脫穎而出？康熙爺的孫子多得數不過來，連他自己也鬧不清哪個孫子是哪一房的。像弘曆這樣出身不高的孫子，更幾乎到不了「皇瑪法」跟前。

弘曆初生，正當皇太子胤礽廢而復立之際。緊接著第二年，就又發生再度廢皇太子的事。康熙皇帝年事已高，而儲位虛懸。諸王爭立之勢，逐漸白熱化。雍親王是個心機深沉的人，當時正以「韜光養晦」，以示無志。雖然外弛內張，表面上不免假作暇豫。於是，以親自督課兩個幼子讀書，向外人故示悠閒。

就在課讀之間，發現這個母親出身低微的兒子，竟是聰明俊秀過人，不同凡響。再找人仔細推算他的八字，更發現：竟是「富貴天成」的上上格局！不覺喜心翻倒。

但他不是輕舉妄動的人，凡事處心積慮，一定謀定而動；總要先把底子打好了，才讓這個小兒子在康熙爺面前露臉。

除了嚴管勤教，教得小弘曆禮數嫻熟，經書朗朗上口。他倒也並不刻意把他訓練成一個「小大人」；他知道，這孩子的天性淳厚，一派天機，自然討喜。若刻意去教，倒不自然了。父皇是何等精明的人？鬧不好，弄巧反拙的露出了斧鑿痕來。

到弘曆十歲，隨同他到承德避暑山莊的賜園「獅子園」避暑時，他總也時時把小弘曆帶在身邊。當他知道康熙爺的近侍在附近的時候，就若不經意的，考較弘曆，讓他背誦經書。

弘曆自幼喜愛讀書，後來更得雍親王特聘的名儒福敏著意教導，藝業日進。平日，雍親王就不時親自督教。因此，對阿瑪要他背書，習以為常。總是雍親王一說出篇名，他就如行雲流水，不錯不漏的把文章背完。

不久，雍親王膝下有這麼個天資穎慧，諳習經書幼子的事，也由近侍傳到了康熙皇帝耳中，留下了良好的印象。

雍親王由康熙近侍口中，知道了康熙對這個孫兒的嘉許，心下暗喜。但他並不急著把弘曆推出場；他不要讓父皇察覺他的設計，而要等待適當的時機。

直到康熙六十一年春，雍親王在京裡的賜園「圓明園」牡丹盛開。雍親王覺得時機已成熟了，才以「賞牡丹」為名，恭請父皇康熙駕臨「圓明園」的牡丹台賞牡丹。

在「家宴」中，他讓嫡福晉那拉氏把弘曆、弘晝兩個同年庶出的孩子帶來拜見「皇瑪法」。說是同年，相貌、氣質、教養竟是完全不一樣。弘晝顯得畏縮驚懼，弘曆則滿臉歡容，從容下拜，朗聲道：

「孫兒弘曆叩見皇瑪法。」

起身後，還關照身後的弘晝：

「弟弟！你快給皇瑪法磕頭呀！」

比起弘曆，弘晝顯然遜色得多。雖然也照樣磕了頭，卻口齒不清，只聽到聲音在喉嚨裡咕嚕。兩相對比，一巧一拙，康熙不由開顏一笑。

康熙沒想到，待弘晝站起，弘曆又跪下叩拜了起來。康熙一愣，轉頭看雍親王，不解何意。

雍親王也不知弘曆何以失常，只好陪笑，問道：

「弘曆！你剛才已拜過了，這一拜，可有個說法？」

弘曆朗聲回道：

「方才是孫兒拜見皇瑪法。這一拜，是給皇瑪法拜壽；孫兒弘曆恭祝皇瑪法萬壽無疆！」

康熙不覺笑逐顏開；他的生日就快要到了，以弘曆的身分，當然是無法參預壽宴的。而他竟就趁著這一次拜見，先把給祖父拜壽的心意表達了。這份聰明靈巧，在孫輩中就無人可及！

心中一喜，道：

「好孩子，快起來。你過來，讓我看看！」

弘曆乖巧的站起身，向前幾步，走到康熙身邊。康熙見他步履從容穩重，更加喜悅。握著他的小手，望著他清朗俊秀的小臉，問：

「你幾歲了？」

「回皇瑪法，孫兒十二歲了。」

「念了幾年書了？」

「孫兒六歲啟蒙，已念了六年書了。」

「哦，念了六年書了。你師傅是誰呀？」

「是福師傅；下面一個敏字。」

這一答覆，既完整又禮貌；以「皇孫」的身分，他便直呼「福敏」之名，也難說他有錯。但他的說法，卻表現了尊師重道之意。康熙素來最重人倫禮教，聽他如此稱呼，表現出對師傅尊重的風範教養，更是喜悅。點點頭：

「原來是福敏。那是位飽學之士。你阿瑪請他給你啟蒙，足見用心。」

這一下，連雍親王胤禛都沾了兒子的光，受到了褒獎，不由露出了笑容。康熙卻沒有看見；他一心都在這個孫子身上。又問道：

「你可曾學『國語』？」

「國語」，也就是滿洲話；如今，即使是滿洲王公，平日也大多以漢語應對，使用「國語」的機會也不多了，令康熙不免憂慮。

弘曆回道：

「孫兒已學了三年『國語』。」

「那，我來考考你。」

康熙滿臉笑容，用滿語問：

「你可知道我們姓什麼？」

弘曆也用滿語回答：

「孫兒知道，我們姓『愛新覺羅』。」

「愛新覺羅是什麼意思？」

弘曆改用漢語答：

「譯成漢語，就是金子。」

康熙注視著他，緩緩問：

「金子，是世上最珍貴的東西，對不對？」

「不對！」

聽他如此回答，倒出於康熙意外，含笑問：

「哦？那世上最珍貴的是什麼？」

「是仁義。」

康熙喜出望外：

「你也知道『仁義』可貴！」

他心中滿意極了，還想再試試這孩子的文才，便指著牡丹台上盛放的牡丹，道：

「弘曆！你看這滿園的牡丹，開得正盛。你可能吟出兩句唐詩來形容？」

弘曆應聲朗朗吟道：

「惟有牡丹真國色，花開時節動京城。」

聽他吟出的是劉禹錫的〈賞牡丹〉詩，康熙不覺仰天大笑：

「好！好孩子！你選的這短短兩句詩，卻有氣象，不失皇家身分。」

說著，解下身上佩的如意香囊，賜給了小孫子，並親自為他扣在襟扣上。

「孫兒叩謝皇瑪法賞賜！」

弘曆因這番榮寵，喜得滿臉通紅。歡然下拜，朗聲謝恩，更把康熙樂得合不攏嘴。輕輕拍拍他的臉蛋，口中喃喃：

「好孩子！好孩子！」

弘曆的端正、俊秀，天真爛漫而不失規範的談吐言行，一下擄獲了康熙為兒子們的彼此爭鬥之下，年老孤寂且傷透了的心。他是精通相法的，仔細端詳著弘曆；只見他骨相停勻，是個上好的相格。看來這個孫子是個有福氣的！更為之老懷彌慰。

也因此，那一天他特別開懷。賞花之宴，盡歡而散。

回到暢春園，他特別告訴雍親王的生母德妃：

「今天，在老四家裡，看到一個好孫子！」

德妃笑：

「老四好幾個兒子呢，皇上說的是哪一個？」

「老二，弘曆。」

德妃抿著嘴一笑：

「皇上！那是老四！真照算，還是老五呢。只是上面三個夭折了，論如今還在的，說是老二也不算錯。」

康熙奇道：

「你這麼清楚？」

德妃笑了：

「皇上日理萬機的，哪理論這些？妾妃在後宮裡，閒著沒事，跟各家的福晉們話家常，能談什麼？不就是針黹、刺繡，兒女、子孫？再說，他也是妾妃的親孫子呢！都說這孩子好，只可惜……」

「可惜什麼？」

「出身不高；他生母鈕祜祿氏，原是『宮女子』。老四收了房，可也只是個『格格』。上邊有個側福晉生的弘時壓著，小可憐兒的。」

康熙聽說，不覺皺起了眉頭：

「難道做哥哥的，還欺負小兄弟？」

德妃嘆道：

「他年紀大，出身又比弘曆高貴，眼裡哪會有這個出身寒微的小兄弟？」

康熙想到諸子爭位的事就痛心疾首。不意，王府裡，哥哥弘時才多大年紀？平白無故也能欺負小弟弟，不覺動起怒來：

「出身高怎麼樣呢？自古至今，史書列傳，只論人品、事功、賢愚，可不論出身！年年過壽，上上下下的，總得忙亂一場。這景，又不能不應。過了這幾天，我偏抬舉弘曆，看他能怎麼樣！」

德妃笑問：

「怎麼個抬舉法？」

「把弘曆接到宮裡來，跟著我住！」

這可是除了當年東宮太子胤礽的長子弘晳，就沒有其他人得到過的恩典！德妃原也心疼這個孫兒，只是，身處大內，關心也搆不著。再說，也不便過問兒子家的家務事。聽康熙皇帝這麼說，忙站起身：

「這可是小弘曆的福氣！妾妃先代他謝恩了。」

看著兩鬢也已花白的德妃，康熙道：

「你年歲也大了，含飴弄孫可矣！也不必操勞，親自照看了。就讓他跟著和妃吧。和妃年輕，而且，自己沒孩子，素來又疼孩子，一定會盡心的！」

像這類微不足道的小事，雖然皇帝說了，德妃卻也不敢太存指望。不意，皇帝倒真放在心上。第二天，就命雍親王把弘曆的八字送到暢春園來看。他原本對命理就頗有涉獵，看了八字，略一推算，對德妃說：

「這孩子的八字好！生成的大貴之命。只是幼歲不免浮災，只怕就應在受他哥哥的欺上。為防萬一，我還是把他帶在身邊，親自照看教導，我才放心。」

他說到做到，三月十八日是萬壽節，少不得朝野歡慶，熱鬧一場。過完了生日，他又傳旨駕幸「圓明園」。雍親王欣幸非常，連忙傳話備宴。不意，康熙皇帝一擺手：

「你不必忙著張羅，我也不準備在你這兒用膳。就喝茶吧。」

雍親王命人沏上最好的碧蘿春，茶與茶點很快的送了上來。康熙啜了兩口，問：

「弘曆呢？」

「在書房讀書呢。」

「喊他來。」

雍親王私心竊喜，忙命人到書房把弘曆喊了來。弘曆聽說是皇瑪法喊他，喜出望外，急步就跑了來。進了門，倒是放慢了腳步，穩穩重重的走到康熙跟前，規規矩矩的給皇瑪法磕頭請安。康熙見他還氣喘吁吁的，額上又沁著汗，笑：

「跑來的？忙什麼？」

弘曆天真的回道：

「聽說皇瑪法來了，心裡急著想見皇瑪法。忍不住就跑了。」

雍親王陪笑道：

「這倒是『君有命，不俟駕而行』了。」

抬頭看看日色，雍親王問：

「書房裡功課做完了？」

「早做完了。福師傅說，若讓我先下學，怕弘晝心裡著急，坐不住。所以，要我要等弘晝做完了功課，才一起下學。」

康熙笑問：

「那，你等他的時候，做什麼呢？」

「有時候溫書，有時候臨帖。」

康熙愈看弘曆，心裡愈喜歡。對雍親王道：

「我看弘曆這孩子挺好，跟朕也投緣。我想把他帶回宮裡跟著我住，你可捨得？」

雍親王喜出望外，忙陪笑：

「兒子不能陪在皇阿瑪身邊朝夕侍候，讓弘曆代兒子在皇阿瑪身邊盡孝，是求都求不到的恩典，哪有捨不得之理？」

回頭命福晉為弘曆打點隨身衣物，又對弘曆說：

「皇瑪法要接你進宮去，是你的造化！你可得好好的侍候皇瑪法，就跟著皇瑪法當個小書僮，知道了？」

「兒子敬遵阿瑪教訓。」

弘曆望著康熙慈和的顏容，歡然答道。康熙呵呵笑：

「我哪要你當書僮？你就給我當個小學生吧！」

當晚，他就把弘曆帶回了宮中。自此，雍親王府庶出的小王子，一步登天，成了「天之驕子」。

康熙素來重視皇子、皇孫的教育，他希望他們既不是書呆子，也不是粗魯不文的武夫。而是能文能武，既飽讀詩書，明理尚義，又不忘騎射為立國之本的「愛新覺羅」好子孫。

因此，除了讓弘曆繼續隨福敏習文，更特別指派了弘曆的兩個小叔叔：比他大十六歲的十六叔胤祿教火器，與他同年的二十一叔胤禧教騎射。自己閒暇之時，則親自教他自己最得意的「天算之學」。這是當年東宮的長子弘晳都沒有受過的優遇。

雍親王表面上不露什麼，心中暗自竊喜；自己這一步棋下對了！他也知道，諸王爭位，彼此攻訐，不遺餘力，其實基本條件都差不多。他之所以避開鋒鏑，也就是知道父皇如今最厭恨的，就是諸子相爭。誰露出了野心，反令父皇心存警惕防範。一旦存了成見，破綻就多了！他則以靜制動，外表不動聲色，只曲意盡孝，以好學深思的「富貴閒人」為掩護。如今，弘曆這個棋子，不就布到了父皇身邊了？

夏天到了！照例，浩浩蕩蕩大隊人馬，陪侍著康熙皇帝到熱河「避暑山莊」去避暑。這一回，弘曆不是跟著雍親王的隊伍，而是跟著皇瑪法康熙皇帝的隊伍了。

康熙皇帝說是「避暑」，事實上，比在京中，未必更清閒。「澹泊敬誠殿」就是他御門聽政的地方。而殿前的廣場，還有比試射箭閱武的作用。

參賽者，包括了滿族王公、皇室子孫、近支宗室子弟。前來見駕的蒙古王公，也都要參加較射。在「不忘根本」的耳提面命之下，這些滿蒙的王公與宗室子孫們，誰也不敢輕忽武事。在這時，都想在皇帝面前露臉，個個掏出壓箱底的本領來表現，成績斐然。

康熙在他們都射完了之後，命侍衛取來一張強弓，十二隻長箭，彎弓連環射出，每一隻箭，貫羽般的，都射中了紅心，一時歡聲雷動。小弘曆也扯著嗓子，高聲喝彩；六十九高齡的老皇帝，竟是不但老當益壯，而且還是神射手！在弘曆心目中，對祖父更「敬如天人」了。

到了避暑山莊，康熙就指定了於山莊東院，湖畔山巖上的「萬壑松風」做皇孫弘曆的居室和讀書之所。

一日，康熙閒暇無事，乘船而來，泊於湖畔「晴碧亭」邊。準備招弘曆隨船遊湖，順便考較一下他的功課。弘曆在書房窗邊望見了，歡喜雀躍之餘，顧不得由正路繞山走下來，竟由山巖邊攀緣而下。康熙一見，驚得自船中龍椅上站了起來，又不敢出聲；怕他分神，更添危險。直到看他平安到了湖邊港灣平台上，才出聲呵責：

「你這孩子！怎麼不知輕重？連『千金之子，坐不垂堂』的道理都不知道？你要是一個閃神，在這山巖上摔了、跌了，如何是好！」

在祖父的呵責中，弘曆感受到的，卻是被祖父如此疼愛的暖流。喘息未定，當即跪了下去：

「孫兒見到皇瑪法的船來，急著想見皇瑪法，就忘了危險。皇瑪法！孫兒知錯；下次再也不敢了！」

看他一派天真熱誠，也知道他是真心愛皇瑪法，為了急著想見皇瑪法才冒險的。且又跪在面前，連連認錯，康熙哪還忍心再責怪他？隨即叫他起來，就由愛孫攙扶著，上晴碧亭去。

祖孫倆坐下，太監連忙擺上了茶與果子、點心。康熙見席上有一盤糖蓮子，拈了一粒在手中，問：「弘曆，你知道『蓮』這個字，是平聲還是仄聲？」

「平聲，陽平。」

「屬那一韻？」

「屬一先韻。」

康熙指著滿湖的荷花，問：

「荷花也稱蓮花，這兩個字，是不是相通的？」

弘曆想了一下：

「也相通，也不相通。」

「怎麼說？」

「皇瑪法方才說了：荷花也稱蓮花，是相通的。《爾雅》裡說：『荷，芙蕖，其莖茄，其葉蕸，其本蔤，其花菡萏，其實蓮，其根藕，其中地。』照這麼來說，荷是這一植物的總名，每一部分又各有其名，蓮只是荷的一部分而已。」

康熙拈鬚微笑：

「那『蓮』是哪一部分呢？」

「蓮蓬，又稱蓮房。裡頭一粒粒的，就是蓮子。」

他竟然把話題又兜回了康熙手中拈的蓮子上。康熙呵呵而笑：

「說得好！那，我問你，你方才說，蓮與荷可相通，也不可相通。方才說的，是蓮花與荷花可相通處。你倒說說，什麼是不可相通的？」

弘曆想了想：

「蓮子不稱荷子，負荷不說負蓮。」

康熙滿意了，摸摸他的頭：
「好孩子，說得好！你會背周敦頤的〈愛蓮說〉吧？」
「孫兒會！」
說著，就朗朗的背誦起來：
「水陸草木之花，可愛者甚蕃。晉陶淵明獨愛菊；自李唐以來，世人甚愛牡丹；予獨愛蓮之出淤泥而不染，濯清漣而不妖，中通外直，不蔓不枝。香遠益清，亭亭淨植，可遠觀而不可褻玩焉……」
一氣呵成，竟是不脫不訛。康熙在一邊微閉著眼，手中擊節，心中歡欣。聽他背完，才睜開眼來：
「好！好孩子，難為你！你想要皇瑪法賞你點什麼？」
弘曆眼睛亮了，笑瞇瞇的，目光落在康熙手中御筆題詩的摺扇上。
康熙會意：
「你喜歡皇瑪法寫的字是不？走！咱們上『萬壑松風』你的書齋去，我當面寫給你瞧！」
康熙的興致很高，當場揮毫，給這個愛孫寫了一幅長幅，一幅橫幅，還取過他手中的摺扇，為他題了詩。
在他喜孜孜叩頭謝恩的時候，康熙神色一整，道：
「所謂『文事武功』，你文的這一方面的根柢不錯，我已經知道了。武的方面，還沒見過。你平日總在京裡，嬌生慣養的。在山莊，也不過安居讀書。雖說咱們愛新覺羅子孫都從小學騎射，你平日在京，學騎學射，也不出圓明園、南苑，地方不大，只不過是個練習的場子。過兩天。朕要領著大隊人馬到圍場木蘭秋獮了，想帶著你去，不知道你可吃得辛苦？」

弘曆自來到承德，天天就盼著在木蘭秋獮大顯身手；在他兩位小叔叔的督教之下，他自覺騎射大有進步，火器也有相當的把握了。聽皇瑪法這麼說，立時抬起頭，認真地說：

「孫兒是太祖高皇帝的子孫，身上流著太祖的血。當年，太祖以十三副甲起兵時，也不過是個十幾歲的少年。馳騁在白山黑水之間，哪喊過一聲辛苦？一想到太祖當年，孫兒就什麼苦也不怕了！」

這一番話，聽在康熙耳中，越發覺得這孩子不凡，不覺老懷彌慰：

「好！好！木蘭秋獮的時候，我就把你帶著，看看你的騎射和火器學得怎麼樣了。」

一聽康熙這麼說，皇十六子胤祿在一邊笑道：

「你第一回打圍，要鎮定，別慌亂。只要照著平時練火槍的樣式，不失準頭，一定有斬獲。你可要好好表現，給你十六叔露臉！」

皇二十一子胤禧也笑：

「他如今的騎射，都要越過我去了，這我可不擔心。」

這一回行圍，是在「永安莽喀圍場」。對弘曆來說，這是一次又新鮮、又驚險的經歷。

在圍場兵丁縮小範圍的包抄下，獵物向中心集中。在康熙的提示下，他第一槍就命中了一隻山羊。康熙欣喜之餘，在自己的火槍裡，挑了一把「花神」、一把「舊神」賞賜給他。他自己喜不自勝，胤祿也得意了。

「好徒弟！真給師傅露臉！」

又轉向康熙邀功：

「皇阿瑪！賞了徒弟，也該給師傅記一功吧？」

逗得康熙也呵呵大笑，連聲道：

「記功！記功！回頭還叫你四哥好好請你，謝謝你調教他的兒子！」

正說著，一隻大熊從叢林中竄了出來。康熙鎮定的舉起火槍，一槍命中，大熊立時應聲而倒。周圍的官兵歡聲雷動。康熙疼愛弘曆，想要他居第一次行圍就獵得大熊之名，笑著命他：

「你上馬過去，補牠一槍！」

弘曆遵命上馬，尚未來到大熊跟前，大熊忽然人立而起，向弘曆這邊撲來。弘曆還來不及舉槍，只聽到一聲槍響，大熊應聲而倒；原來康熙一見大熊立起，大驚，深恐弘曆為大熊所傷，立時舉槍射擊，救這位愛孫。

弘曆騎馬回到康熙身邊，跳下馬，跪地謝恩：

「孫兒謝皇瑪法救命之恩！」

見到愛孫無恙，康熙想起方才驚險的情況，還不由一身冷汗。回到帳中休息時，對隨侍的和妃瓜爾佳氏講起方才驚險的一幕，道：

「這個孩子真是福大命大！要是到了熊跟前，熊才立起撲過來，成何事體！就算熊沒直接傷著他，馬受了驚，把人跌了，可也是不得了的事！照這麼看，只怕他的福命比我還大呢！」

為了證實自己的想法，他秋獮回到避暑山莊後，傳旨駕幸「獅子園」。雍親王忙吩咐備宴。席間，康熙指著隨侍身側的弘曆，吩咐：

「把他的親娘傳了來，讓我看看。」

雍正聽了，心中暗喜；從來沒有名位的侍妾們，在皇上面前，哪有現身露臉的資格？而皇帝指名要見弘曆的生母，可見是對這個孫子頗有期許。

當即看了那拉氏福晉一眼。那拉福晉會意，立即滿臉含笑，對貼身丫頭如意，低聲吩咐了兩句，命她去喊鈕祜祿格格見駕。

因為皇帝駕幸，鈕祜祿氏正在後面小廚房裡幫著張羅酒宴，一身家常操作的打扮。

如意來到小廚房，見到她，先向她道喜：

「鈕祜祿格格，大喜！」

對大福晉的貼身丫頭，她不敢怠慢。舉袖揩揩額上的汗，陪笑：

「如意姑娘，我能有什麼喜呀？」

「萬歲爺傳旨，要見你呢！還不快換件衣裳去。」

她一聽說，先慌了。如意早得了那拉氏吩咐，把她拉進房裡。找出年節喜慶給親王、福晉行大禮時才上身，平時幾乎沒有機會穿的體面衣裳，幫著她換了。又匆匆打開鏡袱，幫她梳好了頭髮。抹了粉，點上胭脂，又插上幾朵珠花，才陪著她到廳前，推她進去。

當時在座的女眷，不是宮裡的妃嬪，就是王府裡的福晉、側福晉、各府邸的格格們。都是平日她見到了，就得先陪笑行禮的人物。事實上，日常府裡的宴會，距離她都很遠，遠到她根本搆不著，只有在廚房幫忙張羅的份。頂多在曲終人散之後，那拉福晉命丫頭把撤下的食物「賞」她，她才得以嘗到這些佳餚的滋味。參加？她夢裡也不敢想。更何況是皇上親臨的宴會！

進了廳，雍親王吩咐道：

「皇上要看看你，還不上前見駕。」

她傴促的整整衣襟，誠惶誠恐的走到康熙皇帝席前，規規矩矩的行了大禮：

「奴才鈕祜祿氏給皇上叩頭。」

年氏、李氏兩位府裡得寵的側福晉，看她那沒見過世面的寒磣樣，都忍不住抿著嘴，露出譏嘲不屑的神色。

這些，都落在康熙眼裡。他心中明白：這個出身寒微的媳婦，在這府裡，顯然日子並不好過，格外的憐惜起來。滿臉的和煦：

「你不要害怕，抬起頭來讓朕看看。」

相較於選秀指配入府的幾位福晉、側福晉，不論容貌、穿章打扮，乃至談吐風範，典雅氣質，鈕祜祿氏自然都遠遠遜色。但卻有著她們所沒有的自然樸拙，和顯然無機的善良。她談不上美貌，卻另有一種淳厚穩重和健康之美。康熙仔細看了她敦厚的面相，發現弘曆與他的生母，還是有著幾分肖似。和顏悅色的點點頭：

「你是個有福氣的人哪！生得這樣的好兒子！」

聽了這話，兩位側福晉的神色就都不自在了；難道她們生的兒子就不好？康熙把她們的神色都看在眼裡了。想起，曾聽德妃談起過：弘曆在府裡，雍親王與大福晉是相當疼愛他的。但，哥哥弘時卻常仗著出身貴重，拿著「嫡子」的款兒欺負弟弟。看李氏掩不住妒恨的神色，他不由得心中警惕。隨即吩咐雍親王夫婦，順便還掃了兩位側福晉一眼：

「要好好管待她！以後，只怕你們還要託她的福呢！」

此一言入耳，每個人都有了不同的反應，雍親王夫婦是喜慰，鈕祜祿氏是不安，兩位側福晉則是不平。但，出於皇帝金口玉音，她們又能如何？

康熙在避暑山莊期間，弘曆常陪著釣魚。釣到了魚，康熙常命弘曆送到獅子園去，獻給他的父親雍親王享用。而為了表示對鈕祜祿氏的抬舉，尋常無事，隔十天半月，也會特命弘曆到獅子園去探望生母；他是特以此優遇，表示對這媳婦的另眼相看。自此，鈕祜祿氏在府中的身分雖然還只是「格格」，但所享的禮遇，當然就大異於過去了。

這是弘曆與祖父最親近的一個夏天，是他一生最幸福快樂的一個夏天。他沒有想到：竟也是他與祖父相處最後的一個夏天；當年的冬天，他最崇慕、敬仰的皇瑪法駕崩了……

第二章

「皇上有旨：今以富察氏李榮保之女，作配皇四子弘曆為大福晉！」

馬齊穿著蟒服，朝北跪在乾清門外，代表女方家長受了旨。三跪九叩之後，接過聖旨，這件大事就算底定了。

接著，內大臣、侍衛，陪著皇四子弘曆親詣馬齊府中，行「文定」之禮。婚禮的籌備工作，緊鑼密鼓的展開了。

男家是皇室，女家又是當朝「首輔」馬齊的親侄女，在大清朝來說，可以說是貴盛無匹了。而且，這又是雍正皇帝登基以來皇家的第一件喜事，再加上皇四子弘曆本來就是所有人心中認定的「皇儲」，誰不巴結著差使，盡心籌備？

富察氏的「蘭姑娘」飛上枝頭作鳳凰，成了天下女孩兒們最豔羡的對象。馬齊府上人來人往，尤其女眷，誰不想趁著她還未進宮，前來道賀、送禮，跟這位可能成為未來皇后的蘭沁拉攏關係，以便日後沾光？

雖說是親友「三六九等」，未必她都得親自接待。但馬齊一門兄弟，都子孫興旺，兒女眾多。就僅與這些「近親」堂房的女眷應酬，也夠她勞累的。她素來禮數周到，尤其現在身分不同了，與親長、姊妹淘相見，總也維持著過去「溫良恭儉讓」待人接物的態度，甚至更加謙和溫婉，不願落下「拿大擺譜」的褒貶。也因此，這些錦上添花的「應酬」，常弄得她疲憊不堪。總要到夜闌人靜，連喜鵲般守在身邊的丫鬟也退下了，她才有完全屬於自己的時間，也才能定下心，想想過去與未來。

她心中自然也是為之狂喜的。但她從小受到詩書禮教薰陶的教養，卻發揮了冷卻的作用。使她至少在人前力持鎮定，保持著素日嫻靜端莊的神態。只在女眷們戲謔或道賀的時候，臉上不免泛出少女嬌羞的紅暈。

深閨無人之際，或她手中拈著針、捧著書為掩飾的時候，才能垂目低眉，想著她所知道的「皇四子」弘曆。

弘曆的名字，其實她並不是在確定指配後，伯母要伯父向她詳細說明時才知道的。事實上，「弘曆」這名字，對她一直並不陌生。雖沒有誰刻意的跟她說過，但，從伯父們，和哥哥們日常的閒談中，她已熟悉了弘曆身世的傳奇。

她對政治其實是不陌生的；她也知道：二伯父馬齊，曾捲入康熙末年的儲位之爭。當時，馬齊伯父支持的人，並不是現在的雍正皇帝——當時的皇四子胤禛。而是皇八子胤禩，並曾為此受過康熙皇帝的嚴譴。甚至，她的父親李榮保都曾因而被牽累連坐入獄，家人也曾憂心忡忡。但很快的，伯父出了獄，而且聖眷未衰。父親出獄後，也被任命為正三品的「察哈爾總管」。

從那時起，「弘曆」這個名字，就開始出現在她的耳中了。

二伯父馬齊，對這位雍親王幼子讚不絕口。她甚至懷疑，伯父就是因為弘曆而改變了原先支持皇八子胤禩的立場，轉而支持雍親王的；倒也幸虧這一轉變，而逃過雍正皇帝登基後，劃為胤禩一黨，被整肅的命運。

她沒想到的是：這個名字，竟與她有著這樣深的聯繫；他竟然成為她未來的夫婿！

她已被選為三等侍衛的哥哥傅清，把妻子送到伯父家來協同籌辦喜事。她們姑嫂一向親睦，母親不在身邊，伯母畢竟不比親娘，有些話不好出口。嫂嫂便拿出了「長嫂如母」的身分，除了協辦喜事，還肩負著教導「男女大倫」之責。

她常藉辭不回家，而夜宿蘭沁閨中。在夜半無人之際，與蘭沁竊竊耳語。教導一些讓蘭沁聽了羞不可仰，卻又明白：這是將為人妻的她，應該知道的男女之事。

蘭沁更樂意聽的，卻是嫂嫂從傅清口中聽來，一些關於皇四子弘曆的故事。蘭沁總是低垂著眼瞼，卻又豎著耳朵，怕聽漏了關於弘曆的任何事。

一有閒暇時，她也總是手不釋卷；她知道，弘曆除了福敏之外，皇上又為他指派了朱軾、張廷玉、徐元夢等當代名儒為師。

當然，有關「治國平天下」的書，她是不必認真研讀的。大清規矩極嚴：「后妃不許干政」，她必須嚴守分際。但，聽說弘曆頗好文學，則至少詩詞、文史，她應該多加涉獵，以免與皇四子在文化底蘊上落差太大，弄得日後無言相對。

對她的姿容，她是自知亦自負的。但，她不想只當一個「以色事人」，仰望雨露的「宮眷」。她希望的是：除了夫妻間應有的兩情歡洽之外，還有共同的喜好、共同的話題，能建立彼此間知情解意，靈犀相通的情誼。她認為，「詩書」可能就是打開弘曆心門的一把鑰匙。

幸好，這些本來就是她所喜好的，對她來說，閱讀、記誦、理解都並不困難。既有如此多才夫婿，在閨房唱隨之餘，能以詩書雅韻為生活點綴，人生至此，夫復何求？

只是，她也知道：她不是嫁入一般人家為「才子婦」，而是嫁入皇家；今日為皇四子嫡妃，未來……

未來的事難以預測，也不宜預測。但卻不能不對有朝一日可能「母儀天下」有所準備；包括了儀止、風範、談吐、器度、德操……

她是熟讀《列女傳》的，也嚮往著：如果真有那麼一天，她能名列青史，與現在她所欽仰的歷代賢后、賢妃們並列！

面對未來，那麼龐大複雜的宮廷生活，她有些心懷畏懼。但，她也知道，這已是她無可逃避的「天職」了！她一定要盡心盡力去承擔起這一份天職：做皇四子的嫡妃，做帝、后賢孝的媳婦。如今，首要是先做弘曆的賢妻，日後還要做子女們的慈母。如果，弘曆果然有眾口一詞的「福命」，她更希望能做一個流芳百世的賢后！

「姊姊！」

小她八歲的弟弟傅恆，掀簾而入，打斷了她的沉思。傅恆在家裡的男孩中行九，是她最小的弟弟，長得聰明俊秀。從小就在長輩們著意的教導栽培下學文習武。雖然年紀還小，卻已顯現出超過同齡孩子的少年英發了。

她放下手中針線，看他一身的灰、一頭的汗。笑問：

「打哪兒來的？也不先洗洗去，這麼一身灰、一身汗的！」

「跟二哥到南苑跑馬去了。姊姊！你猜，我在南苑遇著了誰？」

她看他一臉的興奮，她心裡立時浮起一個名字，卻不肯說出來。故意道：

「我是個無事不出閨門的姑娘家，你在南苑遇到的，準是個男人！我哪能知道是誰？……嗯，看你這一臉興奮，難道是遇到皇上了？」

小傅恆扮個鬼臉：

「皇上？皇上駕到，像我這樣的『閒雜人等』，早就給淨街清道的前導侍衛攆出去閃邊躲人了，哪能給我『遇上』！我遇到的，是皇上的兒子！」

蘭沁還是故作不解：

「皇上的兒子？當今皇上的兒子好幾個呢。康熙爺的可就更多了……」

小傅恆急得跺腳：

「蘭姊姊！別人干我什麼事呀？我遇見的是我姊夫，當今的四阿哥！」

蘭沁聽他直接喊出「姊夫」來，羞得低下了頭。半晌，才回眸斜睨了他一眼，微嗔道：

「你認親倒認得真快……」

傅恆笑：

「他也不慢呀！他遠遠見到我跟二哥，立時就馳馬過來了。二哥向他行了禮，也教我行禮。介紹我是他的弟弟，叫傅恆。他一聽說，就喊我『小九弟』；姊姊！你看，連我的排行他都知道！」

蘭沁心中一甜；她已聽說，四阿哥看過了她的畫像，而且表示十分中意。顯見得這位四阿哥也和她一樣，雖尚未成親，已然把她放在心上了，甚至對她家的人都留了心；富察家父輩幾房都人丁眾多，傅恆又還小，要不是留了心，怎會知道傅恆是「小九弟」？

她急著想知道下文，卻又羞於啟齒去問。還好，傅恆還是個孩子，興奮得話在嘴裡關不住。

「四阿哥可和氣了！問我幾歲了？又問我念書上學了沒有？還說，我們富察家，雖是皇家最器重的侍衛世家，讀書還是重要的，不能荒廢！見我正跟著二哥學騎射，又要我當場射給他看。」

他笑瞇瞇地表功：

「姊姊！小弟我可沒給你蘭姑娘丟臉！連發了三箭，都命中紅心。四阿哥就誇我是好樣的。還說，皇上常誇二哥勤慎忠勇，要我多跟著二哥學，好給富察家增光！」

他朝著姊姊扮個鬼臉：

「這還不是都沾著姊姊的光？我要不是你蘭姑娘的親弟弟，他還管我是阿貓阿狗？」

蘭沁臉也板不住了，笑斥：

「什麼不好比，比阿貓阿狗！看你這一身灰塵、一身汗臭的，還不給我快洗洗去！洗乾淨了，有果子給你吃。」

自此，在想到四阿哥的時候，除了喜悅，心中更增添了幾許甜蜜。

吉日到了！一大早，弘曆喜氣洋洋的穿上了蟒袍補服，先詣皇帝、皇后前行禮。雍正帝后也都笑逐顏開的向他道賀。接著，他又到生母熹妃宮裡行禮。

見到兒子成人，都要娶親了，回想當初的種種委屈，熹妃又是心酸，又是歡喜。臉上帶笑，目中盈淚，也向他道賀。目送他隨著迎親的儀仗而去。

馬齊家，早有內務府選派的女官，在閨閣外侍候。從皇宮到府門前，也早由步軍統領命所屬部眾掃灑清道。鑾儀衛準備了儀仗，引導著騎在駿馬上的皇四子緩緩而來。一頂紅緞的八人大轎，裝點得金碧輝煌。後面跟著內務府總管、官員、護軍，緩緩抬入了馬齊府的中庭，等待吉時。

吉時到！轎子由內鑾儀衛從中庭抬入中堂。由全福太太們梳妝打扮，也穿著福晉朝服的富察氏蘭沁，在女官扶持陪伴下，拜別了代父母受禮的二伯父、二伯母，出閣登轎。女官隨即放下了轎簾。內校抬起了轎子，以平穩劃一的步子，跨出府門。隨行的男女官員，紛紛上馬、上轎。或前導，或後衛，圍護著花轎浩浩蕩蕩的向著紫禁城進發。

保持著適度距離，立在街道兩旁的百姓們爭看熱鬧。

四阿哥是百姓們心目中賢明仁厚的好皇子。而馬齊本身又是賢相，大家也聽說，他的侄女知書達禮，才貌雙全；不然，皇帝怎麼會親自指配，讓她與大家心目中有「儲君」風範的「皇四子」締結良緣？雖然，轎簾圍得密不通風，就看著裝飾富麗堂皇的花轎，也滿足了他們心中所期望皇四子福晉的美好想像了。

紫禁城到了！隨從們都在宮門外下了馬，步行而入。儀仗也停在宮外。只有女官，才能跟著轎子直到已「鋪宮」為洞房的「西二所」宮外。在贊禮與女官導引之下，蘭沁下了轎，跨進宮中，也跨進了她人生另一個階段。

在「喜歌」聲中，新郎、新娘喝了合巹酒，吃了「子孫餑餑」。合巹禮畢，也算是繁冗盛大的婚禮告一段落。命婦們行禮退了下去，宮女為四阿哥卸下袍服，又為新福晉卸了大妝，也退了下去，並順手輕輕的帶上了洞房門。一直到了這時，他們才擺脫了一切的繁文縟節，來到真正屬於他們兩個人的世界。

蘭沁的心突突地跳著，臉上一陣陣的發燒，低眉垂目的坐在鋪設得花團錦簇的龍鳳床上。一種說不出的幽微喜悅與羞懼，緊緊的包圍著她；如今，洞房裡只剩下她和她的「夫婿」——皇四子弘曆了。

蘭沁自然有著新婦的羞澀，弘曆也是初歷這等人生大事，有著不知如何搭訕說話的不知所措。望著一身大紅，低垂著粉頸，坐在床沿的蘭沁，他有著想托起她的臉好好看看的衝動。他知道她很美，他在畫像上就看過了。但，畫像是畫像，人卻是活生生的呀！

他忽然想起，皇額娘告訴他，富察氏也是熟讀詩書的才女！他有了搭訕的主意。他望著她，口中吟唱：

「關關雎鳩，在河之洲。窈窕淑女，君子好逑。」

蘭沁聽了，嘴角露出了一絲淺笑，輕聲接了下去：

「參差荇菜，左右流之。窈窕淑女，寤寐求之。」

弘曆笑了，接著往下吟：

「求之不得，寤寐思服。悠哉悠哉，輾轉反側。」

她又接著低吟：

「參差荇菜，左右采之。窈窕淑女，琴瑟友之。」

弘曆走到床前，在她身邊坐下，握住她的手，吟出了最後一節：

「參差荇菜，左右芼之。窈窕淑女，鐘鼓樂之。」

她微微抬起頭，就觸及了那一雙燃燒著火焰的灼灼雙目。他輕輕托起了她的下巴，那容顏，是他已從畫像上熟悉了的，卻比他所熟悉的更美、更好、更清婉靈秀。黑白分明的眸子，沉靜羞澀中又帶著那樣的依慕與柔情。那一雙柔荑素手，在他的手中微微沁著汗。薄薄的脂粉，掩不住她的風韻天然。映著燁燁燭光，越發的唇紅齒白，玉顏生輝。

這就是他的妻子！他的心，不由因為狂喜，突突的跳動著。感覺她的手，也那麼若合符節的在他的手心中微微顫動。她的目光，羞澀的避開他的凝注。他放開了她的手，用雙手捧住她的臉，正對著自己；讓她的眸光無以閃避。

敵不過他凝注的目光，蘭沁羞得滿臉緋紅，垂眸微笑。他順手放下了帳簾，將她擁入懷中……

三朝已過。蘭沁清早起身，在宮女侍候之下，梳洗大妝。換上了皇子福晉的吉服，更覺雍容華貴，不可方物。

新媳婦照例三日「拜姑嫜」。雍正帝后見到這位隨著兒子進宮，清麗端莊，溫柔嫻雅的「新婦」，喜慰非常。連一向嚴肅的雍正皇帝，都露出了難得的和悅笑顏，嘉勉賞賜，逾於倫等。皇后更是得意；雖說是皇帝指配，其實也是她從中玉成的！

在雍正諸子中，她本來就對弘曆特別偏心，視如己出。心愛的「兒子」完婚，身為「皇額娘」，又如何不喜？而且，見蘭沁不僅容貌清秀端麗，而且禮儀嫻熟，舉止安詳。面見帝后，也沒有表現得退避或畏縮，還是一派的落落大方，又得體合宜，竟是大有「母儀」之風。弘曆得此賢妻內助，她又如何不為之欣幸！

而熹妃與齊妃的心情，卻又不一樣了。

熹妃鈕祜祿氏，見到兒子、媳婦雙雙入宮來拜見「額娘」，在喜悅之餘，卻有著說不出幽微的苦澀、惆悵。

從雍親王府沒有名位的「格格」，到如今封為主位的「熹妃」，她知道：這是沾了「好兒子」的光！一直屈居人下，她並不怨恨；她本來就出身寒微，本來就樣樣不如人。在雍親王府，不論對烏拉大福晉，或年氏、李氏兩位側福晉，她都「心悅誠服」的退讓。她本該居於人下；她們都是經過千挑百選的選秀脫穎而出，由皇帝指配為正、側福晉，進府就是「主子」的命婦。而她，只是「宮女子」出身，本來就該當侍候主子的。要不是雍親王那一場病，要不是她生了弘曆……

雖然弘曆自從受到康熙爺的青睞之後，一步登天，成了雍親王最寵愛的兒子。連帶她，在府裡也都有了不同的身分與地位，原本在府中沒沒無聞，沒人注意、理會的她，一下水漲船高的，受到了前所未有的關注與禮遇。但在心理上，她始終擺脫不了她本是宮女子的烙印。「她的兒子」，好像也一直沒有完全屬於她。

弘曆心性敦厚，當然知道她被指派入雍親王府以來，長年屈居人下的辛酸與委屈，對她始終沒有一點異於往常的態度。但，她始終無法消除自己那一點出身寒微的自卑。甚至，在這人人都說「福大命大」的兒子面前，她有時竟會升起自己「不配」的仰望之情。

如今，兒子娶妻了！她記得她未入宮前，親友嫁娶，總說：「兒子低娶，女兒高嫁」。她的媳婦，是當今首輔馬齊的親侄女。對「皇家」來說，並未違反這「低娶高嫁」的原則。可是對她這有著出身寒微情結的「婆婆」，面對這出身高貴的兒媳婦，她就是沒來由的有著情怯。即使，如今她已不是當年的「格格」了；皇上登基之後，就封她為「熹妃」，列入主位。雖然還是在那拉氏皇后與年氏貴妃之下，卻與當年的側福晉，封「齊妃」的李氏比肩了！而從後來皇上對弘時、弘曆不同的態度看來，顯然，她是「母以子貴」，齊妃卻是「母以子賤」了。她的身分，真是不同了！但她還是沒來由的侷促不安，深怕自己的出身，讓這新媳婦看「輕」了。

「媳婦富察氏，叩見額娘！」

蘭沁輕言婉語的請安。弘曆笑逐顏開的與新婚妻子併肩，雙雙下拜。熹妃臉上堆著笑，卻一時慌亂的不知所措。還是宮中的大太監，用手式提示，她才慌亂的說：

「起來！都起來吧！」

看座、看茶都是應有之儀，自有太監們安排。「見面禮」，更是那拉氏皇后體貼，早就為她打點好的。兒子、媳婦都坐下之後，她卻只有看著他們笑，吶吶地說不出什麼冠冕堂皇的客套話來，竟是一下就冷了場。

幸好，弘曆看出了母親的緊張不安，為母親與妻子找出話題來打圓場。總算在表面上，母子、婆媳還是言笑晏晏，和樂融融。

待等小倆口兒雙雙叩別，退出宮門，熹妃以目相送，卻有些不辨悲喜；不知應該高興，還是如釋重負。

依禮應拜見的，還有與熹妃同列「主位」的齊妃李氏。面對著皇四子夫婦雙雙來拜，她的心情就更複雜矛盾了。當她「貴」為側福晉時，她對出身寒微的「鈕祜祿格格」所生的弘曆鄙視過。當弘曆獨膺康熙爺寵眷時，她為弘時不平而妒恨過。她知道大清的傳統家法是「子以母貴」，這在及齡「封爵」的時候，特別凸顯；出身「貴重」的，封親王、郡王、貝勒，等而下之的，封貝子甚至輔國公不等，就明確的反應出「高低」來了！再怎麼說，弘時的身分就是比弘曆高貴！

雍正登基，冊封后妃的時候，她受到了第一次的打擊：烏拉那拉氏大福晉封后，年氏側福晉封「貴妃」，她竟只被封為「齊妃」，已令她不平；她本來與年氏是平起平坐的！怎麼平白無端的就低了一等？但她知道年氏有個哥哥年羹堯，是手握兵權，舉足輕重的「疆臣」，又是擁立雍親王登基的大功臣。而且年氏自入府以來，一直受非常之寵，她也無話可說。

令她氣不平的是：當年府中幾位格格，宋氏、耿氏都封為「嬪」，而鈕祜祿氏，卻一步登天的封了熹妃，與她齊了肩！如果是這樣，那藏在「正大光明」匾後，皇帝親書傳位密詔上的名字，還有可能是弘時嗎？

更糟的是：弘時在康熙時代已及齡，可以受封了，卻因雍親王根本沒有讓宗人府把弘時列入「請封」的名單，而沒有受封。到了皇上即位，大封兄弟、子侄的時候，他還是「皇三子」，連個「貝子」都沒落到！

沒錯！弘曆、弘晝也還是「皇四子」、「皇五子」，但那是因為他們的年齡還不到！

弘時的憤怒，寫到了臉上。她也鼓勵弘時去「爭」！已婚分府的弘時，是如何抗爭的，她並不那麼清楚。直到皇上明白的告訴她：弘時已「出繼離宗」；如今，已非「皇子」，而是廉親王府中的「王子」了。從今以後，不再是他，也不再是她的兒子時，她才知道她錯了！錯得無以補救！皇帝注目著她，冷冷地說：

「也說不定有一天，老八篡了位，日後讓弘時繼位，還念著你是他的生身之母，封你當個太后；你就等著吧！」

這一席陰冷的話，嚇得她魂飛魄散。天下有這樣狠毒的阿瑪嗎？把自己親生的兒子，過繼給「仇家」！而皇帝話語中的陰沉，與他這些話語中的冷酷，使她知道：她真的沒有這個兒子了！他的皇阿瑪饒不過他！

一顆提吊著的心，一分一寸的隨著朝局的險惡沉落。她本來就知道，封「廉親王」的允禩，是皇帝心目中的頭號大敵。皇帝不管一開始做得多麼「漂亮」，終究遲早是會置之死地而後甘的！到時候，弘時必然會成為兄弟鬩牆的犧牲品！

果然！血雨腥風掀起，廉親王不但廢為庶民，還被改名為「阿其那」，圈禁高牆。而她的弘時，以「阿其那之子」的身分，同遭監禁。

阿其那死了！哪有人敢問：他是怎麼死的？她不在乎阿其那的死活！但，她的弘時，在阿其那死後，還在高牆裡圈禁著！

在雍親王府時，她敢跟雍親王撒嬌撒癡撒賴，因為她知道自己得寵！而如今的她，卻連向當今「雍正皇帝」求情都不敢了；在皇帝冷漠的眼神中，在皇帝處置年羹堯的冷血無情中，她知道：在名義上，她還是齊妃。在皇帝心裡，她早已與弘時「連坐」；在皇帝告知他弘時「出繼」之後，她住的宮院，就成了冷宮，一個皇帝絕足的地方。

更殘酷的，她被迫面對她無法面對的現實：她的弘時，命已垂危，完全是不能指望的了！而弘曆卻儼然有了「皇儲」的身分，並且喜氣洋洋的領著新娶的大福晉到「母妃」宮中來行拜見禮。

她不能推、不能拒，卻又讓她情何以堪？

許久沒有見到齊妃的弘曆，見到她時，嚇了一跳。齊妃夙來是以美貌自許，而且一向是穿章打扮都極為講究的人。尤其在雍親王府與年氏側福晉爭寵的那段時日。見到她，總是容光煥發，齊楚亮麗的。她聰明過人，伶牙利齒，別說鈕祜祿格格她不放在眼中，有時竟是連賦性寬和的嫡福晉烏拉那拉氏，都不時的會受她幾句鹹言淡語。偏又出以半真半假的語氣，要認真計較，她說她不過是「鬧著玩」的；要不認真，那夾針帶刺的話語，委實傷人。竟落得氣笑不得，卻又無可奈何。

這些留在弘曆腦海根深柢固的印象，這一回，整個推翻了。

齊妃，整個人幾乎脫了形。雖說是漸入中年，畢竟也不過年近四十而已。比「皇額娘」小了好幾歲，而身為皇后的烏拉那拉氏，如今的風華依然不減。齊妃竟是老態畢露，憔悴得臉上的脂粉都蓋不住了。不但當日手采盡失，神情更是說不出的晦暗。

蘭沁更是嚇了一跳；她久聞齊妃美貌，而且口角鋒芒，尖刻犀利。因此，未見之前，她對這位名義上也是「婆婆」的庶母，頗存有幾分戒懼，覺得是必要小心翼翼應對侍候的人物。沒想到，如今的齊妃，只覺蒼老憔悴，風華盡失，讓人油生悲憐。

此念一生，她更謙和盡禮的向齊妃行禮，拜見「母妃」。

她依禮拜完起身，齊妃木然的望著她，恍如失了神，連一句話都沒有說。她有些不知所措，求援的望著弘曆。

弘曆臉上堆著笑：

「母妃保重！弘曆、蘭沁告退了。」

他們才雙雙退下，尚未到門口，齊妃卻忽然奔了過來。弘曆還沒回過神來，齊妃卻不由分說，就拉住弘曆，露出癡迷的笑：

「弘時！額娘的好孩子！你別怕！就算是你皇瑪法偏疼他，又怎麼樣？咱們大清的家法『子以母貴』！他娘是個什麼東西？格格！大得過你娘嗎？」

此言一出，不但驚住了弘曆夫婦，宮中的宮女、太監也嚇得面無人色。

弘曆與蘭沁對望一眼，心知齊妃大概抑鬱過度，思子成疾，加上他們夫婦來拜的刺激，竟是失心成瘋了。

這話聽在耳中雖然逆耳，見她已如此可憐，也不想再計較了。弘曆吩咐宮女、太監：

「好好服侍母妃！她說了什麼，一個字也不許傳出去！」

聽他這麼說，原本擔著心的宮女、太監才算放了心。顯然四阿哥不會計較，更不會告狀；這些話，真要傳了出去，那才是他們擔待不起的禍事！忙連連稱「是」，扶著齊妃進入寢宮。

出了宮，看到蘭沁的臉色，還有些蒼白。知道她受了驚嚇，弘曆輕輕捏捏她的手：

「你不要害怕，也不要放在心上。」

說著，輕嘆了一口氣；憐惜地想：嫁入宮中的蘭沁，是否了解外朝、內廷中各種風雲詭譎之可怕呢？「皇四子福晉」看似風光的背面，又豈是容易當的？

第三章

新婚洞房裡的大紅「囍」字還亮麗耀目，弘曆的心情卻落到了谷底。

他的三哥弘時死了！就在他新婚才半個月的時候。

雖然皇額娘言之鑿鑿：皇阿瑪對弘時還是有父子之情的。但他卻無法從皇阿瑪的態度、言語中聽出什麼喪子的哀痛心情；皇阿瑪甚至漠然的對報喪的宗人府宗令說：

「弘時已在雍正四年過繼在阿其那名下。後來阿其那議罪，他們『父子』同時削籍離宗，圈禁高牆，與朕全無關係。你們照章處理後事就是了！」

宗令吶吶地問：

「那，福晉呢？」

他聽說，皇阿瑪只冷冷地說：

「他已削籍離宗，董鄂氏還能算什麼福晉？比照阿其那之妻的例子辦就是了！」

他的八叔允禩論罪後，八嬸是「逐還外家」的。也就是說雖未被株連，也算不得皇親命婦了。只能回到娘家，由她自生自滅！

當年三嫂董鄂氏進門的時候，是以「尚書府」的姑娘嫁入王府為王子大福晉的，也曾那麼為人稱羨。

她不是也曾像今日的蘭沁一樣，懷抱著滿心喜悅與無限憧憬嫁入皇家的嗎？怎能料到，當日人人稱羨的新嫁娘，竟是這樣一個終局？

從小，他就知道：三哥是既不喜歡他，也看不起他的！只因三哥的母親李氏貴為側福晉，而他的母親鈕祜祿氏，卻是出身寒微的宮女子，不過是個等於「丫頭收房」的格格。

在嫡福晉所生的長子弘暉夭折，另一位側福晉年氏所生之子也不育，弘時就成了當年雍親王府上下人等心目中的「嫡長子」了。

他經常以長兄兼嫡子的優勢，欺壓「出身寒微」的弘曆，與同樣母親只是「格格」耿氏所生的弘晝。

他幼時，對這位哥哥非常敬畏，甚至，避之則吉。若真論感情，其實是談不上的。但，那一點來自天性的手足之情，總是無法泯滅。再怎麼說，弘時也是他同父異母的親哥哥！他自己也沒有想到，有朝一日，他「時來運轉」；皇瑪法改變了他的整個命運。

然而，這「時」來得太晚！祖孫情濃！祖孫緣淺！

皇瑪法的死，父皇的登基，內情到底如何？他實在不知道！那時，他才十二歲！他只記得，他自己乍聞皇瑪法駕崩的悲痛，乍聞皇阿瑪登基的錯愕。這一切都來得太快，快得令才十二歲的他措手不及。

他也記得，那時府中緊張戒備的氣氛，大異尋常。而在緊張戒備中，他卻感覺不到什麼「國有大喪」的哀戚；在「居喪」表面的凝重中，隱隱流動著說不上來的喜氣。讓他感覺：處處觸目一片素白的雍親王府中，真正傷心的，似乎只有他一個人！畢竟「一人得道，雞犬升天」！雍親王登了基，又怎不令雍親王府裡上上下下的人眾暗自狂喜？至於登基的內情到底如何？卻沒人知道，也沒人敢議論。

當然，朝廷照章宣布了康熙皇帝的「遺詔」昭告天下！又言之鑿鑿：因為是當皇瑪法臨終之際，唯一在場的隆科多口銜天憲：

「雍親王皇四子胤禛人品貴重，深肖朕躬。必能克承大統，著繼朕登基，即皇帝位。」

但，那真正是出皇瑪法的「臨終遺命」嗎？如果是真的，為什麼諸王貝勒一個個那麼驚惶失措，憤憤不平？至少，這可以證明皇阿瑪並不是他們心目中一向臆測的人選！雖然，後來又有首輔馬齊指證：康熙皇帝在言談中，的確表露過傳位雍親王之意。

事已定局，也照章公布了「遺詔」，可是……那遺詔，並不是在皇瑪法生前公布的，而是在皇阿瑪登基之後，才以滿、漢、蒙三種文字，寫在明黃繡龍的「聖旨」上，布告「天下周知」。誰寫的？內容是什麼？皇皇璽印一蓋，誰敢質疑、議論？

皇阿瑪登基，迄今已第五年了！這五年間，朝廷中人事的翻覆，令人觸目心驚！他看到了那麼多人在皇阿瑪面前倒了下去；包括了他的仇人與功臣！

就像每一件對王、大臣的恩封，都有一套堂皇嘉勉的說辭。論罪，也都有指證切責的詔旨上諭。然而，這都是可信的嗎？

他當年是信的！他的天真，他的善良，乃至他對皇阿瑪的孺慕、敬愛，都讓他不敢不信，也不願不信！

但如今，他的年齡漸長，讀書漸多，見識漸廣。也慢慢掙脫了這一重出自感情用事的「信」，卻對整個事件不能無「疑」。

從長久累積的觀察與思考中，他才知道當年在雍親王府，看似與世無爭的「富貴閒人」雍親王，實際上是胸懷大志的！而且，心機城府極為深沉！他尤其沒有想到的是：「出生寒微」，竟成為他父子共同的隱痛。

他過去不知道，總以為「太太」德妃烏雅氏，地位尊崇；事實上，皇瑪法在位時，曾立過三位皇后。三位皇后先後薨逝，皇瑪法都非常悲痛。甚至存了自己命太硬會「剋妻」的疑慮。因此，後來就沒有再立過皇后。到皇瑪法晚年，「太太」德妃，在後宮的各妃嬪中，的確已算是名位最崇隆的妃子之一了。

而到他漸漸長大才知道：原來德妃與他的母親一樣，也是出身微賤的「宮女子」；她的曾祖父額布根，原是內務府包衣，在太祖時曾任膳房總管。父親威武則是正五品護軍參領，夠不上「三品以上官員」家名媛閨秀選「秀女」的資格。十三歲，經內務府選入宮中為「宮女子」；皇阿瑪高於他人的身分地位，並非來自「生母」德妃，而是來自「養母」：當年的「皇貴妃」佟佳氏。

臨終前，皇瑪法下「特旨」，由皇貴妃晉位為「皇后」的佟佳氏！

力助皇阿瑪登上皇帝寶座的隆科多，被尊為「舅舅」，也是從這關係來的；佟佳氏未曾生育，但以「皇貴妃」的身分，領養了「皇四子」。皇貴妃領養他的原因，正因為他的生母烏雅氏，是皇貴妃宮中的宮女。烏雅氏十三歲入宮，就派在皇貴妃宮中服役。十八歲偶然承恩受了孕。對皇貴妃來說，「皇四子」總歸是「自家人」生的，總比沒有淵源的人貼心體己！事實上，烏雅氏是直到她生了兒子，兒子又被皇貴妃領養之後，才被封為「德嬪」的。在此之前，她甚至連個「答應」、「常在」的名號都不曾有過；也由此可知其出身微賤。

佟佳氏皇貴妃自己沒有生育，而將領養的「皇四子」視如親生。這才是皇阿瑪雖然出身寒微，卻在受封時，輕易的擠入了「親王級」皇子之列的原因！「孝懿仁皇后」佟佳氏更「臨終托孤」；將出身寒微的養子四阿哥胤禛，囑託給弟弟隆科多照應。

在他的記憶中，並不覺得皇瑪法對皇阿瑪有什麼特別的「另眼看待」；各方面的待遇，與三伯父、八叔父相比，皇阿瑪都並不特別突出。在他的了解中，真正受到皇瑪法「另眼相看」的皇子，只有兩位：先是廢太子、二伯父胤礽，後是十四叔胤禎。當時大多數的人都認為十四叔年富力強，而且，皇瑪法令他出征時，所給予的禮遇，幾同於「御駕親征」！分明是存著「天命有歸」的暗示。也因此吧，連原先爭位甚力的八叔胤禩，九叔胤禟，也轉而成為十四叔胤禎的擁護者。

是不是連皇瑪法都沒想到自己會走得那麼快？「大事」卻在讓人措手不及的情況下，突然的發生了！

大家都知道，是隆科多宣布皇瑪法臨終末命：「傳位雍親王」的。但以隆科多與雍親王之間太過密切的關係，這一「末命」顯然不具「公信力」，也並未能服眾。甚至，緊接著，整整六天，九城封城「戒嚴」，如臨大敵。為什麼要封城？是怕誰心存不服之意，提兵入京嗎？誰也不敢說、不能問。但除此之外，又別無解釋！

皇阿瑪終於在「奇兵突出」之下登上了皇帝的寶座。登基之後，外封宗室，內封后妃。他的生母鈕祜祿氏，也被封了「熹妃」，算是熬出了頭。而外朝恩封諸王、貝勒的名單，卻有著太多的籠絡痕跡。

皇阿瑪封八叔允禩為廉親王；十二叔允祹為履郡王，十三叔允祥為怡親王。二伯父——廢太子允礽去世後，諡為「理密親王」。他的兒子弘晳，依例降封為「理郡王」。

弘曆不知道皇阿瑪這麼做到底是不是聰明、正確？他心知肚明，在已成長封爵的伯叔們中，皇阿瑪真正親信的只有一個：在皇阿瑪登基後，才從宗人府高牆裡放出來的十三叔允祥；當時他的身分，還只是「十三阿哥」！也就是說：除了是皇瑪法的「皇子」，他沒有任何的名位！

何以一個從高牆圈禁的「囚犯」，一步登天的，就封了爵位等級最高品級的「親王」？無人敢問。其他幾位，還包括三伯父誠親王允祉、十叔敦郡王允䄉、十二叔貝子允祹，都是被皇阿瑪視為「異己」的。由事後的發展來看，這一番的「封王」進爵，與其說是「親親」之意，不如說是別有居心。

他不覺感慨，人真是不能自認聰明，可以隻手遮盡天下人耳目！至少，別人也並不笨。八叔允禩由「多羅貝勒」晉升兩級被封為「廉親王」時，王公大臣紛紛稱賀，八嬸烏雅氏福晉卻冷笑：「有什麼可賀的？咱們的腦袋還拎在人家手上呢！」

皇阿瑪聽說這事時，臉色鐵青，當時卻並沒有發作。那時，小小年紀的他，也有一點不平：為什麼八叔、八嬸對皇阿瑪表達的善意，這麼「不知好歹」？卻又不知何以的擔上了心事：八叔乃至他那些被皇阿瑪深惡痛絕的同「黨」，恐怕是不會「善終」了。

而更令他不解的，是「太太」——他的親祖母，也是皇阿瑪生母德妃的態度。她生了兩個兒子，大兒子是皇阿瑪，小兒子是十四叔胤禎。她的大兒子當上了皇帝，她也晉封為「皇太后」，卻不但全無半點喜色，還拒絕表賀、拒絕尊號、拒絕從她所居的「永和宮」移至太后住的「慈寧宮」！甚至冷冷地說：

「我自幼入宮為『宮女子』，在先帝前毫無盡力之處。將我子立為皇帝，我不但不敢奢望，作夢也不敢想！」

這種態度，讓他不由連想起剛剛讀的《前漢書》裡，王莽篡位時，王莽的親姑母：西漢孝元皇后；當時的「太皇太后」，那不合情理，拒絕合作的態度。可是，那是她的姪子王莽篡奪了漢朝的劉氏天下呀！皇阿瑪卻是「以子繼父」的繼位！

更離奇的是：就在皇瑪法駕崩不過半年，太太忽然薨逝了。事出的突然，幾乎只能以「暴斃」形容！

身為「天下養」的國母呀！竟然無端暴斃，是何等駭人聽聞的事！對外發布的原因，當然是以「病終」，而宮中耳語紛紛。因著他的年紀小，有時人家說話不提防他，而他從隻字片語的蛛絲馬跡中，聽出了端倪：「太太」竟是自盡的！原因是「傷心」；不論事後「詔告天下」的皇瑪法「遺詔」，說得如何冠冕堂皇，她卻自認是最了解皇瑪法康熙爺心意的人！而她一直都相信皇瑪法真正想要傳位的，是小兒子十四阿哥！後來硬被兄長由「胤禎」改名為「允禵」的恂郡王，而不是大兒子雍親王「胤禛」！

不僅如此，她還眼睜睜的看著已登基的大兒子，無所不用其極的搜羅弟弟的罪證，甚至威脅利誘十四叔門下的人反噬故主！

她的死，可以說是失望，可以說是抗議，也可以說是「死諫」：向大兒子求情，念在手足之親，不要趕盡殺絕！

這一件事，不能不讓人連想到：當年同樣排行十四的多爾袞，與太宗皇帝爭位的那段歷史。而不同的是，多爾袞與太宗皇帝並不同母！而且他的生母烏拉那拉大福晉，是在太宗皇帝登基前被逼殉的！沒有人敢提的是：在那拉氏大福晉被逼殉之前，太宗皇帝原本堅持不肯登基。而在逼殉了烏拉那拉大福晉之後，他就「俯允」即皇帝位了！

兩件事的情節相去太遠；太祖皇帝的「中宮大福晉」烏拉那拉氏，是被「逼殉」的。而身為今上生身之母，貴為「聖母皇太后」的「太太」，卻是「自盡」的！

但，當年，太宗皇帝逼殉了烏拉大福晉之後，對她親生的兩個小兒子多爾袞及多鐸的恩遇與容讓，在當代的諸王貝勒中，除了禮親王代善之外，無人可以比擬；這也是造成後來「睿親王」多爾袞竟能權傾天下的原因。而皇阿瑪對同母的「胞弟」呢？

他記得皇阿瑪在即位之初就下諭：

「西路軍務，大將軍職責重大。但於皇考大事，若不來京，恐於心不安。速行文『大將軍王』馳驛來京。」

而到京之後，卻是命他留在景陵以待大祭。西路的軍務，則由當日雍親王側福晉年氏之兄，皇阿瑪最親信的年羹堯接掌；這一做法，完全架空了當年皇瑪法一心扶植的「大將軍王」。兄弟終於見了面。見面彼此都說了些什麼？誰也不知道。遠處侍候的太監透露：只見萬歲爺一臉的陰沉，十四阿哥一臉的桀驁不馴。就在這事之後不久，皇太后「暴斃」了。而皇阿瑪下了上諭：

「允禵無知狂悖，氣傲心高，朕望其改悔，以便加恩。今又恐其不能改，不及施恩，特進為郡王，慰我皇妣皇太后之心。」

皇阿瑪指責十四叔不忠不孝；在未至京之前，一不問皇太后安，二不賀新皇登基之喜，倒行文禮部，問見皇帝的禮儀。可知他心中是多麼怨憤不平！而且，照皇阿瑪的說法，見面之後，依禮，他當抱皇帝膝痛哭。而他不但未行此禮，反而對著皇帝兄長大肆咆哮，全無「人臣」之禮！

如今回頭看，聰明一世的皇阿瑪，在這道上諭中，卻露了太多的破綻！分明是在見面時，十四叔不肯接受安撫，惹惱了皇阿瑪。「太太」怕大兒子會加害小兒子，才悲憤自盡！皇阿瑪於心有愧，找出名目籠絡。偏又不甘心褒獎了他，才說出這一番經不起分析究詰的話來。「特進為『郡王』」，更讓人覺得匪夷所思：十四叔老早就是「恂郡王」了！在他以「大將軍」銜出征時，更是天下人皆以「大將軍『王』」稱之！還要什麼「特封」為王？為了彌補這個漏洞，後來皇阿瑪硬在說辭中，把早在當日皇瑪法特旨：為大將軍製「王纛」出征的十四叔，說成「貝子」。然而，朝中經歷兩朝的王公大臣盡在，這種「掩耳盜鈴」的做法，縱使臣下畏威不敢聲張，又何以安服人心？

就人之常情來論，不但未得實惠，而且還在給糖吃以前，先打上一巴掌的空頭「人情」，又有誰會心甘情願的領受？更何況十四叔本來就是一向受皇瑪法和「太太」德妃寵愛，又生性耿直的人。竟是在宣諭之際，當場就拂袖而去！於是在皇阿瑪口中，這個同父同母真正的同胞手足，是既不知恩，又不識好的。「恩封」他為郡王，他還是一臉的不領情！

是基於「眼不見心不煩」，還是刻意把當時支持他的黨羽——廉親王那一幫人，與他隔開？不論願不願意，都算是皇帝恩封了「恂郡王」的十四叔，不但軍政兩權全沾不上邊，還被派往馬蘭峪的景陵，守陵盡孝，讓他與朝政隔絕。

他當初的預感，不幸中的。八叔雖封為「親王」，又命與隆科多、馬齊一起「總理事務」，兄弟之間卻水火不容，時生風波。皇阿瑪不時發出上諭譴責；封親王和總理事務，成為他「優容重用」的口實。因此一旦嚴譴，當然所有的錯都是廉親王的！

在一道道的上諭中，八叔是那麼不堪：「素行陰狡」、「陰邪叵測」、「詭譎陰邪，狂妄悖亂，包藏禍心」，幾乎一無是處。到了雍正四年正月，更向諸王大臣，暴允禩罪狀，說他是「自絕於天，自絕於祖宗，自絕於朕，斷不可留於宗姓之內」，削籍離宗！先改「親王」為「民王」，卻又在諸王大臣承意希旨「請誅」允禩的時候，「不許」。但不久就將他圈禁高牆，並改名為「阿其那」示辱。

同時，早被遣到西寧駐守的九叔允禟，也一樣「削籍離宗」，改名為「塞思黑」，就地幽禁。對視之如讎寇的弟弟們不容情，再怎麼說，天下皆知他們過去是「政敵」，還是在可以理解的「人情之常」中。全然無法讓人理解接受的，卻是他的三哥弘時，也在這當口，被皇阿瑪下詔「出繼」為八叔允禩之子。而且隨即就下詔：弘時與「其父」允禩一起削籍離宗，並一同圈禁高牆！

自從雍正元年，皇阿瑪親書密旨，預立皇儲之後，他自己在外表雖不敢露出什麼喜色，心裡卻有數，那名字一定是自己：「皇四子弘曆」！皇阿瑪對自己的偏愛太明顯了！甚至，時時把皇瑪法在木蘭圍場秋獮時所說的「福過於予」掛在嘴邊；皇瑪法是皇帝，要「福」過於他，當然至少也得先當上皇帝！而，除非皇阿瑪繼位，其他伯、叔又豈能傳位給自己？因此，皇阿瑪總有意無意的以此為「口實」：他「繼位有理」！

別人服不服呢？至少，三哥是不服的！將心比心，又怎能讓他心服？誰也不能否認，比起三哥來，他的確是「出身寒微」！

兩代心懷不平的人，走到一條路上去，是那麼的「順理成章」！雖然，他心裡多少有點不以為然；他們對皇阿瑪的繼位，的確是氣不平、心不服的。但，種種反彈，不也是皇阿瑪「逼」出來的嗎？如果皇阿瑪不要故示大方，又封親王，又命總理事務，而只給他們個虛銜，讓這些叔叔們享其「安富尊榮」，而根本不讓他們有入朝理事，興風浪的機會，才是真正的「保全」之道！但顯然，皇阿瑪在一開始，就是用了權謀的！

對八叔、九叔的獲罪，他是可以置身局外的。對三哥，他卻不能不感覺內疚；他想歷史上的記載，明太祖曾告訴太子：他之所以誅殺功臣，是為他「削去棘杖上的刺」。那，三哥「削籍離宗」，也是因為被皇阿瑪視為怕會扎了他手的棘杖之刺嗎？因而，在看出三哥難以化解的忿忿不平之後，就下了狠心。而無緣無故，又能有什麼理由處置他呢？於是，出此「奇謀」，先把他過繼給八叔允禩，然後一起圈禁到高牆去！

雍正四年秋，一個月之間，被囚於宗人府高牆的八叔、和轉囚於保定的九叔，相繼死於幽所。宗人府對外宣布，他們都是得「病」死的！皇阿瑪更以「冥誅」來為他們的死定論。然而，從小諳習武事的兩位叔叔，素來壯得像頭牛似的，哪能那麼容易就病死了？而且，時間相距那麼近！偏又都是皇阿瑪的眼中釘。即使以他這不能不在心裡「左袒」皇阿瑪的皇四子，心裡也不能無「疑」。

那，其他的人呢？只是，朝裡朝外，王公也好，大臣也好，誰不是皇上的應聲蟲？只要皇阿瑪略一風示，要誰的罪狀沒有？又有誰會去或敢去捋虎鬚，給自己找麻煩？

八叔、九叔是死了！而這幾年來，不論八叔也好、九叔也好，凡是他們這一「黨」的人或被劾，或受譴，十四叔總是被牽連在內，更令他不能不心生悲憫。在他的認識中，十四叔秉性仁厚純良，不似八叔那麼像皇阿瑪形容的詭譎陰狡，也不像九叔那麼浮淺輕薄。倒是因著素來得寵，而深具自信，待兄弟手足都寬和仁厚。遇到皇瑪法跟哪個兒子生氣，他總是一馬當先的趕著去求情。所以，廢太子想求都求不到的「大將軍」頭銜，皇瑪法主動的就給了他。連一向覬覦皇位的八叔、九叔，也都心甘情願的放棄了自己爭位的野心，轉而支持他。

他記得，當十四叔奉命出征，臨行，當年的「雍親王」還曾一再的在府中設宴，為他送行「以壯行色」！當時，皇阿瑪表現得十分熱絡，而且言辭之間，也儼然已把他當成內定的「儲君」了。

當時朝野之間，誰不認為，他是皇瑪法心裡揀擇唯一的繼位人選呢？他出征時的禮儀，和八旗精銳盡出的壯盛軍容，等同於「御駕親征」！而且，所有的人都心悅誠服，沒有異議！在他在行軍期間，應召回朝的時候，幾位兄長還奉旨代父行「郊迎」之禮。這一番的禮遇，幾十個皇子，誰曾享過？

誰知道，就因為他遠征在外，等他被皇阿瑪召回京時，大局已定。他與他一向自信的大位，失之交臂了！而且皇阿瑪還言之鑿鑿，皇瑪法若有心傳位，何以在風燭殘年，將他遠「遣」在外？還說了一些風涼話，硬說是因為「嫌棄」他，故意遣他出征。

皇阿瑪太得意了！他記得，皇阿瑪曾很氣憤的說，十四叔來京之前，竟然倨傲的拒絕向已登大寶的哥哥磕頭，還故意問：他該行什麼「禮」？

在皇阿瑪看來，這實在是狂妄得不知死活！但，替十四叔想想，他不這樣，又如何表達他的悲憤之情？

緊接著，就是皇阿瑪對他一連串的申斥。甚至，逼問他的屬下：「大將軍」是否苦虐兵丁，好酒淫亂，不守軍紀。這明擺著是想誘導十四叔的屬下「賣主求榮」。偏偏那些屬下太崇愛他們的「大將軍王」了，竟沒有一個肯受此威迫利誘，就是堅決否認這些皇帝對「大將軍王」欲加之罪的指控。使皇阿瑪大怒，一一治罪；當時因為不肯反噬故主「大將軍王」而獲罪的，就不下十數人。

終究十四叔還是獲罪了！理由是：有奸民蔡懷璽投書給恂郡王，稱他為「皇上」，恂親王竟然隱匿不報，可見居心叵測！也因此，十四叔被從景陵召回，禁錮在壽皇殿。

而他的長子弘春，卻封了貝子。大家背後都說：這是為「酬庸」他出賣了父親！這件事在他們「弘」字輩的堂兄弟間，引發了很大的波濤。人人都認為弘春「賣父求榮」而羞與為伍；沒有人願意與這樣的人「稱兄道弟」。

也是見微知著呀！由此，可知年輕一代他的堂兄弟輩，雖不敢言，背地卻都是同情十四叔的！而他身為「今上」之子，竟也感覺對十四叔心存愧疚。而且對皇阿瑪之舉不以為然；一母同胞的親手足呀，竟是視如眼中釘、肉中刺，去之而後快！

這些皇阿瑪心中視為「異己」的叔叔及其他同黨的王公大臣，一一獲罪，他雖然心中悲憐，卻不意外。他心中萬般無奈，也只能以也許皇阿瑪是「防患未然」來自解。出於他意外的是：當初支持最力，甚至都說是一內一外，把皇阿瑪扶上皇帝寶座的「舅舅」隆科多、和「大將軍」年羹堯也獲罪了！而且，還在八叔、九叔獲罪之前！

對這兩位建「擁立之功」的功臣，他一直並不是那麼喜歡。雖然，隆科多算來是他的舅公。年羹堯的妹妹年氏貴妃是他的庶母，算來也是他的舅舅。

造成「佟家」在朝中勢力傾天的原因，是因為皇瑪法康熙皇帝自幼喪父、喪母，而由當時的太皇太后「孝莊文皇后」一手教養成人。由於對父母的孺慕之情無由寄託，因此對生母佟佳氏一家，格外另眼相看。

當年，隆科多之父佟國維，就是以既為太后兄弟，又為皇后之父，而被尊為「舅舅佟國維」的。而在皇阿瑪即位之日，就下諭旨：隆科多不但受命為總理四大臣之一，而且也尊為「舅舅」。甚至，皇阿瑪還特諭內閣：

「孝懿皇后，朕之養母，則隆科多即朕之親舅……」

當時，他有個沒敢問的疑問：

「皇阿瑪的『親舅』，不該是『太太』德妃烏雅氏的兄弟嗎？」

外面傳言紛紛，都說，隆科多是皇瑪法臨終時，唯一面承遺命的人。也是他口宣遺詔：

「命皇四子雍親王胤禛繼位！」

也可以說：皇阿瑪登基，就憑此「一言定鼎」！

在雍正初，皇阿瑪特封隆科多為「公爵」，命他為「總理大臣」之外，還兼「步軍統領」。加銜「太保」，賜雙眼孔雀花翎、團龍補服、黃帶、鞍馬紫韁。又特別褒獎他為「當代第一超群拔類之稀有大臣」。參與密勿，榮寵冠於群儕。

年羹堯本來就是「雍親王」時代的藩邸舊人。他的妹妹，在藩邸為側福晉，皇阿瑪登基後，年氏封為貴妃，位次僅次於皇后那拉氏。十四叔召回京師後，皇阿瑪就把「撫遠大將軍」印給了年羹堯，並兼「川陝總督」，還明白降諭：

「西邊事務，朕之旨意，總交年羹堯料理調度。」

在平定青海之後，封為「一等公」，威鎮西北；人稱他是「沒有封王的西北王」！皇阿瑪甚至還對外宣諭：

「不但朕心倚眷嘉獎，朕世世子孫及天下臣民當共傾心感悅。若稍有負心，便非朕之子孫；稍有異心，便非我朝臣民也！」

這一種的過分寵遇，弘曆不知道皇阿瑪究竟是「欲擒故縱」的有心放任，還是無心的縱容。他們權勢的烜赫，在當時，竟是連宗室親貴都要退讓幾步的。而縱容的結果，卻是讓他們驕恣自滿，狂妄自大，目中無人，也為自己埋下禍端。

這兩位皇阿瑪倚為腹心的「柱石大臣」，當時，在皇阿瑪的倚重寵信之下，權勢薰天。而皇阿瑪對他們兩個的優遇，也逾於倫等。甚至，在皇阿瑪的縱容之下，他們把持操縱朝中的政治布局；朝廷之上官員的任免有「隆選」，而方面大臣的選罷，則有所謂的「年選」。

弘曆初聞此事，就不由想起了康熙朝前期，「平西王」吳三桂的「西選」，心中頗不以為然。然則，他只是未成年的皇子，又哪有他置辭的餘地！

連他也沒想到，君威莫測！首先年羹堯恃功狂縱不法，失去了聖眷。而在雍正三年，天降「日月合璧，五星聯珠」的嘉瑞，群臣上表稱賀時，竟把「朝乾夕惕」寫成「夕惕朝乾」。在他看來，不過是一種「修辭」，無甚差別。而皇阿瑪引此為「不臣」的口實降罪。此後，聖眷頓衰，十數年的川陝軍功，毀於一旦。不旋踵間，由青雲之上直落下來。

從年羹堯，他不能不想起他的庶母年氏貴妃來。對年貴妃，他有著悲憫。她「來歸」較晚，倒是很受寵的。前後也生了好幾個孩子，卻先後都夭折了，因此，常見她眉宇間籠著輕愁。

在年羹堯得勢的時候，她固然是宮中最風光的妃子。在後宮，她幾乎是寵擅專房，雨露之恩，全由她獨占了。宮裡的太監、宮女，誰不指望派到貴妃宮裡當差，都巴結仰望著「年貴妃」？妃嬪按時應到「坤寧宮」中給皇后請安的規矩，她也三不五時的就以各種理由告假。身為皇后的皇額娘，也不得不退讓一步，不能計較；反在她「告病」的時候，遣人給她送人參燕窩的，以示體恤寬仁。

是不是每個人的福分都有定數？而她，因著恃寵而驕，早早的把自己的福分耗盡了。她的「好日子」並沒有過多久。雍正二年，皇阿瑪與年羹堯的關係，情勢開始逆轉；皇阿瑪明顯的對年羹堯有了意見。雍正三年三月，年羹堯論罪！她的處境，就變得難堪了。

是呀！一邊是皇帝丈夫，一邊是親哥哥。而他們之間的恩恩怨怨，又哪是她這樣一個深宮妃子懂得了、管得了的！「后妃不許干政」的禁令懸在那兒！她之得寵，原在於她知機識趣。

平時，她因著美貌，因著能歌善舞的才藝，琴棋書畫的品味，和巧笑雅謔得到皇帝的寵愛。而當皇帝動了真怒，不曾遷怒於她，已是僥天之幸！她除了可憐兮兮的盼著皇帝看在她的份上，手下留情，又哪敢去捋虎鬚？

而雪上加霜的是：她所生三子一女，幼年夭殤了三個，僅存的兒子皇七子福惠，也在八歲時死了。她的哀傷，可想而知。過去動不動就以「病」為名，逃避到坤寧宮給皇后請安，並博得皇帝憐愛的她，至此在「憂能傷人」的定律之下，不但真的病倒了，而且纏綿病榻，日益沉重。

皇阿瑪對她應該還是有情的吧？在她病重之後，下旨禮部籌備典禮，晉封她為「皇貴妃」，可視為一種「沖喜」。但同時傳出的一道旨意，聽到弘曆耳中，卻覺得是給年貴妃下催命符：

「貴妃如不起，以『皇貴妃』之禮辦事！」

這……這……不像是在大臣還在病中，就先賜陀羅經被嗎？他不知道年貴妃如何面對這「恩旨」的。總之，不久年貴妃就薨逝了，並真的是以皇貴妃之禮辦的喪事。

或許，皇阿瑪當初還真看在年氏「皇貴妃」的面子上，沒有馬上動手。皇貴妃既薨，皇阿瑪也沒有了顧慮。緊接著，「年大將軍」論死……而「舅舅隆科多」也被監禁了，這兩個當初權傾一時的「稀有大臣」，富貴榮華盡成過眼雲煙。只怕他們自己回首時，都不敢相信過去的風光，是真實曾經存在過。

他只能努力的告訴自己：他們都「該死」！他們都有取死之道！可是……他們都該死嗎？與皇阿瑪爭位的人該死，幫他爭位的也該死？為什麼皇阿瑪身邊的人，都不能「全始全終」？

手足之親如此，股肱之臣如此，連親生的骨肉，他都沒有留情！皇額娘所說的那些讓他感覺到些許安慰的話，竟是沒有旁證的謊言？

他讓自己的心情平靜之後，才回到宮中。發現蘭沁不像平素，一身家居素淡的裝扮，而穿著較為華麗的花卉旗袍，顯然是出過宮了。

見到他，依禮迎接了他。先親自侍候他換上了家居便服，自己也回到屋裡，在宮女侍候下，換上了家居服飾。才如平常一般，在廳中與他對坐，閒話家常。

「你今兒出了門了？」

「給皇額娘和額娘請安去了。」

弘曆點頭；蘭沁頗為知禮，常到兩位額娘宮中請安。這是他知道的，只一時沒有想起。於是順著話頭問道：

「兩位額娘都安好？」

蘭沁有些遲疑：

「我去皇額娘那兒的時候，皇額娘不在宮裡。宮女告訴我，三阿哥『走』了，皇額娘不放心，到齊妃母妃宮裡去了。我往齊妃母妃宮裡，悄悄走到門外，見皇額娘正在安慰齊妃母妃，母妃哭得說不出話來。看母妃痛不欲生的模樣，真讓人心碎。我也沒敢造次，就悄悄回來了。」

弘曆嘆口氣：

「不進去是對的！這一會兒，母妃見到你，只怕對她的心情更是雪上加霜。皇額娘自己是經歷過喪子之痛的，比較了解她的心情，容易寬慰她。」

蘭沁自己無子，卻心地慈憫，感嘆：

「哪個孩子不是親娘心尖尖上的肉？好容易指望著三阿哥成了人，卻沒個下梢……。唉，怎怪得齊妃母妃痛不欲生？」

她遲疑著，終究忍不住，低聲問：

「三阿哥到底犯了什麼事，讓皇阿瑪恨成那樣？」

弘曆搖搖頭：

「你就別問了，我也不好說。總之，三哥覺得父不慈，皇阿瑪覺得子不孝，兩下裡愈走愈遠……」

他望著蘭沁：

「想到這些揪心的事，我總想：如果我們是民間尋常人家夫妻多好？生在帝王家，當真是身不由己！」

蘭沁注視著他，目光中柔情似水：

「只要跟著你，在哪兒都好。只是，人，生在哪兒，也由命不由人。」

「由命不由人！」

他重複著；可不是嗎？他命中注定生在帝王家！他羨慕著民間夫妻，焉知民間夫妻不羨慕著他？緊緊握著蘭沁的手，他嘆了口氣，道：

「但願，以後咱們有了孩子，別像這樣！」

講起「有了孩子」，蘭沁羞紅了臉，撇開這話，卻笑道：

「對了，今年不是選秀女嗎？上回皇額娘說了，要挑幾個給你當側福晉呢！」

弘曆故意逗她：

「好呀！多多益善！看你吃不吃醋！」

蘭沁掩口笑：

「我還巴不得趕緊給你多找幾個人侍候，有人分勞。你不在宮裡的時候，也好有個伴呢。」

看她認真的樣子，弘曆笑了：

「好！這話可是你說的，要是以後我偏疼了新來的，冷落了你，你可別怪我。」

蘭沁驀然一驚；雖然自己是明媒正娶，皇上親自指配的嫡福晉。而且成婚以來，夫妻恩愛相得，兩情歡洽。可是，她早知道，嫁入皇家，就得隨時有新人進門分寵的心理準備。只是沒想到，竟來得這麼快！

弘曆會因著有了新人而忘了舊人嗎？她不知道，也不相信。但，至少，以後她將不再是弘曆唯一的妻子了！她必得像皇額娘那樣，以無比的豁然大度，來包容那些可能威脅她恩寵的新人了！幽微的幽怨，在她心頭浮起。卻又警覺的連忙自制，笑道：

「要是我比不上別人得你歡心，也只好反躬自省也，怎麼怪得你？以你的眼界，能讓你放在心坎上的，說不得我也會『我見猶憐』呢！」

她是由衷的。她的教養，讓她知道，這是她無可選擇唯一的面對方式。弘曆欣慰地笑了；她還那麼年輕，卻真是具有「嫡妃」的雍容風範！深情地擁她入懷：

「蘭沁！你放心！不論來了誰，你永遠也是我心坎上的頭一名！」

那拉皇后果然在秀女中挑了三個送進四阿哥宮裡。一位蘇氏，一位高氏，一位富察氏。

三人給四阿哥與大福晉見禮時，弘曆與蘭沁的目光不約而同的被側福晉高氏所吸引。她是大學士高斌之女，容貌清麗，舉止嫻雅，活脫脫就是從仕女圖中走下來的江南美女。問道：

「你叫什麼名字？」

「浣雲。」

「柔婉的婉？」

「不，浣紗的浣。」

弘曆不覺擊節：

「好！好名字！比柔婉的婉好多了！」

蘭沁見弘曆有些忘形，怕冷落了另兩位，問蘇氏道：

「你呢？叫什麼名字？」

「奴才小名叫宜榴。」

蘭沁想想問：

「宜榴？哪個榴？」

「石榴花的榴。」

蘭沁笑了：

「『五月榴花照眼明』，想是五月生的？」

「回福晉，宜榴正是五月生人。」

弘曆、蘭沁相視而笑。弘曆轉向另一位富察氏：

「你可有漢名？」

這位富察氏，在三人中，顯得不如另兩位娟秀，倒帶著幾分純樸，恭謹回道：

「奴才沒有漢名。」

蘭沁笑向弘曆道：

「她沒漢名，就請四爺命個名吧？」

弘曆想想：

「這一位也是你們富察氏，少不得跟你配對。就叫竹漪吧。」

富察氏向前跪下：

「奴才竹漪，謝四爺賜名。」

「應酬」了另兩位，弘曆心思還是在高浣雲身上，長長短短的盤問她。蘭沁見他的神色，迎合著他的心思，也殷殷垂問。浣雲謙婉的語氣中，卻透著隱隱的自矜；原來，她從小穎慧過人，深得其父歡心，故而著意調教，竟是琴棋書畫樣樣精通。弘曆不覺喜笑顏開；若得這樣一位江南佳麗紅袖添香，豈不是大可人意的事！不覺喜上眉梢。

又問起江南風物來。高浣雲微低著螓首，一一答覆。態度溫婉，談吐清雅，語音中帶著吳地尾音，格外的動聽。

蘭沁心知，這一位已中了弘曆之意，也不肯怠慢，格外假以辭色。另兩位，不知不覺就被冷落了。

晚間，蘭沁早已預備了酒宴，紅燭高燒，算是為三位新人完成「花燭」之喜。宴罷，她吩咐宮女們侍候著三位新主子，回到她早各自安排好的住處安置。對著紅燭映照下，酒意微醺的弘曆微微一笑：

「今日是四爺納寵之喜，我就先告退了。」

弘曆口中模糊的喊了一聲：

「蘭沁，你別走……」

蘭沁卻沒有留步，扶著宮女的肩，回到房中準備就寢。她料想今日弘曆是不會回她的房間來睡了。腦海中浮起高浣雲那真箇「我見猶憐」的嬌美容顏，料想今日她會是弘曆第一個選上侍寢的側福晉了。「新人美如玉」，燕爾新婚，當是如何的旖旎繾綣！

她不覺想起自己與弘曆新婚時節，又羞又喜的種種情懷。心中無端寥落，悶悶地坐在床沿；她知道自己並不是嫉妒，只是……，一下理會了往日讀詩時，未曾了解的孤枕寒衾滋味。

當年未婚時節，她雖也讀過不少傷春悲秋的閨怨詩，但當時她只是不識人事的深閨少女，當然是不知其中況味的，也不會感覺孤眠有什麼淒寒。然而，經過了幾個月燕爾新婚，形影相隨，晨昏相共的生活，一旦再回復到形單影隻，感受頓然不同了。原來，寒衾孤枕是這樣的難耐！卻也只能嚥下那一份幽微的寂寞情懷，準備就寢。

默默想起昔日所讀溫庭筠的〈更漏子〉：

玉爐香，紅蠟淚，偏照畫堂秋思。眉翠薄，鬢雲殘，夜長衾枕寒……

低低嘆了口氣，命宮女退下，自己掩上了房門。躺下，少了身邊那熟悉的體溫，竟有些說不出的失落。勉強自己闔上了眼，卻輾轉反側，不知如何安頓那一顆淒冷的心。

永夜拋人何處去？絕來音。香閣掩，眉斂，月將沉。爭忍不相尋？怨孤衾。換我心，為你心，始知相憶深。

無聲地吟哦著顧敻的〈訴衷情〉。奇怪自己素來並不太喜歡這些《花間》寫兒女柔情的詞。偏偏這時，卻那麼容易的一一浮上心頭。

也許，這就是她今夜的心情？不由又是一聲低嘆。

忽然門外傳來兩聲剝啄。她坐起身，問：

「誰？」

回答的卻不是她貼身的侍女，而是弘曆。

「我！你怎麼不等我進門就把門關了，給我吃閉門羹？」

弘曆聲音中還帶著笑意。她驚喜下床，趿著睡鞋開門。只見弘曆笑吟吟地站在門前。進了門，順手掩了門扉，還順手上了栓。反過身來，面對著她，還是一臉的笑。

她倒給他看得有些羞了，垂下雙睫：

「我以為……」

「你以為我貪花好色，喜新忘舊？」

她忙忙分辯：

「人家都是皇阿瑪、皇額娘千挑百選賞賜給你，是公明正道的『側福晉』。今天新進門，本也該新婚燕爾，洞房花燭的！」

弘曆捧著她的臉：

「你可記得那天我說的話？不論如何，你都是我心坎上的頭一名！以前，沒有她們，不說了。從今兒起，有了她們，便照規矩排班，我也要讓她們都知道：在我心裡，你還是排第一名！」

「四爺……弘曆……」

她感動了，噙著淚又含著笑，偎進了弘曆的懷中……

在新來的三位新人中，弘曆雖然最偏愛高氏浣雲，卻在蘭沁要求下，對另兩位也未曾太過冷落。弘曆也私下暗自比較蘭沁與浣雲，卻連自己也無法分出高下來。相較浣雲具有的漢家女兒似水的嬌柔羞怯，蘭沁明麗亢爽得多。但他沉醉在浣雲的嬌婉柔情中時，卻仍不能忘情於蘭沁與他兩心相照的知己之情。在他心中，她們兩個是平分秋色的。另兩位，相形之下就遜色了。

然而，首先傳出喜信的，卻是兩位「富察氏」；兩位先後懷孕，蘭沁生女，竹漪在四人中，是較不受寵的，卻得天獨厚，一舉得男。

他的長子，被命名「永璜」。有了皇孫，自然也令雍正帝后都喜不自勝。然而，在弘曆心裡，兩個孩子，他所偏愛的，卻是蘭沁所生的女兒。

這小女嬰，幾乎是與蘭沁一個模子復刻出來的。小小年紀，已活脫脫是個美人胎子。白裡透紅的臉頰，靈活烏亮的眼眸。眉細唇紅，高挺的小鼻梁，濃密的黑髮，眉目如畫。尤其是非常乖巧，不哭不鬧，一逗就笑。

「有女萬事足」！成了弘曆掛在嘴邊的話。如今，他只要一回宮，頭一句問的，已不是蘭沁，也不是浣雲，而是他這心坎上的「小格格」。她沒有正式命名，卻已有了小名；他暱稱她為「仙兒」。對他而言，她就是自瑤池閬苑臨凡降生皇家的「小仙女」。對皇家的「皇長孫」永璜，他反而不甚措意。

「仙兒！阿瑪的小格格，來！喊一聲『阿瑪』！」

蘭沁望著他們父女掩著口笑；才幾個月，還沒長牙的仙兒，哪會喊人？他卻自己笑得美滋滋的，樂此不疲。

伴著嬌妻，抱著愛女，成為他生活中的第一等樂事。甚至一向最受寵愛的高浣雲，都感受到了冷落的滋味。卻是嫉不得，也妒不得的；又有誰能跟他那個心肝兒肉的「仙格格」爭寵？

不但是阿瑪寵她，雍正帝后和熹妃，也對這個粉妝玉琢的「仙兒格格」疼寵有加。不時命四阿哥夫婦，帶著一雙兒女到他經常駐驆的圓明園去，讓他們享受含飴弄孫之樂。

雖然孫兒、孫女都在膝前，被眾人爭抱的，卻還是嬌小乖巧的「仙兒」。永璜是男孩，長得粗壯憨厚，不那麼懂事，又頑皮一點，就沒有仙兒這麼討人歡心了。

也只有在懷中抱著仙兒的時候，雍正才完全卸下了皇帝威嚴的外衣，成為慈祥溫藹的「皇瑪法」。

第四章

弘曆喜得麟兒嬌女，升格當了「阿瑪」的不久之後，雍正皇帝卻得了怔忡之症，病因不明。先是弘曆發現，他在給皇阿瑪問安時，一向精明幹練，清明睿智，詞鋒尖銳犀利的皇阿瑪，在言談應對之際，常常神情怔忡，言語失常，大異常態。

這令他頗為憂慮。身為一國之君，如此豈不令臣民危疑？因而，在陪著蘭沁到烏拉那拉皇后宮中請安時，談起此事。

不意那拉皇后聽他說起，竟垂下淚來：

「也不是這一天半天的了。你也知道你皇阿瑪的脾氣，哪是問得的？我叫了養心殿的總管太監來問，他支吾了半天。說，近來你皇阿瑪常不召妃嬪侍寢，總一人獨睡。你知道的，在以前，這本也是常事。他還說，自己獨睡，他睡得格外踏實，第二天，總是特別神清氣爽。這一陣子，他夜裡卻總睡得很不安穩。太監們在寢殿外侍候，常聽見他在睡夢中驚叫。因為沒他召喚，誰不敢進去問。只能隔著門窗注意。聽他似醒非醒的，嘴裡模模糊糊的念念有辭，語聲驚恐。彷彿在夢裡跟誰說話。有時否認，有時哀懇，彷彿求恕似的。他們也不敢靠近細聽。」

那拉皇后拭著淚訴說，弘曆夫婦面面相覷，感覺不可思議；皇阿瑪是個意志堅強，剛愎過人的人，怎麼會……

皇后嘆著氣，繼續說：

「遇到這樣的時候，第二天，他精神就格外委頓，格外恍惚。說起話來，更常是顛三倒四的。也不知道他心裡到底壓著什麼心事，這麼沉重！」

她基於夫婦關心，憂心忡忡，卻又不知能怎麼辦。弘曆想想：

「皇額娘！這麼辦吧，下回遇到這樣的時候，讓養心殿的太監趕著來知會我，我過去看看。」

回到宮裡，他為此事雙眉緊皺，心事重重。蘭沁不敢多問，只能在一邊陪著他。他久久才回了神：

「本來，做兒子的，不該猜疑父親。但，這些年，皇阿瑪治國的手段太殘刻嚴厲了些！多少人本來罪不至死，卻死於非命。我怕皇阿瑪凡事都事必躬親，食少事繁，總不合養生之道。也許身體弱了，外祟就趁虛而入。」

他又嘆口氣：

「外感的病好治，就怕他心裡有什麼自家擱不平的事壓著……」

蘭沁這才試探著問：

「前幾年，迭興大獄，會不會……」

「誰知道呢？對外，皇阿瑪總是理直氣壯的振振有辭。在他嘴裡，那些人全都有取死之道。可是，到底是怎麼回事？只有他自己心裡有數！」

話雖如此，就這些年冷眼旁觀，卻對那些在皇阿瑪口中「死有餘辜」的人，存著悲憫與同情。有些皇阿瑪振振有辭的說法，在他看來，實在有些「強辭奪理」。只是，他是皇帝，雖說令王大臣「公議」，他既已表明了態度，面對這樣獨裁專制的皇帝，又有誰敢不順著他的旨意，刻意羅織搜剔罪名，把那些他的眼中釘往死裡逼！要不如此，難不成，還把自己賠進去？

現成的例子：年羹堯得罪，一開始，牽連上隆科多，就是因為他認為隆科多「包庇」。他們怎會料到，兩人的命運，竟是這樣牽連一處！年羹堯死了，隆科多雖未明正典刑，幽囚拘禁之下，又與死何異？還有他的幾位叔叔，除了十四叔，還在幽囚之中，八叔、九叔不也……

隔了幾天，半夜三更，宮門外一陣急驟的敲門聲，劃破了四阿哥所居宮院的岑寂。隔著幾重門，弘曆還是聽到了，立時驚覺坐起。今夜侍寢的浣雲，也睜開了眼，用錦被掩著胸，撐起半個身子，滿眼的驚懼不解。

「四爺……」

弘曆知道狀況來了！顧不得答理她，立時跳下床穿衣。才把長袍穿上，已有太監在門外回稟：

「皇后懿旨：請四阿哥馬上趕到養心殿去！」

養心殿，是雍正住在宮中時的起居之所，也是雍正寢宮。弘曆的心突突的跳了起來，趕忙著以最快的速度趕到養心殿。

只見雍正皇帝茫然中帶著驚懼，目光散亂怔忡，完全失去了他平素的威儀與鎮定。對進入室內的弘曆視如不見，目光的焦點，凝注著窗邊，如有所見。弘曆順著他的目光望去，卻什麼也看不見。

「皇阿瑪！」

弘曆向前扶住他，他卻驚恐的向後退縮，口中喃喃：

「二哥！不是我！害你的不是我！……是大哥……不是我！」

弘曆傻了，「二哥」？皇阿瑪的二哥，是康熙朝的廢太子允礽。在皇瑪法康熙皇帝二度廢太子之後，下令幽禁，從此未見天日。皇阿瑪繼位，聲稱遵遺詔，大阿哥允禔、廢太子允礽不得釋放，繼續幽禁。但是一即位，還未改元，皇阿瑪就封了允礽的兒子弘晳為「理郡王」，恩逾倫等。並在京城外二十里的鄭家莊為理郡王修了王府，將他由宮中遷了出去。

當時，皇帝的說法是：允礽雖廢，弘晳卻一直是康熙最鍾愛的皇孫，自幼養育在宮中，理當另眼相看。

雍正二年，廢太子薨。追封為「理親王」，謚號「密」；以「理密親王」之禮安葬，似乎一切都處理得合情入理。

那，為什麼他杯弓蛇影的認為廢太子會找上他？而且，竟讓他這樣的驚懼？

雍正狂亂如辯白似的嚷：

「不是我！是大阿哥！」

弘曆不由想起，康熙四十七年，曾發生了「鎮魘太子」一案。主謀的是直郡王胤禔。胤禔又牽連出了十三阿哥胤祥。諸王會審時，胤祥一口承認，是他與胤禔合謀鎮魘太子，沒有其他人涉案。為此，胤祥被圈禁高牆，十數年不見天日。

而皇阿瑪即位，做的第一件事，就是立時釋放了圈禁高牆十數年，因皇阿瑪即位，因「避諱」「胤」字，而改名為「允祥」的「十三阿哥」。並將這位因為牽入此案，始終沒有受過康熙封爵的允祥，跳過了貝子、貝勒、郡王等級，一下就封為最高品級的「怡親王」。一時，人人側目。

後來，漸有傳言：當初鎮魘太子的主謀，實際上是皇四子「雍親王」胤禛。只是，他始終在幕後，出面的，是與他最親近的十三弟胤祥。所以大阿哥胤禔能「指實」的人，只有一個胤祥。而胤祥為了保護幕後素來為他敬愛的四哥，一力承擔了所有的罪名。也因此，皇阿瑪一直感激又愧負於心，把封為怡親王的允祥視為他最親信的手足。

傳言如此，誰也不敢公開議論是否是事實。而，今日，弘曆卻活生生的看到了令人不能無疑的「鐵證」：一向心硬手不軟，又遇事辯理滔滔，口才無人能敵的皇阿瑪，面對了他既無以辯解，也無以逃避的恐懼；「廢太子」找上了他！聽這片斷的話語，竟是廢太子亡魂找他索命！

若論「索命」，如果是八叔允禩、九叔允禟，或是大將軍年羹堯，甚至是今年六月死於禁所的隆科多，他都不意外。也可想而知，這幾位死於非命的人，對皇阿瑪懷著怎麼深重的仇恨！而在弘曆的認知中，廢太子「理密親王」，不能算是被「迫害」死的呀！皇瑪法雖然廢了他，並且由「東宮」毓慶宮遷出，囚禁於咸安宮。但還是下令：在他生活的供給上，不得降低！換言之，他的生活還是與過去當太子時代的待遇是一樣的！甚且，皇阿瑪即位之後，雖然沒有釋放他，對他算是是相當照應的，不但常派人送衣服、食物給他。而且，他死之後，還追封了「理密親王」，並以親王之禮安葬，也算得「仁至義盡」了。

照常情來論，理密親王對他豈不應該「感激涕零」才是！為什麼會在他睡夢中來索命？這就令弘曆也大惑不解了。

但由此一事，可以確定：引發皇阿瑪怔忡之症的人，不是他原先以為的阿、塞，年、隆諸人，而是廢太子！在廢太子的亡魂前，皇阿瑪一向自負振振有辭的無礙辯才，竟似全然使不上力了。這讓人不能不連想：莫非對廢太子，皇阿瑪真的有著內疚神明的情虛？以他片斷的囈語及讓人無法想像，他會存在的恐懼之情，都讓人不能無「疑」。

如此，不但人言當年是十三阿哥代他抵罪，恐怕不是空穴來風。甚至，理密親王之死，也都可疑了。

仔細追想，當年的雍親王府，如今的大內，都經常豢養著一些喇嘛、和尚、道士，正是長於此道的人。而直到如今，皇阿瑪對他們寵信之專，竟遠過於諸王大臣，令人側目！甚至，如今最受寵的文覺和尚，還曾得意忘形的透露，幾番「興大獄」，都是他幕後策劃的！

這滿口「慈悲」的和尚，原來竟是披著羊皮的狼！也就是讓他的皇阿瑪擔上了殘害手足、誅殺功臣的幕手推手。偏偏，皇阿瑪是一切以自己的喜怒為導向，聽不得忠言的人。或也因此，皇阿瑪多年來累積下的種種惡因，造成了今日之惡果。

然而，他身為人子，又怎能、怎忍、怎敢去猜疑自己的「君父」？只能命太監點起「安息香」來，讓皇阿瑪鎮定，然後睡去；既然皇阿瑪不知道他已然「知道」了，他也只有假作無事，什麼也不敢說，只能靜觀其變。

緊接著，封「理郡王」的弘皙遞摺，請求入宮晉見皇帝請安。一般王公遞摺請安，皇帝常不過批上個「知道了」就發還了。皇帝卻召弘皙入宮，並在養心殿「獨對」。

這叔侄兩個人談了些什麼？沒有人知道。只見弘皙滿臉得意的從養心殿出來，帶著躊躇滿志的傲慢，昂然出宮。而身為皇帝的雍正，那一天卻滿臉的懊惱沮喪，一言不發。

沒過幾天，皇帝下詔：為「潮神」在海寧立廟奉祀，並且親自發下了潮神的「真容」。令人納罕的是：畫中真容，分明就是前廢太子「理密親王」允礽！

弘曆心裡有數，這或許就是皇阿瑪對「理密親王」的補償方式；封理密親王為「潮神」，並建廟，讓他永享祭祀煙火，不再為祟。

還不僅於此，理密親王的另一個兒子弘曣，無緣無故，無功無勳，就被封為「輔國公」。而對封「理郡王」的弘晳，更是格外另眼相看。遇到頒賞賜之際，甚至與他和弟弟弘晝這兩個「皇子」等量齊觀。

另一方面，應召進宮的和尚、道士更多了。公餘之暇，跟和尚談禪，與道士論煉丹，成了雍正皇帝最大的樂趣！可是，他的身體，卻沒有因此有什麼起色，雖然強自撐持，卻明顯的日益委頓了。

這些事，弘曆幾乎無處可訴，唯一可以略略傾吐的對象，也只有蘭沁。因為他知道，蘭沁從小經歷康熙年間，因著二伯父馬齊支持皇八子胤禩，牽累父親李榮保入獄的事，深知利害，非常小心謹慎，「有耳無口」，絕不多事。

蘭沁對這些事，心中有著很深的憂懼。這些事，應該是距她遙遠的。但她既然「嫁入帝王家」，是遠是近，就說不得了。她想起這些年朝中迭興大獄所牽連的那些福晉、命婦，她們何嘗不認為「事不關己」？然則覆巢之下無完卵，當初的富貴榮華，一夕之間，就化為過眼雲煙了。

雖然，如今的弘曆，從小深受皇上愛重，人人都認為「皇儲」之位，非他莫屬。也正因如此，處境才更為凶險；當年的廢太子，雖說是自身不檢點，種種失德，咎由自取。但作為「太子」，也有如「眾矢之的」！明裡、暗裡想傾害、想取而代之的人有多少，幾乎防不勝防！被廢之後，兄弟手足為爭太子之位，無所不用其極的手段，更令人不寒而慄。

這種不寒而慄，在她生下孩子之後，感受更格外深刻。在竹漪帶永璜到宮裡來，讓他和仙兒一處玩時，她甚至慶幸自己生的是女兒了；至少女兒不會牽涉到繼位的風波中。眼前的這兩個天真爛漫，相親相愛的孩子，不會發生日後手足相殘的事。

有此領會，她更意會到：她必須盡自己的力量，為四阿哥「做人」！她必須讓長輩的母后、母妃，乃至各府邸的伯母、嬸娘們，和平輩宗室世子、王子的福晉，各府邸的格格們，都能與四阿哥有良好親睦的關係。這事，因為男女有別，四阿哥使不上力，必須由她來擔負這「和上睦下」的責任，為四阿哥建立良好的人緣。也只有這樣，在必要的時候，才能讓他在長輩、平輩之間，得到助力。

她心性的求全責備，讓她不肯忽略任何一點的小節。往來酬酢，禮數周到。對長輩曲意承歡，對平輩酬應往來，都表現得既尊重又親熱。

「四阿哥福晉」很快的在宗室之間建立了良好的聲譽，人人提起她來，都讚不絕口。雖然如此，她還是戒慎恐懼，深恐有什麼不周不到之處，落了人家的褒貶。

對外如此，對家中幾位側福晉，她也從不擺「大福晉」的架子。寬厚御下，對她們都十分體恤。即使她們有什麼不到之處，也總背著人婉言規勸。並一再勸導兩位滿族的側福晉要努力進修：

「大家都知道四阿哥偏疼高氏浣雲。雖然說，她是長得特別清麗娟秀，當然討喜。但是，最主要的原因，卻是她滿腹詩書。漢人有個說法：『腹有詩書氣自華』。『氣』還是無形的，談吐、應對可是表現在外邊的。更要緊的是：四阿哥跟她有話談，談詩書也好，論經史也好，要下棋、要吟詠、要寫要畫、要彈要唱，她樣樣能陪著。再加上知情解意，又知書達禮的，怎怪得四阿哥閒下無事，喜歡找她作伴？這一點連我也自愧不如，更何況你們！這是羨也沒用，妒也沒用的，只有自己下私功！」

兩位福晉只有點頭的份。當初弘曆嫌「宜榴」不雅，改名「沐雪」的蘇氏心直，道：

「福晉說得是！只是我們從小就沒學過這些，字也不認得幾個，這『私功』又怎麼個下法？」

蘭沁聽著，也覺得她言之有理；有根基的，能自修下私功。她們連認得的字都有限，這私功怎麼個下法？想了想，她笑道：

「你們只要有心，我雖然不如她，教教你們，眼下大約也還教得起。等我教不了的時候，我給你們請女塾師進宮，連我也跟著學。」

在她的循循善誘下，別的府邸，為珠寶首飾、胭脂花粉爭風吃醋的事，四阿哥宮裡可從來沒有發生過。反而各家側福晉房裡，都增了文房四寶，添了書香之氣。沒事幾位福晉在一處閒談，除了話家常，逗弄孩子，就是談詩論文的，倒也和睦融融。

這可是令弘曆都大為納罕，而喜不自勝，深為自得的。傳到宮裡，雍正帝后對這位兒媳婦就更滿意了。每每提起來，就讚不絕口。總說熹妃鈕祜祿氏好福氣，既生佳兒，又得佳婦。

如今的鈕祜祿氏在後宮中的地位，只居於皇后一人之下了；當初在她之上的年氏皇貴妃早逝，齊妃李氏，因著弘時之死，越發的委頓，早已不是當年那氣焰高張的側福晉了。然而，熹妃在別人面前，倒也能因著身分不同了，舉止合宜，恰如其分的談笑自若。偏偏在出身高貴的兒媳婦面前，就不由自主的手足無措。尤其聽雍正帝后讚美她的知書達禮、大家風範，更莫名的刺中她出身寒微的隱痛。每每在蘭沁來請安、陪著話家常的時候，她總格外的沉默。而在蘭沁走後，如釋重負。

她私心總怕媳婦看不起她的寒微與無知，也不自覺的嫉妒著媳婦太得天獨厚的家世、人品、才學、風範。這一切，使她在蘭沁面前感覺著不自在，甚至侷促不安。

她絕不敢承認她這一點幽深細微的心事。蘭沁卻敏感的感覺了；弘曆的親生母親，她真正的婆婆，跟她還不如「皇額娘」來得「親」。熹妃額娘當然對她也很「好」，但，這種好，似乎只是「理當如此」，而不是出於「感情」。

這一種距離和隔閡，她不能、也不敢探究。只能反躬自省，卻「省」不出所以然來。

另一件讓她暗自警惕的事，卻是理郡王福晉近日裡所表現得曖昧，近於囂張的態度。

原先不是這樣的！原先這位她尊稱為「嫂子」的理郡王福晉，在她面前也是謙恭有禮，甚至帶著幾分小心謹慎的。理郡王福晉的生母，原是康熙皇帝的第五女，封「和碩端靜公主」。公主下嫁喀喇沁部蒙古杜棱郡王的次子噶爾臧，只生此一女，而被指婚為弘皙的「大福晉」。公主早喪，原被封為「皇太子」的理密親王又被廢，她與理密親王一家人，同被囚禁於咸安宮中，因此她也頗為收斂。在雍正皇帝登基後，雖然因「十八歲封爵」的傳統，皇帝親生的皇四子、皇五子年齡都不到，同輩中，弘皙是唯一受封為「郡王」的。但因為大家都認為「正大光明」匾後的皇儲，必是皇四子弘曆。因此，她對蘭沁還是相當的禮遇恭順。

而，就在理郡王進宮「獨對」，廢太子被封為「潮神」之後，她的態度轉變了。不但說話的語氣改了，連眼神都變得陰沉詭譎起來。而且，另幾位一向跟蘭沁走得近的命婦，也一改故態。在一些親貴命婦的聚會中，把理郡王福晉捧得鳳凰似的，反而冷落了她們過去親熱友好的蘭沁。

蘭沁不能不警惕；這原因絕不會單純！她知道宗室之間，雖不免爾虞我詐，卻可以用兩個字概括：「勢利」！在利害衝突時，不免有因著「勢利」而產生恩怨。而在常態之下，則總是趨炎附勢的。

她了解，過去她們對自己的親熱，也未必完全因為自己這個「人」。而是因為皇上雖未明說，四阿哥弘曆卻已隱然穩居「儲君」之位了。

能讓人捨當今皇帝愛子，又可能是「儲君」的四阿哥福晉，轉而奉承理郡王福晉，其中必然有重大的隱情！這使蘭沁不能不為之憂懼。她不能動聲色，也不敢動聲色。只能暗自注意，希望能查出些蛛絲馬跡。

適逢皇后壽誕，照例各家親貴命婦入宮朝賀。

宮中演戲祝壽，命婦們照例陪同飲酒看戲。恆親王之子弘昇之妻，也以近支福晉與宴。弘昇原是祺親王世子，在雍正五年，受到他人牽累，被削去了「世子」的名位，自此身價一落千丈。夫婦兩個又都是老實人，宗室命婦們卻總欺她失勢又老實，恣意笑謔，不留餘地。她也無可如何，還總是不自覺的巴結著心目中的「貴人」。雖然她自家也同樣的貴為福晉，竟常被其他命婦使來喚去的。尤其在這樣喜慶的場合，更喜歡拿她開心，灌她酒。好像不把她灌醉，讓她出醜，不能盡歡。

她酒量不大，怎敵得眾人存心使壞，不久，便醉得東倒西歪了。

蘭沁心生不忍，招來了貼身宮女，低聲囑咐：

「扶著昇大福晉到我屋裡歇歇吧。給她做碗醒酒湯，好生侍候著。等她酒醒了，讓她重新梳洗好，再送她過來。」

不意沒過一刻鐘，宮女匆匆而來，附耳：

「昇大福晉吐得一身一床，奴婢不知怎麼辦……」

「吐得一床？」

蘭沁先想到的不是那吐得一身一床的狼藉，而是弘昇福晉的難堪。趁著戲正演得熱鬧，悄悄退出，回宮探視。

大吐之後，弘昇福晉的酒倒醒了大半，面對著眼前的狼藉，知道自己這禍闖大了，嚇得面無人色；她向來還沒這麼出過醜，已在眾家妯娌中給褒貶得無地自容了。

蘭沁才進門，先聞到一股子讓人作嘔的穢氣。強自忍下，只見昇大福晉手足無措的站在床前，見到她，彷彿不自覺的一屈膝就跪下了。

「我該死！不但把自己的衣裳糟踏了，也把福晉的床弄髒了……」

蘭沁連忙扶起，柔聲道：

「昇嫂子！你難道還是故意的？也是喝醉了，身不由己，別這樣。」

隨即吩咐粗使宮女：

「把床上的鋪蓋揭了收拾去，拿出乾淨的來換上。把前後窗都推開，透透氣，再薰上一把百合香。」

又命貼身宮女：

「把我那件紫紅的花卉袍子找出來，侍候昇福晉換上。」

又對弘昇福晉歉然道：

「我也沒有你能穿的朝衣朝褂讓你換。不過，這件衣裳也還是新的，嫂子就將就著先穿了吧。」

弘昇福晉頓時紅了眼眶，要說什麼。蘭沁微笑道：

「嫂子有什麼話，等換了衣裳再說吧。」

過了一會兒，弘昇福晉換了衣裳出來了。她與蘭沁身量相當，簇新的紫紅花卉袍子，穿在她身上，就彷彿量身訂做的。她帶著些靦腆，抿著嘴，向蘭沁一福。

蘭沁拉著弘昇福晉仔細打量，笑道：

「嫂子穿了正合身。要是不嫌棄，就留下穿吧。你那件朝褂，我讓他們拾掇好了，再命人給嫂子送回去。」

弘昇福晉感動得不知說什麼才好，見粗使丫頭正收拾房子，屋裡的氣味也實在難聞，蘭沁笑道：

「咱們外邊透透氣，這兒就交給奴才們吧！」

走到花園亭子裡坐下，宮女送上了香茗，弘昇福晉羞慚的低著頭，道：

「我真丟臉！還賠上了妹妹一床鋪蓋……」

口中喃喃不住的道歉。蘭沁好語安慰：

「嫂子！咱們都是一家人，喝醉了酒，管不住自己，都是常事。嫂子就別見外，別往心裡擱。」

自弘昇削爵以來，弘昇福晉算是嘗盡了人情冷暖，哪經得起這麼體恤的看待？不但不責難她，反把自己的新衣裳給她穿，又這麼好言好語的安慰她。

她素來是直腸子，聽了蘭沁的話，竟「哇」的一聲，哭了起來。

這一哭，倒把蘭沁弄得不知怎麼辦了。正待再安慰幾句，卻聽她抽抽噎噎：

「我這人真是歲數長到狗身上了！放著四阿哥、四福晉這樣的好人不知親近，偏偏跟著弘晳福晉那幫子人瞎攪和！」

聽她這麼說，蘭沁怕惹上言語是非，倒不敢出聲了。弘昇福晉是一心感激，恨不得掏心摟肺的剖白，直往下說：

「我真是瞎了眼，糊塗油蒙了心呀！聽信她說的那些無法無天的話。以為日後弘晳真能繼位當皇帝，跟著她，才能讓咱們弘昇出頭！照他們兩口子的氣焰，就算是理郡王真當上了皇帝，也未必把咱們夫妻當人待呀！我犯的是什麼賤？」

蘭沁聽了這話，為之心驚。卻聽抽出手絹兒拭淚的她，哽咽著往下說：

「就算當奴才，我也寧可當四福晉的奴才！好歹四福晉還是寬厚人，比給她當奴才的日子好過！」

這斷斷續續的話，真把蘭沁給嚇著了；怪不得弘晳福晉的態度改了，原來，竟自以為日後將是弘晳繼位了！而，讓她不明白的是，此話從何說起？

「這話，我怎麼從沒聽說過？」

「妹妹！你怎麼會聽得到？那一回，咱們到鄭家莊理郡王府去，皇上正派了工匠給理郡王府整修房子呢。大家都說，皇上對理郡王真好！福晉冷笑：『這可不是對咱們理郡王好，是對他自家的兒子好！日後咱們王爺繼了位，這房子，指不定賜給他家老四、還是老五！』大家七嘴八舌的問她這話怎說？她說，皇上應許了理密親王的，日後要傳位給弘晳。」

「理密親王」是廢太子薨逝後的謚號。蘭沁聽弘曆說過，皇阿瑪得了怔忡之症，後來無緣無故又封理密親王為「潮神」的事。聽弘昇福晉說起這話，驚得一身冷汗，試探著問：

「這話，你們也信？」

「不信！但她說得有來有去的。說：人能欺人，不能欺神；咱們的阿瑪理密親王不是封了『潮神』了？皇上應許了潮神的。還說……」

蘭沁不覺追問：

「還說什麼？」

弘昇福晉似乎也知道事態嚴重，壓低了聲音道：

「說弘晢手中已拿到皇上親書的『密旨』了！又說：四阿哥出身寒微，哪比得理密親王本來就是康熙爺嫡出之子，又封過太子。弘晢雖然不是王妃親生的，可他的親娘李佳氏也是有名位的。而且，他雖是老二，上面的哥哥夭折，就等於是理密親王的嫡長子了！血胤比四阿哥高貴了一百倍！還說，皇上是怎麼得的位？難道真能一手遮天？拿康熙爺疼四阿哥，想讓四阿哥接位，當成傳位雍親王的理由。這話能騙得了別人，怎騙得了弘晢？弘晢當年受康熙爺疼寵的時候，弘曆的人秧子還不知在哪兒呢！弘曆養在宮裡，不過半年，就得意成那樣！弘晢可是打一生下來就養在宮裡，從小康熙爺就帶在身邊的！直到當今皇上奪了位，才硬給搬出宮來。」

「奪位」二字入耳，蘭沁只聽得膽戰心驚；弘昇福晉把聲音壓得更低，帶著恐懼與懇切：

「妹妹！這些話，我本來打死也不敢說的。但，妹妹這樣待我，我還不說，就不是個人了！一定得說出來，讓你們知道，才能安心；你可千萬提醒四阿哥，小心提防著他們！他們沒把五阿哥放在心上，但對四阿哥不安好心，指不定會出什麼壞主意害四阿哥！」

說到這兒，兩人相對無語，都不敢再說什麼。蘭沁只能捏捏她的手，表示盡在不言中的感激之意。強自振作，站起身，道：

「嫂子現在覺得怎麼樣，沒事了吧？怕那邊皇額娘找人呢，咱們還是去陪皇額娘看戲吧？」

她們重新回座。那些福晉們見到弘昇福晉換了衣服，大略也猜到是怎麼回事，又奚落取笑了一番：

「沒酒量，還儘著灌黃湯！」

「不灌黃湯，怎麼能騙到這身新衣裳穿？」

蘭沁只淡淡的，假作無事。弘昇福晉也只能訕訕的，不敢說話。

散了戲，蘭沁回到了已收拾停當的臥房，倚在床邊，想起弘昇福晉說的話，愈想愈覺可怕。自許英睿的皇上，以高壓鉗制了政敵、朝臣，怎知禍端卻在肘腋之間？更可怕的是理郡王與福晉敢如此公然議論，必有所恃；所恃者就是：「這些都是真的！」

如此，四阿哥一向毫無疑慮的「皇儲」之位，並不如他所想的篤定。至少，弘晳是在一旁虎視眈眈的！而且，一定已掌握了什麼對他有利的條件，才敢如此肆無忌憚的營私結黨。

他是否真已拿到皇帝親書的密旨？雖不敢斷定。但，顯然這一說法已蠱惑了人心。而且在這群人中，他已儼然以「皇儲」自居了！

嫁入皇家一年多，她對這位原先只耳聞，年來更目睹的皇帝公公，已有了相當深刻的了解。他是以「法家」自居的，對官員的一舉一動，偵察窺伺嚴厲苛細，密探偵騎布滿朝野。連興幾番大獄，當事人，死的死，囚的囚，更使得宗室親貴、滿朝文武，乃至在京、外放的官員，小心翼翼，人人自危，不敢輕舉妄動。

理郡王與福晉敢公然如此大放厥辭，她不相信皇帝沒有耳聞。人人畏之如虎的皇帝，有此耳聞，卻無所處置！只有兩個可能：一是胸有成竹，任由他們胡鬧；另一原因，則是有所忌憚，不能處置，也無可如何。

而以皇帝明明有所知覺，卻對理密親王家族，不但無所處置，反而加封弘曣為「輔國公」以為籠絡，其間內情就頗堪玩味了。

更讓她憂心忡忡的是，弘昇福晉的警告，恐怕他們真可能有什麼不利弘曆的圖謀！

弘曆回到宮裡，已是二更天了。今天是皇后的壽誕，宗室親貴們也一樣得穿花衣拜壽、飲宴。他是皇子，更得以「主人」的身分與各家的親王、郡王、貝勒、貝子、王公大臣們周旋應酬。有些疲累的他，先回到自己書房裡，由太監侍候著換了便裝。還沒有決定今晚在哪個屋裡安置，卻見太監來回：

「大福晉派人來請四阿哥，說有要緊話跟四阿哥說。」

聽說蘭沁派人來請他去，倒微微一愣；蘭沁從不與側室爭夕，也因此避嫌似的，從沒有在二更過後來「請」過他。既然如此，他吩咐：

「我今兒累了，請側福晉們各自安置吧。」

到了蘭沁房裡，香噴噴的百合香，更讓他有些納罕；蘭沁從不愛用這些，雖然大官中的分例中有，卻總是備而不用。

「好雅興！怎麼想起焚香了？」

蘭沁神色嚴重，一努嘴，命宮女出去。宮女退下，帶上了門。蘭沁親自四處查看過，才把門栓了，又親自為弘曆寬衣。弘曆會意，必有要緊的事說，當下也不開口，由著她張羅。待收拾停當上了床，兩人並著頭睡下，蘭沁才低聲道：

「我聽到些話，一定得跟四爺說！」

見她如此，弘曆也收斂了嘻笑的神態。低問：

「什麼事，這麼嚴重？」

蘭沁把弘昇福晉的話，一五一十以極細的聲音附耳說了。弘曆聽在耳中，神色也凝重起來。

「我也感覺著，近來弘皙他們一幫子人鬼鬼祟祟的，倒沒想到……」

雖然誰也沒有說過什麼，他對自己「皇儲」的地位，也一直是深信不疑的。而不料，如今半路裡竟殺出了一個弘皙來。而且，揆情度勢，自己的條件，竟然並不占有優勢！不是嗎？他不過是個尚未封爵的「皇四子」，弘皙卻在皇阿瑪登基之初，就已封了「理郡王」！弘皙自負自許，而不屑他「寒微」的身世，也的確是他的致命傷；大清一貫的家法，是「子以母貴」。從太宗皇帝起，嫡出或貴寵，就是皇子「繼嗣」重要的條件！太宗皇帝之母，孝慈高皇后是太祖皇帝原配「大福晉」；世祖皇帝之母，孝莊文皇后在「鳳凰樓五宮」之列；皇瑪法則因為皇后無子，追封為「端敬皇后」的董鄂皇貴妃之子早殤，加上「佟佳氏」世為國戚，而在當時的太皇太后一力支持下得以登基。

若「以父傳子」，他的地位是不會動搖的；如今，皇阿瑪存活的，只有他跟弘晝兩個皇子。弘晝生母耿氏，雖然與他的生母都是「宮女子」出身。但細論起來，「鈕祜祿氏」畢竟是滿洲的八大姓之一，算得名門之後。耿氏卻出身「包衣」。因此，鈕祜祿氏的名位，還是在耿氏之上的。然則，若如弘皙所言，皇阿瑪承諾弘皙也列入競爭「皇儲」之位的人選，甚至已親書「密旨」交付弘皙收存的話，那他自己是否能那麼篤定未來繼位，還真讓人存疑。

而皇阿瑪這麼一個剛愎嚴苛的人，為何在這事上姑息縱容？或可解釋為當年的確涉入鎮魘廢太子理密親王一案，甚至理密親王之死，也有可疑之處。當時理郡王分府，王府不選在城裡，而在鄭家莊另修王府，如今想來，似乎就有著防範這一支系之心！皇阿瑪怕的是什麼呢？怕他們仿當年明英宗的「奪門之變」？

以他這樣的「骨肉之親」，也是當日夜探養心殿，才發現了皇阿瑪深埋心底的不安與恐懼。以情理度之，這件事，皇阿瑪一定密斂深埋在心底，絕不會對任何人透露；他怎能承認自己對理密親王於心有愧，暴露自己這幽暗之心於人前？更不可能明白告知弘晳。然則，弘晳又是如何知道的呢？

前人固然有「託夢」之說，弘曆是不相信理密親王會託夢給弘晳的。更進一步說：夢，畢竟是無根的。弘晳便夢見了理密親王說什麼，也不敢就當真的形諸於辭色之間。那唯一可能將消息外傳的管道，只有養心殿的太監！而且，不會是無意傳出；在皇阿瑪苛厲的約束下，他們不敢！由此可知，必然是弘晳已然買通了皇阿瑪跟前的太監當耳目了！因此才有弘晳遞摺請安，養心殿獨對的事！

讓他難解的是獨對之前，皇阿瑪的怔忡不安。獨對之後，緊接著是封理密親王為「潮神」，並且立廟奉祀！如此說來，弘晳所謂手中已握有皇帝親書「密詔」，就未必是子虛烏有的事了！密詔中寫了些什麼？他雖不能明確知道，但從弘晳的躊躇滿志的態度上，卻也不難猜測。

他為之悚然。這件事，絕不能等閒視之！然而，也絕不能有什麼打草驚蛇的舉動。他，竟然也只能如弘昇福晉所言：「小心提防」而已。

「蘭沁！幸得你素來待人寬厚，才贏得了弘昇嫂子的信任，肯這麼掏心摟肺的把這話說出來。至少讓我們有心理準備，能小心提防。」

他感激的低語。蘭沁憂心道：

「都說『明槍易躲，暗箭難防』，我怕他們會害你。從現在起，你千萬不要落單。尤其跟他們在一處的時候，最好多帶些貼身護衛，以防萬一。」

弘曆嘆道：

「說真的，現在想想，都不知道誰可信，誰不可信了！『知人知面不知心』，就算帶了護衛，也難保不是他們買通了的。」

「新進來的，恐怕不可靠。早先就跟著你的，你一向待他們寬厚，他們也都忠心。這樣的人，別人大概不會去冒買動的險，總比較可信。還有我們富察家的侍衛不少，他們對你，絕不會有二心的！」

弘曆點點頭：

「對！我就去跟皇阿瑪說，把你們家當侍衛的幾個兄弟要過來。還有小九弟傅恆；別看他年紀小，挺機靈的。有他們跟在身邊，你就放心吧！」

他輕輕撫著蘭沁憂蹙的眉心，凝視著這一心為他擔憂的妻子；他現在每天還是清早就要上學，下了學，也還有不少的事務要學、要辦。即使回到了宮裡，也未必有多少的時間好好跟蘭沁談心；側福晉們陸續進門，蘭沁有孩子要照顧，他也自以為體恤的，常就到別處安置。

雖然，他還是大體上每天都會過來一下，逗逗仙兒，也跟蘭沁談談家常。分明還是少年夫妻，卻因著蘭沁每每以禮自持，就有那麼點「相敬如賓」，真正親暱的時候，倒不那麼多了。

然而，如今他才感覺，在眾多妻妾中，蘭沁還是最與他休戚相關的！而她善於為人處世的美德，使他在不知不覺間，減少了多少風險！

就以今天這件事為例，要不是她……

緊緊的把蘭沁擁入懷中，親吻著她，安慰道：

「你放心！皇瑪法不是說了，我的福命比他還大嗎？他們害不了我的！」

第五章

進入雍正七年，一開年，雍正皇帝「萬壽節」過後不久，總督雲、貴、廣西三省事務的鄂爾泰，從雲南快馬傳來「萬壽節」雲南喜見慶雲的吉兆。

最喜與僧侶、道士談佛論道的皇帝，聞奏大喜。當即將鄂爾泰由「一等輕車都尉」加授「三等男」。此例一開，各地奏報的「吉兆」就多了！皇四子弘曆背後不免感嘆：自命天縱英明，洞察人性的皇阿瑪，竟也還是「未能免俗」，喜歡聽這樣變相的阿諛諂媚之言！

他冷眼旁觀，雖不以為然，卻也不敢拂了皇阿瑪的興頭。只把這些「旁觀者清」的事情，一一謹記。希望有朝一日，若是自己當真繼位登基，不再重蹈覆轍。但這念頭，他也只能深埋心底；皇阿瑪春秋正盛，心存此想，豈不是……

雖然還沒有明詔賜封兩個皇子爵位，雍正卻有心的讓他們，尤其弘曆在讀書之餘，跟著內閣學習政事。他知道，這正是最好的學習方式。等於從基礎學起，由跟著這些經驗老到的王、大臣們處理政事、軍務的實務中，循序漸進的累積自己的行政能力。

弘曆也知道，學習處理政事對自己的重要。因此，雖然忙，卻也勞而無怨。

他一天最輕鬆的時間，就是回到西二所宮中，與妻、妾、兒女們共聚天倫。尤其是仙兒，更是他的掌中珠、心頭肉。只要一見到她天真純稚的笑容，牙牙學語，蹣跚學步，可愛嬌俏的小模樣，就滿心的歡喜，什麼憂煩都沒了。

蘭沁也知道這一點，總命嬤嬤們在他回宮前，把仙兒梳洗打扮好，帶到自己宮裡。逗她玩，也教正牙牙學語的她說話。等著弘曆回宮，好讓這父女倆樂聚天倫。

蘭沁抱著她，說：

「仙兒！說：阿瑪吉祥。」

才一歲多的仙兒，專注的睜著黑白分明的大眼睛，注視著媽媽的口形。「阿瑪」是她已學會的，早已不知偎在弘曆懷裡喊過多少次了。

她知道，那個她喊「阿瑪」的人，最喜歡聽她喊「阿瑪」。她一喊，他就高興地摟著她，親她的小臉。雖然他的鬍碴子扎得她臉上癢癢的，讓她忍不住格格笑。阿瑪一見她笑，更故意的多扎她兩下。她並不懂什麼，但她真喜歡那種被她所愛的阿瑪疼寵的感覺。

額娘教她「吉祥」，想必「吉祥」也是可以讓阿瑪高興的話。她一定要用心學，學會這難念的「吉祥」！

當她終於能把「阿瑪」與「吉祥」結合在一起，清晰的說出來的時候，她看到滿屋子的人都對她露出讚賞的笑容。額娘更抱著她，摟得緊緊的：

「乖乖仙兒！好聰明，等阿瑪回來，可要好好的表演喲！阿瑪聽了高興，就更疼仙兒了！」

小仙兒笑了，她知道「疼」的意思。她喜歡被人疼。

不意，回到家來的弘曆，卻完全不似往常。他神色凝重，雖然也抱了她，卻對她急於表現，喊出的「阿瑪吉祥」沒有特別的反應。

她委屈的小嘴兒一撇，大眼睛裡就蓄滿了淚。蘭沁心疼了，哄道：

「阿瑪沒聽見，仙兒再說一次：阿瑪吉祥。」

她委委屈屈的又說了一次。弘曆也歉然的心疼起來：

「乖乖仙兒，好能幹，會說『阿瑪吉祥』了！來，阿瑪親親！額娘給仙兒餅餅吃。」

仙兒這才破涕為笑，滿足的倚在他的懷裡，用白裡透紅的腮，蹭著他的臉。蘭沁知道弘曆有心事要說，拿了兩塊餅，哄道：

「仙兒有兩塊餅餅，要分一塊給誰呀？」

「阿哥。」

這是蘭沁特別教導的。即使永璜不是她親生的，她總盡可能的做個公平的母親。總讓仙兒知道：她跟永璜是親手足，有什麼好吃、好玩的，都要平分。

「好！那你找阿哥去。分一塊餅餅給他吃，好好兒的跟阿哥玩兒。」

見仙兒抱在嬤嬤懷裡的，高高興興的找「阿哥」去了。蘭沁揮退了宮女，柔聲問：

「朝裡有事？」

「大事！真沒想到，咱們入關都快一百年了，還出這樣的事！」

蘭沁注視著他，等他的下文。他嘆了口氣：

「岳鍾琪密報：有人到他帳下投書，勸他造反！」

「什麼？造反！」

蘭沁不覺撫胸驚呼。弘曆道：

「真可笑！他們想得也太天真了，認為岳鍾琪是南宋抗金名將岳武穆的後人，慷慨陳辭，以『漢賊不兩立』勸說他。說北宋因大金破汴京，徽、欽二帝被俘的『靖康之難』而南渡。岳武穆也是因為抗金，被大金收買的漢奸秦檜陷害，而死於風波亭。岳家與大金是萬世不解的世仇，而本朝正是女真後裔。岳鍾琪身為岳武穆後人，不應該事敵！勸他跟他們合謀造反。他們就不想想，岳鍾琪從康熙朝起，身受大清兩世厚恩，忠心耿耿，怎麼可能聽信他們的話！」

因為岳鍾琪是岳武穆後人，每為嫉妒他功高官大的朝臣據以攻訐的事，蘭沁也早有耳聞。不覺搖頭：

「我在家時，聽我二伯說過，就因為岳鍾琪是岳武穆的後人，用這名目攻訐，說他要造反的，從他入仕以來，就沒平息過。這些人也不想想，當時岳武穆是南宋名將，與大金是敵國，抗金，是為國盡忠。如今岳鍾琪卻是大清之臣，要盡忠，也只能忠於大清呀！」

「可不是？」

在雍正四年，民間就有人散播傳言，說岳鍾琪要以他所節制的川陝之兵謀反。甚至還有人趕到川陝軍中「投效」。此說使他深為恐懼，主動上奏，請求澈查。

雍正於岳鍾琪倒是信任甚專，當即下諭：

「數年以來，在朕前讒譖岳鍾琪者甚多，不但謗書一篋而已。甚至有謂岳鍾琪係岳飛後裔，意欲修宋金之報復者。甚荒唐悖謬，至於此極！岳鍾琪懋著功勳，朕故任以中陲要地，付以川陝重兵，而憸險奸邪之徒，造作蜚言，煽惑人心，讒毀大臣，其罪可勝誅乎！……」

下令黃炳、黃廷桂會同查實，查出了是奸民盧宗造謠，論斬結案。不意，事隔兩年，此說又起。而且，上回是散播謠言，這回竟是有人到岳鍾琪軍中詭名投書，勸他舉事了。

事情發生在九月二十六日，岳鍾琪拜客而歸。轎子走近衙署，只見一人，手持一封書信，趨近轎前。這一行徑，不合正常「投書」的規矩。當即轎邊從人就呵責：

「你是幹什麼的？」

「小人奉命投書給岳大將軍。」

「你懂不懂投書的規矩？」

雖然隨轎的從人如此呵斥，那人卻不退反進：

「小人奉命當面投遞！」

岳鍾琪在轎中，見此人不似一般的投書差役，當即命人接下了書信。只見封皮上寫著「敬呈天吏元帥」。心中不解，卻也有所警惕。命人將投書人交給巡捕看守，自己帶著書信，進入書房拆看。

一看之下，心驚肉跳。

寄書人自稱「南海無主遊民夏靚，遣徒兒張倬上書」，書中盡是悖逆的言論。除了對大清朝政大加詆毀，竟列舉雍正皇帝弒父、逼母、殺兄、屠弟等十大罪狀。看得岳鍾琪冷汗涔涔；這些事，他不是沒有耳聞。他相信朝野之間，也都有耳語流傳。但這樣明目張膽的形諸文字，他一經寓目，恐怕都脫不了關係。

書中主要目的，還不僅是詆毀人主，而是以他身為岳武穆後裔，不當事仇。如今手握重兵，身居要地，應該「順時而起」，為宋、明復兩世之仇！

他自入仕以來，就一直受困於「岳武穆後裔」的身分，每每為人讒毀。幸遇「明主」，雖然謗書盈篋，而不改信任之專。

話雖如此，他眼見年羹堯的例子，深知「伴君如伴虎」。雖說皇帝一直信任有加，可他自己心裡有數：皇帝為人陰沉多疑，翻起臉來比翻書還快！說是信任他，較之當日寵信年大將軍如何？口口聲聲「君臣一體」、「稀有大臣」，一旦翻覆，那九十二條大罪，哪一條容了情？而又哪一條不是當初寵信逾恆之際，寬縱姑息，甚且視之為功勳的？後來嚴加追究，當日之功，盡成難貸之罪。

更何況，像他這樣有個可供人描畫的家世，偏又在西陲掌了兵權，更是容易「功高震主」，受到疑忌的人！

為了自清，為了自保，他告訴自己：絕不能背上半點嫌疑！

因此，他立時警覺，絕不能放過這投書的人！但，此人顯然只是受人指使出面投書而已，若要釋皇帝之疑，他一定得追查出此人的幕後主使，把此事查個水落石出，才能取信於皇帝。官位爵祿，這時都說不得了。首先，他得保全他自己的身家性命。

但，他也知道，此案他絕不能自己一個人審問；像這樣的謀逆重案，將來一定會解到京師由刑部審理。如果沒個人證，此人現在說一套話，到時候，說另一套話，他可是跳進黃河也洗不清了！所以，他問案時，一定得有個人在幕後旁聽。而且，此人最好還是滿官。

一念及此，立刻命人請巡撫西琳到總督府大堂幕後「會審」。但因為情節重大，又不能明言，帖子上只能說：請巡撫大人到府中一敘。

偏偏事不湊巧，西琳因兼署將軍印務，正在校場考校滿洲官兵武藝。以為他只是尋常敘談，也不以為意。甚至還覺得他不明事理，偏找在這個當口邀約。立時就以公務繁忙推辭了。

這真是「急驚風，遇到了慢郎中」！偏偏又事涉重大隱密，他無法明言。而此事實在耽誤不得，只好傳按察史碩色，請他坐於屏風後的密室中聽審。

安排好了碩色，他命人把投書的張倬帶到署中。為了套問幕後主使，他只好強忍怒氣，以賓客之禮相待；命人看茶，並請張倬入坐。

他刻意和顏悅色的與張倬攀談，問他的鄉里。不意張倬甚具戒心，只道少年時曾居於江夏。至於現在的住處，與其師夏靚的鄉里等，一字不露。道：

「小人曾發過重誓，不能洩露。」

岳鍾琪道：

「我若有意要見令師，如何聯絡？」

張倬道：

「如果督帥確能照著書中所獻之策行事，我自然往接家師前來與督帥相見！」

「那，令師如今人在何處？」

「家師今在廣東。」

岳鍾琪也不知他是信口胡說，還是實話。笑道：

「那你既受令師之命，也應自廣東來囉？」

「正是從廣東來。」

「從廣東到陝西，路程可不近呀！你是幾時起身的？」
「五月就起身了。原以為督帥在四川。到了四川，才知道督帥到西安了。又從四川轉道陝西。九月十三日才到此間。」
岳鍾琪暗自算算日程，倒也差不多。問：
「令師不辭千山萬水，命你投書，畢竟意欲何為？」
張倬道：
「家師之意，都在書中說了。」
「無因無由，從何說起？」
「在廣東時，家師聽說皇帝三次宣召督帥到京師，督帥因深恐其中有詐，都不肯前去。家師因此認為督帥是一條漢子，因而致書。但我到此間之後，才知並無此事，此說乃是訛傳。本來想，已與此書原意不符，不必投了。但又覺得千里迢迢來到陝西，所為何事？豈能白走一趟，所以還是投了。」
岳鍾琪道：
「當今盛世，聖人在位，你師因何放著好好的日子不過，存心謀反？」
張倬冷笑：
「督帥竟不知民間疾苦，百姓民不聊生！家師無意謀反，志在救民！」
此說倒令岳鍾琪一愕：
「我駐節陝西，也曾巡查陝西各地，百姓並不如你所說的『民不聊生』！」
張倬冷然道：

「陝西或者還不錯。我湖廣地方，連年大水，積屍滿路，豈止是民不聊生！」

岳鍾琪不以為然：

「自古至今，哪朝哪代沒有天災，何干人事？而且，我聽說湖廣地方也不過有幾個縣受災，朝廷也已下令賑濟了。你說我陝西不錯，比陝西好的地方，還多著呢！只是你未必知道吧。」

張倬還是一副冷臉：

「湖廣不但飽受災荒之苦，而且官吏性急刻薄的居多，哪管百姓的苦處！」

講到官吏的苛刻褊急，甚至荼毒百姓，岳鍾琪豈無耳聞？但，老於世故的他，又豈能過問？明知嫉他的人那麼多，他躲事還來不及，哪還能去招惹怨恨！當下避重就輕：

「你口口聲聲要我與你們合作，卻連你與令師的鄉里居處都不肯說！我豈知不是我的仇家，設局來陷害我？你這麼突然冒出來投書，我又豈能輕信你；一不小心，被仇家所害，死無葬身之地！」

張倬卻道：

「你既不肯與我們合作，我又豈能把家師住處告訴你，讓你一網打盡！」

岳鍾琪原想好言誘他說出他口中「家師」的姓名、來歷，以便向皇帝表功。卻想不到，這樣實平凡，瘦瘦小小，看來甚不起眼的張倬，卻是狡猾得很。任他如何套問，就是一點口風不露。

不知是否覺得他太溫和，甚至懷疑他跟這個張倬有什麼牽連，忽然密室中傳來一聲輕咳。聲音甚低，聽在他耳中，卻不啻是警告。當下臉色一板：

「你萬里投書，勸本憲起事。本憲好言相問，卻又這樣支支吾吾的，連個鄉里都不肯明說。卻是存的什麼心？莫非想陷害本憲？來人！與我夾棍伺候！」

既然翻了臉，便不容情。屬下當即拿來夾棍，把張倬的腿夾上了。原以為「三木之下，何求不得」？卻不意，這回遇到了鐵錚錚的漢子。張倬硬是咬牙熬刑。兩番昏死過去，冷水噴醒之後，再問，還是堅不吐實。

若再動刑，恐怕要出人命了。而眼下這張倬是此案唯一的事主，一切線索，都得從他身上來追查。要真傷重而死，斷了線索，反而難以交代。只好下令將張倬收押監禁，並命人為他治傷，準備來日再審。

回到密室，才發現原來巡撫西琳已然到了；那一聲輕咳，恐怕就是他發出的。與西琳、碩色談了一下案情，都認為情節重大，必須要審出幕後主使，上報朝廷，才算有個交代。

他為之躊躇無計；他問不出主謀之人，皇帝肯相信他的確已是用盡了各種方法，無法問得口供，而不是存心偏袒嗎？朝中嫉妒他的人，無事尚且生風。更何況，這一次勸他謀反，已勸到官署來了！

回到內衙，他還是愁眉苦臉。他隨軍的小妾翠娘，本是個唱大鼓書的。貌僅中上，因為自幼學唱鼓書，倒也粗識字。尤其閱人多矣，心竅玲瓏，聰慧可人。年過花信，不想再拋頭露面的跑江湖，一心擇人而事。他在偶然逛書場時相遇，對她的鼓書，甚是賞識。接談之下，倒也算是一見投緣。從她口中，知她自傷漂泊，厭倦拋頭露面的賣藝生涯，一心想找個歸宿。倒也出於一時俠義之心，心生憐憫，就替她贖了身，也算是「從良」。

從良之後，因翠娘自幼孤苦，無家可歸。岳鍾琪存著「好人做到底」的善意，帶她回府，交給岳夫人安置。還跟岳夫人說，給她找個合適人家遣嫁。

不意翠娘雖風塵出身，卻沒有一般跑江湖賣藝女子好吃懶做，口舌是非的習氣。甚明大義，感恩圖報，自居婢妾，恭儉勤慎的侍候岳夫人，甚是得力。不久，他選調陝西，岳夫人素來多病孱弱，無法跟他赴任。見翠娘忠誠可靠，建議不如由岳鍾琪自己收房納妾，就讓她隨行侍候，兩下放心。

翠娘對岳鍾琪夫婦心存感念，本來有心圖報。岳夫人又親自出面提親，更是喜出望外。就在岳夫人作主之下，岳鍾琪正式納妾，翠娘一夕之間，成了岳府的「如夫人」，也算是苦盡甘來。隨軍至陝西總督府裡，既沒有正室在上，少不得她也就是「當家主事」的女主人了。岳鍾琪有她平日侍候起居，閒時為他說書解悶，彼此倒也相得。

見他怔怔地發愁，翠娘試探著問：

「爺有心事？」

「有禍事！」

翠娘立時反應：

「禍事？朝裡又有人讒害爺了？」

「不是！但這事要不能好好辦妥，不用人讒害，皇上也會起疑。那時候……不但半生功業盡付流水。鬧不好，還有滅門之禍！」

翠娘聽他說得嚴重，為之心驚。只聽他深深一嘆：

「唉！我幼時總以身為岳武穆後裔為榮。怎料到，竟是個禍端！」

他說到這兒，翠娘就明白了幾分；必然又有人以此為難他了。謹慎道：

「如果這樣，最要緊的，是先去皇上之疑！」

這話說到了他心裡。就平日翠娘的言行，已知她不但頗識大體，且極知分寸，尤其謹守口舌，絕不多話。不比一般女流之輩，是可共腹心的。當下把為難處細細說了。嘆道：

「這人竟是條鐵錚錚的漢子，就是抵死不招！」

翠娘率直的說：

「爺不該用刑的！」

「我要早知道他是這樣的人，當然就不用刑了。」

翠娘一笑：

「天下哪有『早知道』三個字？依我看，也還不遲；這事還有轉圜餘地。」

「怎麼轉圜？我都用過刑了，他怎麼還肯說？」

「爺可以跟他說，因為曾受人讒害，不能不用刑去心中之疑。而且身邊也有人窺伺，不用刑，怕走露了風聲。再好言相問，或許他感於爺的誠意，也就說了。」

這說法，令岳鍾琪精神一振，頻頻點頭。

心裡有了定見，就踏實多了。次日，又邀巡撫西琳前來，依前坐在密室之中，當個見證。重新提審張倬，還是帶到書房。而且，一到書房就先給他去了刑具，還給了個腳凳，讓他坐下。態度與前番用刑時迥異，好言好語：

「昨天你受苦了。傷還疼嗎？待會兒我請個好大夫給你上藥。」

張倬冷笑：

「你既然動了刑，又何必貓哭耗子假慈悲？」

岳鍾琪心中不覺慚愧，口中卻沉聲道：
「你可知，昨天我為什麼嚴刑逼問你？」
張倬道：
「問出口供，好向你的主子邀功呀！」
岳鍾琪嘆道：
「你到底只是個不知世事的讀書人，不知人心險惡。我可是看得太多了，不能不防。比方說吧，你們湖廣有個鄒魯，一開始的時候，跟年大將軍同謀，蜜裡調油，說得天花亂墜的。後來，他看出年大將軍失了皇上寵信，竟然出首，落井下石。像這樣的遊說之士，不可靠的居多！我怎麼知道你是真心，還是有人指使你來害我？所以對你用刑，說穿了，就是試探你到底是不是真心！」
張倬冷冷地說：
「我拚了性命來見你，你卻疑心我，還以非刑加在我身上，我是萬萬不能信你了！」
「你我素昧平生，彼此誰也信不過誰。首先，你就不該在眾目睽睽之下，當街遞信。問你，你又含含糊糊，支支吾吾，我怎能不起疑？你是讀過書的人，總知道歷史上為什麼人主常以鼎鑊待說客，主要就是試他的誠意和膽氣。你不肯說實話，我只有動刑。不然，萬一風聲走露，你被捕至京師，由刑部審理。那時，受刑不住，豈不坑害了我？昨日一試，見你視死如歸，知道你是有氣節，鐵錚錚的漢子，所以今天特地再懇切問你，你就該要有切切實實的話告訴我，總不能這麼捕風捉影的，就要人信！」
張倬像是鐵了心，道：

「我從你昨晚的舉動，就知道你是絕不會肯跟我們同盟，也知道我是斷不得活命的。如今你也不過是花言巧語的騙我，休想要我上當！」

岳鍾琪聽了，心中暗道一聲「慚愧」。口中卻道：

「自古以來，總是天下動亂之際，才有人應時舉事。如今，天下承平，也沒聽說哪一省有什麼動靜。令師這麼冒冒失失的就勸我舉事，我又豈肯做絕無把握的事？至少也得知道，如果我聽信令師之言舉事，有什麼地方、有什麼人物能響應。什麼地方可以傳檄而定，什麼地方必得用兵……你們要談的，是何等大事？你什麼也說不出所以然來，哪像是胸有成竹的樣子！」

張倬還真胸有成竹：

「別處我不敢說，湖廣、江西、廣西、廣東、雲南、貴州這六省，只要我師登高一呼，大事可成。」

這一說，倒令岳鍾琪不敢掉以輕心了。緩緩道：

「你何以能有這麼十足的把握？」

「這六省的百姓最苦，到處都是想往四川去的流民。我一路而來，親眼看到死在道路之上的，就不可計數。百姓困苦如此，一旦有事，還不爭先恐後的參加嗎？」

「別處我不知道。我在四川，知道雲貴官民相安無事，你怎麼說雲貴能傳檄而定？」

張倬反問：

「當年吳三桂不就是從雲貴起事的嗎？可見雲貴百姓並不是順民。」

岳鍾琪有意套問：

「就這六省？力量也不夠呀，如何能成事。江浙情況如何？」

「不知道。」
「晉豫呢？」
「不知道。」
「四川呢？」
「我知道的，就是這六省。其他地方，就不是我所知道的了。」
「空口無憑。這樣吧，我派人跟你去禮聘令師，也見見你所說的各省主其事者如何？」
張倬道：
「有何不可。」
岳鍾琪才說了一句：
「那就這麼辦……」
張倬卻又反悔了：
「沒這道理！你什麼表示也沒有，我豈能就此把我們的底全洩了給你？」
岳鍾琪見他不肯上鉤，恨得牙癢，卻也無可奈何。只得說：
「你既然信不過我，那我們還有什麼可談的？不如，我把你放了，隨你自便吧！」
張倬疑惑的望了他一會兒，卻搖搖頭：
「你放了我？這怎麼使得？昨天你審問我，還動了刑，外邊一定有傳言了，將來朝廷知道，跟你要人，你怎麼交代？」
岳鍾琪苦笑：
「我若不放你，就得據實奏報朝廷。這一下，朝廷知道：有人想謀反，都第一個就想到我。

以後有什麼風吹草動，朝廷勢必對我存有疑慮，我還能過日子嗎？現在，已成了騎虎之勢，不如放了你。就算外人傳言，我只說，你是個迂腐書生，來上條陳，議論時事，言語狂妄。經過刑訊，知道不過是個無知狂生，胡言亂道，並無別情。已然逐出，反倒沒事了。」

不意這張倬竟是軟硬不吃，道：

「你說的雖有理，我也信你不過。我既然來此投書，生死已置之度外了，你就真心放我，我也不走！」

岳鍾琪無奈，想想，又不能與他破臉。也不收監，就命人在署中找一間閒房，讓他居住，算是待以「客」禮。又密召了咸寧縣丞李元，先告訴他相關情節，道：

「你就到他那兒去陪著他住，跟他套套交情，看看能不能問出什麼。為了不讓他起疑，只得委屈你，你就假稱是我府裡的僕從。」

李元道：

「能給皇上與督帥分憂，有什麼委屈的？屬下這就去。」

為了能博張倬好感，他派人送了一件皮衣給張倬禦寒。又派人送了酒菜去給他們吃喝，希望李元能讓張倬酒後吐真言。不料，張倬口風甚緊，遇到關鍵，就支支吾吾，絕不上當。

他原想問出了詳情，再奏報皇帝。但，以現實情形看來，還是先從實上奏，至少，絕不能讓西琳或碩色搶了機先。

當即親自給皇帝寫奏摺，原原本本的把此事說明。也說明此人熬刑不招，而且，再三誘導，也不肯吐實。要求皇帝准許，將張倬押解到京，由皇帝親自派人審理。

奏摺發出。回到府中，翠娘先問：

「如何？」

岳鍾琪把今日的情況說了。

「我已寫了奏摺，請皇上定奪。並求皇上派人押解他到京師審理。」

「押解京師，雖然也是辦法。可是最好還是由爺審出實情，才算圓滿。」

岳鍾琪苦笑：

「我何嘗不明白這道理？但此人軟硬不吃，我也計窮了。」

翠娘沉思半晌，道：

「我倒有個主意，只不知道爺肯不肯這麼辦。」

岳鍾琪低首下心求教：

「你說。」

「與他設盟，義結金蘭。」

岳鍾琪不意她竟出此奇謀，大驚：

「你是說，讓我與那張倬盟誓？我要跟他盟誓，事實上又不可能與他同盟。豈不是存心欺妄鬼神，如何使得！」

翠娘道：

「盟誓也有真假，這原是情不得已。」

說著一笑：

「爺可記得，我們班子裡有位白老爺子？」

「當然記得！他說《水滸》，說得繪形繪影，活靈活現的！可惜年紀大了，不知可有傳人？」
「自然是有！他有個兒子，自己另搭了班，說的也是家傳的《水滸》。」
岳鍾琪不明白她忽然岔開話題，是何緣故。問：
「這與此案何干？」
翠娘笑道：
「想起一件有趣的事；說不定，倒是個啟發。他有個小孫子，正是淘氣的年歲，伶牙利齒。小小年紀，雖沒正式學說書，偶爾講上幾句，也有模有樣的。有一回，他跟玩伴賭咒發誓，事後又反悔了。白老爺子最重義氣，狠狠的教訓了他一頓。他挨了揍，邊哭邊嘟囔，說：我嘴裡發誓，腳底下劃著『不』字，發的誓不算數！把我們一邊聽的人都逗樂了。白老爺子也掌不住笑了。說，將來有合適的段子，可以把這段話編進書裡去。也巧，後來他說新書《七俠五義》，還真就編進了書裡。」
岳鍾琪也笑了：
「哦，你叫我也在腳底下劃『不』？」
翠娘正色道：
「我是從這事想到盟誓取信的法子。爺不妨先祝告鬼神，說明苦衷，再行盟誓。鬼神也會垂鑒爺一片忠誠的。」
岳鍾琪不覺連連點頭。翠娘道：
「非如此，無法取信於他，查出主謀。查不出主謀，爺也沒法跟皇上交代。爺總知道『兵不厭詐』的道理。這雖然不是打仗，可也非用點心計不可！現在最要緊的，是查出主謀，讓皇上知道爺的忠忱。皇上知道爺為了套問根由，不惜與他人盟誓取信，以便問出主使。這等於拚著性命，為皇上立摘奸發伏之功，皇上一定嘉納，就不會再疑心爺了。」

岳鍾琪不覺擁翠娘入懷：

「翠娘！我何其有幸，有你這樣的『女軍師』參贊！我就這麼辦！」

三度召張倬問話前，他還是先讓碩色坐於屏後密室，當個人證。張倬來了，仍是一臉的桀驁不馴。他胸有成竹，只當不見，摒退了從人，緩緩道：

「我不知道你信不信得過我。但，經過我對你的連番考驗，我倒是相信你了。我就告訴你，我心裡的話吧！」

張倬只定定的看著他，不發一言。他嘆道：

「其實，令師信裡說的事，我早有所感。雖然，並沒有皇上召我三次不赴京師的事。但，我心裡明白：雖然我真除了川陝總督，手握甘、陝、川三路兵權，皇上對我還是從來沒有放過心！其實，對所有的漢人都一樣；再怎麼重用，也都是『以漢治漢』的謀略，沒有真心！不說別人吧，你看年羹堯年大將軍，為他建了擁立之功，又立了多少軍功，還不是說殺就殺，落得死無葬身之地！」

張倬聽他出言激烈，不覺神色微動。

他何等老謀深算！看出張倬心動，卻假作不覺，嘆道：

「我是年大將軍的舊部，年大將軍對我有提拔之恩；雍正元年征討青海，就是他舉薦我參贊軍務的。也是跟著他，我才一路從奮威將軍，升到了甘肅提督兼任巡撫。年大將軍出了事，實在也因為川陝地區，年大將軍長年統領，手下那些驕兵悍將，不易節制，別人都接不了手。只有我，算是年大將軍一手栽培提拔的舊部，在一起的時間也久了，他們還肯聽從。這才讓我接了川陝總督的大印。」

他刻意放低了音調：

「這兩年來，雖說是外面看著風光，又哪一天真過了安心的日子？誰知道什麼時候，皇上重翻舊案，不把我牽連在內？只要皇上決定用不著你了，底下的人望風希旨，什麼罪狀編不出來，還不是要殺要剮全憑他高興！我是有家有小的人，自己死了就算了，一家老小怎麼辦？人人知道我姓岳，岳武穆是我的先祖！我家世代為武將，效命疆場。除非不出仕，隱逸江湖。既想出仕，眼下也就只有這個朝廷了，身不由己呀！」

「所以我們才投書，勸你『取而代之』。」

「談何容易！你可知道，皇上到處都布著眼線。而且，時時變著法子偵察窺伺官吏。你貿然投書，說話又支支吾吾的，我怎麼敢輕信？而且，這是何等重大的事！若不確定有後援，不像是拿著雞蛋硬碰石頭，自己找死嗎！昨天，你說六省可以一呼而定，說得那麼有把握。我回去想了一夜；我是四川人，又曾駐節成都，當過甘肅提督，如今又任川陝總督，川、陝、甘三地，我是有把握的。加上你說的六省，想來別處未必沒有潛伏民間，伺機而動的義民。照這樣算，就算是不能一舉成事，先拿下西邊半壁，分庭抗禮，是有把握的。」

見張倬還是一言不發，他繼續說道：

「我也知道，第一天我動大刑，傷了你的心，再也不肯信任我了。卻不知道我有我的苦衷，這是何等大事，要沒有八九成的把握，如何能輕舉妄動！如今既有拿下半壁江山的把握，我就沒有顧慮了。再有令師這樣的異人襄助，何愁大事不成！」

聽他讚美恩師為「異人」，張倬的臉上露出了笑容。岳鍾琪再接再厲：

「我想，空口無憑，你未必信得過我，回去也無法交代。為表達我的真心誠意，我們歃血為盟，義結金蘭，彼此昭信，如何？」

「歃血為盟」是何等慎重的大事！這一言讓張倬動了容，當即恭身下拜：

「督帥千金之體，竟肯與小人歃血為盟，義結金蘭！小人再不肯信，就太不識抬舉了！」

岳鍾琪見機不可失，立時命人安排香燭，點香之際，心中先對天祝禱：

「我岳鍾琪為了忠愛君父，保家衛國，不得不與叛賊盟誓。言非由衷，願天地鬼神明鑒我一片苦衷。」

隨即與張倬盟誓：義結金蘭，共舉大事，不相背棄。

這一番做作，果然騙得張倬放了心。推心置腹，知無不言。

岳鍾琪這才知道，張倬及其師夏靚都是假名；「夏靚」姓曾，單名一個靜字。張倬則名張熙。而且，也把他老師日常往來商談「密事」的名單及居址一一吐露；當然，這一份名單，當晚岳鍾琪就把自己假意盟誓的一番「苦心」，並問得的「逆黨」名單，寫進了奏摺。

果如翠娘所料，這一點令皇帝大為滿意。發回的朱批中寫著：

「覽虛實不禁淚流滿面。卿此一心，天祖鑒之。此等誓盟，再無不消災滅罪、賜福延生之理。朕嘉悅處實難筆諭。朕與卿君臣之情，乃無量劫之善緣同會，自趁願力而來協朕，為國家養生者，豈泛泛之可比擬，朕實嘉悅之至！」

並要他留住張熙，多問出一點消息。

他原想，這曾靜既然敢這樣鼓動他造反，總應該有點名堂才對。不意，當他對他們所謂「一呼可定」的六省提出兵力布署，軍需糧秣儲存，與起事的計畫時，張熙卻一無所知。只說：

「我們一些人談起來，都認為這是必然之理。其他的，我就不知道了。」

岳鍾琪原以為這些人集結成黨，已組織了相當的勢力。一聽之下，不覺啼笑皆非。但，他們既能讓張熙這樣的血性漢子拚著性命下書，此事亦不能不深入追查。所以還是耐著性子，緩緩引誘：

「話雖如此，總得有智勇兼備的人出來運籌帷幄，才能濟事。」

張熙臉上露出了興奮之色：

「家師曾靜和劉之珩、嚴賡臣等，都是本領、韜略大不可量的人。督帥只要禮聘我師曾靜，何愁大事不濟？湖廣六省一呼可定，也不是小人所能，只有我師才有這樣的通天本領！我不過奉師命傳言，作不得主。」

岳鍾琪心裡有了點譜；這真是所謂「秀才造反」！但，卻也不可掉以輕心，必得追查出根源；到底他的老師是何方神聖？是否如張熙所說，本領韜略「大不可量」？他是存疑的；從張熙避重就輕，言不及義來看，恐怕其中自我膨脹的成分居多。

然而，他們信中所強調「華夷之辨」的「春秋大義」，又是緣何而起？

經過了多日閒談式的盤問，岳鍾琪問出了源頭：來自人稱「東海夫子」的呂留良！

他這才如釋重負；他與呂留良素無瓜葛，無論如何也牽連不到。

調查告一段落，皇帝令下，將一干人犯押解京師由刑部會審。岳鍾琪總算是放了心；這一案有了交代，他可以安心交差了。

第六章

獨自躺在龍床上，雍正皇帝仰視著帳頂。心中波瀾起伏，難以平息。

自岳鍾琪突如其來的密摺，及後續種種，都帶給他極大的衝擊。尤其接到岳鍾琪所謂「臣不敢卒讀，亦不忍詳閱」的逆書之後。

雖然，岳鍾琪密摺上說：

「具言滅絕彝良，悖亂罔極，臣不敢冒昧呈上，上褻天聰。會同撫臣西琳，密封候旨。」

他看了，給岳鍾琪的朱批寫：

「犬吠獸號之聲耳，何可介意，送來閒觀之。」

但一經寓目，他還是為之震驚。

若不是他少年時曾受到皇阿瑪「喜怒無常」批評的刺激，在多年的忍耐修養之下，養成了他如今喜怒不形於色的陰沉內斂，或許當場就會暴跳如雷，或勃然色變了。饒是如此，他還忍不住一陣陣的氣血上湧，幾乎無法自持。

即位六年多了！他做了在許多人看來是「違反祖制」的事。他也知道，他著意扭轉先前康熙皇帝因著太過寬大衍生的種種流弊，銳意變革，會引發臣下不滿。但，他自覺「不過正，無以矯枉」；非如此，不足以扭轉政治風氣的荒怠散漫，還是雷厲風行的做了。對這一點，他自覺對天下蒼生，是無愧的！

當然，為了建立大權在握，不受臣下掣肘的威權，他也費盡了心機，把路上的「絆腳石」一一除去。包括了不服他繼位的手足，及建了「擁立」之功，而功高震主，忘了「君臣分際」的功臣！他不想擔什麼「惡名」，也自認這些事都做得堂皇正大：他讓王公大臣「集議」訂出罪名，而且他也還都酌減其罪刑，示天下以「寬仁」。

他沒有想到，他如此縝密從事，卻還在民間傳出了這樣駭人聽聞的傳言！以致於他這個皇帝在民間的形象，竟不堪至此！

怪不得岳鍾琪害怕！一開始不敢給他看這封「逆書」。原來曾靜在給岳鍾琪逆書中，竟列舉了他十大罪狀：

「謀父、逼母，弒兄、屠弟，貪財、好殺，酗酒、淫色，誅忠、任佞！」

照這麼算來，真可謂禽獸不如，還算是個人嗎？無怪乎看得岳鍾琪驚悚不安，不敢上呈。可想而知，他是怕自己老羞成怒，把他也牽連在內。若不是他朱批：「犬吠獸號之聲耳！有何可介意。送來閒觀之」，逼著岳鍾琪不得不呈送，他還真見不到這些他作夢也想不到的「天子新聞」。

他自己想想，也不免哭笑不得；他自許點滴不漏有如羅網的偵騎密布，耳目更遍及朝廷與各地官署。人情世故也好，人性良窳也好，他都自認是「洞如觀火」！在他「睿照聖裁」之下，王公大臣誰不是戰戰兢兢，畏之如虎？他也在他們的歌功頌德的奏摺中，自負「聖明」！豈知，在民間，他的形象竟是如此不堪！

由此，他憬悟：這些流言，絕不僅是曾靜師生聽聞而已。鬧不好，恐怕天下州縣都已傳遍了這類「毀謗天子」的大新聞！

如今的補救之道，絕不是殺了這兩個「欽命要犯」了事；他對人性的了解提醒他：殺了這兩個人，反而會讓耳語流傳得更廣，更坐實了他「殘酷嗜殺」，讓更多人認為他是「殺人滅口」！為今之計，他只有反其道而行，利用這兩人來替他「昭雪」；他就不信以他的博學多識，辯才無礙，折服不了這麼兩個「鄉愚之輩」！

曾靜師生與一干關係人犯，押解到京。在刑部剝繭抽絲的審問下，大抵可以判斷這些流言的源頭，應是阿其那、塞思黑的屬下或太監們，在充軍發配途中蓄意散播的。

他們在發配邊疆的路上，停下休息的時候，便向圍觀的鄉愚們吆喝：

「鄉親們！來聽聽咱們新皇帝的新聞呀！他能判我們的罪，充我們的軍，可封不了我們的嘴！」

發配途中所經，大多是窮鄉僻壤。即便有城鎮，也因交通不便，大多消息閉塞。所謂「天高皇帝遠」，平日哪聽得到什麼京師、皇帝的新聞？聽他們這一嚷嚷，誰不對這些「新聞」好奇？立時聚集了無數民眾，聽這些滿腹怨氣的罪犯，如說書般的數落「當今天子」的罪狀。以致造成他在民間輿論中片面「挨打」的局面。

因此，在曾靜、張熙及一干人犯解到京師之後，他決定親自以「上諭」詳問案由。對他們所提出的各種問題，也一一以上諭回覆。

以他的辯才無礙，以他皇帝的身分，他很快的就「折服」了曾靜這出身偏遠鄉間，既談不上學問，更談不上見識，又失意於科場的塾師，而在這一場辯論中占得了上風。令曾靜俯首認罪，自承是「彌天重犯」，推翻了過去對皇帝的一切批判、否定，轉而認為皇帝是「曠古聖君」！對過去主觀認定的「華夷之辨」，也無條件的自承錯誤。

雍正皇帝於此頗覺躊躇滿志；他不但刨出了潛伏在民間漢人文化與精神上反抗的根，也追出了這些流言的原始源頭：他已死卻陰魂不散的兩個弟弟！

既然「罪證確鑿」，流言是阿其那、塞思黑屬下流放邊疆時傳播的，正好藉此斬草除根。

由九卿會審的謀逆大案，牽出的「文字獄」如火如荼的進行。全國朝野無不對皇帝這曠古絕今，與罪囚「對簿公堂」的案子舌撟不下，目瞪口呆！

皇四子弘曆心中更是憂心忡忡，卻不敢有任何的表示；他知道皇阿瑪的性情：自許聰睿，又剛愎自用，哪許別人異議？他自己心裡非常明白，由於皇阿瑪的鍾愛，因羨生妒，乃至因著皇阿瑪多年整肅朝綱，也整肅政敵而懷恨牽怒他的人，不知多少！這些人隨時蠢蠢欲動，也隨時的窺伺著他。

弘晳一夥，還不是唯一的！他漸漸感覺，和他從小一起結伴長大的弟弟弘晝，也同樣對他萌生了妒意。

當日同被三哥弘時欺壓時，那相濡以沫，如手如足的親情，竟經不起時間與現實利害的考驗。他發現弘晝與弘晳一夥走得很近，而對他，則表現出相當的冷淡與敵意。

他的心頭壓著沉沉大石；他在上一代的惡鬥中，感覺膽戰心驚。絕不希望手足之間充滿敵意的事，在與他從小相依為命的弟弟身上重演。可是……

由這件事，他更體悟到，不論身為至高無上「皇帝」的皇阿瑪再自負自滿，也一手遮不了天！

皇阿瑪其實也做了許許多多嘉惠百姓的事呀！許多在社會底層世世代代被踐踏的「賤民」，因著他的德政，而得到解放。他澄清吏治，使百姓得以安居。他事必躬親，就「勤政」而言，幾乎是歷史上任何皇帝都比不上的！

然而，這些他的「好」，似乎都被蓄意的忽視了！由此事看來，朝野間注意的焦點，還在於他種種被視為「負面」的言行作為。無論皇阿瑪為這些年的所做所為，提出了多麼看似「理直氣壯」的理由，顯然民間並不認同。他再用任何的高壓，也壓不住天下滔滔的「輿論批判」！甚至，更加油添醬的「訕謗天子」！

這事，由於皇帝自認是「勝方」，並不視為隱密。也因此，不管審理的過程、問答，乃至所下的詔旨，都是公開的。素性剛愎，又自以為「得計」的皇帝，在四阿哥弘曆看來，簡直是不恤天下觀感！即使從他這親生兒子的角度，都覺得其中強辭奪理，和「此地無銀」的難以服人；話全由著他一邊說了！而且，動輒是「宮中何人不知」、「朝中何人不知」。這些話，對自稱「彌天重犯」的曾靜師徒來說，乃至天下愚民來說，也許還可以讓人「信以為真」。然而，聽在真正曾親歷這些事情，他自謂「何人不知」的「知者」耳中，又作何觀感？

他自言如何素蒙父皇「愛重」，弟兄們如何不得父皇「歡心」；自己如何的「聖明」，別人如何「愚昧」；自己如何對被整肅的兄弟、功臣「仁至義盡」，他們如何的「忘恩負義」……。總之，他們的死都是「罪有應得」，受到「天誅」。而自己，是曠世所無的「聖君」……

然而，一手豈能遮天？他自言「盡人皆知」；這些經歷整個過程的當事人或旁觀者，的確都可為「人證」。問題是不管內廷、外朝，這些人，雖不敢言，所「知」的，卻未必是他所自認的一邊倒！

憂心如焚呵！弘曆卻沒有可以訴說的對象！除了夜深人靜時，在枕上與蘭沁竊竊耳語私議，他也不敢對任何人置一詞。

這些年來，他所見所聞，使他不敢相信「人性本善」了！那麼多的政爭、那麼多的彼此窺伺、告密，覆雨翻雲的事，使他害怕了！他只敢本本分分的當他的「皇四子」，除非分內的事務，不置一詞。

蘭沁在這一股說是低沉，卻隱隱的帶著說不上來蠢動的風潮中，也只能守緘處默。並一再告誡宮裡上下人等，絕不許議論此事，以「明哲保身」。

在這一股的低壓中，弘曆因著滿腹心事，無心與那些「無可與言」的姬妾們廝混。論知情解意，一個是嫡福晉蘭沁，一個是側福晉浣雲。

月下花前談詩論藝，高浣雲固然是最理想的對象，甚至連蘭沁都難以企及。但能讓他傾訴肺腑，為他分憂解愁，而且能守口如瓶，不生是非的，卻只有一個蘭沁！

也因此，這段時日中，弘曆經常晚上留宿蘭沁宮中。一向幾乎「寵擅專房」的高浣雲，也不覺退讓了一步。

不久，蘭沁再度懷了孕。這一喜事，倒也讓她的心思在低壓的陰霾中，有了寄託。

她已有了一個女兒，私心當然希望能生一個兒子。但這一點心腸，她是在誰面前也沒有說。倒是弘曆不時提起：

「都說先花後果，先『女』後『子』，合成一個『好』字！希望你這一回生個兒子。咱們下一代，三哥的兒子永珅是頭一個，可惜永珅夭折了。如今，只有咱們的永璜居長。但永璜又不是嫡出。皇阿瑪總說，可惜我們這一輩人丁單薄，希望下一輩皇孫多一點，所以兒子是不嫌多的。」

蘭沁知道，弘曆對自己生母的出身寒微，是有些遺憾的。只因為父皇沒有嫡出之子，他與弘晝的出身相仿，而在各種條件上，他顯然是占了優勢。否則，恐怕滋味也不好受。

也許基於一種「補償」的心理吧？她總希望自己為他多生幾個「嫡子」。可想而知，雖然有了永璜，他對永璜這庶出的長子，並沒有太大的寄望。

可說是天生不公平！她當然也為自己所占的優勢慶幸，卻又對那些沒有這優勢的側福晉們感到抱歉；這真是「由命不由人」了！嫡子在先天上就占了「正統」的便宜。但，她也不斷的提醒自己，至少在待遇上，一定不要存偏私之心。

她的腹部逐漸隆起，引發了仙兒的好奇，時時要去撫摸她的肚腹。牙牙學語的仙兒，總笑瞇瞇地說：

「額娘肚肚大大！」

她微笑輕撫著仙兒柔細的頭髮，柔聲告訴她：

「額娘肚肚裡有個小娃娃，小娃娃生出來，仙兒可就當姊姊了！」

「仙兒……姊姊！」

「對啦！仙兒喜歡弟弟，還是妹妹？」

高浣雲正與側福晉們前來請安，坐在蘭沁身側。聽說，忙把仙兒抱過來，讓她坐在自己膝上，教她說：

「仙兒說：喜歡弟弟！」

仙兒笑瞇著眼，學舌：

「仙兒喜歡……弟弟！」

蘭沁伸手撫摸著她粉嫩的小臉，讚美：

「仙兒好乖！額娘要生了弟弟，仙兒可就更有伴兒跟你玩了。」

她素來細心。為了不讓永璜的生母竹漪多心，特別加個「更」字。表示永璜也是仙兒的玩伴。

永璜見仙兒受了讚賞，也在一邊學舌：

「璜兒也喜歡弟弟！」

不意，永璜之母竹漪卻是個心粗腸直，又不甚懂得眉高眼低的人。完全沒有領略蘭沁的好意，反道：

「傻孩子！有了弟弟，你就不值錢了！」

蘭沁素來寬厚，此時聽了這話，卻也不覺變了顏色，忍不住皺眉。

竹漪還沒感覺，高浣雲卻察覺了。她自知也自負是四阿哥宮裡側福晉中最受寵的，卻因自己不育，不免自傷。

自被指為四阿哥側福晉以來，她常有著「高處不勝寒」的孤獨感。蘭沁在滿族閨秀中，算是出類拔萃的了。但相較於她自幼在書香門第裡長大，而且從小家裡琴棋書畫的刻意栽培，比蘭沁只是喜好詩書，卻沒有刻意的受到調教，還是有著相當顯著的距離。

只是，她心裡明白大清宮裡，蘭沁不僅在帝、后心目中是「第一得意人」。而且，為人處世，面面俱到。上上下下、裡裡外外就沒人不讚賞的。尤其，家世也好，風範也好，委實也讓人無從挑剔，不能不敬服。

她也知道，她若跟蘭沁爭寵，準定是自討沒趣！以她的聰明，何必去跟這麼個「賢名在外」的嫡福晉去爭名爭寵？相反的，她更處處表現出跟蘭沁的親睦，廝抬廝敬。讓人看著，這兩位共事一夫，又都受寵於四阿哥的福晉，竟如姊妹般的貼心親密。這樣做，又討了四阿哥的好，又得了蘭沁的心，才是對自己百利而無一害的聰明做法。

而那些原本不知詩書何物的側福晉，和沒名沒分的侍妾，以她的心高氣傲，哪看得上她們！私底下倒竊笑：難為蘭沁有心有腸的，肯去教導那些無知無識的人讀書識字！憑她們！幼年失學，如今便肯下功夫，能「粗識字」就不容易了。想跟自己比？那除非下輩子重新投胎！

因為見到蘭沁溫厚賢淑，每每受皇帝、皇后，與四阿哥弘曆稱揚。她便也以「知書達禮」自居，不肯也不願在弘曆面前顯出小家氣來。所以，在人前也對她們溫言藹語的，以顯示自己的風範教養。若不在四阿哥和蘭沁跟前，她卻是連正眼也不會瞧她們！

偏偏天妒紅顏似的，論起侍寢的機會，她比誰都多。而在她眼裡粗笨的竹漪，卻一舉得男。蘭沁生了仙兒格格，至少證明是有生育能力的。她自己卻也許先天纖弱，竟然就是無法受孕懷胎，也只能暗自神傷。天生的母性，讓她對娟秀可愛的仙兒愛如己出，常哄著她玩。對跟仙兒相比，顯得粗壯憨厚的永璜，就沒有什麼逗弄的興趣了。

偏偏竹漪又每每以生的是四阿哥第一個兒子，有意無意間的在她面前賣弄、炫耀，說些聽在高浣雲的耳中，感覺像是跟她示威的話。為了維持自己的「大家風範」，她當場也不便發作，只好冷然相對。

如今，四阿哥不在跟前。竹漪的話，顯然連蘭沁那麼菩薩樣的人，都聽著逆耳了。她也不免趁興，不冷不熱的道：

「這話，讓我們聽到就罷了。福晉是個慈善人，也不會跟你較真。可別讓四爺聽到；四爺可天天指望著大福晉給他生個『嫡子』呢！」

那意思是：你生了長子又如何？再怎麼也是庶出之子！竹漪一聽這話，也自知莽撞了，正不知如何是好。高浣雲又當沒事似的，低頭親親仙兒：

「還是咱們仙兒格格好！管人家生男生女，咱們小仙兒，就是阿瑪心尖尖上的肉！」

這話當然也是說給竹漪聽的；永璜雖是長子，但「母愛子抱」，就是輪不到他！在他阿瑪心裡、眼裡，他就是比不上仙兒這位「嫡根正苗」的大格格！

對高浣雲和竹漪之間的心結，蘭沁早有所覺。但，以她嫡福晉的立場，雖不以為然，卻也不便責備哪一方；實在說，兩方都有可憐之處，也都有可惡之處。

高浣雲的恃寵而驕，竹漪的擁子自重，造成了彼此難解的心結。而她常自省的卻是：若易地而處，自己是否還能像現在這樣雍容大方的面對？

她心裡明白人是生而不公平的！天生的稟賦、後天的教養、成長的環境，往往決定了人的一生。尤其，像自己這樣，出生在滿族仕宦之家，必然要經歷「選秀」這一關卡的名門閨秀，連親生父母都作不了主！

自己是得天獨厚的！因而有了與她們不同的「嫡室」地位；甚至根本沒等經歷「選秀」的那一關，就直接被皇上、皇后指給了四阿哥為嫡福晉。擁有了府中與四哥匹配，高人一等的地位。

如果，自己也是側室福晉，與那麼多地位相仿的人共事一個丈夫，是否還能守緘處默的不爭不競？是否能比她們今天更好？

也因為這樣，她格外的憐恤府裡這些有名分的側福晉，乃至沒有名分的姬妾侍婢們。但是，想到這麼小小一個「皇子府」，這麼數得過來的府中正側福晉、妾婢、兒女，尚且有這麼些明嘲暗諷、勾心鬥角的事，更何況後宮之中、朝廷之上！

從弘曆閒談中她知道：朝廷之上這一段日子，也不太平；西陲準噶爾始終是大清的邊患。皇帝決定要完成聖祖康熙的未盡之功，命岳鍾琪為「寧遠大將軍」、傅爾丹為「靖邊大將軍」，誓師西征，而民間反抗的祕密結社，還是時有所聞。

曾靜勸岳鍾琪謀反一案，在雍正皇帝的「出奇料理」之下，曾靜倒成了「功臣」。因這一案，皇帝得以把「造作謗言」的阿其那、塞思黑餘黨，一網打盡；得以為自己的行為提出辯證。他最得意的，卻是完全收服了當初勸岳鍾琪造反的兩個「首惡」，令他們俯首帖耳的承認他們的錯誤，反而心悅誠服的頌揚他是「曠世聖主」！

皇帝也許自覺「大獲全勝」，令兩個草茅之士心悅誠服的認罪，不但故示大方的赦免了他們的罪。還把這一番審訊過程，刻成了《大義覺迷錄》，又命大學士朱軾等，寫了批判呂留良的《四書講義》、《語錄》，廣發天下各學宮，命學官當成「教科書」宣講。並命人押著這兩個「彌天重犯」，到受呂留良學說影響最嚴重的江寧、蘇州、杭州等地現身說法的「歌功頌德」。

然而，對被此二人牽出的呂留良等「罪魁禍首」，處置就嚴厲了。不但將已故的呂留良及其子呂葆中、其門徒嚴鴻逵戮屍梟首，其子呂毅中、嚴鴻逵的學生沈在寬「斬立決」，還將呂、嚴兩家的孫輩，一起遣發寧古塔給披甲人為奴。而且糾絲絆葛的株連甚廣，為他刻書的、藏他的書籍的、與他交往的，因尊敬他而立牌位供奉的……無不受到嚴譴。

這也使弘曆更憂心忡忡。原本還只是少數人背後議論的事，如今竟是成為由朝廷主導的「政令」，令天下無人不知了！而雍正皇帝卻是洋洋得意的，認為從此以後，天下臣民都會因經歷這一番「大義覺迷」的洗禮，不再受那些不利他的言辭蠱惑，天下言論歸於「一尊」。

細讀著弘曆帶回來給她看的《大義覺迷錄》，蘭沁心中夾雜著驚、駭、疑、懼種種複雜的情緒。對當今皇上的種種作為，她雖然未嫁之前，只是個閨閣幼女，卻也因著馬齊是當朝宰輔，而偶有耳聞。以馬齊身為極被信任、倚重的首輔身分，又是一力支持皇帝登基的人，還常私下對家人透露心聲：覺得有些事「做得太過了」！

嫁給弘曆，她也從弘曆口中，聽出與伯父相同的意見：皇上是勵精圖治，極為勤政的好皇帝。但有些事卻是「做得太過了」！

但，以首輔之尊，以愛子之親，卻沒有人敢「幾諫」；皇帝太剛愎自信，也太苛刻疑忌了，不能聽「逆耳之言」！於是，大家在決策上，只敢唯唯諾諾。能發揮的，只是就著皇上意旨，在執行方式上建言。或見到什麼秕政，提供給皇帝決斷。以顯示自己「實心任事」，也滿足皇帝自許為「聖明之君」，改革吏治，造福百姓的雄心壯志。

這是政事方面。另一方面，離她就遠了。而在這本說是「大義覺迷」，卻也等於是皇帝以「被告」的立場，為自己「辯白」的書裡，她才知道原來皇帝做過那麼多讓天下臣民質疑、非議的事！竟至「彌天重犯」羅列出十大條罪狀，來跟皇帝「對簿公堂」。而這本書，雖是皇帝一面倒的「辯詞」，卻讓她身為媳婦，理應「左袒」的人，也覺得說服力實在不夠！而且，就因為他太「振振有辭」的把自己太神化了，反而更令人難以釋「疑」！

「你覺得這本書怎麼樣？」

當弘曆在與她共寢，低聲問她時，她只有苦笑；她不知道怎麼說她的感受，如果，對方不是她的公公，不是皇帝，她實在想說的是「愈描愈黑」！

但，她怎麼跟身為人子的弘曆說呢？只能輕描淡寫：

「我覺得……我擔心……只怕看的人未必信服……」

弘曆嘆了口氣，苦笑低語：

「以我看，不這麼辦，還只是少數人背後竊竊私議。這一來，簡直是『昭告天下』，彰君之惡！」

他咬牙切齒：

「可恨皇阿瑪那麼多正人不用不信，偏偏聽信那個文覺和尚的話！有多少事，都是他搧風點火，給皇阿瑪出主意，才把事鬧大的！這一回，也是他搧火，勸說皇阿瑪把此案刻成書，廣發各州縣學校宣講的！他的說法是『以正視聽』。可是，原先不知道有此傳言的人，這一下全知道了！雖然皇阿瑪一一辯解，但是，人性本來就是喜歡捕風捉影的；故事愈離奇，愈有人信的！這做法，根本就是隱善揚惡！」

聽他都這麼說了，蘭沁也忍不住說出了心裡的話，嘆口氣：

「我真不敢說。但，我怕此書未必能如皇阿瑪所想的『大義覺迷』，倒怕是『愈描愈黑』！」

「你跟我的想法完全一樣，正是『愈描愈黑』！皇阿瑪素來善辯，他不知道，他每辯皆捷的原因，只因為他是皇帝，又掌著生殺大權，別人不能不逢迎附和。而不是真能以情、以理服人！別人是怕他，不是服他！」

他恨恨的說：

「若有一天……，我一定要好好整治這個嘴裡念彌陀，卻沒有慈悲之心，披著羊皮，做盡天下壞事的假和尚！」

就彷彿是因而上干天怒，雍正皇帝得意於自己的「聰睿」未了，他最愛重的十三弟怡親王允祥卻病了。而且藥石無效，不久就病入膏肓，竟至薨逝。

這對他的打擊，無與倫比。康熙的兒子雖多，如今，剩下的已沒幾個。可信賴的更少；曾與他為敵的，已整肅殆盡。曾有權勢的，也都在他的打壓監控下，已無所作為。只有因為年幼，不曾捲入當年儲位之爭的幾個小弟弟，他還有點手足之情。但若說他真正覺得可以寄託腹心的，則只有一個怡親王允祥。

因此，對允祥之喪，他的悲傷，逾於倫等。二度親臨其喪；並親賜謚號「怡賢親王」，配饗太廟。

在他沉浸在怡賢親王之喪中，痛不欲生時，他卻發現兄弟中真正悲哀的，好像只有他一個！其他人至少還在表面上敷衍一下，他的三哥誠親王允祉，竟是連表面上都不敷衍的！明明他已下了旨，要王公親貴依時、依禮臨喪，為怡親王舉哀。允祉居然珊珊來遲，而且臉上連一點敬穆悲戚之情都沒有！

雖然這位三哥不像塞思黑、阿其那那樣，曾與他正面為敵。但他心裡明白：允祉對他的繼位，從來沒有「心悅誠服」過！而且，他的《大義覺迷錄》頒行天下後，他聽說允祉看這本書的時候，全無「敬謹」之意，還不時的哂然冷笑。

允祉的笑，不必親眼目睹，他都能想像他笑中的譏刺之意。允祉一定在暗笑他「大言不慚」，給自己臉上貼金！一念及此，就使他覺得彷彿是說謊的人，被當場揭穿，讓他感覺如芒刺在背。

事實上，他的父皇對允祉也一直很看重。尤其允祉在文藝方面的才華，幾乎是他們兄弟中最高的，常受到父皇的讚賞與器重。素來，凡是父皇有所賞賜，有他的，允祉也從來沒少過。更因為允祉喜愛藝術，家裡培養了不少文學、音樂、戲劇、繪畫人材。誠親王府門下客的著書立說，養的戲班子的吹彈演戲，在親貴之間都是出名的！父皇還常在興致好的時候，主動駕臨誠親王府邸去看戲。總的來說，父皇駕幸「誠親王府」的次數，比駕幸「雍親王府」只多不少！對誠親王的好學與多才多藝，也不時褒獎。

或許因為他的興趣並不在政事上，所以也就沒有捲進當時「諸王爭立」的漩渦裡。這也是雍正登基後，沒有像對八、九、十四三位弟弟那麼「痛下辣手」對付他的原因。

然而，他對這位三哥的防範與疑忌，並沒有放鬆。他雖然未必在政治上有野心，但，他門下養的那些藝文之士，卻是雍正眼裡的「禍胎」；難保他們不興風作浪的出言訕謗。他不相信他們會對自己有什麼好意，不相信他們在作詩、作文的時候，不譏議時政，不訕謗朝廷！

因此，他隨時命人窺伺著這些人的動靜，也不時的給誠親王一點「下馬威」；在雍正六年的時候，就曾藉詞他「縱子不法」，論誠親王允祉之罪，降爵為「誠郡王」。並把他的兒子弘晟囚禁於宗人府。直到雍正八年初，因為地方一再奏報祥瑞，才趁著加封小弟弟們的爵位時，故示寬大的將他復爵為「誠親王」。

他原本希望這個教訓，能讓這位三哥知趣，從此收斂韜晦，也好保全他，以向天下人顯示他還是念手足之情的！

沒想到，他想念手足之情，允祉卻沒有手足之情；在他為十三弟允祥傷心欲絕之際，允祉卻不但遲到，還全無悲戚之情。讓他深覺有著「是可忍，孰不可忍」的憤怒！而且他的憤怒，已不是削爵就可以了事的了！

「臨喪不戚」，原是可大可小的罪名。而且，再怎麼說，誠親王是兄，怡親王是弟，便臨喪不戚，也說不上什麼「大逆不道」。卻在皇帝一意孤行之下，誠親王不但削爵，還加拘禁！相對照的，是賜怡賢親王「忠敬誠直勤慎廉明」八字於謚上。

拘禁了允祉，他也知道，宗室親貴乃至文武大臣並不以為然。只是，他不這麼做，心中的憤恨怎麼能撫平？即使這麼做了，又如何消減得了他痛失至親至愛手足的傷痛！

允祥的音容笑貌，允祥的忠誠友愛，時時刻刻的在他腦海縈繞著。允祥不與他同母，但從小就特別的親他。全不似他同母的弟弟，仗著父皇和母親德妃的寵愛，處處與他分庭抗禮。甚至，他都登了基，還處處與他作對！

對允祥的思念、哀傷，使他寢食俱廢，積鬱成疾。而且病情沉重，竟有不起之勢。

朝野因著皇帝的違和，陷入了驚惶憂懼之中。雍正一向是自恃體健，絕不肯放鬆一點「乾綱獨斷」威權的。此時也顧不得一向勤政的形象，連朝也不能上了。不得不命兩個兒子與大臣們「共議朝政」。

原想，是常年日理萬機的勞累，加上怡親王之喪的斲傷所致，卸下仔肩，休息頤養一陣，應該很快就會恢復健康。不意，病勢不減反添，竟連自己也對自己的病情都不樂觀起來。

他心中壓著說不出的沉重心事；萬一自己……

他萬般的不甘心！好不容易，把這帝位拿到手！好不容易，將自己的政治理想施行出了一點眉目。他不是不知道有多少的王公大臣私底下又怕他，又恨他。但，他冷眼旁觀父皇晚年太過寬柔所產生的種種弊端，認為非嚴格執法不能矯枉。如今，才感覺有了一點成效。官吏們不管是自覺也好，害怕也好，總而言之，吏治是澄清多了！

他親自批閱密摺，並命他們彼此監視糾舉的制度，也扭轉了他們因循乃至貪瀆的惡習！這些政令，還待他持續的盯著往下走，才能期以大成。

而更令他神傷的，卻是儲位的繼承問題。他在雍正元年已昭告群臣，親書密旨的「繼位法」，原本以為萬無一失。怎料，中途生變！

他腦海中浮現出廢太子那張冷厲猙獰的臉，浮現出弘皙那張得意忘形的臉。

「不！」

他怎麼能甘心！他一定要為弘曆爭取，一定！

弘曆和弘晝等在圓明園皇阿瑪的寢殿外。他們是和張廷玉、鄂爾泰同時被宣召的。但一反常態，皇阿瑪傳命，讓兩位大臣先進寢殿。這一進去，就是大半個時辰。

弘晝不耐煩了，低聲嘀咕：

「到底有什麼機密？他們聽得，咱們聽不得？」

弘曆安撫道：

「總是軍政大事吧？他們都是老臣了，什麼事的前因後果都清楚。我們這才跟著學，恐怕皇阿瑪覺得我們聽也聽不明白。」

弘晝還是不以為然：

「什麼大事，我們會聽不懂？皇阿瑪總是把我們當小孩，我們今年都已經二十歲，連兒女都生了！」

弘曆不覺失笑；弘晝只比他小了月分，卻因此好像總脫不了「老么」脾氣；他可不認為「生兒育女」是可以當成是否可託付重任的指標！

望著園中美麗怡人的景色，他心裡對皇阿瑪的病非常擔憂；他也知道，「正大光明」匾後的名字，大概是自己。但，他自知年紀還太輕，各種的能力、經驗都不足，何以擔當重任？萬一……，他是否駕馭得了這對他來說太過沉重龐大的馬車？

他不覺想起大清自開國以來的歷史，太祖皇帝不用說了。太宗繼位之後，以他的英睿，而且政事、軍功樣樣不在其他貝勒之下，還費了九牛二虎之力，才建立起自己「南面獨尊」的權威。世祖、聖祖兩朝，皇帝都是幼沖即位。而也都曾受制於大權在握的權臣；世祖朝的多爾袞，是「皇父攝政王」。聖祖朝的鼇拜是「顧命大臣」。

相較起來，自己應該是幸運的了！即使皇阿瑪有什麼不測，自己至少已然成年。而且，因為皇阿瑪的英察，朝中雖然能吏不少，卻沒有人稱得上「權臣」！

正自想著，忽見張廷玉、鄂爾泰雙雙出來了，臉色十分的肅穆嚴重。還好，倒不是憂戚之色。見到他們，道：

「兩位阿哥請進去問安吧！皇上正等著。」

他們兄弟倆對望一眼，像以往一樣並肩進去。見皇阿瑪擁著錦被，靠在床頭的厚枕上等著他們。兄弟倆雙雙請了安，弘曆只見皇阿瑪臉上滿臉疲倦，蠟黃而憔悴的病容，是他從來沒有在一向以身體強健自負的皇阿瑪臉上見過的。見到他們，雍正依戀慈愛的望了半晌。緩緩道：

「阿瑪這病，禍福未知。你們兩個切記一句話：兄弟同心，其利斷金！彼此要相扶相持。再有什麼意見，要爭要鬧，關著門在家裡爭鬧。對外，一定要同心協力！要知道：別人再親、再好，也親不過手足！」

這話，從不久前才拘禁了「親兄長」誠親王的雍正皇帝口中說出來，實在有點突兀。但也正因突兀，而知其情切。兩兄弟對望一眼，雙雙應了：

「兒子敬遵皇阿瑪教訓！」

雍正露出苦笑：

「希望上天再給我……不要多，再給我五年吧！看著你們更大一點，能任事了，我就有什麼三長兩短的，也放心了。」

弘曆聞言，不覺雙目含淚：

「皇阿瑪！俗話說，人吃五穀雜糧，沒有不生病的。皇阿瑪還在壯盛之年，還是好好保養。天下有的是良醫，總能治的。」

雍正喃喃：

「藥醫不死病！你看，你十三叔，比我小那麼多……」

說著，想起允祥，眼淚又幾乎落了下來。但他一生好強，當著兒子，總覺不宜，便又強打精神，強笑道：

「你說得也是，我也命各督撫打聽良醫和奇能異士送進京來。但願，祖宗保佑……」

第七章

是祖宗保佑，還是聖靈庇護？在雍正皇帝召親信大臣鄂爾泰和張廷玉「交代後事」之後，他的病情倒如「置之死地而後生」一般，漸漸有了轉機。

到底是怎麼好的？誰也無法臆測；「病急亂投醫」，這段時間之內，各地的良醫，乃至方士、術士紛紛在各地受命保薦「奇能異士」的密旨下，來到京城，進入宮禁為皇帝看病。

有個曾在白雲觀裡當過道士的賈士芳，怡親王生前就保薦過他，當時不為雍正所喜，沒有理會。到他病重，又由田文鏡推薦，並送至京中，為皇帝治病。

賈士芳治病時，口誦經咒，並用手按摩，曾使皇帝感覺安適，認為調治有效。不意，他竟然因此「太歲頭上動土」，想以此道術控制皇帝。雍正是何等疑心病重的人！立時警覺，當機立斷的將他處死了！

雖然處死了賈士芳，但並沒有讓皇帝就此遠離這些術士。甚至，有好些位還成了皇帝的座上賓。

他們使用的方式，五花八門；用藥的、用氣功的，乃至用法術的。原先因恐牽涉不法，或「鎮魘」之類的事故，而為皇城禁忌的三教九流，當此之際，卻門禁大開。甚至在雍正病癒之後，還把他們留在宮中「供奉」。

也從這時開始，宮中大量的索取煤炭、鉛汞一類的物品。明眼人都知道這些物品，乃是方士們煉藥、煉丹的主要材料。卻沒有人敢過問；自雍正登基之後，以高壓的手段鉗制了輿論。而且，他一向善辯，有誰能辯得贏他？又有誰敢辯贏了他？

這種好神仙、好煉丹等歷史負面記載的事，他絕不會沒讀過。「知其不可而為之」，為了維護他的聖明形象，他絕不會承認。貿然提出諫諍，反而會得罪了他。以他剛愎且喜怒無常，卻又不形於色的陰沉個性，開罪了他，可不是好玩的！

弘曆看在眼中，嘆在心裡；總以為信方士、煉丹藥之事，都是「昏君」所為。不料這場病，使皇阿瑪竟然就信了這些！加上原先就召進宮的喇嘛、和尚、道士，把大內弄得烏煙瘴氣。

佛教、道教還有教義、道法可言。雖然有些和尚、道士的行徑讓人非議，但只能算是他們的個人行為。至少宗教本身是好的、善的。也不乏有道、有德的高僧和道士，清靜無為，引人樂善向道。當然，這些有德之士，往往高蹈塵外，隱藏收斂，不露形跡。即使是皇家，也不易羅致。能自炫以揚名，並以入宮為「御用僧道」沾沾自喜的，基本上，就談不上什麼修為。不過是仗著小聰明，夸夸大言，以動人主。就他冷眼旁觀，都不是什麼安分守己之輩！

而這些方士、術士，比他們還要可怕！遊走江湖，在地方斂財、騙色之事，時有所聞。如果，單是鼓其如簧之舌，在民間行騙，還簡單一點。真有「術」，而無「德」，一旦進入皇家，而心懷叵測，那後果真不堪設想，讓人防不勝防；就像後來被父皇指為「左道妖人」的賈士芳一樣，他們既能以法術治病，就能以法術害人！

他極不放心，特別約了張廷玉與鄂爾泰在圓明園的小書齋裡，與他們商量，他是否應該向皇阿瑪提出勸諫。

他們相視苦笑。鄂爾泰持重，道：

「皇上長久以來為病痛所苦。如今，病體初癒，又正在興頭上。四阿哥此時幾諫，恐怕皇上不但不能聽，反而惹皇上生氣。」

多年陪皇伴駕，他早摸熟了雍正皇帝的脾氣：最是不許人拂逆的！尤其四阿哥，素為皇上器重，視為皇位繼承人；他比別人更確知此事，因為，他曾在皇帝病重時，面承「遺詔」。雖然幸而上天保佑，皇帝病體奇跡似的痊癒。但受面授的「遺詔」所言之事，已在他心中壓上了沉沉巨石。知道四阿哥所處的「危疑」，又不便也不敢有所透露。他覺得為四阿哥著想，只有勸他：犯不上去冒此鋒鏑。

張廷玉也表示：

「皇上熟讀經史，豈有不知其害的道理？也許只是一時好奇，未必就真會信。等過了這一陣興頭，四阿哥再看情況吧。」

弘曆也知道皇阿瑪的剛愎，在他執意做什麼的時候，是絕聽不進逆耳忠言的。也只能怏怏回府。

一進府，就見太監、宮女個個滿面笑容，喜鵲似的，七嘴八舌的圍上來道喜、討賞。一言入耳，他也喜心翻倒，原來報的「喜」是：

「大福晉生了一位阿哥！」

他笑逐顏開；蘭沁已為他生了一個小仙兒。小仙兒的清麗秀氣，恰似蘭沁的翻版。他每每笑：

「你十五歲來歸，我總可惜，沒見過你小時候是個什麼小模樣。這會兒，看著仙兒，可就知道了；原來從小就這麼惹人疼的！」

蘭沁聽了這話，心裡甜滋滋的；她相信弘曆真心！而她也知道，這是多麼難能可貴的事！

自她嫁入宮中，也冷眼看著各親貴家夫婦相處的情況。大抵來說，有個禮法規矩拘管著，在表面上，都不會太出格。但聽妯娌姑嫂間的家常閒話，才知道原來這些親貴夫妻之間，大都是「貌合神離」的。就算是人前維持表面上「相敬如賓」，真正兩情歡洽的，似乎也並不多。

說穿了，也就不難究其原由；這些出身八旗，「三品以上官員」家的姑娘們，都必須參加三年一度皇家「選秀女」。因此，從小在家裡受的教養，可以說，就是為「后妃備選」。因此裡裡外外、大大小小的事，從小在訓練之下都是「一把抓」的。也可以說：容、德、言、工無不俱備。談吐大方，應對得體。上事尊親，下御婢僕；更是有規有範，不會出一點的錯；「麻利能幹」幾乎是每個滿人家姑娘都具備的基本條件。

卻也因此，許多原本得自己操勞當家的太太們，在「多年媳婦熬成婆」，新媳婦進門之後，樂得卸下仔肩，把當家理事的重責大任交給媳婦。自己則安然坐享「富貴尊榮」，當個等著含飴弄孫的「福老太太」。

相對的，出身親貴的八旗「爺們」，雖說要求的是文武雙全，但也從小養尊處優。除了自己本分內的讀書、習武不敢輕忽，裡裡外外、大大小小的事，上面有家長決策，由不得他們作主。下面有丫鬟、小廝「眾星拱月」的侍候著，也不必他們操心動手。因此，大多數的親貴子弟，在擔當家庭責任，尤其日常生活大小瑣事的處理，接待往來賓客親眷，談吐應對這方面，相較於姑娘、奶奶們，簡直「無能」！

也因此，新媳婦入門之後，在妻子面前，眼高手低的他們，不免就「矮了半截」。偏偏從小高人一等的身分，又養成了自尊自大的習性。在自卑感與自尊心打架的情況下，這些由皇家「指婚」娶進門的嫡配正室，在他們眼裡，就都是「生菩薩」。讓他們又敬又畏，不能也不敢不小心翼翼的「供奉」著。

而奶奶們，原先也許對這些宗室豪門子弟，存著的一些不符實際的幻想。這些幻想，在進門之後，往往就破滅了；原來這些外表「人模人樣」的宗室親貴子弟，除了頂著個由先人餘蔭得來的「虛銜」，什麼也不懂、不會，竟是「一無是處」！雖然礙於禮法，在人前應對時不得不虛應故事，以「相敬如賓」，顯示自己的懂事知禮。在房闈之內，就不免恃強霸道的不把丈夫看在眼裡了。

在這種壓抑之下，她們的丈夫，有的不免在僮僕的引誘之下，留連花叢，樂而忘返。只是因家裡管得嚴，不敢太過明目張膽。

但，「三妻四妾」原是被允許的。既娶了正室，收房、納妾便「名正言順」了。這些側室，知道自己身分低微，必得把「仰望終身」的良人侍候好，才能「固寵」，對他們的相待態度，當然與正室迥異。溫柔婉順，體貼入微，無所不至。滿足了他們在正妻處得不到的尊重，找回了被踐踏的自尊。

在他們嘗到得自侍妾們的「溫柔滋味」之後，這些受過良好教養，不便也不屑與側室爭夕的「生菩薩」，也就只能頂著個「虛銜」守活寡了。

這些事，聽在耳裡，蘭沁就一面為她們感嘆，一面為自己慶幸；誰不在人前人後對她流露出羡慕乃至嫉妒的神色？她與四阿哥之間恩愛彌篤，是各府邸間公認的佳偶。尤其，她頭胎生女，而四阿哥竟然鍾愛這個女兒，遠勝於庶出的長子，更令她們的羨慕多加了一番；知道自己無以跟側室，乃至跟無名無分的婢妾爭「寵」，「正室」與「生子」，就成了這些親貴府中「大福晉」們唯一可以安慰自己，並以之驕人的憑藉了。只要有了「嫡子」，她的丈夫是不是她的，她也就不必在乎了；丈夫不是她的，兒子總是她的！而且，嫡子就是嫡子，未來爵位的繼承也好，家產的繼承也好，都是「嫡子」優先！她們的未來，也就有了指望。如若無子，日後雖頂著「嫡母」的頭銜，畢竟總有著「隔層肚皮」的疑慮。就算庶出的兒子禮數不虧，少了母子親情，又何以填補她們心理的空虛？

夫妻情疏的，若不能一舉得男，想要再度懷孕，談何容易！多少人家的少年親貴夫妻，在長輩面前表現得相敬如賓，背後卻形同陌路。一年到頭，晚上不跨進正妻寢室一步的，在親貴之間，可也算不得是什麼新聞。

長輩們自然不會不知道。甚至也替這些賢孝能幹，當家理事更是一把手的媳婦叫屈。但「兒大不由娘」！再怎麼說，總不能出面干預兒子、媳婦閨房床笫間的事！

蘭沁雖然沒有她們對「無子」所懷的那種恐懼，與難言的悲苦心境。卻還是希望能有個屬於自己與四阿哥的兒子；她知道，弘曆是多麼盼望他的下一代，不再有「出身寒微」的委屈！

如今自己再舉得男！令蘭沁不禁喜極而泣，甚至幸福得讓她有點害怕起來。

從蘭沁懷裡，將襁褓接在手中，弘曆望著那紅通通、軟綿綿的小人兒，心裡有說不出的滿足滋味。蘭沁告訴他：他的奶娘說，活脫就是他小時候的模樣。他當然不會記得他小時候的模樣，其實他也不在乎孩子長得像不像他；重要的是，這是蘭沁為他生的兒子！他的「嫡子」！

「四福晉生了個兒子！」

消息不脛而走。不管人家是羡慕、是祝福，還是嫉妒、不平；為什麼天下的好事，四阿哥夫婦都占全了？在這個當今皇帝嫡根正苗的「皇孫」洗三的時候，身上還是掛滿了來自各王公親貴家「添盆」的禮物，並伴隨著由衷或不由衷的吉祥話。

這些吉祥話，如珠落玉盤般的，從巧舌如簧的口中傾倒而下。聽在為人父母的四阿哥夫婦耳中，自然是喜不自勝。

孩子滿月，四阿哥府中，早預備下酒宴，款待親朋賀客。就在賓主酬酢之際，一聲傳呼：

「皇上駕到！」

令所有在場的人大覺意外；當年康熙爺，倒是素來喜歡不時應邀到兒子們的府邸去參加宴會，與兒孫們樂聚天倫的。雍正皇帝以「勤政」自許，或住圓明園，或住養心殿，召見臣工，批閱奏章、密摺，已忙碌不暇。因此，極少駕幸王公府邸。

如今，竟然還在孩子滿月的時候，駕幸四阿哥宮裡來看孫子。可見，在皇帝心目中，這個「皇孫」的分量，也非同小可！

四阿哥夫婦和在場的親貴們，都連忙趕到宮門口迎接聖駕。卻發現，不僅皇帝來了，還帶著皇后和熹貴妃。他們身後還跟著一個看上去有點仙風道骨，道家打扮的中年道士。

四阿哥宮門外，除了四阿哥夫婦，他們身後，還黑壓壓的跪倒了一片迎接聖駕的親貴。

「皇阿瑪吉祥！皇額娘吉祥！額娘吉祥！」

「皇上吉祥！皇后吉祥！熹貴妃吉祥！」

雍正皇帝臉上帶著難得的和煦笑容：

「都起來！都起來吧！」

皇帝、皇后在正廳上位落了座，熹貴妃也在側位坐下。弘曆當即吩咐重整宴席，雍正皇帝笑著伸出手阻止：

「不用麻煩，我們在宮裡都已經用過膳了。喝杯茶吧！」

極品的碧蘿春，很快的送了上來。弘曆親自捧給了皇帝。蘭沁則先捧給皇后，隨後又捧了一杯給熹貴妃。

啜了兩口香茗，雍正皇帝和顏悅色對四阿哥夫婦說道：

「你皇額娘和額娘說起，今天是你家二阿哥滿月。她們都迫不及待的想看看孫子。所以，我們就來了。」

皇后接口道：

「是呀！都說孩子長得跟四阿哥小時候，像一個模子刻出來的。想起四阿哥小時候討喜的小模樣，就忍不住想早點看看四阿哥這個『嫡根正苗』的寶貝兒子！」

「嫡根正苗」四個字入耳，在場的人臉上有了各自不同的表情。

雍正皇帝淡淡的掃了他們一眼，吩咐：

「把孩子抱來！還有小仙兒呢？也帶過來。」

弘曆當即命人後面傳話，把孩子們帶出來。

孩子們奶娘、保母們，在聽說皇帝、皇后駕臨的時候，早已把孩子們都打扮好，等在廳外了。一見傳話的人出來，說皇上要見大格格和小阿哥。小阿哥的奶娘抱著小阿哥，大格格的奶娘牽著大格格，就準備進廳去。只有永璜，眼巴巴的，見弟弟、妹妹都要進去，只沒有他的份。小嘴一咧，就要哭。

他的奶娘忙將他的嘴摀住，想趕緊把他帶開。不意仙兒卻掙脫了奶娘的手，拉著他就往廳裡走。奶娘追過來，想把她拉開，道：

「皇上沒說要見大阿哥！格格乖，別胡鬧。」

仙兒嘟著小嘴，斬釘截鐵：

「仙兒要阿哥一起去！」

永璜一聽說，緊緊的攥住仙兒的手，兩個人就是不肯分開。那邊傳話的人催得急，也由不得再擔擱，也只好三個孩子一起進去了。

蘭沁知道皇帝、皇后是來看新生的孫子。從奶娘手中將孩子接過交給弘曆。弘曆躊躇，不知道該先抱給皇帝還是皇后才好。見皇后笑著伸出了手：

「先給我瞧瞧！」

蘭沁又從弘曆手中接過孩子，在皇后面前跪下，把孩子送進皇后懷中。

皇后笑瞇著眼，仔細打量半晌，對熹貴妃道：

「妹妹！你過來瞧瞧，可不是像弘曆小時候？」

熹貴妃起身，湊到皇后身邊，看到孫子，自然也喜不自勝。滿臉堆笑，應和道：

「皇后說得不錯！是像四阿哥小時候！」

皇后抱著孫子，用食指輕撫著粉嫩的小臉，笑道：

「你可別說我偏心；依我瞧，比弘曆長得還要周正呢！不僅像弘曆的相貌，四福晉的秀氣也都傳給他了。」

眾人皆笑，沒人注意到熹貴妃目光掃過蘭沁時，臉上露出的隱隱妒意。

這邊皇后逗著小阿哥。那邊仙兒牽著永璜，卻朝著皇帝膝前撲去。用那嬌嬌軟軟的清脆童音，口齒清晰地請安：

「仙兒請皇瑪法安，皇瑪法吉祥。」

這是蘭沁早早就把她教熟的。永璜也學著舌，照樣說了一遍。他是個帶著幾分憨態的男孩，就是沒有小女孩聰慧機靈。幾句話說得有點結結巴巴的，卻也有另一份憨態可掬的可喜可愛。

雍正皇帝的心情極好，抱起了仙兒，親親她的小臉：

「這會兒咱們小仙兒可當上姊姊了！仙兒喜不喜歡弟弟？」

仙兒笑瞇著眼：

「仙兒喜歡弟弟！也喜歡阿哥！」

永璜又學舌：

「璜兒喜歡弟弟，也喜歡仙兒。」

兩個孩子天真爛漫的友愛，使一向嚴肅的皇帝，不覺有些感動，也有些感傷；這種的友于之情，他好像從來沒有享有過。

他從小就在必須爭著把別人壓下去，才能突顯自己的環境裡長大。到後來，手足之間為了爭寵、爭立，彼此更是防範傾軋，無所不用其極。父皇康熙生了三十五個兒子，真正讓他產生「手足之情」的，竟也只有一個允祥！

輕撫著仙兒的小臉，望著那偎在他懷中天真無邪，充滿了對他的信任和親愛的笑容，使他的心柔軟起來。對永璜也假以辭色了：
「對！仙兒、璜兒都是好孩子！你們是如手如足的親兄妹，可要相親相愛。」
這話出於他的口中，讓人感覺錯愕；一個以殘刻手段對付自己兄弟手足的人，說出這樣的話，實在太不可思議的近於荒謬。這卻是此刻他最真摯的話：他真心希望，手足相殘的悲劇，不要在子孫後代間重演。
皇后感覺出在場的人對這一番話，雖沒有什麼公然反應，卻多少帶有點皮裡陽秋的意味。忙打岔，笑道：
「皇上還沒看看他們的弟弟呢！」
雍正放下仙兒，自皇后手中接過嬰兒。見這孩子果然肖似弘曆小時候，卻又比弘曆當日更覺眉清目秀，委實可愛。不覺笑逐顏開：
「好孩子！果然好像貌！」
回顧那中年人一眼，那人伸出了手，接過孩子。雍正皇帝朝弘曆點點頭：
「讓他看看孩子的骨相。」
弘曆方知這人原是個相師。只見他眼睛盯著孩子看了半晌，抬起頭來。
皇帝問道：
「此子骨相如何？」
他把孩子交還弘曆，向雍正皇帝一躬身：
「給皇上道喜！果然如草民推算，這位小阿哥骨相清奇，來歷不凡；乃是天界璉瑚仙童降誕皇家！」

雍正固然是聞言大喜。在場的親貴，一聽此言，也忙不迭的向帝、后與四阿哥夫婦道賀。

雍正一伸手，弘曆會意，又忙將孩子送到雍正手中。雍正素來嚴峻的臉上，露出了難得的慈藹，用手指輕輕撫著孩子的小臉，略一沉吟：

「既然如此，這孩子就叫『永璉』吧！」

弘曆、蘭沁對看一眼，雙雙跪下：

「叩謝皇阿瑪賜名！」

大多數在場的人，都湊興隨聲附和，讚這名字好。卻也有少數平日親近弘晳的親貴，神色變得不自在起來。

這一切，都沒有逃出雍正皇帝的目光。他卻不動聲色，笑著對懷中的永璉柔聲說道：

「永璉！你既是璉瑚之器，日後可要好好的光大我大清朝！」

此言一出，在場的人都確認：「正大光明」匾後，密旨中的繼位人選是四阿哥弘曆，再無疑義！他們都知道皇帝的性情，明詔未發之前，最好不要「自作聰明」。但，雖不便公然的向弘曆道賀，卻也都投以「心照不宣」的目光，表達了無聲的賀意。而素來親近理郡王弘晳的人，臉色卻更難看了。

弘曆夫婦則對望一眼，弘曆恭謹道：

「兒子定當好好教養永璉，以期不負皇阿瑪期許！」

「正當如此！」

雍正說著，揚聲而笑：

「只要子孝孫賢，我大清千秋萬代基業永固，朕復有何憾？」

「璉瑚之器！永璉！」

才在夏五月晉封為「理親王」的弘晢鐵青著臉。弘曆生子，他當然不會像別人那麼「巴結」著親自去道賀。彌月禮，倒是不能不送，而且送的格外豐厚。一則，不願意讓人看著「小氣」。二則，他的自許與自負，使他認為藉著「厚禮」，才能顯示出他高人一等的身分地位；在他的心理上，這不是「送禮」，而是有「賞賜」意味的。

他雖沒有去，卻暗示他親信的幾家親貴前去赴宴，以便掌握四阿哥弘曆的動態。

誰都沒想到，皇帝竟會親臨彌月宴，當眾給這新生的孫子賜名「永璉」。不但如此，還說什麼「璉瑚之器」，日後「光大大清朝」之類的話！

這對他造成了相當的刺激。不能不想到當年皇祖康熙爺到圓明園赴宴，讓弘曆撿了大便宜的往事來。

對朝野盛傳康熙皇帝說弘曆「福過於予」的話，他是完全不能接受的。這分明是當今雍正皇帝得位不正，編出來詐唬人的謊言！以便造成康熙為了讓「福過於予」的孫子弘曆接位，必得先傳位給其父「父以子貴」的假相！

只是，當時康熙駕崩，雍正接位事出倉促。幾乎可以說：等大家回過神來，大勢已去，根本來不及挽既倒狂瀾了。因此，幾位不識時務，與他對立的伯父、叔父，都被他整肅得死去活來。

他自己，說來倒是受惠者；雍正繼位後，就給了他「理郡王」的封號。當時，雍正子侄輩中，甚至弘時、弘曆、弘晝都沒有封號，只有他封了「郡王」。而且，凡有什麼「恩賜」，他得到的也與皇子們相同，都是上上等的。在他父親不明不白的薨逝之後，皇帝為了向天下人顯示他對「廢太子」的厚待，還追封了廢太子為「理密親王」。

但，他心裡始終不平！雖然，他也明白：他父親兩度被廢，是絕無可能再繼大寶了。這使他對他的父親，始終心懷怨望；要不是他不爭氣，要不是他太迫不及待，受了那些想建「擁立之功」的人慫恿，玩那些讓皇瑪法起了疑心的花樣，以皇瑪法康熙對這一落娘胎就喪母「嫡子」的寵愛，怎麼會起廢立之心？

這還不說。好不容易，才又重新得到了儲位，還不知珍惜，弄得不但把皇儲之位丟了，還落得個「終身監禁」。使得這一房所有的人跟著他受累！若非如此，阿瑪以「皇太子」的身分繼位，豈不是順理成章的！如今阿瑪薨逝，自己既具「嫡長子」的身分，當然就是現任的皇帝！

然而，已然定局的事，從何恨起？但，雖然如此，對這形同「篡立」的四叔，他就是不能服氣！尤其，各種的跡象顯示：當時「鎮魘太子」一案，四叔顯然是不能洗清嫌疑的！而他的父親，在新君繼位後，並未獲釋，而且不久就薨逝了，更使他心中耿耿難釋。

雖然如此，他卻不得不守緘處默，忍下滿腔的忿忿不平；以當時，雖然頂著「郡王」頭銜，卻無職無權的他，何以對抗皇帝的威權？

他也以為，他只能如此抑鬱不平的終此一生了！不料，峰迴路轉；宮中受過皇太子厚恩的太監，暗地傳來了皇帝被廢太子鬼魂糾纏，以致怔忡成疾的消息。

他遞摺請求面見皇帝「恭請聖安」，原先不過是「試探」之意。不意，被廢太子陰魂糾纏得魂魄不安的皇帝，完全失去了那一份昔日陰鷙深沉，不可侵犯，令人望之生畏的威儀。竟變得那麼委頓，那麼軟弱。見到他，就說起廢太子曾受皇祖厚愛，最後竟落得齎恨以沒，讓他心中十分難過，希望有所補報的話來。

顯然，皇帝心裡的「鬼」，已造成了他極大的心理恐懼。也使弘晳更確定：當年太子被廢，他絕對脫不了干係！甚至，廢太子之死，都有可疑！被他整肅而死的兄弟手足還少嗎？但，那些人無論如何是落下了把柄罪狀的，多少也是咎由自取，罪有應得。而廢太子，顯然卻是因被他們「陷害」而含冤負屈！這自然是極為隱密的事。但必然是因為他自己心理上有「鬼」，所以才身體一旦虛弱，就在夢中被廢太子的「陰魂」糾纏，再無抗拒之力！

從小見識過多少伯、叔之間無所不用其極的傾軋、攻訐、鬥爭的弘皙，怎麼會放過這樣的機會？於是，他故意期期艾艾的，說他也夢見了阿瑪。阿瑪說如今已位列仙班為「潮神」，要求皇上為他「立廟」，以永享煙火祭祀。並要求皇帝善待他的子孫後人。否則……

他故意做出不勝惶恐的樣子，收住了口。這不過是試探的話，以皇帝平日的英察，絕對不會有什麼正面反應，鬧不好還會受到嚴厲的申斥。不意，久為廢太子陰魂纏擾不安的皇帝，竟然信了！神色大變，而且滿臉驚懼恐怖；顯然，他的噩夢，已把他逼到幾近崩潰的邊緣了。滿口的應承，而且說到做到。

皇帝不僅立刻答應在海寧立廟奉祀故「理密親王」為「潮神」，更讓他喜出望外的，竟還承諾日後「還政」於皇太子一脈！並彷彿鬼使神差的，親筆寫下了「立此存證」的密詔交給他。要他向理密親王祭禱，保佑他「病」好。

弘皙也知道要適可而止；知道不能立刻逼皇帝讓位。但他可以等，還正當壯年的他，等得起！

難道皇帝真是「好了瘡疤忘了疼」？竟然在弘曆嫡子的彌月宴上，說了完全出乎弘皙意料的話來！

他憤怒冷笑，道：

「前一陣的那場病，真把他病糊塗了？」

怡親王的長子弘昌，因弟弟襲了親王爵位，自己只封了貝子，心中不滿，因而親近弘晳。聞言，接口道：

「那可不像；昨兒看到他，身體好得很！精神也健旺得一點病容都沒有。」

「那就是『好了瘡疤忘了疼』！可惜這可不是空口無憑的事，能由得他賴！」

恆親王之子弘昇，因為丟了「世子」頭銜，更是一肚子不平。猶豫道：

「王爺是不是打算進宮去找他理論？」

弘晳目光森冷：

「這回兒？不必！」

頓了一下，道：

「說不定那主兒就是希望我現在出頭去鬧，讓他拿住我的短，好整治我！我可犯不上這個時候招惹他！」

弘昌恍然，諂笑著點頭：

「王爺說得對！他是個陰狠的人，明明想殺人，還要示好。當初，八叔不就是例？唉……八叔當初就該拿出點骨氣來，不受他的封！受了封，到頭來，就全成了他如何的『仁至義盡』，人家如何的『不識好歹』了！八叔，還說原來就是死對頭。你看年羹堯、隆科多！說他們如何的專權跋扈，不守臣節，還不是他故意縱容，慣出來的？」

頗受弘晳照應的閒散宗室寧和，連忙接口：

「對呀！他對他們先脫略君臣儀節，引人入彀，以為他真心把他們當個『布衣之交』了，以致忘了君臣儀節；總以為彼此熟不拘禮。誰知道，他一翻臉，全成了罪狀！」

弘皙冷哼：

「他們也都有取死之道；太得意忘形，就忘了『伴君如伴虎』的至理名言。我可不上他的當！現在，我還是當我的『富貴閒人』，由著他激弄，就是不給他整治我的名目。反正，到了他駕崩的時候，憑著我手上的東西，看有誰敢抗旨！」

弘皙沒有反應，弘曆倒是在彌月宴後，更自覺篤定了。他更認真的學習政事，也冷眼注意著祖、父施政一仁厚、一嚴苛的利弊。

「皇瑪法施行仁政，官吏生玩忽荒怠之心。皇阿瑪以法家治天下，又過於威猛。如何寬猛相濟，又不為臣下蒙蔽，實在不是容易的事。」

他對蘭沁說。蘭沁點頭會意：

「的確！別說為君，日理萬機的治國了，單就是當個家都難。」

他從來沒有聽蘭沁抱怨過什麼，聽了這喟然的話，問：

「怎麼？富察府裡還有人惹是生非嗎？」

蘭沁輕輕嘆口氣：

「有人的地方，就不免是非。人嘛，誰沒有自己的想法？沒有各自的私心？遇利則爭，遇事則推，爭功諉過，也都是人之常情。真要認真計較，還能過日子嗎？只要還在譜上，不出格太遠，睜隻眼，閉隻眼也就算了。聖人不都說了：『大德不逾閑，小節出入可矣』嗎？又何必那麼斤斤計較，用那麼多的規矩，動輒得咎的把人綑死了？」

弘曆不以為然：

「無規矩，則不成方圓。當家人也不能太仁厚，免得到頭來落得惡奴欺主！」

「這倒還不至於。當家人最怕的是自己立身不正，還去要求別人。雖然說主奴有別，他們嘴裡不講，心裡不平。口服心不服，陽奉陰違，背後玩花樣，反而更麻煩。我，自認立身行事還能作為表率，再以此要求別人，就容易得多。」

弘曆笑了：

「誰家大福晉肯這麼做？還不是自尊自大，自認：我是主子，你是奴才，我愛怎麼樣就怎麼樣，你照樣做了你就該死！你沒我的命好，生就奴才命，還不認命，敢跟我比？」

蘭沁感慨：

「說起來，人真是天生不公平的！全是人生父母養，出身的高下，卻有雲泥之判。什麼時候生，生在誰家，有怎麼樣的父母、家庭，全身不由己！」

「上下尊卑，本來就不一樣。別說犯了錯受罰，就算沒過錯，主子心裡不痛快，『薄言往愬，逢彼之怒』也是尋常；誰還敢存跟主子分庭抗禮的心思？」

弘曆道。想想又笑了，說：

「說是不公平嘛，有時候上天的安排，卻又奇巧得讓人哭笑不得。偏把些好模好樣的，賢孝明理的，都生在寒門裡！這些王公親貴子弟們，憑著你自尊自大，走出來，論學問、論品格、論談吐、論風範，還不如那些書香世家或寒門出身的士子呢！幸虧著皇瑪法逼令著宗室親貴子弟都得學騎射、讀詩書。要不然，還不知道怎麼不成材、沒出息呢！說穿了，能炫耀的，就不過是祖上餘蔭的虛銜，和那身顯示著富貴榮華的衣裳！」

蘭沁想起親貴子弟中幾個紈袴，也不覺搖頭。

「那真是繡花枕頭，就外表光鮮！今天咱們笑話人家，可得引以為鑑，別讓咱們永璜、永璉日後落人家笑話！」

弘曆倒是信心十足：

「有你這樣的額娘，有我這樣的阿瑪，孩子錯不了！」

「但願如此！我見著那些個府邸裡，一家兄弟勾心鬥角的，就覺得心寒！要是這樣，還不如寒門小戶，沒得爭。倒也父慈子孝，兄友弟恭！」

「有你教養，萬萬不會有這樣的事！你看，小仙兒跟永璜，雖不是一母同胞，多親愛！永璉還小，有這麼個姊姊在前頭做榜樣，還能差到哪兒去？」

弘曆深情地捏著蘭沁的手：

「我何幸？有你這樣的大福晉主持家務，讓我全無後顧之憂。說了那麼多各府邸的問題，咱們家裡全都沒有，也永遠不會有！」

蘭沁微微一笑，卻沒有答腔；弘曆不知道，這個「家」並不像他想得那麼完美。「兄友弟恭」，也還只是理想；現在孩子還小，而永璜的母親，卻已然不知不覺的顯現出雖明知難以抗衡，卻還是不經意流露的妒意。

蘭沁當然能理解，永璉這個「嫡根正苗」的二阿哥一出生，尤其雍正皇帝那番話一說，庶出的大阿哥永璜，就絕不可能再有什麼指望了。身為永璜之母的竹漪，不甘不平，總也是人之常情。

這些年，府裡的妾侍陸續進門。對她和高浣雲，影響是最小的。對原本就不十分受寵的竹漪，卻是「如魚飲水，冷暖自知」。唯一能指望的，也只有她生的大阿哥了，又怎能怪她心懷不平？

蘭沁不知道，是不是受了高浣雲那一番話的影響，使她對竹漪不經意流露的妒意敏感起來。但，耳聞目睹多了宮中、府裡兄弟鬩牆的「故事」，使她不能不對這樣的事格外的戒慎恐懼。她一再的提醒自己：無論如何，她不僅是永璉的母親，也是永璜的嫡母。她一定要做個慈愛而公平的好母親！讓這同父不同母的兄弟兩人，如手如足，相親相愛！

身為嫡福晉，這是她的天職！她不想像其他府邸的嫡福晉那樣，以懾人的威勢對待下面有名位或沒名位的側室。嫡子嫡女，和庶出的子女，在各方面的待遇，也天差地別；彷彿只有這樣，才能顯出「高人一等」的尊貴來！

她只希望，以自己的至誠，感化她們；以自己的表率，使她們知禮守分，和和睦睦的。不要讓四阿哥在本身的職分之外，還得為「家務事」憂煩。

看著蘭沁低頭垂目，若有所思的清麗側影，弘曆笑問：

「你想什麼？」

「你說得對！咱們是大清各府邸問題最少，最和睦圓滿的一家了。我何德何能，有你為夫婿，有仙兒、璉兒為兒女，人生至此，夫復何求？」

提起這一雙兒女，弘曆臉上堆滿了笑容：

「天賜嬌女麟兒！這兩個孩子，真像金童玉女呢！連皇阿瑪那麼嚴肅的人，見到仙兒和璉兒，都顧不得威儀了。那天，我真沒想到皇阿瑪會當著眾人，就以『瑚璉之器』期許璉兒。鬧不好，我還真『父以子貴』呢！」

蘭沁聽他自我調侃的話，也不覺莞爾。不覺想起康熙爺期許弘曆的事。

如今，她初生的兒子，也如此的被他的皇瑪法期許，那意味的又是什麼？

弘曆雖從不曾在人前露出過什麼「志得意滿」的神色，還是像過去一樣的謹守本分。但，她知道，他是喜悅的；本來就眾望所歸的皇四子，如今，皇帝「金口玉音」的稱永璉為「璉瑚之器」，等於又為他多加了一重保障。

她何德何能？得以弘曆為夫，又有永璉、仙兒這樣的「金童玉女」為兒女！這麼多別人想望而不可及的幸福，都集中在她一人的身上了。想想別人，想想自己，自己都感覺，幸福太過了。

一念及此，她甚至感覺有點害怕；怕自己承受不起這一份太過的幸福與圓滿！

第八章

蘭沁對自己「太過幸福」的恐懼，竟然不幸言中了；在永璉出生不久，她的長女，四阿哥府的「大格格」，他們的掌上明珠「仙兒」，竟然夭折了。

幾乎全無徵兆，好端端午睡的仙兒，逾時不醒。

原還以為跟永璜玩兒，玩累了，蘭沁也不以為意。還囑咐奶娘讓她多睡一會兒，別驚擾她。又過了半個時辰，還沒動靜。奶娘再去查看時，竟然她的小身軀已經冰涼。小仙兒已然氣絕多時了。

一時，宮裡上上下下全亂了。

仙兒的奶娘與照顧她的保母們，一字排開的跪在蘭沁面前請罪，一個個臉上，都寫著哀傷欲絕；這位果真像個小仙子的「大格格」，原是所有人的心肝寶貝，一旦夭亡，誰不痛心！

蘭沁在驚聞仙兒已死，一聲淒厲狂呼：「仙兒……」之後，臉上的血色消褪無蹤。她的心糾結收縮成了一團，腦海裡卻在「轟」地一聲之後，一片的空白。

懷抱著雙目閉合，臉上沒有痛苦之色，甚至，還噙著淺淺的笑，卻已氣息全無的小仙兒。兩眼盯著小仙兒依然嬌稚的小臉，她輕輕撫著那冰冷的臉頰，那往常在懷抱中溫溫軟軟的小身軀，漸漸的僵冷。那紅潤的臉頰，漸漸蒼白，櫻桃般的紅唇，也褪了色。

「額娘！額娘！」

總是笑盈盈的，聲聲嬌喚著她的小小紅唇，仍微微的張著。卻沒有了氣息，再也不能發出任何的聲響。

怎麼會呢？方才午餐時，還活蹦亂跳的孩子！

「仙兒……額娘的小乖乖仙兒……」

她沒有哭，也沒有眼淚，只低聲喃喃輕喚，宛如仙兒生前。那溫柔又心碎的語聲，那眼眸中深得彷彿見不到底的哀傷，那超越表情極限的傷慟……使得整個宮院中的空氣也彷彿凝止了。只有一兩聲發自奶娘、保母、宮女，強自壓抑的低泣，打破沉寂。

「蘭沁！」

聽到惡耗的四阿哥弘曆，匆匆趕了回來。仙兒的無端夭亡，對他也有如青天霹靂。而在心神俱碎之際，他卻想到了蘭沁；他已傷慟如此，身為慈母的蘭沁，又當如何？

趕回宮中，他顧不得那些臉上帶著哀傷神色，望著他欲言又止的太監，直趨蘭沁宮中。越過跪滿一地的婦差，他的目光立時看到了懷抱著仙兒，喃喃細語，在哀慟中失了神的蘭沁。

他急步跨到床前，蘭沁有些茫然的抬起頭。那空洞的眼神，割裂了他的心。一把攬住了蘭沁的肩：

「蘭沁！蘭沁……」

直到見到了他，蘭沁似乎才神魄歸了竅。猛然醒悟，也真正意識到懷裡的仙兒已然夭逝。這才長號一聲，暈厥在他的懷中。

當她悠悠轉醒，她仍在弘曆懷中。在短暫的空茫之後，她想起了一切；仙兒竟然好端端的在午睡中，停止了呼吸。她記得她把已然僵冷的仙兒緊緊的抱在懷中。而如今，她懷中的仙兒已不見了。

「仙兒……？仙兒……？」

她氣息微弱地問。弘曆眼中也含著淚：

「蘭沁！仙兒，只怕真是神仙小謫，如今她……歸位仙班了……」

她淚下如雨。她不想、不願、不肯接受仙兒夭逝的事實！事實卻容不得她逃避；那些跪在她面前的婦差，還在等候發落呢！

當然，她是可以震怒，可以指責她們沒看顧好仙兒。這個「罪名」，因著仙兒夭亡的「事實俱在」，誰也不能說她指責的不對。然而，指責她們於事何補？況且，這件事活生生發生在她眼前，她們連「疏失」都談不上！

那一雙雙的淚眼，愁容，說明了她們也和她一樣由衷悲悼；她人見人愛的小仙兒，對她們而言，豈不也一樣是掌上珠、心頭肉！她們是真正與她共苦同悲的人！也是真正了解她傷痛的人，她又何忍苛責？

她忍著椎心之痛，別過頭去，揮揮手：

「你們都起來，去吧！」

這些婦差，一則傷心「大格格」的死，二則又豈能不心中憂懼；不管怎麼說，她們所負責看顧的大格格夭殤了，她們豈能辭其咎？

再也不承望，大福晉在出了這樣的大事，傷痛欲絕的情況下，竟然這樣就把她們恩赦了。一個個更因著感恩戴德，嗚嗚咽咽的哭得伏在地上，抬不起頭來。

仙兒的死，不僅是四阿哥夫婦悲痛，皇后、熹貴妃傷心難過，連一向喜怒不形於色的雍正皇帝，都為之傷悼；只有他自己知道：高高在上，一向有苛厲寡恩之名的他，其實是多麼的寂寞！外朝的文臣武將也好，內宮的后妃侍御也好，乃至遍布在全國各地的官員，誰不怕他？若天下還有一個不怕他的人，那就是小仙兒！

那一笑起來，就彎成半個小月亮，清亮澄澈的眸子；那白裡透紅的小臉，在來到他跟前時，不像別人，恭敬乃至畏懼的行禮請安。她也學會請安的動作，但這動作由她做出來，就是說不出的嬌稚可愛。他最愛聽她用嬌嬌軟軟的童音，那麼親熱的喊他：

「皇瑪法吉祥！」

他一見她，什麼憂煩都解了，總不禁笑逐顏開的把雙臂張開。她就高高興興如乳燕投懷般的奔過來，攀住他的膝，仰著小臉，滿臉孺慕地望著他，等著他把她抱上膝頭。

「仙兒……」

他竟不覺雙眸濡溼；由小仙兒身上，他曾找回了從他知事起，就在爭寵、奪權中失落了的純真心境。如今，又復失落了……

各府邸，常來常往，見過仙兒的福晉、格格們，都打心裡疼愛著她。聞知她的夭折，也都不禁惋惜、悲痛；這麼個惹人疼惜憐愛的孩子，竟然無壽無福！難免會想：

「只怕是名字取錯了；『仙兒』，神仙哪有久駐塵寰的？」

理親王福晉聞訊，卻有了另一種的想法：

「那永璉的命還真硬！竟然他才出生，就把他嫡親的姊姊給剋了！」

弘昌福晉順應著她的語氣：

「可不是！這麼看來，那位相師說他是『璉瑚仙童轉世，降生皇家』。皇上命名永璉，指望他日後繼位，還都像真有那麼回事；永璉還真是福大命大！」

這話卻不是理親王福晉想聽的；從永璉命名起，她就憋著一肚子沒處發的氣。永璉「福大命大」，照這麼說，弘晢還有什麼指望？當即變了臉，冷冷道：

「他福大不大，命大不大，你怎麼知道？你又不是神仙！」

這番話，衝得弘昌福晉一窒，也不知道哪裡得罪了這位理親王福晉。

仙兒夭折，自有內務府處理後事；年紀那麼小，又是個格格，連個正式的名字都還沒有，也不能有什麼隆重的葬禮。就這樣，仙兒永遠離開了蘭沁的懷抱，離開了塵世。

蘭沁強逼著自己在人前收拾起喪女之痛；任何安慰的言辭，也解不了她的哀傷。她不希望讓與她一樣遭喪女之痛的弘曆，還要為她憂慮操心。也不希望，因著她的傷心，聽那些就算出於至誠，卻也無補於事，反而更惹起她感傷的安慰言辭。她只有把這哀傷深深埋進心底，背人時細細咀嚼，暗暗落淚。

她也聽說了所謂「永璉命硬」的說法。她不想相信，也無法接受；她不願意還在襁褓中的永璉，就背負著這樣的「罪名」。她寧可接受弘曆說的：仙兒只是「神仙小謫」。

可是，這對身為父母的他們，是多麼的殘忍！如果她福薄，仙兒就不該由她孕育生養。如果她福厚，仙兒就不該無端夭殤。「神仙小謫」！難道仙兒竟為了賺得她的心、她的愛而出生？然後逕行仙去，留給她永遠難彌的憾恨？

仙兒下葬後，她含著淚，收拾起仙兒所有的遺物，珍藏在一只雕花木箱裡。留給她的貼身侍婢聯珠一句話：

「你切切記住！有一天，我不在了，你要提醒四阿哥：務必把這些東西，都隨著我下葬！」

這心碎的話，令聯珠的眼淚忍不住奪眶而出；也只有她才見到主子背人處的淚，知道主子那不言不語中的椎心之痛。而慶幸還好有繈褓間的二阿哥需要照顧，不然，她真擔心，主子是不是撐得過這一場幾乎致命的打擊。

的確！永璉幾乎是蘭沁傷慟中唯一的寄託了。永璉還那麼小，又被皇帝寄以「璉瑚之器」的重望！而一天天長大的永璉，的確也如「璉瑚仙童」一般，讓人不能不疼、不愛，倒也多少轉移了一些她喪女的悲痛情緒。

弘曆留在蘭沁宮院中的時間更多了，甚至連他素來最寵愛的高浣雲，都受到了從未有過的冷落。高浣雲卻也只能暗自傷懷，不敢有半點的表露。

聰明絕頂，心竅玲瓏的她，已然在這些年中，深切了解了四阿哥與大福晉之間的伉儷之情，是無人可以抗衡，更遑論取代的！當此之際，她不但不能表現出一點點的嫉妒之意，還要以最體貼關切的姿態，讓大福晉覺得貼心體己，才是上策。

對她，這倒也不必刻意做作；事實上，她也由衷的疼愛著這位「仙兒格格」。甚至當日，還曾特意為小仙兒畫了一幅畫像，送給四阿哥和大福晉。當時，讓四阿哥夫婦好不開懷！也為她贏得了蘭沁更多的感謝和友誼。甚至，四阿哥晚上在她那裡住的時候，都因著她這分貼心知意，燕好之際，對她更輕憐蜜愛，婉轉綢繆。

而令她感傷的是，她依然不孕。而一向與她針鋒相對的另一位「富察氏」竹漪，在生了大阿哥永璜之後，如今又懷孕了！她的懷孕在仙兒夭殤之前，因此，因仙兒夭殤，造成的蘭沁「專房之寵」，對她竟沒有任何的影響。而高浣雲「不孕」的隱痛，卻又被勾起。而她也只有自傷，只有看著竹漪挺著那日益隆起的肚子，有意無意的向她示威。

但，不久，竹漪懷孕的優勢，就不是獨一無二的了；在弘曆刻意撫慰、陪伴之下，蘭沁又懷了孕，轉移了大家關注的焦點。

這一次懷孕，蘭沁雖然不是不歡喜，卻已不似當時懷仙兒或永璉時，歡喜得那麼純粹、那麼無慮無憂了。經過仙兒夭逝的打擊，她對生兒育女，已不能以純然的喜悅來接受了。原來「愛，別離」是如此的慘痛！如果……何如不要開端？

她幽幽的想起她往年在家中常彈的古琴曲〈秋風詞〉：

秋風清，秋月明。落葉聚還散，寒鴉棲復驚。相思相見知何日，此時此夜難為情。入我相思門，知我相思苦，長相思兮長相憶，短相思兮無窮極。早知如此絆人心，何如當初莫相識！

原是一首寫男女之情的曲子，她卻由喪女之痛中，感悟了那種心碎與痛切。

「早知如此絆人心，何如當初莫相識！」

或許，她也不是真希望仙兒不曾出世，不曾帶給她那麼多的歡樂。但，相對的，一旦失去的傷痛，使她了解這種情到深處的「決絕之語」，載負了多少難以言傳的慘痛之情！

懷胎足月，竹漪先生了一女，照排行，是弘曆的「二格格」。接著蘭沁分娩，也是一女，排行就是「三格格」了。

人人都以為「三格格」的出世，會使蘭沁的喪女之痛得以抒解。令大家意外的是，蘭沁對這個新生的女兒，完全沒有當日對「大格格」仙兒的那分疼寵，竟是淡淡的，直接交給奶娘照應。在帶到她跟前的時候，她也很少像對仙兒或永璉那樣的摟抱親吻，甚至還不如待永璜親熱。

奶娘請大福晉給「三格格」取個小名，以便稱呼。她望著三格格的小臉，輕嘆了一口氣，道：

「就叫丫丫吧！」

宮女們對看一眼，都不明所以；再怎麼說，這位小格格也是金枝玉葉！大福晉又是滿腹詩書的，竟給小格格取了這樣，有如一般寒門小戶「不上檯盤」的小名！

倒是高浣雲從四阿哥口中知道這事之後，雙眸微溼，對四阿哥說出了她的想法：

「唉！都說大福晉不疼三格格，不知道，這才是真疼！」

弘曆注視著她，靜待下文；他對這個新生的小女兒，是有著格外的憐愛之情的。在小女兒身上，他的喪女之痛，得以抒解；愛女之心，有了寄託。因此，蘭沁對「三格格」近於冷漠，不近人情的態度，他有著不解。卻又不忍責，更不忍問。

他知道這必然與大格格的夭逝有關，但他只能自解：蘭沁的「不疼」三格格，是似乎把「疼」全給了仙兒。而仙兒的夭逝，掏空了她的母愛。高浣雲說：「這才是真疼」，卻超出他的理解範圍了。

高浣雲幽幽道：

「仙兒格格的去世，對大福晉的打擊太大了！她怕生在這樣的府邸裡，孩子太嬌貴、不好養。又怕是她與大格格母女緣薄；是因為她太疼大格格，所以一下就把母女的緣分耗盡了，所以才對三格格那麼冷淡。四阿哥！您總讀過納蘭容若的詞吧？〈攤破浣溪沙〉裡有兩句：『人到情多情轉薄，而今真箇悔多情』，這正是大福晉待三格格的慈母之心呀！」

弘曆恍然，一下了解了蘭沁的苦衷；怪不得三格格的小名叫「ㄚㄚ」，原來，她是以這聽來微賤的小名，期望孩子好養！又用她對孩子的冷淡，希望破除「天嫉」，好讓孩子平平安安的長大！

她豈是不愛孩子的？而她的用心良苦，除了高浣雲，又誰人得知？

他更心疼了，心疼蘭沁，也心疼三格格；蘭沁受到的傷害、打擊實在是太大了。而三格格竟是「生不逢辰」，偏就趕上了這個時候出世。

了解蘭沁的心情，也了解四阿哥對小女兒的憐愛，高浣雲有了想法。就在她與蘭沁獨處的時候，她帶著央求的語氣：

「姊姊去年生了二阿哥，今年又生了三格格，可真把我給羨煞了！我的症候，姊姊也是知道的，想要一個都難！雖然孩子都有嬤嬤們照顧，到底姊姊還是省不了心。兩個孩子只差一歲，也真是夠操心勞神的！我想跟姊姊商量，要不，把三格格交給我吧？一則，我也解了悶。二則，也給姊姊分了勞，讓姊姊也息息肩。」

聽她說得懇切，蘭沁又從弘曆那兒知道了她對自己心情的了解，心中不由不感激、感動。而且知道高浣雲自己雖然沒有生育，素來卻是最疼愛孩子的。不說當日對大格格仙兒，那真是疼寵萬分。就算是跟竹漪不和，她對永璜，也還是善待的。要有什麼點心果子，有仙兒一份，也絕不少了永璜一份。

既然自己面對著三格格，總是心情複雜得不知何以安頓；既不敢多疼她，內心深處，又對她有著難言的歉疚。把她交給浣雲，倒也不失為兩全其美之計。

於是，她輕嘆一口氣：

「這主意好！這些時，我也覺得心神耗弱，支撐不住。妹妹也知道的，我見到她……」她雙眼微溼，忍不住抽出手絹兒拭淚。高浣雲了解而同情的拍拍她的手，她搖搖頭，又幽幽的嘆口氣：

「見到她，總又勾起我心裡的痛來，倒真不敢好好的疼她。就交給妹妹，讓妹妹多替我疼疼她吧！女孩兒有妹妹這樣的人來疼她、教她，是她的福氣！」

高浣雲忙行禮謝了，笑逐顏開：

「謝謝姊姊成全！這一下，我可有了女兒了！」

領養了三格格的高浣雲，倒真一心都在這個「女兒」身上。雖然三格格長得比較像四阿哥，沒有大格格那麼天生麗質的清雅娟秀。卻也像是知道自己來的不是時候，十分乖巧。隨著日增月長，再加上高浣雲把一片慈母心腸都寄託到了她的身上，細心打扮、教養，也日益出脫得人見人愛，倒把竹漪生的二格格硬給比了下去。

因為大格格夭折了，二格格又比不上她討人喜愛。這位三格格「丫丫」，竟得天獨厚的成了四阿哥的「掌上明珠」！

由於三格格「出繼」給了高浣雲，甚至連幼小的永璉，都以為她就是「高姨娘」生的。但也奇怪，他雖也喜歡「永璜哥哥」，卻更是疼愛「丫丫妹妹」。蘭沁也不得不承認，這真是血濃於水的手足天性。

高浣雲能一心一意的疼愛丫丫，蘭沁也安了心。自仙兒逝後，她感覺到自己的體力、心力漸不如前。除了當這個家，一個永璉，已夠她操心的了。而因著皇帝、皇后相繼得病，而且又都病得不輕。尤其皇后那拉氏，更是病重得讓人擔心。她身為長媳，不免又增加了給皇后侍疾的負擔。雖然她是勞而無怨的，但無可否認，這些事務使她常覺身心俱疲。

自從被指為當年四阿哥的嫡室，她與這位嫡母，就相處甚歡。在她的感覺中，更勝於與弘曆親生母親的熹貴妃。

當她有喪女之痛，熹貴妃當然也表示了關切、傷心，卻沒有說出什麼能夠安慰她的話。倒說了些孩子太嬌貴了，難養之類的，讓她更覺心酸內疚。

那拉皇后，是在她十三歲，皇帝還是「皇四子」的時代，就由康熙皇帝親自指配給了當時的「四阿哥」為「嫡福晉」。她生性端莊厚重，四十多年來，多少風風雨雨，她始終對四阿哥保持著應有的敬慎尊重。四阿哥封「雍親王」，在雍親王府裡，一位年氏，一位李氏，都夙負年輕貌美之名，也不免恃寵而驕。在年輕的時候，她多多少少也受到些失寵的威脅與委屈。她卻都隱忍了，不與側福晉乃至妾侍們爭寵爭夕，對孩子們，也都維持著「嫡母」公平相待的態度。

凡此種種，到了雍正登極，入繼大寶。眼見當年爭寵的福晉們，也都進入中年之後，不能不承認：還是這位「嫡配」，最具有「母儀天下」的風範！因此，在雍正元年就立她為皇后。

到年氏去世，李氏也因弘時的事，幾近半瘋。少年夫妻，只有她還依然故我的自尊自重。言行舉止，無不切合「母儀天下」的風範。進入中老年後，她與雍正皇帝間，倒另有一種老而彌篤的深摯之情了。

對蘭沁這個媳婦，她是極為滿意的。仙兒，她又何嘗不愛如掌上珍？因她自己曾夭折過一個真正的「嫡長子」弘暉，對這種喪子之痛，就比熹貴妃的言辭體恤且近人情了。

「你不要過於自責，也不要太難過！這事，誰也沒有錯！別說做阿瑪、額娘的，就算是那些婦差，誰不想把孩子照應著好好長大？在這樣的情況之下，保不住孩子，恐怕不是孩子太好，凡間留不住，就是咱們跟這孩子的骨肉情緣太薄，合該如此！她不是叫『仙兒』嗎？能修得不病不痛，在睡夢裡去了，你就當她真的歸位仙班了吧！」

蘭沁默然點頭：

「媳婦也想過了，總是媳婦沒福，承當不起有這麼個好孩子！」

皇后嘆口氣：

「這樣的痛，我可也曾經歷過；當年，弘曆的大哥哥弘暉，是當時皇四子府裡的『嫡長子』，也是人見人愛的。可惜，一場病就把他奪了去。生死有命！就算把太醫殺了，又能怎麼樣？俗話說：『藥醫不死病』！人壽幾何，只怕真是上天注定的！你們母女緣淺，情可不薄！你該疼她的，也都給了。人跟人之間，到了這一步，也就算得『圓滿』，可以無憾了。」

這樣仁厚明理的皇后，蘭沁在她病中，自是盡心盡力的侍疾，無怨無尤。然則，就像她自己說的：「藥醫不死病」，就在雍正九年的深秋，皇后一病不起。

四十年的夫妻！偏偏皇帝也正當違和，想去探視，也為臣下力阻。下詔：

那拉氏皇后崩逝。朕心震悼。此時即欲親臨含殮。大臣等以朕躬初癒。本日已經臨視。不宜再勞。懇詞力阻。朕勉從其請。暫停前往。今該部具奏祭奠禮儀日期。朕思皇考昔年，於孝誠仁皇后、孝昭仁皇后之喪。如何親臨盡禮之處。朕雖未見。至康熙二十八年。皇妣崩逝。當梓宮未移之時。皇考朝夕臨奠。及奉移之後。每遇祭祀日期悉皆親往。此朕所親見者。今皇后自垂髫之年。奉皇考恩命。作配朕躬。結褵以來。四十餘載。孝順恭敬。始終一致。忽焉長逝。實深愴惻。一切致祭典儀。本欲親往。以展悲懷。乃自上年以來。朕躬違和。調理經年。近始痊癒。醫家皆言尚宜靜攝。不可過勞。因思上年怡親王胤祥薨逝之後。朕悲情難遏。曾親奠數次。頗覺精力勉強。朕躬受皇考付託之重。宗社攸關。為億萬臣民所倚賴。今夙恙初痊。正當加謹保護。況目前軍務緊要。一切機宜。甚費籌畫。若又親臨喪次。不但往來奠醊之間。外勞形骸。而觸景增悲。更致內傷心氣。實非攝養之所宜。即朕自度力量。亦覺勉強。但今皇后喪事。國家典儀雖備。而朕躬禮數未周。於理恐有未協。於情實為難忍。權衡輕重之間。如何可使情理兼盡、以慰朕心。

從這詔書中，蘭沁才看到了這位皇帝公公的另一面。原來，他也不僅是那個威嚴苛厲可畏的皇帝！原來，他也有他人情、人性的一面，也有他不曾表露過的伉儷之情！

哀慼未遏。自己還在病中的雍正皇帝，又聽到他一兄、一弟也身罹重病，朝夕不保的消息。

兄，是曾封誠親王，被他削爵幽禁的三阿哥允祉。弟，是五阿哥允祺。

允祺的心性澹泊，是個不惹是非，明哲保身的「好好先生」。在他登基後，封了「恆親王」。

恆親王是既不管事，也不惹事的。總安分守己做他的「富貴閒人」，也就彼此相安無事。

對允祺，他談不上有什麼深厚的棠棣之情。但允祺的存在，可以封住朝野傳說他容不下手足，殺弟屠兄的悠悠之口。因此，允祺之喪，他倒也盡情盡禮，加諡曰「溫」。並命允祺之子弘晊襲「親王」爵。

允祉卒於禁所，他心中的感受就複雜了。二阿哥允礽，幼年就被父皇康熙立為「皇太子」。可以說，儲位既定，無人可相抗衡。他與大阿哥允禔年齡相去較遠。而且，允禔是父皇的長子，多少也占了長子的便宜，不是實際上出身寒微的他能頡頏的。三阿哥允祉，因年齡相近，就成為爭「皇阿瑪」的注意與恩寵，誰也不服誰的競爭對象。

允祉賦性聰明，尤其喜好文史。書畫文墨方面，遠勝於同儕兄弟，相當受到康熙的稱許。在他年幼時，每每感覺相形見絀，也不覺油生又羡又妒之心。允祉年紀比他大，這一點，每成為他自認不如時自我解慰的理由。

他在兄、弟中的頹勢，從他被皇貴妃佟佳氏收養，開始有扭轉之勢。「母愛子抱」的道理，是放諸四海而皆準的！由於佟佳氏的關係，「四阿哥」逐漸有了與其他兄弟「分庭抗禮」的分量。但，他無法釋懷的是：在康熙三十七年，第一次大封皇子時，允祉封「郡王」，他封「貝勒」；顯然，在父皇心目中，允祉還是強勝於他的。到再次晉封，他才與允祉齊了肩，都被封為「親王」。

當日，他也是以此為滿足的！當時的他，沒有、也不敢有什麼覬覦大位的野心。做為一個皇子，封到「親王」，也就「登峰造極」了。

到父皇年事漸高時，顯然是不願意對幾個年紀大的孩子，在待遇上顯出厚薄來。因此，從賜園到賜第，他和允祉，總是不分上下的。但無可否認的是，父皇顯然對允祉更為親近；至少，駕臨「誠親王府」的次數，就比到他「雍親王府」的次數多！而且，父皇到「雍親王府」，都出於他找出「名目」，一再的懇請。而到「誠親王府」，卻常出於父皇「一時興起」的主動。誠親王府那些擅於詩詞歌賦、長於音樂繪事的名士，乃至誠親王府中特別培育，劇藝為當代數一數二的戲班子，都成為他的優勢。

當時，誰也沒有想到，二阿哥本來應該安若磐石的「儲君」之位，竟然動搖，甚至被廢了。這一下，激起了幾位自認「寵子」的野心。憑心而論，允祉倒不在其內；他的性情，毋寧更接近一個「名士」；自己在韜光養晦之際，「富貴閒人」的形象是假。外表雖不動聲色，其實外弛內張，積極的做著準備。允祉恐怕倒是真心置身事外的。他似乎認為，不論哪位兄弟繼位，對他來說，都沒什麼差別。他既沒有權力欲，又已居「親王」之位，繼續當他的「富貴閒人」總是沒有問題的。

若不是面對著幽禁中的允祉病危，他大概也不會去回想他與允祉之間的「恩怨」吧？然則細細想時，又實在想不出他們之間何「怨」之有！要有，就是允祉不該在門下養那麼一批名流文士，讓他感覺芒刺在背；總不知他們會在後面如何的「腹誹」，乃至「訕謗」他！

對處置老八那一幫子人，他是自覺於心無愧的；他們的態度始終敵對，時時蠢動。無論如何，他至少是「師出有名」的！而對允祉……他卻無法真正的那麼「安心」。即使煌煌上諭，說得「理直氣壯」！

他到底疑忌允祉什麼呢？忌他在文林士儒之間的人望？忌他比自己得人心？還是……

還是，他在《大義覺迷錄》裡所有振振有辭的說法，允祉都幾乎是冷眼旁觀的「見證」。因此，他總覺得不安，就像面對著一個洞悉內情的人說謊，不能不心虛；不知道他背後會不會訕笑，會不會揭穿。偏偏，他又養著那麼一大批有筆如刀的文士名流！

於是，他小題大作的以他在怡親王喪禮上「臨喪不戚」為由，把他削了爵，而且幽禁了！讓他不能到處喧嚷這些讓他私心不安的事！

他真那麼恨允祉嗎？他捫心自問，答案是「沒有」！甚至，他們小時候，由於年齡相近，雖然也彼此競爭，卻也曾比別的兄弟更親近過！

要不是允祉的文采曾掩蓋過他；要不是父皇曾那麼嘉許過他這個三哥；要不是父皇每每一時興起，就命駕誠親王府，卻總要他再三「請駕」，才蒞臨雍親王府；要不是允祉總有意無意的觸動了他心中不許人碰的禁地；他在《大義覺迷錄》裡言之鑿鑿，父皇對自己是如何「另眼相看」，「愛重」遠勝其他兄弟……他寫的，也許是他私衷的期望。而當年的一切，允祉卻都不僅耳聞目睹，更是親身體驗的！因而，允祉成了他的心病……

他愛也好、憎也好，身為皇帝，他也主宰不了生老病死！「黃泉路上無老少」呀！他的哥哥們比他大，除了從康熙晚年就幽禁的大阿哥允禔，二、三兩位哥哥都不在了！論罪幽囚而死的不算，五弟允祺、十三弟允祥、他「結髮之妻」的那拉氏皇后，乃至他最疼愛的小孫女「仙兒」，都先他而去了！

人世無常如此，畢竟由人主宰的，又是什麼？

一念生起，在允祉去世之後，他「施仁」，賜銀五千兩。並且下令：

「喪儀比照『郡王』品級殯葬！」

是不是因著這些親人相繼去世，使皇帝格外感覺人事無常，也格外眷戀生命？皇帝對佛、道的信仰，與日俱增。竟至命內務府大量縫製「金龍法衣」，以供他日常穿著。又自命為「長老」，收宮中親近的子弟、大臣與僧人、道士為「十四大弟子」，各賜法號，常召集他們開壇「說法」。並要求他們各自修煉，時時考較他們修為與進度。

弘曆自然也是他的「十四大弟子」之一，賜號為「長春居士」，常奉召到宮中聽「長老」皇帝「開示」。

他天生穎悟，常能舉一反三，讓父皇對他的「慧根」非常滿意。然則，他心中卻不見得以此為然。尤其看到宮中和圓明園裡，充斥著為皇帝燒丹煉汞的術士，心中更是有說不出的滋味；他實在不明白那麼自命飽讀書史，「天縱聖明」的父皇，竟然會信這一套！甚至沉溺其間，樂此不疲，不可自拔！他卻除了像所有的人一樣唯唯諾諾之外，不敢表露一點的不以為然。

理親王弘晳的虎視眈眈，親兄弟弘晝的心懷妒意，他都感受到了。雖然人人都認為當日父皇在「正大光明」匾後「傳位詔」上書寫的名字，必然是他！他還是不敢掉以輕心；以父皇的脾氣，一旦對他有了意見，取下詔書，修改內容，也不是不可能的！因此，他只能「明哲保身」，對會觸犯父皇反感的事，少去「招惹」；他記得，最為父皇信任的滿臣鄂爾泰、漢臣張廷玉也曾這樣勸阻他。

可是，他不能不對父皇沉迷此道憂心忡忡；姑不論日後史家評論，事實上，相較於當年皇瑪法，年齡上還不該算「衰老」的父皇，頻年多病，就已證明他所信的那一套，並沒有改善他的身體及精神狀況。以他看來，反而成了因果反覆的「惡性循環」。

每在他應召「聽法」後，分享「心得」的蘭沁，也一樣覺得不可思議；這些道理，並不艱深；其實，真正能放諸天下而皆準的「道理」，恐怕都是平易近人的。至少，連她都很容易領悟了。真正「艱深」的，反倒是那些反覆辯證的「說法」文詞。是「文詞」為這些其實淺顯的道理，披上了神祕的外衣。而她知道：這正是雍正皇帝最自負，又最擅長的！

逆鱗不可批！是他們夫婦的共識。然則居處之間，也不免對這件事相對無言的苦笑。

讓他們比較安慰的是，父皇的勤政與對國事的關心，並不因此而有所懈怠。他為了西陲軍務，創立了一個專屬機構「軍機處」。讓十萬火急的軍務，不再層層上報。而越過了內閣，直接就發到軍機處。使軍機大臣能及時掌握軍情，立時上達天聽，明快處置。

雍正十一年，皇四子弘曆與皇五子弘晝，都達弱冠之年了！雍正皇帝終於給了這兩個已成年的兒子封號。弘曆封的是「寶親王」，而弘晝則封了「和親王」。同時受封的，還有皇帝的二十四弟允祕，封為諴親王。而當年曾被視為「皇位繼承人」的十四阿哥允禵，那人皆曰「賣父求榮」的兒子弘春，則由「貝勒」晉封為「泰郡王」。

允祕、弘春的受封，並沒引起什麼關注，只視如「例行公事」。四阿哥、五阿哥的封號，引起的關注就大了。

這兩個封號，立時引來了各方的臆測。大家都認為，從這兩個封號中，已經對未來大寶有了「呼之欲出」的暗示。「寶親王」的「寶」字，當然是指傳國「寶璽」。「和」則是希望手足「和睦同心」。

這一想法，盛傳於朝野。弘曆自己也是「寧信其有」的。只是，這一點私衷的喜悅，除了對蘭沁，他還是保持著一貫的處世原則，不聲張，不喧嚷；近幾年來，他曾經相親相愛的弟弟弘晝，對他有著日益明顯的嫉妒與不滿。他心知肚明，總也以和為貴，處處退讓，不與他起爭執。他知道弘晝的性情是有一點偏激的，那最好的辦法就是盡量不要去刺激他，不給別人離間的機會。

始終想找機會離間四阿哥、五阿哥的，當然是弘晳一夥！

對弘曆封「寶親王」，弘晳是頗受刺激的。他當然知道那些擁戴四阿哥弘曆的人，會怎樣解讀這一「寶」字！而這正是他最聽不得的！

因此，顧不得一向自持崇高尊貴的「身分」，說出話來，也都講究文詞典雅的他，衝口而出：

「什麼『寶』？寶貝蛋的『寶』？」

弘昌笑著說：

「老五不服氣，氣得在家裡摔盤子摜碗的！連五福晉都不敢招惹他！」

弘晳卻冷笑：

「我可以不服氣，他不服氣什麼？論起來，老四是哥哥，他是弟弟。說老四出身寒微，他娘不也是『宮女子』出身？而且，老四的娘，好歹還是『八大姓』的鈕祜祿氏；只是她家那一房沒落了，夠不上『三品以上官員』選『秀女』的資格。老五的娘，還是包衣奴才呢！」

他略略一頓：

「不過，他不服氣，對咱們沒壞處。就兄弟兩個，還不對眼。咱們只管隔岸觀火。有機會還可以在一邊搧搧風，讓他們兄弟倆窩裡反去！咱們樂得看戲！」

弘昌道：

「那可不？只是，弘曆封了寶親王，那些捧他的人更熱火了！都說皇上是暗示『大寶』有歸。水漲船高的，只怕對咱們的『大業』不利。」

弘晳倒是躊躇滿志：

「不論『今上』是不是這麼想，反正也沒有明詔立弘曆為『皇太子』。大家怎麼說，也是空口無憑，能比得我手上白紙黑字的密詔？由他們鬧去！當年，明末李自成造反，民間歌謠說：『朱家麥，李家磨，送給對門的金大哥。』結果就應在咱們太祖爺爺身上了；咱們『愛新覺羅』可不是姓『金』？由著他們兄弟倆磨麥去！到頭來，也是白費心機！」

聽他自信滿滿，他身邊的人，就更熱火了。

弘晝忿忿不平的態度，和弘晳冷言冷語的閒話，陸續傳進了蘭沁耳中。對弘晝的不平，與弘晳的自信，她不能不為之心驚。

弘晝雖然只比弘曆小了月分，但總是「么兒」的心性不改，從小就任性。在這樣心懷不平的情況之下，有事沒事給弘曆找些不大不小的麻煩，也在所難免。

這她倒不擔心。弘晝再怎麼，也還是好面子、顧觀瞻的人。更何況，上面還有個皇阿瑪壓著，他也不敢太過分。弘曆是個有大志氣的人，對弟弟犯的小彆扭、使的小心眼，素來總是不跟他一般見識，盡量的讓著他。大體上，總也還能相安無事。

讓她擔心的，是弘晳那分自信與篤定的態度。

如果這麼說，弘晳所謂掌握了皇上「御筆親書」的傳位詔，可能就不是憑空杜撰的了！那即使是皇上有意藉著給永璉命名，或封弘曆為「寶親王」暗示，也未必能讓弘晳死心，甘願退讓。

如此，萬一皇上不諱，恐怕免不了一番的「龍爭虎鬥」。那時鹿死誰手，就真還在未定之天了。

雖然，她也知道，這件事，恐怕遲早會「圖窮匕見」。但，她還是本能的逃避去想，去面對。

她不覺慶幸：皇帝幾度不豫，都安然渡過了。如今，政躬康泰！

第九章

青天霹靂！

雍正皇帝忽然駕崩了！

事出突然。雖然，在前一天，皇帝就「不豫」。但近年來，這也是常事了，比這更嚴重的情況也不是沒有經歷過。

就像雍正八年，他都已不能理事，命四阿哥、五阿哥與眾臣共議國事；雖無「監國」之名，卻已有其實。甚至，連他自己都覺得情況嚴重，而召張廷玉、鄂爾泰交代「後事」了。結果卻也安然渡過。

這一次，他甚至前一天還照常會見臣工，並不像有什麼嚴重。不意……

接到皇帝「不豫」，急召寶親王趕往「圓明園」的消息傳到宮中時，弘曆正在與蘭沁閒話家常。一聞此訊，夫妻倆對望一眼，神色都凝重了起來。

蘭沁憂容滿面；她知道，萬一皇上大漸，就到了「皇位誰屬」揭曉的時候了。雖然說「寶親王」的德望，為朝野矚目。但，「理親王」弘皙是省油燈嗎？還有「和親王」弘晝，自前年封爵之後，處處與弘曆唱反調，鬧彆扭，也明白顯現著他的不平與不服！這一關，所關係的還不僅是帝位繼承。甚至，關係著生死榮辱……

她真希望皇帝此番還是有驚無險的渡過。然而，看來人的沉重神色，她不敢想望。千言萬語只化作一句：

「一切小心！」

弘曆了解的捏捏她的手：

「你放心！我會小心的！」

隨即策馬飛奔往圓明園去。

他趕到圓明園，莊親王允祿、果親王允禮、和親王弘晝、大學士張廷玉、領侍衛內大臣豐盛額、訥親、內大臣戶部侍郎海望等，也先後陸續趕到了。

當他們進入寢宮，只見雍正皇帝的臉色燥紅，近於紫色。嘴唇乾裂，雙目暴凸，嘴角殘留著紫色的血跡，身上沒有蓋被子，只穿著薄綢單衫。單衫上，讓人觸目驚心的，是斑斑點點已乾燥凝結的血跡；顯然是由他口中噴吐出來的。而太監已經把他臉上的血跡清理過了。

已是八月仲秋，大家都穿夾衣了。只穿著單衫的他，卻似乎燥熱難耐，額上汗下如雨。氣息微弱，目光煥散的他，完全沒有素日的威儀與陰沉之色。見到他們，眼角沁出淚來。嘴微微蠕動，卻說不出話來。

弘曆一陣心酸，跪倒床邊，輕喚：

「皇阿瑪……曆兒來了……」

弘晝也擠到床前，喚：

「皇阿瑪……」

雍正的目光注視著弘曆，又吃力的轉向張廷玉，目光中竟是求乞之色。似要說什麼，卻已無法言語。張廷玉含淚向前：

「皇上放心！臣等會遵奉『正大光明』匾後密旨行事。」

雍正微微點頭，又望向兩位親王。兩位親王似乎也了解他的意思，道：

「皇上放心！我等一定盡心輔佐新君登基，不會讓大清國的國本動搖！」

雍正似乎放了心，嘴角殘留著乾涸血漬的他，依戀的看著弘曆，似乎有著千言萬語要叮囑，卻已不能言語了。只見他的呼吸漸漸微弱，弘曆、弘晝雙雙哭倒在地，哭號著：

「皇阿瑪！皇阿瑪！」

弘曆掙扎著跪起，捧著雍正雙腳，泣不可仰。只覺得，原本燥熱的雙腳，漸漸冷了。耳邊只聽自少年時代起，就侍候雍正的貼身太監李進忠，哭道：

「萬歲爺賓天了！」

兩位皇弟、兩位皇子，和近侍大臣們聽到這句話，都一起伏地放聲大哭起來。正哭得天昏地暗，卻聽到一個陰冷的聲音傳來：

「好啦！都哭夠了吧？國不可一日無君！還不跪好了，恭聽遺詔？」

在場的人，都為之一驚，只見理親王弘晳，冷笑著，岸然站在寢宮門口。

果親王到底身分長了一輩，叱道：

「大行皇帝賓天，你論公，身為臣子。論私，又是侄輩。怎麼連最根本的道理也不顧，在這兒大呼小叫的？」

弘晢一臉不馴：

「『道理』？等我把遺詔宣讀了，看看誰還敢跟我講『道理』！」

果親王倒為之一愣：

「你又哪來的什麼遺詔？」

弘晢冷笑：

「當然是你們『大行皇帝』御筆親書的傳位詔！」

果親王直覺的問：

「傳位詔？傳給誰？」

弘晢昂然：

「我！東宮嫡子，理親王弘晢！」

在場的王公大臣無不失色。弘曆只覺得腦海中一片混亂；他雖然也有耳聞，卻不意是真！而且，弘晢竟然是以這樣「目無君父」的態度，就在大行皇帝的寢宮裡發難！

果親王滿臉的難以置信：

「有何為證？」

弘晢大大咧咧的從懷中取出一份黃綾繡龍的詔書：

「不信？拿去看看！」

這一言，震懾住了在場所有的人。果親王伸手欲接，弘晢冷笑，掃了在場眾人一眼：

「你剛才說我不懂道理，你這又合什麼接詔的規矩？」

一言，僵住了果親王，竟是接也不是，不接也不是；若真是「遺詔」，他理當率在場所有王公大臣跪接。然而，方才他許諾彌留的皇帝，要輔佐登基的「新君」應該是「弘曆」，而不是「弘晳」呀！

弘晳得意洋洋，狂笑喝道：

「你們還不跪接遺詔！」

果親王被他這一喝，亂了方寸。茫然失措的他，被弘晳不可一世的態度震懾住了，正躊躇著是不是該下跪。只見一個人影直衝了進來，一把抱住他：

「王爺！萬萬不可！」

大家抬頭一看，衝進來的是鄂爾泰。

一見鄂爾泰，連與他素來不和的張廷玉也露出鬆了一口氣的表情；他在雍正八年，皇帝病重時，是與鄂爾泰同時面受皇帝囑託的。只是，後來皇帝病體痊癒，此事自然也只能深深埋藏心中了。

這幾年，他與鄂爾泰在仕途上的發展不同。他是個漢人文臣，倒是一路平順的做到了「大學士」，位等宰相。鄂爾泰卻因為處理苗疆軍務失職，不得不引咎自請罷斥；並為表引咎之誠，自請削去因功封賞的「伯爵」之位。

總算雍正皇帝還念舊日功勳，雖然允其所請，但算他是「解任養疾」。而且仍留給他一份俸祿，又賞了他一個「三等哈哈番」的世職。

自此，鄂爾泰算是淡出了政壇。然而，在這危疑之際，他趕到了！

這使得張廷玉不能不有些慚愧；他一向是有些鄉愿的，當弘晳咄咄逼人之際，他不是沒有看到弘曆乞援的目光，但他想，大行皇帝的親弟弟；出繼的莊親王，一言不發還不說了，果親王顯然也是色厲內荏。以他一介「漢臣」，能說什麼？說了，又有什麼能力扭轉乾坤？

然而，鄂爾泰卻趕到了！而且及時阻止了果親王可能造成千古憾恨的錯誤；他若一跪，就等於「認可」了弘晳繼位，整個局面就掌控不住了。

正當他悔愧之際，只見弘晳完全顧不得身分，一拳就打向鄂爾泰。幸得鄂爾泰也是從小必得練武的滿人，近年又一直在軍中，一身功夫沒有放下，一偏身閃過。弘晳大罵：

「鄂爾泰！你是個什麼東西？敢在我面前放肆！」

「王爺！鄂爾泰雖然官卑爵低，但，當年曾受大行皇帝病中千鈞重託，不敢迴避！」

鄂爾泰義正辭嚴，一步不讓。弘晳怒道：

「就憑你也配受什麼『千鈞重託』？空口白話，無憑無證……」

逼到這一步，張廷玉不能不出面了！他向前一步：

「王爺！我張廷玉為鄂大人作證！當年我二人同受大行皇帝重囑：一旦大漸，務必遵照『正大光明』匾後密詔所書名字，奉儲君登基，繼承大寶！」

弘晳氣瘋了：

「那是密詔，難道我手中的不是？那是雍正元年所書，我手中密詔是雍正六年寫的！依情依理，也是以後詔為準！」

鄂爾泰道：

「王爺要論時間先後，只怕也討不了好！王爺說，手中密詔是雍正六年所書。大行皇帝親口當眾所宣的諭旨，卻是雍正八年！」

弘晳愕然：

「大行皇帝親宣諭旨？我怎麼不知道？」

「王爺不在場，卻也應有個耳聞；寶親王家二阿哥滿月，大行皇帝率皇后與熹貴妃親臨彌月宴。當場為二阿哥命名『永璉』，並許之為『璉瑚之器』！當時在場王公大臣，不下百人，人人耳聞目睹！」

張廷玉不甘後人，道：

「大行皇帝存於『正大光明』匾後的傳位密詔，是以明諭布達於天下的，朝野無人不知！王爺手中詔書，自稱是皇上親授。請問：何人與聞？何人得見？」

這竟是反守為攻了！弘晳憤怒咆哮：

「御筆親書，難道有假？」

張廷玉此時卻好整以暇了：

「假，或許不假，奈何無以服人！」

「我以東宮太子嫡長子之尊，無以服人！難道天下臣民有眼無珠，倒寧願臣服出身寒微的弘曆！」

張廷玉冷冷道：

「理密親王雖曾受封為『東宮太子』，卻兩度被聖祖皇帝廢為『庶人』，此事天下何人不知？據此，王爺不過是個『庶人之子』，何貴之有？」

這一言，刺中了弘晳的心病；正當發作，鄂爾泰在一邊幫腔了：

「寶親王在王爺眼中，雖然說是出身寒微，卻是大行皇帝親生之子，並曾受寵於聖祖皇帝。這些年來，文事武功，無一偏廢。勤習政事，砥礪節操，深得朝野欽敬，可說是『眾望所歸』！

王爺呢？是大行皇帝顧念舊情，封王爺『郡王』之位。廢太子薨逝後，恩封為『理密親王』。後來又晉封王爺『親王』之位。若非大行皇帝恩典，王爺哪有今日的榮耀！王爺不知感恩戴德，竟然當著大行皇帝遺體，就存非分之想，豈不讓天下人齒冷！」

你一言，我一語，竟把弘皙逼得無言可對。

果親王在一邊，聽兩位大臣以情理逼住了弘皙，這才徐徐道：

「弘皙！依我看，這事恐怕不是你憑著手中的『密詔』就可以成事的！你想想：如今，在京的文武官員也好，在外的封疆大臣也好，誰不是大行皇帝一手教誨提拔，受過皇恩的？你說弘曆出身寒微。不錯！熹貴妃的家世平常，偏就養出了好兒子！他這些年的為人行事，深孚朝野之望。說句實話吧，老百姓是只要誰對他們好，給他們好日子過，他們就服誰，可不在乎他的出身寒微不寒微！你，氣不平也沒有用！從你出生到現在，除了個一廢再廢的『東宮』之子，和『理親王』的空銜，你做過什麼讓天下人受惠，贏得民心的事？也許你要怪大行皇帝沒給你機會，但你再氣、再恨都沒有用，在這方面你就是吃了虧！」

弘皙鐵青著臉，一口牙咬得格格響。他這才發現，比起還躺在床上，已然「龍馭上賓」的大行皇帝，他還是太天真幼稚了！原以為手中掌握了密詔，就掌握了一切。豈知，一紙密詔，只是個空心湯糰，中看不中吃！

果親王這一發言，莊親王也開口了：

「你再想想：就算你登了基，這位子穩不穩？朝臣服不服？封疆肯不肯？還有，你可別忘了，還有個平郡王福彭呢！他如今以『靖邊大將軍』手握重兵，在外駐守。他可是跟弘曆從小兒一處玩著長大的，哥倆好呀！大行皇帝有心傳位給弘曆，是朝野皆知的事。就算弘曆不跟你爭，他會袖手由著你『欺負』弘曆？除了弘曆，他肯聽誰的？你惹得起他？」

說著，嘆口氣：

「咱們大清開國之初，禮親王代善，算是給咱們子孫後輩立了個『禮讓』的典範！好好歹歹，總要相忍為國！不能落得裡外不是人！」

弘皙一口氣不平，還存著「萬一」之想：

「如果『正大光明』匾後的名字，不是弘曆呢？」

一直因為自己是紛爭焦點，而沒有開口的寶親王弘曆，這時才發了話：

「如果名字不是我，是誰該誰！」

弘皙咬咬牙：

「好！咱們一起去開了『建儲匣』，看看裡面到底寫的是誰！」

大家這才鬆了口氣。卻聽得鄂爾泰悶哼了一聲，虛脫的倒地不起。

再看時，只見他兩股部位，袍子早為鮮血浸透。原來，他一聽說皇帝在圓明園病況危急，恐怕會出「大事」。想起當日雍正皇帝病重時的焦慮，臨危時的囑託，深怕張廷玉一個人頂不住，顧不得一切，隨便找了匹馬，連馬鞍都來不及安，就直往圓明園奔。

坐騎在他催逼之下狂奔，又沒有馬鞍，顛躓過甚，以致兩股都磨破了。卻因事態緊急，根本想不起疼來。此際心情一鬆，卻因失血過多，頹然倒地……

果親王先命人快馬知會諸王貝勒，滿漢重臣趕往「乾清宮」。一行人到達乾清宮後，在全體王公重臣的共同見證之下，侍衛登上高梯，小心翼翼的從「正大光明」匾後請出了「建儲匣」，交給果親王。果親王接過，當眾揭開彌封，把「建儲匣」打開，取出了密詔，當眾展示宣讀。上面寫的是：

「立皇四子弘曆為太子。」

到了這一步，弘晳再不情願，也知道無法扭轉既定局面了。

果親王又勸道：

「不論是『正大光明』匾後藏密詔的事，或是給永璉命名，許為『璉瑚之器』的事，都是明明白白昭示天下的。而就算是當日大行皇帝親書密詔，許了你什麼，卻都是在暗處；既無人知，也無人曉，等於『私相授受』，何以服天下人心！依我相勸，你就算了吧！弘曆也不是不知好歹的人，總會對你有所補報的！」

弘晳至此才絕了望，卻惡狠狠撂了一句話：

「既然弘曆『父以子貴』，永璉算是我命裡剋星，我也認了！那就讓列祖列宗保佑永璉長命百歲！萬一……看你們還有什麼話說！」

他轉頭冷然地對莊親王、果親王道：

「十六叔！十七叔！到時候，您們兩位老人家，可得出來當個見證，給我作主！」

儲位之爭，到此底定。王公大臣，這才開始為大行皇帝發喪。恭請大行皇帝遺體還宮，並就寶親王繼位之事，擬了「遺詔」昭告天下：

寶親王皇四子，秉性仁慈，居心孝友。聖祖仁皇帝於諸孫中，最為鍾愛。撫養宮中，恩逾常格。

雍正元年八月間，朕於乾清宮召見諸王滿漢大臣入見，面諭建儲一事。親書諭旨，加以密封，藏於乾清宮最高處，即立為皇太子之旨也。其仍封親王者，蓋令備位藩封，諳習政事，以增識見。今既遭大事，著繼朕登基，即皇帝位！

弘曆恭聽宣旨之後，忍不住痛哭。好容易收了淚，想到今日經歷的驚濤駭浪，對幾位建「擁立之功」的王公大臣，必須有所表示。當即宣諭：

「奉大行皇帝遺命：著莊親王、果親王、鄂爾泰、張廷玉輔政！」

這幾位當然心知肚明；他們見到皇帝時，皇帝已口不能言，更別說什麼「遺命」了。他們被尊為「顧命大臣」，是「新君」弘曆對他們一力支持的酬庸。

受惠最大的人，是鄂爾泰。他本來「因病解任」，被迫在家「閉門思過」。如今，一步登天，當了輔政，當然官、爵俱復。

雖然，張廷玉於四人中殿了後，他卻也不能不承認：若非鄂爾泰趕到，在千鈞一髮之際阻止了兩位親王跪接弘晳手中的「密詔」。恐怕現今登基的，還未必是寶親王弘曆！

蘭沁在弘曆匆匆趕往圓明園時，就做了兩種不同的心理準備；一是皇帝若安然渡過危疾，那當然是上上大吉！二是皇帝若駕崩，居喪守制應有的種種，必得在最短的時間內準備妥當；這些，宮裡自然有熟諳各種儀節制度的首領太監提調。但她身為「當家人」，也必得先在心裡規劃好，以免措手不及。

因此，在皇帝駕崩消息傳到，寶親王府很快的就進入「服喪守制」的常軌。立時拆除了日常透露著喜氣的布置，換上了非黑即白的守制色調。

府中上下人等，也都換上了素服。這倒是日常都備置了的；一年間，每遇到前代帝、后等的忌日，或是諸王貝勒、后妃、王子、公主等喪事，禮制上也都要素服。尤其烏拉那拉皇后薨逝，為時並不太久，自有規矩可循。

但在一片居喪舉哀的氣氛中，卻又蠢動著一種有所期待的不安與興奮，等待著「好消息」傳來。所有寶親王府的人，都早認定了「正大光明」匾後，「建儲匣」中密詔上的「皇太子」必為寶親王！皇帝，距他們實在太遠了！「居喪」也者，不過是禮制攸關，禮應如此。真正跟他們相關的是，寶親王入繼大寶，府中所有的成員，也都將「雞犬升天」的跟著沾光，成為「天下主」皇帝家的成員！他們當然並不了解，這其中還充滿了變數！

蘭沁雖然也預感弘曆終將繼位登基，卻也知道這中間必然暗潮洶湧，風波險惡。她必得在這一段期間內，真正做他的「賢內助」，替他分憂解勞。

她默默的想著，如果弘曆的身分改變了，將受到影響的，會是些什麼人？當然，首先將改變身分的，就是弘曆的生身之母「熹貴妃」了；她將「母以子貴」，升格為「皇太后」！

其次，是老五弘晝。當然「和親王」的名位不會改變，但，他也將由「皇子」變成「皇弟」。弘晝一向因心懷不平，而衝動偏激；替他想想，也實在難怪。明明同樣是皇子，卻因著弘曆受聖祖康熙皇帝偏寵的餘蔭，使得他一步落後，步步落後，在一切的事務上，都相形失色！

其實，雍正皇帝於此也煞費苦心，盡量公平的對待兩個兒子；同日晉封，同入「苗疆事務處」理事。在宮中舉行法會，親自說法，收「十四大弟子」時，弘曆賜號「長春居士」，弘晝也賜號「旭日居士」。

但，凡此種種，並不能平息弘晝的不平之心。他總覺得自己委屈，被弘曆壓制得不能出頭。只是，雍正的嚴峻，使他在父皇面前不敢太過放肆。但，兩兄弟私下相處時，就不免表現出驕抗不馴了。

弘曆畢竟氣度過人，很少跟他計較。總當他是個長不大的弟弟，而多方包容，乃至縱容。這一點，弘晝並不領情，往往更火上加油的激起他的不滿，這使他更偏激的感覺弘曆處處「拿大」，不肯平起平坐的當他一回事。使弘曆不禁向蘭沁感嘆：

「做人真難！對他好也不是，不好更不是！」

甚至，她聽說：弘晝與弘晳那一群人走得很近，令她更為憂心忡忡。這一次，弘曆若當真登基當了皇帝，他必然心中的失落感更為深重。大行皇帝的子嗣，如今除了謙嬪劉氏在雍正十一年生，被稱為「圓明園阿哥」的弘瞻，算是雍正皇帝的「老來子」，也是弘曆的幼弟。成年的，就只他們兄弟兩人！有了雍正爺因著爭位而蒙上「殺兄屠弟」惡名的前車之鑑，無論如何，絕不能讓這兩兄弟倆鬧出什麼「兄弟鬩牆」的事故來！而人與人相處，偏又不是單方面可以一廂情願的！

其實，她也不認為弘晝真有什麼惡意。這麼些年來，她早已摸熟了這個小叔「倚小賣小」，總沒事跟哥哥鬧彆扭的脾氣。他只是用這種方式來抗議他認為的不公平！而如今又該如何安撫他？

再往下想，她想到了自己。由親王府的「大福晉」而「皇后」，似乎是順理成章的事。但，她不希望由弘曆出面封她為「皇后」，而希望能「奉懿旨」。然而，她明確的感覺熹貴妃對她有「心結」。這種「感覺」，她從來沒有對弘曆提過。她不知道癥結何在？自然也無從改「過」。只能曲意承歡盡孝，希望有一天得到熹貴妃的歡心。然而……

她幽幽地嘆了一口氣；現在，她什麼也不能說，不能做。一切得等「塵埃落定」……

經歷了弘晳半途殺出爭位的風波，在王公大臣苦心調停之下，總算是和平落幕，解決了問題。寶親王弘曆爭取到各方擁戴，擇日登基的消息傳到，寶親王府頓然成為各方矚目的中心。

蘭沁立時召集了管事的頭領們，和府裡有名位的側福晉、沒名位的侍妾們，以極嚴肅的態度訓誡：

「你們都要記住！現在正當『國有大喪』，別給四爺惹人閒話！」

眾人面面相覷之餘，也心領神會這位大福晉的明智；他們再怎麼心中暗自歡喜，也不能落下人家冷眼旁觀，認為「寶親王」為了大寶之位，在大喪中喜氣洋洋的話柄！

這一盆水，總算及時撲熄了府中因著「寶親王」即將承繼大寶，壓都壓不住的「喜氣」，而維持了居喪應有的肅穆氣氛。

諸事稍定後，弘曆帶著極複雜的心情回到宮中。他已然換上了孝服，滿臉莊肅。回到府中，見到各種居喪應有的細節，都已妥妥貼貼辦好了。而且，已在書房為他準備了居喪守孝的住處。心中明白，這當然是蘭沁的細心周到，不覺感念。

回到蘭沁宮中，夫婦見面。在經歷過這麼一場大風大浪之後，弘曆竟有著「恍如隔世」之感。摒退了婢嫗，弘曆不想蘭沁擔心，把一場險惡風波，輕描淡寫的簡單敘述了一下。這已讓蘭沁心驚肉跳，不時低聲念佛了。弘曆握住她的手：

「你不要擔心！事情都過去了！」

蘭沁卻提醒他說：

「那件事是過去了，其他的事情才開始！」

弘曆想想，可不是！雖然繼位之爭安然落幕，大行皇帝的喪事，及登基後種種紛沓而至的事，必然千頭萬緒，還得打疊著精神應付。

「你得幫著我！不然，我一定會顧著東，落了西。」

「后妃不問國政，是『祖宗家法』，我不敢逾越！只能就我想到的，提醒四爺。」

「你說！」

「孝敬太后薨逝了！如今的『國母』是熹貴妃！」

「對！我必得在登基之後，尊封我額娘為皇太后！」

蘭沁道：

「我的想法：與其由四爺出名尊封，不如以大行皇帝『遺命』尊為皇太后，更見體面！」

弘曆瞿然：

「這一點我沒有想到！當然是應該這麼做的！你當真是心細如髮，無愧賢后！」

蘭沁自然明白，他真心真意封自己為「皇后」。甚至在他心目中，自己已經是他的「皇后」了。卻搖搖頭道：

「這事倒不急！一則，不宜在此時再刺激理親王福晉。」

弘曆會意點頭；如果說弘皙對皇位有所覬覦，那位「理親王福晉」更比他熱切十倍！當此之際，自然最好不要太刺激她。蘭沁往下說：

「二則……」

她才吐出兩個字，卻又一嘆頓住了；固然，弘曆一心封自己為「皇后」。但她知道，熹貴妃素來所喜愛的「媳婦」，並不是自己，而是府中的烏拉那拉氏……

弘曆發現她神情有異，問：

「二則呢？」

蘭沁徐徐道：

「封后一事，應奉『懿旨』。」

以她寶親王「嫡妃」的身分，登上后座，順理成章，誰云不宜？但，她希望「封后」一事，還是由「皇太后」作主；正如她提醒弘曆封「皇太后」應以「大行皇帝」遺命的名義尊封，以抬高熹貴妃的身價。她也希望她封后，出於「懿旨」，以見母慈子孝之情。

弘曆無言點頭；於情於理，出於「懿旨」都是對的！他卻也知道，他的額娘不知為什麼，對蘭沁始終淡淡的。

還好，蘭沁占了先天上的優勢：當初，她是由皇阿瑪、皇額娘親自指配給他的「嫡福晉」！而且，成婚八年以來，恪盡為媳、為妻、為母之責，無懈可擊！否則，若是蘭沁與他的其他妻妾身分平等，他真不敢保證額娘一定願意立蘭沁為后。

蘭沁不想繼續這個話題。道：

「我不知道，四爺對五爺有什麼打算？」

弘曆嘆道：

「他是我唯一成了人的手足，我當然也想加恩。只是，皇阿瑪已封他為『和親王』，論爵位也算到了頂了！兩位叔叔，還可以讓他們食『雙親王』俸。他畢竟矮了一輩，難以比肩。我還能怎麼樣？」

蘭沁道：

「總要給他一點實質的好處，不要讓他覺得自己委屈了。」

弘曆苦笑，帶著賭氣的意味說：

「他還要委屈！除非把這個位子讓他！」

「總還是可以給些別的；位子不能給，錢財總是可以的！」

弘曆低頭想了想：

「當年的『雍親王府』裡，貲財不少。就把那些都給他吧！」

想想，又嘆口氣：

「如今，倒是那座府邸難以處置；兩代『潛龍』，再也不能賜給別人……」

弘曆猶豫未了。蘭沁輕聲道：

「總是可以供佛的！」

弘曆聽說，眼睛一亮：

「對！供佛！」

由供佛，他不覺想起篤信佛、道的皇阿瑪臨終時，滿臉燥紅近紫，眼珠暴凸，單衫噴血的死狀。經由太醫判斷，死於鉛丹，才燥熱如此。而據太監說，自從他病後，信了「神仙」，在宮中開爐煉丹。每在服了張太虛、王定乾兩位道士的丹藥後，就感覺燥熱，竟至寒冬之中都穿單衫。並要隨時準備著冰鎮的玫瑰露侍候著，在燥熱時消火解熱，實大異常態。

兩位道士恭維他，把他寒冬不畏冷的現象，解釋為「精力旺盛」；事實上，他的「精力旺盛」

還不僅在於冬不畏冷，更在於女色的需求上。乃至在駕崩前兩年，謙妃劉氏，還為他生了如今才兩歲的「圓明園阿哥」弘瞻。

弘瞻的出生，更令他相信丹藥的確有「長生不老」，青春永駐之功。這些事，弘曆也有耳聞，也曾與蘭沁悄悄地私下討論過。

所謂「不老」，常以「御女」為驗證。而原本並不沉迷女色的皇帝，近年來，在這一方面的需求忽然大熾。

他還記得蘭沁聽說時，羞得面紅耳赤的模樣。只是，素來剛愎的皇阿瑪既然深信此道，他又怎麼敢幾諫其非？

由此，他又想起急於處理的幾件事：處置那些由於皇阿瑪沉溺佛、道，而引入宮中的和尚、道士，乃至方士！他不能殺他們；豈有新君登基，就先殺先皇親信的道理？若然，這「暴虐不孝」之名，他如何承擔？

但，即便不殺，也一定要嚴加鉗制！不然，由著他們到處張揚皇阿瑪死於鉛丹，豈不壞了皇阿瑪的一世英名！

還有，那些侍奉過皇阿瑪的太監，也得有所約束。絕不容他們在後宮中傳什麼祕聞異事，是是非非！

為了杜「悠悠之口」，他傳來了都統莽鵠立。宣諭：

皇考萬機餘暇，聞外間有爐火修煉之說，聖心深知其非，聊欲試觀其術，以為游戲消息之具。因將張太虛、王定乾等數人置於西苑空閒之地。聖心視之，如俳優人等耳！未曾聽其一言，未曾用其一藥。且深知其為市井無賴之徒，最好造言生事。今朕將伊等驅出，各回本籍。令莽鵠立傳旨宣諭：若伊等因內廷行走數年，捏稱在大行皇帝御前進一言一字，一經訪聞，定嚴行拿究，立即正法，決不寬貸！

其實，這一諭旨，反落人「此地無銀」的口實。但在氣憤頭上的他，是顧不得的。他必得快刀斬亂麻的處置此事，以免謠言擴散。

莽鵠立原是滿人，對這些「漢人的把戲」，最是厭惡！看先皇對這些人寵信有加，早就心懷不平了。這一諭旨，正投合了他的心意。其實，這也正是弘曆把這差使指派他的原因；有他執行，看誰敢違誤！

他另外「專案處置」的，是他早就恨之入骨的和尚文覺。

宮中其他的和尚、道士，不過嚴加約束，各自「放其還山」驅逐了事。唯有總為先帝出「壞主意」的文覺，弘曆特別下令：「沿途步行回江南」！在宮中養尊處優，無事生非，自命「國師」的文覺，以七旬高齡受此「惡報」，令人心為之大快！

雍正皇帝去世一個月後，九月三日，弘曆在太和殿登基了！並宣布明年改元為「乾隆」元年！新君即位後，以「奉遺命」為名，尊封生母熹貴妃鈕祜祿氏為「崇慶皇太后」，並舉行了盛大的典禮。

鈕祜祿氏再也不承望，當年康熙爺隨口說她是「有福之人」，竟然應了！對「奉遺命」一說，她卻有點懷疑。雖然說，在雍正即位後，她受封為熹妃，又晉位熹貴妃。但她知道，這完全是「母以子貴」；受了弘曆受寵於祖、父的影響。她有自知之明，她對皇帝完全沒有吸引力。

不是嗎？皇帝對他的「嫡妃」，後來的皇后烏拉那拉氏，有著結髮相依的敬愛。貴妃年氏、齊妃李氏，兩位年輕貌美，當年雍親王府的「側福晉」，則是他真正寵愛過的；這由李氏、年氏各生三子一女可知。

年氏早喪，李氏半瘋，皇帝在登基的前幾年，以「不好女色」自詡。但在雍正八年大病痊癒，開始服食丹藥後，卻性情大變；貴人、常在、答應不下十數人陸續入宮承恩。而她的位號雖只在皇后之下，卻未蒙恩寵！而且，大行皇帝駕崩事出突然。若說他還會好整以暇的想起自己，連她自己都不相信！

然而，她的確是在這樣的「名義」之下，被尊封為「皇太后」，為「天下養」了！她真是作夢都會笑醒！然而，她還是有著不知所以的心虛，覺得自己「不配」！

由此，她不覺又想起了那令她自卑的兒媳婦富察氏來。富察氏依然如同過去一樣，對她執禮甚恭，從無疏闕。按時領著眾家「媳婦們」進宮請安。她不得不承認，她那大家風範才真是「配」母儀天下的！

由此一念，她猛然覺悟了：近日，皇帝三天兩頭的入宮請安，竟比寶親王時代還要「孝順」！雖然，他每次來，母子間實在也沒什麼話題可說，他卻總是欲言又止。

自己已然「母以子貴」，當上了「皇太后」。而先皇駕崩已四個月，新皇帝的「中宮」猶虛。是否，這就是弘曆欲言又止，似乎等著自己開口的原因？

她心中有些矛盾，有些嫉妒，有些不那麼情願。卻也知道弘曆與蘭沁眉案相莊之情，不是任何其他人能取代的。而且蘭沁堪為母儀！尤其，她是先皇、先后親自指配的嫡福晉，又素來「賢名在外」；如果，皇后易人，恐怕不但弘曆不會樂意，連外朝、內宮都會群情大譁，不以為然。若傳出易人的主意竟出於「母后」，恐怕自己還要背負不仁、不慈，又不合情、不明理的惡名！

一念至此，她決意為自己博個母慈、子孝、媳賢的美名。主動的召弘曆進宮，不待他開口，先提起來：

「現在，你皇阿瑪駕崩已四個多月了，諸事大體停當。你也該料理一下你自己的事了；統領六宮，母儀天下，總得先立皇后，再封妃嬪！」

弘曆不意她主動提起，連連稱是。試探道：

「立后之事，非同小可。而且，還在大喪期間，恐怕惹人非議。」

「非議什麼？這原是有成例的；你皇阿瑪登基兩個月，就命禮部議冊后之禮了。如今，你登基都四個月了，中宮猶虛，反倒讓人奇怪。」

「額娘說得是！只是，這人選，還得請懿旨定奪！」

太后笑了，笑中帶著一絲絲的苦澀；這孩子還跟我玩心機呢！徐徐道：

「你後宮中，有名位的，不過七人。當年先皇、先后為你選配的嫡室，才德兼備，又與你夫婦相知，捨她其誰？」

弘曆喜出望外，卻笑道：

「兒臣也認為以立蘭沁為皇后，最為合宜！就先代她謝母后『懿旨』了。」

「懿旨」兩字一出，太后恍然；原來他們希望的就是「懿旨」！既已成全了他們，樂得大方：

「你就命禮部議冊立之禮吧！有人統領經理六宮，我也了一件心事。」

她想起另一件擱在心裡的疑問，忍不住問道：

「我有一件事，有些疑惑；咱們母子至親，沒有什麼話是不能說的。你老實告訴我；都說你皇阿瑪去得突然，哪有『遺命』尊封我為『皇太后』的閒情？這可是你的主意？」

弘曆急於為蘭沁討好，她得到的答案是：

「不是兒子想到的，是娘的好媳婦蘭沁！說這樣才更體面！」

弘曆再也料不到，這話卻令太后大失所望；她希望是他的主意！這主意出於他，才顯見得他真是「孝順兒子」！

弘曆喜孜孜的回到宮中，把這喜訊知訴了蘭沁。蘭沁臉上也露出了喜悅的笑容，盈盈謝恩。卻道：

「依妾妃之見，先奉懿旨，等喪期滿了，再行冊立之禮，更見皇上孝思！」

弘曆感動握住她的手：

「你為我想得太周到了。只是，委屈了你！」

蘭沁微笑：

「皇上既已決定行『三年之喪』，這就是應有之義，有什麼委屈的呢？倒是皇上日理萬機，要善自保重才是！」

弘曆深情的望著她；他心裡明白，這不是最大的理由。最大的理由是：他現在根基未穩，就如她當日所說：最好不要再刺激理親王福晉。因此，她寧可委屈自己，也要成全他！

第十章

的確是日理「萬機」！繼位後的弘曆，尚未改元，已嘗到了當「皇帝」的權威、責任和種種的苦與樂。

他知道，雖然登了基，他的地位還並不穩固；不說弘晳一黨還在一邊虎視眈眈。以他一個二十六歲登基年輕的「新君」，首先面對的考驗，是朝中舊臣對他執政能力的疑慮。他必須拿出政績來，才能贏得先皇舊臣對他的敬意與忠誠。

他很清楚，他們對他都沒有惡意；甚至，因著他在「寶親王」期間努力的參與政事，而具有相當的好感。他明確知道：在他和弘晳之間，他們都會無條件的選擇支持他！但，那大半是基於「以父傳子」的傳統觀念，加上他們大多受過父皇的拔擢，感恩圖報，而並不是對他執政能力的肯定。

過去，他在封為「寶親王」後，雖也曾奉父皇之命參與政事，卻只是「見習」的性質。成功，功不在他；失敗，他也不必承擔什麼責任。現在，則是上自王公，下至臣僚，眾所矚目的等著他拿出他自己的政治理念，和在政事上的建樹，來贏得他們的心悅誠服。

多年的冷眼旁觀，他對父皇的過於嚴苛威猛的施政手段，並不以為然。如今，他繼位了，那許多久藏心中的理想、抱負，乃至他久存心中，對父皇作為不以為然，卻礙於「親子不幾諫」的戒律，對這位時時讓他「敬畏」的父皇，不敢發一言的種種情事，終於有了「作主」的機會與權力。一旦擁有了這種權力，他幾乎迫不及待的，急於處理一些他認為父皇處置「太過」或「失當」的人與事。

他也知道，也許最好的辦法，就是照著父皇的軌跡走。這樣，他不吃力，廷臣們也輕車熟路，容易與「前朝」接軌。但他還是選擇了「反其道而行」這條難走的路；他以一連串「恩詔」，作為開路先鋒，讓那些廷臣「目瞪口呆」。

本來，他並不想以「特旨」的方式來處置這些事的。他不想剛登基，就讓臣下有他「專斷」的感受。後來卻發現許多他的想法，根本無法獲得他們的認同，更遑論支持！他們只想「墨守成規」的因循苟且！尤其，那些自認「顧命」的王公親貴，更是似乎不跟他唱唱反調，不足以顯示自己的威望與身分。

他首先碰壁的事是：幾乎懷一種「補過」的心情，他在即位後立刻命王、大臣、宗人府、九卿廷議具奏，釋放兩位雖被父皇幽囚，幸而沒有瘐死的叔叔：十叔允䄉和十四叔允禵。

他們都是在父皇即位之初，因不受安撫，或受八叔、九叔牽累，而遭到幽禁的！十三年的歲月，情何以堪？也許，他沒有辦法還他們什麼公道了；誰能令歲月倒流，還他們當年的雄姿英發？至少，他要還他們自由！

沒想到，廷議結果，他們竟然以「事關先朝，不可輕釋」為由，拒絕了皇帝的要求！

他滿懷的懊惱氣憤，鬱鬱還宮。在蘭沁面前大吐苦水：

「真不明白那些人怎麼想的！他們到底怕些什麼？」

蘭沁低頭想想，道：

「也許，覺得這是彰先皇之惡吧？」

弘曆不滿：

「若這是先皇之『惡』，當時，他們就該據理力爭，不該讓這事發生！把先皇誅除異己，酷虐手足之名『彰』得天下無人不知！」

想起「彰先皇之惡」，他連想到父皇親頒的《大義覺迷錄》；那才是彰「惡」於天下，讓他一想起就痛心疾首的事。

蘭沁輕輕一嘆：

「說得容易！那時，皇阿瑪才剛即位，雷厲風行的作風，誰敢去批逆鱗？而且，我們都知道皇阿瑪的脾氣，當時，已誅連了多少人？他們要據理力爭，除了多坑幾個人下去，有什麼用？」

弘曆也嘆氣了。蘭沁說的一點也不錯！當年阿、塞，年、隆幾個大案，誅連之廣，大概至今廷臣們想起來都還心有餘悸。他話雖然是這麼說，想想，當時，自己是年紀小，不懂，也無從置喙。但，自己這些年來，封爵參政之後，對諸多不以為然的情事，不也還是「鄉愿」的噤口不言嗎？但……

「現在皇阿瑪已不在了，由我當家作主了呀！是我讓他們廷議的，為什麼還這麼推三阻四！要是『事涉先朝』就不能碰，我還能有什麼作為？難道在先皇時代受了冤屈的人，就活該該死？」

他恨恨地說：

「如果這樣，他們事事掣肘，什麼事我也作不了主，還得照著先朝舊章。我這皇帝還有什麼當頭？」

蘭沁同情地看著他。她自幼在官宦世家長大，耳聞目睹，也知道御下不易；就人性之常，主子寬和，奴婢往往以為主子軟弱可欺，矇上欺下，無法無天。主子嚴峻，又不免有刻薄寡恩的批評抱怨。當一個「家」尚且如此，更何況，如今他要「當」的，是一個「國」！

剛即位的新君，進退分寸的拿捏，委實不易！若他真想做什麼事，交下去廷議，終歸是「不了了之」的居多。真要做，恐怕非「乾綱獨斷」才行！

可是，茲事體大！而且，祖宗家法：「后妃不許干政」！她絕不能涉入這樣敏感的話題。但，倒由他的感嘆，想起自己在伯母病中，初將當家之責交付給她時，她面臨的類似遭遇來。於是，緩緩道：

「記得那年，我二娘病了，把當家理事的責任交託給我。那年，我才十三歲。雖然說，八旗閨秀都視為后妃備選來教養，裡裡外外的事，也都要學的。但畢竟年歲小，也不曾真的當過家、理過事。在接事之初，也遇到過處處掣肘的困境。」

弘曆好奇的等著下文。蘭沁笑嘆：

「所謂『人之不同，各如其面』。做事容易，處人、管人才難！尤其那些年紀大，媳婦熬成婆的管事嬤嬤們，哪個不是積世老虔婆？又哪個是省油燈？有好事，她們拔尖搶先。有累事，她們規避推諉。看著些積非成是的弊病，要想照自己的意思，改點什麼，跟她們商量。她們七嘴八舌的，開口閉口『這是咱們府裡的老規矩』。誰能說得過她們？說白了，她們自覺過的橋比我走的路還多呢！哪把我一個十三歲的毛丫頭看在眼裡？甚至有個素來最刁鑽的管事嬤嬤，仗著自己在府裡有幾分體面，有意給我難堪；我一轉身，她就在背後冷言冷語，聽那說大不大，說小不小的聲音，就知道她是故意說給我聽的。」

弘曆好奇追問：

「她說什麼？」

蘭沁淡然道：

「說我又不是府裡太太生養的『正經主子』，跟她們拿什麼主子款兒？」

弘曆聽了，還真為那個十三歲的小姑娘擔了心。忙問：

「那，你怎麼回應的？大發脾氣，還是氣哭了？」

蘭沁笑道：

「隨便發脾氣，跟他們下人一般見識，倒讓人說沒個大家閨秀的風範器量。要哭，不更顯得軟弱可欺，以後的日子怎麼過？」

弘曆聽著，深覺此言有理！但，在他眼中素來溫和柔善不與人爭的蘭沁，又將如何面對、化解這存心挑釁的「危機」，不由關注。於是蘭沁道：

「我只慢慢回過身來，不言不笑的盯著她看。她原先也看著我，還想用氣勢把我壓下去。我就一言不發直盯著她，盯到她自己心虛，把頭低下去。我才淡淡地說：『嬤嬤不服氣也容易！咱們就拿這話到太太面前質對去！只要太太說一句：我算不得這府裡的正經主子，不配當這個家，該由嬤嬤當家主事。我馬上給嬤嬤陪不是，把事權交出來，讓嬤嬤當家！』她一聽，知道事情嚴重了，也知道我不是可欺的，便軟了。倒堆著笑臉，給我賠不是。」

「這樣的惡奴，真該好好的懲處，戒她們個下次！你把這事告訴了你二娘沒有？」

「沒有。二娘病著，我已經把事情解決了，又何必拿這些個不相干的事去讓她煩惱生氣？而且，殺人也不過頭點地，她已當眾認了錯，對她也就夠沒臉的了。藉著這件事，我明明白白的告誡了她們幾句，也就撂開了。一開始，她心裡還不免擔心我去告狀，後來知道我沒跟二娘提這事，她心裡倒也明白：這是我對她寬厚。而且，那事之後，我也沒再跟她算過這舊帳。她更感恩戴德了，反倒處處小心，還替我約束著其他的人，事情就好辦得多了。」

弘曆笑道：

「真難為你，小小年紀，就知道恩威並施，擒賊擒王！」

「其實也不一定真『知道』什麼。當時，只是覺得我一定不能退縮！而且，我也知道，我畢竟是富察家的姑娘。雖說不是二娘親生的，可也有個尊貴身分在那兒，沒有任他們『惡奴欺主』的理！更想著：這一次要是退讓了，只會讓她們更不把我放在心上，以後這個家怎麼當呢？可是，也犯不上把這些小人逼絕了，讓人家懷恨在心。她們人多勢眾，『明槍易躲，暗箭難防』；與其讓人恨，不如讓人服。」

「對！你想得對！」

弘曆笑道：

「你就這樣把她們收服了？以後對你必是言聽計從，說一不二。」

蘭沁搖頭：

「當家理事，也不能作威作福。畢竟，她們都是那府裡幾十年的老人了，有時倚老賣老的，也不過是想在人前逞威露臉。雖然可惡，也只是沒知沒識的小人心眼。若說真有什麼惡意，我倒也不信。所以，家常不相干的事，我也問問她們的主意，跟她們商量。讓她們覺得受到了尊重，倒也格外巴結著差使。但，遇到我決意要做的事，就根本不給她們說話的機會，只吩咐她們照著做。她們有時也猶豫，我就告訴她們：照著我說的做，太太那邊問起，天塌了自有我來扛！要當家作主，就得有擔待；總不能權是要的，有了事，就把責任往下推。」

弘曆聽了，連連點頭，若有所悟。站起身，負著雙手，在屋裡來回踱步。微皺著一雙濃眉，像在思索著什麼。

終於，他停了下來，雙目炯炯：

「我非這麼辦不可！」

她以目光帶著詢問之色，他堅毅的說：

「就像你當家的做法；小事尊重廷議，遇到大事，自己拿主意，也不用跟他們商量了；我決定以『特旨』釋放兩位叔叔！」

他不但頒下釋放兩位叔叔的「特旨」，而且下令：把他們十三年來應得的廩俸，一一計給償還。此舉，震驚了朝野；這個做法，等於是否定了雍正皇帝當年加在兩個弟弟頭上的罪名，也等於「代父認錯」！

雖然，經歷過當年情事的朝臣對他們也頗為同情，但「大行皇帝」屍骨未寒，以嗣子繼位的弘曆，尚未改元，就這麼快的急著「翻案」，仍讓他們有點難以接受。因此，也頗有一番諍諫。奈何皇帝的意志堅決，搖撼不動。

允䄉感激涕零的接受了侄子的好意與安撫。允禵卻讓皇帝碰了一鼻子灰。

雖然經過了這麼多年的禁錮折磨，與皇位失之交臂的允禵，仍然有著薑桂之性。對一心補過的弘曆，仍是不假辭色。對計給的廩俸，也一臉的不領情。只冷冷道：

「十三年來，我削爵坐罪，哪還有什麼廩俸？義不敢領！」

這近於賭氣的話，當然又引起廷臣一陣議論。覺得皇帝平白去碰了他一個硬釘子，簡直是自損威儀！

乾隆當然也有些沮喪。但，他心中對這位十四叔，存著極大的歉疚之情，決意無論如何也要解開他這個心結。因此，不但沒有因而怪罪，反而親自到他釋放後安排的住處去看他。

聽報「皇上駕到」的允禵，仍然端坐不動。急得他身邊的人直搓手，深恐他的「不識好歹」，惹惱了皇帝，他們又得跟著倒霉。

等穿著便服，戴著紅絨結便帽的皇帝跨進門，允禵也只是冷然的看了他一眼。既不起身迎接行禮，臉上也沒有什麼表情。

弘曆對這場面，早已料及，視若無睹。只向從人揮揮手，說了一聲：

「都退下！」

他以尋常的語氣，揮退了侍衛與太監。很快的，廳堂裡就剩了叔侄兩人面面相對了。

允禵有些動容，卻仍默然不語。卻見皇帝一提長袍下襬，搶前兩步，竟自在他座前跪了下去：

「曆兒給十四叔磕頭！」

「曆兒」兩字入耳，允禵不覺老淚縱橫；這舉止、這說詞，正是當年他以「恂郡王」的身分，到「四哥」雍親王府去走動的時候，年幼的弘曆對他所說的話、所行的禮。

那時，弘曆尚在稚齡，他那清脆稚嫩的語聲，依稀在耳。那時，對自己繼位信心十足的他，非常喜歡這個相貌堂皇，乖巧可愛的小侄子。總也開懷大笑，把小弘曆拉起來，攬進懷裡。叔侄倆本來就投緣，見了面，總有一番親熱。

誰料得到，一夕之間，他的天地都翻覆了！父皇一旦崩逝，他遠在西北軍中。皇帝大喪的消息傳到的同時，傳到的卻是與他一母同胞的親手足，「四哥」雍親王篡奪了帝位！他失去原本屬於他的一切，從青雲落入了囚牢。

他知道，如果自己肯接受安撫，改元「雍正」的四哥，也會心存愧疚而對他極力補報的。但，他平不了那口氣！寧可撐著一身的傲骨，也不肯低頭！

甚至，在雍正八年，怡親王薨逝之後，皇帝大病。也許病中良心發現，想要追補前愆，曾命大學士馬爾賽到他幽禁的壽皇殿宣諭「德意」。不但有意釋放他，甚至表示願意把當日「怡賢親王」的事權，轉賦給他。

他卻沒有接受；多年的幽居，使他已看破也看淡了功名利祿。如今，他唯一擁有的，就只有一身絕不屈服的傲骨了。因此，他冷然回答：

「殺了馬爾賽，我就接事！」

這當然是存心給皇帝難堪。因此，他依然被監禁。直到……

往事，電光石火般的在心頭滑過。看著眼前摒退從人，對他下跪的皇帝侄子，他不禁悲從中來；弘曆此舉，無非是以對他行「家人禮」，讓他明白：在他面前，不曾自居為「皇帝」。在他面前，永遠是他的「侄子」，永遠是「曆兒」！

像春風吹拂，他十三年來冰封的心，在弘曆這一跪，這一聲「曆兒給十四叔磕頭」中解凍了！允禵也顫危危的跪了下去；這一跪，等於承認弘曆「皇帝」的身分。叔侄倆在百感交集中，都不禁涕泗縱橫，抱頭痛哭。

決堤般的淚水，撫平了允禵的創傷，也拂去了長久積在弘曆心頭的雲翳。

允禩終於接受了安撫。對廩俸雖仍然拒領，卻領了情；他自己不要這些銀子，但作了處分：用以犒賞當年追隨「大將軍王」的八旗官兵。

而弘曆隨著他的釋放，另送了他一份「大禮」，才真正送進了他的心裡！這份禮，是明詔譴責他那「賣父求榮」的逆子弘春以「不孝」之罪，並將之削爵囚禁！

聖諭皇皇：

弘春蒙皇考聖慈，望其成立，晉封郡王。加恩優渥，此中外所共知者；乃伊稟性巧詐、愆過多端。於上春奉旨革去郡王，仍留貝子之職，冀其悔過自新。伊仍不知悛改，家庭之間，不孝不友。其辦理旗下事務，始則紛更多事；後則因循推諉，種種不妥之處，深負皇考天恩。著革去貝子，不許出門。令宗人府將伊諸弟，俟領引見，候朕另降諭旨。

當年，雍正百般搜求他的罪狀，希望他的屬下部將訐告。他們卻因著感恩戴德，寧可受皇帝罪責，也不肯與皇帝合作，出賣他們心悅誠服的「大將軍王」。不意，他卻被自己的兒子弘春出賣了！弘春不惜作偽證，來換取雍正給他的「榮華富貴」！此舉，傷透了他的心！雖然如此，父子天性，他還是不忍心親自出面懲治逆子。皇帝明詔責以「不孝」，等於是為他教訓懲罰了逆子弘春，也等於為他「昭雪」了當日的冤屈，更讓他吐出了久鬱心中的一口悶氣。

而且，旨意明確的表明了：雖然革去了當年「賣父求榮」弘春的爵位，但，對允禵一支，仍然是加恩眷顧的，只是換個人來襲爵。

皇帝很快的在允禵諸子中，選了他的次子弘明襲爵。而且，弘明襲爵後，很快的又從「貝子」

晉升為「貝勒」。此舉，不但令允禵感念，也大快人心，人人悅服！

對幽禁的叔父是釋放。對當年因著阿、塞各案的牽連，革去「宗籍」的堂兄弟們，則是回復他們「宗室子孫」的身分，「分賜紅帶、紫帶，附載玉牒」。而當年，他被父皇出繼給八叔允禩，並隨之革去宗籍的三哥「弘時」，也重新收入皇室的譜牒之內。對受年、隆兩案牽連獲罪的官員，也都有恩旨寬免。

另外，他賜給兩位建了擁立之功的叔叔：莊親王允祿、果親王允禮「永遠食雙親王俸」的禮遇。並將弟弟「和親王」弘晝之母「裕妃」，提升一級，晉封為「裕貴太妃」。並給另兩位「功臣」鄂爾泰和張廷玉「配享太廟」的殊榮，而且「寫入遺詔」！

這些是加「恩」之舉。另外引起莫大爭議的是論「罪」之舉，則是不顧雍正「朕之子孫，將來亦不得以其詆毀朕躬，而追究誅戮」的遺詔，降旨「著湖廣督撫將曾靜、張熙即行鎖拿」。鎖拿到案後，他下令將他們「凌遲處死」！並且，查禁了雍正親自下諭，廣頒天下宣講的《大義覺迷錄》！

這當然，又引起了許多的反彈聲浪。他卻一意孤行的做了！而且，下了極嚴厲的諭旨：《大義覺迷錄》立即停止刊刻、頒發，所有已頒行天下的書，一律收繳銷毀。而且，私藏者嚴加治罪！

這是長久以來壓在他心頭的一塊大石頭！從當年曾靜、張熙牽連出來的呂留良一案，呂留良是剖棺戮屍、著作焚禁。其子呂葆中雖死也難逃戮屍梟示的命運，另一個兒子呂毅中斬立決。孫輩因人數眾多，總算施恩，沒有趕盡殺絕，卻一律發遣寧古塔「給披甲人為奴」。

其徒嚴鴻逵更慘；自己剖棺戮屍不說，從祖父到叔伯兄弟，十六歲以上的都「斬立決」，女眷都解部給功臣之家為奴。其他徒子徒孫等，牽連之廣，誅戮之慘，幾令天下士人鉗口。

為了鞏固大清政權，這也許是必要之「惡」，但令他為之氣結的是：這一驚動天下大案的始作俑者曾靜和張熙，卻在父皇自許「出奇料理」之下無罪釋放了！還命他們到處去宣講「大義覺迷」的經過。因為：

「朕深居皇宮，何以能知道，何以能去一一清查，又何以能使天下臣民得知朕繼位之『正』！」若不是他們去勸岳鍾琪造反，皇帝還不知道民間有這麼多的流言蜚語流傳。因此，視為「有功」。不僅如此，還把此案前因後果，和皇帝與囚徒間接「對簿公堂」的始末，完完整整刊刻了《大義覺迷錄》！

在父皇的想法裡，也許這是向天下臣民公開釋疑「以正視聽」的辦法。因此，此書成為當代發行最廣的書籍。因為，在父皇要求下，《大義覺迷錄》必須發行到全國各州、府、縣，以及「遠鄉僻壤，讓讀書士子與鄉曲小民共知」。要「每學宮各貯一冊」，而且要永遠存檔，做到「家喻戶曉，人人皆知」！

這使當日也「拜讀」了這本書的弘曆，卻有如坐針氈的難言之苦；原本只是在民間口耳相傳的流言蜚語，因著這本書的發行，竟是堂堂正正的不僅傳到每個讀書人的耳裡，而且真是「家喻戶曉」！

的確，在書中，父皇對那些「罪名」，都一一的做了「嚴正」的駁斥。但，在他看來，卻是「欲蓋彌彰」！

父皇對這兩個「首惡」的寬大處理，自此成了他的肉中刺。當然，也列為優先要處置的重大事務。

現在，他已知道「權力」的滋味了；只要他堅持要做，不管反對的聲浪如何高張，最後「勝利」的，一定是他！

這些事，轟轟烈烈在外廷進行著。後宮中，卻是水波不興。這得歸功於蘭沁的防患未然。後宮的人多口雜，是蘭沁早就有感的。雍正「暴崩」之後，太監、宮女間，各種的耳語流傳。甚至，連皇太后都聽說了，使她非常煩惱惶惑。追問兒子，大行皇帝之死，到底是怎麼回事？

這令弘曆非常為難。只有召集太后宮裡的太監、宮女，嚴加警告。但，他也知道，因為父皇死得突然，除了他們幾個親眼看到父皇死狀，聽到太醫分析，知道原委：鉛丹中毒。其他人，當然是只憑著道聽途說的臆測！甚至傳出：在呂留良一案造成「文字獄」的驚濤駭浪中，他年少的孫女呂四娘，因正追隨一位隱居深山的老尼習武，而成為「漏網之魚」。事發後，懷著血海深仇的呂四娘，習得一身天人莫測的武藝。並仗著一身武藝，如入無人之地闖入了「圓明園」行宮，刺殺了雍正皇帝，並梟首而去。

而讓他們為難的是，「鉛丹中毒」並不是「體面」的事！一向威厲嚴苛，對人對事責全求備，以「聖明英察」自居的父皇，竟死於素來在歷史上當作「負面教材」的鉛丹中毒！這將不但會成為天下臣民口中的笑柄，甚至成為歷史記載上的恥辱！因此，他們不得不隱晦這個死因。也因此，使各種光怪陸離的傳說，愈傳愈烈，駭人聽聞。

有些說法，由內向外傳；有些臆測，由外向內傳。這些各自臆測、表述的說法，相互結合，竟是愈滾愈大，愈傳愈離奇！離奇到匪夷所思！而人性的好奇，還在這沸揚的謠諑中，不斷的加油、加醬，添火、添柴！

他心裡明白，一鍋灶下還柴火熊熊的滾水，蓋子是怎麼也是蓋不住的。他是因太后的憂慮關切，而切責、警告了太后宮中侍候的太監宮女不許多嘴議論。但，除了太后宮中，還有多少的宮院、多少的太監宮女和宮中服役的人員！他若無緣無故的召集警告責備，豈不是「愈描愈黑」！就算這些人鑑於太后宮中的教訓，因為怕受譴責，不再有人敢明目張膽的議論。背後的耳語，仍然難以禁絕，防不勝防！因而使他苦惱不堪。

而蘭沁一肩把宣諭警告的責任挑了去。她召集了各宮的太監、宮女，嚴加警告：若有誰敢在這件事上多嘴多舌，太監送敬事房；不論先前多麼體面，一律分派鍘草苦差。情節嚴重的，發往關外給披甲人為奴。宮女則發往冷宮服苦役，而且，即使及齡，也不放出宮去自由婚嫁。

昔日的「寶親王福晉」以寬厚著稱，一旦以「皇后」的身分，沉著臉說出這些話，大家還是不敢不聽；因為她平素言不輕發，也素以端莊自持；雖然寬厚平和，卻也不隨意說笑。因此，既發了話，就有十足的說服力，讓人不敢輕忽。而且，她提出的處罰，正是他們最恐懼的。

對太監、宮女如此。對她位下的側福晉們，也是一樣。只是換了一種說法，還是含著笑說的：

「皇上正在擬後宮封號。妹妹們！要想得什麼體面封號，可得靠自己檢點了！」

誰都聽出了「絃外之音」：想要為自己掙個「體面封號」，就得識相一點，約束著自己屬下的太監、宮女，別招惹皇帝不高興！

而這些紛紛謠言，正是皇上的大忌！

第十一章

乾隆改元！

皇帝一早先詣「堂子」行了禮，換上素服，到雍和門行禮。接著，率諸王大臣詣「慈寧宮」向皇太后行禮。然後，他登上了「太和殿」受朝。

雖然，因為他宣布依禮守喪二十七個月，因此不作樂，不宣表。但，從這一刻起，大清進入了「乾隆元年」！

在振奮之餘，乾隆皇帝決定要好好的做一番事業。以自己的建樹表現，讓「乾隆」這一年號，在大清歷史上留下美名！

經過了雍正駕崩後，四個月的磨合，他已漸漸掌握了處理朝政的一些原則與訣竅。也慢慢比較能得心應手的，讓朝政照著他的領導方向運轉。

朝政是漸上軌道了。然而，太后宮中還是不斷的有「狀況」傳出，令他這自許純孝的兒子不勝其擾。

首先，聽說皇太后不時賞賜娘家人物品、金錢。這些，他倒也認為是人之常情。

但皇太后的弟弟，原本因著出身不高，而沒什麼教養見識。在姊姊為「天下養」之後，更自覺身分不同了，就不免「小人得志」的得意忘形起來。

在跟太監們混出了交情，竟以「謝恩」為由，要求太監引領他進入「蒼震門」見識見識。「蒼震門」已屬後宮範圍，向來宮禁森嚴。蒼震門的首領管事太監們，卻因著他是當今太后的弟弟，又是皇帝的親舅舅，不敢得罪，也就睜眼閉眼的放行了。

這事傳到皇帝耳中，大為惱怒：這一做法，等於隨便讓「無職男子」擅自進入後宮！此例一開，後宮的后妃、宮眷若群起效尤，要求援例處理，謹肅深宮豈不成了半開放狀態？想到自己一心求治，處處跟人講理、講法。偏偏太后娘家人不爭氣，玩這種把戲，就恨得咬牙！

他不能以此責問太后，只能責問太監。不但太后宮中的太監受責，「蒼震門」管事太監一併見罪。他嚴厲告誡之後，道：

「你們都算是當差當老的人了，怎麼還不如大福晉宮裡的太監們知禮？人家為什麼就從不做這樣出格的事？」

這當然是「大福晉」約束嚴格，謹守分際！相形之下，他不免暗自感嘆：出身不同，言行舉止還真就是不一樣！

接著，是在他到太后宮中請安的時候，太后提出：

「聽說，順天府東邊有一座寺廟荒廢了。皇帝應該撥款重修才是！」

此言令乾隆一驚，又不覺有所警惕；太后深處後宮中，怎麼會知道「順天府東邊」有廟宇荒廢待修？當然是有人在她面前煽動的。

礙於皇太后的顏面，他不能不唯唯諾諾。出了宮，傳來了太后宮的太監陳福、張保切責。尤其陳福，更受了嚴厲的訓斥：

「張保年輕，糊塗不懂事。你是隨侍聖祖康熙爺多年的老人了，可曾聽過寧壽宮昭聖皇太后要求聖祖皇帝修蓋過廟宇？朕以孝治天下，對皇太后，應該禮隆尊養。宮闈之內的事務，當然是仰承懿旨而行！但，總要守家法，重國體！難道能以順從太后的意思修蓋廟宇為孝？這說法要傳出去，讓僧、道人等都藉著緣簿疏頭為由，任意進出後宮，向太后乞恩，沿襲成風，成何事體？這一回，皇太后提出了，為了讓皇太后高興，朕傳旨修蓋。但下不為例！下回，遇到這類的事，你們不能奏止，輕舉妄動，朕絕不輕恕！」

受到皇帝一再切責的太監，自此對皇太后提出的「非分」要求，總婉言設詞拒絕。

皇太后自上了「尊號」，原先總以為不比先帝在時，處處受制於宮中規範，可以放開手，做些自己想做的事了。卻沒想到，那時，她的目標不顯，人緣又不錯，論起位號，僅次於中宮烏拉那拉氏皇后。皇后薨逝後，她雖然沒有晉后位，卻也是後宮中位號最尊的「皇貴妃」了。在這樣的情況下，後宮的太監們，還不是睜眼閉眼的曲為通融！而因為知道雍正性情嚴厲，她也不敢太過逾越。

如今，當上了「天下養」的皇太后，原本以為再也不必受什麼家法宮規的約束了。不料，處處要示人「以身作則」的皇帝，對她宮中太監的約束、要求，竟比當日先皇在日更甚。反而因為身分尊崇，動見觀瞻，什麼也不能做了！

甚至，連她想在宮中接見家人，皇帝也不允許。只許她在住到「暢春園」頤養的時候才可以接見。而且，也只許他的「外祖父母」來見。其他親眷，都視為「無職」的「外人」，不許隨意接見！更使她憋著一肚子的委屈。

在她提出不合體制的要求，或發出怨言的時候，太監們總向她跪求「恩典」；求她不要提出不合「體制規距」的非分要求，求她不要讓「奴才們」為難；因她提出的要求而受皇帝責罰。

在求懇拒絕她要求的陳述中，也不免提起，皇帝每每引尚未正式行冊封禮的「大福晉」為典範。皇帝總是稱揚：「大福晉」所做所為，永遠合宜得體，從不「出格」！

的確！蘭沁宮中的太監，在皇帝登基後，當然也算是「一步登天」了；雖然她還未行冊封禮，但誰不把她當成「中宮皇后」來敬重。但，她約束著太監、宮女們，絕不許他們有任何逾越的言行、出格的舉止。因此，誰不稱揚富察氏「大福晉」的確具有「母儀天下」的風範！

這些話，聽在皇太后耳中，卻更使她感覺不是滋味；明擺著，連兒子都以蘭沁的「大家風範」來風示甚至諷刺她「出身寒微」，不識大體！

這使她在富察氏領著妃嬪和孩子們來請安的時候，不但沒有「樂享天倫」的快樂，反而覺得自己處處承受著無形宮規的束縛，與來自蘭沁的壓力。

雖然，她也知道，蘭沁的確恪盡孝道，曲意承歡。但，她還是感覺她和蘭沁像是婆婆和媳婦的角色易位了；在蘭沁跟前，她總深怕自己有什麼言行舉止上的不得體，「見笑」於大家閨秀出身的媳婦。這種複雜的心理，使她自覺變成了相處中的弱勢；彷彿自己才是「小媳婦」。而總在蘭沁告退之後，才「如釋重負」。

天長日久，這「心結」在她心底愈結愈深，卻無處可抒發。蘭沁即將正位「中宮皇后」，別說這是她已下了「懿旨」，也已命禮部議禮，無可更改的既定事實。她更了解的是，不論她下不下「懿旨」，蘭沁都已是眾望所歸的「中宮皇后」了！

其實，在眾媳婦中，她比較喜歡的是烏拉那拉氏。她的父親只是個佐領，也與她一樣，出身不高。因此，在家庭中，沒那麼大的規矩，性格也就開朗隨和得多。不那麼知書達禮，端莊持重的讓她生畏！

但，她知道，她再偏愛也沒有用！烏拉那拉氏進「寶親王」府的時候也不少了。這些年，為寶親王生兒育女的福晉有好幾位，而烏拉那拉氏就是不在其內！

她也曾悄悄的讓太監去問過太醫。太醫說，寶親王府的側福晉裡，高氏是有不孕的症候的，烏拉那拉氏則生理上沒有問題。那明顯的原因就是：她不在受寵之列，沒有「機會」。

皇太后的種種怨抑，蘭沁是有所感的，卻不太能理解；事實上，她也顧不得那許多。

統領六宮，談何容易！她的責任感，和求全責備的心性，常使得她感覺疲累不堪，卻又不得不撐持著；她不想讓已然日理萬機的乾隆憂心，她有責任為他分憂解勞，而自覺還承擔得不夠！

除了妃嬪們，她還「為人母」；除了親生的孩子，她是所有孩子們的「嫡母」，在教養上，有不能推卸的責任。

如今，宮裡幾個孩子，男孩子有大阿哥永璜、二阿哥永璉，和蘇氏沐雪所生，還在襁褓的三阿哥永璋。女兒，則大格格、二格格都夭折了，只剩下一個雖是蘭沁親生，卻自幼由側福晉高浣雲領養了去，小名「ㄚㄚ」的三格格。

對孩子們，她還是秉持著過去，盡量公平對待。當此之際，卻格外愛護永璜一點；一直爭強好勝，與她同屬的富察氏的竹漪，在她所生的二格格夭折後，身體因著憂傷而大壞。竟沒等到寶親王嗣位，就一病不起了。永璜，成了失去母親的孩子。

而讓她心疼的另一個孩子，卻是她親生的三格格「ㄚㄚ」。

妃嬪們帶著孩子們來請安的時候，她宮裡特別的熱鬧。而在這樣的場合，總讓她感覺ㄚㄚ真的成為高浣雲的女兒了。對她，遠沒有對浣雲那分貼心與親熱。

如今的丫丫，雖然還是沒有當日大格格仙兒的清麗秀美，但在浣雲的悉心調教之下，不但乖巧，而且文靜秀氣，惹人憐愛。她的兩個哥哥永璜、永璉，也都很疼愛她，樂意帶著她玩。但，女孩子畢竟與男孩子不一樣，多半的時候，她總是愛嬌地偎在浣雲的懷裡，安靜的聽著嫡母、庶母們說話。談話間，大家也不免逗著她說笑。而她與蘭沁這親生母親在應對時，雖也是嬌聲細氣，卻有禮有節。也正因如此，總讓蘭沁感覺少了母女之間那分應有的親情。

她不怪孩子，反倒自己心裡有著內疚；是她因著仙兒的夭逝，在丫丫誕生之初，就疏遠冷落了她！幸而有高浣雲疼她，領了去收養，才在浣雲調教下，出落得這麼惹人憐愛。她不覺感嘆：「有奶便是娘」未必正確。正確的是：「有愛」才真是「娘」呀！

對永璉，她更覺責任重大；她還未正位「中宮」，永璉卻已然是眾所矚目的「青宮太子」了！乾隆在即位半年之後，在乾隆元年七月初二，就頒了上諭：

朕思宗社大計，莫如建儲一事。自古帝王即位，首先舉行，所以重國本、奠鴻基。朕即位已逾半載，未經降旨，非視此事為後圖，良以人心不古，往往有因建儲太早，以致別生事端。是以皇祖當日於建儲一事，大費苦心！

皇考御極之元年，聖心即默注朕躬，不肯宣布中外，傳集諸王大臣九卿，特加訓諭，親書密旨收藏。此我皇考鑒古宜今，實愛玉成之妙用也！

今皇子幼沖，雖若可緩。而國本攸繫，自以豫定為宜。再四思維，惟有循用皇考成式，親書密旨，照前收藏。此乃酌權劑經之道。將來皇子年齒漸長，識見擴充，志氣堅定，朕仍布告

> 天下，明正儲貳之位。朕諄諄告諭，誠恐天下讀書泥古者，以不早建儲為疑，用是特為曉諭。今日朕親書密旨，著總理事務王大臣，親看宮中總管太監，謹收藏於乾清宮「正大光明」匾額之後。

此舉，又惹得廷臣議論紛紛。

事實上，乾隆元年，皇帝的年齡不過二十六歲，就急著「建儲」，並沒有必要。一般建儲，本為了「重國本」。或為擔心年事已高的皇帝，一旦不諱，如未預立儲君，不免發生手足爭立，或群臣為建擁立之功而對立，造成種種後患。或因皇子已然成年，建儲之後，「青宮」有歸，可以讓太子慢慢諳習政事。而這在乾隆，都不具備；他自己還那麼年輕，即使是皇長子，也才八、九歲，並沒有「建儲」的急迫性。

大清首開「建儲」之例的是康熙皇帝。但兩度建儲、兩度廢立，使建儲一事成了他一生的最痛。也因此，雍正皇帝才創了「密旨建儲法」。既是「密旨」，就是只讓少數人知道，使他們能在一旦有事時，有所依循。豈有大事張揚之理？

而且，要「密」的原因，是怕重蹈康熙當日「諂媚逢迎，窺視動搖」之弊。而乾隆此舉，雖未明說「密旨」中寫的是誰，又有誰猜不到？皇子只有三個，永璉嫡出，雍正皇帝又曾以「璉瑚之器」相許，還能有別人？又有什麼「密」可言？事實上，也像當年雍正時代，雖說是「密旨」，所有的人都已猜到：其中的名字必是「皇四子弘曆」一樣。現在大家也都默喻於心：這封存在「建儲匣」中的密旨，上面寫的名字，一定是「皇二子永璉」！

而且，便說永璉嫡出，而且「聰明貴重」。但帝、后都還年輕，又焉知日後沒有更賢於永璉的嫡子？那時候，又如何處置？豈不徒生滋擾？

這些議論，乾隆自己也並不是不知道；他這麼做，卻是有不得不然的苦衷。

乾隆即位不久，就聽說理親王弘晳，常對他身邊的人冷笑著說：

「這父子兩代的年號倒也想得好；『雍正得位不正，乾隆乾運不隆』！都是『父以子貴』！」

與當日他在兩位親王並張、鄂兩位重臣「勸退」後，所撂的話：「我讓的是永璉」兩相對照，顯然他在這件事上並未死心！而乾隆的「乾運」，因著他的虎視眈眈，也的確依然多艱！偏偏這件事又牽涉太大，且事屬說不出苦衷的隱密，該當如何處置，便極費躊躇。

因此，乾隆私底下與蘭沁一再考慮商量，也想不出應付此事的良策；既不能太刺激他，又要讓他知難而退！

最後還是乾隆提出：或者只有以立永璉為「太子」，來回應他的野心；永璉既是太子，太子之父弘曆，當然是皇帝！復有何疑？

然而，明立太子，又恐蹈康熙當日太子立而復廢的覆轍。因此，還是以「密旨」的形式來進行。當然，「永璉」是不二人選。

蘭沁又喜又懼。一則永璉年紀太小，「太子」的頭銜，對他來說未免太沉重了。二則，她也想到：皇帝春秋正富，焉知以後再生的兒子，不賢於永璉？

乾隆卻堅決道：

「我立永璉，一則因為皇阿瑪以『璉瑚之器』相許的就是他。弘晳口口聲聲讓的也是他！二則……」

他捧住蘭沁的臉，目光中流露著深情款款；當然，多年的夫妻，他們在相處間，已無復當日的激情。但是，他們之間兩心相照的相知相惜，卻遠勝於男女之間的魚水之歡！

「到現在為止，從順治爺、康熙爺到皇阿瑪，大清還不曾以『嫡子』正位！我一定要立永璉，還有一個原因；因為，他是你生的！」

蘭沁感動了，含淚偎進乾隆懷中。

那麼多年的夫妻了！即使他已妻妾成群，她在他心目中的地位，從來沒有降低過。清麗溫婉，多才多藝如高浣雲，他雖然那麼喜歡她特具的江南才女氣質，也喜歡從她那兒得到的那些琴棋書畫的風雅享受。但她知道，即使是高浣雲，也從來不曾越過她在他心目中的地位。她在他的心目中，始終是第一，乃至是唯一的「最愛」！從日常相處他的談話中，她知道他是真心誠意的。

也因此，她覺得仔肩沉重；她該如何才能將永璉教養成一個明主賢君？她一定要把永璉培養成溫良謙恭，孝悌仁愛的孩子。絕不能讓永璉重蹈當年廢太子的覆轍，成為被群小包圍，被想建擁立之功的臣僚左右，心目中無君無父的逆子！

七歲的永璉，已入學了。經過皇瑪法雍正皇帝之喪，她覺得永璉好像一下子長大了。長大的原因，卻因為他的小心靈，受到了太大的衝擊。

雍正皇帝，在所有王公大臣心目中的形象，是威嚴可畏的。但她知道，在仙兒與璉兒心目中是不同的。皇阿瑪是真心真意的疼愛著這兩個孫兒、孫女。尤其仙兒夭折，璉兒更成了他心尖尖上的肉。他對這個孫子的愛，甚至勝於一般人家祖父對孫兒。

也因此，雍正皇帝全無預警的崩逝，使永璉小小的心靈，蒙上了「無常」的陰影。而在那段時日中，因著國有大喪，他新登基的阿瑪，和必得分擔重責大任的「大福晉額娘」，都無法適時給予他最需要的撫慰與照顧。他幾乎是孤零零的，獨自承受著對他來說的椎心之痛。

到諸事稍定，蘭沁發現在短短的時日內，永璉瘦了一大圈，比以前顯得單薄多了。而且，本來就乖巧的他，變得比過去更沉靜。那清澄的目光中，多了一些她無法描述的寂寞與悲傷……

皇子六歲進學，是聖祖康熙傳下的「祖宗家法」。他也和各家諸王、貝勒的「王子」、「阿哥」們一樣，每天卯時進，申時出；天還沒大亮，就在提著燈籠的太監引導之下，上書房去讀書了。

在學業上，他表現得十分優異；從小，她已親教親授，為他奠定了識字讀書的基礎。而且，性情穩定沉靜的他，似乎天生就是讀書種子，非常喜歡讀書。

因為上學了，永璉早出晚歸，與她相處的時間，無形中就減少了。不再是那個時時依偎在她身邊，隨時讓她可以疼惜、可以寵愛的小孩了。使她感覺，她的愛，漸漸搆不著他了。這使她有著難言的失落感。然而，在「祖宗家法」訂定的規矩下，誰能逾越？

明明生了三個孩子，她卻有了膝下寂寞的感覺；仙兒夭殤了，璉兒上學了。丫丫，屬於高浣雲，不屬於她……

二十七個月的「國喪」終於期滿。

當初諭禮部：奉皇太后懿旨立嫡妃富察氏為后，在禮部擬定了立后的典禮具奏時，下詔於二十七個月國喪期滿後才舉行的「冊立典禮」，終於擇定了吉日：在乾隆二年十二月丁亥舉行！

日子定了！乾隆下朝後，歡快的來到長春宮中。只見已下了學的永璉，正背著身子在背書給雖然脫下了孝服，依然一身清雅素淨妝扮的蘭沁聽。

可巧，他背的正是周敦頤的〈愛蓮說〉。讓他想起過去背〈愛蓮說〉給皇祖康熙爺聽的往事。

他帶著笑，忍不住也加了進去，跟著永璉一起背書。

這忽然加入的聲音，倒嚇了蘭沁一跳。回頭，見到是他，微笑著站起身來行禮。乾隆住了口，隨手拉起蘭沁。永璉卻沒有住嘴，還是規規矩矩把書背完了，才回過身來，朝他跪下，恭聲道：

「璉兒叩見皇阿瑪！」

「好！璉兒，你背得好！皇阿瑪也聽書房的師傅說，你在阿哥們裡，最是勤學用功的。皇阿瑪聽了很歡喜！也不負你『皇額娘』的苦心教導！」

永璉從小一直跟哥哥、妹妹一樣，稱蘭沁為「大福晉額娘」。聽父皇說「皇額娘」，先是一愣，隨即像是會過意來了。笑瞇瞇地向前，在蘭沁跟前跪下：

「璉兒給『皇額娘』道喜！」

蘭沁也會了意：她終於要「正位中宮」了！臉上雖帶著笑，兩眼卻不覺噙著淚，蹲下身去：

「蘭沁謝皇上恩典！」

乾隆雙手將她扶起，緊緊握著她的手，凝視著她那被淚霧蒙著，格外明亮清澈的雙眸：

「讓你等了那麼久，已經太委屈你了！」

兩人就這麼相對凝望著，似乎忘記了一切。蘭沁貼身的宮女聯珠機靈，連忙悄悄地拉拉永璉的衣袖。以目示意，把他帶了出去，並隨即掩上了房門。

掩門的輕微聲響，驚動了蘭沁。微微用力，掙脫了手。為自己人前忘情，而羞得滿臉緋紅。

乾隆不覺想起他們新婚之夕，她也是這麼羞紅滿面。不覺將她往身邊一拉，輕吟：

「關關雎鳩，在河之洲。窈窕淑女，君子好逑。」

蘭沁抬起眼，也想起他們新婚之夜的光景。順著他的一拉之勢，偎進了他的懷中：

「參差荇菜，左右流之。窈窕淑女，寤寐求之。」

「求之不得，寤寐思服。悠哉悠哉，輾轉反側。」

兩人正沉醉在昔日新婚的回憶中，卻聽門外聯珠輕咳一聲回稟：

「各宮主子們，來給主子賀喜！」

乾隆笑了，搖搖頭：

「你出去見她們吧！我就不見了。晚上我還有事要跟你商議。」

各宮妃嬪此時也都聽說了這喜訊，趕忙的來向蘭沁道賀。尤其幾位體面的側福晉，更是了解不僅是皇后冊封，其中還關係到自己的封號，更不肯怠慢。

蘭沁收斂起方才忘情的歡欣，莊重的接受了她們的拜賀。卻對她們盼望的眼神，假作不解；在沒有確信之先，她寧可保留一點。不要讓她們因寄望過高，一旦不如所期，難免失望。

高浣雲也帶著三格格來了。除了自己拜賀如儀，還教三格格給「皇額娘」行禮，向「皇額娘」拜賀。三格格也中規中矩在她面前跪下：

「女兒拜賀，皇額娘大喜！」

妃嬪們討好道：

「三格格如今是皇上膝下唯一的掌上明珠。不久，也該要有『固倫公主』的封號了呢。」

三格格對這些，似乎並不感興趣。只在向蘭沁行禮後，靜靜的偎在高浣雲身邊，仰頭看著高浣雲，滿臉孺慕，帶著心滿意足幸福的笑。

晚間，皇帝留宿在蘭沁住的長春宮中。蘭沁住「長春宮」，是他登基後特別指定的。因為，當年父皇賜給他的法號，就是「長春居士」。「長春」兩個字在他心目中，已具有了特別的意義。而只有蘭沁，是他認為唯一可以與他共享「長春」的愛侶。

乾隆在長春宮用完了晚膳，拉著蘭沁，兩人燈下計議：后位已定，但當年的寶親王府裡，有名位側室們，都該同時給她們封號了。

當然，頭一個被提出的，就是在乾隆心中排第二名的高浣雲。

蘭沁倒想成全抬舉她，道：

「中宮之次，有皇貴妃。她既是皇上心坎上的，得個皇貴妃，也不為過。」

乾隆想想，卻搖搖頭：

「不，我想還是『貴妃』吧。一則，這樣以後還可以再給她晉位。二則，她父親高斌還不錯，哥哥卻聽說不甚安分，不要一下把他們慣大了！」

蘭沁也覺得有理，便點點頭，取了紙筆記下：貴妃，高氏浣雲。停了筆，她抬起頭來，道：

「我看，得給烏拉那拉氏一個妃位；皇太后最疼她。」

對這位那拉氏，乾隆無可無不可，既然皇太后喜歡，給她個妃號，讓皇太后高興何妨，便道：

「就妃吧！你給想個封號。」

「看她為人倒也嫻淑柔婉，就封『嫻妃』，可好？」

「隨你吧。要論柔婉，她可不如陳氏！只是陳氏出身包衣，原是個宮女子，只好給個『貴人』。」

「那就是『婉貴人』了。是不是也給金佳氏一個『貴人』？」

「金佳氏與陳氏身分相當，自然也只能是貴人。就『嘉貴人』吧！」

蘭沁記下了，放下筆，看著他，帶著求懇的語氣，道：

「我想跟皇上求個恩典。」

「誰？」

「大阿哥的額娘，故去的富察氏。」

「你說竹漪？」

「是！大阿哥沒了娘，要她沒個封號，這沒娘的孩子，就太可憐了。」

大清家法「子以母貴」。若竹漪沒個封號，永璜就永遠無法跟其他母親有位號的弟弟們比肩了。因而，蘭沁特別提出來求懇。

乾隆看著她，嘆口氣：

「你的心太慈！竹漪倚仗著生了長子，怎麼欺壓別人的，其實我都知道！只是，你說得也對，可憐沒娘的孩子，總得多照應他一點。你就想個名號，追封她為妃就是了！」

蘭沁心裡了解，他之所以「知道」，當然是高浣雲枕邊告的狀。她倒也不怪浣雲，替浣雲想想，竹漪「倚子為貴」的氣焰，實在也難忍。而在竹漪去世後，浣雲對永璜也十分憐愛，常要丫丫陪著永璜玩。也常找他和永璉到自己宮裡，做些吃食給小兄妹們分著吃。可知她實在也是心地善良的人。

在這樣的情況下，她本想能為竹漪爭個「嬪」，也就算有個交代了。不承望乾隆竟給了她「妃」號。心下歡喜，笑盈盈地向他一福，算是道謝。

乾隆見她那麼歡欣，也頗為自得。她便在紙上寫了「富察氏追封『哲妃』」。

再在心中細數一下，道：

「還有個蘇佳氏。」

「她心性純良，與人無爭，又生了三阿哥永璋。眼下還沒有『嬪』，就給她吧！」

蘭沁笑道：「那就是『純嬪』了？」

乾隆含笑認可，她又執筆寫下。

把這些名號擬好，兩人難得有了雍正崩逝後的暇豫心情。乾隆道：

「這一陣子，忙得簡直不得閒。有好多又可氣又可笑的事，想告訴你，都沒有機會！」

蘭沁微微一笑，命聯珠沏了茶，雙手捧給乾隆，笑道：

「皇上喝杯茶潤潤喉，臣妾就洗耳恭聽了！」

乾隆接了茶，喝了一口。放下杯子，才閒閒道：

「你總知道田文鏡吧？」

「聽說過。都說先皇對他倚重極深。」

「先皇最倚重的三個人：田文鏡、李衛、鄂爾泰。依我看，是田文鏡不如李衛，李衛不如鄂爾泰。其中，最該死的就是田文鏡！」

他恨恨的說：

「總算他死的是時候！要是死晚了，我非狠狠的治他的罪不可！」

蘭沁倒嚇了一跳：

「他巡撫河南十幾年，不是頗有治績嗎？」

「早些年是！後來，只顧得報祥瑞討好皇阿瑪，全不管老百姓死活；因為已報了祥瑞了，怎麼能再報災荒呢？河南有了災荒，因他不報，得不到賑濟，竟至逼得百姓賣兒鬻女，民不聊生。其實，後來阿瑪也警覺了，在密摺上，也警告過他。只是皇阿瑪因為他是老人了，總還念著舊情，為他開脫。只說他因老病，為屬下蒙蔽，他也只好告病。皇阿瑪總警告那些封疆大臣，豐收時，應知是上天恩德，不可貪天之功。荒欠，則必是吏治不協，天心感應！竟然就應在他身上；從那之後，河南竟是連年災荒，他也只得自請解任。不久，就死了。可憐河南百姓，真是倒了大霉！他的後任王士俊，是他一手栽培的，結果全因襲他的那一套！」

乾隆說起來，還為之忿恨：

「我才繼位，戶部尚書就上奏，指出河南開墾，捐輸累民。而且，從田文鏡巡撫河南以來，苛刻搜求，剝削成風。王士俊接任之後，不但不能加惠養民，而且還興出無數的新花樣來擾民。借開墾之名，成累民之實！我下諭命王士俊解任來京候旨。你道他說什麼？」

蘭沁好奇了：

「他說什麼？」

「他說，近日條陳惟在翻駁前案；只須將世宗時事翻案，就是好條陳，必蒙嘉納！因為他認為，他承襲的是田文鏡，而田文鏡那一套是皇阿瑪默許的！我辦他，等於翻皇阿瑪的案！」

蘭沁聽了直搖頭：

「這個人太可惡了！」

「倒也給了我藉著批駁他，向天下人解釋這一陣子我所作所為的機會！我特別提出：『張而不弛，文武勿能。弛而不張，文武不為。一張一弛，文武之道！』還舉堯用鯀、舜殛鯀為例；難道也能說是舜翻堯的案？」

他嘆道：

「為政不易，皇瑪法尚寬，皇阿瑪尚嚴，都有其利，亦有其弊。寬猛並濟，恩威並施，損益隨時，才是我希望的施政之道！」

蘭沁了解的點頭：

「這原是為政之道，只是知易行難！」

乾隆嚴肅地說：

「就因為難，才要勉力而為！」

蘭沁正位中宮，正式登上了「皇后」之位！外朝內宮，無不深慶「母儀得人」，心悅誠服。一則喪滿脫孝，二則新受冊封，三則，又緊接著過年。後宮到處喜氣洋洋，尤其新受封的妃嬪們，更是爭奇鬥麗，唯恐後人。一個個穠裝靚飾，花枝招展的，希望能引皇帝注意，「翻」她們的「牌子」，沾雨露之恩。

在紛紅駭綠，濃黃豔紫中，卻只有中宮皇后，依然不御鉛華，風韻天然如一枝亭亭淨植的出水青蓮。

不慕浮華，原是她的本性。雖然在重大典禮中，她一定恪守著自己「皇后」的身分，穿著朝服，佩戴著所有屬於「中宮皇后」應該佩戴的飾物，雍容華貴的出現人前。平居生活，她卻摒棄那些珠翠珍飾，只以幾枝通草點染的絨花為飾，穿著也是一貫的樸素淡雅。不但是她，大家共認的「青宮太子」永璉，身上也很少見精織細繡的衣物。

不久妃嬪們就發現了，她這樣不脂不粉，不珠不翠，卻清麗絕俗的天然風韻，偏就讓皇帝魂牽夢縈的離不開！她們也都發現：不管皇帝晚上召幸哪一位妃嬪，晚膳後、就寢前，一定會留連在「長春宮」中，與皇后說那說不完的「家常」！

也不僅是家常，八旗閨秀從小以「后妃備選」教養，她更是從小在家中就請了女塾師課讀。《列女傳》就是她的教科書之一。她每每以《列女傳》中那些「留芳百世」，名列母儀、賢明、仁智、貞順、節義的賢媛淑女為心目中的表率，而引孽嬖為戒。既然有幸正位中宮，自然也願效法古代的賢后、賢妃，不僅統率六宮，更能為皇帝分擔他的一切憂樂悲歡。

她自覺能做的並不多。但她從小，因著祖父米思翰曾任戶部尚書，特別關心農事、蠶桑，而向皇帝提出了請求：

「我心裡一直有個願望，還要請皇上成全！」

聽她說得鄭重，乾隆也出以莊重，問：

「什麼事，那麼慎重？」

「歷史上，皇后都有『親蠶』之禮，建立蠶壇，祭祀蠶祖。我想，農為立國之本，也想恢復此禮，以向天下宣示我朝對農夫、桑婦的重視。」

乾隆感動了；素來，妃嬪們有所干求，總是為了自己求恩典。而蘭沁從來沒有向他要求過什麼。今日第一次提出要求，卻是「親蠶」！

「你真不愧國母！既然提起『親蠶禮』，我想，我也該恢復『耕籍禮』，立農壇，祭祀神農大帝！」

說著，他擁著蘭沁的肩，笑：

「你當蠶婦，我當農夫，為天下表率！」

蘭沁偎在他肩上笑了：

「人間的農夫、蠶婦，豈不就是天上的牛郎、織女？」

乾隆卻說：

「我可不想與你一年一會！寧可做人間凡人，男耕女織，生兒育女！」

偎著皇帝夫婿，蘭沁心中充滿了甜美與滿足。心中浮起一句詩：

「只羡鴛鴦不羡仙！」

第十二章

永璉病了！九歲的他，從小在父母教養下，極自重自愛。懂事的永璉，彷彿怕父母擔心，也隱忍病苦，竟還強撐著病體上書房。小臉燒得通紅，書房值日的師傅見了，不敢怠慢，一面立命太監送他回宮，一面命人奏稟乾隆。

一開始，乾隆並沒有看得太嚴重；小孩子頭疼腦熱，本也在所難免。而且，永璉的體質素非孱弱，不過命太醫悉心診視。

診斷結果，竟是最難纏的寒疾；病因不明，卻高燒不退，手足冰冷，無法發汗；康熙朝最著名的詞臣納蘭性德，就死於此疾。

一聽說是這難纏的病，蘭沁臉上立刻失了血色。乾隆也為之心急如焚，命太醫：

「想盡一切辦法救治！只要有一分希望，也絕不能放過！」

太醫們商量著，共擬出了方子，蘭沁親自煎藥，親自餵永璉服下。然而服藥之後，仍無起色，反而愈加沉重。最後竟是群醫束手，終於不治。

永璉彌留之際，迴光反照，虛弱地對趕來探視的太后和父母，露出疲弱的微笑：

「璉兒無福，不能孝敬太太、皇阿瑪、皇額娘了……」

乾隆聞此，也掌不住落淚。蘭沁更是心痛如絞，想起仙兒的夭殤。當初，都說是「金童玉女」

呀！難道真的他們都是神仙小謫，就算帝王家，也留不住？那她寧可他們命格尋常一點，平平安安長大！

緊緊握著永璉冰冷的小手，淚流滿面的嗚咽：

「是額娘無福，留不住你……」

貴為帝后，在死神面前，一樣束手無策。

才因永璉和三格格膝下承歡，好容易才漸漸淡忘了喪女之痛的乾隆和蘭沁，在永璉斷氣後，又墜入了喪子的痛苦深淵。乾隆為之輟朝五日，並下諭：

二阿哥永璉，乃皇后所生，朕之嫡子。為人聰明貴重，氣宇不凡。當日蒙皇考，命名為「永璉」，隱然示以承宗器之意。朕御極之後，不即顯行冊立皇太子者，蓋恐幼年志氣未定，恃貴驕矜；或左右逢迎，至於失德，甚且有窺伺動搖之者。是以於乾隆元年七月初二日，遵照皇考成式，親書密旨，召諸大臣面諭收藏於乾清宮「正大光明」匾之後。是永璉雖未行冊立之禮，朕已命為皇太子矣！今於本月十二日，偶患寒疾，遂致不起，朕心深為悲悼。朕為天下主，豈肯因幼殤而傷懷抱。但永璉係朕之嫡子，已定建儲之計，與眾子不同。一切典禮，著照皇太子儀注行……

永璉之殤，對蘭沁固然是傷痛難言。對乾隆，更多了一重深重難言的憂慮。

當初繼位，「正大光明」匾後「建儲匣」內的遺詔，固然是他的名字。而趕到圓明園爭立的弘皙，卻提出了異詞。他擁有強而有力的證據——大行皇帝親書：「立先太子理密親王嫡子弘皙為儲君」的密詔！而就時間先後來看，「正大光明」匾後的詔書，時間是在雍正元年。而弘皙手中的密詔，卻是在雍正六年；封「廢太子」胤礽為潮神的同時！

若以常理來論，當然是「後詔改前詔」，應以後來改過的為準。然而，弘皙吃虧在於「正大光明」匾後的遺詔，是明告天下，盡人皆知的。而弘皙提出的，卻是「私相授受」，並沒有公信力！而且，在場顧命的王公大臣，莊親王、果親王、鄂爾泰、張廷玉等，都是雍正最親信的。特別是張廷玉和鄂爾泰；在前一次雍正皇帝病危時，曾以「臨危托孤」的心情，告訴他們：當時因正在病中，被弘皙挾持，逼寫傳位密詔給弘皙，情非得已！懇求他們一定要照著「正大光明」匾後「建儲匣」行事，擁立皇四子弘曆繼位！

因此，莊親王、果親王與張廷玉、鄂爾泰，提出：永璉雍正八年生，而被雍正爺許以「璉瑚之器」，親自命名為「永璉」。論時間，更在弘皙所持遺詔之後！而且朝中大臣，都歸心於弘曆。甚且，大將軍平郡王福彭手握重兵，素來與弘曆友善。如果他不服弘皙即位，可能立時提兵入京，後果不堪設想！大清開國，禮親王代善「相讓為國」以「大局為重」，已為後世子孫樹立了典範。弘皙應明此理，不能冒天下不韙，造成朝局不安！

這些軟硬兼施的說辭，硬生生的「逼退」了當時心懷不忿的理親王弘皙。他曾忿忿地撂下了幾句狠話：

「既然弘曆『父以子貴』，永璉算是我命裡的剋星，我也認了！那就讓列祖列宗保佑永璉長命百歲！萬一……看那時你們還有什麼話說！」

當時，他還陰冷的逼視著莊親王、果親王：

「十六叔！十七叔！到時候，您們兩位長輩，可得出來當個見證，給我作主！」

當時大家都鬆了一口氣，也都相信永璉既是「璉瑚之器」，當然福大命大。這話雖聽了逆耳，卻也沒有誰真當他一回事；只要他肯鬆口退讓，已解決了眼前莫大的難題。至於以後如何，誰能未卜先知？

乾隆為什麼急急要「明示天下」，已立永璉為「皇太子」？多少也源於給自己安心；都說聖天子有「百靈護佑」，皇太子至少也有五十靈護佑吧？但，弘皙的話，多多少少還是在他心裡留下了一些揮之不去的陰影。

豈料，永璉年壽不永。竟才九歲，就夭殤了！他自知在殤子之痛外，必得要面對的艱危局面是：弘皙肯善罷干休嗎？

而這種憂慮，他只能深埋在心底。他希望弘皙自己放明白一點：已登上帝位的他，即使永璉夭殤，也不可能再讓位了！但他的直覺告訴他，弘皙絕不會死心的！他沒有理由在弘皙採取行動之前，先發制人的主動出擊，只能靜觀其變。

而他現今最重要的，卻是安慰受此打擊，痛不欲生的皇后蘭沁。

蘭沁向來對任何人以禮相待。當此之際，各宮的妃嬪們聞訊，都換了素服趕了來。她卻在傷痛中，完全沒有周旋應對的心力。她的貼身宮女聯珠含著淚，向各宮妃嬪致歉：

「皇上正在宮裡安慰皇后。皇后知道主子們來了，要奴才向主子們告罪，請主子們先回宮去，等改日再見吧。」

高貴妃心竅玲瓏，知道此時此際，「來」，是應有之「禮」。「見」，卻是說什麼話，於皇后的喪子之慟都無濟於事，反而會更增添她的感傷。於是，回頭看看眾妃嬪，點頭示意。噙著淚吩咐聯珠：

「你代我們給皇上、皇后請安。請皇上、皇后務必節哀保重。不然，怕二阿哥地下魂靈不安。皇太后也要擔心的。」

說著，低嘆一聲，帶領著眾妃嬪一起出宮去了。

宮裡蘭沁正在弘曆懷裡垂著淚，默默無言。當初，大格格仙兒夭殤，她當然也是悲痛的，但沒有今日這樣對乾隆，乃至對大清抱愧；永璉是明詔公告天下，有名有實的「皇太子」！永璉之殤，使她覺得彷彿是自己生而不祥，乃至有罪；是不是自己無福無德，不配擁有這孩子？以至上天要從自己的懷中奪了去？

「是我命小福薄，不配……」

她嗚咽著，向乾隆提出這樣的自責。乾隆心痛了，擁著她：

「不！蘭沁！你自從來歸，為人媳、為人婦、為人母，都做到一百二十分了！要是說無福無德，那是我這做皇阿瑪的無福無德！再不然，就是這孩子太好，就像我們的小仙兒，都是神仙小謫，人間留他不住！」

他想起永璉滿月時，雍正帝、后曾帶著相師前來。相師見到永璉所說的話，是「骨相清奇」。他當時沒有注意：講到未來皇儲的相格，豈不應該說「大福之命」、「大貴之命」嗎？「骨相清奇」，等同於「仙風道骨」，豈是未來帝王應有的相格！又說他是「璉瑚仙童」小謫，那他以總角之齡歸位仙家，豈不是正理？想到這些，永璉之死，竟是「命該如此」！

他吻去蘭沁的眼淚：

「蘭沁！所幸，我們都還年輕。我一定要讓你再為我生一個兒子，一個『嫡子』，來繼位！」

蘭沁感激涕零，盈盈下拜：

「蘭沁拜謝皇上厚恩!」

乾隆扶起她,牽著她在床沿坐下:

「蘭沁!我好懷念過去的日子。那時,你喊我四阿哥、喊我四爺,有時也喊我『弘曆』。那時,沒有這麼多的『禮』拘管……」

蘭沁忙道:

「那時,皇上還沒有登基,自然無妨。如今……」

乾隆含情脈脈地托起她因為哀傷消瘦,越發顯得尖尖的秀氣下巴。凝視著她依然清麗,卻帶著淺蹙深顰愁容的臉,和依然如秋水清澄,卻蘊著深深哀思的眼眸:

「夫妻妃偶,哪有那麼多的禮?蘭沁!你什麼都好,就是太拘禮了。不都說『居無常禮』嗎?我情願你和過去一樣,至少,在我們倆獨處的時候,不要『皇上』、『皇上』的。我要你像過去那樣,還是喊我『四爺』或『弘曆』。」

「蘭沁遵旨……」

她低垂著眼,輕輕如吐氣般喊出:

「弘曆……」

「這才是!如今,誰也開口『皇上』、閉口『皇上』!一喊,人和人就像隔得老遠,彼此都搆不著了。但是,我既坐上這個位子,總得端著皇帝架子,才能不失大體。你不知道,我真希望,至少在家裡,我還是我。至少,皇額娘和你,都還能把我當成過去那個弘曆!」

提起「皇額娘」,蘭沁低呼了一聲:

「臣妾……蘭沁只顧得自己傷心,卻把皇額娘也忘了!真是不孝!我們固然有喪子之痛,皇額娘素來最疼永璉，當此之際，豈不也悲痛欲絕？」

她忙起身，便喊：

「聯珠！」

聯珠趕忙進來：

「主子，有什麼吩咐？」

她還沒說話，乾隆先道：

「傳轎，朕陪著皇后到慈寧宮請安去！」

來到慈寧宮，一進門，接駕的除了宮女、太監，竟還多了一個人；原來是已封了「嫻妃」的烏拉那拉氏。

弘曆有些詫異，脫口問：

「你怎麼在這兒？」

嫻妃倒是一臉坦然，回道：

「奴才聽說二阿哥沒了，怕太后傷心，趕來陪侍。」

蘭沁忙道：

「多謝妹妹想得周到……」

太后接口：

「她是周到！她常到我這兒來，給我作伴。我總恨沒有個貼心的女兒，有了她，倒也像有個女兒了。今天，她聽說二阿哥沒了，怕我傷心，又特地趕來陪我。」

這話聽在弘曆耳裡，不過覺得嫻妃多事，招惹出太后這些話來。聽在蘭沁耳裡，卻彷如對她的責備了。向前跪下垂淚：

「媳婦不孝無福，沒有照看好二阿哥，讓皇額娘操心……」

其實，對二阿哥之殤，太后當然不是不難過；畢竟是親孫子，卻也真沒有太傷心；二阿哥從小在蘭沁教養下，言談舉止合禮合宜；也許太守禮守分了，讓她覺得少了一點她心目中「含飴弄孫」應有的那分祖孫間的「親愛」。這種「敬而不親」的祖孫關係，她是不免遺憾的。

不能說這有什麼錯，但這不是她所想要的祖孫關係。所以，她雖然也疼愛這個孫子，甚至因著他的身分，還不能不讓人感覺這是她「最疼愛」的孫子。但她心知肚明，在她這只是「禮應如此」。在感情上，卻沒有那麼「親」。

蘭沁出身相府，她自己卻出身寒微，始終是她心上一點心病。她也知道蘭沁本身並沒有什麼能讓她挑剔的。卻愈是如此，愈讓她心理上的那一點自卑，無處發洩。不免遇到什麼機會，就會說出幾句不輕不重的話來。

但她畢竟還是個心地慈善的人，聽了蘭沁說出這樣的傷心話，還是不失皇后的儀範。一方面令她又自覺失儀，不免無趣。另一方面，想到她正處於喪子之痛中，又有些內疚；覺得話說重了。放緩了語氣：

「唉！你起來，也別太傷心。俗話說，生死有命，富貴在天！遇上了，誰也沒法。你看！雍正爺生了十子四女，難道少了？到頭來，兒子存了三個，女兒一個也沒存！這，能怪誰呢？總是大運沒那福命！」

一眼，心中倒希望嫻妃能承恩，生幾個皇子、皇女。嫻妃的性情率真，不那麼矜貴自重，想來生的孫子也不會像永璉，因著「聰明貴重」而「難養」。而且，嫻妃本身隨和率性。也不會像皇后，調教出那麼行規步矩的，從不失儀失態，卻讓人感覺不「親」的孫子。

皇太后與皇后之間那一點不是不和，卻不「親」的關係，乾隆是感覺得出來的。他卻只能感覺遺憾，而無法對任何一方有什麼怨責。人的出身，不能自主；即使他貴為帝王，「寒微」的出身，一直是他的隱痛，而且也是一切「麻煩」的源頭！他決不願讓他的繼承人再背負這種「原罪」！一心想「嫡子繼位」，說穿了，也多少是一種心理補償。

因此，他心裡暗暗決定：今後一定要多多留宿后宮。他要讓蘭沁再為他生子，這不僅是安慰蘭沁，也是他心理上的期待。

就當他們正傷痛欲絕的時候，理親王弘晳也得到了消息。他狂笑：

「好！好！好！當初，逼著我讓，是說先皇有言，以『璉瑚之器』許永璉。弘曆雖出身寒微，卻『父以子貴』。如今，他這『貴子』死了，看他還有什麼理由繼續賴在那個位子上？」

三年了！三年來他憋了一肚子的冤氣；在拿到雍正皇帝親書傳位「密詔」的時候，他是多麼的志得意滿！終於，他從以英察自命，整肅異己從不手軟，令「人人自危」的皇帝手中，取回了他認為本來就該屬於他這一房的「帝位繼承權」！

原來，一個人再心狠手辣，也還是有致命弱點的！而雍正皇帝的致命弱點，是「廢太子」一案，實際上就是他居於幕後操縱的！因此心中長存有著這一點「鬼胎」。在他繼位不久，廢太子薨逝。退一萬步，廢太子之死，別無內情。但若非當初「廢儲」，「太子」就是「太子」，又何至於落得幽囚而死！

他對付其他叔伯，或許還有可以對自己交代的理由。而廢太子卻處於幽禁中，他沒有任何可假借的「口實」！當然，他是心虛的！得位不正，又如何不心虛？

他自己雷厲風行的一改前朝康熙爺的仁政，駕御臣下的手段嚴苛狠辣，如何的不得人心，自己還不心知肚明？難道不怕有人會仿照明英宗的「奪門」之變，扶立「廢太子」登基？

在弘晳看來，他的阿瑪王病得可疑，死得可疑。但當時，他們父子都等於是幽囚待罪之身，這個在他們心中已定位為「陰狠殘刻」皇帝的虎威之下，能怎麼樣？又敢怎麼樣？

不意，皇帝做賊心虛。在他的阿瑪王死後，對他的態度就有了轉變。後來，更傳出了不知是他內疚神明，還是阿瑪王英靈不泯，作鬼纏上了他，使他晝夜不得安寧的傳言。甚至那麼以英察自許的人，卻得了怔忡之疾，一天到晚疑神見鬼的！

由養心殿早已被他買通的心腹太監傳來這消息時，他反覆思索後，決定試探一下。他選擇的是「進可攻，退可守」的方式；遞「恭請聖安」的摺子，並請求入宮問疾。

照一般常態，皇上大可批上個「知道了」，不了了之。也可以跟其他「恭請聖安」的人一起接見，表示自己無甚大礙，讓他們放心。

可是，這個「巨人」，也不得不求饒了！他記得，那一天，就在養心殿裡，皇上摒退了侍衛、太監，單獨召見他。

他不再是那個彷彿身上散發著令人生畏的威儀，一雙犀利的眼睛，讓人無所遁形的皇帝了！他病了、瘦了、老了，他的目光不再炯炯逼人，倒有些怕面對他似的閃爍畏縮。

他一開始，還不敢確定召他「獨對」的用意。慢慢卻從那已然不復有條理的話語中理出了頭緒：原來，堂堂皇帝遭了祟！而祟他的，就是從生下來，就被捧在皇祖康熙爺手心裡，在大清真正是「一人之下，萬萬人之上」的皇太子。但，後來卻因著種種原因，造成了父子之間水火不容，竟至被廢幽囚的「阿瑪王」！

他沒有趕上阿瑪王被立為「太子」最風光的時候，但即使阿瑪王被廢，皇瑪法對他這個皇孫，還是非常疼寵優遇的。因此，一聽人說弘曆如何的「特蒙皇祖憐愛，收養宮中」，他就氣不能平！弘曆才在宮裡住了幾天？他才是從小生在宮裡、長在宮裡，一直受皇瑪法疼寵，甚至傳出到他及齡封爵時，要封他為「親王」的金口玉音！

這話應該是可信的！因為四叔即了位，就封了他為「理郡王」，並讓他離開阿瑪王被幽禁的「咸安宮」，到距京二十里的鄭家莊居住。阿瑪王於雍正二年薨逝後，被謚為「理密親王」。「理」的解說是正面的，「密」在謚法中是「追補前過」，對「廢太子」的一生，也算合宜。由此他了解：為什麼皇帝封他為「郡王」而非「親王」，是用了心機的。但在當時，他卻是堂房兄弟中唯一封王的！甚至弘曆兄弟，都沒有及齡，也未受封！

當了皇帝的四叔，被阿瑪王所崇，在他看來，是天道好還！一念至此，他對皇帝的那一點敬畏之心盡去，昂然，也冷然的注視著那在他現在看來，簡直可憐可笑的「皇帝」。

「皇上安泰？」

這帶著不「敬」不「謹」意味的問候，在平時，雍正皇帝必然會有一番凌厲的回應。而這一番，卻見他眼中帶著驚懼，默然無語。

弘皙見狀，略一思索，又進逼了一句：

「接連幾天，我阿瑪入夢來。告訴我：皇上欠安，命我進宮來『恭請聖安』呢！」

平常，在雍正皇帝面前，誰敢滿口自稱「我」呀？此際，雍正卻於此全無反應。而且，他這一言，顯然戳中了雍正的心病。於是平常威儀可畏的雍正皇帝「兵敗如山倒」，他「大獲全勝」！

本來已十拿九穩的事。沒想到半途殺出了個「永璉」；一句「璉瑚之器」，又成了那幫承意希旨的王公大臣的藉口，便宜了弘曆。

如今，永璉已死！「父以子貴」的理由已不存在了。看看還有誰能再說什麼混帳話，來阻止自己「取而代之」！

話雖如此，經過了這麼多年的大風大浪，也把他的衝動磨平了。理性告訴他：這樣的「大事」，絕不能因著一時魯莽而「功虧一簣」。十幾年都等了，還在乎再等半年十個月的？總要把一切都布置妥了，再石破天驚的一舉成事！

「布置？為什麼還要布置？得布置多久呀？」

理親王福晉卻有些等不及了，一連串的問出問題。理親王笑了：

「怎麼能不布置？不說別的，我從郡王晉封親王，因著品級不同了，照制度，府裡就得加用多少人手，才襯得起這個身分。何況從親王府到皇宮大內？總不能到了宮裡，裡裡外外的還都是他們父子的舊人。咱們一下子進去，豈不是四面楚歌，能安心嗎？」

福晉不以為然：

「什麼四面楚歌？他們那些個奴才，還不是誰當主子聽誰的！」

「話不是這麼說；老的不得人心，小的可不一樣，多少人心都向著他呢！在外朝，講個『理』字。在後宮裡，講的是『情』字；居家過日子的，主子、奴才處久了，也成了自家人。尤其現在這位皇后，多得人心！」

聽到說起當今「皇后」的賢德，理親王福晉雖然不得不承認，這已是朝野的共識。卻又心懷不平，撇撇嘴：

「也不知道她給裡裡外外的人下了什麼迷魂藥，一提起她，就有理沒理的稱揚『賢德』！賢德怎麼樣？又剋女、又剋子，生一個，死一個；生兩個，死一雙！可見得也不是什麼有福氣的！」

理親王笑著安撫道：

「要她有福氣，還輪得到咱們今天計議這些事？她雖沒福，你的福，倒托了她的沒福呢！你別急！這皇后的位子，遲早是你的！」

一言，說得福晉笑了。話雖如此，理親王私心卻有些感慨；憑心而論，他再怎麼對弘曆繼位不平，卻不能不承認：「中宮皇后」母儀天下的風範，就絕非自己這位福晉可及。

但他知道，這話，是絕不能說出來的。便撇開這個話題，且談正事。道：

「就因為這樣，與其現在一口吞下，以後操心，不如先布置好，以後省心。頭一件，總管後宮事務『內務府』裡的頭領、管事，就得換上咱們自己的人，做什麼、要什麼才能得心應手。外朝那些讀了幾天書的，就算咱們占了理，卻未必心服。秀才出身，不見得真造得了反。可也就有那些認死扣的，雖未必能怎麼樣，就是不合作，也夠人傷神的。也得培植些咱們自己的人，隨時能頂下空出來的窩兒；朝廷的事總得有人辦，一天也停不得！這些，都得未雨綢繆。」

「那還得『招兵買馬』？」

理親王笑了：

「又不是準備起兵造反，要『兵馬』做什麼？兵貴在精而不在多，一個能人抵得上百個庸才。

所以，咱們要做的，是招募人才！」

「只怕人才都各自就了位，未必肯來。」

「哎！人哪，三六九不等，那些認死扣的，雖然對咱們的大事不利，倒也不能不佩服他們是條漢子！但，人還是以心裡、眼裡只有自己的居多！只要許之以權、動之以利，還怕沒有削尖了腦袋，鑽門路想投進來，建『擁立之功』的？」

他自得的笑著：

「這麼些年，當初跟著咱們的人也憋屈得夠了。我也曾想過，在春蒐、秋獮的時候，給他個出其不意……」

理親王福晉聽得睜大了雙眼：

「你是說……行刺？」

理親王笑了：

「也可以這麼說。後來發現不容易！他身邊的護衛有多少？而且，他本身也是從小不廢騎射，又跟著宮裡的武學師傅習武的，身手了得。一擊不能得手，只會打草驚蛇，提醒他更加嚴密防範。如今，永璉沒了，就不必那麼麻煩了，也算是天助我也！咱們揚眉吐氣的日子就快到了，還怕那些原先就不甘寂寞，眼照子又亮的人，不到處的為咱們招攬人才『共襄盛舉』？」

的確！當初，乾隆皇帝還沒有登基之前，多少心懷不平的王公親貴，都看著他手中的「密詔」，指望著翻身。沒想到，竟事到臨頭落了空！想起來，他就又恨又惱，又覺得對不起弘昌、弘昇、弘普、弘晈那些「哥們」。如今……

他囑咐福晉：

「你叫人好好打點一份厚禮，咱們見十六叔去！當初，他和十七叔都勸我『以大局為重』，我也撂了話：這『位子』是為永璉讓的！若是永璉有個三長兩短的，他們可得給我作主！如今，十七叔沒了，十六叔可還在……」

福晉插嘴：

「他作得了主嗎？弘曆登基之後，是怎麼籠絡這兩位叔叔的，你也不是沒看到！親王銜、雙親王俸，也算得是榮華富貴到了極致。他們能幫著你反他？」

理親王笑道：

「你真是婦道人家，不知世事！這一年多，情勢已然不一樣了。本來，弘曆一登基，給他們的是『輔政大臣』。後來，他把輔政大臣改為『總理事務大臣』，就存心不良。總怕兩位叔叔位高權重，又顧命、又輔政，他不免受他們掣肘。到了二十七個月，國喪才滿，他就忙不迭的把『總理事務處』撤了。還用了心機，暗示他們自己請辭總理事務大臣。緊接著恢復『軍機處』；你知道的，當年軍機處的領班，是十三叔怡親王允祥！兩位叔叔總以為設了『軍機處』，『軍機大臣』總是囊中之物了。豈知六位『軍機大臣』裡，就是沒有兩位叔叔的份！明擺著，就是藉著這機會，奪兩位叔叔的權勢！沒兩個月，十七叔就死了；誰知道是不是給他氣死的！他倒好！十七叔沒後嗣，他就作主把他的小兄弟，雍正爺晚年生那個才五歲的老來子『圓明園阿哥』弘曕，過繼給了十七叔，讓弘曕襲了『果親王』的爵！」

理親王福晉聽著有些眼熱：

「那，果親王府裡的鉅萬家產，也都是弘曕的了？」

「當然！就像當日雍正爺讓十六叔出繼莊親王博果鐸一樣，打的主意，就是給自家兄弟享這天上掉下來的榮華富貴；真封爵，哪能那麼容易就封到『親王』之位！而且就算恩封親王，也還是光桿牡丹，哪有這麼『實惠』；府邸、貲財全現成就有！十七叔是沒了。十六叔，『軍機大臣』沒他的份，你說他是不是也憋了一肚子的氣！雖然，為了安撫他，弘曆又賞了他一個公爵銜。十六叔念著莊親王是從承澤裕親王碩塞來的，請弘曆把這額外的公爵，賞給了承澤裕親王別房的孫子寧和。其實，也是有點賭氣，表示不稀罕這個公爵的意思！」

「自從弘曆登基，你和弘昌、弘昇他們，跟十六叔、十七叔走得那麼近，敢情是存了心的。」

「我又不是神仙，那時候就知道永璉會夭折？只是，放長線釣大魚，總有用得著的時候。如今，十六叔雖未必敢明著跟弘曆翻臉，心裡的不痛快，就不用說了。」

福晉笑了：

「這一下可好！他一定會出面幫你，也給自己出氣！」

「我哪要他幫？我只是拿情、理拘住他，叫他別再三心兩意的。這位十六叔原是膽小怕事的；你看，雍正爺在世的時候，他那分乖順安分就知道了。我在他面前下功夫，就是拉攏著他，別到時候又給哄得出面替弘曆撐腰。只要他睜眼閉眼不過問，享現成的『擁立之功』，他有什麼不樂意的？」

「既這樣，他都已經站過來了，幹嘛還要備厚禮？」

理親王福晉對送「厚禮」的事，可還有些心疼，頗不以為然。理親王笑道：

「這你就不懂了！咱們愛新覺羅的祖宗家法，講究的是『長幼有序』。現在還存著的叔輩，有幾個？十四叔，那麼恨四叔呢！如今，算是給弘曆哄得把毛摸順撫平了，絕不會向著咱們。好在他因著長期的禁錮，雄心也磨盡了，壯志也成灰了，頂著個『輔國公』的虛銜，不問世事。還在朝的，論身分、論地位，就數十六叔『莊親王』允祿了，他雖然沒入『軍機』，但論起爵位來，他是親王，還食雙親王俸！比起十四叔的『輔國公』高了多少！說靠他，是等事成了之後；那時候，我還要他出來給我撐場面呢！」

他志得意滿的揚聲大笑：

「到時候，他以叔叔、雙親王的雙重身分，評一句理，說一句話，就是一言九鼎，誰還敢不服氣？」

說罷又安撫福晉：

「天子富有四海！事成了，天下都是咱們的，這點厚禮，算得什麼？」

理親王府裡熱鬧了起來，竟是公然的召募各樣的人才。雖無其名，倒是六部、九卿、翰林院、詹事府……都全了。「內務府」更不用說，那聲勢和制度，簡直就與皇宮大內「分庭抗禮」了。

這份「人氣」，遮掩都遮掩不住。更何況，理親王也沒準備遮掩。他就是打算用這方式向弘曆傳遞訊息：你可以準備退位讓賢了！

四面八方關於理親王「圖謀不軌」的消息，都傳到了養心殿。知道這件事的大多數人，都十分不解：何以乾隆皇帝對這樣幾乎已可以說是「公然謀反」的案子，竟沒有一點的反應，竟似漠不關心？

「要先皇在日，早已經雷厲風行的辦了；當初阿其那、塞思黑，都還沒有這麼明目張膽的公然行事呀！」

「是呀！要是先皇在世，理親王就算不掉腦袋，也早已圈進高牆了！皇上為什麼竟然對理親王謀反視若無睹？要等他羽翼既成，豈不是養虎貽患？」

這些背後的議論，乾隆也不是沒有耳聞。甚至理親王那方放出來的話：「雍正得位不正，乾隆乾運不隆」，他都早有耳聞。但他有苦難言；這些人都不知道理親王之所以敢明目張膽的這麼做，是有他的倚仗的！他倚仗的就是當年皇阿瑪病中御筆親書的「傳位詔」！

他會怕自己「龍顏大怒」的把他交付刑部審問治罪？只怕他還巴不得藉著這機會，把前前後後的事情喧嚷開，公布手中的遺詔呢！就算他是皇帝，皇阿瑪的「遺詔」還是他不能違抗的！

要不是皇阿瑪那一句「璉瑚之器」，要不是皇阿瑪當著那麼多王公親貴面前，「金口玉音」的給二阿哥命名「永璉」。憑著理親王手中皇阿瑪御筆親書「傳位密詔」的這張「王牌」，如今在位的，是不是自己，都還難說！

「璉瑚之器」！想到永璉，他眼前就浮現了蘭沁那雙在永璉夭逝後，總是微溼的雙眼，和明顯清瘦的臉龐。他一旦想起，也不覺兩眼微溼；永璉好像就為了把他保送上這張皇帝御座而出生的！他寧願想：他真的是「璉瑚仙童」小謫，來為他成此大業；否則，他何以安頓自己那傷逝之情？當年，仙兒夭殤，他雖然也是傷心欲絕，還有永璉來填補心裡那個空洞，如今……

「璉瑚仙童」已逝！他也等於失去了頭上保護著自己皇位的黃羅傘蓋。得靠著自己來面對這一番蓄勢待發的風雨，維護自己的皇位了。

他絕不能退讓！為了皇阿瑪！為了自己！為了永璉！他怎能讓把自己保送上皇位的愛子永璉死不瞑目？

但，他必得謹慎行事！他知道弘皙在挑釁，希望他先發作。然後，弘皙可以藉此公開他手中皇阿瑪的遺詔，昭告天下，要求還他「公道」！

不！他絕不能「小不忍而亂大謀」；他必得等弘晳犯錯，再以此為名，迅雷不及掩耳的把事情解決。現在，他只能假作不知的容忍。即使他的容忍，會讓外朝、內宮不知情的人詫異，甚至誤以為他「姑息養奸」。

蘭沁也從傅恆口中聽到了風聲。她非常自責；若不是永璉夭折，弘晳絕不敢這麼明目張膽的擺出準備「逼宮」的架勢來。

其實弘曆並沒有把當初在圓明園的一幕，詳細明白的告訴她；即使是輕描淡寫，已讓她為之驚心了。詳情，是後來傅恆在奉命到長春宮時，背著人悄悄地跟她細說的。她才知道，先皇駕崩之後，弘曆接位，竟是經過這麼大的驚濤駭浪！

「鄂中堂一聽出了大事，忙得連找匹好馬，給馬上鞍的工夫都沒有，就抓著一匹拉煤的劣馬，一路顛著趕到了圓明園。後來，別人才發現他兩胯都磨出血來；他自己卻沒覺得疼，可見得那一路他的心急如焚，根本想不及自己了。也可知那態勢有多緊急！也虧得他趕到，張廷玉中堂一個漢官，又是文人，架不住理親王咆哮！他手上又捏著先皇御筆親書的密詔，連莊親王、果親王都沒了主意。」

「他怎麼知道會出事？」

「都說，當年雍正爺病危之際，曾特地召了他跟張中堂去，交代了好些事。最要緊的，就是這一樁！當年這件事，可說是天大的祕密；除了雍正爺和弘晳，沒有人知道。要不是雍正爺自覺病危，怕一旦大去，弘晳把密詔當撒手鐧，在所有人都沒有底驚慌失措之下，真趁亂篡奪了皇位，必得讓兩位滿漢重臣都知道嚴重性，才當成『臨終托孤』，把這事說出來。後來雍正爺的病好了，他們也只能把這事存在心裡，誰也不敢再提。鄂中堂跟張中堂不和，是天下人都知道的事。一聽說出了『大事』，他真是拚了老命趕去了圓明園。而且，跟張中堂合作無間的，才把這事料理成了。」

怪不得弘曆登基，先命他們兩個與莊親王、果親王為「輔政大臣」，後來又命為「總理事務大臣」。算來，他們才真正是不折不扣的「顧命大臣」！

傅恆嘆口氣：

「雖然『正大光明』匾後建儲匣裡的詔書，寫的是四阿哥的名字，但理親王一口咬定：『後詔改前詔』。論情、論理，這是駁不過的。幸虧給二阿哥命名『永璉』的事，更在後面。而且，張廷玉代表漢官，鄂爾泰代表滿官，都不支持他。四阿哥又得人心；他心知肚明，不是他比得過的。莊親王、果親王還提起了大清建國之初，禮親王代善禮讓的舊事。極力相勸，才算勸住了他。他可也撂了話：他讓的是永璉，不是四阿哥。還說，若永璉有個三長兩短，要兩位親王還他公道。如今……」

蘭沁臉色蒼白，想起弘曆繼位之後，雖然，立時以「皇太后懿旨」宣布立自己為后。但又以在大喪期中，守孝優先為名，並沒有即時舉行「冊后」大典。冊后大典是直到過了兩年多，二十七個月的喪期之後，才正式行禮的。原因就是，他們都知道：他的皇位還不穩固，絕不能在那當口，再刺激理親王弘皙，或者說，刺激理親王福晉；誰都知道這位福晉的「野心」，比理親王還熾、還熱！她在理親王府中，根本就是以「皇后」自居的！

想起弘晳摺的話是：他讓的是永璉！只要永璉活著一天，他就不會有所舉動。而如今……她更自責了！如果永璉在世，這一切都不會發生！但……

「皇上也有苦說不出。當時，這件事情，知道內情的，只有兩位親王，和張、鄂兩位中堂。還有，就是像我這樣的親衛了。連能商量的人都少！而現在，他們那邊拚命的結好莊親王。莊親王的態度，又十分曖昧……」

「為什麼？」

傅恆忿忿地說：

「都是他的侄子，誰當皇帝，對他來說，又有什麼不同？都少不了他的榮華富貴！尤其，為了沒讓他入『軍機』，他心裡不知多恨呢！說不定，還想再建擁立之功呢！」

蘭沁想想，搖搖頭：

「我的想法不一樣，是莊親王被理親王當年說：讓的是永璉，永璉若有三長兩短，要他們主持公道的話，掐死了。」

「不論如何，現在情勢非常險惡。雖然他們還沒有明裡『逼宮』，卻已囂張到連人的耳目都不避的公然『開府』了！莊親王是唯一可以說話的長輩，他就算不明著支持，只要不說話，就等於默許！」

傅恆是衷心憂急。蘭沁緩緩站起身，立在窗邊，默然不語的凝視著窗外。傅恆不知她想些什麼，也不敢驚擾。久久，蘭沁才回過身來，緩緩道：

「長輩裡，還有一位叔叔：十四爺！」

傅恆點點頭，卻又苦笑：

「他沉寂了那麼久。如今，只頂著一個『輔國公』的虛銜，沒權沒勢的……」

蘭沁神色莊肅，道：

「沒權沒勢是真的！但，虎老神威在！在朝野中，他的名聲跟說話的分量，比那莊親王、果親王兩位只大不小；二、三十歲以上的人，沒人不知道『大將軍王』的！」

這一言，讓傅恆愁眉稍展；他自幼只知道這位姊姊賢德，倒沒想到，她不言不語的，看事情比他還清楚。

可不是！十四爺，當年的「大將軍王」，曾受到康熙爺對任何兒子不曾有過的禮遇與重用。更是朝野公認，也都心悅誠服的「皇儲」。雖說，天下事由命不由人，一夕之間，人事全非。但這麼多年來，雖然沒人敢公然的說出什麼為他抱不平的話來，但朝野間對他的同情、尊敬，並未稍減；這是雍正爺始終對他疑忌，一直幽囚著他，不肯寬貸的原因。也是姊夫「乾隆皇帝」即位，忙不迭的就開釋、安撫他，為雍正爺補過的原因。

也可以說：他在雍正朝，雖然被囚禁在壽皇殿十幾年，失去自由，也無所作為；既未曾居高位，也未曾握重權。現在雖然皇帝非常禮遇，他也不肯過問政事。但他的「人望」，恐怕比當年的雍正爺都有過之！

莊親王這位「沒趕上」當日政治風暴的年輕「皇叔」，雖然是「食雙親王俸」的親王，在名位上遠勝於他。但也因此，如今不過是個閒散宗室「富貴閒人」。要論起說話的分量，恐怕還真不及這位與先皇「一母同胞」，母親又有「皇太后」名位的十四爺！

他不能不佩服「姊夫」的聰明睿智了！大家都知道：十四爺雖然表面上還是冷冷淡淡的，但顯然在心裡，已把對先皇與今上父、子兩代人，在感情上劃開了；尤其，皇上即位後，為他懲處了當年賣父求榮，讓他痛心疾首的孽子弘春，更讓他心中感激。

照這樣看，一旦有事，十四爺不會袖手旁觀！只要他出面，別說那位就像皇后說，給弘皙「用話掐死了」的莊親王，多半會「明哲保身」，兩不開罪的含混了事。就算他支持弘皙，也敵不過「十四爺」的威望與分量！

這一想，使得傅恆心裡踏實多了。

從姊姊被指為當年的「四阿哥」弘曆為大福晉，到現在已經十幾年了。他也由當日稚氣未脫的少年，成為二十幾歲的青年。和哥哥們一樣，被遴選為侍衛。因為姊姊的關係，從四阿哥，而寶親王，而皇帝，對他一直另眼相看，特別照應。他也死心塌地的誓死效忠。

因此，一般侍衛，也許並不在意誰當皇帝。他可不一樣；「今上」是他嫡親的姊夫！也因此，在知道弘皙圖謀不軌的時候，他格外的憂心忡忡。

尤其，這件事，可以說是由永璉之死而引發的。他沒想到，為愛子之殤而傷心欲絕的姊姊，竟然還能冷靜的分析情勢，並提出了他們都沒想到，卻可以在這件事上起「舉足輕重」影響力的人——十四爺！

「我把姊姊說的話，稟告皇上去！」

「他一定也想到了。如果……，他著急，你再閒閒的提一句。就當是你的想法；后妃不該干預政事，他沒問，我也不便說什麼。」

蘭沁依然謹守著分寸；她不願意落下任何的口實。更因為自家兄、弟都在朝任官，更不希望給別人任何的臆測空間。

在他們奉命到長春宮的時候，她總也提醒他們：凡事都要隱忍，要「做在人前，吃在人後」，要特別的自重自愛，千萬別落人話柄，給自己找麻煩。那不但會讓她為難，也會讓皇上覺得他們不識好歹。

她知道乾隆皇帝最恨那些以「皇親國戚」自居，不知分寸的人。乾隆曾背後跟她說過，封了貴妃的高氏，家裡兄長仗著妹妹得寵於後宮「頗不安分」，語氣十分不悅，更使她警惕。她知道，這些人都屬於「糊塗油蒙了心」的無知短視之輩！高家也不想想：當年，雍正爺時代的皇貴妃年氏，豈僅「受寵」？她的兄長年羹堯還是立了「擁立之功」的！後來的年家，又是什麼下場？

乾隆不是無情的人！但也跟他的父親一樣，公私分明！絕不允許這些人以「外戚」之名，在外橫行霸道！情節若不嚴重，他也許睜眼閉眼的含混過去就算了。要真鬧出事來，他也絕不會因著「裙帶關係」而寬貸；擔待「姑息外戚」之名，讓人誤解他是沉迷美色的「昏君」，對他是不堪承受之重！

「千萬守己守分！寧可讓人一步，別讓人覺得你們仗勢欺人，犯了皇上的忌諱！」

蘭沁切切叮囑，傅恆也心領神會。對這位「姊夫」，他有著親愛，也有著敬畏；他知道，這位乾隆爺雖不像當年雍正爺，把苛厲之色顯現於外。但，他也絕不是那麼容易受蒙蔽、或軟弱可欺的！

他忽然把懸了好久的心放下了；有這樣英明有為的姊夫，有這樣賢淑聰慧的姊姊，理親王想「篡位」？算了吧！

他倒巴不得理親王早點發動「攻勢」，讓他看看這齣「龍爭虎鬥」的好戲了！因為，他已然確定：輸的絕不會是他的「姊夫」乾隆皇帝！

第十三章

外弛內張！

皇帝和理親王雙方都有各自的打算，卻又都覺得時機未到，而沒有讓事情浮出檯面。

在皇帝來說，他還是希望能私下把問題解決，也再三的讓他親信的平郡王福彭、軍機大臣訥親設法疏通。卻不但沒得到善意回應，還逼使了理親王弘皙決定攤牌。

攤牌的方式，他頗用了點心機：

在乾隆四年八月十三日，皇帝「萬壽節」前夕，王公大臣照例敬獻「壽禮」的時候，從理親王的「內務府」送來了一頂「鵝黃肩輿」。

鵝黃肩輿，本是只有皇帝可用的「御用品」。而且，也只有大內的「內務府」可以「造辦」。弘皙這一「壽禮」，顯然是逼他讓位的公然挑釁了。

既然弘皙那方面已然發動了「攻勢」，乾隆也不再隱忍，立時有了回應。命傅恆帶著大內侍衛立刻出動：

「得先把他的羽翼剪了！弘昇掌管著火器營，萬一讓他們搶了機先，控制了火器營，太危險！傅恆！你帶人去圍了火器營，先把弘昇給我拿了！令全營官兵，全部繳械。再盤點火器營裡的火器，入庫加封，派重兵看守著。」

傳恆早已心懷不平，巴不得這一聲。立時領著侍衛和禁軍，出動拿人。在火器營都統弘昇還沒回過神、會過意來時，已做了階下囚。都統被擒，全軍無主，哪還敢抗命？「火器營」立時被大內侍衛收編接管了。

弘昇，是恆親王允祺的兒子。恆親王雖是雍正皇帝最憎惡的「塞思黑」同母兄，卻賦性平和，與世無爭。因此，並未捲進康熙晚年諸王爭立的風波中。

雍正即位，也對他相當厚待禮遇。然而，他的兒子弘昇卻並不安分，在雍正朝，就曾經因事獲罪，被宗人府圈禁過。後來蒙恩赦放，卻也在宗室中頗受欺壓。

因為蘭沁善意照應，弘昇福晉曾把理親王弘晳夫婦居心叵測的事，特別提出向當時還是「寶親王福晉」的蘭沁示警。使寶親王得以防患未然，因而頗感她的情。也因此，在乾隆登基之後，特別重用弘昇，提拔他當了都統，管理火器營。

不意，他是個沒有頭腦的人，竟然不知道乾隆對他特別提拔的用意，是視之為心腹，以備緩急。還不知死活的跟弘晳一黨成天攪和在一起！也因此，乾隆首先拿他開刀，不但革去了都統，而且立刻鎖拿來京，交宗人府審問。並且下諭旨：

「伊所從事之人，朕若宣示於眾，干連者多。而其人亦何以克當！」

明指：他不過是個「馬前卒」，幕後另有人主持！

弘昇曾受過囚禁，一到「宗人府」，人就嚇得癱軟了。在宗令審問下，一五一十的從實招供。

有了他的實供，緊接著皇帝以迅雷不及掩耳之勢，一網打盡的逮捕了兩位親王：莊親王允祿、理親王弘晳；一位郡王：怡親王的第四子寧郡王弘晈；一位貝勒：怡親王第一子弘昌。一位貝子：莊親王允祿的長子弘普。一位公爵：允祿以恩賞所得，所讓予的寧和。

由於都是宗室，而且，此案太驚世駭俗，怕刑部承當不起。若未能審明，傳了出去，又勢必引發朝野猜疑震動。因此，此案送交「宗人府」審問。

由於案情重大，太駭人聽聞，審問祕密進行。由雖然賦閒，卻最具威望的十四爺幕後主持。

審訊的結果，讓宗人府的宗令都舌撟不下。而弘皙還自以為有所倚恃，滿不在乎的咆哮公堂。不但抗不實供，還口口聲聲要皇帝來跟他「對質」。直到十四爺允禵親自出了面，才鎮住了他。

弘皙雖然連雍正、乾隆兩代皇帝父子都不看在眼裡，對這位天下公認聖祖真正有意「傳位」的「儲君」，卻還是不能，也不敢不敬服的。因為十四爺於廢太子允礽，有救命之恩！當年，聖祖康熙爺曾痛苦的親頒明諭，昭告天下，廢了「太子」胤礽：

……從前索額圖助太子潛謀大事。朕悉知其情將索額圖下獄處死，今胤礽欲為索額圖復仇結成黨羽，令朕未卜今日被鴆，明日遇害，晝夜戒慎不寧，似此之人豈可付以祖宗弘業。且皇太子胤礽生而剋母孝誠仁皇后，此等之人，古稱不孝。朕即位以來諸事節儉，身御敝褥，足用布襪，胤礽所用一切遠過於朕，伊猶以為不足，恣取國帑、干預政事、必致敗壞我國家、戕賊我萬民而後已。若以此不孝不仁之人為君、其如祖業何！……

當時，康熙皇帝為之痛哭撲地，眾臣皆叩頭，不敢仰視。

廢太子還曾跟弘皙提過一件事：

有一次，太子曾在還未被廢時，一時情緒壓抑不住，率直的嘀咕出幾句怨言：

「哪有太子一當就是四十年的事！」

胤礽生於康熙十三年，在兩歲時就被立為「太子」了。八歲登基的康熙，當時自己也不過是個二十才冒頭年輕的皇帝！到太子進入壯年，康熙年紀雖已六十，身體仍然健壯，要說「傳位」，還真是「遙遙無期」！

這句情緒發洩的話，被加油添醋的告發，並被解釋為他對皇瑪法的「詛咒」；恨不得皇瑪法早日歸天，以便自己不再當「儲君」，能早日繼位！皇瑪法大怒之下，曾拔出佩刀，就要殺阿瑪。幸得十四爺正在身邊，撲上前，抵死抱住康熙爺的手，才得倖免。

另有一次，是康熙在廢太子之後，敏感的認為老八胤禩有心「奪嫡」。在當時，這是最「犯忌」的事，因此動了殺機。所有的皇子們，或看戲，或明哲保身，甚至幸災樂禍。只有十四叔衝出來，以生命作保，為八叔求情。為此讓正在氣頭上的皇瑪法大怒，認為他是胤禩一「黨」，重責了他二十大板。

阿瑪被廢後，他們一家從皇太子住的青宮「毓慶宮」，被遷到「咸安宮」軟禁。一禁就是十年！阿瑪抑鬱寡歡之餘，常對還是少年的他，談及自己曲折的一生。提起這些往事的時候，曾感嘆：

「雖然你十四叔，幾次為了替哥哥們講情、求恩，都受到你皇瑪法重責。其實，後來你皇瑪法在自己重省這些事的時候，也想明白了：這不是他跟誰拉幫結派，或跟誰一黨，而是他對所有哥哥們，都真心實意的懷著『手足之情』！不論對我或老八，或是其他的兄弟，只要有誰獲罪受責，他都會衝出去講情的！也了解：在所有的皇子中，只有你十四叔是最仁厚、最重手足之情的！也只有讓他繼位，才可能包容、保全所有的手足！所以，你皇瑪法改變了當初的疑慮猶豫，在心裡已定下了未來傳位給他的主意。也因為這樣，我被廢之初，你八叔原本那麼熱火，想方設法的謀求繼位，後來也願意支持你十四叔！」

他記得，他的父親還曾跟他說：自己今生恐怕是沒有希望繼位了！只有十四叔繼位，不但他，也包括所有的兄弟，才都能保全！也告誡弘晳：日後十四叔繼位，他一定要恪守臣節，全心效忠！弘晳再頑強，也不能不對這位「十四叔」感恩戴德；當年，若不是十四叔豁出性命，抱住皇瑪法的手，救了他的阿瑪，哪有「理親王」今日的存在！

也因此，在十四爺出面後，他雖還是不肯實供，卻也不敢再那麼肆無忌憚的咆哮謾罵了。他雖不肯實供，其他人一見，連莊親王允祿這位「叔王」都已「到案」，顯然再無人能包庇他們了。而且，當年的「大將軍王」十四爺都出了面，連弘晳都收斂了氣焰。知道大勢已去，一一吐實。

情節重大！宗人府宗令連夜擬出處置辦法奏議：

「莊親王允祿與弘晳、弘昇、弘昌、弘晈等結黨營私，往來詭祕，請將莊親王允祿及弘晳、弘昇俱革去王爵，永遠圈禁。弘昌革去貝勒、弘普革去貝子、寧和革去公爵，弘晈革去王爵。」

乾隆則認為，必得將之以明諭詔告天下，否則，外人不明內情，豈不又落了當年父皇「殘害骨肉」的口實！而且，他下決心對「首惡」弘晳，一不殺他，二不高牆圈禁；以免萬一死於圈禁，又落下話柄。

因此，為此案，他幾經斟酌考慮，發下了長諭，先宣布罪狀，一一點名指責。首先是允祿：

「莊親王允祿受皇考教養深恩，朕即位以來，又復加恩優待。特命總理事務，推心置腹。又賞雙親王俸，兼與額外世襲公爵。且畀以種種重大職位，俱在常格之外。此內外所共知者。

乃王全無一毫實心為國效忠之處，惟務取悅於人。遇事模稜兩可，不肯承擔。惟恐於己稍有干涉，此則內外所可知者。至於其與弘晳、弘昇、弘昌、弘晈等私相結交，往來詭祕，朕於上年即已聞知。冀其悔悟，漸次解散，不意至今仍然固結。據宗人府一一審出，請治以結黨營私之罪，革去王爵，並種種加恩之處，永遠圈禁。朕思王乃一庸碌之輩，若謂其胸有他念，此時尚可料其必無。

且伊並無才具，豈能有所作為！即或有之，豈能出朕範圍，此則不足介意者。但無知小人如弘晳、弘昇、弘昌、弘晈輩，見朕於王加恩優渥，群相趨奉。恐將來日甚一日，漸有尾大不掉之勢。彼時則不得不大加懲創，在王固難保全，而在朕亦無以對皇祖在天之靈矣！」

其次弘晳：

「弘晳乃理密親王之子，皇祖時，父子獲罪，將伊圈禁在家。我皇考御極，敕封郡王，晉封親王。朕復加恩厚待之。乃伊行止不端，浮躁乖張。於朕前毫無敬謹之意，惟以諂媚莊親王為事。且胸中自以為舊日東宮之嫡子，居心甚不可問！即如本年遇朕誕辰，伊欲進獻，何所不可？乃製鵝黃肩輿一乘以進。朕若不受，伊將留以自用矣！

今事跡敗露，在宗人府聽審，仍不知畏懼，此負恩之甚者！」

其次弘昇：

「弘昇乃無籍生事之徒，在皇考時先經獲罪圈禁，後蒙赦宥，予以自效之路。朕復加恩，用至都統，管理火器營事務。乃伊不知感恩悔過，但思暗中結黨，巧為鑽營，可謂怙惡不悛者矣！」

其次弘昌：

「弘昌秉性愚蠢，向來不知率教。伊父怡親王奏請圈禁在家。後因伊父薨逝，蒙皇考降旨釋放。及朕即位之初，加封貝勒，冀其自新。乃伊私與莊親王允祿、弘晳、弘昇等交結往來，不守本分，情罪甚屬可惡！」

其次弘普：

「弘普受皇考及朕深恩，勝於恆等。朕切望其砥礪有成，可為國家宣力。雖所行不謹，然亦不能卓於自立矣！」

其次弘晈：

「弘晈乃毫無知識之人，其所行所為甚屬鄙陋。伊之依附莊親王諸人者，不過飲食讌樂，以圖嬉戲而已！」

罪狀既明，乾隆一一發落：

莊親王從寬免革親王，仍管內務府事。其親王雙俸及議政大臣、理藩院尚書，俱著革退。至伊身所有職掌甚多，應去應留著自行請旨，將來或能痛改前愆，或仍相沿錮習，自難逃朕之洞鑒。

弘晳著革去親王，不必在高牆圈禁，仍准其鄭家莊居住，不許出城；其王爵如何承襲之處，著宗人府照例請旨辦理。

弘昇照宗人府議，永遠圈禁。

弘昌亦照所議，革去貝勒。

弘普著革去貝子，並管理鑾儀衛事。

寧和以獲罪之閒散宗室，因諂媚莊親王，王遂奏請與以恩賞伊所得之公爵；今既照宗人府議，將此公爵革退，則寧和在所當革。著詢問莊親王若願改令弘普承襲，則著以鎮國公管都統事；若仍欲令寧和承襲，則弘普專任都統之職，著王自應奏聞。弘晈本應革退王爵，但此王爵係皇考特旨，令其永遠承襲者。著從寬仍留王號，伊之終身。永遠住俸，以觀後效！

解除了這「心頭大患」，乾隆才喜孜孜的袖著這長諭，到長春宮中，給皇后蘭沁看。

蘭沁看著長諭，幾乎為之心驚。看到乾隆處置部分，卻微微的蹙著眉，欲言又止。

他知道蘭沁素來謹守分際，對軍國大事，不問不答。便問：

「你覺得我的處置如何？」

「皇上對他們的處置，皆從寬典，尤其對莊親王保全的摯意，更是可感，可謂仁慈。只是……」

她指著弘昇的處置：

「何以特重？」

乾隆嘆道：

「我看在他福晉當年好意報信的份上，總想抬舉他。豈知，他這邊受了我的恩，那邊還是跟弘皙勾結！還好，他們大概還沒想到如何動手，我這邊就以迅雷之勢，派傅恆先拿下了他。不然，他管的是『火器營』，萬一這些火器都落到他們手裡，發動攻勢。那個後果，可不堪設想！」

蘭沁一聽，也為之悚然，連連點頭。乾隆又嘆口氣：

「我也知道，在這件案子裡，我對十六叔特別從寬。只因，我總感念著當年舊情。」

他追憶著往事：

「當年，皇瑪法把我接進宮去，因為太太德妃的年紀大了，就把我交給和妃照應。十六叔的天文、算學、火器，都是皇瑪法親自傳授的，就命他當我的『小師傅』，要他把這些都轉授給我。因為十六叔的火器特別好，皇瑪法還特別關照：要他常陪著我練火槍。那時，我們叔侄幾乎是天天都在一起，形影不離的。所以，他的生母，當年的密嬪，也對我特別照應。我跟他的情分，比跟其他叔叔都是不一樣的！他再怎麼負我，我也不能不念此舊情！其實，他對音律一道，有著過人的見識。我會讓他以後在這方面表現，而少沾軍國大政；這才是對他的保全之道！」

蘭沁點頭。乾隆又嘆道：

「至於弘皙，早年，他曾經是皇瑪法最鍾愛的孫子。我也總看在皇瑪法的份上，不忍從重典！只希望，這事到此為止，他安分守己的，別再惹出事端來！」

偏偏，天不從人願，才過了兩個月，又有宗室舉發：弘皙與一個具有邪術的「妖人安泰」過從甚密。事涉邪術，事態就嚴重了。為了鄭重，乾隆特別選派了平郡王福彭和軍機大臣一等公訥親審問。

安泰到案，才知道也說不上是什麼「妖人」，只是個號稱能「未卜先知」的江湖術士。

問起他與弘皙的往來，他供稱：

「理親王聽說小人能卜知未來，特別將小人召到府中問話。」

平郡王沉聲問：

「都問些什麼？」

「理親王先讓小人看他的八字，問：他是不是還能高昇？事先，小人已聽說：理親王最喜人恭維奉承，小人就說了句『貴不可言』。」

平郡王福彭與訥親對望一眼；弘晳已貴為「親王」了，還要高昇，那除非當皇帝！安泰投其所好，說的「貴不可言」，想必正是他的心願。

「他還問了其他什麼事？」

「理親王又問了幾件事。問準噶爾會不會打到京師來？又問天下是不是太平？還……」

他像是警覺到什麼，忽然住了嘴。訥親厲聲喝道：

「你要好好的從實招供，我和王爺知道你是受理親王的累，總會想辦法從輕發落。若還是這樣支支吾吾的，不免要將你算作理親王同黨。那個後果，你自己想去！」

安泰連連叩頭：

「小人說！小人說！理親王給了小人一個八字，要小人細看。問小人這個八字的壽算如何……」

平郡王與訥親互望一眼，都覺得此事可疑。問：

「是誰的八字？」

安泰吞吞吐吐：

「他給小人的是：康熙五十年八月十三日子時；換算成『八字』是辛卯、丁酉、庚午、丙子。……後來，小人聽說，那個八字是當今皇上的。」

而他供出的八字，果然是乾隆皇帝的！如此，弘晳的居心就不問可知了。

乾隆聽報告，沉默良久：

「其心可誅！顯見得，他就巴不得準噶爾打進京來，天下大亂，他好有機可乘。還希望我短命，好把皇位還給理密親王一支！」

宗人府據此擬訂的罪刑是：弘皙「斬立決」！

乾隆卻下了決心：他決不要重蹈父皇的覆轍，不要落下為了皇位之爭殺人的惡名！因此下諭：「弘皙從寬免死，拿交內務府在景山東果園永遠監禁。他的兒子，也不削除宗籍，交給弘皙之弟，襲封理郡王的弘曣管束。」

他的「寬大」，卻引起了宗室諸王的不以為然。康親王巴爾圖等聯名上奏：

「弘皙大逆不道，乞正法，以彰國憲。」

由此，乾隆知道，他已完全贏得了宗室的支持了。下諭：

「王大臣所奏甚是！弘皙罪情重大，理應即置重典，以彰國法。但朕念伊係皇祖聖祖仁皇帝之孫，若加以重刑，於心實所不忍。雖弘皙不知思念皇祖，朕寧不思念皇祖乎？

從前阿其那、塞思黑居心大逆，干犯國法，然尚未如弘皙之擅敢仿照國制，設立會計、掌儀等司，是弘皙罪惡，較之阿其那輩，尤為重大！但阿其那、塞思黑尚屬小有才之人，若弘皙乃昏暴鄙陋，下愚無知之徒。伊從前所犯罪惡，俱已敗露。現於東果園永遠圈禁，是亦與身死無異；凡稍有人心者，誰復將弘皙齒於人數乎？今既經王大臣如此奏請，則弘皙及伊子孫未便仍留宗室，著宗人府照阿其那、塞思黑之子孫革去宗室，給予紅帶之例，查議具奏。」

此諭一出，大臣們才知道，弘皙竟已在鄭家莊的府內，設立了「內務府」！換言之，他已經準備著「接收」皇位了！而皇上寬大為懷，竟然只加圈禁，還給他的子孫「繫紅帶」的恩典。

大清皇室，近支宗親繫「黃帶」。弘皙子孫繫「紅帶」代表的是：此後廢太子一系，只算大清的遠支宗室，永遠沒有覬覦帝位的希望了。

此案到此，總算告一段落。

乾隆六年，皇帝偶然興起，在長春宮把玩著火槍「花神」；那是他第一次跟著聖祖康熙到木蘭圍場行圍時，打了一隻山羊。皇祖大喜，賜給他的兩把火槍之一。想起往事種種，不覺神往。

屈指算算，皇祖崩逝，至今已近二十年了！自那一年後，他就再也沒有去過木蘭圍場秋獮；父皇對去熱河避暑，似乎全無興趣。在位十三年，就沒有再到過承德。不像皇祖，總是興致勃勃，幾乎每年都要到承德避暑，並到木蘭圍場秋獮。

在避暑山莊，他總要召集蒙古王公與宗室子弟較射，順便安排滿、蒙之間聯姻之事。滿蒙之間的關係，因著聯姻而固結；宗室親貴娶於蒙古，公主、郡主嫁往蒙古，一直是大清籠絡蒙古的方式。

忽忽二十年！二十年間，發生了多少事！若皇瑪法有知，知道他期許「福過於予」的孫子果然已然正位，當了皇帝，又該有多麼歡欣！

想著、想著，他臉上一時帶笑，一時又面露悲戚。至此，不覺長嘆。

見他把玩著火槍出神，忽喜忽悲。穿著一身最為他所愛賞的月白家居便服，淡雅如仙的蘭沁，也不打擾他的沉思，只靜靜陪坐一邊。直到聽到他長嘆，才柔聲問：

「四爺！想到了什麼，這樣嘆氣？」

乾隆將她拉到身邊坐下，摩挲著「花神」，細細的跟她說起了往事。

提起「皇瑪法」，他滿眼的孺慕。從在牡丹台第一次拜見皇瑪法說起。說到皇瑪法帶他木蘭秋獮，因為他獵得了山羊，賜給他「花神」、「舊神」兩把火槍。又說起他的馬為忽然立起的大熊所驚，皇瑪法一槍擊斃了大熊救了他，還認為他的福大命大，向和妃說他「福過於予」……這些，其實蘭沁都聽二伯父馬齊說過了。但從乾隆這當事人口中說出來，她仍聽得津津有味。因為有這樣一位知情解意的深閨知己傾聽，乾隆也說得越發起勁了。

「康熙爺真是法眼無虛，果然，他的寶貝孫子，就當了皇帝了！」

蘭沁在他停下來喝茶時，輕倩地笑謔。乾隆輕舒一口氣：

「從即位以來，總是這事、那事的不得閒。那麼多年了，除了到東陵、西陵祭祀先帝，想騎射，也只能到西苑、南苑去舒活一下筋骨；饒是這樣，那些漢官還要諫止田獵！我大清以武立國，射獵，不也是武備嗎？他們懂得什麼？所以被我好好的教訓了一頓！」

提起了避暑山莊、木蘭圍場，勾起他對這兩個關係了他一生命運地方的懷念。興致勃勃，道：

「我看，就安排今年夏天，侍奉著太后出關，到避暑山莊去避暑。也到木蘭圍場秋獮去。」

他握著蘭沁的手：

「這些年，外廷、內宮，就只有你能為我分憂解愁；我何幸！得有你這樣一位平生知己為后！一年三百六十天，你要孝事太后，要統領六宮，為六宮表率。要教養兒女，還要為我分憂解愁，也太勞累了！」

他想起，有一回他背上長了癤瘡，也就是民間所謂的「發背」，病情相當嚴重。經太醫悉心診治，才得漸漸痊癒。

但太醫一再叮囑：一定要節欲靜養一百天，否則，若引起病毒再發，麻煩就大了。

蘭沁聽說。立命人準備了鋪蓋，每夜在他「養心殿」寢宮的外面打地鋪，親自守夜服侍。他記得，每每他感覺痛楚，無論是一聲呻吟，或是一聲咳嗽，馬上就見蘭沁躡足進來查看。給他送湯遞水，為他用軟巾拭去額上的冷汗。

雖然他一再的要她自己保重，讓太監們服侍就是了。蘭沁卻堅持不肯；她不放心，而且她覺得無論是對他的深情，或是身為皇后的責任，這都是她心甘情願為他做的。

他憐惜她太勞瘁。她紅了眼眶：

「蘭沁只求皇上大安，恨不能以己身代！」

想起往事，撫著她清瘦的臉龐，他又心疼，又憐惜：

「從那一番我大病，你就累壞了自己的身體！璉兒夭殤，你又大病一場。如今，都兩年多了，好像一直就沒有調養回來，還這麼瘦！咱們就趁著避暑，離開京師一陣。趁著這個機會，你就丟開宮裡這些操煩不完的家務事，也到外面散散心去！」

蘭沁聽說，想起永璉，雙眼不覺微溼。又恐勾起乾隆感傷，強自壓抑，強顏歡笑：

「既然四爺要侍奉太后去承德避暑，我當然是要同去陪侍太后的。」

乾隆卻搖頭：

「我要你去，可不是要你陪侍太后；那還不如留在宮裡，省心省力些！我要你陪的是『我』！」

蘭沁聽了，蒼白的臉上不覺泛起了紅暈，微低著頭：

「我當然也應該侍候四爺。只是，太后怎麼能沒人侍候？」

乾隆笑了：

「太后不是最疼愛嫻妃嗎？我其他人都不帶，就只把她帶去；太后就讓她負責侍奉好了！」

他倒是言出必行，第二天就下令準備夏天奉皇太后到「熱河行宮」避暑。康熙皇帝一向喜歡到熱河避暑，雍正皇帝則於此沒有興趣；實則他也太勤於政事，無暇這樣遠遊散心。因此，皇家幾乎近二十年都沒有這樣遠行了，當然外朝內宮都不免一番忙亂。

後宮宮眷們聽說，個個歡天喜地，都希望能藉此機會走出像金絲籠一般的宮院，到天寬地闊的關外去散散心。不料，皇帝卻讓她們都失望了。他真的除了皇后和嫻妃，其他妃嬪一個都沒有帶。臨行，把後宮的事，交託給了貴妃高浣雲經管，只帶著皇后和嫻妃隨駕出關。

來到承德，在乾隆的刻意安排下，嫻妃陪著太后，一起住在當年雍親王的賜園「獅子園」；這原是太后熟悉的地方。只是，當年她不過是雍親王府裡一個地位低下的「格格」。如今，卻已是貴為天下養的「皇太后」了！不免有不少的感慨。對安排嫻妃陪侍她，她倒是滿意的。

皇帝、皇后雖不在此與她同住，卻也不廢定省，三天兩頭的到獅子園來請安，陪著她到處遊覽，她也就高興了。

皇帝則住進了當年他還是「皇孫」時，皇祖康熙皇帝指定給他讀書住的「萬壑松風」。與他同住的，當然是他最摯愛的皇后蘭沁。

來到久違的「萬壑松風」，他好像一下子又找回了當年童稚的快樂。與皇后並肩立在露台上，指指點點：

「那就是『晴碧亭』。我就是在那兒給皇瑪法背〈愛蓮說〉的！」

說著，他又背了起來。蘭沁卻在他朗朗的背書聲中，想起了那一年，禮部擇定了冊后的吉日，他興沖沖的到長春宮來報信。那時，永璉才下了學，也正在她跟前背著〈愛蓮說〉……

一滴清淚，悄悄滑落。她連忙假意回身咳嗽，暗地拭了。臉上堆著笑，聽童心未泯的皇帝為她背〈愛蓮說〉。

「怎麼樣？」

背完之後，他得意的問。

「好極了！不脫不訛，一字不差！」

乾隆笑著，淘氣的伸出手討賞：

「當年，我背過〈愛蓮說〉之後，皇瑪法親自寫了條幅賜給我。我的皇后娘娘！你可賞我點什麼？」

蘭沁見到他身上佩著五彩斑斕的荷包；如今後宮妃嬪中，漢女竟似比滿人還多！一個個心靈手巧的，想著花樣表現自己的女紅。因此，皇帝身上佩的荷包，樣式愈來愈精巧富麗了。她卻並不以為然。皇帝剛登基時，還特意傳旨，要帶領著皇子、皇女們的后妃、太妃，不要讓孩子們穿錦繡衣裳，養成浮華的習性，折了孩子們的福。他自己卻不知不覺的已染上了漢人講究荷包佩飾的習性，卻習而不察！

想到這兒，她笑了：

「我一定想一樣好東西敬獻皇上；可不是現在，是到圍場上的時候。」

行程緊湊，蒙古王公們，聽說皇帝到承德避暑，也都從各地趕了來。

照例，滿族的諸王、貝勒、貝子，及皇子、王子們，與蒙古王公，都將參加較射。

在較射當日，乾隆皇帝身著戎裝，佩著箭囊，出現在「澹泊敬誠殿」前的月台上。所有在場的人，不覺歡聲雷動；睽違這個場面，已近二十年了！當年，康熙皇帝就是這樣行事的！

較射的人，一一入場。在這樣的場合，成績不僅關係到自身的榮辱，也關係到國家的體面；蒙古王公長年馳騁在草原上，騎射功夫自不待言。入關以來，順治朝、康熙朝，到雍正朝，皇帝都一再切囑：宗室子弟不可荒廢騎射！也因此，王公子弟們對騎射功夫，一點也不敢輕忽，深恐貽人以「忘本」之譏。

見到兄弟、子侄們一個個精神抖擻，成績斐然，乾隆也得意的笑了。在他的弟弟和親王弘晝下場，而且連射十二隻箭，箭箭命中紅心，博得如雷掌聲之後，他也站了起來，走進校場。只見他一手彎弓，一手執箭，氣定神閒將箭囊中的十二支長箭連環射向標靶。

陪侍在太后旁邊的蘭沁，兩眼瞬也不瞬的盯著他，一顆心怦怦地提著，深恐有失。卻只見十二隻箭，貫羽般的，全部貫成一線，聚成一簇的集中在紅心正中央。十二支箭射完，如雷的「萬歲」之聲，排山倒海般的響起。蘭沁也不禁忘情的站起來，加入了歡呼。使一邊的太后也不覺露出了詫異又歡喜的笑。

乾隆躊躇滿志，目光環視全場一周，傲然的接受了歡呼與祝賀。最後，把目光停在皇后蘭沁身上，從她的目光中，讀到了無限欽佩嘉許與情意。在相視一笑中，莫逆於心。

會後，皇帝在「萬樹園」搭了黃幄，為滿、蒙所有參與較射的王公宗室擺宴慶功。蒙古王公不斷的頌揚：

「大清入主中原數十年，不但日理萬機的皇上神射令人畏服，皇家子孫們也都不曾忘本。實在可喜可賀！」

達到「我武維揚」，折服蒙古諸王貝勒的目的，他也志得意滿的揚聲大笑起來。

在避暑山莊，他也像皇祖康熙皇帝一樣，每天在「澹泊敬誠殿」處理國事。閒暇時，除了與蘭沁上「獅子園」定省，也帶著蘭沁遊遍了避暑山莊的每一處美景。

在心境上，乾隆感覺，彷彿回到了他們少年初婚的時代。蘭沁雖然年近三十歲了，還是讓他感覺有著一塵不染的清純善良。她依然不愛胭脂花粉，不喜錦衣華服，總是自自然然、淡淡雅雅的。他們在山莊中，攜手徜徉在花間、在湖畔，竟讓他感覺，他們就像是人間仙侶，遊戲塵寰。

接著，是此行的重頭戲；大隊人馬開拔到「木蘭圍場」秋獮。

秋獮開始。一清早，乾隆就起身，在蘭沁親自侍候下換上了戎服。才要繫上繡工精美的荷包，蘭沁卻一伸手奪了過去。

這使他嚇了一跳；這大不似蘭沁素日謙和恭謹的為人。才要詢問，卻見蘭沁把荷包拋在一旁几案上。然後，從懷裡掏出一個鹿皮縫製的佩囊，托在手心裡，屈膝獻上。莊容道：

「這是蘭沁仿我朝舊制，特為皇上縫製的佩囊。我大清根基本在關外，入主中原多年，雖然國泰民安，又何能忘本？當日，太祖、太宗奠基之時，哪有什麼文繡富麗的荷包？皇上繼承祖宗鴻業，又豈可忘本？既到此秋獮，當追念開基之始的淳樸風氣，給子孫們做個榜樣！」

乾隆感動了；在這席話中，他才覺得自己的確「漢化」太深了！那些精工細繡的荷包，與這一身的戎服，實在格格不入。而這個蘭沁親手縫製，樸素實用的鹿皮佩囊，才真正是「祖宗舊制」！

顧不得眾目睽睽，他緊緊握著蘭沁的手：

「你真不愧為天下母儀！你說的話，我一定牢牢記在心裡！」

說著，拿過先前那只錦繡荷包，撕成兩半，隨手拋了。才鄭重接過鹿皮佩囊，掛在身上。

「有你這番激勵，今天我一定要好好大顯身手，滿載而歸！」

黃昏，他果然喜孜孜的回來了，手中還擎著一對鹿角。笑道：

「看！這鹿是我今天第一件獵獲的獵物，特地命他們鋸了鹿角，拿回來送給你和藥。你可要好好把身子養好！好再給我生個『嫡子』！」

蘭沁滿臉緋紅，謝了恩。卻又不禁流下了感動的淚。

拉著她的手，讓她坐在自己身旁。乾隆道：

「我今天看上了一個挺好的孩子，我覺得，跟咱們的丫丫挺匹配的！」

講起丫丫，蘭沁笑了：

「丫丫才十一歲，還小呢！」

「我知道。但，未雨綢繆呀。現在就留心，也好給她挑個好女婿！」

蘭沁知道，現在皇帝膝下唯一的女兒，封了「固倫和敬公主」的三格格，他當然愛如掌上珍，疼不夠。因此，一見到年齡相當的男孩，就動心了。不覺笑問：

「倒是哪家的孩子，讓皇上這麼中意？」

「說起來，也不算外人。世祖皇帝六女殤其五，收養了簡親王濟度的女兒，封『端敏公主』，下嫁蒙古。額駙是科爾沁博爾濟吉特氏的班第；算起來，他也是孝莊文皇后的侄孫。後來，班第襲封『達爾漢親王』。這孩子就是班第的孫子，叫色布騰巴爾珠爾。」

蘭沁對大清前朝的歷史相當熟悉，很快的掌握了要領。點點頭：

「太宗皇帝『鳳凰樓』的五宮后妃，都是蒙古黃金氏族『博爾濟吉特氏』。我記得，班第是孝莊文皇后的兄弟滿珠習禮的孫子。咱們皇祖康熙爺的太后孝惠章皇后，也是他的孫女。說來倒也門當戶對。」

「我看他相貌堂皇，性情溫厚，年紀也相當，想先把他領進京去，跟著阿哥們一起上學。也好就近觀察他的品行，配不配得上咱們的三格格？要配得上，到時候再說。」

蘭沁覺得他想得周到，也欣然點頭。卻又取笑：

「恐怕到時候，皇上捨不得讓三格格遠嫁蒙古呢！」

乾隆笑道：

「當然捨不得她遠嫁！難道不能蓋座府第，讓她和額駙留在京裡？」

蘭沁取笑：

「還要五天進宮一次，好給皇阿瑪看！」

這是明朝皇帝的故事，卻的確說中了身為皇阿瑪的愛女之心。乾隆也不由哈哈大笑。卻道：

「『半』子何如『全』子？你千萬記得好好保養身子，我還指望著你給我再生個嫡子繼位呢！」

聽他再三言說，她知道，他是認真的！

話雖如此，蘭沁的身體一直沒有能回復到先前的良好狀況。而年已三十，要再懷孕，談何容易！

與蘭沁從結髮以來，彼此不但相知相惜，而且情深如海。使他對後宮的關注，幾乎集中在蘭沁一人身上。卻忽略了另一雙渴慕乞求著他憐愛的眼神。直到聞報：貴妃高氏病危！

高浣雲身體纖弱，而心性上的求全責備，使她比其他妃嬪們更多愁善感。對自己的不孕，常耿耿於懷。

幸好，她領養了三格格。三格格的貼心，才讓她在親子之情上有了一些寄託。但，親子之情，又何能取代她對皇帝情愛雨露的渴慕？

乾隆登基後，後宮妃嬪陸續進宮。而且，乾隆「日理萬機」，十分繁忙。不論是在政事上遇到問題，或在心情上尋求慰藉，他頭一個想到要去的地方，就是「長春宮」。事實上，他雖然說寵愛浣雲，卻覺得她只是閒暇無事時，知情解意的良伴。那些琴棋書畫，風花雪月，也只適合心情暇豫時，當成一種心靈享受。在忙碌或有正事的時候，他不大會想到她。論貼心知己，蘭沁才是他心目中無可取代的！

也許因此，冷落了浣雲。而她，又是含蓄內斂又矜持孤傲的性情，絕不肯主動的「要求」什麼。在他無意的冷落中，她就如失去了陽光、雨水的花朵，竟因而鬱鬱寡歡，纏綿病榻。

蘭沁雖有心開導，讓她了解乾隆是因為國事繁忙，並不是有意冷落她。無奈「后妃不得干政」，有些事，雖然皇帝會向她吐露，她卻無法向浣雲解說。

她的病因之一，卻是她的父親高斌、哥哥高恆，仗著她在後宮是居於「中宮之次」的貴妃，頗有些得意忘形。她雖然再三的警告他們，乃至求懇他們，卻無法讓他們了解並且收斂。竟然有一次不知為了什麼事，讓皇帝對她身任「直隸總督」的父親高斌某些作為十分不滿，在她面前大發脾氣。並且提出警告：

「讓你家裡的人放明白點！朕以大公無私自許，別說他們是貴妃的家裡人，就算是皇后的家裡人犯了法，我一樣問罪，絕不寬貸！」

她只能下跪，向皇帝謝罪。想起皇帝經常誇讚皇后是多麼守禮得體。富察家的兄弟們傅清、傅恆等又是多麼守法守分，她就暗自神傷淚垂；她自己是多麼求全責備、要好要強的人！可是，為什麼父兄就是不爭氣？

她也希望像皇后一樣，有些體面的家人。奈何……這心理上的重擔，沉沉地壓在她的心上。

偏偏那一陣子，因為各處的災荒頻傳，皇帝忙於公務，沒有翻她的牌子，也不曾到她宮中來探望。這無心的冷落，對她，卻如「失寵」的警鐘。

在這樣憂鬱且憂懼的心境下，她默默萎謝了。

到她病重，乾隆才警覺到他對她的冷落。雖有心補償，卻已來不及了。

她，在乾隆十年的正月間，抑鬱而終。在她病中，蘭沁多次到她宮中探視、安慰。她卻似乎為乾隆長時間的冷落，已然灰了心。竟是了無生趣，只默默流淚，卻不發一言。

她是那麼羡慕蘭沁！她羡慕的不僅是「皇后」的名位，更因她心中明白：在那麼多妃嬪中，真正被皇帝視為生命中最重要，得到皇帝最真摯情愛的女人，還是這位「中宮皇后」！那是沒有人能匹敵，遑論取代的！

她曾經多麼的心高氣傲！曾經認為以自己的品貌、才藝，乃至善體人意的婉嫕溫柔，終能讓皇帝移愛於她。至少，讓皇帝也像對皇后一樣，把她放在心上，在乎她的「存在」！而，她纖柔敏感的心，在皇帝那一次的疾言厲色中，受到了太大的斲傷；她對自己失去了信心，也就失去了生趣。

直到臨終，她還含淚向聽說她病重，趕到她宮中探視的乾隆謝罪；她沒能好好約束、規勸父兄，讓皇上生氣！

乾隆這才知道，當時他在氣頭上說的那些話，竟是浣雲的「催命符」！尤其聽到三格格，哭倒床前，聲聲「額娘，您不要走！您睜開眼，看看丫丫呀！」的哭喊，更了解她在三格格身上花的心血；對三格格而言，雖然是蘭沁所生，心目中真正的慈母，卻是浣雲！

一念及此，更使乾隆深自失悔。想起她生前種種的好，心痛地對蘭沁說：

「是我對不起她！我明明知道她是心細如髮，多愁善感的人，卻為了她父兄一點失誤怪罪於她！又忙於國事，冷落了她。讓她懷著那樣憂懼，鬱鬱而終！」

蘭沁想到她這位好姊妹，想到她的知情解意，尤其對三格格的慈愛，也為心傷之落淚：

「我該早點提醒皇上的！只是，那一陣子，皇上為各地災荒，焦頭爛額。我也不敢拿後宮瑣事煩擾皇上。我也問過太醫，也沒說她有什麼大病，總以為她休養一陣，也就好了。是我太疏忽……」

乾隆撫著她的肩：

「不！她不是死於病，而是死於積鬱，怪不得別人！如今，只有好好的為她治喪，以慰芳魂於九泉之下。我想，當初你曾建議封她為『皇貴妃』，我卻只肯封她『貴妃』，原想留待日後晉封。想不到，如今只能追封了……」

蘭沁聞言跪了下去：

「蘭沁替浣雲謝皇上恩典。還請皇上賜她一個美諡。」

乾隆黯然，想了一下：

「她夙性聰慧，又溫婉賢淑，就諡『慧賢』吧！」

蘭沁雙眼微溼，再度謝恩後，道：

「『慧賢』二字，實至名歸。蘭沁代『慧賢皇貴妃』叩謝皇恩！」

頓了一下，她抬起一雙淚眼，凝視著乾隆。問：

「如果，有朝一日，我也離皇上而去，皇上準備給我個什麼謚號？」

乾隆一聽此言不祥，摀住了她的嘴：

「我們結髮為夫妻，永遠不離不棄，一定要白頭偕老的！你怎麼問起這個來？」

蘭沁反手握住他的手，帶著迷濛的微笑：

「天下無不散的筵席！皇上素來以曠達自許，說說何妨？」

乾隆還是不願意想這樣的事，便反問：

「那，你自己說，你想要什麼？」

蘭沁莊容道：

「我只希望在皇太后膝下，能恪盡『孝』道。正位中宮，為皇上妃偶，能以一『賢』字統領六宮。就是『孝賢』！」

乾隆感動的將她擁入懷中：

「『孝賢』二字，你當之無愧！只是，我們一定要白頭偕老！雖不能同日生，卻要同日死！我絕不許你半途棄我而去！」

卻因她這一提，心中無端興起不祥之感……

第十四章

乾隆希望皇后為他生嫡子的願望，直到乾隆十一年才得滿願。

當他聽說皇后分娩時，幾乎為之坐立不安，口中不斷的念著佛。直到太監飛奔而來向他賀喜，說：「恭喜萬歲爺！皇后生的是位阿哥，母子均安！」

他才鬆了一口氣，立時看賞，又連忙到皇太后處報喜。看他那麼高興，皇太后也十分喜悅。母子彼此道賀，使得他更為歡欣。

顧不得「規矩」，第三天他就再也忍不住了，命駕長春宮，看他的愛妻；這一個孩子，生於四月八日，恰是佛誕之日，令他格外喜悅，覺得孩子是帶著佛祖庇佑而來，應該是有福氣的！

當他來到長春宮探視他最心愛的皇后時，發現蒼白卻帶著滿臉喜悅滿足笑容的蘭沁身邊，躺著的這個嬰兒，竟酷肖當日初生時的永璉！

他不覺仰首向天；感謝上蒼，也感謝列祖列宗的庇佑！這個孩子，竟宛似上天用以補償他失去永璉的禮物！

當初，堅持要為「庶母」慧賢皇貴妃服一年的孝，而延後了婚期。卻也因著蘭沁著意補償，而與生母蘭沁重新建立了母女親情，又堅持陪侍懷孕的生母，再度延緩婚期的「固倫和敬公主」——三格格，也喜孜孜的向父皇叩賀：

「女兒叩賀皇阿瑪喜獲麟兒！」

望著如今已亭亭玉立的三格格，又見她們母女之間，如今水乳交融的濃郁親情；三格格也因著母愛的滋潤，而不復浣雲薨逝之初的愁眉淚眼，更覺喜慰開懷。

一手把她拉起來，輕拍著她煥發著青春光彩，白裡透紅的臉頰，開著玩笑：

「皇阿瑪也祝賀你又多了一個弟弟！」

三格格愛嬌地偎著他，笑著說：

「小七弟！」

的確！這是乾隆的「皇七子」了！又是他千盼萬盼的「嫡子」，怎不讓他喜動顏色！

見父女倆手牽著手，圍在床邊看新生兒。讓蘭沁覺得，就這一幕，已抵得她因著高齡懷孕害喜，因著分娩所受的千辛萬苦！

她不由把溫柔的目光，也隨著他們，落在這個肖似永璉的新生兒身上。當她看到這孩子時，也有著是永璉再度投生，安慰她喪子之痛的錯覺。

乾隆心滿意足的轉過頭來，緊握著她纖瘦的雙手：

「為了懷他、生他，你受苦了！」

他也知道，以她的年齡懷孕生產，不但辛苦，甚至還冒著極大的生命危險！

蘭沁疲弱卻喜悅，微笑著說：

「能為皇上再添皇子，是我最大的榮幸！也令我此生再也無憾了。」

乾隆回顧三格格，指著她又指著新生兒，笑道：

「朕也無憾了！女、子，合一個『好』字！復有何憾？」

贏回了三格格的心，又以三十五歲的高齡，為皇帝生了嫡子。蘭沁心中又生起了那種「幸福太過」的感覺。

三格格在一邊嬌憨地問：

「皇阿瑪！這個小弟弟，叫什麼名字呀？」

一般，皇家很少在孩子初生就命名的。像這孩子行七，通常就先只以排行稱「七阿哥」。皇子、王子的命名之事，通常由宗人府官員主持；他們會照著輩分，擬出幾個名字來供皇帝或王爺來挑選。

而在喜不自勝中，他聽三格格這麼問，心中靈光一閃：

「他是朕嫡出之子，就叫『永琮』吧！」

「永琮」這個名字，透露出他的心聲：這是他的「承宗之子」！

永琮的出生，使他又燃起了「嫡子繼嗣」的希望。除了對蘭沁，他倒也沒有跟別人說。但，從「母愛子抱」，他對這位七阿哥的偏疼偏寵中，大家心裡有數：這又是他心目中的儲君人選了。

皇家喜事頻傳。永琮尚未週歲，在乾隆十二年三月，皇帝為他最心愛，已然十六歲，也是嫡出的「固倫和敬公主」三格格，舉辦了盛大的婚禮。將她下嫁他當年在熱河行宮看中，又帶回宮中與阿哥們一起教養。經過多年親自調教觀察，認為的確「配得上」他的愛女的色布騰巴爾珠爾。

為了捨不得心愛的三格格遠嫁蒙古科爾沁，他讓內務府在京城中為和敬公主營建了規模格局相等於諸王府邸，美侖美奐的「和敬公主府」，命小倆口子婚後留住京師。

這讓蘭沁十分高興感動。前代的公主們，若指婚下嫁蒙古，往往就得辭別了父皇、母后、母妃，離開從小居住的皇宮內院，隨著額駙，回到額駙的故鄉——遙遠的蒙古去。再想見面，除非隨著夫婿來朝，就很難了。而她的三格格，在皇帝這樣的刻意安排下，還是住在京師！雖然，未必能像當日說的笑話：五天回宮一次給皇阿瑪、皇額娘看。但這個女兒，能就近住在京城裡，隨時可見，的確讓她非常欣慰。

令她欣慰的，還不僅於此；她的哥哥、弟弟，都受到皇上非常的賞識重用；哥哥傅清被任命為「駐藏大臣」。弟弟傅恆，也已長大成人，而且被皇帝視為左右手，調任戶部尚書；當年，他們的祖父米思翰，就是以「戶部尚書」任內政績斐然，為世人所欽重的。如今，傅恆也當了「戶部尚書」。等於富察家有「承宗之孫」，又讓她如何不喜！

雖然如此，她以高齡生育，還是元氣大傷。尤其永琮幼小，而且，也許因為生他的時候，母親年齡較大，他的體質也並不十分健壯。因此，她鞠之育之，尤其辛苦。

皇帝也曾勸她，為了保養身體，何妨如其他妃嬪那樣，把孩子交給宮中奶娘、保母、婦差看視，不必這樣辛苦的事必躬親。

但，她總覺得，皇帝既已視永琮為「承宗之子」，她一定要親自鞠育，才能保證他在自己的呵護教養下，奠下日後為「明君」的基礎。若交給婦差，她們當然會把衣食冷暖之事照應周到。但身教、言教，培養他人格、行為的良好品質，又豈是她們能勝任的？

她每在照顧永琮時，想起培育出「聖祖仁皇帝」的「孝莊文皇后」來；若不是這位當時的「太皇太后」親自培育教養，哪能教出這位都說是「曠古賢君」的康熙皇帝來！

她雖然不敢說也能有「孝莊文皇后」那樣聰慧、睿智、明達，至少，總能讓永琮在她的言教、身教下，成長為一個仁慈、正直的皇子。如果有幸繼位，做個勤政愛民的好皇帝！

這種用心與勞瘁，使得她一直無法將養過來，回復健康。但她再累，也絕不肯在皇太后或皇帝面前，顯現出病容疲態。她不願讓他們疑慮擔心，總是強自撐持著。

一向不喜妝扮，總保持著天然風韻，每被乾隆愛賞，喻為「出水青蓮」的她，開始薄施脂粉，淡掃蛾眉了。卻不是為了愛美之心，只是為了遮掩顯得憔悴的病容。

辦過三格格的喜事之後，皇帝靜極思動，在六月間下諭：來春奉皇太后東巡，親奠孔林，祭祀「至聖先師」。並命相關的各部衙門，開始預備。

其實，他想到山東，還有一個不便明說的原因：他想登泰山，為他心愛的皇后蘭沁祈福，為永琮的出生謝天。

這事讓他十分興頭；他一直嚮往著祖父康熙皇帝幾度南巡的事功。雖然這些年，他常奉太后出關避暑，但，從沒有機會往南邊去。

想著從詩書中讀到那稱得「山溫水柔」的江南美景，他心嚮往之。又恐怕那些漢臣不免把「下江南」與逸豫遊樂劃上等號。因此，他準備把這一次的東巡，當成開端；親奠孔林，理由正大。而且奉皇太后東巡，更是示臣民以「孝治天下」的正大名目，沒有人敢提出異議。

有了這一開端，以後，再要南巡，就不那麼突兀了。

然而，蘭沁是否隨行，卻是一件難以取決的難題。他多麼希望她能同行！但是，永琮年幼，須要照料，此其一。其二是她的身體還是不十分硬朗，是否經得起一路跋涉的風霜勞頓辛苦？

對東巡，蘭沁也是嚮往的。尤其，若是奉太后東巡，她身為中宮，竟不隨侍，會讓她感覺孝道有虧。

去年秋，皇帝奉太后拜泰陵，並登五台山、駐蹕保定府。就因她分娩不久，且永琮幼小，皇太后下懿旨免她隨行。今年夏天，皇帝將奉太后出關避暑。太后又以她分娩雖已一年，身體一直不太好，永琮又還小為名，特傳懿旨，要她在宮中養息，不必隨行。

她在感念太后體貼慈愛之餘，深覺有愧。甚至，有些惶恐，深怕太后心中因此對她有所「嫌棄」。而且，一再「偏勞」嫻妃陪侍太后，也讓她覺得不安。雖然皇帝一再解慰，她終覺於心耿耿。於是，她一再向皇帝表示，她陪侍皇太后東巡的誠心摯意。而且：

「拜孔林、登泰山，也是我從小夢寐期望的機會，怎能錯過！」

乾隆知她心意，便道：

「那，最重要的，就是你得好好將養。不然，再盼望也是空談！」

他卻不忍告訴她，他感覺太后「豁免」蘭沁隨行，未必是真心體恤；因為，這兩次蘭沁未隨行，太后總有意無意的拉攏他與嫻妃在一起。讓他意識到太后不要蘭沁隨行，真正的目的，恐怕是為了給嫻妃製造機會。

太后一定沒有想到，因為她做得太明顯了，反而激起皇帝對嫻妃的反感；覺得她居心叵測，妄想「奪嫡」！

因此，反而讓皇帝更格外眷念皇后；她從來歸，就是他心目中最知情解意，而且是唯一能與他同甘共苦，並分憂解愁的知己！在他的眼中，她幾近完人！

對太后的孝道，對妃嬪的寬容，對不論是否她親生的子女，一視同仁的慈愛，還有，對他那流露在體貼入微，流露在眼神眸光中的款款深情！

事實上，蘭沁也無愧於他的依戀眷愛；她同樣是在來歸與他第一次見面時，就把全部的深情摯愛放到他的身上了。

別人都羨慕著她正位「中宮皇后」。其實，她最懷念的，卻是她當四阿哥「大福晉」的那一段日子。那段日子，他們的生活中有的是暇豫，可以同几共硯的讀書、寫字、作畫；可以相攜於御花園中，一邊賞花，一邊聽每每詩興大發的他為她吟詩；他知道，自己的詩作得並不是那麼好。但有她這樣的知己在身邊，他就常覺得詩興勃發。

在他偶然心情不好，或為什麼事傷神的時候，蘭沁是他唯一可以傾吐衷腸的對象。而在他高興的時候，她更是他唯一樂於分享快樂的伴侶。

雖然高浣雲具有妃嬪中無人可及美貌與才藝，她的柔情雅趣也頗讓他傾心。但蘭沁給他的生活樂趣，毋寧更家常、更溫馨。她蒔花藝草，她讀書習字，都那麼自自然然，不刻意，也不炫耀。反而讓他覺得比之高浣雲，更讓他感覺熨貼自在。

於是，他了解了蘭沁對他的意義。其他妃嬪們對他的種種曲意逢迎，往往是因著他是「皇帝」，也是她們生命中唯一的男人。他掌握、主宰著她們命運的榮枯。她們不論為了自己的名位，或為了「承恩」的機會，都不能不把他侍候好。

而他與蘭沁之間，卻有如尋常夫妻；彼此之間，沒有那一份刻意討好的「機心」，自自然然的同悲歡、共榮辱，相依為命；沒錯！就是「相依為命」！

「你一定要好好將養，趕快好起來！」

也許就為了一起東巡的心願，蘭沁的健康果然漸有起色。卻不意，皇太后卻又病倒了！

皇太后素來硬朗，在入秋之後，偶感風寒。原先他並不認為是什麼嚴重的事，不意服藥並未減輕，反而加重了。

身為統領六宮的皇后，「侍疾」不僅是孝道，也是為人子婦應盡的責任！尤其，蘭沁這樣求全責備的心性，更是天天陪侍在「慈寧宮」中，親侍湯藥。很快的，好不容易才養好一點的健康，在憂心與勞累下，又前功盡棄！

她不肯假手其他的妃嬪；她認為，她自己責無旁貸！

皇太后的病，已讓皇帝擔心。又怕蘭沁身體因此累垮了，便親自出面分擔，好讓蘭沁息肩。因為皇帝的「親侍湯藥」，倒又贏得一片頌揚「大孝」之聲。

好不容易，皇太后病體漸漸痊癒，皇帝、皇后才放下了心，時序也到年底十二月了。

不意，在大家興沖沖正忙著準備過年的時候，才蹣跚學步，牙牙學語，聰明俊秀，宛似永璉再生，而不僅讓他的父母疼不夠，太后也非常疼愛的皇七子永琮又病了！

太醫診視結果，竟是滿人所最恐懼的「出痘」！

這漢人視如尋常的病，對滿人竟是逃不過的夢魘。尤其皇室，誰不知道世祖章皇帝就死於出痘！更是小心翼翼的防範著。誰料到，還是傳入了宮中。而且，首當其衝的，竟就是幼小的皇七子永琮！

皇帝立時下令民間：不許潑水、點燈、炒豆！然而，於事何補？

嚴寒的天氣，到處積雪成堆。琉璃瓦簷上，垂掛下一條條的冰凌。而更冰、更冷的，是蘭沁的心！

她日日夜夜的守在永琮床邊，只見永琮俊秀的小臉，燒得通紅。

每一聲「皇額娘」的呼喚呻吟，都尖刀一般扎在蘭沁心上。

永琮小小的身子，蓋著她親自為他縫製的百衲被；一針一線裡，縫進了多少的祈禱與祝福！

雖然，皇帝一再說，這是他的「承宗之子」。她卻真的並不在意他是否未來承宗接位，只希望他能平平安安的長大成人！

然而，是她無福薄命？是她生來剋兒剋女？為什麼四個兒女，仙兒去了！永璉去了！如今，永琮又已氣息奄奄……

她雖不想面對，不想接受，卻心中明白：這又是個不屬於她，不允許她長久擁有的孩子！是不是她不配擁有這樣好的孩子？如果他們真的都注定早夭的命運，又何必讓她懷、讓她生、讓她養、讓她愛，然後生生的從她懷中奪去！

那種生生割裂的痛，真讓人痛不欲生呀！她自問並無失德，為什麼上天就是這樣的殘忍，一而再、再而三的要她承受喪子之痛！

永琮終於在她懷中嚥下了最後一口氣。她木然的抱著那漸漸冰冷的小身體，連眼淚都沒有了。痛，抽空了她的思維，她的感覺。

她的世界，只剩下一片空茫……

乾隆守在她身邊，無語相慰；他也一樣的痛！在痛苦中，他自責：是不是因為他太剛愎，一心想要「行先人所未行之事，邀先人所未獲之福」；從入關以來，順治、康熙、雍正三朝，都不是以「嫡子」繼位的！是不是因為他堅持建立「嫡長繼位」那屬於漢人的宗法制度，因此受到了祖先的譴責？

因此，已被他寫入上諭，立為皇太子，封存放到「正大光明」匾後的永璉夭折了！因此，他心中視為「承宗之子」的永琮夭折了！

永璉，還活到九歲！而永琮，甚至還不滿兩歲！

最情何以堪的是：永琮之逝，正當天下百姓都歡欣鼓舞送舊年、迎新歲的當口！

即便是「一人有慶，兆民賴之」的皇帝，這種椎心的痛苦，竟也只能屬於自己。傷心，也只屬於他與蘭沁兩個人。即使是皇太后，也畢竟隔了一代，未必能領會他們椎心的痛苦。

永璉，因為是他寫入密詔立為「太子」的，除了諡「端慧皇太子」外，他輟朝五日，命以「皇太子」之禮治喪。而永琮，雖然他在心目中也視之為太子，卻因著尚在襁褓，也沒有正式寫入密詔，不能視為「皇太子」。他只能給他一個「悼敏阿哥」的諡號，無法比擬「端慧皇太子」。喪禮也只能以他是皇后所生的嫡子，而且皇后來歸十餘年，賢孝寬仁，堪稱賢后，而所生嫡子再遭不幸，為撫慰皇后喪子之痛：「視皇子從優」。

因著永琮之死，蘭沁又大病了一場。而在過完春節，皇帝接到欽天監第一件的報告，就是：

「客星見離宮，占屬中宮有災。」

「離宮」，是天上名為「離宮」的六顆星。就在乾隆十二年底，忽然有一顆時隱時現，又忽明忽暗的星，出現於離宮六星間。

就傳統的說法，這顆無端出現的「客星」闖入離宮，預示著中宮皇后有災難。

乾隆聽說，深深嘆了口氣：

「皇后有喪子之痛，中宮之災已然應驗了！」

對皇后而言，還有什麼比「喪子」更大的災難？一心放在皇后身上的他，直覺而武斷的以此自解，卻沒有看到欽天監欲言又止的表情……

「客星見離宮」的異象，過了幾天就消失了，他也就把這事丟開了。只切切囑咐御醫們，一定要好好的醫治調養皇后的身體。

他自己也幾乎一有閒暇，就寸步不離的守在長春宮，守在他因傷心欲絕，而體弱多病的妻子旁邊。他不想惹她傷心，便也不提幾個夭殤的孩子。只跟她談一些他們初婚時的情景，希望這些往日的歡愉，能提振她的生命意志。

冰雪聰明如蘭沁，如何不能領受其中的深情摯意？她感恩、感念，不要說他貴為皇帝，就算一般民間女子，又有幾個能得配如此溫柔多情夫婿！連殤三個兒女，不但未曾見責，還如此柔情慰藉！

想到這幾個孩子，同樣也是他的愛子、愛女，他何嘗不悲不痛？卻為了自己，不但強行隱忍，還要強顏歡笑！她又於心何忍！

她就算是傷心欲絕，也要為了他，和他的愛振作起來！

這一股力量，支撐著她的病漸有起色。

預訂長行東巡的吉日，也漸漸近了。她是否隨行，頗讓乾隆取決不定：以她的身體狀況，是否能受得了旅途辛勞？但，如果她不去，他也是心懸兩頭，又如何放得了心？

他感慨萬端：本來興起東巡之念的原因之一，是因為皇后為他生了嫡子，想到泰山去謝天的。豈知，車駕未啟，永琮已然夭殤，還賠上蘭沁因傷心過度致疾。

在他說起對她是否隨行的兩難困境時，蘭沁卻決定了：去！

她委婉地說：

「臣妾連日夢到『碧霞元君』召喚我。在夢中，我曾應諾隨皇上去泰山，到『碧霞靈應宮』還願。」

相傳，碧霞元君為「泰山神女」。因此，宋真宗時，在泰山之巔修了「昭應祠」，並封泰山神女為「天仙玉女碧霞元君」。

明代後，擴建的「昭應祠」改為「碧霞靈應宮」，香火鼎盛。宮中所祀，就是這位泰山神女碧霞元君。

讓乾隆詫異的是，他已聞奏「碧霞靈應宮」在東巡的日程上，但因為蘭沁正在病中，他並不曾告訴她。不意，冥冥間，她卻受到了碧霞元君的召喚。

「看來，碧霞元君與你有夙緣！她既召喚你去，一定會保佑你的！那就決定了：你隨我奉皇太后東巡！」

他握著她的手，認真的說：

「可有一件，你得答應我！這幾天要格外的好好調養！出門之後，你也別再像在宮中，樣樣放不下，什麼都要親力親為！我會為你準備鳳輿，你只要隨在母后鑾駕之後就行了，什麼也別管！」

蘭沁微笑一福：

「皇上恩典，臣妾遵命就是！」

乾隆道：

「我也要到碧霞宮去拈香，為母后與你祈福！」

準備長行的事，緊鑼密鼓的進行著。為了讓蘭沁有人隨身陪侍，除了她貼身的宮女，和親貴命婦，乾隆還特別要和敬公主隨行。希望這個皇后親生四個孩子中，唯一存活的女兒，能安慰皇后的心。

就表面來看，蘭沁的確健朗多了。她已把她的喪子之痛，深深埋到了心底。她不要讓愛她、關心她的人擔心難過。在她這一次的喪子之痛中，各宮的妃嬪們，也都表示了她們最大的關心與同情；十幾年來，她竭誠相待之情，畢竟還是感動、也感化了原本因為她以皇后之尊，還受到皇帝專寵的不平之心。

她不斷的回顧省視自己這一生的為人行事。讓她安心的是，她對所有的人都盡了她最大的善意。她對所有的責任，也都盡了最大的心力。她自覺，無論發生了什麼事，她都可以無憾、無愧了！

一念及此，她表現於外的，是一種令乾隆不解，卻感覺安慰的平靜安詳。當他省視她時，感覺她蒼白的容顏，近於玉般的透明澄淨，雙眸更澄如秋水，宛似不食人間煙火的仙子。

他高興，她似乎真的從悲哀中走出來了。他記得幾次出巡，她都因著走出了深宮內院，顯得非常開心。尤其到了美景如畫的地方，更是彷彿像孩子一般的沉醉在自然美景中，每每留連忘返。

他相信、也希望：這一次東巡，也能帶給她愉悅的心情。

他不再奢望她為他生嫡子了。但他希望她身體好起來，讓他們就做一對只羨鴛鴦不羨仙，白頭偕老的恩愛夫妻吧！

第十五章

乾隆十三年二月初四，皇帝、皇后雙雙扶著太后上了鳳輿。然後各自登輿。前導的黃蓋、鹵簿、儀仗依次列隊而行。然後是皇帝、太后、皇后的車駕。

扈蹕的人員，或騎馬，或乘車，簇擁在後，浩浩蕩蕩的依次隨行。這是乾隆登基以來，最盛大的出巡陣容；上一次遠行，是陪侍太后到盛京恭謁福陵、昭陵。向南行，這還是第一次！留在宮中的妃嬪，在帝后出宮時，宮門跪送。不隨行的王公大臣，則在大清門兩側跪送。

這一次的路線規劃，是出京後向南行。越過直隸，往山東去。

出門在外，許多事都得隨遇而安。大地方，還可以駐蹕官府衙署。也有些行經的地方，根本沒有可以安置的處所，就只能在臨時搭建的「行幄」中過夜了。

當然，如果皇帝早些下令，沿路趕建「行宮」，也沒有什麼不可以。但是，乾隆不願擔「擾民」之名。更何況，山東在前一年，齊河、東平等八十七個州縣遭遇水災，他還曾特別下詔賑濟過。又豈能為了自己東巡，給百姓雪上加霜，落下「勞民傷財」的口實！

白天旅途勞頓，晚上也不能有個安適地方的居住，以供安眠。他是個年富力強的男人，有時都覺得疲累。想到太后有了年歲，蘭沁又大病初癒，不覺心中有些失悔。

太后倒還好。上年病後，由於調養得當，已然恢復了健康。而且他也知道，太后是心性單純，不大用心思的人。累了，反而吃得香，睡得好。只要晚上能睡上一場好覺，第二天就仍然是神采奕奕。

蘭沁就不一樣了。她才經過一場喪子之痛後的大病，本來身體就不那麼硬朗的她，經此一病，更形孱弱。

而且，她心思細膩，又求全責備；她待人固然寬厚，卻不曾以這樣的「寬厚」對待過自己。因此，雖然他再三切囑，要她不要拘禮，不要操心。但在旅途之中，她還是不但對太后的晨昏定省，不肯稍有疏闕。對隨行的公主、命婦們，也是時時顧念、關照，不肯讓她們在生活上受委屈，也不肯因病推託她認為應盡的責任，讓自己擔上「行事不周」的非議。

而且，他想到蘭沁素來有擇席之病；陪他到避暑山莊，開始幾天，常需要服藥安神，才能好睡。總也要過了好幾天，漸漸習慣了，才能調適過來。而此行，一路上天天都得換住的地方。「居無定所」的，要湯要藥也不那麼方便。而以她的性情，再怎麼勞累，她也不會肯講，更不肯給人添麻煩，只會默然承受種種的不便與辛苦。

想到這些，他不覺心疼。然而，已然走到這一步了，失悔何益？

既是出巡，行程中，每天都安排著不同的活動。他常必須接見地方官員、士紳，關注民生疾苦。垂詢當地的需要，及風土人情。也在他們陪同下，遊覽各地勝景。

有一點閒空，首先是到皇太后那兒請安，陪著閒話家常。然後才能到皇后的行幄去，探視他一直懸念的皇后。

看到她的風霜憔悴之色，使他深覺歉然：

「還是錯了！不該選在這時候就出門；雖然說已過了立春，但天氣還沒有回暖。冒著春寒料峭，一路上雨雪風霜的長途跋涉，讓你這麼吃苦受累！」
蘭沁笑了：
「皇上！連皇太后都不怕吃苦受累，皇上這麼說，可讓我羞煞、愧煞！只怪我自己身體不爭氣，不但沒能好好侍候太后，倒讓太后和皇上操心！」
「還是怪我，當初就不該希望你來！可是……你不在身邊，我總覺得不自在。尤其你身體不好，分隔兩地，我也不放心。」
他深情款款的握著她的手：
「雖然話這麼說，你還是應在宮裡將養，不該讓你這麼奔波勞累的。一場大病才好了七八分，又這麼勞累。萬一……」
他一言出口，忽然自覺不祥，又急急嚥下。蘭沁聽出了他的憂慮，平靜淡然的笑了：
「皇上！不都說是『捨命陪君子』嗎？我這也算是『捨命陪君子』，無怨無悔！」
「別說這些！就算是『陪君子』，我也不要你『捨命』呀！」
蘭沁又笑了：
「有道是：生死有命，富貴在天！皇上素來曠達，怎麼連這一點都看不破？若是我命該如此，出不出來，也都一樣！出來，至少總還能陪在皇上身邊！還又看到這難得一見的江山勝景。再怎麼樣，我也都沒有遺憾了！」
乾隆摀住她的嘴：
「不許說喪氣話！我不要聽！我跟你做夫妻，百世千世都不夠，你怎麼能想這些？」
因著這話題不吉，他想，一定要營造一點喜慶氣氛，來沖掉心頭那點說不出的不安。隨即道：

「我想起來了！二月二十二日，是你的壽辰！照著行程，那天還到不了曲阜。反正不管到哪裡，我都要在駐蹕之地，給你做壽！」

蘭沁急急阻止：

「父母在，不言壽！皇上奉皇太后出巡，怎好勞師動眾的給蘭沁做壽！」

乾隆卻不依：

「太后最喜歡熱鬧！這一路經州過縣，好些地方都在上年遇災荒，也不能再驚擾地方。所以，我一路或加賑濟，或減免賦額的給這些行經之處加恩。這樣，也算是嘉惠百姓，好給太后和你累積福澤。想來這一路，太后也悶得慌。既然趕上了你過生日，正好藉著這個名目，好好熱鬧一下。也算是戲綵娛親，你就不要推辭了。」

他握著她的手：

「只是，出門在外，不比在宮裡，開宴、演戲，諸事趁手。出門在外，也只能將就著。隨遇而安吧！」

二十一日，抵達了河源屯。聽太監傳旨：第二天是皇后千秋壽誕，一路風塵僕僕的官員，都忙著修整儀容，沐浴更衣，以示隆重。

在皇后壽誕當天，王公大臣們都換下了一路行來風塵僕僕的行裝。照著「花衣期」的定例，穿上蟒袍補服，翎頂輝煌的參加皇帝在黃幄前擺設的壽宴，向皇后拜壽。

當地士紳們聽說了，更十分興奮，覺得這是地方上難得一遇的盛事。也連忙召集了民間藝人，就在黃幄前搭台，百戲雜陳，恭祝「皇后千秋」。

這些演出，當然比不上宮中的絲竹雅奏，卻也別有一種淳樸的野趣。對久居深宮的皇家成員來說，還真是耳目一新！

皇后無可推托，一大清早也換上了朝褂。率著隨行的宮眷們，先到太后的行幄，向太后行禮。太后的確如皇帝所說，素來喜歡熱鬧。也高高興興的受了禮，並賜給皇后一柄鑲金嵌玉的「如意」，以為祝福。

皇后謝恩接過了如意。又到皇帝的黃幄，向皇帝行禮。領受了皇帝特設的壽宴，也接受了百官與民間百姓的祝福。

直鬧到下午，皇后才回到自己的行幄裡，卻也還沒法休息；由和敬公主領頭，隨行的妃嬪、各王府的福晉、命婦，早已在行幄前候駕了。等她回來，才坐定，就排班的進來，依禮分班向她行禮祝壽。卻不知這些「禮」，對已然萬分疲累的皇后，是何等的沉重負擔！

還好，和敬公主發現她母后滿臉倦容，似乎已支撐不住了，立時阻止這沒完沒了的繁文縟節。讓宮女早點伺候母后休息，自己代替母后當主人，傳膳賜宴，接待道賀的命婦宮眷。

一直到晚上，皇帝才得閒，前來探視。興高采烈的皇帝，全沒注意到皇后雖經休息，卻仍有些委頓。但蘭沁還是強自撐持著，陪他敘談，不肯讓他掃興。

兩天之後，他們終於抵達了曲阜；也是此行所宣示的目的地。

皇帝照著行程，首先往孔廟行禮。當年，康熙對這位「至聖先師」所行的是「三跪九叩」大禮，並親書「萬世師表」匾額懸掛在大成殿上。

乾隆來到大成殿，也行禮如儀。

行禮後，他瞻仰著聖祖康熙親書的匾額，心中充滿了孺慕之情。聽說，當年皇祖曾將御用的曲柄黃蓋留在大成殿供奉。也立即下令照辦！

第二天，他又率著隨行王公大臣恭謁孔林。

孔林本是至聖先師孔子的墓地。當日弟子們廬墓時，廣植樹木，圍護墓地，日久成林。皇帝到此，也酹酒澆奠，行禮如儀。又詣就在附近的少昊陵與周公廟致祭。並賜宴孔子的嫡系子孫「衍聖公」孔昭煥，及博士等，算是「功德圓滿」的完成了曲阜的預定行程。

完成「恭謁孔廟」、「親奠孔林」兩大要事，當日昭告天下的此行「目的」算是完成了。接下來，就是可說雖是附帶，對他而言，卻是嚮往已久的心願：登上泰山之巔！

從入山東境內，直到抵達了泰安，才算有了比較舒服的住處；泰安有一座行宮，正座落在泰山腳下。在這裡，皇帝命太醫院隨行的御醫，為皇太后與皇后請脈，並煎了滋補的藥物，好讓她們養足了精神體力，再行登臨泰山。

登泰頂，不但是乾隆的嚮往，同樣也是蘭沁自幼不敢期待的盼望。或也因此，她的精神特別亢奮。竟一掃連日病容，顯得精神十分健旺。

在登頂之際，她與皇帝一左一右的扶著皇太后的鳳輿，以盡子婦之禮。由於登高費力，她額上微微見汗，臉頰也透出了久違的紅潤。

看在乾隆眼中，心中格外高興。覺得果然是「碧霞元君」保佑！不覺臉上露出了喜慰的笑容。蘭沁見他歡悅，也含情脈脈的以微笑回報。落在隨行的大臣、太監、宮女眼中，都不禁微笑；深幸帝后之間伉儷情深，幾可稱為「人間仙侶」！

雖然已過了立春，畢竟時候還早。一路上，不見綠樹紅花，只見老綠或枯黃的樹枝在寒風中搖曳。但，清冽的空氣，開闊的視野，壯美的山河，還是讓人為之神清氣爽。

泰山之上，宮觀甚多，也有不少勝景。像朝陽洞、碧霞宮、青帝宮、玉皇頂等。每到一處，都由皇太后率領著皇帝、皇后拈香祈福。

「國泰民安」自然是乾隆第一的祝願。其次，就是為皇太后與他最摯愛的蘭沁祈福了！尤其在「碧霞宮」，他在碧霞元君前默禱良久，祈求碧霞元君保佑，讓他與蘭沁白頭偕老！

蘭沁心中也若有所感，在碧霞宮裡留連，久久不忍離去。

當晚，駐蹕山頂。在伺候皇太后睡下後，乾隆攜著蘭沁的手，走出屋宇，來到岱頂的平台上。在清冷的夜晚，仰望天上閃閃星辰。因為天色清朗，竟似伸手可摘。

因為時間不對，沒有月亮。乾隆頗覺遺憾：

「選的時間還是不對！雖說已是早春，這兒不比南邊地氣暖，氣候還是太冷。而且，一片荒涼。這兒應該在春末夏初來才是，那時一定景色清幽，氣候宜人！」

蘭沁卻道：

「四時風物，都有可觀之處！雖然綠樹青草還沒有發芽，我卻已感覺在荒涼之中，其實蘊藏著無限生機呢！」

乾隆笑道：

「你說得好！再不多久，這兒就該滿山的綠樹蔥蘢，滿地的野花爛縵，炫人眼目了。」

他說著，假意伸手做摘星狀：

「要什麼摘星樓？這兒才真像伸伸手，就能把星星摘下來呢！」

他童心大發，雙手虛捧，道：

「來！朕賜你明星一顆，以為生生世世為夫妻的信物！」

蘭沁也伸出雙手，假意接過，微微屈膝：

「臣妾謝主隆恩！」

乾隆一把將她攬在懷裡：

「可惜，沒選上月圓之日，不能在此賞月，也沒法看到『海上生明月』的詩境。」

蘭沁閉起眼：

「何必目睹？境由心生又何妨？」

乾隆也學著她，把眼睛閉著，笑：

「我看到了！皓月東昇，有如冰輪！銀光如練，月明千里！那月宮裡的嫦娥仙子，跟你長得一模一樣！」

蘭沁見他說得認真，笑倒在他懷裡。他睜開眼扶著她纖弱的身子，附耳道：

「我還真想把月亮摘下來賜給你呢！」

第二天一早，他們又雙雙到峰頂觀日出。曉寒侵人，雖然披著貂皮的披風，蘭沁仍感覺寒意侵人。但她沒有說；她知道，若她稍一表示，皇帝一定會立時命人送她回去，甚至連他也都會無心觀日出了。而在泰山之巔觀日出，是多麼難得的機緣！因而隱忍不言，只靜倚在他身邊，等著日出的那一剎那。

彷彿在他們腳下的雲海，變幻著難描難畫的絢麗色彩。然後，一輪紅日躍出雲端。金紅色的光芒，立時灑遍了整座山峰。使人心中不覺充滿了莊嚴肅穆，與對大自然的敬畏之感。

蘭沁凝視著那一輪向上升騰的麗日，喃喃道：

「只此奇景，便什麼都值得了！」

乾隆笑道：

「『登泰山而小天下』！我這總算是領略了。等你好好把身體養壯了，來年，我們再巡遊江南！」

蘭沁微笑，卻沒有說話。身體的疲弱，使她對「未來」不敢想望。

下一站是濟南。乾隆興高采烈的跟蘭沁說起幾處名勝：趵突泉、帝舜廟、歷下亭、大明湖。道：

「你不是喜歡李清照的詞嗎？這一下，可到了她的故鄉了！」

不料，半路上，春雪不期而至。突來的嚴寒，終於把一路勉強撐持的蘭沁擊倒了。然而，在她刻意的隱瞞下，乾隆還無所覺。

春雪來得快，也去得快。三月初三上巳日，春雪初霽，世界宛如水晶宮一般。他騎在馬上，詩興大發，口占了一首七律：

又值佳辰三月三，春光馬上好吟探。雲中隱約山含黛，雪後熹微天蔚藍。

花屋菜畦圍郭外，竹籬茅舍學江南。蘭亭即景思臨本，肥瘦諸家未易諳。

他正自得的想，等到了地頭，可寫下來與蘭沁共賞。卻見和敬公主騎著一匹馬，從落後的皇后鳳輿那邊追上來，目中含淚，驚惶失措：

「皇阿瑪！皇額娘昏倒了！」

因為皇后病重，整個東巡的隊伍，都陷入了混亂。勉強支撐到了濟南，為免臣民驚疑，乾隆只能把皇后留在行宮，還是勉強照著行程作息。只是，誰也看出了，皇上即使是在奉太后遊覽的時候，也是心神不屬。每每草草結束行程，就趕回行宮。而且，原先預訂從濟南回蹕，也沒有進行，只日復一日的滯留在濟南。

事實上是皇后的病體，已經沉重得經不起回蹕的長途跋涉了。

看著蘭沁的病勢有增無減，皇帝心急如焚，覺得滯留濟南也不是辦法。一則久居不免擾民。二則，在這地方，蘭沁無法得到合宜的醫療和照顧調養。最好還是能儘早回京，才是正辦。

蘭沁知道為了她的病，耽擱了預定的回程計畫，也很憂急，要求他趕快回蹕。然而，以蘭沁目前的身體狀況，又怎麼還禁得回程長途跋涉之苦？

見他提起此事，愁容滿面。傅恆提出了他的看法：

「皇上！臣也認為，皇后最好能儘早回京。走陸路，山遙水遠，一路顛簸，恐怕皇后禁受不起。只有從水路回去，也平穩，也近便。」

「水路？怎麼走法？」

「從濟南沒有辦法。但可以到德州上船，從運河回京去。」

「從這兒到德州，有多少行程？」

「照著皇后的情況，趕不得路。大概總得三、四天！」

「寧緩勿急，還是從容一點，預算四天吧！」

他才看了蘭沁回來。他不知道蘭沁撐不撐得了三、四天的行程。但，留在此間，更不是辦法。

一咬牙下了決心：

「就照這麼辦！傳令下去，立刻回蹕。不照原路走了，就往德州去吧！派出快馬傳報：吩咐德州那邊先把船隻都預備好。我們一到，就由水路回京！」

這一路上，皇帝常讓自己的龍輿空著，而擠到蘭沁的鳳輿中陪著她。一直為了怕他擔心，總強自撐持的蘭沁，終於撐不住了。她的精神愈來愈耗弱，竟是即使他在面前，也仍昏睡時多；這是他們新婚以來，從來沒有過的情況。

從來，只要他在旁邊，她總是神采奕奕陪在他身邊，聽他說他的快樂與煩惱，陪他讀書寫字，偶然親自下廚，為他做些精緻可口的茶點、菜餚，從沒有在他面前露過倦容。在他留宿后宮的時候，她也總要先親自服侍他睡下了，才更衣就寢。

他召幸嬪妃們，她們總迫不及待的企望「雨露之恩」，使他在翻她們的牌子時，好像也以此為召寢的唯一目的。因此，雨消雲散之後，他便厭倦了。甚至不願意讓她們在身邊停留，揮手讓她們離去。

而蘭沁是不一樣的！他們之間早已超越男歡女愛的層次與境界。他們即使同衾共枕，也不一定需要魚水之歡。甚至，他們常只是喁喁絮語，談著屬於他們兩人之間的話題；或詩文雅謔，或只是「閒話家常」，不是嗎？也就只有最親密的家人，才有「家常」可話！就是這樣的「家常」，才能讓他脫略了「天子」的尊嚴形貌，與她成為人世間尋常的恩愛夫妻。不再存在著任何世俗的功名利祿、富貴榮華之想，而彼此心靈相屬。

她常說：她自覺幸福太過；哪朝、哪代的皇帝與「元后」有著這樣的水乳交融的深情！哪朝哪代，帝、后彼此視為人生的唯一知己！

真的是唯一的知己！許多人，對這樣的幸福，都會因習而不察，而不知珍惜。但，她是一直是知福惜福的！他也是從她來歸，見她第一面的那一剎，就認定了她是自己此生生命中最重要的珍寶！二十幾年來，他們之間無忤無間！總以為，可以「天長地久」……

何必長生殿中深夜密誓？他們不必用言語，彼此也都知道：他們是要「生生世世為夫妻」，天長地久的呀！

蘭沁昏睡在他的懷裡。這個情況，令他憂懼。他是帝王！在表面上，他擁有這世界的一切！但，在病魔、在死神面前，他卻感覺到自己是那麼微渺孤弱！當初，他沒有能力留住他心愛的三個孩子：仙兒、璉兒、琮兒。現在，他又有了那種無力感，眼見著蘭沁氣息奄奄，自己全然無能為力！

「蘭沁！你一定要好起來！」

他擁著她，虔誠喃喃念著佛。

是神佛有靈？是祖宗保佑？讓他欣幸的是：蘭沁在往德州的路上醒過來了，又對他露出那最讓他愛賞的淺笑。

在他認為蘭沁病情好轉的歡欣中，蘭沁心中卻有著難言的苦澀；她自己心裡非常明白，她生命的潮水，正在向下退落。她自知，自己恐怕已近於油盡燈枯，熬不下去了。

回顧此生，除了三個孩子夭殤之痛，她覺得此生無愧亦無憾！她的時日無多！她要用最後的一分力氣，來回報二十幾年來，皇上對她的深情摯愛！

偎在皇帝懷中，她以疲弱卻歡快的語聲，回憶起二十多年來，他們之間的點點滴滴。新婚之夜的繾綣旖旎，花前月下的蜜意濃情。二十多年，他們不僅相愛相親，也廝抬廝敬，從沒有紅過臉！即使側室陸續入門，也從沒有威脅過她幾近「專寵」和「中宮」至高無上的地位！

對此，她有著無限的感念。自覺人生至此，即使未享中壽，也已無憾了。

在皇帝憂慮她的身體狀況時，她覺得，是給皇帝心理準備的時候了。緩緩道：

「我一直自覺此生，福澤太過！既享有了這等福澤，還要再求壽考，恐怕是太不知足了。」

她含著深情的雙眸，深深的凝視著他，吐出一聲輕嘆，柔聲細語：

「生當太平盛世，得配天下至尊！入主中宮，二十多年，享盡了榮華富貴，皇上恩寵！福澤太過，讓我總為之不安，恐遭天妒！」

「蘭沁！你我已連續夭折了三個孩子，還不夠嗎？」

提起三個孩子，他不覺眼中沁出了淚。心痛如搗，用抗拒的語氣道：

「蘭沁！你這一生，對人對事，也算是做到仁至義盡，無以復加了！何以蒼天不仁至此？」

「天心難測！總是蘭沁命小福薄，無以承當。皇上為天下主，總要為天下蒼生珍重！即使蘭沁不起，也不要過於哀悼，傷了聖體；你……千萬不要讓蘭沁到了九泉，也魂魄不安！」

話說到這兒，乾隆只覺心腑俱碎。蘭沁顫危危的伸出枯瘦的手，輕撫著他的臉：

「皇上代蘭沁向太后謝罪：是我福薄，恐怕不能再仰侍慈顏，也不能再在太后膝下盡孝了……」

「不！讓我陪著你……」

他深恐須臾相失，蘭沁就離他而去了。蘭沁道：

「皇上……太后有了年歲，還是及早……讓老人家心裡有個底……的好。你……讓丫丫和傅恆……過來……」

皇帝含淚下車去稟告太后。傳和敬公主陪侍母后，並命傅恆轎前待命。

見到母后面容蠟黃枯瘦，氣息微弱，和敬公主忍不住撲倒蘭沁身邊，淚落如雨。

蘭沁輕撫著她的頭髮：

「三格格！你是皇額娘唯一長大成人的女兒，可……也是……皇額娘最……對不起……的女兒。你……要原諒額娘……從小沒有疼……你……」

三格格啜泣，道：

「女兒知道……皇額娘……是怕女兒蹈了仙兒姊姊的後塵，才……把女兒給我額娘的……」

她自幼在慧賢皇貴妃高浣雲撫養之下長大。因此總稱高浣雲為「額娘」，在阿瑪未登基前，稱生母蘭沁為「大福晉額娘」，阿瑪登基後，改稱「皇額娘」。

蘭沁一直因著自己對她未盡母職而愧疚。聽她如此說，露出詫異的神情。三格格哭道：

「我小時候，總以為是皇額娘不疼我，才不要我的。後來我長大了，懂事了。額娘才告訴我：皇額娘不是不疼我，是太疼我了，怕我不好養，才讓額娘領養我的。額娘教我讀《納蘭詞》的時候，還說：皇額娘對我，也是『人到情多情轉薄』，其實心裡有說不出的苦……」

想起「額娘」慧賢皇貴妃已然薨逝，如今，皇額娘又氣息奄奄。她一心安慰慈母，仰起頭來：

「額娘說，是她私心，怕我知道了，就不親她了。所以，我小時候她一直不願意告訴我。直到她臨終，才說出真心話來。要我一定要知道皇額娘的苦心，好好孝順皇額娘！」

三格格拭著淚，抬起淚眼：

「皇額娘……讓丫丫好好的孝順您！……您好好養病，不要……離開丫丫……」

蘭沁聽她說得淒慘，也淚如泉湧，嗚咽道：

「丫丫……知道你原諒我，我……就安心了。生死有命，富貴在天，皇額娘的時候……到了，誰也……留不住……。以後……你要好好……孝順太太和皇阿瑪……，千萬要他保重……不要太……傷心……」

母女倆淚眼相對，卻誰也再說不出話來。久久，蘭沁才道：

「你去……看看，你小九舅來了沒有？」

三格格點頭，跨出鳳輿，便聽到鳳輿外，傳來傅恆的聲音：

「臣，傅恆候旨……」

他知道姊姊等著見他，便也不等傳喚，跨進了鳳輿。

「臣，傅恆……見駕，皇后……吉祥……」

口中說著「吉祥」，淚卻忍不住的滾滾而下。

「小九弟……姊姊……不行了。」

「姊姊……」

蘭沁連聲咳嗽，嘴角沁出血絲。傅恆忙用手巾擦了，更是嗚咽不止。

「我，時候不多了……你聽……我說……」

傅恆忍著淚：

「請皇后……教訓……」

「傅恆……小九弟！我走了之後，你們要好好的安慰輔佐皇上。他一定……會因著我，特別恩待……富察家的。你們要切切記得：這是皇上的恩典……！千萬……千萬不要因著這恩典……

得意忘形……。要切記『韜光養晦，持盈保泰』……在朝裡，與人為善……才是長保子孫安泰之道……」

她切切叮囑。傅恆泣不成聲；這個姊姊，是他從小就最敬愛、最依慕的。後來因著姊夫登基，姊姊正位中宮，成了皇后，他也因此受到特別的恩遇；乾隆五年授藍翎侍衛，不久，就遷升為頭等侍衛。十年，就讓他在「軍機處」行走，羨煞了多少人！現在，又任領侍衛內大臣。他知道，這是姊夫特意給他的恩典；因著「內大臣」出入後宮的方便，他常奉旨進「長春宮」去探視姊姊。姊姊也一如往昔，把他當成幼弟，諄諄教誨。

他心裡明白，這恐怕是姊姊對他最後的叮囑了。忍著淚，道：

「臣……小九弟傅恆……記下了。」

蘭沁露出安慰的笑影。問：

「到什麼地方了？」

「就快到德州了。從德州，由水路回京，大概五、六天就能到……姊姊……你撐著一點……等回了京……」

蘭沁沒讓他說完，輕聲嘆道：

「……我心裡……明白……，我……回不去了……」

來到德州水邊，鳳輿無法直接搭上船。皇帝便先扶著太后登上了船，又親自來到蘭沁的鳳輿前。柔聲道：

「上船了。就幾步路，你還能支持著走幾步嗎？」

蘭沁勉強坐起，強笑：

「能……」

皇帝不放心，親自扶著她下了鳳輿。走在上船的橋板上，她迴目四顧。出京時還枯槁的大地，已隱隱透出了春意。運河邊栽植的楊柳，也吐出了嫩芽，像蒙上一層薄薄如霧的綠楊煙。

扶著皇帝的肩，她提著精神，深吸了一口清新的空氣，微笑：

「好美的三春煙景……」

她想起昔日在四阿哥「大福晉」的時代，每當花朝月夕，他們總手攜著手，徜徉在御花園裡賞花、玩月。見四阿哥興致高昂，她總笑著，說：「不可無詩為記！」纏著他作詩。這原是他們之間的生活雅趣。此時此際，她不覺想起了那美好的往事，又吐出這句話來：

「不可無詩為記。」

總逃避著面對現實，而逼著自己一切往好處想的皇帝，聽她如此說，又見她似乎有精神好轉的徵兆，便也不負她雅興的吟道：

「載登青雀舫，初試白雲程。入畫看春景，匉雷聽水聲。岸楊煙外裊，沙鳥渚邊鳴。極目煙波意，詩裁亦覺清。」

蘭沁愉悅的笑了，笑容未斂，身子一軟，倒在他懷中。

被急急扶入畫舫的蘭沁，自此沒有再醒過來。原來，那一時的清明，不過是迴光返照。

乾隆一直緊緊握著她冰冷的手，守在她身邊。她的神色安詳，清瘦仍不失端麗的臉上，那一抹笑容，似乎還留在唇邊未褪。蒼白的臉，幾近透明。太醫請了脈，在乾隆面前跪下。哽咽著道：

「皇上，恕老臣……無力回天……」

一邊的和敬公主聽了，不顧一切的就撲了過去，哭道：

「皇額娘！皇額娘！您……不要走！不要走……！不要……離開丫丫……」

乾隆握緊著蘭沁的雙手，感覺脈息逐漸微弱，終於，一切凝止了……

「蘭沁——」

他嗄聲嘶喊，那種形容不出，心腑撕裂的痛苦攫住了他；這種痛苦，也曾在他的愛女、愛子夭殤時摧傷過他。但，那時，他有蘭沁與他相濡以沫的分擔。而如今……

他失神的望著，望著面容如生，安詳如睡的蘭沁，一滴滴的淚，忍不住的滾滾而下。他沒有痛哭號啕，那些表達方式，已不能承載他的痛楚。他只細語般的低喚：

「蘭沁……蘭……沁……」

和敬公主聽了，一轉身，大哭著撲進了他的懷中……

原先聽說皇后「不豫」的王公大臣，及送駕的地方官員，都守候在河岸邊，神色肅穆的向著御舟叩頭；向舟中的皇帝請安、為皇后祈福。

聽到從舟中傳來的悲聲，他們知道：這位為「六宮表率」的賢后薨逝了……

第十六章

恩情廿二載，內制十三年。忽作春風夢，偏於旅岸邊。聖慈憶深孝，宮壼盡欽賢。忍誦關雎什，朱琴已斷弦。

夏日冬之夜，歸于縱有期。半生成永訣，一見定何時？衣韋驚空設，蘭帷此尚垂。回思相對坐，忍淚惜嬌兒。

愁喜惟予共，寒暄無刻忘。絕倫軼巾幗，遺澤感嬪嬙。一女悲何恃？雙男痛早亡。不堪重憶舊，擲筆暗神傷！

乾隆把太后交代給莊親王、和親王侍奉回京。自己親自護著「大行皇后」的靈柩，在六天後回到了京師。奉安於蘭沁生前住的「長春宮」；這是他因著父皇賜號「長春居士」，而特別為蘭沁安置的住處。

「長春」！其間含蘊著他多少情意，多少期待！而如今……

皇后大喪，《大清會典》上有例可循。但因為康熙皇帝的正宮皇后赫舍里氏因難產而薨逝時，正值三藩之亂的危急之秋。康熙擔心，若命外省文武官員穿孝舉哀，會讓有意生事的人借此煽風點火；若刻意誤傳為「皇帝大喪」，豈不將釀成亂局？因此下令：除京師之外，各省喪儀均免！也就是說，除了京師，其他各省都不必為皇后服喪。

在當時，這原本是「權宜之計」。不意，卻因有此「成例」，而成為《大清會典》的「定制」。以致於從康熙諸后，到雍正的孝敬皇后，都依此例而行：宮中妃嬪、皇子、公主都要穿白布孝服；皇子剪辮，公主、命婦剪髮。凡有頂戴的王公大臣，百日內不准剃髮，並停嫁娶、作樂二十七天。京師軍民一律男去冠纓，女除耳環。而外省官、民則不守喪服孝。

但皇帝為皇后大喪過於悲痛，竟至「大行皇后」梓宮回到京師之後，大阿哥永璜和三阿哥永璋就先受到了嚴譴。

永璜之母，在乾隆未登基之前就去世了。蘭沁雖然相待甚厚，但對他來說，總不是生母。他從小憨厚，一向不善表達感情，而且多少對當年父皇偏愛永璉、永琮，心裡有些不平。因此，雖也依制孝服，並沒有表現出什麼由衷的哀戚。

這神色，落到了乾隆的眼中。想起蘭沁對他如何維護；在當初封妃之際，為了怕他受委屈，一再為他的生母竹漪力爭妃號的前情，更覺他生性澆薄，因而怒不可遏。下詔痛斥永璜不孝：

「試看大阿哥已二十一歲！此次於皇后大事，伊一切舉動，尚堪入目乎？父母同幸山東，惟父一人回鑾至京，稍具人子之心，當如何哀痛！乃大阿哥全不在意，只知照常當差，並無哀慕之忱！」

大怒之餘，不僅大阿哥受責，也殃及了他的師傅和「俺達」；因此事，和親王弘晝、大學士來保、侍郎鄂容安罰俸三年。其他的師傅、俺達各罰俸一年。

不僅二十一歲的大阿哥受責，十四歲的三阿哥，也受了池魚之殃：

「今看三阿哥亦不滿意。年已十四歲，全無知識。此次皇后之事，伊以人子之道，毫不能盡！」

對大阿哥、三阿哥的「不孝」，他深為感慨：

「伊等俱係朕所生之子，似此不識大體，朕但引愧而已，尚有何說？」

話雖如此，他怒不可遏之餘，宣布：

「此二子斷不可承緒大統！」

這還不說，竟嚴厲到：

「伊等如此不孝，朕以父子之情，不忍殺伊等。伊等當知保全之恩！安分度日……若不自量，各懷異志，日後必至兄弟相殺而後止。與其令伊等兄弟相殺，不如朕為父者殺之！」

在皇帝對親生之子，都因其「不孝」而發雷霆之怒，甚至動了殺機。而且，連皇帝一向容讓的親弟弟「和親王」都受了牽累！無理可喻到這個地步，臣下又如何不心中惙惙，膽戰心驚，深恐有失？

他的這一作為，讓王公大臣們心中了然：皇帝傷痛之餘，已不近人情。若只按照當時「權宜之計」的《大清會典》之例治喪，不足令皇帝滿意！

因此，王公大臣們連夜商議之後，決定拋開了本朝前例，而由《明會典》中搜尋更隆重的皇后喪儀。並據此聯銜上奏，請皇上下詔：命外省官民一律服孝，舉哀治喪。

「大行皇后正位中宮，母儀天下。忽值崩逝，正四海同哀之日……」

乾隆這才滿意了，命「照該王大臣所請行事」！

於是，不但京師，各省文、武官員，從奉接諭旨之日起，摘除冠纓，齊集會所，哭臨三日，並持服穿孝二十七天。二十七天內，停止嫁娶、不准作樂。

這一規定執行之嚴，也令人心驚。單因違制在百日內剃頭，而被處以極刑的，就包括了總督、知府等多位「封疆大臣」。因備辦喪禮「失職」，而被議處的官員，更多達十餘人。

這一番大喪，也成為乾隆施政的轉捩點；從這一年起，他即位後十三年「寬簡」的施政政策，成為過去……

在哀痛中已失去理性的乾隆，對他引起朝野的震撼，完全無動於衷。他只沉湎在一己的悲痛中，日夜悲悼。

照著蘭沁生前的意願，她被謚為「孝賢皇后」。乾隆並下詔褒揚：

諭禮部。皇后富察氏。德鐘勳族。教秉名宗。作配朕躬。二十二年。正位中宮。一十三載。逮事皇考。克盡孝忱。上奉聖母。深蒙慈愛。問安蘭殿。極愉婉以承歡。敷化椒塗。佐憂勤而出治。性符坤順。宮廷肅敬慎之儀。德懋恆貞。圖史協賢明之頌。覃寬仁以逮下。崇節儉以褆躬。此宮中府中所習知。亦億人兆人所共仰者。茲於乾隆十三年三月十一日崩逝。眷惟內佐。久藉贊襄。追念懿規。良深痛悼。宜加稱謚。昭茂典於千秋。永著徽音。播遺芬於奕禩。從來知臣者莫如君。知子者莫如父。則知妻者莫如夫。朕昨賦皇后輓詩。有聖慈深憶孝。宮壼盡稱賢之句。思惟孝賢二字之嘉名。實該皇后一生之淑德。應謚為孝賢皇后。所有應行典禮。爾部照例奏聞。

他一有空，就來到「長春宮」致奠，撫著靈柩，向她訴說著無盡的哀思。

他追憶著她的一顰一笑，追憶著他們新婚的快樂，子女夭殤的哀痛。更追憶著在他最困頓的時刻，身邊永遠有她溫慰的笑容支持！

她其實是多麼聰明，並具有過人的政治智慧！她永遠謹守著「后妃不干政」的分際，而在最重要的關頭，她的一點提示，總令他茅塞頓開，甚至因而「扭轉乾坤」！在與弘皙對峙的那一段艱危時日，她更是他唯一可以推心置腹的伴侶！

她恪盡了一切應盡的責任；為媳，她善盡了孝道；為妻，她統領後宮，博愛寬厚，對承寵的妃嬪，都以「愛其所愛」的心懷善待如姊妹；她與浣雲這一妻一妾，都知情解意，知書達理。但細細分析，浣雲還是少了她那份雍容的器度！浣雲生前，還曾因與竹漪爭寵而在他耳邊抱怨過。蘭沁卻對為他生了皇長子的竹漪，不僅在生前不曾表現過半分妒意，在竹漪死後，還為她力爭名號！

而她生前對所有他的孩子們，又是多麼的慈惠仁愛！若說曾經受她冷落的孩子，反而是她親生的「三格格」；而在那「冷落」之中，又有著多麼讓他思之不忍的深沉摯愛！也因此，他對大阿哥、三阿哥在大喪中表現的「若無其事」，格外覺得他們天性澆薄；他知道她生前，是以怎樣的慈母心懷對待他們的！而當她驟然薨逝之際，他們漠然的態度，令他難忍！

「蘭沁！」

面對著素幔中的靈柩，他喃喃低喚；一百天了！他甚至不知道，這一百天他是怎麼煎熬過來的！他這才明白了，原來，生死的界線，是那麼難以跨越！而且，不管你是否貴為帝王，也無法豁免於這種傷痛！

他想起了大清歷代的皇帝，都各有深愛的人。太祖之於「孝慈高皇后」；太宗之於「關雎宮宸妃」；世祖之於「董鄂妃」；聖祖之於「孝誠仁皇后」，甚至他一直被視為「無情」的父皇之對「孝敬憲皇后」不都也是深情摯愛的嗎？又何處能覓得「再生香」，能令他們的所愛返魂還陽？

他想起了吳梅村的〈清涼山讚佛詩〉；那是他為世祖皇帝與後來被追封為「孝獻端敬皇后」的董鄂妃作的。他喃喃的念：

「……苦無不死方，得令昭陽起！」

他曾祖父世祖皇帝對董鄂妃的愛與痛，他此時才有了深切的體認。

他想起，蘭沁每每覺得「福澤太過」，認為因此而不得永年。是不是他也在短短二十二年中，把他一生的愛，都不知不覺的消磨盡了？

「不可無詩為記。」

他眼中彷彿又看到蘭沁帶著微笑，這樣對他說；這也是她對他說的最後一句話！

他卻不想作詩，心中的哀感，只有長賦，才能傾訴。

不想有人打擾他與蘭沁的兩人世界。他沒有喊人侍候，親自和淚磨了墨，寫下三個字的題目〈述悲賦〉：

易何以首乾坤？詩何以首關雎？
惟人倫之伊始，固天儷之與齊。
念懿后之作配，廿二年而於斯。

痛一旦之永訣，隔陰陽而莫知。
昔皇考之命偶，用掄德於名門。
俾逑予而尸藻，定嘉禮於渭濱。
在青宮而養德，即治壼而淑身。
縱糟糠之未歷，實同甘而共辛。
乃其正位坤寧，克贊乾清。
奉慈闈之溫凊，為九卿之儀型。
克儉於家，爰始繅品而育蠶；
克勤於邦，亦知較雨而課晴。
嗟予命之不辰兮，痛元嫡之連棄。
致黯然以內傷兮，遂邈爾而長逝。
撫諸子如一出兮，豈彼此之分視？
值乖舛之疊遘兮，誰不增夫怨懟？
況顧予之傷悼兮，更怳悢而切意。
尚強歡以相慰兮，每禁情而制淚。
制淚兮，淚滴襟；強歡兮，歡匪心。
聿當春而啟轡，隨予駕以東臨。
抱輕疾兮念眾勞，促歸程兮變故遭。
登畫舫兮陳翟褕，由潞河兮還內朝。

去內朝兮時未幾，致邂逅兮怨無已。
切自尤兮不可追，論生平兮定於此！
影與形兮難去一，居忽忽兮如有失。
對嬪嬙兮想芳型，顧和敬兮憐弱質。
望湘浦兮何先徂？求北海兮乏神術。
循喪儀兮徒愴然，例展禽兮諡「孝賢」。
思遺徽之莫盡兮，詎二字之能宣？
包四德而首出兮，謂庶幾其可傳。
驚時序之代謝兮，屆十旬而迅如。
睹新昌而增慟兮，陳舊物而憶初。
亦有時而暫弭兮，旋觸緒而欷歔。
信人生之如夢兮，了萬事之皆虛。
嗚呼！
悲莫悲兮生別離，失內位兮孰予隨？
入椒房兮闃寂，披鳳幄兮空垂。
春風秋月兮盡於此已，
夏日冬夜兮知復何時？

他自覺這一生的情，一生的愛，都隨著蘭沁去了……

下部　香妃

楔子

「新月出來了！」

聚集在阿巴噶斯清真寺內外的回民們，聽到教中長老「阿訇」的宣布，欣喜的笑容立刻布滿了他們純樸的臉上。

「新月」的出現，代表一年一度「齋月」結束了。也代表刻苦補贖、祈福消災種種守齋的生活，已功德圓滿。災難，都將成為過去，他們的「新年」，已來到了！

真是充滿災難的一年！自從天山南疆的回部被準噶爾部征服以來，他們被迫背井離鄉。離開了美麗的綠洲，葉爾羌、喀什噶爾等回部聚落，來到天山之北。成為準噶爾部的俘虜，做準噶爾汗的農奴！

準噶爾族人只善於遊牧，不長於農耕，因而，長於耕種的回人，便成為他們驅使的對象。做為俘虜，命運是悲慘的！準噶爾對回人的剝削，以每一男丁為一戶，每戶每「八柵爾」（七天）須交布一匹，或羊皮數張，或猞猁猻皮一張。而在農作物收成時，先共同收割，平分一半。回人所得的半數，還要再課以「十中取二」的「糧稅」。

近幾年，更格外的難過了。因為，準噶爾汗噶爾丹策零死後，先「坐床」為汗的，是他的嫡子，行二的策妄多爾濟納木劄爾。他坐床即位時，才十二歲，沒有治理汗部的能力，卻稟性兇殘冷酷。

他因年幼，由姊姊、姊夫輔佐，勉強維持住一個表面相安無事的局面。但，他年歲稍長後，便不服管束，終被庶兄喇嘛達爾札篡弒。

喇嘛達爾札也是生性暴戾兇殘之輩，對準部百姓，尚且不仁。對回部，蹂躪更甚。回部百姓敢怒而不敢言，只有忍氣吞聲。

如今，一年租稅繳納已畢。雖然日子依然艱辛，卻重負初釋，心情輕鬆多了。且回民素承真主安拉「聖訓」：

「信真主、信天使、信天經、信聖人、信後世、信好歹部是真主所定。」

樂天知命的回部族人，納捐課稅已畢，又逢新月「開齋」之期，格外的歡欣鼓舞。

「新月出來了！」

騎在馬上的「小和卓」霍集占，和隨行的部屬，一同翻身下馬，向著西方麥加的「天房」所在之處膜拜。

同行的達瓦齊和阿睦爾撒納，不是回人，亦不信伊斯蘭教。他們原是準噶爾部中兩個台吉，與霍集占交好。這番在伊里巧遇，應邀去阿巴噶斯參加慶典。見他們虔誠膜拜，阿睦也下了馬，吩咐自己的隨從：

「就在這兒紮營吧！天馬上就全黑了。」

他的隨從們聞言，利落快速的架起了他們經常隨馬攜帶，以便行旅中，隨處安置紮營過夜的營帳。又在營帳前，燃起了熊熊篝火。

新月沉沒了，不同的族群、宗教、生活習慣，並不妨礙彼此的友情。各自飲食後，草原上的漢子們，唱起了代代相傳的歌謠。

霍集占默然的凝視著簇簇跳躍著火花的篝火，心中百感交集。

自幼至長，他一直很難為自己的身分「定位」。

他，出身於回族領袖「和卓」之家，且為和卓正支。回民對他的家族，充滿了崇敬仰慕之情，「服從」，幾乎是無條件的。他生而高人一等，他父親去世後，似乎順理成章的，他的哥哥「布拉尼敦」和他「霍集占」，就被奉為回族領袖，被族人尊稱為大、小和卓。

但，他的「高貴」，只限於在他族人中。另一方面，他只是準噶爾部的俘虜，繼承了他祖、父的悲痛和無奈；成為被準噶爾汗驅使，用來監督族人耕作納租的農奴頭子！

他常掙扎在高貴和卑賤之間，無以自解。雖然，他的信仰、他的《古蘭經》，也帶給他一些心靈的平靜。但，他仍參不透自己奇特的身世和命運。

維吾爾的回族青年，吹起了葦笛。音色柔和像水般的柔情，拂拭著霍集占心中那點不平和憂憤。有些逃避的，他拋開了心中的不快，應和著維吾爾情歌的音樂，唱起一支他自編歌詞的歌——

喀什噶爾的美麗姑娘，
今宵今夕，你在何方？
你可曾在星空下，把我思念？
你可知在月光中，我將你藏在心中懷想？
你的明眸，比星光更燦爛，
你的容顏，讓月亮也躲藏。

黃鸝鳥，為你而歌唱，
沙棗花，為你吐芬芳。
姑娘呵！幾時我們能重回那遙遠的故鄉？
歡欣歌舞，攜手徜徉。
讓我們並肩來踏水，
在真主的祝福中，
締訂海誓山盟，
廝守地久天長。

渾厚卻又深情的歌聲，裊裊迴盪在夜空中，彷彿久久不滅。達瓦齊一掌拍在霍集占肩膀上，長笑一聲：

「兄弟！你的歌唱得真好！可真有這樣一位姑娘，在你心裡藏著呀？」

霍集占微笑不語。隨行的回人青年嘴快：

「有呀！有呀！台吉，是瑪弭爾姑娘，她是我們維吾爾族最美的姑娘了！」

「瑪弭爾？她當得起這名字嗎？」

瑪弭爾的意思是「美中之美」。所以自認「閱人多矣」的達瓦齊如此懷疑取笑。阿睦笑道：

「他們不是說了：瑪弭爾是他們族中最美的姑娘，當然是當得起呀！」

「他們族中最美，可不一定是天下最美呀！只要有比她美的人，她就當不起！」

達瓦齊有意抬槓，要逗霍集占開口為「心上人」辯護，以為笑謔。

霍集占微笑：

「只要我認為她是最美的，她就是！」

達瓦齊為之一啞，阿睦揚聲而笑：

「達瓦齊！你別想駁倒霍集占！別說瑪弭爾是他們族中最美的姑娘。即便不是，只要霍集占心中認為她是，她就是！每個情人心中的姑娘，都是『瑪弭爾』！」

達瓦齊有些訕訕的，口中咕噥：

「『瑪弭爾』娶回家後，也可能變成『母夜叉』！」

隨從們為之嘩笑；因為達瓦齊就曾受過悍妻之苦。後來，他妻子病故，他不但不悲悼，反覺得到了解脫。這一笑話，是準噶爾部無人不知的。

阿睦笑指達瓦齊：

「像你這樣無事拈花惹草的人，不論娶的是不是『瑪弭爾』，都會變成『母夜叉』！女人變母夜叉，該負責任的是男人！」

達瓦齊笑問：

「你們的穆聖，許你們娶四個老婆，不打架嗎？」

霍集占莊容道：

「穆聖允許娶四個妻子，是因為當時戰亂，留下許多寡婦、孤兒，無以為生。男人可以娶寡婦為妻，並擔負養育孤兒的責任。所以，穆聖只說『允許』，而沒說『必須』。至於四個妻子相處和睦與否，關鍵在於丈夫；穆聖要求做丈夫的，要『公平』對待她們，也要求她們各自謹守本分。能做到這一點，為什麼非打架不可？」

「看，你又輸了！」

阿睦對著達瓦齊調侃。達瓦齊搔頭撓耳，咧著嘴笑了：

「看來，要贏過霍集占，只有靠瑪弭爾了！可惜我老婆死了，不然，可以叫她把瑪弭爾教成母夜叉！」

眾人聞言，皆為之大笑。那回族青年笑道：

「瑪弭爾雖美麗，卻不驕縱，是個溫柔的好姑娘，不可能變成母夜叉的。」

霍集占聞言而笑；瑪弭爾平日的確是個溫柔的好姑娘，卻也有她剛烈倔強的時候。事實上，他第一次見到瑪弭爾時，便領教過了。

那是他接到準噶爾部新下的法令，心中雖期期不以為然，卻不得不硬著頭皮，去向他的族人布達新法令的時候。

原先對應交租稅的丁口認定，是已成家者；因租稅太重，以致許多族人因而不敢成家。準部意有不平，新加條款：不論成家與否，男孩十二歲，即視為一戶丁口，必須交租納稅。

他不得不到回族各聚落去傳達這條新法令。族人眼中流露的不滿和怨恨，使他衷心愧疚。然而，在久積的淫威下，回人已認命了；他們不認為和「不講理」的準噶爾汗「講理」，有什麼效用。因此，對他並未出言責備。

頭一個當面出言責備他的人，就是瑪弭爾！這令他「驚豔」的少女，瞪著湖水般清澄深邃的眼睛，怒斥：

「他這樣的無理要求，你就一句話不說的接受了？十二歲！你十二歲時，能獨力生產操作嗎？

十二歲的孩子所能生產的，就算不吃不喝，全交租納稅也不夠呀！」

「瑪弭爾！你怎麼可以對小和卓無禮？不要多口！」

她的父親出言責備。瑪弭爾回身，向父親行了一禮：

「父親！請恕瑪弭爾不聽教訓！但我必須把話說完；您說，我不該對小和卓無禮。我們敬仰小和卓，聽他領導，他難道不應該為了族人的利益，據理力爭嗎？我們需要的是一個把族人像親生兒子一般呵護的小和卓，而不是忍氣吞聲，只會唯命是從、逆來順受的小和卓！」

望著怒容滿面的瑪弭爾，小和卓在先前驚豔於她美貌及體有異香，而產生的忻羨愛慕之外，另有了一分敬意。更引發了他內愧；他何嘗不知這命令不合理，但，他真的逆來順受慣了，甚至想都不敢想去抗命、去力爭。

他真的愧對他的族人！至此，原本令他眩惑的絕世姿容，和那幽幽淡淡，中人欲醉的體香，都成了令他清醒的警鐘。他凝視著瑪弭爾那稚氣未脫，卻一臉悲憤，理直氣壯的臉，感動的喚了一聲：

「瑪弭爾……」

瑪弭爾的老祖父一旁嘆了一口氣：

「小和卓！請恕瑪弭爾無禮。但……我想，她說出了大家心裡的話。」

霍集占慚愧而激動：

「老人家！她是對的！戰敗還可恕，不戰而退，卻是可恥！」

他立刻策馬回伊里，據理力爭。準噶爾汗起初大怒，經他再三堅持，終於退讓為以十六歲或已成家為標準。

當他回到回部，宣布這一「戰果」的時候，族人為之喜出望外，包圍著他，高聲歡呼。瑪弭爾也露出了快慰的笑容。那笑容，抵償了他一切辛苦。

「喂！霍集占。」

達瓦齊喚他，他自情思難禁中本能反應：

「哦！瑪弭爾！」

眾人不覺失笑，霍集占才驚覺。阿睦笑道：

「歡笑吧！也只能趁這表面還太平的時候歡笑了！」

霍集占深深嘆口氣，斂起了適才失態的尷尬笑容：

「喇嘛達爾札篡位坐床，對他兄弟的舊屬，報復得太厲害了。我很擔心好容易才平靜的局面，又因此動亂起來。阿睦！你是他的表兄弟，應該勸勸他！」

阿睦苦笑：

「還勸他！他不疑忌到我頭上，就是佛陀庇佑了！你問達瓦齊，他的祖父，為準噶爾立了多大的功勞！如今，他又是準噶爾的台吉。喇嘛達爾札卻處心積慮想找達瓦齊的麻煩！達瓦齊為了討他歡心，只好送珠寶給他，表示忠誠！」

達瓦齊的祖父是大策凌敦多卜，以能戰、善謀、輔佐今汗的祖、父：策妄阿拉布坦和噶爾丹策零。使強大如大清都連連失利，終於定界言和，約以互不侵犯。且允許準部隔年便可或在肅州、或在京城交易一次，獲利極厚。

也因此，達瓦齊得以「台吉」的身分，在額密爾地區遊牧。部眾甚多，是準部二十一大部落之一。

但，或許「得位不正」的人，總是格外疑忌吧？他雖心中不滿，尚未表露於外，就已引起喇嘛達爾札的疑忌，召他入伊里。他深懼「宴無好宴，會無好會」，特別約了勢力強大的輝特部台吉阿睦爾撒納同行。目的就在於讓喇嘛達爾札不能不有所顧慮。也因此，在遇到霍集占正巧上伊里完租納稅，約他們到回部參加節慶時，馬上藉此為由，溜之乎也。

這樣的窩囊氣，不提起便罷。一旦提起，達瓦齊就忍不住了：

「噶爾丹策零何等英雄！生了三個兒子，卻兩個都是混蛋！他這樣下去，人心惶惶。不等大清來打，自己就會內亂，自相殘殺，死光拉倒！」

阿睦機警四顧，見隨從們都遠遠的吃喝談笑，壓低了聲調：

「我也擔心這一點。所以，和小策凌敦多卜的兒子達瓦達什、我的弟弟，和碩特台吉班珠爾商量：擁護噶爾丹策零的小兒子坐床。如果你也加入，我們再分別聯絡各方不滿喇嘛達爾札的台吉、宰桑們，應該可以成事。」

達瓦齊遲疑的瞟了霍集占一眼。阿睦會意，知他擔心洩露。立刻回應：

「達瓦齊！如果，你不能信任霍集占，那，天下你就找不到可以信任的人了。我相信他，就和相信我自己一樣！我們雖不同族，我卻視他如兄弟手足一般！」

霍集占也立刻表態：

「準部若亂，我們回部必然首先受害。喇嘛達爾札對你們的迫害雖烈，絕比不上我們回部身受的苦！你們還是臣屬，我們卻如奴僕！所以，請你相信：我們是站在同一邊的！真主鑒我！真主的子民，絕不能出賣兄弟！」

達瓦齊有些赧然，拍拍霍集占的肩：

「兄弟！我不是疑心你；我是怕若有變故，會牽累了你們。這是我們準部的問題，牽累你們，於心不安。」

霍集占慨然：

「我們如今身處此間，又如何置身事外？只有大家同心協力一途！」

「對！同心協力！」

達瓦齊以拳擊掌：

「阿睦！就這樣決定了！我們擁戴噶爾丹策零的小兒子蒙庫什坐床。我們一邊各方聯絡，也派人去跟蒙庫什商量。準噶爾四部，你和班珠爾已掌握了兩部，加上我，加上達瓦達什，已實力雄厚。喇嘛達爾札極不得人心，一定還有許多部落台吉，願意出兵的！」

霍集占道：

「我們回部，一向受準噶爾汗壓制，嚴禁我們武備。實在說，論起驍勇善戰，我們也不如準部。出兵，我們是不行的，但……」

他微笑：

「我們的族人散居在準噶爾各地。若要傳遞消息，我們回部倒是可以效勞的！」

阿睦仰天長笑：

「好極了！我們就一言為定！」

三雙手緊緊相握，莫逆於心。

霍集占凝目向天，新月已沉，金星成了天宇中的主宰，清清亮亮的在澄黑的天幕間閃爍。

不期然，霍集占又想起了那雙清亮晶瑩的眼眸——瑪弭爾那一汪湖藍，包圍著黑水晶的明眸……

第一章

參加過開齋節的朝拜，瑪弭爾心中欣喜與恐懼混雜的情緒，使她無法安眠。

她知道，今天，她將面臨一生的轉捩；她已到「適婚」的年齡了，和許多回族少年、少女一樣，他們將選在這一個大慶典中，在阿訇和族中長老的祝福下，互訂終身。

一個傳統的形式，是年年奉行如儀的；未婚而適齡的男女，聚集一處歌舞，由教長「大阿訇」為他們配對。深通人情與法理的大阿訇，是不會「亂點鴛鴦譜」的；或私心相許，或父母作主已配對的少年、少女，在慶典前，都先行報備了。屆時再由大阿訇指配，只是更增添了婚姻「天定」的神聖；這也是平日儘管可以嫁娶，族人卻寧願在節慶時，老遠趕到阿巴噶斯來締訂婚約的原因。

瑪弭爾也早經祖父默許嫁給「小和卓」了。她有些羞澀不安，她知道：自己以「穆聖後裔」，和卓之家的女兒，和天賜的美貌，加上連她自己也不知由何而來的體香；她自己常習而不察，可是總有人嘖嘖羡嘆。使她知道這一異稟，是真主安拉何等奇特的恩賜！她不可能嫁給凡夫俗子，小和卓的提親，她並不意外，可是……

鏡中映出她絕美的容顏，她卻有些心神不定，不知是喜，是羞，還是對渺不可知的未來，莫名的恐懼。

「瑪弭爾！看！多美的衣裳！這是爺爺特別向漢人買來錦緞，請人為你縫製的。最美的姑娘，配上最美的衣裳！天哪，今天廣場上的女孩子，都要黯然失色了！」

捧著新衣新帽的，是瑪弭爾的大嫂，也是她閨中最親密的伴侶古麗。在古麗協助下，換上新衣的瑪弭爾，更美得不可方物。

古麗忍不住親親她的臉，笑讚：

「瑪弭爾！我想，仙女下凡，也比不上你了！」

瑪弭爾又羞又喜，也親了她一下：

「真主保佑你！古麗，你永遠太愛我，想出最美好的話讚美我！」

古麗誇張的嘆口氣：

「除非那人沒眼珠，否則誰能不愛你呢？就我所知，至少小和卓是有眼珠的！」

姑嫂笑謔著。古麗把插著美麗鳥羽的帽子，為她戴上，細細端詳：

「真是十全十美了！快去給爺爺看看，他看了不知多歡喜！」

走入正廳，瑪弭爾沒有見到預期的場面。相反的，爺爺臉上掛著怒容，向瑪弭爾的父親帕力思發作：

「大阿訇的意思，是我不能為我的孫女作主嗎？」

帕力思滿臉為難：

「大阿訇不是這樣說的。他說，瑪弭爾如此美貌，又生而體具異香，真主必然有特別的用心，他也不敢隨意指配。必要讓真主的旨意彰顯，才能服眾。小和卓雖有意求娶，有意求娶瑪弭爾的卻不止小和卓一人。想嫁小和卓的，也頗不乏人。因此，不能輕易決定。」

老爺爺卡福盛怒道：

「除了小和卓，還有誰能配我的孫女！」

「父親！您不知道，因為今年瑪琠爾待嫁，多少各地的伯克、城主都趕來了。就和卓家族，阿里和卓的兒子圖爾都、額色尹的兒子喀申，都想要求娶瑪琠爾。連遠在拔達山部的伯克素爾坦沙都趕來了。」

那就難怪大阿訇擺不平了。小和卓雖然尊榮，這些人也無一等閒！老爺爺臉上不由也露出了難色。

「那，想嫁小和卓又是誰？」

古麗好奇的問。回答的人，是她的丈夫圖狄貢：

「頭一個就是艾伊娜啦！」

他一臉好笑的向家人說：

「圖爾都跑來跟我說，他認為，如果小和卓娶他妹妹艾伊娜，他娶瑪琠爾，那就皆大歡喜了！我說，那是你家皆大歡喜，別人可未必！」

「艾伊娜？這是她第三次參加慶節待嫁了。配一個，死一個，她還想害死小和卓嗎？」

古麗憤憤的說。艾伊娜也夙負美貌之名，在回部，僅次於瑪琠爾。因此，也曾造成「一家有女百家求」的轟動。但不知何故，接連兩次，所選中的對象，都在訂婚後、迎娶前意外死亡，「不祥」之名，便不脛而走。

「古麗，真主原諒你有口無心！」

圖狄貢瞪了古麗一眼。趁祖、父沒有申斥古麗「口出惡言」之前，先替她解釋。然後說道：

「圖爾都告訴我，墨明和卓爺爺，非常擔憂艾伊娜的終身大事。聽說有個漢人，精於推算人的命運，便請他為艾伊娜推算。那漢人說艾伊娜不是不祥，卻是她的命太高貴了，一般人壓不住，配不上。」

卡福盛老爺爺捋鬚道：

「我也聽墨明說過。因此，他們一心把艾伊娜嫁給小和卓；那是我們回部最高貴的人哪！」

古麗心直口快：

「如果，瑪弭爾不待嫁，艾伊娜還有希望。可是，今年有瑪弭爾，小和卓沒有眼珠嗎？」

圖狄貢縱容的笑瞪古麗一眼。他知道古麗心性善良，只是太率直了，往往無心而「口出惡言」，違背了《古蘭經》的教訓。雖然如此，他卻覺得這是古麗可愛處。尤其，此言又出於對他心愛的小妹妹的維護，他何忍責備？

卡福盛爺爺嘆口氣：

「你們都做好了大小淨嗎？到廣場去吧！不要爭論什麼，一切自有真主安排。」

他把瑪弭爾喚到面前，慈愛的凝視半晌，親吻她的額頭：

「去吧；我的小瑪弭爾！你身心潔淨，真主一定會賜福給你的。」

「小和卓回來了！」

小和卓一行人馳近，立刻引起了廣場上的騷動。

太陽逐漸上升，場中已配成對的少男少女，陸續退出場地中央。中央未經配對的，只剩下了瑪弭爾和艾伊娜。大家心照不宣的是，她們都在等小和卓；艾伊娜固然以小和卓為唯一的對象。瑪弭爾在小和卓沒有回到阿巴噶斯前，也不會有結果。

雖然求娶的各家，都認為自己有候選的權利。但，小和卓卻是不可缺的候選人之一。卡福盛爺爺撂話，非等小和卓來到，絕不將瑪弭爾的終身許嫁任何人！在這件事上，他是一言九鼎的，誰也駁不了他！

「小和卓回來了。」

場中的人，都振奮起來，引領翹盼著結果：瑪弭爾將花落誰家？小和卓又將聘誰為妻？這是無人不關切的。

小和卓先到自己帳中，依禮小淨後，陪著達瓦齊和阿睦爾撒納走進大阿訇的大帳。帳中頗為熱鬧，幾位族長，和求娶瑪弭爾的族中青年，都在帳中，爭鬧不休。

「好了，好了！小和卓來了！可以開始了吧？」

素爾坦沙嚷著。小和卓全不知他自認已篤定的親事，其中有變。詫然問：

「開始什麼？」

「決定瑪弭爾許配給誰呀！」

素爾坦沙的話，才使小和卓有些「事態嚴重」的警覺。目光投向卡福盛：

「老人家！這是……」

大阿訇苦笑，指指帳中青年：

「他們全是來求娶瑪弭爾的！」

小和卓呆了一呆：

「那……怎麼辦？」

大阿訇向族中幾位長老求救。

「真主安拉賜給我們智慧，我們必須想一個對大家都公平，而且能彰顯安拉旨意的辦法來！」

為了讓長老和阿訇們能不受干擾的思考，求婚者都被請出帳去。

小和卓失去了一路的意氣風發，神情寥落，心事重重。達瓦齊卻因而好奇了，拉拉阿睦：

「我們看看瑪弭爾去。我就不信，一個女子能有多美，會有那麼多人搶！」

一位年輕，不夠資格參與大計的阿訇，反唇相稽道：

「只要是有眼珠的人，沒有不為瑪弭爾的美麗，稱頌真主的奇能！不信，我帶你去看。如果你看了，而不為她傾倒。我給你做奴僕！」

達瓦齊哈哈大笑：

「我不乏奴僕，卻還沒有役使過阿訇。阿睦，你來做個見證！」

不由分說，拉著阿睦就向清真寺前的廣場走去。

阿訇手向場中一指：

「瑪弭爾！你總可以知道是哪一個！」

久不聞達瓦齊回應，他回頭，笑了出來。

達瓦齊呆若木雞。耳邊只有一個聲音：

「瑪弭爾，瑪弭爾，瑪弭爾……」

他終於相信「第一美女」不虛了。不，他還是難以置信，天下怎有這樣美麗的女子！他一見之下，逕自癡癡迷迷，再也挪不開目光了。在阿訇再三叫喚下，他才回過神，承認自己輸了。

阿睦見了瑪弭爾，也不覺為之驚豔，卻因心中沒有掛礙，而能坦然欣賞。轉眼看另一女子，也頗為美貌，只因在瑪弭爾豔光籠罩下，便相形失色。

阿訇向他解釋，外圍是已然配了對的男女。中心二人，則尚未配對。阿睦好奇問道：
「瑪弭爾因求婚的人太多，無法委決，我們是知道的。另外那位姑娘，也十分美貌，至少比已配對的姑娘們都美，何以她也未曾配對呢？」
阿訇苦笑：
「她，沒人求婚。」
隨即解釋艾伊娜「無人問津」的原因。達瓦齊揚聲而笑：
「我才不相信漢人的鬼話！漢人最會花言巧語的騙錢！」
他眼珠一轉：
「她可以嫁小和卓呀！小和卓不是你們維吾爾族最高貴的人嗎？」
「誰肯放棄瑪弭爾呢？小和卓所愛的是瑪弭爾呀！」
阿睦代為回答。達瓦齊拉拉他：
「阿睦！我們去看看他們決定方式沒有？說不定，我也可以參加呢！」
阿睦不以為意：
「達瓦齊，別忘了你信仰喇嘛！他們伊斯蘭教，是不與外教結親的！」
達瓦齊口中咕嚕：
「為她，我信安拉也可以！」
「現在，我們已決定了為瑪弭爾擇婚的方式；我相信，這是最公平的了！」
大阿訇召集了所有的求婚者，指著面前的一個大銅盤：

「你們每個人，取一件『信物』，放在盤中。讓瑪弭爾自己來選。她選上了誰的信物，就是真主的旨意，將她嫁給誰！」

這個辦法，總算是公平合理，且是可以為大家接受的。於是早「有備而來」的求婚者，一一獻寶，金飾、珠串、瑪瑙、琥珀、碧璽等飾物，堆滿一盤。達瓦齊排眾而出，自懷中掏出一串翡翠瓔珞，說：

「我也參加！」

在場者為他出其不意之舉愕然。求婚者紛紛抗議，一方面因為他是準噶爾人，「非我族類」。另一方面，卻因為這一串光華奪目的翡翠瓔珞，實在無與倫比，蓋住了其他所有飾物的光澤。

阿睦見狀，皺眉：

「達瓦齊！你這是做什麼？湊熱鬧呀？」

「向瑪弭爾求婚哪！這是我祖傳的珠寶，價值連城！我想，也只有瑪弭爾才配得上，我要拿它來賭賭我的運氣！也許……」

大阿訇打斷他，舉手壓下求婚者們的公憤：

「台吉！瑪弭爾是不能嫁外教的人！」

「我若能娶瑪弭爾，我就信奉伊斯蘭教！」

大阿訇無可奈何，轉向卡福盛。為難的說：

「老人家，你看……」

卡福盛怒極反笑：

「反正已經有那麼多人了，又何在乎多他一個？我信任真主，也相信瑪弭爾！」

達瓦齊得意洋洋，把翡翠瓔珞放入盤中。反客為主，問小和卓：

「喂，霍集占！你拿什麼信物下聘呀？」

霍集占本來料不及此一變化，反而不曾備下珍飾。見盤中累累，都是珠玉珍寶。略一思索，自懷中掏出一把形制短小的古劍。

他凝視古劍片刻，抬頭向大阿訇道：

「這是我小時候，祖父賜給我防身的，也是祖傳之物。對我而言，珍如性命，我以此為信物，以表真誠！」

眾人見那古劍的劍鞘上銅鏽斑駁，顏色晦暗，毫不起眼。不禁暗喜，認為小和卓敗北定了。唯有卡福盛，嘴角帶著讚賞的笑。掃視全場求婚者：

「你們都決定了？任瑪弭爾自擇，別無異詞？」

大家都表示同意，素爾坦沙卻要求：

「大家一起去，把瑪弭爾請入帳來。當著我們大家的面選擇，以免有人洩露！」

卡福盛知道此言是衝著他說的。怒笑：

「素爾坦沙！只有自己心中不潔的人，才不相信別人的潔淨！來吧！我信任真主的安排，也相信瑪弭爾！」

率先和大阿訇走出帳去。大家唯恐落後，紛紛隨行。

圖爾都走到小和卓身邊，懇切道：

「霍集占！我知道，你是不肯退出的。我也和你一樣，我們都等了好幾年，等瑪弭爾長大待嫁。但，你能不能答應，如果……，如果你沒有得到娶瑪弭爾的幸福，就娶艾伊娜，我那可憐的妹妹？」

小和卓注視著圖爾都：

「在娶瑪弭爾這件事上，如今已不容我們自己作主了。不論我們誰有這種幸福，我們都要順從真主的旨意，祝福對方。我答應！如果真主不把瑪弭爾賜給我，我將與你成為一家人，做艾伊娜忠誠的丈夫！」

「謝謝你！……如果你能娶瑪弭爾，能不能同時娶艾伊娜呢？」

愛妹心切的圖爾都，進一步要求。小和卓停下腳步，看著他，圖爾都在他注目下，不覺有些侷促。才要解釋什麼，小和卓開口：

「圖爾都！我瞭解你的心意。但請你告訴我，若你同時娶了瑪弭爾和另一女子，你能無愧於穆聖的聖訓，公平對待她們嗎？」

圖爾都吶吶地說：

「我恐怕無法做到……」

「我也做不到！」

二人就此沉默。一旁的阿睦心中暗自敬佩小和卓的光明磊落。只有達瓦齊在一旁哈哈大笑：

「若是我，要就兩個全要。但若娶不到瑪弭爾，我就一個都不要！」

圖爾都對他怒目而視，忿忿走開。到場中跟艾伊娜說明情況，安慰道：

「小和卓的希望很小。艾伊娜，願真主福佑你！願你如願的嫁給小和卓！」

艾伊娜神色半喜半憂，卻祝福哥哥：

「也願真主福佑你，願你娶到瑪弭爾。」

傾聽著大阿訇的說明，瑪弭爾神色莊肅得如一座雕像。她沒有把目光投向那一盤奇珍異寶，卻莊容跪下，向著西方的天房頂禮。

她冥冥的感覺，自己的生命所面臨的改變，就將在一舉手間。她不能不恐懼，她只有把自己交託出去。

鴉雀無聲。大家都屏息看著頂禮後，站起身來，面對著銅盤的瑪弭爾。

多少回人，可能一生都不敢想望的財富，如今都聚集在瑪弭爾面前了。

每一件珠寶，都閃耀著璀璨的誘惑，令人目不暇給。其中。最光彩奪目的，便是達瓦齊的翡翠瓔珞頸飾。其次，圖爾都的珠串，素爾坦沙的金飾，喀申的瑪瑙項鍊……。相形之下，小和卓的斑駁古劍，更顯得寒酸不起眼了。

珠寶不是不誘人，瑪弭爾卻念念於族人所受的苛遇。她心中想：

「珠寶有什麼用呢？它並不能帶給人幸福快樂，也無補於族人受準噶爾欺壓的命運。反因而惹人覬覦，引起貪婪之心，製造罪惡和紛爭！」

瑪弭爾一念間，這些珠玉便盡如糞土。然後，她的目光投向那把短劍。她並不知道那是誰的，但，短劍使她想起了穆罕默德聖人，一手持經，一手執劍，不畏強暴，宣示真理的形象。

她毫不猶豫，伸出纖纖素手，抓住了短劍。

一聲發自眾口的驚呼後，大阿訇打破了沉默，宣布：

「真主的意旨：小和卓和瑪弭爾『姻緣天定』！」

卡福盛首先笑容滿面，擁抱小和卓：

「霍集占，我的小和卓！我的孫女婿！」

他摘下瑪弭爾的帽子，當眾和小和卓交換。道：

「瑪弭爾是你的了，要愛惜她！」

小和卓言簡意賅：

「我會的，爺爺！」

深情款款的低頭，迎向他的，是另一雙深情款款，滿盈喜悅的眸子。

他們忘情的凝視，珍惜著這份經過波折之後，更覺彌足珍貴的「天定」姻緣。

達瓦齊又羨又妒，大阿訇把各人的信物，一一交還。他看著那串瓔珞，簡直不甘心它竟不得美人青睞。賭氣非讓它佩戴在美人頸上不可！不顧煞風景的吆喝：

「霍集占！」

小和卓猛然自瑪弭爾深不見底的靈魂幽潭中驚回。達瓦齊故作豁達：

「這價值連城的珍飾，只有天下第一美人才配戴！就做為我祝賀你們新婚的禮物，請你為瑪弭爾戴上吧！」

小和卓連聲道謝，卻聽帳外聲浪湧入：

「小和卓！瑪弭爾！小和卓！瑪弭爾！」

霍集占來不及為瑪弭爾佩戴，隨手收入懷中，拉著瑪弭爾出帳，接受族人的祝福和歡呼！氣得達瓦齊咬牙切齒，卻無可奈何。

「小和卓——瑪弭爾——」

這一雙早在族人心目中配對的璧人出現，使回族百姓歡欣欲狂。不知誰喊出一聲「伊葩爾罕！」立刻一呼眾諾，歡呼改成了：

「小和卓！伊葩爾罕！」

伊葩爾之意是「香」，「罕」是貴族婦人的語尾。合而言之，便是「香妃」！瑪弭爾生而身具異香，「伊葩爾罕」對她是實至名歸。因此一下就取代了她原來的名字，成為她的專屬稱謂。

「走吧！回去吧！艾伊娜！」

人群外，圖爾都扶著泫然欲泣的艾伊娜，黯然離開了對他們而言「情何以堪」的廣場……

第二章

「真沒想到，弄成今天這樣的局面！」

面對達瓦齊催繳租稅欠額的詔令，大、小和卓，相對嘆息。

當初，為了喇嘛達爾札無道，阿睦爾撒納原本是想要幫助被迫害的達瓦齊，擁立噶爾丹策零的幼子蒙庫什坐床登基，推翻暴君喇嘛達爾札，恢復準噶爾部的安定。不料，事機不密，喇嘛達爾札聞知此事，先下手為強，殺掉了小弟弟蒙庫什。又傳達瓦齊到伊里，說是「有事相商」。

達瓦齊明知那是陷阱，哪肯自投羅網！見勢頭不妙，連夜逃往阿睦處求救。這一下，雙方破臉，喇嘛達爾札拘禁了達瓦齊一家老小，又削去阿睦的輝特部台吉的地位，逼反了達瓦齊與阿睦。

二人一路逃亡，也一路收編反抗喇嘛達爾札的勢力，出其不意，回兵伊里。喇嘛達爾札倉卒迎敵，在混戰中，被阿睦一箭穿心射死。噶爾丹策零三個兒子至此一個都不剩了。達瓦齊便自己稱「準噶爾汗」坐了床。以他的身分、地位，是夠資格的，又兼阿睦的支持，準噶爾部也接受了。

在這一番混亂中。霍集占兄弟雖未直接參與作戰，也曾暗地聲援。滿心以為達瓦齊坐床自立後，回部所受的待遇，應可有所改善。

一開始，在阿睦調停之下，也的確使回部得到較為公平的待遇；賦稅減低，地位提升與準部平等。這些改善，使回部百姓感恩戴德，稱頌不已。

然則，好景不常。達瓦齊才能不如阿睦，人緣亦不如。兼以阿睦功高，日久便不免疑忌，對阿睦所有措施，都認為出於為他自己「收買人心」。不但全部否決，而且重蹈上昔日喇嘛達爾札的舊路，對回族的優惠一律取消。霍集占再三力爭，都沒有結果，只有面對現實。

偏偏，風不調，雨不順。年逢荒欠，而租稅繳納迫在眉睫。霍集占派人到伊里報告災情，達瓦齊的答覆是：「不相信！」租稅絲毫不肯通融。

「是不是請他親自來看看呢？他若親眼看到，總該相信的。」大和卓布拉尼敦在沒有辦法中，想出了這個辦法。小和卓苦笑：

「也只有一試了。」

想起昔日的好朋友，如今反臉無情如此，他不由唏噓。

重到阿巴噶斯，達瓦齊意氣風發。

他還記得三年前，他和阿睦跟霍集占一同來此參加回部「開齋節」的往事。他記得，霍集占以一把祖傳的古劍，竟得到了天下最美的女子——瑪弭爾。他妒，他羨，他隱隱的恨！恨不論他是台吉，是準噶爾汗，他都輸了一籌——瑪弭爾是霍集占的，不是他的！

跟阿睦唱反調，原不必波及回部；畢竟，在他逃亡過程中，霍集占是站在他這邊的。霍集占不僅是阿睦的朋友，也是他的朋友！他豈真毫不念舊情？

可是，他恨！

「大汗！小和卓來接了！」

滾滾的沙塵，迎面而來。雙方馳近，他一眼看到的，不是老朋友霍集占，卻是一方面紗遮住了口鼻，卻仍掩不住絕豔無儔姿容的伊葩爾罕——瑪弭爾。

那燦若明星的眸子，雖只向他淡淡一瞥，卻已令他幾不自持。而尤其令他欣喜的是，那串翡翠瓔珞，正佩在瑪弭爾頸項間。

勒住馬頭，小和卓在馬上躬身致意：

「歡迎你來，大汗。」

達瓦齊不願在美人面前失禮，堆笑道：

「好久不見了！霍集占，一切都好嗎？」

「不好！」

答話的嚦嚦鶯聲，出於瑪弭爾低垂的面紗之後。

此言直接且毫無修飾的頂撞而來，若出於霍集占，只怕達瓦齊便要翻臉了。出於瑪弭爾，達瓦齊卻陶醉的視為嬌嗔。而嬌嗔中的瑪弭爾，較之昔日，更增添了幾許少婦風韻，更覺風華絕代。他不由自主，口中回應：

「不好？怎麼不好？」

「收成不好。大汗不信，親自去看看吧！」

她說著，便撥轉馬頭，率先馳去，根本不曾徵達瓦齊的意見。達瓦齊卻也不以為忤，揚鞭追了上去，與她並轡而行。只覺陣陣幽香，時有時無的拂上鼻端，更令他心旌動搖。有一搭、沒一搭找話搭訕：

「瑪弭爾，兩三年不見，你家人都好嗎？」

「別人都好，我爺爺去世了。」

「那你一定很傷心了。我不知道，沒來慰問。真是失禮了！」

「失禮？」

瑪弭爾淡淡一笑：

「怎當得起大汗慰問？準噶爾汗又幾曾關切過回部什麼人的死活？」

達瓦齊明知她話中帶刺，偏要示好：

「與你有關的人就不一樣！」

瑪弭爾以鞭指著廣大回人田地，只見田地因著天災，一片荒蕪。

「我的族人，沒有人與我無關！大汗也肯發慈悲，憐憫他們年成荒欠的困苦嗎？」

達瓦齊一愣，霍集占也已趕了上來，插口：

「是呀！大汗，今年荒旱欠收。你看這土地龜裂，麥苗萎死，都是事實。懇求大汗……」

達瓦齊對他的插入，頗為不悅，粗聲打斷：

「這些，回去再說！」

心中的惱恨更深，倒彷彿霍集占是不識趣打岔的「外人」，妨礙了他與美人的並轡之樂。

為了討好達瓦齊，霍集占殺駝宰羊，又以桑椹釀的美酒待客。席前百藝紛陳，瑪弭爾也親自下場，擊著手鼓，曼舞清歌，以娛嘉賓。

取下了面紗的瑪弭爾，更美得懾魂奪魄。達瓦齊的目光，始終追隨不放。加上幾杯酒下肚，更放肆無忌憚了，滿面笑容。瑪弭爾舞罷，親自敬酒，軟語相求：

「大汗！請盡此杯，減免了我族人欠租吧！」

美人近在咫尺，舞餘香汗微微，臉上更加白裡透紅，如桃花盛放。達瓦齊哪裡還禁得住，巨靈般的手掌，欲摟瑪弭爾纖腰，借酒蓋臉：

「瑪弭爾！只要你陪我一夜，我什麼都答應！」

瑪弭爾素習騎射歌舞，身體靈活，一旋身，閃了開去。收起了如花笑靨，頓時滿臉冰霜。回人最重賓主之禮。見達瓦齊出言無狀，立刻翻臉。七嘴八舌指斥，霍集占更一臉鐵青。瑪弭爾舉起手，止住族人議論指責，一時鴉沒鵲靜。只見她緩緩解下項間翡翠瓔珞，冷笑：

「我是小和卓的妻子，伊葩爾罕！你莫要錯認了！這條瓔珞，你說是『價值連城』，總抵得過欠租了吧！」

奮力向達瓦齊擲去，喝聲：

「散！」

這為達瓦齊特備的行帳，瞬間回人走得一空。只剩下達瓦齊自己幾個隨行的屬下，面面相覷，不敢吭聲。

達瓦齊下不了台，揚起放在身邊的皮鞭，發狂似的亂抽亂甩。帳中陳設，頓然七零八落。他大喝一聲：

「走！」

臨走，一鞭捲起火把，甩向地上皮褥。不多時，火勢騰空而起，一座特意布置的華美行帳，在遠去的馬蹄紛沓中，化成灰燼。

火光閃耀在聚集四圍悲憤而淒苦的回族人臉上。大、小和卓臉色更加沉重。久久，大和卓才說：

「我們的苦難要開始了！」

「我們的苦難從沒有離開過！」

小和卓憤憤不平：

「難道瑪弭爾做錯了？難道她該忍受恥辱去侍奉達瓦齊？她是穆聖後裔，又是伊葩爾罕呀！我們要忍受到什麼地步？」

大和卓急道：

「我沒有說……」

小和卓打斷：

「你是沒有說！但你言下的意思，難道不是這苦難是瑪弭爾拒絕達瓦齊惹來的嗎？」

他悲憤而沉痛：

「從我們的祖父被俘虜到準噶爾起，準噶爾人就騎在我們頭上，索求無厭！我們耕種的人吃不飽，牧放的人穿不暖，因為他們不耕種，拿得比我們多，不牧放，自有一年幾百張羊皮獻上！這還不夠嗎？還要我們把安拉清白的女兒們，獻給他們糟踏嗎？今天他要伊葩爾罕，明天呢？後天呢？他又要誰的妻子，誰的女兒？」

他提高了音調，環視族人：

「你們是願意繼續忍受欺壓宰割，像待宰的駝馬牛羊一樣，還是挺起胸來反抗？為安拉的光榮，為我們自己的子孫後代反抗！」

他鏗鏘的語調，更激起了族人的同仇敵愾之心。「反抗」之聲，響徹雲霄。

不曾武備的回人，武裝起來了。除了平日打獵的弓矢刀槍，他們更透過哈薩克人，取得了俄羅斯的火器鳥槍。他們知道他們的力量仍然薄弱，不能主動攻擊。但至少，他們可以自衛，不會束手就縛。

農牧之餘，他們不再唱歌跳舞。他們操練戰技，以防準噶爾來襲。

連瑪弭爾，也加入了操練的行列，一改往昔的嬌柔。不畏辛苦，她的參與，更鼓舞了族人的士氣。

除了操練，她更常往「清真寺」做例行的禮拜，祈求安拉庇佑族人。

「瑪弭爾！」

一天晡禮後，大阿訇喊住她。

「大阿訇！」

大阿訇目光中滿是慈愛，取出一個包袱，命她打開。

包袱內，是一副西洋式的鎧甲。頭盔、甲衣俱全；而形制較小，倒像是為女子或少年製的。

「這一副鎧甲，是我年輕時，一個西洋少年武士遺留的。我保存至今，一直也沒有拿出來過。如今……」

他鄭重包好，交給瑪弭爾：

「如果發生戰爭，你把它穿上防身吧！也許，安拉就為了保護你，才讓它落在我手中！」

瑪弭爾捧著鎧甲，仰天無語。她不知安拉旨意何在？竟使一個愛好和平，與世無爭的民族，連女子都要穿上甲冑護身了。

第三章

捉到「窺伺」的奸細！

雙方情勢日益緊張中，小和卓不敢掉以輕心。押入帳一見，跳了起來。

「阿睦！怎麼是你？」

一邊親自鬆綁，一邊連聲陪罪。阿睦揉著被綁麻了的手臂活血，苦笑：

「這是我有生以來頭一被人綑綁；居然還是被你們伊斯蘭回人綁的，倒真沒想到！」

阿睦爾撒納的外家是準噶爾汗，父親又是輝特部的部落長，從小尊貴非常。幾曾受過綑綁？尤其，回人一直屈居弱勢，更哪有綁人的情事？如今，為情勢所逼，與準噶爾形成對峙的局面，又豈是彼此始能料及？

「你的從人呢？」

「沒帶人來。我有事與你商議，不便帶人。」

小和卓聞言會意，引阿睦出帳。也不帶從人，雙雙上馬，並轡而馳。

一路上光景，迥異於昔日與世無爭的耕牧自得。氣氛中，顯出了防衛警覺。阿睦嘆口氣，有不勝滄桑之感。

「真沒想到，達瓦齊坐床後變成這樣！」

小和卓把達瓦齊前來逼收欠租、企圖染指瑪弭爾的情形，敘述了一下。阿睦道：

「你記得那年他也參加向瑪弭爾求婚，我只以為他好玩，湊熱鬧，沒想到他是如此居心！唉！我拚著性命，幫他殺了喇嘛達爾札，又何負於他？如今，還不是成為他的眼中釘！」

他頓了一下：

「我母親早警告過我，我沒有聽，如今落得如此，才相信老人家是對的！其實，是他家欠我家血海深仇，該我找他報仇才對！」

阿睦的身世，小和卓曾聽傳聞，如今，自他自己口中，才得知真相。

昔年，他的外祖策妄阿拉布坦，雄才大略，野心勃勃。有心吞併青海、衛藏，占領拉薩。以掌握達賴喇嘛，用宗教控制天山南北和蒙古地方。

但衛藏地處中國的西南隅，交通極不便利。且入藏的主要通路青海各部，大多臣附於大清，不易打通。乃假意以女招贅集藏地軍政大權於一身的拉藏汗之子丹衷為妻，小夫婦留居伊里。

後來，假借送女兒、女婿歸省之名，命大策凌敦多卜——達瓦齊的祖父，率精兵護送入藏。出奇不意的襲殺了拉藏汗父子，又把已懷孕的女兒，改嫁輝特部台吉。懷胎足月，生下了個全身浴血出世的男嬰，就是阿睦爾撒納。

「他的祖父，殺了我親生父親！」

阿睦沉痛的說：

「我母親原先一直都沒講，只一力反對我和他交好。直到如今，才說出來！我不想為過去的事記仇；殺來殺去，對誰也沒好處。可是，我不記恨他，他卻疑忌我！」

小和卓瞭解阿睦本是重友尚義的漢子，他說不念舊仇，那就真的是可以做到的。但，達瓦齊卻不是心胸寬大的人。當他知道昔日那段「血海深仇」，心存疑忌，豈不也是人之常情？

小和卓同情的問：

「那，你打算怎麼辦呢？」

「他已找藉口殺了我岳父，我不能等他來殺我！」

阿睦一貫冷靜精幹的神色回到臉上：

「我要向東，翻過阿爾泰山，到中土大清去借兵。這計畫，當初本是為了對付喇嘛達爾札訂的。沒想到，如今要用來對付當初一同訂這計畫的『好朋友』達瓦齊！」

他唏噓不勝。小和卓同屬被迫害者，替他想想，似乎捨此也別無他策了。

「你一定要支持住！要天山南北回部的人，都保持警覺。能不正面衝突，就不要打，等我回來！」

他嚴肅而誠懇的緊握小和卓伸過來的手：

「我一直希望，讓準噶爾變成一個富足和樂的地方，讓你們回族和準噶爾人人享有同樣待遇。讓你們回天山之南的故鄉去；我知道，那兒才是你們的故鄉，你們故鄉的族人，也無時無刻都在盼望你們兄弟回去。」

他鄭重的承諾，使小和卓不覺落下了感激之淚。

他知道阿睦是真心的！相交多年，阿睦一直堅持準、回平等的主張，也表示不贊成準噶爾汗以羈留和卓父子在北疆，為控制回人的手段。

只是，阿睦有心無權！如今，阿睦的承諾，意味著此番借兵如果成功，阿睦將是順理成章的「準噶爾汗」。那時，阿睦就可以照自己的心意行事，可以作主了！他們三代羈押北疆的伊里，祖、父甚至埋骨異鄉，賫恨而歿的悲劇，可以在他們兄弟這一代結束了。

「保重！阿睦，我等你回來！」

「保重！小和卓！」

阿睦騎著馬向東絕塵而去。小和卓向西匍匐在地，向著天房的方向，向安拉祈禱……

勝利來得很快！久經離亂的準噶爾，人心思定。阿睦爾撒納又夙負眾望，他借兵平亂，順利異常。經過康熙、雍正兩朝，與準噶爾的爭戰，雖以和局收場，卻因允許準部隔年或在肅州在北京貿易，經濟上年年損失不貲。準噶爾打著「仰沾大皇帝隆恩」的名號，挾著年年數量膨脹的牛馬駝羊等皮貨，入關「貿易」。沿途，官府得依「貿易」之例接待，耗費龐大。而，無用的毛皮，前貨尚未售清，後貨接踵又到，變成清廷沉重的負荷。

地方官吏上疏：

「……彼處皮張不費資本，牛馬駝羊孳生繁衍，遍地皆是。且將纏頭牲畜，沿途包攬趕逐，故近年交易有日增無已之勢。若聽其任意而來，不至於數十萬不止……在夷人以無用之物耗內地之財，所關係者猶小。而以百姓有限之脂膏，供外夷無窮之貪壑，致令縱肆無度，玩視中華，此有關國體甚大！」

這是長久以來，乾隆皇帝耿耿於心，卻又鑒於祖、父兩代，康熙朝是雖勝而無功；雍正朝更是付出相當慘重代價，終以劃「阿爾泰山」為界收場。卻留下了尾大不掉，隔年貿易的尾巴。

隔年一度朝貢貿易，大清的路徑、虛實盡在別人掌握中。而大清對阿爾泰山之西，則甚是疏隔。因此也只有容忍一途，甚至明知準噶爾手足相殘，內部動亂，也因不知虛實，不敢貿然行事。

如今，阿睦爾撒納自動來投，借兵平亂。對乾隆皇帝來說，真是求之不得的事。親往熱河行宮接見，詳問變亂始末，溫語褒獎。並封阿睦為「親王」，其弟班珠爾為「郡王」，優禮逾於常格。開宴歡迎，賜馬較射，歡洽異常。宴罷，才徐徐問起進兵計畫。

時值臘月苦寒，自是不便行軍。軍機大臣建議四月春暖，再行西征。阿睦獨排眾議，主張趁此人心離散之際，速戰速決，並收「攻其不備」之效。

乾隆欣然採納，以班第為「定北將軍」，阿睦為「定邊左副將軍」，永常為「定西將軍」。兵分兩路，二月出征。賞阿睦用「正黃旗纛」，以示恩寵。

阿睦謝恩後，卻辭謝了「正黃旗纛」，奏請仍用自己的舊纛，以便準噶爾部眾辨認迎降。一切都在阿睦掌握算計中。大清雖發兵五萬西征，卻兵不血刃；準噶爾部眾望風迎降，直到逼近至伊里不足兩百里處，達瓦齊才由醉生夢死中醒來，倉促迎敵。

自阿睦逃走，他倒也猜想，不是投哈薩克，就是投大清。他想到過阿睦向大清借兵的可能。他沒想到的是，來得如此之快！依他想，便借兵成功，也得到四、五月春暖草長，才宜行軍。不料阿睦知己知彼，而且，由於達瓦齊人心盡失，根本一路無人抵抗，勢如破竹，便已「兵臨城下」了。

倉卒出陣，一戰而潰。達瓦齊見情勢不妙，帶著兒子羅卜藏與百餘親信突圍而走。幾乎未費吹灰之力，班第與阿睦便雙雙進駐了伊里。

在勝利的喜悅中，阿睦第一個想到的，便是讓霍集占分享勝利果實！而且他知道：達瓦齊若不擒得，終是禍胎！而如今，天山之北的「準部」，他已無路可逃。若要逃亡，一是向北，由哈薩克入俄羅斯。一是向南，越天山，入回部尋求庇護。

此番西征，哈薩克已明白表態，與己方合作。那，達瓦齊唯一的生路，就是向南。天山南路，仍是回人聚居區。各城均有「伯克」管理族人事務，並向準噶爾繳納租稅。大、小和卓均羈押於伊里附近，總領天山北路回人事務。南路回人，雖亦翹望大、小和卓，平素一般人卻無緣接觸。實際上的各城領導者，便是「伯克」。

北路回部與達瓦齊對立情況嚴重。南路消息不便，就緩和得多。而且，伯克雖由大、小和卓推舉，卻仍是由達瓦齊任命。有此淵源，達瓦齊在準部不能存身之際，必向南逃！而南方，清、準雙方都地理形勢不熟。必得借重大、小和卓在回部的影響力，始能奏功！

而且，他曾有言在先：一旦成功，必釋放大、小和卓及當年被擄至天山之北的回人返回故鄉。因此，他立刻向班第說明此事。笑道：

「我馬上到阿巴噶斯去，告訴大、小和卓這件事。我終於可以達成願望，讓他們回故鄉了！」

班第卻攔住他：

「派個人叫他們來就是了；對待囚虜，也值得自己去？」

阿睦拂然不悅，道：

「囚虜？他們是我的兄弟！而且，還要靠他們幫忙抓達瓦齊呢！」

「不管他們是誰，如今你是大清的『親王』，豈可紆尊降貴，貶了身分？還是命人去『傳』吧！」

班第堅持，阿睦只得派親信去「請」大、小和卓到伊里來。

大、小和卓接訊，大喜過望，迅速來到。阿睦可不管班第如何，興奮的迎至門口與大、小和卓擁抱見禮。尤其和小和卓，更是親熱，勾肩搭背的，相偕進入本為「汗廷」的「將軍署」。

阿睦向班第引介大、小和卓兄弟，回人除對真主安拉，素無叩拜之禮。男子相見通常互擁，以雙頰互貼數番。在班第，是平素威風慣了，只待「階下囚」下拜。和卓兄弟見他高踞主位，實是無禮，局面便有些僵。

幸阿睦發話：

「達瓦齊逃了！依我猜，是向南去了，這可得靠你們幫忙，把他抓回來。」

班第道：

「他已走了大半日，怕追不上了。」

小和卓笑道：

「不用追！」

他轉臉向阿睦，道：

「你們到巴里坤時，我便已有消息，知道你必能得勝！他若不被殺、被抓，勢必逃走；而且，以逃走的成分居多。你記得，喇嘛達爾札幾次要抓他，都沒抓到；一見情形不妙趕緊逃走，是他向來的慣技。因此，我已派人知會回部各城伯克，他若到回部，必已是喪家之犬，不必再怕他了。不妨以禮相誘，等他入城之後，只管拿下！」

他一頓，笑道：

「這算是回部獻給『新準噶爾汗』的禮物！」

阿睦居之不疑：

「這禮物是太好了！我也有禮物送你：我答應過，等我重返伊里，就讓你們兄弟回故鄉喀什噶爾去！你們可以把想回去的族人都帶走。以後，你們的租稅，和準噶爾人一樣，一斗麥子也不必多出！準、回從此是一家兄弟，天山之神，為我們作證！我們永遠和睦相處！」

大、小和卓相擁而泣；這是自他們祖父輩被囚虜至伊里，就盼望的事，竟如夢般的就要實現了！

小和卓放開哥哥後，又擁抱阿睦，「真主保佑你！報答你！」

被冷落在一旁的班第，頗不是滋味；阿睦的專斷，尤令他不滿。他是「定北將軍」，阿睦只是「副將軍」，竟一入伊里就儼然「準噶爾新汗」，事事自專，不把他放在心上！當下重咳一聲：

「咳！不妥！兄弟倆都走了，天山北路的回部，誰來管呢？還是留下一個，協理北路回部事務吧！」

阿睦抗聲爭辯：

「我早答應的！」

班第冷著臉：

「你奏明了皇上嗎？」

「這是我們自己的事，與皇上何干？」

「沒有皇上派兵，你進得了伊里？」

阿睦還要說什麼，卻被霍集占一把拉住：

「將軍說的也對！北路也不能沒人管，我留下好了！」

阿睦生而高人一等，不諳世故。霍集占卻自幼因身分微妙，習於察顏觀色，及時打圓場。布拉尼敦詫道：

「你是說，讓我回南疆去，你留下？」

「是呀！你帶想回去的族人先回去。我留在阿巴噶斯，幫阿睦安頓亂局再說。」

既然霍集占也如此說了，阿睦雖猶忿忿不平，也就不再多說。倒是班第又開了口：

「我大清派兵前來平亂，又對你們回部有解救釋放之德，你們該如何回報大皇帝大恩呢？」

此言又引起阿睦不滿；他不明白，雖然向大清借兵，卻一路兵不血刃。準部主動迎降的勝利，為什麼到了班第那兒，功勞就全是大皇帝，是大清的了？

尤其，釋放大、小和卓，本是他與回部間的默契，也成了大皇帝的恩典。市恩之餘，還要求回報！

霍集占深知他的性情，心中雖亦不以為然，卻盱衡情勢，不宜得罪班第。暗捏阿睦，阻止他開口。自己向前一步，虛心請教：

「我們僻處西方，不懂大國禮數。請問，該如何回報大皇帝才合適呢？」

班第見他比阿睦倒識趣，笑道：

「大皇帝富有四海，金銀財寶是看不上的。倒是不妨送『活寶貝』給他，他必然嘉納。」

「活寶貝？」

阿睦與大、小和卓均不明何意。不約而同反問。

班第哈哈大笑：

「連『活寶貝』也聽不懂？聽說回部出美女，送美女給大皇帝，豈不是『活寶貝』？」

「你說，我們不能回喀什噶爾？」

早聽說阿睦承諾放大、小和卓回鄉的瑪弭爾，聽完霍集占的敘述，面露失望。她自幼在祖父的描述中，對南疆故鄉充滿了憧憬。原以為這番總可達成心願了，不料……

霍集占只有好言安慰：

「現在，大清的大將軍在這裡。他說，要我們兄弟中留一個在北路管理回族百姓，阿睦也不好跟他爭論。如今，只等把達瓦齊抓到，他們總要走的。那時，阿睦當了『準噶爾汗』，一切自然由阿睦作主。他一定會讓我們回去的！」

瑪弭爾不懂，為什麼大清的「大將軍」可以如此「喧賓奪主」，卻也不能不接受這一事實。至少，布拉尼敦可以先回去，可見阿睦是守信的。只要那討厭的大將軍一走……她想到這兒，又快活起來。霍集占卻輕嘆了一口氣。

「我們不久也可以回去就好，你就不要為這事憂慮了。」

她反過來安慰霍集占，霍集占苦笑：

「不是為這個，是大將軍要我們送美女給大皇帝。」

「送美女給大皇帝？做他的女奴，還是妻子？」

「妻子吧！我聽說大皇帝可以有許多的妻子。可是，你看，我們族中女子，未婚的太幼小了，也沒有什麼出色美麗正待嫁的。其他的，都已婚，我們豈能拿族人的妻子送給大皇帝？」

瑪弭爾笑了：

「你忘了一個人，美麗而未婚。」

「啊？……你說，艾伊娜！」

霍集占猛然想起。艾伊娜，今年快二十歲了，出落得更具成熟之美。只是，為「不祥」陰影籠罩，迄今未嫁。也不再肯出席「開齋節」待嫁女孩的行列，頗為抑鬱寡歡。這使霍集占心中不免時常興起抱歉之感。

如今經瑪弭爾一提，倒也感覺這是一個適合艾伊娜的安排；若論「貴」命，誰能比大清的「大皇帝」命更「貴」呢？他唯一擔心的，倒是大皇帝會不會嫌艾伊娜太老？

當他打聽到大皇帝已年過四十，這件事就算決定了。

艾伊娜心中有著欣喜與幽怨混雜的悲喜交織。她的家人，卻認為這正是她命「貴」的命定歸宿。她除了「順命」，別無選擇。

在回族早婚的習俗中，她稱得上「老女」了。老女，而有如此冥冥注定的遇合，除了「天命」更該如何解釋？

未來，是渺不可知的。確定的是：她將不再生活在瑪弭爾的陰影下；那令她愛恨兩難的「情敵」。

事情，就這樣決定了。班第見到艾伊娜，倒也為之驚豔。並預料不論為了她的美色，或政治上籠絡回民的手段，她入宮，必然受寵。因此對她格外禮遇，遣兵馬保護入京。同行的，有達瓦齊和擒獻達瓦齊有功的霍吉斯。

達瓦齊的被擒，完全如霍集占預料。他選了烏什為投奔處，是因為烏什伯克霍吉斯是他「立」的。仗此「恩德」，且準噶爾汗對回部伯克本是「恩主」，自然可以有權利要求接待。

他還算非常謹慎的，先派人傳話，以觀察霍吉斯的態度。霍吉斯立刻率領部屬和回民到城外迎接；依然維持著回人對「準噶爾汗」誠惶誠恐的殷勤恭敬。

達瓦齊放心了，與家人及少數侍衛一同入城。依然頤指氣使，威風十足。

霍吉斯殺駝宰羊的招待。不料，在宴席中，倉卒生變；席中，佯稱歌舞娛賓，出來的卻是全副武裝的維吾爾青年武士。醉醺醺的達瓦齊，還沒反應過來時，已由座上客，變成了階下囚。

知道此事出於霍集占謀劃，達瓦齊恨得咬牙切齒，大肆咆哮，卻地無改於他被當成俘虜，獻給大清皇帝的命運。

三人同行入京。艾伊娜是入宮為妃嬪，陪皇伴駕。霍吉斯是進京以擒獻「賊酋」之功，接受封賞。而達瓦齊，卻是霍吉斯的晉身之階！

第四章

準噶爾這一役，最大的贏家，無疑是乾隆皇帝了！他不費吹灰之力，便完成了祖、父兩代損兵折將、勞師動眾而未完成的事功：「平定準夷」。

能不損一兵一卒，天山南北盡入版圖，這豈不是天上掉下來的？

御殿受降，對擒獻賊酋的霍吉斯，不免溫語褒獎，大加賞賜，並封「侯爵」之位。

霍吉斯回奏：

「大、小和卓為感念大皇帝釋放之恩，特選美女一名，獻給大皇帝。」

這是皇帝早已由班第奏摺中知道的事，因為美女和夷酋同是勝利的象徵，便下命令，達瓦齊與美女艾伊娜一同上殿。

二人同時出現，腰大十圍、粗壯勇武的達瓦齊，幾乎有婀娜秀麗的艾伊娜三個大。一剛一柔，一醜一美，一胖一瘦，相映成趣，乾隆首先不覺失笑。天顏一解，群臣也不必再憋著，頓時滿殿笑聲。

艾伊娜經由一路伺候的嬤嬤調教，行禮如儀。

她本是回部「和卓家」的女兒，自有一分雍容高貴氣質。而維吾爾女子多皮膚白皙，濃眉深目，鼻梁高挺，與中土的滿、漢女子相貌迥異，別有一種靈活動人。兼以艾伊娜本來就姿容出眾，也是回部出名的美女，竟使乾隆為之目眩神迷，讚道：

「真沒想到那西陲之地，竟有這樣絕世美女！」

他這話，是用蒙古語說的；準部自稱是蒙古後裔。蒙古語，是天山南北通行的語言。果然，艾伊娜聞言，滿面生春，盈盈謝恩。

她這一笑，更令乾隆心醉，當即命人送至「慈寧宮」拜見皇太后。

太監領命，引艾伊娜下殿。乾隆猶滿臉含笑目送，讚嘆：

「真想不到，西陲竟也有如此絕色！」

群臣見此，不過心中暗笑。卻聽達瓦齊哈哈笑道：

「大皇帝真沒見過美女！艾伊娜就算絕色？是不是中土女子都太醜了？」

聽他出言不遜，侍衛忙上前喝止。乾隆卻心中一動，制止侍衛動粗。徐徐道：

「達瓦齊，你今已被擒，心中不忿。故意激怒於朕，莫非不惜命嗎？」

達瓦齊環眼一瞪：

「我當然惜命！我講真話，也該死嗎？」

「真話？艾伊娜乃是大、小和卓敬獻給我的美女。絕豔之姿，有目共睹。你還說她算不上絕色，難道回部還有比她美的？」

達瓦齊一昂頭：

「當然！」

「那大、小和卓，為何不獻那更美的女子給朕？」

達瓦齊哈哈大笑：

「小和卓怎麼肯獻給大皇帝？伊葩爾罕是小和卓的妻子呀！若不是有伊葩爾罕，小和卓就娶艾伊娜了，連艾伊娜也不送你啦！」

「伊葩爾罕？是她的名字嗎？」

「伊葩爾罕」是回語，乾隆不解其意。達瓦齊道：

「她名叫『瑪弭爾』，是『美中之美』的意思。回人叫她『伊葩爾罕』，因為她身上有香氣！」

通譯一邊加以解釋：

「回語『伊葩爾罕』，即天朝的『香妃』之意。」

乾隆笑道：

「『香妃』？女人哪有不香的？朕後宮妃嬪豈不個個是『伊葩爾罕』？」

達瓦齊睜大了眼，滿臉詫異：

「天朝女子個個都生而身具異香嗎？」

乾隆呵呵一笑。

「誰能生而身具異香？可是有的是香膏、香粉、香餅，敷面、薰衣，香氣襲人。」

「不對！伊葩爾罕是生具異香，從不用香膏、香餅。那種香，我們準部女子也用，哪比得上伊葩爾罕的香氣好聞！」

乾隆待信不信，轉問霍吉斯：

「可有此事？」

霍吉斯回奏：

「伊葩爾罕的確生具異香，回部無人不知。」

乾隆好奇了：

「而且……極美？」

「準回之地，無人能及！」

「無人能及」，那當然包括已令他驚豔的艾伊娜了。艾伊娜已豔麗如此，那，生而具異香的伊葩爾罕……

「可惜！可惜！」

想自己「九五之尊」，竟比不上西陲回部小酋的豔福，不禁有些懊喪。

「有什麼可惜？大皇帝命小和卓把伊葩爾罕獻來就是了！」

達瓦齊率直之言，倒令乾隆一怔。心中暗想：這準地夷酋，看上去粗鄙癡肥，呆頭呆腦，倒心思機靈。口中卻佯斥道：

「豈有此理！」

本來達瓦齊以俘虜的身分入京，殺亦可，加恩不殺亦可。乾隆因想從他口中多得些西陲的虛實，又加上他並非對大清有何叛逆行為，而是為臣下所叛，「情有可原」，因而不但赦他不死，而且任命他為侍衛。並因他本為「台吉」，還當過「準噶爾汗」，特加「親王」虛銜，以示恩寵！達瓦齊不意死裡逃生，對大皇帝感恩戴德之餘，格外巴結差使。自也不忘中傷讎寇阿睦和小和卓。

他在乾隆召他垂詢時，不時有意無意，把話題引到回部的風俗人情，男女婚嫁之事上。以便藉答覆的機會，描畫瑪弭爾之美如天仙；這一點，乾隆倒已深信；因為他在召幸艾伊娜時，也已有意無意的查證過。

艾伊娜畢竟單純，瑪琱爾已為小和卓之妻，而且遙隔萬里，威脅不到自己了。也坦然承認，若與瑪琱爾相比，自己實在自嘆不如。

瑪琱爾！「美中之美」，還體有異香的女子，那樣奇特的盤據到乾隆心上。他不知一個女子美的極限是如何的。艾伊娜，已令他的後宮妃嬪為之失色了，那被稱為「伊葩爾罕」的瑪琱爾呢？

自他摯愛的孝賢皇后富察蘭沁薨逝以來，他自覺自己全部的情愛，都已隨著他這位最知心的賢后埋葬了。對後宮妃嬪，乃至天下女子，都只有生理上的需要，而沒有了真正的情愛。若照他的意思，根本就不準備再立皇后！

因此，在孝賢皇后之喪三年期滿，才在太后「逼迫」之下，又立了皇太后一向鍾愛，晉位「嫻貴妃」，並在孝賢皇后薨逝後，以「貴妃」的身分，統領六宮的烏拉那拉氏為后。

雖然那拉氏登上了后座，但，在他的心目中，這是為了「國體」，為了盡孝的妥協。因為，為了這件事，太后甚至下了懿旨，明指：

「……嫻貴妃那拉氏係皇考所賜側妃，人亦端莊惠下。應效法聖祖成規，即以嫻貴妃那拉氏繼體坤寧，予心乃慰。」

又明白給了最後期限：

「即皇帝心有不忍，亦應於皇帝四十歲大慶之先，時已過二十七月之期矣，舉行吉禮。佳兒佳婦行禮慈寧，始愜予懷也！」

因此，他不得不「就範」，卻心有不甘。所以，在冊立禮上，也盡量的低調處理。要不是國體攸關，他甚至連最起碼的冊立儀式，都不想給那拉氏！

十幾年了！他的心扉仍然緊閉。卻不知為什麼，在見到艾伊娜「驚豔」之餘，又聽說還有一個比她更美的回族女子時，他卻心動了！

但，她已是小和卓的妻子。他，堂堂大清天子，還能令已獻美女示好的回部，獻上他們的「伊葩爾罕」？

像看透了他的心思一般，達瓦齊道：

「天下第一美女，當配天下第一人！皇上應令小和卓獻上伊葩爾罕，以示忠誠！」

乾隆笑叱：

「咄！休要胡言！豈有聖明天子，強奪歸順藩屬之妻的道理！」

「歸順的不能奪，就讓他造反好了。」

乾隆心中一動，口中卻道：

「好端端的，他為什麼要造反？而且，我聽說回部民風，並不似準部剽悍，否則，又何至於受制於準部達數十年？」

「小和卓的性情與他父兄不同，極不能受激，把他逼反，並非難事。皇上不便以伊葩爾罕為詞，那只有從阿睦爾撒納下手。小和卓與他交好，阿睦一反，小和卓必然跟著他就反了。」

乾隆冷哼一聲：

「你心中懷恨阿睦，想藉我的手報仇，當我不知道嗎？」

達瓦齊不以為意：

「我當然恨他！卻並不全為自己報仇，才如此說。阿睦前來降順，原是迫於無奈，前來借兵而已，又豈是真心歸降？如今，準部平定，他志在為『準噶爾汗』，等他一旦壯盛，未必馴順，還臣服大皇帝！」

這番話，倒使乾隆不能不慎重考慮了。

他祖、父兩代，面對準噶爾三代英主：噶爾丹、策妄阿拉布坦、噶爾丹策零，萬里興師，勞師動眾。皇祖康熙一再親征，才總算令噶爾丹窮途自盡，收復了內外蒙被侵奪之地。卻也因而坐大了噶爾丹之侄：策妄阿拉布坦，伏下禍根。

到父皇雍正那一代，噶爾丹策零即「準噶爾汗」之位。本欲趁交替之際，人心浮動，一戰成功，永絕後患。不料，準部老臣俱在，大、小敦多卜輔佐少主，準部安堵強盛依然。雍正所任大將軍傅爾丹，無能而又好大喜功，和泊通一戰，清兵大敗。後來雖有光顯寺之捷，終究再無西進之力。才有議定以「阿爾泰山」為界，兩年一度准許入關貿易的協定。而這一協定，竟成為大清尾大不掉的禍害。

如今，因著準部內部紛爭，大清才「撿到」這個大便宜！說是阿睦爾撒納借兵平亂，實際上，他心知肚明：清兵未費一兵一卒。是阿睦以自己的旗纛打前站，各部落聞風迎降，清兵坐享其成的直驅伊里——捷報傳來，廷臣建議改名「伊犁」，以誌「犁庭掃穴」之功。

他雖徇眾議「認可」，心中不免暗笑：這一役，大清實未費吹灰之力，說什麼「犁庭掃穴」！未免太給自己臉上貼金！後世若不察，又豈知真相！看來歷史，實在未必可信。

倒是阿睦爾撒納，有些難以處置。他知道阿睦借兵平亂，自有雄長準噶爾四部的野心。看這一路傳檄而定，他也的確有綏服準噶爾四部的才能與聲望。

原先，乾隆也想過，就順水推舟，立他為「準噶爾汗」，為大清藩屏。可是，經達瓦齊這有意無意的煽動，他的想法逐漸搖動了。

阿睦的才能和聲望未可小覷！這番定亂，大清實在是「擔待虛名」，並未出力。連自己都覺得改「伊里」為「伊犂」有些浮誇，難道阿睦真能心服，就此歸心順服，不再生異志？噶爾丹、策妄阿拉布坦、噶爾丹策零三代準部英主，帶給大清多少困擾！他們時順時叛，順時，也不過虛文。叛時，卻從喀爾喀蒙古，到西藏、青海都受威脅，成為祖、父兩代大患。

如今，阿睦才略、野心都不在那三人之下。他如今尚稱恭順，但，一旦羽翼豐盈，難保不反噬大清。立他為「準噶爾汗」，弄不好，就會造成「養虎貽患」的後果，又蹈上祖、父覆轍。

這是就大我的立場，不能不考慮的。就小我……

他發現自己不知不覺已對那「伊葩爾罕」產生了絕大的好奇，甚至掠奪之心。這一層，自不便公然明言，只是私心不免為達瓦齊之言所動：

「阿睦一反，小和卓自然跟著他就反了。」

小和卓一反，他就能名正言順的「平亂」，然後……

「伊葩爾罕……」

他不知不覺微笑著，低念出這個名字。

第五章

阿睦爾撒納兩手各握著一枚印信，目光往復逡巡著。

一枚，是以一朵「菊花」為標記，代表著「準噶爾汗」，歷代沿用在每道發出的公私文書上。

另一枚，來自大清皇帝的頒授，是「定邊左副將軍」的印信。

「定邊左副將軍！」

他的目光陰沉起來；他愈來愈感覺事情不對了。他，原本只想借大清的兵力平亂，如今，似乎變成了「引狼入室」；狼，不走了。

不錯，大兵已撤，伊里只剩下了約五百兵力。但，「定北將軍」班第、「參贊大臣」鄂容安仍駐伊里，而且，處處以「主子」自居。而天山北路各台站，亦仍有大清官員、軍隊駐防；顯然，已把準部視為「大清」所有了。他本以為這是過渡的現象，等獻俘之後，名號確定，自然一切都解決了。

然而，霍吉斯獻俘回來，帶來的詔命，是把準部四「衛拉特」台吉，封為四汗；策凌為杜爾伯特汗，多爾濟為綽羅斯汗，阿睦爾撒納為輝特汗，班珠爾為和碩特汗。並依照喀爾喀蒙古之例，設立「盟旗」，名義上是由四汗兼管，但規定各部、各旗仍各安原處，不許遷移。

換言之，準噶爾不再統一，已不再有「準噶爾汗」了。這些由四部台吉改名的「汗」，也「有職無權」；準噶爾被劃分為一小塊、一小塊的。既不許遷移，自無法聯合、壯大。每一汗部都只許各守原地，唯「大清」之命是從，沒有了自主性。

喀爾喀就是因此而衰弱的！喀爾喀與準噶爾同出於蒙古，數十年來，卻一再為準噶爾所侵擾。乃至不得不在大清協助下，入內蒙遊牧，以避鋒鏑；不能不說就是大清「分化」以削弱蒙古勢力奏功。

如今，喀爾喀蒙古，雖大分為車臣部、札薩克圖部、土謝圖部、三音諾顏部，亦各自有「汗」。汗部之下卻各分盟旗數十，各自獨立，如何不弱！

「不！我準噶爾，絕不蹈喀爾喀後塵！」

阿睦緊緊握著那枚菊花小紅印，對自己低吼。

心意既定，他隨即把「定邊左副將軍」印收起，把乾隆所賜孔雀翎帽、黃帶也都收起，又取出原先準部傳統的衣服，換上了自己紅纓高頂平沿帽。腰束錦帶，足踏革靴，回復舊觀。

他的改裝，落在班第眼中，等於得到了「叛逆」的實證，立命鄂容安奏告不法；他早已看不慣阿睦對他倨傲的態度。只是，阿睦除「左副將軍」銜外，平準部之後，加封「雙親王」，爵位幾乎是僅次皇帝而已，他也不能不容讓三分。也只能在尋常奏摺中，加油添醬訐告阿睦「不法」。勾結準部各台吉、宰桑、喇嘛，肆言自己只是「借兵」於大清，而非降順等等悖逆言詞。

但皇帝回覆的密旨，也似未以為意，只叫他嚴加防範而已。這一回……

班第命鄂容安強調阿睦變服易裝「叛跡昭彰」，又將「左副將軍印」棄而不用，只用被視為「準部傳國璽」的菊花小紅鈐記，顯然「目無君上」。

隨後，額駙色布騰巴爾珠爾亦班師回京。巴爾珠爾，是乾隆皇帝嫡配的皇后富察氏親生，封為「固倫和敬公主」的額駙。在「愛屋及烏」之下，也甚受皇帝提拔照顧。大清軍中，他是唯一與阿睦合得來的人。這一回，以西陲事了，奉召回京。

阿睦設宴送別，席間吐露心事，託他代奏。

「我非常感激大皇帝借兵之德，與加封『雙親王』之恩。但『雙親王』在大清或以為榮，卻不足以綏服準部民心。班第久駐不去，民心不安。請大皇帝睿智裁奪，以副準部民心所望！」

他示意巴爾珠爾，準部民心所歸，在於以阿睦爾撒納為「準噶爾汗」，統轄天山北路。不僅各遊牧部落民心如此，所有喇嘛，及哈薩克、俄羅斯諸友邦，莫不支援。

「額駙！這不是我阿睦自吹自擂，額駙隨軍入準，阿睦我一馬當先。根本未勞動大清一兵一卒。所到之處，各部遠遠望見我的旗幟，就紛紛迎降，是額駙親見親聞的。」

巴爾珠爾點頭。阿睦道：

「達瓦齊，是我與小和卓設計擒獻的，班第何曾有尺寸之功？卻在伊里作威作福，欺壓於我，動輒以大皇帝旨意嚇人。天高路遠，我有冤難訴，總仰仗額駙為我辯白：我也別無他求，只望大皇帝矜憐準噶爾部百姓群龍無首吧！」

巴爾珠爾走後，阿睦預估七月該有消息，也不忘加緊聯絡各部，儼然以「準噶爾汗」自居。只待大清皇帝追認事實。小和卓卻未敢樂觀：

「如果，大清皇帝有心讓你當『準噶爾汗』，平定之後就不會只封『雙親王』，並分割四部，使四部各自為政。而且……」

他頓了一下，面帶憂色：

「霍吉斯說，大皇帝不但未殺達瓦齊，還加封為『親王』，時時令達瓦齊隨侍。達瓦齊有多恨你，不用我說，你也知道！他絕不會不在大皇帝耳邊說你壞話的。而你又和班第不合，他也不會說你好話。所以，你絕不能落下把柄，寧可小心一點。」

阿睦滿腔怨憤：

「哼！我還不夠小心嗎？小心有什麼用呢？力量才是重要的！一個人，必須要有力量，才能不為人所欺。準、回兩部，一定要聯合起來，必要時，我就不要他的『雙親王』，他能奈我何？」

話雖如此，阿睦心中仍不免忐忑，格外注意班第的態度。班第自上奏之後，越發倨傲，他料定皇帝對阿睦的「不臣」，必然震怒。卻沒料到，為自己惹來一個難題：乾隆皇帝的確震怒，下令「就地行誅」。

班第愣住了；如今，他深入準部，伊犁所駐兵馬，大部分為新歸附的準、回部眾，真正大清正規軍，不過五百人。別說「行誅」，一旦洩露，五百人眾，還不夠擁護阿睦的準、回部眾墊馬蹄的！

雙方各懷鬼胎，相持不下。七月將盡，阿睦所盼的朝命仍沒有消息；色布騰巴爾珠爾入朝，未及回奏，先遭嚴譴；班第早在訐告阿睦不臣的奏摺中，告了他一狀；稱他與阿睦友好，以私害公；本以他系出蒙古，方便偵伺監督。不料他反為阿睦籠絡，言聽計從！

在嚴譴之下，巴爾珠爾自救不暇。且阿睦所託，正足證明班第所控不假，他哪敢再多事！

阿睦所盼的朝命不至，班第自陳兵力不足的奏章，倒有了回音；皇帝假意召阿睦爾撒納到熱河行宮，行慶功的「飲至禮」，準備等他入了大清地界，再行擒拿。為恐阿睦起疑，特令喀爾喀親王額林沁同行。

班第如釋重負。只想好好哄他上路，特別巴結，設宴送行。表現得十分熱絡，滿臉堆歡。

班第態度的轉變，反而引起了阿睦的懷疑。他和霍集占推敲著其中玄虛。

「往好處想，也許知道大皇帝賞識你，不想得罪了你，以此修好。」

霍集占口中雖這樣說，臉色卻十分沉重，似乎自己也不大相信這樣的推論。阿睦道：

「大皇帝若真賞識我，何以我託色布騰巴爾珠爾請求封我為『準噶爾汗』的事，迄今沒有消息，班第卻一力催我出發？」

「那就不能不往壞處想了。也許，這是圈套，騙你到熱河，不利於你！」

「可是，我從未得罪大皇帝呀！而且，他還加封我『雙親王』；他們說，皇帝的兄弟、兒子，都只有一個親王銜。只有我，獲此殊榮。」

「那我就真不知道了。也許，他們真是好意？」

一直一旁傾聽的瑪弭爾，卻接口：

「一定不是好意！」

「瑪弭爾，你說！」

阿睦急問。瑪弭爾道：

「我爺爺說過：愛你的人對你笑，是福。恨你的人對你笑，是禍。班第絕不會因你有好事而高興的。他的笑，絕非善意！你一定要打聽明白內情，不要急著出發。」

「來不及了！班第已選定了宜長行的吉日。他說，再不起程，時間就趕不及了。」

霍集占雙眉緊皺：

「那，你就起程，別讓他們起疑。我派人打聽；有什麼消息，不論好壞，我都會派人給你送信。」

瑪弭爾道：

「如今才剛八月，九月到熱河，以你的行程，八月中旬走，也來得及，這又是令人懷疑的事。阿睦，你一路慢慢走，在霍集占沒告訴你消息好壞之前，一定不要出準噶爾地界；這是你的地方，他們多少還有顧慮，不敢動手！」

阿睦臉色沉重：

「好。也只能這麼辦了！霍集占，萬一消息不好，你也要防備。我想，你最好是回南疆去，就像瑪弭爾說的，在自己的地方，總比較安全！」

「我會小心！也會設法跟你聯絡。我們必須合作，共度難關！」

一路藉故稽延，走到烏倫古河，阿睦得到了霍集占的密報：

「班第奏告阿睦叛逆，大皇帝已有旨擒拿。一入內地，便有不測之禍！」

阿睦左思右想，又悔又恨；看來，自己錯了！「借兵平亂」竟成了「引狼入室」，再不行動，怕就要葬身狼吻了。

他找到一個與額林沁親王並轡的機會，表明了態度：

「並不是我阿睦不信，實是中國無信！入我境中，驅我族人如犬羊，明裡示好，暗中陷害。又聽信讒言，不容申辯。我身為頂天立地的大丈夫，豈肯引頸受戮？」

自懷中掏出「副將軍」印，向額林沁擲去。額林沁本能的伸手接住，阿睦仰天長笑：

「你替我交還大皇帝吧！從此，我與大清，不再有任何關係了！」

「阿睦。你聽我說——」

額林沁想解釋，阿睦已斷喝一聲：

「走！」

他率先撥轉馬頭。他的部眾也毫不遲疑，跟在他身後馳去。

額林沁，望著絕塵而去的馬隊，下意識的摸摸腦袋，面如死灰；縱「囚」之罪，他如何承擔？本來，過了烏倫古河，就算到了大清地界，立刻會有八旗兵來護衛，他也就算交差了。因此，他一路上費盡心思，打疊精神，應付這「準酋」。他自問沒露破綻，好容易挨到清、準邊界，豈料功虧一簣。阿睦怎麼會忽然反臉的？

「一定是那回回！」

額林沁想起來了，就在事發前，有個回人帶來一個木盒，號稱是大、小和卓送給阿睦的程儀。兩人並馬而行，以回語交談。他，不疑有他，未加注意。一盞茶工夫後，那回人交付木盒，便馳馬而去。而不多久，阿睦就擲還了副將軍印。

「不好，伊犁要出事了！」

阿睦既公然叛去，班第素與阿睦不和，阿睦豈能放得過他？

一念及此，自己生死倒又置之度外了，改變行程，急馳烏魯木齊；定西將軍永常正駐防在那兒，有數千兵馬，或可往伊犁救援。若來得及，還可將功抵罪。

不料，永常以「兵力不足」一口回絕。不久消息傳來，阿睦登高一呼，準部台吉、喇嘛紛紛響應，兵圍伊犁。定北將軍班第、參贊鄂容安，都在圍城中自殺殉國了……

阿睦和霍集占，集合準、回兩部人馬，商議防守伊里之策。庫車的伯克鄂對唱反調：

「守不住的！大清強盛，我們哪是對手！」

他指責阿睦：

「你降順在先，反叛於後，已經不對了。不該又逼死班第和鄂容安，大清豈肯甘休？還要拖我們下水！」

霍集占怒道：

「分明是大清野心吞併準噶爾疆土！今日準、回兩部，必須拋開過去的仇恨，攜手合作才能共禦外侮。你為什麼還沒開始打仗，就挑撥窩裡反？」

「明知打不贏的仗，要打，你們去吧！我恕不奉陪！」

鄂對冷笑著離席而去。

瑪弭爾得知之後，憂心忡忡。霍集占不以為異：

「他要走，就讓他走，難道少他一個？」

「我們少了他一個，沒有關係。我是怕，大清多了他一個……」

霍集占怵然站起：

「你是說，他會……」

「我不知道……但，你記得，那時我們對抗達瓦齊的時候，他卻是向達瓦齊示好的！他不是壞人，但他是以『自保』為第一考慮的人！他會觀望，然後投向勝算大的那一方！」

「那……我先把他家屬看守住，若他有異心……」

瑪弭爾反對：

「沒有用的！一個把自己放在前面的人，為了自己的利益，不會顧家人的死活！」

「不顧是他的事，他若背叛，他的家屬不要想活！」

鄂對降清！霍集占殺了他的家屬，與阿睦共商大計。

「我們是守城，還是走？」

阿睦神色沉重：

「不能一下全犧牲掉，伊里一丟，就等於天山南、北全丟了！」

他緊握住霍集占的手：

「你帶你的族人，先回南疆去！我勝了，你來為我慶賀。我敗了，你要為我報仇！我往哈薩克召集兵馬，和大清決戰到底！」

第六章

「大皇帝下令屠殺準噶爾的厄魯特全部軍民百姓？」

大和卓布拉尼敦不可置信的看著風塵僕僕的弟弟。

「是的，屠殺令已經下達了！阿睦帶著他的人，北走哈薩克。我也帶著所有不願留在北疆的族人回南疆來。」

「這太可怕了！太可怕了！為什麼呢？」

「他是說阿睦反叛，準噶爾反覆無常。可是，哥哥，當時的情形，你也親眼看見，他們只是趁阿睦借兵，掠奪準噶爾這塊土地！阿睦不過是借兵，其實根本也沒用到。那班第，處處倒像他是主子！阿睦原答應了放我兄弟一起回南疆，結果呢？」

布拉尼敦默然良久，一嘆：

「才去了狼，又來了虎！看來，是我們回部百姓苦難未了，不得享獨立自由之福。」

「哥哥是甘心臣服於那大清，重為奴僕？」

布拉尼敦聽霍集占出言激烈，苦笑：

「不臣服，又如何呢？剽悍如準噶爾部都對付不了他們，何況我們？還不如準部！」

「在噶爾丹策零的時代，準部也贏過的！準部輸在不團結！我們以前被迫分散各地，不能團結力量，如今，回到故鄉了！哥哥！難道你還願意離開嗎？」

「我就是因為不想離開，才……」

「才臣服求全？」

霍集占打斷了布拉尼敦的話，神情激動。

「上一次的教訓，你忘了嗎？阿睦要讓我們回南疆，班第堅持留下一個，留一個做什麼？當真為了照管北疆回務？哥哥，不是的！是留一個當人質！好用以控制我們，就像獵狗領圈上扣的皮帶！一手揪住了，不怕你不聽！」

布拉尼敦默然，霍集占愈說愈氣：

「上回，是我怕節外生枝，連你也走不了，一口應承留下！若咱們臣服，一切得聽他們大皇帝的，他若要我們之一為質，甚至要抓一個到北京。那時，你應是不應？不應，一頂帽子扣下，就是反叛，要應……」

他一個字、一個字往外迸：

「你去，還是我去？」

布拉尼敦遲遲未答，霍集占嘆道：

「這是其一。其二，好，他不扣我們，照著準噶爾的例，要租稅，要糧食！我們族人，還是一年辛苦，豐年勉可飽暖，荒年，只好挨餓，還有……」

「還有……？」

「他上回，就指定要美女，我們才送了艾伊娜去。他再要，該送誰去？有艾伊娜在先，得比她還美！除非……」

「不行！」

布拉尼敦斷喝。他也想到，比艾伊娜美的，除非瑪弭爾！在伊斯蘭信仰中，已婚婦女除了臉、手可露於人前，其他部位，均須遮蓋，除了丈夫，不能容任何人窺視。瑪弭爾已是「有夫之婦」，豈能送給大皇帝為玩物？這會成為對所有伊斯蘭穆斯林的羞辱！

「他不能要任何已有丈夫的美女！」

布拉尼敦堅決的說。

「那，到頭來還是一個『反』字！」

委屈，是為求全。如果，照霍集占的推論，一步步退讓，到頭來，仍免不了「反」，那……

「召集各城伯克、阿訇決定吧！」

霍集占的主張是：根本不必管「大清」的態度如何，回部維吾爾人就此獨立，自成一國。他的理由很簡單：

「我們本來就從未附屬於大清！羈押於準部，是為噶爾丹汗所擄，不得不為準部奴僕。如今，準部瓦解，大清與我們何干？為什麼要聽他的？」

也有持保留態度的阿訇主張，若大清能與回部和平共處，也不必為敵：

「畢竟大清對我們有釋放之恩。」

此言，霍集占是聽不入耳的。他認為「釋放」回部，是出於阿睦的善意，要感激，他寧可感激阿睦！然而，阿睦遠走哈薩克，生死未卜，大清的態度，卻攸關著回部存亡。最後，他只有讓步：

「先和談，看大清態度再決定！」

但原則上，回部必須有一戰的準備。底線是：回部只能為「藩屬之國」；稱臣納貢可，再蹈為奴僕的覆轍，則寧戰不屈！

「如回部小和卓造反，務必剿滅。但必須把他體有異香的妻子『伊葩爾罕』，毫髮無傷的送入京師！」

兆惠反覆「研究」著這一道密旨。

他於乾隆十九年，駐巴里坤辦事，如今的任務是：配合北路軍，征誅阿睦爾撒納。為永絕後患，對準部展開屠殺，以求一勞永逸。

奉旨行事，無「是非」可問。阿睦已至窮途末路，不日當有結果。「屠殺令」亦已下達，自有官兵執行。原以為不日便可奏凱而歸，忽接這一密旨：

小和卓趁亂逃回南疆，不算大事，亦無「反叛」可言：南疆本非「王土」，回人亦本屬「化外」，互不侵犯，自可相安無事。就根本上來說，小和卓沒有「反」與「不反」的問題。

而密旨云：「『如』小和卓反」……

顯然，皇上之意，不是「如」。而是，為了下文！若想要「伊葩爾罕」入京，小和卓「必須」反！否則，「師出無名」。

就他所知，維吾爾的回人大抵性格溫順，與人無爭。伊斯蘭規律甚嚴，也不會無故生釁。那，又如何叫如今在南疆，雖有「自立」之說，卻無涉於「反」字的小和卓「反」？

那只有一個字：「逼」！逼得他不能不反！

有了這一點會心，接下來，就好辦了！他軍中現在就有一個對小和卓恨之入骨的人：鄂對！

鄂對若想報仇，也只有「逼反」小和卓一途；這一點，和皇帝的期望，倒是不謀而合的。鄂對，是可以幫他設逼反之計的人！當然，他不會告訴鄂對真相，他要鄂對幫了他忙，還不能搶了他的「功」！

想挑起鄂對的仇恨之火，太容易了！只要提起他被殺害的親屬，鄂對就兩眼噴火。

「我一定要報仇！殺小和卓報仇！」

鄂對咬牙切齒。兆惠心中暗笑，口中卻嘆口氣：

「難哪！你單槍匹馬，拿什麼去報仇？無緣無故的，我們就算同情你，也不能派兵替你『公報私仇』呀！」

「怎麼是無緣無故？殺害班第將軍和參贊大臣，他也有干係！」

兆惠故意道：

「班第和鄂容安是自殺的！再追究，只能追究到阿睦，追不到小和卓身上！他若對皇上恭順一點，皇上一高興，封他個『親王』什麼的……唉！你這仇，我看，還是丟開吧！以後也好見面時，還是『一殿為臣』的自家人呢！」

「他恭順？他恭順就會因為我迎降大軍而殺我全家？就不聽諭旨，私逃回南疆去自立為汗，對抗大清？」

鄂對吼道。兆惠卻似不以為意：

「他可沒對抗大清！人家關在自己屋裡稱汗，咱們奈他何？總而言之，只要他安分守己，你的仇就不必報了。」

「他若不安分呢？」

「那皇上也饒不了他。可是，得有真憑實據；比如說，抗旨不遵，咱們才能師出有名。對啦！皇上要派阿敏道做安撫使，去跟大小和卓談判呢！你去告訴他你們伊斯蘭教的忌諱，別叫他犯了人家的忌！」

鄂對脫口而出：

「犯忌才好！犯了他的忌，就不怕他不反！」

這一言，正中兆惠下懷：如此，只要阿敏道「犯忌」，這道「密旨」就能交差了。口中卻不能不撇清：

「對你好，對他可不好！總之，你得把你們的忌諱，對阿敏道說清楚了。他若犯，是他自己的事。你不說清，可不坑害了他？」

他對鄂對如此說，對阿敏道，卻另有說辭：

「皇上要南疆！你去跟大小和卓談判，必要想個辦法，逼反了他們，咱們好出兵；少不得你大功一件！」

阿敏道素來魯直。兆惠也就看準這一點，才命他為代表去談判。

「如何逼法呢？」

「少不得，他們愈是不願意的事，咱們愈提出來為難他們。得寸進尺，一步不讓！俗話不是說『泥菩薩，也有三分火性子』。他們的情形，你細細問鄂對，就知道了。」

阿敏道笑道：

「我想到了！都說回回的忌諱頂多。他忌諱的，我偏犯著忌諱逼他。不就逼反了？」

兆惠暗自竊笑，口中卻道：

「你自己看著辦！可別在鄂對面前露風；他畢竟是個回回，要知道了，心裡有顧忌，就不肯合作了。」

他不能不迂迴其辭。雖然鄂對恨小和卓，但，事關整個回族存亡，不能不防自幼慣受伊斯蘭戒律約束的鄂對，一旦覺醒，把「有意逼反」的情勢洩露，失了大清立場。

如今，明裡是鄂對「好意」提醒阿敏道知所避忌，使鄂對沒有面對伊斯蘭戒律，良心不安的顧慮。暗地，卻利用這一忌諱，讓「為皇上立功」心切的阿敏道「明知故犯」，如此……，兆惠暗笑：

「小和卓！好教你死，都是糊塗鬼！不知自己為什麼死的！」

先死的人，卻是阿敏道！當他一再出言不遜，增賦稅、索美人，還是意料中事，已激起回人眾怒。到他出言詆毀伊斯蘭宗教信仰，要「禁止崇拜安拉」，忍無可忍的小和卓，抽刀便刺了過去。禍已闖了，只有一不做，二不休。把隨官拜「副都統」的阿敏道前來庫車談判的索倫兵，一併殺了。

「小和卓反！」

兆惠言簡意賅的上奏朝廷。乾隆嘴角浮起了得意的笑意，下令：

「以雅爾哈善為『靖逆將軍』，征回部！」

「要打仗了？」

瑪弭爾望著霍集占那張沉重陰鬱的臉，和手上緊緊捏著才快馬傳遞來的羊皮紙，馬上領悟到發生了什麼事。

「要打仗了！」

多少代以來，回部一直做著忍氣吞聲的弱者。他們默然承受，視為來自安拉的考驗。他們倚賴著信仰的力量，彼此扶攜、支撐過漫漫歲月。

他們是愛好和平的，戰爭卻無情的步步進逼！租稅，他們可以忍。未婚的美人，如果本人和家人願意，如艾伊娜之例，他們也勉可接受。已婚婦女，則等同於姦淫強暴，那是安拉所不許的。要剝奪他們宗教信仰自由，那就比斧鉞加身還嚴重了！除了一戰，別無選擇。他們沒有必勝的把握，但，不能不戰！

霍集占為了不影響士氣軍心，隱瞞了另一個不幸的消息：原本向北投靠哈薩克的阿睦，因哈薩克汗阿布賚屈服於大清大兵壓境的威脅，欲擒獻邀功。阿睦聞風脫逃，欲聯合準部各台吉抗清。

準部紛紛響應，本是大有可為的局面。不幸，忽然痘疹流行蔓延，準部人馬，大受折損。又兼兆惠派出奸細，放出謠言，挑撥離間，分化各部台吉，導致內訌。一戰而敗。阿睦無奈，北走俄羅斯，不幸感染痘疹，抱恨而死！

準部群龍無首，乾隆又下「屠殺令」，竟至血流成河，凡河川流域、綠洲、城市，準部人口幾已滅絕！

回部的命運，又將如何？是背棄安拉而生，還是為了安拉聖戰而死？

大、小和卓細細商議：回疆大城，由東而西是庫車、阿克蘇、葉爾羌、喀什噶爾。喀什噶爾，可視之為「都城」，決定由大和卓布拉尼敦親自坐鎮。

「庫車，有阿布都克勒木把守。我，留在阿克蘇，以便居中策應。」

「葉爾羌呢？」

「讓霍吉斯，還是他哥哥阿卜都去吧！」

大和卓想想：

「阿卜都吧！霍吉斯現在和闐，不必費事了。烏什嘛，有他兒子莫咱帕爾，必要時，再調他來。幾個大城都有人了，還有圖狄貢和圖爾都兩個好幫手，你要哪個？」

布拉尼敦才說完，不等霍集占答話，自己又笑了：

「我看圖爾都跟我吧！省得你們兩個在一處，彼此都彆扭。」

霍集占一口否認：

「彆扭的是他！我可對他沒什麼。額色尹還怪我，害得圖爾都至今都沒娶親！其實，阿訇主持，瑪弭爾自擇，只能說安拉天定！怪我，不太冤枉了嗎？」

「唉！安拉不知為什麼，造生出這樣一個瑪弭爾來！你別占了便宜賣乖；只怕，當初瑪弭爾若選上的是圖爾都，你也比他好不到哪裡去！」

對瑪弭爾的美，布拉尼敦總有一些隱隱的不安，不想繼續這個話題。入室小淨，向西方虔誠跪下頂禮。

「安拉……保佑我們……」

小和卓把布局向瑪弭爾敘述了一遍，瑪弭爾心中一緊；霍吉斯兄弟、父子分守三城，倚重太甚！她知道，霍集占與霍吉斯，自幼交好，是推心置腹的信任。可是，她也說不上所以然來，總覺得霍吉斯自上京獻俘歸來後，常有意無意的露出不甘居於人下的驕傲，又時時炫耀「大皇帝」封典之恩。

霍集占是個從小在伊斯蘭教義之下長大，心性單純，既「信」便不疑的人。看不出如今的霍吉斯，已非昔日純樸忠忱的霍吉斯了。她卻不由擔心霍吉斯會變成「鼠首兩端」的投機者。回部若勝，固然無須顧慮，若回部失利……

她不敢想，也不敢多說。甚至，為了這樣的念頭而自責；不該沒有根據的猜疑別人，可是，她不安。霍集占問：

「這樣安排好嗎？」

「好……」

她能說什麼？霍集占全沒有理會她的忐忑不安，笑問：

「你猜，大清會先打哪個城？」

「庫車！」

瑪弭爾毫不考慮。霍集占點點頭：

「我也猜是庫車！上回，你堅持談判不可在葉爾羌或喀什噶爾，一定要在庫車，完全對了！鄂對在大清，他原為庫車伯克，對庫車地理形勢瞭如指掌，我們也無密可守。幸虧如此，他們對庫車以外的地方不熟悉，對我們有利！可是，庫車……」

他嘆了一口氣，大清必然會令鄂對隨軍。敵方，有這樣一個人在，庫車，能守多久？

第七章

「該死的雅爾哈善！」

接到來自庫車的「八百里加急」軍報：原先馳援庫車，被困城中的小和卓霍集占，竟因雅爾哈善的疏失，讓他脫網而去！

尤其可恨的是：投降的前庫車伯克鄂對，曾在事先提出警告。而且因地理熟悉，指出了霍集占可能的逃脫之路，建議雅爾哈善多派人馬攔截狙擊，雅爾哈善不聽，甚至到霍集占突圍當夜，有索倫老兵，聽到城中駝馬鳴叫，急報主帥。雅爾哈善正在喝酒，卻視為「無知胡言」，不但勃然大怒，還斥責他們惑亂軍心，趕了出去。

及至證實了霍集占逃走，侍衛報告副都統順德訥。順德訥還以天黑看不清路為由，到天亮才發追兵。霍集占一行早逃之夭夭，不見影跡了。

聊可安慰的，倒是兆惠早加意招撫了不少回城伯克投降大清。其中包括了先前獻俘有功，封了「侯爵」之位的霍吉斯。他的兄弟子姪，分據回疆各城，他這一受招撫，回人必然被分化。大小和卓的勢力，也為之削減不少。

「分化！」

這才是最「事半功倍」的辦法！他想起了霍吉斯之外，與大清有淵源的人還有已封為「和貴人」的艾伊娜家族！

「皇上真想得周到！」

兆惠接到令他聯絡和貴人家族的密旨，不由讚佩。與副將軍富德、參贊大臣明瑞，和舒赫德商議。

「如今，庫車、烏什、阿克蘇都到手了。據報是：小和卓在葉爾羌，大和卓在喀什噶爾。這兩個地方山窮水惡，又兼戈壁橫阻，必定會陷入苦戰。可幸的是，回城伯克紛紛迎降，大小和卓也是窮途末路了。皇上的意思，富德、阿里袞留在吐魯番、哈密接應，舒赫德，留駐阿克蘇，中間傳遞。我跟明瑞，率三千人馬先行。最好是一戰而捷，就不勞動你們了；萬一戰事不利，你們再候信赴援。」

「三千人，太少了吧？葉爾羌城比庫車還大。雅爾哈善用了一萬人，還打了三個月，才打下了一座除老弱婦孺外，一無所有的空城，正主兒全跑了！為了這個，雅爾哈善、順德訥、馬得勝都正法……」

富德憂慮道。兆惠不悅：

「各人戰法不同，你怎拿我跟他比？皇上為了雅爾哈善勞師動眾，徒勞無功；掘地下道入城，還因不知謹密，反教人用水灌了，死傷數百，而大為震怒。我若不能以精兵求勝，算得什麼英雄好漢？」

明瑞知他好勝逞強，向富德遞眼色，笑道：

「大將軍自領三千人馬，還有我呢！我要一千五。加起來，也將近五千了。你們先一路把『台站』設好；萬一有什麼事，傳遞、馳援都方便，才是正經！」

兆惠一陣發作，主要因為皇上旨意中，再三認為「回部微弱，不足道也」。若興師動眾，便打勝了，也不光彩。因而不肯等大軍集結再行動，總自恃韜略，想建立「以寡擊眾」的頭功。

見他執意如此，富德也不好多說，以避與他爭功的嫌疑。便道：

「那就這樣吧！和貴人家族，我想，就令阿里袞連繫，應可奏功。我這兒人員、馬匹、糧秣都預備著；最好用不著，必要時，馬上就能支援上。」

這一點，兆惠倒是感激的：

「承情之至！原則上，我打算到葉爾羌，先逮些當地回人，就地挖掘他們所窖藏的糧食。一方面，省了輸運的麻煩。再者，我們幫著吃，把糧吃盡了，不怕他不降！」

富德撫掌而笑：

「好主意！回回再想不到，這些糧，卻是為我們預備的！他們這把糧食窖藏地下的習慣，也真古怪。」

「唉。說來也可憐！他們不這麼藏著，禁不起準夷需索。日久，便延襲成風氣了。皇上等著捷報呢！擇吉，我們就行動了。等回部平定，咱們也該可以風風光光回京了！」

兆惠無限神往；自十九年出邊，如今四年了！建功立業，在此一舉。「風風光光回京」是他此時此際最大的願望了。

「好！好兆惠！這才是滿洲好表率！」

乾隆批閱著兆惠臨行前的奏摺，心下喝彩。

是承平日久吧！他深深感覺，滿洲八旗兵已消滅了太祖、太宗時代的剽悍鬥志。他在前人記載中讀到祖宗的豐功偉業，八旗兵的誓死如歸，勇於赴戰，所向無敵，便覺熱血沸騰！而他登基以來，卻發現八旗兵不知何時起，已染上了好逸惡勞、臨事苟且、因循觀望的種種惡習。像上回雅爾哈善，以一萬大軍包圍人數不過數千的庫車，還屢誤戎機，就是眼前的例子！

眼見得：如今的八旗兵，反不如蒙古察哈爾兵，和漢軍綠營了。長此以往，在漢人這塊土地還待得下去嗎？

兆惠在此嚴冬之際，不畏勞苦，毅然以剿賊自任，親率人馬遠征葉爾羌，實在值得嘉勉！

他在朝廷上，一面褒獎兆惠，一面嚴辭切責滿漢大臣。私心竊喜的，卻是西苑的「寶月樓」，在出兵征小和卓之際興工。如今，已接近完工階段了。若兆惠一戰成功……，他嘴角不禁浮現了笑容。

兆惠第二封奏摺，報告已迫近葉爾羌。由於橫越一千五百里戈壁沙漠，人困馬乏，請求調馬接濟。乾隆立命阿里袞調良馬二千匹送到庫車，等兆惠消息支援。不料，兆惠自此卻失了音訊。

抵達葉爾羌，兆惠發現自己犯了「輕敵」的大錯！葉爾羌城，遠比他預想的難攻。第一，城大而堅，是一座四面十二門的大城。他帶的三千兵馬，加上明瑞的一千五百，別說圍城了，實際只夠防守一面。第二，霍集占人眾甚多，數以萬計，武器精良，又是以逸待勞，且占地利。第三，回人已預料清兵將至，早早將作物收割，剩餘的，堅壁清野，一把火燒光。「就食於敵」的如意算盤，至此完全落空。

起初，兆惠還賈勇攻城，回人出城接戰，互有傷亡。後來，聽說霍集占的駝馬等，在南山牧放，率兵準備攻奪牲畜，卻落入了回人陷阱。

往南山，須渡黑水。才渡四百人，木橋忽然從中斷成兩截。隨即，霍集占率數千人衝出。清兵落水，正當狼狽。又遇強敵來攻，只得冒著嚴寒，在凜冽如冰的河水中，涉水而戰。處此不利的情況下，死傷狼藉。

回人占了機先，窮追猛打，雙方格鬥五晝夜。兆惠退守大營，查點人馬。兵卒不算，單是將領，就折損了總兵高天喜，侍衛鄂實、特通額、副都統三格。明瑞和兆惠自身也負了傷，真可謂傷亡慘重！

兆惠著咬牙，連夜督促築壘固守。回人也相對築城包圍。一時掘河灌水，一時出兵騷擾，似乎也無一舉殲滅的能力和意思，只把兆惠圍困在黑水營中，動彈不得。

明知烏什、阿克蘇、庫車、和闐都有兵、有馬、有糧秣，問題是全聯繫不上！他原為了爭功，孤軍涉險。也因此，如今誰也不知道這在傷亡纍纍下，已不足三千的人馬「流落」何方。葉爾羌周圍又山巒起伏，地廣人稀，若不知正確位置，即使有心救援，也無從搜救。

眼見著隨軍攜帶的兩月行糧愈來愈少，數度突圍，又不成功。倒幸得回人灌營，在下游掘溝瀉洪之餘，飲水倒不虞匱乏了。

「總不能坐以待斃！」

明瑞在激戰中，口部受傷，雖漸次傷癒，講話仍牽扯抽痛。因而說話含糊不清，只能言簡意賅的表達心中怨憤之情。

兆惠無言。自我檢討，實在是犯了「輕敵冒進」的兵家大忌！明知地理不熟，天候嚴寒，兵微將寡，諸多不利。偏那時不知什麼鬼迷了心竅，急於求功，等不得大軍集結。富德好意相勸，還沒頭沒腦的被他搶白了一頓。如今，受困於黑水營，回頭反省，除了悔愧，還是悔愧！

聽明瑞這麼說，他驀然站起，沉聲道：

「對！不能坐以待斃！」

傳喚隨軍書吏：

「你快給我擬求救的文書，多抄幾份！另附地圖，把我們所在的位置，標示清楚！」

又傳令各營，徵求願意冒險突圍求救的勇士。很快的徵得五人，兆惠一人交付了一封信，又預備了兩月乾糧。切切叮囑：

「你們分頭出營，只求突圍。寧可翻山越嶺，找僻路走，務必避開大路，免被回回所擒，前功盡棄。我也不規定你們誰向哪方走，只要出得去。哪處近便，就投哪處！務必把密函交到駐軍首領手中，要他上奏朝廷，聯絡各處，火速來援！」

五人齊齊應是。兆惠下座整衣，恭身而拜，倒慌得那五人不知如何是好，忙跪下磕頭，不敢起身。

兆惠含淚道：

「你們此行艱危，生死難卜，我們幾千條人命，就都懸在你們身上了！你們有什麼未了之事，一一交代清楚，並把姓名、鄉里地址開列了。我兆惠當著明大人發誓：你們的父母、兒女，就是我兆惠的父母、兒女，養老送終，男婚女嫁，都在我身上！也必求皇上恩典，讓你們的後人，受格外典恤之恩！」

那五人感激涕零，一一把姓名、居址開列了，拜別而去。

對峙日久，霍集占有些不耐煩了。自思城中人眾雖多，真正能戰的，亦只數千，駝馬可用的，也嫌少，因而無法一舉殲滅來敵。尤其可恨的，是原先倚為心腹的霍吉斯家族，竟在庫車撤守之後，閉門不納於先，開城降敵於後，使情勢一旦改觀。原望族人同心協力，展示不願臣服於人的決心；事實上，他也並不想與大清為敵，只想讓委屈了數十年的維吾爾族回人，揚眉吐氣的獨立自主！與大清各自為政。

庫車戰敗，加上霍吉斯的臨陣迎降，整個破壞他團結族人的美夢。族人原是不善戰，且是愛好和平的。一旦戰事受挫，又加上原本實力雄厚，具號召力的霍吉斯投敵，族人的信心便動搖瓦解了，成了失去凝聚力的散沙。

他必須戰勝來襲的定邊將軍兆惠；只有贏了這一仗，才能挽回日益離散的人心，挽回頹勢！兆惠雖孤軍深入，卻是將才！以壘護營，極其嚴整，他用過水淹、箭射，乃至火器彈丸攻堅，都勞而無功。勢必得增加人馬，才能奏功了。

瑪弭爾一旁看他一時怒目，一時蹙眉，心神不定的繞室迴遑，也不敢驚擾。悄悄退出，到嫂處閒話。

古麗首度懷孕，正忙著整治嬰兒衣物。見她來了，笑盈盈迎進屋中。瑪弭爾自庫車失守，霍吉斯背叛，降了大清之後，對局勢極不樂觀，心事重重。看著古麗猶如無憂少婦，一心只在未出世的嬰兒身上，不覺又羨又嘆。

古麗卻以為她是因久婚不孕而感嘆，拉著她的手：

「瑪弭爾！嬰兒是安拉的賞賜。你看！我與你哥哥，不也等了這麼多年？你一定也會蒙受安拉恩典的，不要著急呀！」

瑪弭爾只有微笑點頭，嚥下一肚子無處說的苦衷，陪著嫂子，聽她滿臉幸福的談「嬰兒經」。

久久，古麗才感覺她心神不屬，關心道：

「瑪弭爾，你有什麼心事嗎？」

「沒有……」

說著沒有，卻又忍不住問：

「圖狄貢哥哥沒有告訴你外面的情況嗎？」

「外面？不是大清的將軍，已被我們圍困了嗎？」

「是的……」

瑪弭爾又接不下去了。目前，就表面看，回人是占上風的一方。但，她卻憂心忡忡；即使殲滅了這一番來犯的清兵，大清是否就能如霍集占所想，知道回人不可輕侮，從此劃定疆界，互不侵犯？

霍集占是以噶爾丹策零為榜樣的。噶爾丹策零，用大、小策凌敦多卜，與大清多次激戰。大清勞師動眾，不能取勝，終於以「阿爾泰山」為界，訂立盟約，互不侵犯。

可是，準部素來剽悍善戰，故能以戰逼和。而且，如今，大清皇帝也非當日在位的皇帝了，就準部的遭遇看，霍集占便贏了這支孤軍，大清皇帝又豈肯善罷甘休？想到準部的屠殺，她望著古麗微凸的肚腹，不寒而慄。

她一開始，也是和霍集占一樣信心十足的。但在霍吉斯叛離，回部分裂後，她的信心動搖了。她知道霍集占原出於為族人造福的善意。但如今，戰事一旦失利，又加上鄂對、霍吉斯居中煽惑，只怕，人性中種種猜疑、怨懟、成王敗寇的心態，都將浮現。那時，曾被擁戴為英雄的大、小和卓，也不免成為眾惡所歸的箭靶！

人性！當年穆聖，也曾被族人背叛、唾棄、怨恨過，也曾顛沛流離，有家歸不得過。但，那是穆聖！小和卓呢？

「圖狄貢！」

她的思維，被古麗欣然的呼喚打斷。

「哥哥！」

圖狄貢一手攬住古麗，伸出另一隻手，攬著瑪弭爾的肩：

「小和卓派人到喀什噶爾，向大和卓調兵去了，不知道大和卓來不來。」

當初，大和卓布拉尼敦就是主張臣服大清的。雖因阿敏道出言不遜激怒，同意小和卓抗清之舉，畢竟意志並不堅決。一旦受挫，便出言埋怨小和卓不該殺阿敏道，引來大清報復。

瑪弭爾不禁為人性的脆弱悲哀。儘管平日如何手足情深，一旦攸關自身利害，有多少人能不先求自保？也因此，她倒更敬愛小和卓了。當時，大清初定伊里，只肯放一人回南疆。小和卓毅然自願留在北疆，名為管理回民事務，實際上是當人質！

大和卓來不來呢？便來，就一定能贏得這一役嗎？事實上，這一役便贏了，也未必就能嚇阻大清勢力西進。

想到小和卓如何以回民獨立自主的福祉為念。而多少他所切切信任、關愛的族人，卻一旦見他失敗，便叛離而去，使瑪弭爾為之心痛。暗中發誓：

「霍集占！就算天下人都背棄了你，安拉明察！我死也不會棄你而去的！」

大和卓提兵五千來會，霍集占精神大振，問：

「喀什噶爾那邊，都安頓好了吧？」

「我交給額色尹、圖爾都叔姪了，沒有問題的。」

大、小和卓聯軍，把兆惠團團圍住；力攻不成，圍到彈盡糧絕，不怕大功不成。

一天又一天過去了，兆惠營中卻全無斷炊跡象，打探之下，原來兆惠素知回人窖藏糧食的習俗，命人到處搜尋挖掘，竟被他挖得窖藏，應了他當初「就食於敵」的計畫。

而回部出擊，濫發鳥槍鐵彈、箭矢，也被他襲「草船借箭」的故智，誘敵往密林中射，取歸己用。

武器、糧食不缺，兆惠放下了心。預料五人之中，總能潛逃出一、二人吧！只要被困消息傳到，不論是富德、阿里袞、舒赫德，必然立時上奏朝廷，發兵來救。

兆惠放了心，布拉尼敦卻沉不住氣了。正商議如何攻破兆惠築壘禦敵的防線，喀什噶爾有急報來：

「布魯特人攻掠喀什噶爾！」

大、小和卓相顧失色。布拉尼敦道：

「一個大清還應付不了，哪經得起加上布魯特！說不定，布魯特也是和大清勾結的！我看，趁著我們占上風，還是談和吧！」

眼看連哥哥都萌去志，又見鄂對、霍吉斯一路招降，情勢愈來愈不利。霍集占沉默良久，沉重的點點頭：

「只要他們肯不過於刁難，就和談吧！」

「哈哈哈……」

兆惠接見回使，問明來意，不禁仰天暢笑。明瑞也不禁笑逐顏開，道：

「這可好了，不必再困守此間了！」

兆惠冷笑一聲，且不理他，喝令：

「將來使安置別帳，好生招呼，但不許他出帳門！」

回使急道：

「和與不和，但憑將軍！扣押小人，是何緣故？」

兆惠不答言，一揮手，早有兩旁軍士，將回使押出帳去。

明瑞也不明何意，問：

「大人之意，是不與回部言和？」

兆惠笑了：

「如今言和，豈不便宜了他們！若我猜得不錯，他們一定內部有問題了，八成是阿里袞策反和貴人家族一計，已然成功！不然，大和卓領兵前來，圍困我軍，已近一月，何以忽然提出和談？可知他內部有變。再不然，就是知道我們援軍將至。總之，我們已占了上風，何必與他言和？」

明瑞連連點頭：

「不差！不差！只是，不許言和，未免失我大國風度！」

當年聖祖康熙二度親征準部噶爾丹，也沒有「不許言和」的話。以回部不願臣服，尋求獨立之罪，比之噶爾丹入侵喀爾喀蒙古，甚至近逼到距京師僅七百里的烏蘭布通，實在太小巫見大巫！對噶爾丹，聖祖尚且一再優容，許其言和。若峻拒回部求和之請，的確有失大國風度！

兆惠的難題卻是：若允大、小和卓言和，則萬無奪藩國王妃之理！為了皇上要伊葩爾罕，小和卓只有一條路——死！

這話，卻是連對明瑞也不便說，倒思得一計：開出大小和卓必難接受的條件；明裡，冠冕堂皇，許其言和。實際上，一如當日逼反小和卓之計，使小和卓不能不「反」到底，乃可順理成章殺了他！

他點點頭，假意恭維明瑞：

「到底你想得周到，這樣吧！許他言和，即日罷兵出降，隨我們入京陛見，隨皇上處置！」

明瑞未理會這其中的不公平；這完全是兵臨城下，逼使訂定的「城下之盟」。即使回部已處劣勢，畢竟還是己方被圍。豈有在這種勝負未明的情況下，回部肯受此屈辱之理？倒亟口讚好。

兆惠也不令回使回葉爾羌答覆，逕將答書用箭射入城中。

霍集占臉色鐵青，冷哼道：

「都是你自取其辱！倒成了我們卑屈求和了！就算訂城下之盟，是死是生，也還有句準話吧！照這樣，我們不但雙手奉送回部，還要到大清皇帝面前求降求赦，聽他發落，豈不連一點骨氣都沒有了？」

布拉尼敦本也料不及此，心中懊惱。聽到霍集占這番話，倒老羞成怒了。

「一開始，你不鬧著獨立自主，不就什麼事都沒有了？老百姓一樣安居樂業……」

「不許信安拉！不許向西方天房行朝拜禮！不許做穆斯林！要繳比準部統治時還重的租稅，還安什麼居，樂什麼業！」

霍集占打斷他的話。布拉尼敦一窒，怒道：

「我看，重點還是他要美女，你捨不得瑪琪爾！」

「她是我的妻子，安拉要男人保護自己的妻子，不讓她受辱！難道你肯獻出你的妻子，勉強她去侍奉別的男子，只為了自己保命，像條狗一樣屈辱的活著嗎？」

霍集占青筋浮凸而出：

「這是安拉允許的嗎？」

布拉尼敦被一句話堵得無目可對，卻又嚥不下這口氣，冷冷道：

「好！你接受不接受隨你！這是你的地盤，我可不能為了你，把我的地盤丟了。這兒，你看著辦，我總得趕回去解喀什噶爾之圍！」

令小和卓失色的消息，相繼而來：布魯特圍喀什噶爾，原來出於額色尹、圖爾都叔姪之計；他們已被大清都統阿里袞勸服歸降了！

勸降的理由很簡單，而極其說服力：本都出和卓之家，為什麼要屈居大、小和卓之下？如今，艾伊娜入宮，已封為「和貴人」，甚受皇上寵愛。如果額色尹、圖爾都能降順大清，再為大清立功，必不失王侯之位。又何必跟著大、小和卓往絕路上走？

額色尹本就對大、小和卓被奉為回部領袖，高於旁支和卓之上，久已心懷不平。阿里袞一言戳到隱痛，立時心悅臣服。圖爾都卻頗為猶豫，額色尹怒斥：

「現成的大清王侯不要，你真甘心跟大、小和卓同歸於盡嗎？」

圖爾都默然。額色尹怒坐久久，冷笑：

「你倒是大量！對情敵還如此誓死效忠！」

阿里袞問明情由，笑道：

「漢人有句話，叫『愛屋及烏』，卻也難怪。」

他隨即解釋了「愛屋及烏」的意思。圖爾都怒道：

「我可不愛小和卓！」

「不愛，就幹掉他，才是男子漢！」

阿里衮激將。額色尹帶著揶揄：

「也許小和卓死了，四個月零十天後，瑪弭爾就是你的了！」

阿里衮對皇上給兆惠密旨的事，略有所聞。當然，他絕不會露出口風，倒故作不解的問：

「瑪弭爾？瑪弭爾是誰呀？又與小和卓有什麼關係呢？」

額色尹呵呵而笑：

「瑪弭爾是我們維吾爾回部最美的女子！」

他描繪瑪弭爾之美，和生而身具異香之奇。又敘述了當年「一家有女百家求」的盛況。最後，大阿訇決定由瑪弭爾在各家信物中自擇。結果，她選中的是小和卓的短劍，而令圖爾都失意之餘，獨身至今的一段往事。

「那，四個月零十天，又是什麼意思？」

「聽說漢人女子死了丈夫，就要守節，不許再嫁。我們回人不同，寡婦沒有生活能力，可能因而活活餓死，連孤兒也沒人照顧，豈不太殘忍了？安拉不要求寡婦不再嫁，但，得等過了四個月零十天，才可再嫁。因為，這樣才能確定她是否懷孕，孩子的父親是誰。」

阿里衮連連點頭。他出身蒙旗，對漢人「餓死事小，失節事大」的禮教，本不以為然。倒覺得回人的安拉，合情入理多了。順水推舟打聽：

「那，這位瑪弭爾，是否曾懷孕生子呢？」

「沒有。」

阿里袞心中暗喜，又激圖爾都：

「既然如此，男子漢大丈夫，還猶豫什麼？」

「是呀！小和卓為了自己想自立為汗的私心，帶給族人這麼大的禍害！連大和卓都不滿意他，你還猶豫什麼呢？」

「小和卓說，他不是為自己私心，是因安撫使說，不許我們信仰膜拜安拉，才決定抗清的！」

阿里袞心知此言不虛。但，這正是用以逼反小和卓，再策動回人反小和卓的「計中計」。阿敏道已死，談判時只有大小和卓，及其少數心腹在場，只要大清一口否認，小和卓便百口莫辯。當下神色一整，冷笑。

「『小和卓說』，除了他自己兄弟，和幾個心腹，這話誰聽到了？皇上一向寬大仁慈，連西洋傳教士，都加重用，豈有不許回人信仰安拉之理？你們全上了他當，被他利用了！」

圖爾都神色驟變：

「是教中伊瑪目和大阿訇告訴我的，我不信他們會騙我。」

「不是他們騙你，是小和卓騙了他們！中國有句話：『君子可欺以其方』，你們教中的伊瑪目和阿訇，都是聖德之士，也以為別人和他們一樣誠信不欺。他們參與談判了嗎？沒有！他們對你說的，是小和卓告訴他們的！他們信以為真，正因為他們是聖德君子，不會懷疑別人。」

圖爾都頹然一嘆，阿里袞繼續道：

「你想，若不是他的謊言被拆穿，霍吉斯也是伊斯蘭的穆斯林，怎肯迎降？已降的維吾爾回人那麼多，你聽誰說過，不許他們信仰安拉，朝拜天房？」

「你不要說了，我……」

圖爾都又氣又恨，又如釋重負的道：

「我一直隱忍，不願恨小和卓。只因為，安拉不許；不許穆斯林兄弟彼此仇恨！但，他的作為，已背棄了安拉，他不再是我的兄弟！都統大人，你說吧！你希望我們怎樣？」

阿里袞也不再客套，單刀直入。

「因為我們的定邊將軍兆惠大人進攻葉爾羌，下落不明。地方太大，我們地理又不熟，無從找起……」

額色尹看著圖爾都：

「這可是大功一件！」

圖爾都道：

「我聽大和卓說，兆惠將軍是被困在黑水邊。」

他拿出一份地圖指點：

「大約在這一帶。」

「嗯，有地圖就好。不過我這回是奉命押馬匹而來，兵力不夠。救兵如救火，聯絡烏什、庫車各城兵馬，時間也來不及。葉爾羌那兒，大、小和卓兵力雄厚，別鬧得救人不成，自己倒陷了進去！」

圖爾都蹙眉半晌，道：

「有了！我派人送信給大和卓，喀什噶爾有警。他非回兵來救不可！」

「計倒是好計！但他們必然也有哨探，知道大清軍尚未抵達喀什噶爾，肯信這調虎離山之計嗎？」

「不用說清軍，他們如今最怕布魯特扯後腿，就是布魯特來襲！」

第八章

「大、小和卓都退入巴達克山了！」

攻占了喀什噶爾的兆惠，向攻破葉爾羌，提兵來會的富德道。

富德笑著向兆惠賀喜：

「這一番，他們算是窮途末路，兆大人此番也算報了黑水營被困三個月之仇了！」

大和卓被圖爾都設計調虎離山後不久，這邊阿里袞趕到，那邊突圍求救的，也僥倖遇到富德趕來救援的兵馬。會合了舒赫德，一同來救，兆惠終於突圍脫困。回師阿克蘇，重新整編後，兵分兩路，富德攻葉爾羌，兆惠攻喀什噶爾。大、小和卓，各自自顧不暇，雙雙慘敗，棄城西逃。逃入巴達克山，依附伯克素爾坦沙。

大小和卓，率著他們僅存的數千人馬，陳兵山麓，嚴陣以待。清軍必須仰攻，十分吃力。

富德四方觀察地形，指揮部分兵力繞到北面山丘，進行包抄。圖爾都獻計：

「霍集占如今窮途末路，必做垂死掙扎，難免傷亡。不如我等伯克，對他的部眾喊話，告訴他們：大皇帝並未禁止信仰，而且，厚待我等。召喚他們背棄欺騙他們、把他們引上絕路的小和卓！這是他們唯一的生路，若錯過這個機會，只有死路一條！這樣，一定能收迫使小和卓眾叛親離之效。那，不必損兵折將，就能成功！」

霍吉斯倒還顧念舊情，道：

「何不連大、小和卓，一併勸降呢？」

「不！」

兆惠斬釘截鐵。鄂對不知他另有緣故；皇上密旨交代：小和卓非死不可！他自作聰明，笑道：

「兆大人受了三個月的委屈，此仇焉能不報！」

話雖說得不對，兆惠卻正中下懷，樂得將錯就錯。笑道：

「你們再想不到那苦法，不但糧食吃盡，駝馬宰盡，連人，都……」

他驀然想到，那時他們劫殺，以之果腹的，都是回人。忙改口：

「人都差點餓死了！幸好，後來掘得窖藏的糧食，才得安然度過那被困的三個月！所以……此仇非報不可！」

霍吉斯不再多言，決定依圖爾都之計而行。

「哥哥！怎樣了？」

留在山城中的瑪弭爾，憂傷忐忑的等著消息。她幾乎不敢期望好消息了，只希望不要敗得太慘，有和談的餘地。她的信仰，幫助她接受天命。但，這逼至眼前的局面，仍令她膽戰心驚！

這段日子，她飽受流離之苦。生活的苦，她可以咬牙挺受。可是，戰爭奪去了那麼多寶貴的生命，包括了她的嫂嫂古麗，和古麗未存活的初生嬰兒；她在流離中難產，母子均未能保全。這件事，帶給她無比的傷痛，圖狄貢更是悲痛欲絕。親手埋葬妻兒後，再也沒有了笑容。

此時，原已沒有笑容的臉上，更沉鬱悲憤。這神色，令瑪弭爾膽戰心驚。

圖狄貢伸手，緊緊將她擁在胸前：

「瑪弭爾，小和卓……徹底敗了！」

瑪弭爾一驚：

「他手下的人，都戰死了？」

「不！可是他們都背棄了他！鄂對、霍吉斯指責他為了自己的野心，欺騙族人，說大皇帝不許族人信仰安拉，不顧族人死活。又說，現在願降，還可得生，不降就只有陪小和卓死……」

「哥哥！那個安撫使來談判時，你也在呀！你知道，不是小和卓說謊，你為什麼不替他辯白？」

瑪弭爾傷痛的嗚咽。

「沒有用的！瑪弭爾！人心中一旦有了懷疑的烏雲，就看不到月亮了。」

「他們不許小和卓和談嗎？」

圖狄貢猛然一噤。那方口口聲聲，都是小和卓「死」，顯然是根本沒有為小和卓留下生路。連「降」都一字不提，遑論和談！但，他又如何對他自幼呵護、疼寵的小妹妹說。

見他不語，瑪弭爾的心沉到了谷底。

「他們一定要小和卓死，是不是？」

「那……得看素爾坦沙了……」

「不！我們穆斯林，沒有把兄弟交到敵人手中之理！請回報將軍，我，素爾坦沙不能從命！」

聽到素爾坦沙如此大義凜然，霍集占幾乎感動得落淚。

如今，他眾叛親離，連哥哥布拉尼敦都認為是被他牽累，兄弟為之反目。而素爾坦沙，卻因著「穆斯林」之誼，如此厚待，怎不令他感激涕零？

由清兵的窮追不捨，他意識到：大清並不僅要回疆的土地而已，恐怕自己一日不死，大清就一日不會甘休！

「安拉！」

他伏地向西而拜。即使天下人都誤解他、冤屈他，安拉明鑒！他一切行事，都出於維護信仰、保護族人！是大清的蓄意扭曲、反咬一口，使他身陷絕境，百口莫辯！

清使再度來到，素爾坦沙先發制人。

「上回，我話已經說清楚了，不能把兄弟交給敵國。此番，貴使又是為何事而來？」

「兆惠將軍傳話給伯克：大清與巴達克山，素無往來，並非敵國，也不願為敵。此番入境，只為大、小和卓辜大清之恩，勢在必得！若不能生擒，也要見到人頭，才能退兵！請伯克多加考慮；三日之內，若不將大、小和卓或人或頭交出，將軍就要揮兵入界。那時，死的就不止一兩個穆斯林兄弟了！為了與貴國不相干的大小和卓，犧牲無辜百姓性命，只怕安拉也未必允許！伯克三思！」

素爾坦沙為難道：

「我與他無怨無仇，又如何能殺他，把人頭交給你們？將軍豈不是令我為難嗎？」

清使姿態極高，冷笑：

「如何處置，那是伯克的事！總之，三天之內，伯克不能交出大小和卓，三天之後，玉石俱焚，就別怪我大清！反之，大皇帝必有封賞，伯克三思！」

清使走後，素爾坦沙見到小和卓，一言不發，只是朝著他嘆氣。小和卓沉默半晌：

「素爾坦沙！你是好兄弟，你不要為難！」

他抬頭仰望西方山巒起伏的天空：

「後天，你叫人帶著刀劍來吧！安拉垂鑒，知道殺我的不是穆斯林兄弟——你，素爾坦沙。是大清皇帝派來的官兵！」

素爾坦沙心中有些不安。實際上，他容留大、小和卓，也並非為什麼穆斯林兄弟之義，而為了瑪弭爾。小和卓的誓死如歸，他在正中下懷之餘，又不免凜於安拉的明察。

「小和卓，你……有什麼交代嗎？」

他渴望小和卓說，將瑪弭爾託付的話；那樣，他就可順理成章的將瑪弭爾據為己有了。小和卓靜默片刻道：

「大清志在必得的人頭是我的，你就把我人頭送去。我哥哥，給他留個全屍，好好安葬吧！」

說罷，疾行而出。留下素爾坦沙，一個人不辨憂喜的發愣。

看到小和卓臉上沉靜，已不見哀樂悲喜，更不見躁急憂傷的神色。瑪弭爾的心沉到了谷底，熱淚卻滾滾而出；她知道小和卓放棄了！不再掙扎抗拒，而接受了「好歹都是安拉所定」的命運。

「霍集占……」

她顫抖的喚出摯愛的名字，撲到霍集占懷中。霍集占緊緊擁抱著她，久久，托起那淚水縱橫，依然絕美的臉：

「瑪弭爾！我不能為難素爾坦沙，不能傷害無辜的巴達克山人！大清要我的頭，我就把頭給他們，只要我的族人不再受傷害……」

「是他們傷害你、背棄你！」

瑪弭爾不平的反駁。她也曾愛她的族人，可是此時此刻，她恨！恨那些被小和卓信賴，而出賣了他的霍吉斯、額色尹、圖爾都！恨那些被小和卓熱愛卻背棄了他的族人！

「不！瑪弭爾，他們只是被大清欺騙了！直到鄂對、霍吉斯喊話，勸降了我最親信的人們，我才知道：他們為什麼會背棄我！大清的將軍，用謊言欺騙了他們，使他們認為被我欺騙！你也知道，穆斯林最痛恨的，就是被欺騙。因此，族人離棄了我！我，只有用死來證明我的忠忱。如果真的是我帶給族人禍害，讓我為贖罪而死！」

「霍集占……！我……跟你一起死！」

「不！瑪弭爾！我死了，你要活著！活著幫我澄清，不要讓我背負著冤屈去見安拉！不要恨族人，要恨，恨那害得我們族人自相殘殺對立的禍首！大清用謊言，把回疆據為己有。從今以後，我們再也擺脫不了成為大清奴僕的命運！他們知道，我們團結，他們就無法征服。因此，他們用這種方式，把罪名加在我身上，用謊言煽惑族人。讓族人懷疑我、恨我，而從中得利！」

在絕境中，小和卓看清了大清的伎倆。他恍然：原來，自始大清就設下了圈套，讓他懵懂的走入圈套中，一步步走向悲劇的命運。當他明白這是圈套時，為時已晚，圈套已緊緊鎖住了他的咽喉。

「霍集占——」

瑪弭爾的心碎了！她只能眼睜睜看著小和卓走向敗亡的絕境，而無以救援。她自始目睹一切！大、小和卓死後，只有她和圖狄貢，是小和卓冤屈的見證！她不能死！她要活著，為小和卓活著！她不能讓小和卓背負著族人的誤解、冤屈下產生的仇恨而死！

小和卓死了！沒有頭的屍體，猶帶餘溫。

瑪弭爾親自為他大淨。她臉上沒有淚，也沒有表情；她心中的悲慟，已超越了眼淚、表情所能表達的極致。黝黑的眸子，寒潭般的深不見底。小和卓不是死在戰場上，但，她確信，他將一如為安拉陣亡的烈士，被接引入安拉的天園！

伊斯蘭教，重視「入土為安」。大、小和卓，隨即面向西方的行了殯禮。小和卓雖沒有頭，亦無礙於他面西而葬。

聖訓不許婦女送殯，圖狄貢一力承擔，料理了一切。

把小和卓的頭，派人送往清軍大營。素爾坦沙臉上的悲傷，掩不住心底的喜悅；瑪弭爾篤定是他的了！當年，他曾千里迢迢到阿巴噶斯向瑪弭爾求婚，卻失意而回。原以為今生無望了，誰知，過了這麼多年，安拉卻峰迴路轉的把瑪弭爾送到了巴達克山！

如今，小和卓已死！只要滿了安拉規定婦女守喪的期限，誰能阻止他迎娶瑪弭爾？

「兆惠將軍查驗過伯克送到的人頭，的確是小和卓無誤。命我前來，一則道謝，二則……」

素爾坦沙早已盤算過，不能受大清封賞，恐因而使瑪弭爾怨恨。截口道：

「既已查驗無誤，就請退兵。從今以後，各不相涉！我是為無辜百姓，不得不屈從，送上小和卓的人頭，並不想用穆斯林兄弟的人頭換封賞！」

「伯克會錯意了，將軍並未提封賞之事。而是請伯克立刻把伊葩爾罕送往大營！」

「伊葩爾罕！」

素爾坦沙呆了，直覺反應：

「不行！」

「不行？」

清使肆無忌憚的大笑。

「伯克想繼小和卓之後，也成無頭之鬼？」

第九章

「伊葩爾罕被俘了！」

回人奔走相告。他們雖相信了兆惠之言，痛恨被小和卓所欺。但，罪不及妻孥，瑪弭爾仍是他們心目中美麗而可敬的「伊葩爾罕」。

立刻，回人聚集夾立大道兩旁，等待著伊葩爾罕的來到。

瑪弭爾一身西洋式鎧甲以示不屈，凜然坐在白馬上。她的容顏雖顯得蒼白、憔悴，卻仍掩不住國色天香。

雖是「戰俘」，兆惠早下令「以禮相待」，並未加綑綁。眼見來迎的族人，她不覺心情激盪；這些族人，令她又愛又恨！他們背棄了小和卓，固然可恨。他們之容易被惑受欺，豈不只因他們天性的純樸善良？又令她不忍。

對她的到臨，兆惠真不敢怠慢，親自迎出大營。霍吉斯、額色尹、圖爾都等，不明兆惠何以對伊葩爾罕如此優禮，也只有隨兆惠出迎。

伊葩爾罕端坐馬上，不言不動。兆惠料不及此，仰頭望去。目光一觸下，平日自許並不好色的他，也不覺為之心神一懾，連忙斂束心神。卻已在一照面間，失去了一貫的威嚴。不自覺，親自攬轡，用回人諳習的蒙語道：

「請伊葩爾罕下馬入帳。」
「不!有什麼話，當著我的族人說!」
她一頓：
「大、小和卓已死，回疆已為大清所有。我是伊葩爾罕，願意以一死謝罪，只請大皇帝莫要像對準部一樣，歸咎族人!」
回人被她一提，想起準部的大屠殺，都不覺一慄。
兆惠目光不敢與她相觸，道：
「罪在大、小和卓，如今大、小和卓已伏誅，回部既入大清版圖，大皇帝愛民如子，豈有歸咎之理!也萬無令伊葩爾罕一死謝罪之心。」
「那，族人可以各回本城，安居樂業?」
「正是!」
回人歡聲雷動。瑪弭爾緩緩勒馬轉向，兆惠詫然問：
「伊葩爾罕，往哪裡去?」
「與族人同回喀什噶爾。」
「不!你不能走!」
兆惠急阻。
「為什麼?」
「大皇帝要請你入京!」
「請我入京做什麼?我不去!」

兆惠急了：

「你不能不去！」

瑪弭爾滿臉冷肅：

「我願意死在我的故鄉，不願入京！」

她斬釘截鐵的話語，使兆惠僵住了！一橫心，手指回人，說詞變了：

「伊葩爾罕若不入京，他們就要遭到和準部同樣的命運！只有伊葩爾罕入京謝罪求恩，才能保全他們！」

瑪弭爾冷然，似不為所動。回族父老湧向馬邊，哀懇：

「伊葩爾罕，你要救救我們！」

額色尹怒道：

「瑪弭爾！小和卓害回部族人受苦受難，還不夠嗎？你還忍心讓他們被屠殺嗎？」

瑪弭爾目光如利劍的刺去。

「額色尹！要殺他們的，是『愛民如子』的大皇帝！不是小和卓，也不是我瑪弭爾！」

兆惠「愛民如子」四字入耳，宛如被狠狠抽了一鞭；他也不知自己為什麼到了伊葩爾罕面前，冷靜、機警全不見了。這一「回馬槍」竟是直刺心窩！若非大局已然掌握，只怕立時就會掀起軒然大波。

「是你不肯去，兆惠將軍才迫不得已……」

額色尹已然色厲內荏。

「迫不得已？是誰迫誰？這戰爭，是我回部去迫大清的嗎？還是大清入侵我回部？」

瑪弭爾戟指霍吉斯、鄂對：

「大皇帝要殺族人，不該由你們挺身而出相救嗎？是你們喊話保證他們受恩養，只有投降，才有活路的呀！他們，都是在你們的保證之下，才背棄了小和卓的！他們的死活，與小和卓不相干了！小和卓要保護也保護不了了！」

她想起小和卓慘死，淚如泉湧：

「如今，他們的死活都看你們了！你們在聽說族人面臨屠殺，卻連一句求情的話都不敢說嗎？」

她犀利目光如橫掃千軍的掃過族人，冷然道：

「你們不都是聽信了他們的話，而認為小和卓欺騙了你們嗎？他們不該為他們保證的話負責嗎？」

霍吉斯面帶愧色，轉向兆惠，才喊了一聲：

「大人！」

兆惠一擺手，厲聲道：

「不行！除了伊葩爾罕入京，誰也救不了你們！」

他在這一段唇槍舌劍的紛爭中，已理出了頭緒。

伊葩爾罕新受巨創，對族人的怨懟在所難免。但，他知道，她對族人的愛，仍超過一切。必須先讓她有所發洩，再堅持以族人的生死相脅，不怕她不屈服。因此，一擺手，就堵住了霍吉斯被激之下的求情言辭。

鄂對卻對兆惠口中「你們」二字悚然心驚；他該說「他們」的！他說的，卻是「你們」；「你們」，豈不把自己、霍吉斯和一干迎降的額色尹、圖爾都等都包括在內了？囁嚅問道：
「大人……你是說『他們』，還是『我們』……」
兆惠冷哼一聲：
「什麼他們、我們、你們！有準部的例子在先，還要問嗎？」
手一揮，清兵立刻箭上弦，刀出鞘，將所有回人團團圍住。回人大驚，圍在瑪弭爾馬前：
「伊葩爾罕，救救我們！」
「伊葩爾罕！看在安拉的份上，救救你的穆斯林同胞！」
瑪弭爾仰天淒厲長笑：
「小和卓！霍集占！你看見了嗎？」
見她悲憤而淒厲的神色，父老轉向一直陪在她身邊的圖狄貢：
「圖狄貢！圖狄貢！你說句話吧……」
圖狄貢完全了解瑪弭爾悲憤傷痛的原因。她痛恨族人不辨是非的聽信謠言，背棄小和卓！她絕不會不顧族人的死活，但，必須族人了解小和卓所背負的冤屈，澄清了已然在大清蓄意離間下的真相，她才能心甘情願去承擔這事關族人生死、回部存亡的重任。
他高舉起雙手，平息人聲鼎沸的騷動。下馬，用手在土上拍了，然後抹臉，以「土淨」，代替了「小淨」，然後向著西方禮拜。所有族人，不約而同的照樣做了。連鄂對、霍吉斯、額色尹等，都不由自主，行禮如儀。瑪弭爾也下了馬，一同禮拜。
起身後，圖狄貢開口了，用回語道：
「穆斯林弟兄們！我圖狄貢，站在你們面前，在安拉的垂鑒下，要把這件事說明白！以前，我一直無法說；說了，你們也不會相信的。因為，你們的眼，被虛偽的笑容矇蔽；你們的耳，被虛謊的言辭堵塞。你們會說：『你當然幫小和卓說話，因為，你是伊葩爾罕的哥哥』！」

他目中湧現淚光：

「如果，這戰爭，如你們所想，是小和卓為了自己的野心而挑起的，我比你們更有理由恨他。弟兄們！也許你們不知道，在這場戰爭中，我失去了我的愛妻，你們都認識的古麗。熱情、善良的好女人！」

驚聲四起。婦女的飲泣聲，接續而起。圖狄貢哽咽：

「我同時失去了我初生的愛子！願安拉降福他們，讓他們進入天園！我該恨小和卓嗎？不！大清皇帝才是劊子手！」

他胸膛起伏，久久，才平息了激動，往下說：

「大清安撫使到庫車談判時，我在當場！我可以確切證實：小和卓是因為他不但苛徵重稅，要求美女，還侮辱安拉，禁止我們信仰安拉、朝拜天房才殺了他的！如果小和卓不動手，我想，我也會動手的！小和卓沒有欺騙你們！他不是為了他自己抗清，他是為了安拉，為了穆斯林！」

他環視著目瞪口呆的族人：

「你們那麼容易就被欺騙，被離間！你們想都不想，在準部無理要求以十二歲為一丁口時，是誰去為我們去力爭的？達瓦齊欺壓我們時，是誰帶領我們反抗的？又是誰，為了讓我們順利回南疆故鄉，自願留在伊里為人質的！是鄂對嗎？是霍吉斯嗎？還是額色尹？圖爾都？你們卻聽信了他們的謊言，背棄了小和卓！」

他一字一句道：

「我們不亡於大清！我們亡於忘記了安拉的教訓，讓猜疑破壞了團結！」

他回手擁抱瑪弭爾：

「她會為你們入京的！因為，她答應了小和卓，小和卓至死愛你們，不許她恨！」

第十章

「總算是最後一程了！」

騎在馬上的大將軍兆惠，在奏凱歸來的歡欣中，卻又有著說不出的倦怠。

平準、平回兩役，他衣不解甲，身不離鞍的轉戰在天山南北。鼻端，除了風沙血腥，還是風沙血腥。

一開始，他還有些於心不忍，面對準部無辜生靈，不免手軟。到後來他麻木了，兵士麻木了，連被屠殺的準部厄魯特人民都麻木了。只要被大兵逮到，就像上了屠宰場的牛羊一樣，引領待死。

「一將功成萬骨枯」呀！他，就踏著血跡、踏著屍骨，步步高陞。從乾隆十九年，協理剿準噶爾北路軍務以來，如今，二十五年春，他從恩封「一等伯」，到今日「一等公」，命為御前大臣，紫禁城騎馬……

他是當之無愧的！他曾被霍集占困在黑水營，九死一生；他，親自追大、小和卓到巴達克山部，威脅利誘巴達克山汗素爾坦沙，殺了投奔到那兒的大、小和卓，並獻出皇帝志在必得的小和卓霍集占的人頭。大獲全勝，奏凱而歸。

是最後一程了！他卻忽然意態闌珊了起來。他不明白為什麼，人，得到終極追尋的目標——在他，就是功名利祿——卻感到空虛、失落。

下意識的回頭，後面的隊伍，很長、很長。有車、有馬，鎧甲鮮明的，是他的部屬。頭纏白巾的，是或降、或俘的回眾。車中，還有回族婦孺。而他的目光，卻落在那輛最華美的大車上。

車中坐的，是他功勞的另一部分，同樣皇帝「志在必得」的人：霍集占的妻子，回族人口中的「伊葩爾罕」。

霍集占的首級，已傳送至京，高懸通衢間示眾了。伊葩爾罕呢？等待她的命運，又是什麼？

在未經相處前，他倒是知道的：入宮承寵，陪皇伴駕。這就是回部必叛，小和卓必死的理由！

但……

雖然車簾低垂，他眼前卻浮起那雙深不見底的眸子。他，竟看不出其中的喜怒哀樂。

他沒見過那麼美的女人！

他沒見過那麼剛烈、極端的女人！

對她的族人，她如慈母，溫慰、親切，像春日的薰風；對她的仇敵，她卻冷然如冰雕雪鑄。

「大人！明大人、富大人、福公子來拜！」

才在房山的館驛安頓好，長隨持帖入報。

「快請！」

他連忙起身，迎至廊下。

來的是同辦準、回軍務，先他一步領兵回京獻俘的明瑞和富德。另一位，則算是後生晚輩了。一等公傅恆之子，現襲「雲騎尉」的福康安。

福康安，年紀輕，位卑職低，朝中卻是誰也讓他三分。

傅恆，是已薨的孝賢皇后的胞弟，算是皇親國戚。皇帝對孝賢皇后的深情摯愛，朝野無人不知。偏偏孝賢皇后所生的兩位嫡子，都在年幼時夭殤了。這難彌的遺憾，卻因福康安肖似孝賢皇后所生二子，而在皇帝心中得以彌補。因此，福康安自幼養育宮中，受到皇帝非常之寵。雖無「皇子」之名，在大家心目中，卻不啻「阿哥」。

明瑞、富德來迎，是可以理解的，這一番惡戰，三人同心協力。他在黑水營被困，千鈞一髮之際，還虧得富德及時領兵解圍。功成又同膺封賞。來迎，也是人情之常，倒是這福康安……

賓主落座，少不得互賀高陞了一番；這一番「高陞」，連傅恆在內。他雖並未參與戰事，卻在皇帝準備用兵，群臣鑒於前代勞而無功，紛紛諫阻之際，獨排眾議，支持皇帝用兵。功成之後，皇帝以「為力矯積習，為國任事者勸」的堂皇理由而加恩。

好容易客套完了，兆惠正準備問問朝中近況。福康安已迫不及待似的，問：

「兆大人，人呢？」

人？兆惠一愣，立刻會意，卻不能不故作姿態：

「人？公子問的是……」

福康安「嗤」地笑了：

「你還跟我裝糊塗！當然是皇上要的人哪！」

明瑞、富德相視而笑，兆惠有些尷尬；他受皇帝密囑，不敢洩漏。看來，卻是無人不知，反而是他蒙在鼓裡，「不知道」別人「全知道」了。

為了守住地步，兆惠故意露出為難的表情：

「你……知道了？」

「噯！你還當是什麼機密呀？宮裡都快鬧翻了！」

福康安全無顧忌，兆惠倒如釋重負；「鬧」，在他回京之前，可不是他洩的密。倒不禁好奇：

「我是奉了密旨，不敢胡說；倒是誰露的風呢？」

明瑞笑道：

「始作俑者，那個『安祿山』！」

此語一出，大家都忍俊不住；這一形容，那又粗魯、又肥胖，還一身令人受不了腥羶味的達瓦齊，豈不是「呼之欲出」？

達瓦齊，原本是準噶爾部的台吉。準噶爾部，經過連大清都無法威服的三代盛世之後，開始了手足相殘的內亂。達瓦齊趁機取而代之，自立為「準噶爾汗」。

自立為汗後的達瓦齊，殘暴不仁，迫害其他部落台吉。因此，原先助他「坐床」登基的輝特部台吉阿睦爾撒納，起而反抗，投奔降順大清，借兵平亂。對大清而言，這是天上掉下來的機會；乾隆皇帝正以祖、父徒勞無功為恨，如今，機會送上門來。當下立刻答應派兵，並封阿睦為「親王」，以為籠絡。

大軍浩浩蕩蕩出發，卻無用武之地；阿睦領隊先行，一路上，各部遊牧部族望風迎降，兵不血刃的，就到了伊里——準噶爾汗廷所在。達瓦齊逃向南疆，卻被小和卓設計擒獻軍前。和小和卓獻給大皇帝的美女艾伊娜，一同送至京師。

艾伊娜納入後宮，封為「和貴人」。達瓦齊出於眾人意料之外的，並未加懲處，反而封了「親王」之位。到後來，小和卓反叛，才逐漸傳出了真相：乾隆皇帝見到艾伊娜，驚為天人。達瓦齊卻告訴皇帝，艾伊娜在回疆，只能算第二美人。第一美人，是回人稱為「伊葩爾罕」的小和卓的妻子瑪弭爾。

在回語中，「伊葩爾罕」的意思，是「香妃」，因為瑪弭爾不但容貌美麗，而且，不假薰沐，體有異香。

見到艾伊娜已神魂顛倒的乾隆皇帝，聽達瓦齊這一形容，焉能不心動？於是，當時駐巴里坤，協辦北路軍務的兆惠，接到密旨：

「『如』回部小和卓造反，務必剿滅。但必須把他體有異香的妻子『伊葩爾罕』，毫髮無傷的送入京師！」

「『如』小和卓造反」，讓他研究了好久。回部不比準部剽悍，因此，小和卓家族，自祖父那一代，就被當時的準噶爾汗噶爾丹，自南疆的喀什噶爾擄至北疆伊里，為準部的農奴頭子。一直到阿睦領清兵平定了伊里，才被釋放，還送了美女艾伊娜為「謝禮」，有什麼理由要「造反」？最後，他終於豁然開朗；不是「『如』小和卓造反」，而是「一定要小和卓造反」，以便「師出有名」；終極目的，在「伊葩爾罕」！

為了逼小和卓造反，先得逼待小和卓友善的阿睦造反，於是鮮血灑遍了天山南北！

他「守口如瓶」，絕不敢露出半絲口風。不敢讓人知道，這四年慘烈無比的殺伐，只為了皇帝要「伊葩爾罕」。誰知……

「安祿山」！他不由苦笑，耳中卻聽福康安言笑晏晏，說著「新聞」：

「那個『安祿山』，四處放話：回部必反。原沒人信，到後來，回部真反了，還以為他是『半仙』呢！他卻在酒後露了口風，是他建議皇上逼反小和卓的，為了如此才能名正言順要小和卓的妻子！又說那女人如何絕色，如何香。這話三傳兩傳，不知怎麼，傳進宮去了。噯！為了小和卓進獻的美女寵擅專房，宮裡已經擱不平了。聽了這話，那還得了？結果，連皇太后都驚動了，特召和貴人垂詢。」

此言，兆惠也深覺意外；這位太后是素來不太過問後宮之事的。不由接口：

「真沒想到，連皇太后都驚動了……」

「是呀！你可想而知，鬧得多厲害了！」

「太后召『和貴人』問什麼呢？」

兆惠順著話頭問。福康安道：

「問回部是不是有這麼一位……他們回人稱『香妃』的女子。和貴人一口應承『有』！而且她說了個比方。」

「什麼比方？」

「她說，皇上見了她，曾說她在宮中，有如皓月，掩得群星黯然失色。如果，她是皓月，那位『香妃』就是太陽了！」

福康安一頓，笑問：

「兆大人，這比方恰不恰當，只有問你了。」

兆惠重重點頭：

「我沒見過和貴人，皇上既以皓月比擬，想是美的。女人，很少肯承認別人比自己美，此言可信！」

福康安佻達的說：

「兆大人此言是推理，不是見證，有打太極拳之嫌！」

兆惠聞言，倒不禁笑了：

「福公子！你存心拿我的短；我要說美，怕你不又有別的說詞？這麼說吧：我在第一回見她時，不期然，想起以前傳教士給我講的一個故事。說為了一個美女，兩個國家，打了十年的仗。」

他搖搖頭：

「說實話，我以前覺得是洋人信口開河！為了一個女人，值嗎？見了她，我相信了。」

明瑞插口：

「不是早有『傾國傾城』的詞兒？」

兆惠笑道：

「總以為那也是形容過甚。今日，乃信其真有！」

一直沒插嘴的富德，這才道：

「紅顏禍水！只怕小和卓至死都不知此禍何來！」

「死得更冤的是阿敏道！他只知要逼小和卓反，以招撫為名，到庫車去。激反的目的是達到了，阿敏道，也因而被小和卓殺了……，唉……」

兆惠一嘆，心中油生「我不殺伯仁，伯仁為我而死」之憾。阿敏道到庫車前，是他面授機宜「得寸進尺」，務必逼小和卓反的。

原以為「兩國交兵，不殺來使」。豈知，小和卓一怒之下，就把阿敏道殺了。雖說幕後指使的是皇帝，他又豈能不為阿敏道之死，深覺抱歉呢？

見他黯然，福康安卻不耐煩了。道：

「皇上已厚恤他了，你又何必如此呢？我今天來，是想看看那位『嫦娥仙子』，否則，明日皇上郊勞之後，再見就不容易了。」

「皇上要把她迎入大內？」

「不，西苑！哦，你還不知道：皇太后已嚴命，亡國不祥之女，不許入住後宮！皇上在西苑太液池之南，瀛台對面，已營了『金屋』，叫『寶月樓』，專等嫦娥下凡入住呢！」

怪不得說「嫦娥仙子」！兆惠恍然大悟。這「寶月樓」，怕比後宮大內還要禁衛森嚴。否則，福康安原為孝賢皇后親侄，隨母出入大內，是自幼慣習之事，又何必巴巴的到房山來一窺顏色？

他輕咳一聲：

「這位『嫦娥』，與她族人相處，言笑晏晏。對我這樣『仇敵』，冷若冰霜，敵友分明！她至今未明逼小和卓反的真相。此來，在她，是為族人贖罪，怕皇上亦如對準部大屠殺一般，屠殺回部。皇上恩寵，她是否肯領受，我全無把握。福公子想見，這樣吧！就權作為了明日郊勞，前來議禮……」

話未說完，福康安已喜得雙掌一拍：

「好！這主意好！我原也不敢望此，不過想隔簾一窺顏色。兆大人這樣安排，倒順理成章可以瞻仰顏色，我回去也好交差了。」

看兆惠面露不解，他笑道：

「不是告訴了你，宮裡鬧翻了嗎？不然，皇太后怎會降旨，不許入宮？還不是為了耳根清淨！可也不免好奇這回女，到底怎麼個美法？本來，是要找個阿哥來看的……哎喲！你也知道，誰有那大膽子呀？萬一惹毛了皇上……。所以，這差使，就落到我頭上了。」

聽到這兒，兆惠也不由破顏；阿哥們怕惹惱了皇帝，自然不敢。福康安以孝賢皇后親侄子的身分，倒是左右逢源了。在宮裡，大家都當他「阿哥」。皇太后對他，也視如孫兒，出入無忌。

在外，他卻又少了「阿哥」身分的拘束。想來，這代好奇的太后乃至后妃，偵察回女顏色，還真非他莫屬呢！

他倒認為，這樣也好，橫豎他奉命辦差，太后想也知道。而福康安又銜太后懿旨而來，皇上便知道了，也怪不到他頭上。倒是有件事，不能不叮囑在先：

「福公子！見是見，可得留神，別露了逼反小和卓的口風！更不能讓她警覺回部因她美色招禍的事！總而言之，她是叛酋之妻，為族人請罪來的。咱們把咱們的地步站穩了，日後，她和皇上如何，不關咱們的事。可別在她進『寶月樓』之前，惹出麻煩來！」

「放心！放心！我省得！」

福康安滿口答應，卻又笑道：

「我就不信。一個回女，有多三貞九烈！見了上國風光，受了皇上恩寵，還有不軟化的？好啦！兆大人，我這兒等著啦！」

兆惠心下一嘆，自己卻也不明白，此嘆何來；總覺得福康安語氣太輕薄，這算盤未必如意。如今，卻也想不了那麼多。當下傳來了回部通譯，請「伊葩爾罕」前來「議禮」。

通譯去後，福康安問。

「她只懂回語？」

「不，也通蒙古語，福公子就用蒙語說吧！」

不一會兒，通譯隻身回來。

「伊葩爾罕正在行『昏禮』。請大人稍待。」

福康安瞠然：

「婚禮？」

兆惠一愣，旋即哈哈而笑：

「黃昏的禮拜！回人信奉伊斯蘭教，一日五回向西方——他們說是天方——禮拜，分晨禮、晌禮、晡禮、昏禮、宵禮。他們行禮，極為鄭重，顛沛危疑之際，亦極少荒廢。」

明瑞笑道：

「我記得，昔日陳蓮宇老先生巡撫山東，曾奏禁回人信伊斯蘭教，以『左道』稱之。到回部後，我看他們信仰虔誠，崇奉禮儀，雖異於中土，卻也未必如陳蓮宇所稱『不敬天地，不祀神祇』。只他們所信之神祇，非中土習知而已。本來風俗各異，也不一定非一以貫之不可。這些地方，陳蓮宇過於執泥不化，倒是皇上聖明了。」

富德道：

「我只不明白，他們牛、羊、駝、馬肉都吃，就不吃豬肉，與中土正好相反。我們肉食，以豬肉為主，牛倒是少有人吃！」

「各教禁忌不同！我只覺他們諸事太麻煩，一日五拜，連殺羊、宰牛，也得由專人念經；聚居一處倒罷了，要落了單，可怎麼辦？」

明瑞笑指內院：

「還得專請管宰牲的回子伺候這位主子呢！」

正談笑間，通譯入告：

「伊葩爾罕來了！」

一個回裝女子，閃入福康安視線。頓然什麼機靈、聰明，全在一瞬之間都棄他而去，只見他失魂落魄，瞠目結舌。

他雖久聞「香妃」之美，但絕料不到天下竟有美成這樣的女子！而這女子，既未施脂抹粉，連眉也未經黛染，自然眉青、唇紅。那澄定冷然的雙眸，更如寒星，明亮而森冷。

她進了門來，一不見禮，二不說話，只往廳中一站，便覺四壁生輝。在場人物，卻全相形之下，黯然失色。包括一向以面如冠玉，眉軒目朗，有「美男子」之譽的福康安在內。他，何嘗不是以俊美自負，目無餘子？如今，卻不由得他不自慚形穢。

兆惠到底沉著，輕咳一聲，上前與福康安併肩立定。一邊暗暗拉他袍袖，一邊跟伊葩爾罕招呼：

「京裡派人傳話，明日皇上要郊迎伊葩爾罕入京師。恐你不諳我國禮儀，特派這位福公子前來議禮。」

福康安在兆惠警示下，才如夢方覺。仍不由自主，口中喃喃：

「絕色！絕色！」

這是用滿語說的。幸虧香妃不諳大清「國語」。通譯正要傳譯，兆惠連忙阻止，笑道：

「福公子！你就用蒙語說吧，那就不必靠通譯了。」

福康安正要收斂心神來答話，卻聽到一串清泠悅耳的語言——必是回語，自香妃輕啟的朱唇中發出。通譯立時執行職責，道：

「伊葩爾罕說：她是來謝罪的，郊迎與她無關。議禮，該與有功於大清的額色尹和卓、圖爾都議！」

福康安聞言，又是一愣。兆惠只得用滿語解釋伊葩爾罕悲憤的原因。

兆惠黑水營被圍，危殆之際，阿里衮適時說服了受大、小和卓託付，守住大本營喀什噶爾的額色尹和卓與圖爾都倒戈。說服的理由現成：小和卓獻給乾隆皇帝，封為「和貴人」的美女艾伊娜，是額色尹和卓的姪女，圖爾都的胞妹。有這樣「皇親國戚」的身分，富貴可期，何必跟著大、小和卓造反，給自己惹禍招災呢？

再加上當年擒獻達瓦齊，也已封為「侯爵」的霍吉斯，也被策反，於是，情況一旦逆轉。額色尹和卓，本是回部最具威望「和卓之家」的旁支，亦具號召力。霍吉斯本身，和兄弟子姪，又均為南疆各回城的「伯克」，兩股勢力起而扯大、小和卓的後腿。大、小和卓焉能不敗！

在回部內部分化之下，兆惠才得順利敉平回部之亂。小和卓當然作夢也想不到：他為結好大清而獻上的美女，卻成了他覆亡的因素。

對「和貴人」的家族，立此大功，富貴可期，自是沾沾自喜。對伊葩爾罕，卻情何以堪？如何不悲不憤！故有此言。

福康安心裡嘀咕：皇上不為「迎」你，還為迎誰？只怕連兆惠這「郊勞」的風光，還托你伊葩爾罕之福呢！

口中卻道：

「你總要面見皇上，就得行叩拜之禮。」

「我們信仰安拉的穆斯林，不向任何人叩拜！」

福康安笑了：

「和貴人可沒這麼說；她也叩拜皇上的。」

瑪弭爾冷然道：

「她嫁給大皇帝，入鄉隨俗；我生死未卜，囚釋未知。只知拜安拉，絕不拜仇敵！」

「難道為你回部族人性命，你也吝於一拜？」

福康安倒好奇了。只見唰的一聲，伊葩爾罕不知從哪兒抽出一把短劍，依舊冷然：

「族人無罪！有罪，我一死以贖就是！」

福康安下意識伸手要奪，兆惠一掌切在他腕上，他原不明所以，卻見伊葩爾罕那短劍已抵住她自己的心窩，使福康安驚出了一身冷汗。那凜然、亦冷然的容顏，依舊絕色無雙，如今，他卻一點遐思也不敢有了。

那是一尊神！上天以白玉雕成，只許膜拜，不許褻瀆的神！

第十一章

良鄉郊勞！

對一個武將，這無疑是風光的頂點了！兆惠在抑不住喜色的莊穆中，接受了這一份來自皇帝的隆重恩典。

接著是引見一干有功人員，包括大清立功的官兵，和降順立功的回部領袖。

乾隆溫言獎慰有加，並口傳恩典：三月一日，御太和殿受朝賀後，將設宴獎譽有功，他特別申言：

「朕素知伊斯蘭教，飲食習慣與中土不同。特傳回回阿訇主持其事，你們只管放心！」

這等體貼溫慰，更贏得回部降人一片「萬歲」之聲。

接下來的程序就是「獻俘」了。在正月十一日，乾隆皇帝曾御午門行「獻俘禮」，接受的是小和卓的首級。如今……

乾隆露出了一絲藏在威儀之下的得色。這次受降獻俘，是由有「香妃」之稱的小和卓之妻，率族人請罪，以求恩赦。

他不肯承認，他的滿心興奮、喜悅全為了「香妃」。不！他有一部分，還是為了大清的鼎盛國運。真是天佑大清！天佑他——乾隆，他再不承望，祖、父兩代棘手的準、回問題，到他手中，竟迎刃而解。

他從小就崇拜祖父康熙皇帝，「聖祖」那個「聖」字，曠古所無。而在他心目中，祖父是當之無愧的！

祖父一生的功業，足垂千古：盟俄羅斯、安喀爾喀、平準噶爾，定青海、衛藏！尤其三度出塞，親征準噶爾汗噶爾丹，迫使噶爾丹窮蹙自盡，更是德、威俱臻於頂峰。

如果，要說美中不足，該說是為逼降噶爾丹，無意中扶植了與噶爾丹為仇的侄子策妄阿拉布坦吧？策妄被立為「準噶爾汗」之後，騷擾衛藏，總算為十四叔和平郡王允禵敉平。而繼位的策妄之子噶爾丹策零，加上他手下兩員大將：大、小策凌敦多卜，卻成了父親雍正皇帝最頭疼的邊患。

全不曾預想，準部在噶爾丹策零死後的內亂中，自己撿到了現成的便宜！剽悍的準部厄魯特人，一向反覆無常。因而，他下了「屠殺令」，永絕後患。

而現在，南疆回部，也收入了版圖。至少這一點，已不忝於祖父聖祖康熙皇帝的事功了。何況……

「回部已伏誅叛酋小和卓之妻，伊葩爾罕率眾來歸！」

耳旁的傳呼，驚醒了他的冥想。如今，儀式已進行到最後的一部分：「獻俘禮」了。

伊葩爾罕！他嚮慕已久的「香妃」，終於要成為他的禁臠了。

瑪弭爾一身回族貴婦的裝扮，垂聯雙辮上，綴著珠玉。穿著織錦回式袍服，足登皮製蠻靴，襯著如和闐美玉雕成、絕豔無雙的容顏。一踏入行帳，就吸住所有人的目光，誰也移不開了。

分明目澄秋水，卻澄波不動。有如深山幽谷間凝止的深潭，沉邃黝黑得深不見底。為使令人驚心動魄的美豔，加上了不可侵犯的聖潔高貴。

既不畏縮，也不卑屈，她竟是昂然入帳。在鴉雀無聲，眾目交集中，走到距御座數尺處，停下了腳步。

大家都等著她下一步的行動：叩拜如儀，奉降表，向皇帝謝罪、謝恩。可是，她什麼也沒有做，膝未屈，連頭都沒低，只是那樣不亢不卑的站在行帳中央，宛如良工精雕成的一座玉石雕像。偌大行帳中，本是文官武將、侍衛太監雲集，喜氣洋洋的隨同皇帝分享這「開疆闢土」的喜慶。這一冷場，竟是全場都僵住了。就如一場不按腳本演出的戲，全接不下去了。

原本臉上威儀中隱含喜悅，在香妃入帳，心神便為光豔所奪的皇帝，終於也在忽然中斷的演出中，回過神來。

對香妃的不合作，他倒非全無心理準備。在兆惠奏報大、小和卓伏誅，「香妃」已尋獲的奏摺中，兆惠附了一夾片。密奏此女顏色果然絕豔無儔，也果具異香。只是性情極其剛烈，雖豔如桃李，卻冷若冰霜。身懷利刃，不容人近身。兆惠並奏道：伊斯蘭教教義不許人自殺，但若受侵犯，則視如「殉道」。因此，只能以禮相待，絕不可用強。

面對著香妃的孤傲、冷凝，這台，他得自己下了。輕咳一聲：

「兆惠！」

「奴才在！」

「伊葩爾罕，遠處西陲。想必禮儀殊異，語言不通。你且替她回奏明白！」

「奴才領旨！」

兆惠鬆了口氣，奏言冠冕堂皇：

「伊葩爾罕自云：伊夫小和卓，不該背負皇上天恩，興師叛亂，自取滅亡，罪無可逭。唯回民百姓，素以服從小和卓為天命，雖從叛逆，其情可憫。望大皇帝開天高地厚之恩，念百姓無辜，赦回部降俘，以彰皇仁，並消滅小和卓罪孽。身為叛酋之妻，亦感戴不盡！」

乾隆暗自讚許兆惠應對得體，道：

「伊葩爾罕為族人乞恩，以贖伊夫小和卓罪孽之舉，朕衷心嘉許！准伊所請，回部降、俘部眾，朕自有安置。率土之濱，莫非王民。回民地處西陲，一向未蒙教化。此後，均歸屬大清，亦無非朕之赤子，焉有不『保之育之』之理？」

他一頓，讓通譯將這一番「德意」譯成回語。原意是欲博美人歡心，卻聽香妃開口了。

「南疆本為回部所有，大清肆意入侵，小和卓為保土、保教而戰，雖死猶榮，何罪之有？只是大清皇帝酷虐嗜殺，令準部厄魯特人，幾至滅絕。我——伊葩爾罕，不忍族人遭遇相同命運，寧以自己的生命，來交換族人生存的權利！因此入京。大皇帝既允赦免族人，請送我回家去！」

幸好這一席話是用回語說的，在場諳回語的不多，卻個個變色。通譯哪敢照原樣傳譯，只道：

「伊葩爾罕道，既蒙大皇帝恩赦，衷心感激，願大皇帝聖躬康泰，萬民仰賴！她……想請旨返回南疆故土，求皇上恩准。」

分明是「欺君」之言。在兩年來勤學下，已略諳回語的乾隆，卻只有嘉許的份；若直譯而出，可真下不了台了。口中卻天語溫和：

「既來之，則安之，何必去志匆匆？」

吩咐：

「將伊葩爾罕安置『寶月樓』，待來日拜見了太后，再去不遲。」

這自是掩人耳目之詞，除極少數人外，均被蒙在鼓中；回部諸人，包括伊葩爾罕在內，都認為這一席話，觸怒皇帝，傳令將她帶下，是見罪幽囚。大清官員，則真以為伊葩爾罕所言是衷誠感謝，皇帝也真因皇太后要見，故暫將她安置於「寶月樓」。

只有兆惠等少數人心知肚明：伊葩爾罕絕無「感恩」之意，太后也絕不曾召見。「寶月樓」不是伊葩爾罕暫居的「行帳」，而是皇帝藏嬌的「金屋」！為了討好這位體有異香的絕代佳人，「寶月樓」還採用了「西域式」的架構築成。

在「寶月樓」前下了轎。面對黑壓壓一片跪著迎接她的太監、宮女，瑪弭爾愣住了。左右四顧，她唯一熟識的人，是一直貼身服侍她的婢女瑪拉。

「這是什麼地方？他們做什麼？」

她問，問的對象是瑪拉。卻聽到跪在最前面的太監回答：

「這兒是『寶月樓』，萬歲爺為伊葩爾罕安排的住處。我們是服侍伊葩爾罕的人。」

太監所用的，竟是回語！乾隆有心，早在決定逼反小和卓之際，建「寶月樓」之始，他就基於體貼遠離故土的伊人芳心，在宮中挑選了一些機敏、富學習語言天賦的太監和宮女，勤習回語。學成後，又把其中拔尖的；日常生活中，已能以流利回語應對的太監、宮女，調到了「寶月樓」。戰事尚未結束前，這些送入「寶月樓」的太監、宮女，都已在等待著「伊葩爾罕」入住；準備伺候他們還沒見過，卻久聞其名，私下已稱「香主子」的伊葩爾罕了。

他自己也興致勃勃，學了些簡單的會話；雖然，他知道大多回人通蒙語。但，用伊葩爾罕的「母語」交談應對，豈不更顯得自己「貼心」，且也更富情趣？否則，萬一伊葩爾罕不諳蒙語，莫非情話綿綿還要靠通譯！

他另外也派送了幾名進入後宮，伺候「和貴人」艾伊娜。艾伊娜表現的是受寵若驚，幾至感激涕零。乾隆因艾伊娜的反應，更信心滿滿；他認為，天下女人都是一樣的，只要溫存體貼，沒有征服不了的女人！更何況這溫存體貼出於天下主的皇帝！

「你……你會講回語！」

太監恭謹回答：

「回主子，調來寶月樓伺候伊葩爾罕的都會！」

為什麼會是這樣？瑪弭爾惶恐不解中，心中升起了警訊；若是監禁她的囚牢，這囚牢未免太華美了！不該是一個「叛酋之妻」應得的待遇。而這種殊遇，帶給她的卻是恐懼與不安全感。這不是她想得到的，也不是她想要的！

她隱隱感覺大皇帝如此「禮遇」，必別有企圖。但，迴目四顧，孤立無援，唯有步步為營，先發落了當前困境。

「你起來，也叫他們都起來。」

「喳！」

首領大監立刻回應，站起，又躬身道：

「天寒風大，請伊葩爾罕登樓歇息。」

事到如今，身不由己。她在首領太監引領下，扶著瑪拉，緩步登樓。暖簾一揭竟是室暖如春。

首先映入眼簾的，是極精緻華美而軒敞的廳堂。建築外觀是西域式的，但內部卻是雕梁畫棟。

陳設之精雅，遠非回部可比。只是，她心中沉重憂鬱，又何心注意？問：

「這是大皇帝住的皇宮嗎？」

「不！這不是皇上住的地方，這兒是『西苑』，皇宮西邊的花園。皇上和后妃們，只有夏天才偶爾住進這花園避暑；也不是在這兒，西苑很大，房子也很多的。」

瑪琱爾這倒稍微釋懷，仍不甚放心。隨著大監、宮女導引，參觀「寶月樓」的其他房間。來至西間一室，顯然是為她準備的臥室。錦茵繡褥，牙床紗帳，帳中還懸著各式香囊，都是精工繡製。地上鋪著又厚又軟，波斯國精織的地氈。沿牆擺設的「多寶槅」，更是寶器珍玩羅列，無不價值連城。而真令瑪琱爾心動的，卻只是一只繡墊；端端正正放置在西窗下方。

她一見便心中了然：那是為她禮拜用的。

她不能不感於這番用意的體貼周到，同時興起的，卻是更多的懷疑：

「為什麼？」

她掌握不住具體的問題所在，只覺得這一切，對她來說都太突兀了。彷彿一隻無形的手，主宰著什麼。

天上、地下，唯安拉是真神！但，安排這一切奇特際遇的，顯然不是安拉。

是晡禮的時候了。她，面對著西方，緩緩跪下……

侍立她身後的太監，沒有人聽得懂她低念的是什麼；《古蘭經》必是以阿拉伯語誦念，普世的伊斯蘭教穆斯林皆然，絕無例外。因此他們雖諳回語，仍是無法懂得。

久久，伊葩爾罕緩緩站起。在她再度面對他們時，神情一片平靜祥和，反使一向慣於察言觀色的總管太監，有些莫測高深起來。

隔著太液池，乾隆在瀛台召見了寶月樓首領太監王安，詢問「香妃」情況。

在郊勞時，伊葩爾罕公然頂撞，在他為美色的沉醉中，當頭潑了一盆冷水，見識了這回疆美女剛烈的一面。

從「四阿哥」，而「寶親王」，而「乾隆皇帝」，他從來想要什麼，沒有得不到的！在後宮中，妃嬪們仰望雨露，逢迎趨奉，唯恐不及。使他從來沒有想到，竟有人會抗拒「承恩」！

「世界上，得不到的，才是最好的！」這句話，放諸四海而皆準！因此，這迎頭澆下的冷水，不但不曾澆熄他「一見鍾情」的愛慕之心，反而更因而增添了幾分「志在必得」的決心。

他不信他「降服」不了她！但，他不能不考慮方式。他的驕傲，使他不願用強。用柔情，使百煉鋼化為繞指柔，那將是多大的樂趣！

「寶月樓」，是他確知小和卓已反，且必敗之際興築的。建築外觀採取西域式，但樓中的陳設，他親自參與規劃，無非博取美人歡心。如今，他急於知道：伊葩爾罕進入「寶月樓」之後的反應，以便走下一步棋。

「香主子起居如常。」

這句話答得含混，使乾隆不解。斥道：

「什麼叫『起居如常』？她才第一天來，你又知道她常不常！」

王安忙碰頭解釋：

「奴才沒說明白，奴才該死！奴才是說：香主子進寶月樓後，沒見她有什麼特別的樣子，就像……就像……」

他彷彿形容不出。乾隆道：

「平日居家過日子的樣子？」
「萬歲爺聖明！正是那樣。該吃就吃，該喝也喝，待奴才們，也和氣。」
「見到那些擺設什麼，有沒有高興的樣子？」
「奴才……奴才看不大出來。好像……好像香主子根本沒留心那些，沒當一回事。」
「啊？」
乾隆也不解了，她若生氣，他能理解。她見到那些寶器珍玩，高興，或不高興，他也都能理解。而她，似乎「視而不見」。
若一味冷淡、抗拒、視而不見，也可以理解。王安形容中，她似乎也並未抗拒，倒有些「隨遇而安」。而且，待太監、宮女均和氣，顯然也非一味的冷漠，那……
「起駕『寶月樓』！」
這些難解的疑團，更激起了他的興趣，決定親自去看個真章！
「皇上駕到！」
由遠而近的傳呼，驚動了「寶月樓」上上下下的太監宮女。接駕，自有一套演練就的儀節，他們習慣於照章行事；由「主子」領頭，迎出宮門外，跪接聖駕。
然而，在「香主子」無動於衷的情況下，他們也手足無措了。
焦急的宮女頭兒，走到伊葩爾罕跟前跪稟：
「皇上駕到，請伊葩爾罕接駕。」
原本神色舒緩的伊葩爾罕，臉上罩上了寒霜。一言不發，端坐原位，恍如未聞。

和瑪拉逐漸混熟的宮女，抬頭向立在伊葩爾罕身後的瑪拉，拋出求援的眼神。瑪拉微微搖頭，表示「愛莫能助」。就在這一僵持間，已聽到皇上登樓的腳步聲。

踏入寶月樓的乾隆，當門而立。只見太監、宮女連忙跪下接駕，卻亂了套，全失去原本應有的整肅。這倒使他不禁失笑，一抬手，首領太監領頭起身。卻輪到他自己進退兩難了。

若換了別人，「大不敬」三字，要腦袋都可以！可是他費了多少心思，才請下西天的嫦娥，他又如何捨得？而且，他也想到了：他即使發作，也必無回響，那又如何下台？

抬眼向端坐在鋪著貂皮墊的椅上，不言不動的伊葩爾罕望去。那冷冷的眸子，真是澄如秋水橫波！卻偏偏不見半點漣漪。這種冷漠，卻更挑起他熊熊情燄來。不覺舉步就向伊葩爾罕走了過去。

見他走近，伊葩爾罕冰雕般的身姿動了。一花眼間，一柄短劍已經握在她手中。

貼身侍衛失了人色，飛撲欲奪。乾隆舉足就踢，侍衛被踢個正著，滾出一丈開外。

回頭再看伊葩爾罕，卻見她已反轉劍柄，劍尖直指向她自己的心窩。

情勢很明顯了，她以此表明不惜一死的貞烈。以他的武功，奪劍、制服她，並非難事。但他不敢，她的凜然之色，使他不敢造次。

兆惠是對的！她不是可以用強的人！幸好，他亦無此意，否則……

想起方才那一幕，他冷汗涔涔。她既有此不惜一死之心，在侍衛動手奪劍之前，她會毫不考慮把劍插進自己的心窩。是他及時一腳，踢開了侍衛，也踢開了千鈞一髮的危機。

如今，她目橫秋水。劍刃，也秋水似的森寒。劍尖，仍沒移開她的心窩半分。彷佛警告他：若越雷池一步，她就不惜橫屍當場！

他不敢再向前邁步，反而向後退了兩步，才苦笑：

「伊葩爾罕，你……把劍收了吧！我……」

他嘆口氣：

「我以皇帝的身分，保證絕對尊重你，不侵犯你！」

伊葩爾罕以刀刃般銳利的目光逡巡著他。這是她第一次正眼看他，卻使他只能屏息斂氣，清除綺思遐想，無福消受「美目盼兮」的凝注。

久久，她才道：

「你若違誓，我絕不惜一死！」

「我絕不違誓！但你得答應，好好的活著！」

他加重語氣：

「你若無故尋死，我會以你的族人殉葬！」

伊葩爾罕全身一顫，悲憤道：

「你殺的人夠多了，我相信你會做！為了族人，我會活下去。但，你若違誓，我也絕不因而苟生！」

乾隆看她半晌：

「我也相信你會做！好，就這樣一言為定！這『寶月樓』，你就是主人。我會常來，你我各守『賓主之禮』，但願，有朝一日……」

他沒有再往下說，只回頭吩咐：

「好生服侍香主子！起駕回宮！」

第十二章

保和殿大張慶功宴。平定準、回有功人員，皆在與宴之列。兆惠、明瑞、富德等不用說了，個個喜氣洋洋。額色尹和卓，和霍吉斯，也各別封了公爵、郡王，欣欣然換了新的冠服，前來赴宴。圖爾都也換了服色，臉色卻顯得凝重，無精打彩。

「圖爾都！今天是慶功的日子，你怎麼一臉愁容，是不舒服嗎？」

圖爾都搖搖頭，對叔父額色尹的問話，沒有作答。

額色尹皺起眉頭，

「既不是不舒服，你給我振作些！別讓大皇帝看了不高興！」

圖爾都的堂兄瑪木特笑道：

「叔叔！你不知道他的心事，我知道！」

「什麼心事？莫非大皇帝封你扎薩克、頭等台吉，你還不滿意？」

「不是……」

圖爾都才開口，瑪木特就打斷了他的話：

「哎！叔叔！他是記掛瑪弭爾——伊葩爾罕哪！」

「她！」

額色尹重重吐出這個字。想起這一路，伊葩爾罕這「叛酋之妻」受的待遇，竟勝於他這大功臣，而她對他們的態度，又甚不友善，便怒從中來：

「不知好歹進退的女人，自己找死！記掛什麼？」

瑪木特嘻皮笑臉。

「叔叔你當然不記掛，圖爾都可是為了她，至今都未娶妻呀！」

圖爾都深深一嘆，陷入了沉默。

他不能、也不敢說；若早知道自己倒戈，會導致今日瑪弭爾身為「叛酋之妻」的局面，就是再大的榮華富貴，他也不肯倒戈了！這幾天，他食不甘味，寢不安枕；瑪弭爾在行帳中，怒斥大皇帝肆意入侵，小和卓為保土、保教而死，雖死猶榮的語聲，字字都如利刃，剜割著他的心。

小和卓，竟是至死都盤踞在瑪弭爾心上的！他呢？他也願以一死來換取這一份權利，然而，太遲了！如今，瑪弭爾對他只有不齒，只有怨恨，在瑪弭爾心目中，他是族人的叛徒，也是她殺夫的仇人！

他絕不是為了富貴而背叛小和卓的；額色尹也許是，他絕不是為了富貴呵！只為……

他自己也不敢面對，卻被瑪木特一言中的了；他為的是瑪弭爾！為了瑪弭爾，他恨小和卓！背叛自己恨的人，豈不是順理成章的事？他只是沒想到，小和卓在瑪弭爾心上的分量那麼重！沒想到，小和卓一死，瑪弭爾也會受到了如此牽累。

恨小和卓！他苦笑，在他幼年時，和小和卓原本是情同手足的好友呀！不幸的是：在向瑪弭爾求婚的「戰爭」中，他敗北了。

他永遠忘不了那一天，大阿訇令所有的求婚者，各自將信物放在大盤子上，令瑪弭爾自擇的那一幕。

盤中，在片刻間堆滿了來自各和卓、伯克等求婚者的珍飾。連達瓦齊這準噶爾台吉都插上了一腳湊熱鬧！當時他拿出的，是晶瑩的珠串。小和卓拿出的信物是看來最寒傖的；是一把銅綠斑駁的短劍。

然而，瑪琠爾玉腕一伸，抓起的，偏就是那最不起眼的短劍！大阿訇宣布小和卓和瑪琠爾姻緣天定。他，落空了！他的胞妹，一心想嫁給小和卓的艾伊娜也落空了。

真主安拉！要不「恨」是多麼的困難！他不敢恨，但他把恨，壓縮到了他心底最幽深黑暗處。他連安拉都得瞞著；安拉，豈能容許這一種恨！

在滿、回之戰的關鍵之際，這「恨」戰勝了同胞手足的「愛」，潰決而出。他臨陣倒戈，導致小和卓一敗塗地。

如今，他因「功」，被封為扎薩克、頭等台吉。在別人看，這是何等的風光榮耀，他心中卻悔愧萬端！若是，他為保護族人戰死，瑪琠爾或許也會把他放在心中悼念吧！就像如今她悼念小和卓那樣。

對瑪琠爾而言，小和卓是進入安拉的「天園」，得到「永生」了。他知道，在瑪琠爾心目中，他卻是被鄙夷、唾棄的！如此，再大的富貴，對他又有什麼意義？瑪琠爾為小和卓不惜頂撞大皇帝，不惜一死。他簇新的官服，看在瑪琠爾眼中，只是恥辱的標誌！

他滿心的沮喪和牽念。他不知道，在那樣頂撞大皇帝之後，瑪琠爾的命運如何？她幽囚何處？將受到什麼處罰？他不敢想。

「咦，他怎麼也來了？」

瑪木特忽然露出驚詫，拉拉他的袍袖。

他猛一驚，望去，只見兆惠陪著一個穿著回人服飾的男子進了殿。

他也不覺驚詫；來人，不該屬於這場合！這是慶功宴，來的，卻是俘虜；在小和卓授首後，被俘的圖狄貢。

圖狄貢一直是效忠小和卓的！他，和小和卓有特殊關係；他，是瑪弭爾的長兄，小和卓是他的妹夫。

樸素的回服，在整個保和殿，滿、回群臣輝煌耀目的官服中，顯得突兀而惹眼。而圖狄貢的臉上，幾乎是傲然的神色，卻更惹人注目。

這兄妹二人，在這方面是這樣的相似！戰敗、被俘，都沒有挫折他們的傲骨。圖狄貢，雖然穿著回民服飾，在袞繡官服間的昂然卓立，竟使圖爾都不禁自慚形穢起來。

「圖狄貢！你不過是一介罪俘，這也是你來的地方嗎？」

額色尹「先發制人」的語氣，讓圖爾都知道：圖狄貢同樣的也刺激了自己這位叔叔。一向性情暴躁的額色尹，這番聽似尖銳的言辭，其中卻有多少色厲內荏的心虛。

他企圖阻止，才喊了一聲「叔叔」，圖狄貢清冷卻如刀般銳利的話語，已刺了過來：

「這當然不是我該來的地方！我手上沒有沾染穆斯林兄弟的血！」

這話，踢中了額色尹的疼腳，咆哮：

「他們的血，是為小和卓流的！」

「不錯！因為小和卓是為了回族的自由和信仰而戰，他們甘願為他流血！小和卓也以血和生命回報了他們的擁護！而你們為了什麼？為安拉？為族人？還是為今天這一身敵國的官服？」

額色尹兜頭就是一拳，卻被一隻鐵臂架住了。看清出手的人，額色尹另一拳頓然懸在半空中。出手的人是兆惠。他們使用的是回語，他雖不全能聽懂爭吵的內容，猜也猜到了七、八分。

平心而論，額色尹雖立了大功，在兆惠心中，多少是有些不齒的。反之，圖狄貢一則風骨可敬，二則，他也知道，如今「今上」心目中，伊葩爾罕是天上地下頭一名，圖狄貢是伊葩爾罕的長兄，豈能見他吃虧？

萬一……，皇上若責備下來，如何擔待？做好做歹的把他們拉開。額色尹心中忿忿，礙著兆惠，不便發作。圖狄貢一腔悲憤，生死都已置之度外，一言不發，只冷笑不已。

分派座位，這輩分不同的二人，自然是隔開了。倒是圖狄貢與圖爾都接了席。圖爾都雖有心「修好」，又素知圖狄貢性情剛烈，也不太敢招惹他。只悶坐一邊，連連嘆氣。心中輾轉，思考如何補過。

慶功宴，在皇帝親臨後展開。回席、滿席壁壘分明，各有各的飲食，卻也無礙於杯觥交錯。尤其有功的文臣武將，各自升賞，更是志得意滿。

獨自向隅的，是圖狄貢。他身分未明，功過不知。除兆惠等少數幾個人，心中有數，殷殷勸食勸飲。其他人，都與他保持距離，不敢招惹。而他稜角分明的臉上，一臉凜然嚴霜的拒人千里，又有誰去多事。

熱鬧而不失謹肅的慶功宴，漸近尾聲。乾隆皇帝以異常親和的態度，一一垂詢各人情況，以勞遠人。

額色尹以年齒最長，地位又高，首蒙垂顧。他不免洋洋自得，滿口誓死效忠大皇帝。乾隆連連領首，慰勉有加。額色尹昂首闊步下殿，狠狠橫了圖狄貢一眼。圖狄貢冷哼一聲，正眼也不看他。

喊到「圖狄貢」，他直挺挺站在御座數尺之外，不跪不拜，了無懼色。額色尹藉題發作：

「圖狄貢！你敢對大皇帝無禮嗎？」

圖狄貢充耳不聞，只冷冷盯著乾隆：

「你若打算用我的血，為慶功宴增光，就請吧！我若皺一下眉頭，就算不得安拉的穆斯林！」

乾隆笑了：

「我知道你勇敢！我不會讓你流血的。流血的事，已過去了。從此，滿、回亦如一家。首逆大小和卓伏誅。其他人，向來未受王化，也不能以附逆視之，一概從寬。朕知道你也是和卓後裔，總要好好的安置你，豈肯殺你！」

圖狄貢神色不改，依然緘默不語。乾隆好言慰藉：

「你千里迢迢，送妹入京，家眷是否跟來？若家眷也在京中，不妨就在京中住下，朕亦如對圖爾都，授你扎薩克、頭等台吉。靠著俸祿，亦可安閒度日，不必回那西陲貧瘠之地辛苦了。」

圖狄貢冷然答：

「我，孑然一身，無家無眷！」

這答覆，倒出乾隆意外，兆惠上前奏道：

「他的妻子，在戰亂之際，正值分娩。不幸難產，又乏醫療照顧，母子均遭不幸。」

「哦……」

乾隆有些尷尬，隨即道：

「大丈夫何患無妻？這樣吧，朕先授你官職，再為你指婚，你就放心吧！」

以皇帝之尊，一再放低姿態示好，圖狄貢也無法再佯睬不睬。久久，嘆道：

「我不要做官。如果……，聽說漢人醫術精良，我願學醫，以幫助為病苦所困的族人。其他，我一概不要！」

「不孝有三，無後為大，怎能就此斷了你家的一脈血胤香煙呢？嗯……」

他回頭喚了一個太監總管，低聲問了幾句。滿臉堆笑：

「我為你想到一門好親事！太醫院蘇太醫，有一女正值及笄待嫁。蘇太醫的醫道精良。這位蘇姑娘容貌端正，從小耳濡目染的，也頗通醫術。我就將她指配給你，並命蘇太醫悉心傳你醫道。這也算兩全其美，如何？」

圖狄貢臉色漸漸緩和。兆惠一旁促迫：

「你看，皇上對你用心良苦，一至於此！你豈可負恩？還不快謝恩！」

圖狄貢不願屈膝，只低頭躬身示禮，一言不發，退回原位。

乾隆沒有責備，也以眼神和手勢，阻止任何人以「大不敬」相責。事實上，他對這結果，已相當滿意了；他已成功化解圖狄貢原本尖銳的敵意。圖狄貢，是瑪弭爾——伊葩爾罕的長兄。爭取圖狄貢的好感，將有助於伊葩爾罕的冰霜解凍。

「皇上！你給圖狄貢指婚，也不該忘了圖爾都呀！他至今還打著光棍呢！也求皇上恩典吧！」

額色尹對圖狄貢「獨膺聖眷」，有所警覺，卻不甘心。心想，非得轉移乾隆注意的目標不可！於是，不甘寂寞，又倚老賣老的指著圖爾都發話。

「叔叔！」

圖爾都急欲阻止。乾隆先哈哈大笑；他一笑，如草上風吹，保和殿中，頓然一片笑聲。

「哦！額色尹，你為圖爾都打抱不平嗎？好吧！圖爾都，你說，你希望什麼樣的恩典呢？」

他的所謂「恩典」，是問圖爾都擇偶的條件。卻不料圖爾都上前碰頭：

「皇上，我什麼都不要！我的官爵，也請您收回；我願用它換伊葩爾罕的釋放！」

「釋放？」

乾隆一愣，旋即大笑，轉向兆惠，用滿語道：

「他說……釋放？」

兆惠帶笑解釋：

「奴才猜，他認為皇上囚禁了伊葩爾罕，因而願以官爵相贖。」

「他和伊葩爾罕什麼關係？」

「遠祖一家，都出於和卓家族。不過奴才聽說，當年伊葩爾罕待字，他和小和卓都是求婚者。結果，伊葩爾罕選擇了小和卓。」

「倒也是多情種子呀！」

乾隆不覺微有酸意，對圖爾都道：

「你放心，我不會傷害她的。『釋放』嘛……」

他又朗聲大笑，向額色尹道：

「你真是好叔叔！看在你的份上，我會擇一個通回語的好女子，賜圖爾都為妻，以嘉勉他的功勞。」

圖爾都見皇帝顧左右而言他，急了，高聲問：

「那伊葩爾罕呢？」

乾隆有些拂然不悅，向兆惠道：

「你叫他死了心吧！」

說罷，離座而去。圖爾都還想說什麼，卻教兆惠阻止了。拉住他的袖子，露出曖昧的笑容：「台吉！你別擔心伊葩爾罕吧！她如今是皇上最寵愛的人！她不是受囚禁，是住在『金屋』裡享福呢！」

一言，如天際悶雷，圖爾都頓然沮喪。圖狄貢卻臉色煞白，雙目噴火。

額色尹一愣之後，仰天大笑。那笑聲，彷彿夾著利刃，一刀刀的臠割著圖狄貢的心。久久，他低吼一聲，受傷的野獸般，踉蹌的奔出了保和殿。

第十三章

西苑太液池中，封冰解凍，春水溶溶。

後宮中，姹紫嫣紅，各種花卉，依著時令，陸續盛放。後宮的妃嬪們，換上了春裝，一掃冬日因著天候，而減至最低的活動。除了按時往慈寧、坤寧兩宮給皇太后、皇后請安外，也有了彼此相邀遊園、小宴的興致。

往年，或因皇帝偏寵承恩，而產生小芥小蒂的心，如今倒是消弭無形了；誰也不曾格外承恩。連以前有意無意要爭、要比的皇上賞賜，如今也沒鬧的了；即便逢生辰、節慶，也都是「大官中」的「定例」而已。往年，皇帝格外賞賜的「私房珍飾」，如今俱付闕如。

一開始，曾格外受寵的，不免若有所失。又不免心中怨嘆：深宮歲月，「受寵」就是一生追尋的全部。能承恩，是第一步。固寵，卻是漫漫長途。而且，使不上力；皇上的心情，永遠捉摸不定，往往「受寵若驚」還沒「驚」完，那矯若遊龍的皇上，又轉移了目標。

怨不得，也嘆不了！能有幸承恩受孕，有了皇子、皇女的，那是天賜的「恩典」，心思，也不必再牽繫在皇上一個人身上了。若不受寵，又無子女承歡，那真是度日如年！

天和日暖，妃嬪們相約著遊御花園，令貴妃魏佳氏有孕在身，笑道：

「姊妹們玩兒去吧！我可走不動了，就在這『絳雪軒』裡歇歇。」

後宮中，如今除了皇后烏拉那拉氏外，就數令貴妃魏佳氏位尊。而且，大家都知道：那拉皇后雖居「中宮」之位，卻並不因而受寵。當時，慧賢皇貴妃與孝賢皇后先後薨逝，妃嬪中，她的位號是「貴妃」，在諸人之上。能先以「皇貴妃」身分攝六宮事，後來又冊封為皇后，那是因為她最得皇太后歡心，而並不是受寵於皇上；事實上，皇上也是為了「孝順」皇太后，無可無不可的才「奉懿旨」立她為中宮皇后；若論起「恩情」，比起皇上當日對待孝賢皇后，那她是腳蹤兒都跟不上！

孝賢皇后與皇帝之間的鶼鰈之情，她們大多耳聞目睹。而孝賢皇后「母儀天下」的風範，也令她們心服口服，由衷敬愛！只是，恩情也好、風範也好，如今均成絕響，恐怕再也沒有人能比得了！

目前在後宮，令貴妃，已算是最蒙皇帝恩寵的了。她的為人，謙和溫厚，倒也不倚仗著皇帝恩寵，在其他「姊妹」前，現出驕慢之色。因此，在妃嬪中人緣甚好。當下，聽她說走不動了，慶妃陸氏便應道：

「不過是出來疏散疏散，可別累著了。要逛的，自逛去吧。我在這兒陪貴妃姊姊說說話兒吧！」

婉嬪也道：

「遊園嘛，為了看景致。這兒景致本來就好，加上海棠盛開，美上加美。我也坐坐，待會兒再逛吧！」

說著，穎妃、舒妃也都不走了。倒是幾位貴人，畢竟年輕，而且，和這些位次在她們之上的妃嬪們在一處，又不得自在。便由郭貴人領頭，笑道：

「那，奴才們就放肆，不伺候了！」

令貴妃自己也由貴人逐步晉升，最是體恤。揮手笑道：

「去吧！去吧！你們正是採花撲蝶玩兒的年歲呢！不比我們，人入中年！」

婉嬪雖位低，卻是自「潛邸」便侍奉乾隆皇帝的，資格最老，笑道：

「貴妃這麼說，咱們不該拄枴啦？」

穎妃笑道：

「那你可還有得等呢！說不定，等這位阿哥成了人，接了位，敬奉太妃鳳頭枴杖上壽！」

說著，笑指令貴妃肚腹。令貴妃微笑：

「多謝姊姊金口吉言，願這孩子有這福命。」

婉嬪笑道：

「還得我有這壽數呢！如今，皇上也算半百的人，看那分健朗，怕不要活一百歲？那，我不等成老怪物了？」

穎妃一聽，自悔失言；婉嬪當「太妃」，豈不得在皇上駕崩歸天之後？幸好在座的平日都和睦，似乎也沒人理論，她卻心虛的亂以他語：

「皇上的確是健旺！日理萬機的，一點不現老態！」

舒妃掩口笑道：

「豈止不現老態，那心，還和年輕人一樣呢！見獵心喜。」

話題，逐漸轉向大家共同的「生命中心」——乾隆皇帝身上。婉嬪，年華已老，無復爭寵好勝之心，倒是心平氣和：

「可不是見獵心喜？前陣子，和貴人入宮，皇上喜得什麼似的；原也難怪，和貴人原是美人胎子，性情也好。而且，她家裡又立了大功，更格外不同。這些日，我看，也就淡了。」

「怎能不淡？月亮能敵太陽嗎？不是說，擄了連和貴人都甘拜下風的美人兒來了！」

穎妃冷笑。令貴妃道：

「我聽傅夫人說：美人是美人，可是冰霜鑄的。如今還近不了身呢！」

「傅夫人又打哪兒知道的？福康安？」

「還有誰？都說，連他都給這香妃迷了……」

穎妃一皺眉：

「香妃？誰封的？」

「不是咱們大清朝的妃！人家可是小和卓的妃呀！回回對她有個特別的稱呼，傅夫人說過，我不記得了。譯成咱們的話，就是『香妃』。」

「這可好！一見美人就失魂落魄，君臣倒走到一路去了！」

穎妃素來鋒銳，加上這一陣頗受冷落，出言更形尖刻。令貴妃不覺皺眉，道：

「姊姊，這話，可不能胡說呀！」

穎妃亦自知失言，陪笑：

「哎喲！我可沒別的意思，只說為美人著迷，都是一樣迷法。他，又怎麼知道那香……回女近不了身呢？」

「上回，回女還沒入宮，皇太后不是命他先出城去瞧瞧嗎？哎喲！一句話不對，人家可就拿出劍來了！」

舒妃詫道：

「這香妃的武藝，難不成比福康安還高？」

「人家不是要殺福康安，是要自裁。都說，如今在西苑『寶月樓』裡，她也還隨身帶劍，不許人近身的！」

婉嬪嘆道：

「這麼看來，也就可憐。」

慶妃一拍手：

「啊！這一下，我可明白皇上吟那兩句詩的緣故了！」

慶妃本為漢官之女，原是識詩書的。妃嬪們聽說，忙問：

「皇上吟詩，說些什麼？」

慶妃道：

「那天，正好月圓，皇上召我……。臨窗賞月，嘆了好幾口氣，吟道：『我本將心向明月，奈何明月照溝渠』，我原沒想過來。這麼一說，皇上口中所吟的『明月』，就是那住『寶月樓』中的香妃！」

舒妃掩口而笑：

「姊姊們！這麼說，咱們都用錯心思了！」

慶妃問：

「怎講？」

「記得我沒進宮的時候，我阿瑪納妾，額娘為了姨娘受寵，慪得不得了。我奶娘背後說了一套話，話真粗，看來，還真有理！」

穎妃好奇了，問：

「什麼話？」

「漢人的老話：妻不如妾，妾不如偷，偷還不如偷……」

她笑得直喘，平息了半晌，才接道：

「偷，還不如偷不著！」

當下一陣爆笑。舒妃撫著胸，又平了平氣：

「咱們都太巴結著皇上！他哪還稀罕？如今，來了個拿翹的，可不應了那句話：『偷，還不如偷不著！』！」

又是一陣大笑。笑聲中，卻不無悃然之情。慶妃老實，道：

「也得有那麼美，才拿得起翹呀！照我這樣，一拿翹，更進了冷宮了！」

嘆口氣：

「偏肚皮又不爭氣，沒個一子半女的……。貴妃姊姊！您可是許過的，這位，不論是阿哥，是格格，都認我做乾娘！」

慶妃不孕，是太醫已確定的症候。因她性情平和，又識詩書，倒也還算得寵。素日最羨慕人家生兒育女，對各宮的阿哥、格格們，都疼愛如親生，也因此人緣最好。

當日，令貴妃早殤一子永璐，她竟哭得比令貴妃自己還傷心。令貴妃感動之餘，這回受孕，便許了「分她一半」，認她做乾娘。

令貴妃見她如此，老大不忍。故意取笑：

「認你做乾娘，多個人疼他，是他的造化，我還巴不得呢！倒是乾娘準備些什麼洗三的、滿月的、百日的、周晬的禮呀？」

慶妃興沖沖：

「我把首飾盒攤開，姊姊替他挑。挑上什麼是什麼，我絕無異詞！」

婉嬪才道：

「喲！這乾娘可拜著了，真大方……」

穎妃一旁冷笑：

「照這麼說，最好去拜『寶月樓』那主兒，那才叫大方呢！」

她一頓：

「你們知道我宮裡的壽春，她妹子寶春，給挑到『寶月樓』去了。那日，她到我們宮裡來瞧她姊姊，拿出了好些手串、耳墜、鈿花的，要她姊姊幫她收著。說出來不怕你們生氣，比素日咱們得的還好呢！我心裡犯疑，問她哪來的？她說是皇上賞她們『香主子』的，香主子正眼也不瞧，隨手全賞她們了！所以我說，大方人在那兒呢！不只人大方，得的也全是頂尖的貨色！」

想起近日得的全是「大官中」的賞賜，她一口氣，真平不了。見諸妃默然，便向婉嬪冷笑：

「虧得你還說人家可憐，不知道自己連人家底下的宮女都跟不上！」

令貴妃迴護婉嬪，怕她臉上下不來，便道：

「罷了，別說了。」

穎妃氣出了一半，如何嚥得下。又冷笑一聲：

「豈止她跟不上，咱們誰跟上了？你們知道『寶月樓』裡，有幾個宮女侍候？」

見大家都凝神等下文，她才伸出雙手，食指交叉：

「十個！只差點沒跟皇太后比肩！」

這一下，連令貴妃也默然了。依規制：太后宮女十二人，皇后十人，皇貴妃、貴妃八人，以下遞減。十個，是在令貴妃之上，與皇后比肩了。

隔著春水碧波的太液池，「寶月樓」自瀛台望去，可望而不可及。尤其月夜，更恍如廣寒瑤闕！

「寶月樓！」

乾隆對自己苦笑：

「這樓名取壞了！」

本來，因樓臨太液池，池中影娥印月。想及即將遠來的美人，亦足為此樓生色，所以擬之「月中嫦娥」，為人間至寶。不料，伊葩爾罕之美，固然美似嫦娥，卻恍如真來自那「廣寒清虛」之府，竟是冷若冰霜！

如果「冷若冰霜」，是她的天性，卻也罷了。偏偏，她對「寶月樓」中的太監，都是和顏悅色。對宮女，尤其言笑晏晏，若不知愁。只有對他！在「獻俘禮」上那一幕，算是不假辭色。「不假辭色」，還有辭有色。現今，卻是根本上「視若無睹」，連辭、色俱無！

換了別人，一百個也殺了！換了別人，即便不殺，至少也為了皇帝的尊嚴，絕足不往，讓「寶月樓」成為「冷宮」。

他不是做不出來！事實上，如今帝、后之間的關係，便是如此。

如今的皇后，烏拉那拉氏，是他未登基之前的側福晉。登基後封為「嫻妃」，後又晉「嫻貴妃」。孝賢皇后薨，她以當時位號最尊，先以「皇貴妃」攝六宮事，後冊為皇后。這原是看在太后的份上給她的恩典。

不料，冊封之後，她竟恃皇太后的恩寵，一改原先恭謹的態度，處處逞強，與昔日之「嫻」，不可同日而語。不但不能與後宮在她位下的妃嬪和睦相處，甚至對他也時不時的出言頂撞。他不是不想廢后，卻一則皇太后再三以曾祖順治皇帝，一生引「廢后」一事為「慚德」勸誡。再則，茲事體大；他雖與皇后不協，到底也還沒到非「廢后」不可的地步。而且，自許「雄才大略」，為區區兒女之私，弄得震驚朝野，群臣爭諫，在日後史書上，留下這麼一個敗筆，實在也不值得！所以，根本一字不提，只把皇后乾晾著。只在重大慶典上，搬出來當個擺飾，讓她「碧海青天夜夜心」去！

「碧海青天夜夜心」的滋味，如今，他算領悟一二了；數月來，他常常在西苑逗留停宿。不知情的，大概都以為他留宿的地方是寶月樓吧？殊不知，他每次駕臨寶月樓，也不過一個、半個時辰。大抵是他沒話找話講，伊葩爾罕我行我素，充耳不聞。倒是王安在一旁接詞，替他圓場。

「香主子住得舒坦，進得香。」

「香主子謝萬歲爺賞！」

「香主子今兒高興，和宮女到花園逛了一會子！」

在這一問一答間，伊葩爾罕冷然的目光中，露著譏嘲，卻依然是一言不發。

他搜尋自己的記憶，簡直沒有哪個亡國妃子是這樣的！

他首先想到的是以「一言不發」，抗議亡國之痛的「息夫人」。

息夫人，以息國亡於楚，而為楚文王所俘。居楚宮十餘年，生二子，而無一言；終其一生，以亡國而未能身殉為痛。她雖不言，卻未拒絕楚王臨幸。而伊葩爾罕，卻以死相拒！

其他，如南唐小周后、後蜀花蕊夫人，都以「亡國之妃」入宋，且皆「不忘故主」。但不也都順從了宋太祖、太宗嗎？她們還是受漢文化薰陶，視「貞潔」為女子「首善」的！她們悲傷、她們憤怒，但，她們也認了「命」！

香妃！伊葩爾罕！一個西陲荒漠，他認為文化落後族群中的女子，竟堅貞至此！

他也曾以為，這是她所受的文化薰陶，或宗教教義使然。「和貴人」艾伊娜卻否定了他的臆測：伊斯蘭教，根本不反對寡婦再醮，也不鼓勵守寡。甚至，伊斯蘭教的先知穆罕默德，所娶的妻子克地徹就是個寡婦！而且，是一力支持他、幫助他的一位賢婦。

亡國之恨？為什麼她的「亡國之恨」這麼強烈？為什麼她不像息夫人、小周后、花蕊夫人？

貞烈！若在史冊中，讀到這樣的人物，大概不免讚嘆稱美吧？而，自己面對這樣一位可列入列女傳「節義」卷的人物，卻不禁啼笑皆非，好不悵然！

「美人如花隔雲端！」

他不覺低吟，強制自己離開臨水的南窗；遙對著「寶月樓」的南窗。

燈下案上，堆著畫卷。他猛然想起，是他命太監到如意館取來的「十駿犬」。

這些名犬，都是臣下所進，深為他所喜愛。因念及一切生物，皆不免於「生老病死」，不能形貌長存。因而命來自西洋的畫師郎世寧一一寫真，並稱「十駿犬」，是他所最珍愛的書畫之一，不時命人取來玩賞。

玩賞著栩栩如生的蒼猊、茹黃豹、班錦彪、墨玉螭……忽然心中一動，腦海中浮起郎世寧的容貌來。

經常一身黑衣，鬚髮皆已花白的郎世寧，是西洋意大利人。少年「出家」，入了「天主教」的耶穌會為修士。他在康熙五十四年到中國來，以畫藝精良，入「如意館」，算來，也已是「三代老臣」了。

他在西洋已有畫名，到了中國，又學中國畫。但因不擅書法，而不長於寫意潑墨。工筆，倒是無人能及。不管是花鳥、人物，無不栩栩如生。

「畫」好，是郎世寧之長。而另一他人難及的長處，卻是德行；清宮自順治朝起，代有西洋天主教士任職朝中。有的精於天文曆算，有的精於西洋巧技，難得的共同特長，就是德行高潔、超然物外，可託腹心。

如湯若望在順治朝，順治皇帝尊為「瑪法」。順治皇帝以「出痘」駕崩，參與立儲大計，一言定鼎，讓當時的「三阿哥」，因「已出痘」而繼大統，成為他一生最敬愛的瑪法「康熙皇帝」的，就是這位「湯若望」！

其他，如南懷仁等，雖顯赫不及湯若望，也是有能有識有德之輩。

及至郎世寧，為人更是虔敬謙和。他所處的時代，已非湯若望、南懷仁可比。因清廷與教廷關係，為祀孔、祭祖的存廢而惡化。天主教會士，甚受朝庭壓抑限制。而郎世寧始終以「淡泊」處之，反使人更生敬愛之心。也因此，他雖也為「如意館」畫師，卻以才藝、德行、博學，令乾隆對他格外禮遇。更以他年長，又謹慎可靠，愈加親信。

想起他，倒靈機一動；或許，他是唯一可以打開伊葩爾罕心結的人！退一步，讓他為伊葩爾罕畫像寫真，也可朝夕相對，聊慰相思！

說來，捨卻郎世寧，還真沒有人能任這「疏通排解」之職！太監、宮女，位卑口雜，難託腹心；圖狄貢，不知因何故，似乎對伊葩爾罕有所不諒，圖爾都……

他拈鬚而笑，他倒並不擔心圖爾都與伊葩爾罕如何。兆惠曾奏道，伊葩爾罕視之亦如讎寇，而且他已指婚通回語的宮女巴朗與他為妻了。他既無能為力，又何必多此一舉？

他倒也想過「和貴人」艾伊娜，又覺不妥。目前，且看郎世寧出馬之後，效果如何再說。

第十四章

「回香主子，萬歲爺派如意館畫師，郎老師傅，來給主子畫像！」

對「香妃」、「香主子」的稱謂，瑪弭爾有些習慣性的接受了；他們告訴她，這就是「伊葩爾罕」的意思。如此稱謂，是中國的習慣。

畫像？她不大明白為什麼要畫像。但，穆斯林理應待人以禮，來人受了皇帝差遣，她總得接見，問明情由，再行可否。

「有請！」

進來的是白髮皤皤，卻慈眉善目的郎世寧。身後跟著兩個捧畫具的小太監，被引到瑪弭爾面前。

她一見，倒吃了一驚；她沒想到，來的竟是個西洋人。

西洋人，她並不陌生；天山南北，常有西洋人往來。西洋人要到中國，海路，是乘船；陸路，就是經天山南北的舊日絲路向東行。行旅客商，與當地各族通婚，事亦尋常。所以，她並不以西洋人為異。所異者，此人竟是清宮中的畫師。

郎世寧早經囑咐，不諳回文，可用蒙文交談。他來華數十年，早已習得漢、滿、蒙三種語言。便向前一躬身：

「郎世寧奉皇上之命，來為伊葩爾罕寫真。」

瑪弭爾一見他，心中便無端親切。且一望他穿的服飾，就知他是位教士。在她所受的教導中，西洋教士，一如伊斯蘭阿訇，均為可敬的教長，豈可怠慢？忙起身回禮，亦用蒙語答：

「瑪弭爾不敢當。」

「寶月樓」中太監宮女，一時全愣了；伊葩爾罕來到寶月樓，連皇上駕到，都未曾起身見禮。也不曾聽她講過蒙語，更不曾自稱本名「瑪弭爾」。對這一位宮廷「畫師」的禮遇，豈不令人驚愕？而郎世寧卻坦然受之，並隨著她的手勢，坐於與她近在咫尺的客位。

對西方宗教較為熟悉的瑪弭爾問道：

「不知您是哪個修會的教士？是司鐸，還是修士？」

郎世寧微笑，望著這貌美如仙的女子；這是他一向最難於向中國人解釋明白的問題。除非信教的人，永遠弄不清天主教中，有不同的「修會」。修會中，又有司鐸（神父），與修士之分！乾隆皇帝也是到最後才在他的說明之下「恍然大悟」，他不像湯若望是「司鐸」，他的謙卑，他選擇為不晉鐸的「修士」。明白之後的乾隆，曾有妙喻：

「你不是『大和尚』，你是『小沙彌』！」

如今，對這位伊葩爾罕，卻顯然不必多費口舌了。

「我是耶穌會修士。」

「來自何方？」

「意大利。」

「你來為我畫像？」

「是的！皇上命我把伊葩爾罕的美麗姿容，永遠留在紙上。」

瑪弭爾卻露出了淒苦的笑容：

「你可以叫我瑪弭爾。修士！美麗姿容，是有禍的！若不是因為美麗姿容，我該和我的族人在一起！」

郎世寧不由默然；這位國色天香回族少婦的容顏之美，是連他這樣年逾七旬的老修士，也為之驚豔，不能不讚嘆上主「造化」之功的。由於他是修道的人，又學繪畫，乃能用超越世俗的藝術眼光來欣賞，絲毫不涉於私情私慾。

然而，皇上能嗎？皇上一心所想的，只是一己之私的「占有」。甚至占有肉體比占有感情的成分更大！

「瑪弭爾！在我的宗教中，我們說：『願爾旨承行於地』；在你的宗教中，說：『好歹都是真主所定』！我們不明白祂為什麼？但，我們可以選擇面對的方式……孩子，我可以這樣叫你嗎？」

瑪弭爾眼中，立刻湧滿了晶瑩的淚水；這是她與族人隔離以來，聽到最親切的稱呼了！在這兒，人們稱她香妃，香主子，伊葩爾罕。而眼前這老修士，卻喊出她最渴望聽到的：「孩子」！這是她的祖父、父母和教中老阿訇對她慈愛的稱呼。他們疼她、愛她、保護她一如「孩子」。如今，她的祖父、父母都亡故了。故鄉，遙隔天涯。老阿訇，也離得那麼遠！沒有人再以「慈愛」之情相待，沒有人會叫或敢叫她「孩子」，她必須自己保護自己了！

沒有人知道她心中感覺多麼孤苦無依，多麼驚惶恐懼。除了安拉，她也切望有一個可以信賴的人，一個可以倚靠的肩膀，讓她能得到片刻心靈上的釋放與安慰，片刻「放心」的安全感。

她緊繃的心弦，在郎世寧一聲「孩子」中鬆弛。在舉目無親的孤苦中，她找到可以依靠的「親人」了。雖然，郎世寧也是乾隆所派。但，她自郎世寧的湛然眼神中，看見的，卻迥異於周遭其他人的混濁。

他們對她的一切作為，都有心機、有目的。他們的恭謹笑容、殷勤奉侍，也不過討她歡心，以達到受賞賜，甚至為皇上立功受賞的目的。

郎世寧卻是純正的！她自那聲「孩子」中，知道那出於一個老人對受屈小女兒的憐惜、疼愛。她含淚而笑：

「可以的！我見到您，如同見到我的爺爺！」

「孩子！你的真主，不會無緣無故的造生你這樣一個人。祂必然有祂的用意，你也必然為祂所愛。但，你該知道，祂所愛的人，往往要承受比一般人更巨大的痛苦。以彰顯自己的信德，和祂的光榮！」

「是的，修士。耳撒先知，也是受苦而死的。」

伊斯蘭教所謂的「耳撒」，就是基督信仰的「耶穌」。天主教和伊斯蘭教，淵源甚深。天主教的諸聖，亦為伊斯蘭教欽崇。許多聖經故事，也流傳於伊斯蘭信仰中，只是給予不同的名稱與定位。

比如耳撒——耶穌，基督徒視之為「神」，穆斯林視為「先知」之一；而穆罕默德，則是創世紀以來，一系列先後出世的「先知」中最後的一位。他不是神，他是真主安拉揀選的「關天門」的聖人。

由於他是「最後一位」，所以他最大！

郎世寧欣慰的笑了。他看得出來，伊葩爾罕已接受了他的開導，在痛苦中，得到了慰藉。他緩緩道：

「你們的穆聖也是的！你的丈夫去世的痛苦，他必了解；他有兩個兒子夭折，他了解親人死亡的痛苦。」

「修士！我不是為小和卓之死痛苦。他的死，使他應了穆聖的話：『誰專心誠意祈禱真主，願為主道而戰死，真主必賞賜誰烈士的代價』！他為真主而死，在人世而言，他身首異處。但天國花園的筵席中，必有他的座位！我痛苦的是，我的族人，受到這樣大的傷害！乃至彼此背叛、對立，在戰場上，自相殘殺！又淪為勝國的俘虜，背井離鄉。小和卓無罪！但他們因小和卓而受苦，這是我的責任與痛苦的根源！」

「這就是今天畫的？」

畫紙上，只有簡單的輪廓。但看得出來，是一個身著戎裝的女子。那戎裝，卻非中土形式，顯然是西洋式的。

一見是戎裝，乾隆心裡直覺反應，就是冷水兜頭淋下。在他看來，這代表著無言的抗拒。無處發洩，便有些怪罪的責問：

「這衣服你給她的？」

西洋式的，想當然耳，也是郎世寧提供。

郎世寧卻不以他的責備為意。只淡然道：

「不是，是她自己的。她說，是在準噶爾戰亂時，一位老阿訇給她防身的。」

「防身」！乾隆苦笑，這美絕人寰，又冰雪聰明的女子，分明是以此「警告」他，不許他越雷池一步。

寶月樓中的動靜，自有人隨時向他密報。他卻仍想聽聽郎世寧的看法。

「你看，這女子如何？」

「美麗！聰慧！貞潔！」

乾隆深深嘆口氣：

「冷若冰霜！聽說，她和你有說有笑，真令朕妒煞、羨煞！朕要她跟朕說句話都難哪！」

「皇上和老臣的身分不一樣；老臣是天主教耶穌會的修士，她不必有戒心！」

「該死的戒心！朕如此的愛她，絕不會傷害她，她戒什麼？」

他依然把蘭沁——「孝賢皇后」放在他心中「第一」的位子上；那是他最親密、也最知己的伊人。他們之間，從新婚開始，就兩情相悅，水乳交融。在最痛苦與最艱難的時日中，相濡以沫。在相處的二十年間，同憂樂，共悲歡，彼此視為今生的摯愛。

他跟伊葩爾罕之間，與他跟蘭沁之間幾乎兩極！他也自認「愛」伊葩爾罕。伊葩爾罕卻視他如仇！永遠存著敵視與戒心。

因此，聽到郎世寧「戒心」二字，令他又無奈，又不平！郎世寧卻道：

「恕老臣直言，貞潔的侵犯，對她而言，不是愛，是傷害！」

郎世寧一句話，堵得乾隆啞口無言，欲怒不能，欲認不可。久久，才辯了一句：

「朕也沒有侵犯她呀！」

郎世寧微笑。

「她認為皇上有此意圖！」

「朕當然有此意圖！天下哪個男子，見到她，不想據為己有？」

理直氣壯的話，一碰到郎世寧的湛然雙目，便打了折扣，強解道：

「除非像你這樣的修道人：教士或和尚！」

心中卻忍不住還加了個「小人之心」的尾巴：「還得像你這麼老！」

「感情的事，不能勉強！」

「朕沒有勉強她呀！『寶月樓』你是進去看過了，那陳設，東西十二宮，哪個宮比得上？錦衣玉食，待遇都和皇后一樣；那拉氏皇后都還沒受過朕這樣的恩寵與賞賜呢！朕還要怎樣來表示這一片心呢？換了任哪宮的妃子，都感恩戴德，受寵若驚的感激涕零了。只有她！那顆心當真是千年寒鐵鑄的！」

又愛又恨！乾隆滔滔不絕的傾倒出滿腔不平。郎世寧悲憫的注視著他，這豈是在金殿上君臨天下，威儀懾人的皇帝！豈是戰爭中運籌帷幄，決勝千里的皇帝！豈是秋獮中身手矯捷，射虎搏熊的皇帝！

他不覺感嘆：當一個人「為情所困」，皇帝和凡夫俗子又有何不同？

望著情緒激動的皇帝，他沉默了一下，才徐緩的說：

「皇上說愛她，是否站在她的立場為她想過？姑不論平準、平回的戰爭誰是誰非。她，生長在西北天曠地闊之處，遊獵、跑馬，習以為常。如今，『寶月樓』再華麗，何異囚籠？置身於舉目無親的囚籠之中，讓她如何感受得到皇上的『恩典』？老臣不過因是修士，她無須戒備，便親如家人一般。可知，她心中是多麼孤獨寂寞！皇上對她的賞賜，的確豐厚，奈何，全非她想要的，又叫她如何感恩?」

乾隆呆了呆,啞口無言。自己周旋數月,徒勞無功,他也不知癥結何在。畢竟修德之人,心性純正。半日相處,便抓住了伊葩爾罕鬱鬱寡歡的重點。

乾隆不知不覺點點頭:

「你說得很對!」

見生而不知「為別人著想」何物的皇帝,竟然從善如流。郎世寧一方面慨嘆於愛情的魔力,一方面也不免欣慰,道:

「伊葩爾罕心心念念的,是她的族人。老臣以為,皇上與其用盡心思,恩賜她一人珍寶示好,不如善待她的族人,更能博她喜悅!」

「在西苑南牆外營建『西域式』的房舍,以安置遠人!」

接到這道上諭的工部尚書,一頭霧水。也只能奉旨如儀,大興土木。在這一片西域式的房舍中,有清真寺,有住宅,有街道,有市集。轟轟烈烈的大消息,頓然傳遍了回族官民間。臆測紛紛的是:恩典何由而至?

「咱們不必在臉上貼金。絕不會是因為艾伊娜!必定是為了瑪弭爾!」

連額色尹都如此認定,他人可知。

回人的反應,先是不相信。然而,三人成虎,不由懷疑。有了懷疑,原本降清對立者逞輿、訕笑。而原本一心尊敬、仰望她的,卻由失望而悲憤。

他們並不是因為反對她失節再嫁。真主的經文,穆聖的教訓,都不曾反對或阻止寡婦再嫁,也沒有「為夫守節」這一條。但，失身於殺夫的仇敵，在他們看來，是可忍，孰不可忍？「伊葩爾罕」，在他們心目中的地位，直落谷底；他們有受了欺騙的悲憤與不齒。

尤其難堪的，是圖狄貢，他恨得咬牙切齒，為「不爭氣」的妹妹，感覺羞恥。

這不是他自幼疼愛、護惜有如性命的瑪弭爾了！瑪弭爾不會腆顏事仇！

可是，事實俱在：瑪弭爾騎馬跟隨大皇帝之後，公然四處遊覽，毫不避人！這使原先尚存一線希望，希望所聞乃是「誤傳」的圖狄貢，如被兜頭打了一記悶拳，徹底的失望了。

反倒他的妻子蘇黛香，或因旁觀者清，對此事心存懷疑。她以女子的直覺，感覺伊葩爾罕的神色坦蕩，雖與身旁老畫師談笑自若，卻對頻頻回首相顧的皇帝，沒一絲狎邪親暱之色，絕不像「承恩」的模樣。但，她與圖狄貢相處中，知道圖狄貢性情剛烈，成見甚深。若非證據確鑿，絕對無法勸服。便不肯多說，只冷眼旁觀而已。

「照這麼說，那個『香妃』，回心轉意啦？」

皇太后也聽說了畫像的事。特別要皇帝把畫像送到慈寧宮，皇太后要親自鑒賞。一時，聞風而來的妃嬪，把慈寧宮都站滿了。

總管太監指揮著小太監，把三幅「香妃」個人的畫像，一一展示在皇太后的座前。妃嬪們，簇擁在兩側圍觀。因不知太后意向如何，誰也不敢開口評論。頭一幅，便是戎裝像。

「模樣，倒是真俊哪！只是，女人家，這又是甲冑，又是劍的，煞氣太重！」

這語氣中的不悅，使妃嬪們暗自竊喜。穎妃，素以伶牙俐齒，曲意承歡，頗得皇太后寵愛。聞言，笑道：

「可不是煞氣太重；小和卓，不就給她剋死了？」

那拉氏皇后對她遇事拔尖，搶出鋒頭，素無好感，冷笑：

「小和卓是『懷璧其罪』，無福消受！」

這一言既出，卻沖淡了「煞氣」之說；其實，皇后也不是出於對香妃的迴護，而是穎妃常自恃得寵，口角鋒芒，不免有意無意的刺及皇后痛處，因而不時出言壓制。

穎妃乍聞此言，心中不悅；皇上福大命大，不怕煞氣！結果呢？只怕帝后關係更因而冷上加冷！如此，皇后此言，豈不是自尋煩惱？一念及此，反而自得了，故意迎合道：

「是呀！這樣的人物，除了『福大命大』的皇上，誰堪消受？和貴人，不就是現成的例？」

「和貴人」艾伊娜，獻入宮時，已逾雙十年華。這在滿、回習俗中，都是「逾歲」的「老女」了。若依清宮挑「秀女」之例，她絕不夠資格。因是回部所獻，來自西陲，一則為籠絡回部，二則艾伊娜的維吾爾族血統，容顏殊異於中土女子，又的確美貌動人，才有「和貴人」之封。

好奇，是人的天性。不免追問如此美人，竟至「逾歲」的緣故。竟是她也曾二度經阿訇指配回部青年為婚，卻都在大禮之前，對方意外身故。因此，回部青年視之為「不祥」，無人肯求配。經漢人相師指點：才知並非她的命「不祥」，而是「大貴」；凡夫俗子，消受不起！

當時，回部最「貴」的人物，為大、小和卓。大和卓已婚，小和卓卻屬意瑪弭爾，婉拒了這一婚事。以致她蹉跎青春至清軍首度平準，才以「美女」進獻天下第一「貴」人——大清皇帝。因而，穎妃有此一說。

提起「和貴人」，皇太后倒想起了這位回部來的美人。召到面前，與畫像對比，果然遜色三分。卻心存忠厚，略過不提，笑問：

「咱們都沒見過這『香妃』，你是見過的。你倒看看，畫得像不像？依我看，人哪有這樣美的？少不得是畫師錦上添花，加敷了粉彩，以增顏色。」

和貴人注視畫像半晌，抬頭回道：

「奴才稟太后：奴才有四、五年沒見到伊葩爾罕了。照奴才看，這些年回部戰亂，大約她也受了些風霜之苦，故爾畫中略顯憔悴。當年，她比這畫像，還勝三分。」

此言一出，與太后同居於慈寧宮，比太后還大幾歲的裕皇貴太妃，笑向皇太后道：

「太后！這可就不怪皇上這麼神魂顛倒了。換了我是男人，怕也不免如此呀！」

皇太后也笑：

「可不是嗎？真是俗話說的：天外有天，人上有人。像眼前這些人，打挑秀女起，哪個不是千挑百選的美人，才一步步掙上來的名位？總以為美人都在這兒啦！欸！就來了個『和貴人』，叫咱們見識另樣的美。在咱們看，這也就美到頂了吧！如今，卻又來個小和卓的香妃，叫咱們這些井底之蛙開開眼！」

這一對一答，出於太后、太妃兩位立場超然的長輩，后妃們只能陪笑。心中卻大不是滋味，泛酸之餘，卻也忍不住盯著畫像，又羨又妒。

第二張，與第一張英武陽剛迥異，身著絳色鑲滾著青地繡花寬邊的漢裝。竟一改戎裝予人「煞氣」之感，只覺得嬌柔端莊，美得不可方物。

「這個好！這才是女孩兒家的本色嘛！」

皇太后仔細端詳，讚不絕口。裕皇貴太妃卻猶豫道：

「怎麼……不大像呀？」

吩咐：

「把兩張擱在一塊兒看看！」

小太監忙把兩張畫相併，皇太后比看了半日，也道：

「人該是一個人，可是……是不大像！」

艾伊娜掩口笑道：

「奴才稟太后、太妃。戎裝這張，沒修眉。」

太后再仔細看了一下，笑道：

「這就是了！戎裝那張，粗眉大眼的。漢裝這張，可秀氣多了！」

裕皇貴太妃笑道：

「我也喜歡這張，可不知道，皇上捨不捨得？」

「知子莫若母。別說你要，就咱們這麼搬過來瞧瞧，他嘴裡不敢駁回，心裡都捨——不——得！」

皇太后故意拉長了腔調，裕皇貴太妃為之大笑。妃嬪們心裡不是滋味，卻也不覺莞爾。

前兩張，是西洋畫法的半身像，第三張，卻是中式卷軸。畫中的香妃，倚坐石上，一手扶鍬，一手扶著花籃。身上穿著，非滿、非漢、亦非回，倒是西洋式的裙褂，是一幅全身像。

皇太后奇特的靜默了，未置一詞。倒是太妃笑：

「這準是那洋畫師找來的衣裳，怪模怪樣的，她倒肯穿！」

太后像想起什麼，問道：

「就這三幅？還有嗎？」

太妃笑：

「喲，三幅還不夠呀！人雖美，老畫一個人，也不嫌煩？」

總管太監卻回道：

「奴才稟太后，正在畫第四張。」

太后緊接著問，顯得異常關切：

「穿什麼衣裳？」

「稟太后，是回回衣裳。」

「她平素穿什麼？」

「穿回回衣裳。」

太后點點頭。太妃意猶未盡，把三幅畫一看再看，回頭笑道：

「我看，皇上既這麼喜歡她，太后就施恩典，收回成命，成全了皇上吧！」

太后看看她，嘆了口氣。似乎意態闌珊，揮揮手：

「拿回去吧！」

又轉臉向著皇后：

「你也帶她們回去吧！」

皇后領命，帶著妃嬪們跪安而退。慈寧宮又回復了清靜，太妃見太后臉上愁倦之色，也忙站起準備告退。太后卻開口挽留：

「你坐著，我有話跟你說。」

「是！」

太妃依言坐下，太后卻又遲遲不語。久久，才道：

「你方才說錯了話。」

太妃大驚；太后不悅，竟因自己說錯了話？惶恐下跪請罪：

「……請太后教訓！」

實在說，她連錯在哪兒都想不起來；原本說說笑笑的看畫，似乎沒犯什麼忌諱，怎麼會事態嚴重如此？

皇太后見她如此驚惶，反倒有些抱歉，親自扶起，道：

「你快起來！其實，你也是好意，想為皇帝打圓場。可是，你到如今還不明白嗎？根本到現在，還是我那個皇帝兒子，自作多情，一頭兒的熱火！那個『香妃』，根本沒把他放在心上！連正眼都沒瞧過他！」

頓了一下，嘆道：

「真是冤孽！」

太妃詫異道：

「太后是怎麼知道的呢？」

「風風雨雨的，難道我真目昏耳聾？只圖個清淨，裝個不知道罷了！你想想，這是什麼地方？大清宮呀！她那三幅畫，還加上正在畫的，可穿了清裝沒有？」

太妃原不覺著，一經提醒，果然！戎裝、漢裝、連西洋人的洋裝都穿了，就沒一幅清裝！

怪不得太后追問她平素的穿著。顯然心細如髮，早已留心。

誠如太后所說：這是「大清宮」呀！怪不得太后不高興，正思索如何解勸，卻聽太后嘆道：

「你要我成全皇帝……唉！我不成全他，倒還維持著個大清的顏面，若成全他……」

她苦笑一聲：

「咱們說要封她為『妃』，讓她入宮。人家不領情，不願受封，那個台，怎麼下法？」

這一說，使太妃聽了嚇了一跳；她可從沒想過，有人「會」或「敢」拒絕皇帝「恩典」的！不由道：

「不會吧？」

「不會？這事在我心裡憋了好久，慪了好久！好在你也是自家人，知道也不妨。你可曉得？直到如今，皇帝進『寶月樓』，還是皇帝陪笑、陪話，人家可不搭理呢！」

太妃簡直不能相信：

「豈有此理！這是『大不敬』……」

太后一嘆打斷：

「『大不敬』，只好嚇唬怕『大不敬』的人！我每常聽阿哥們背書，倒也記得幾句。如今想來，這書裡頭，是說的有道理。有這麼一句，簡直天生地設在說這件事：『民不畏死，奈何以死懼之』？一個人拚著不怕死，『大不敬』又奈她何？」

這一說，倒使太妃啞口無言了，心中又實在不平！她亦生一子弘晝，但，素知弘晝任性卻怯懦，不似弘曆有為，亦同年稍幼。對雍正傳位弘曆，她倒也覺得「得人」，並無異詞。

弘曆登基，改元「乾隆」後，甚有作為，使太妃每以「強爺勝祖」期許。卻不料，到了五旬之年，一旦傾心於那回部「香妃」，竟然如此神魂顛倒，不顧威儀起來。

她簡直不知該笑、該嘆，還是該生氣！久久，才回過神來，卻聽太后道：

「我堅持不許封妃，不許進宮，倒維持了體面。姊姊！」

皇太后素日以她年長，以「姊」尊之。喚出一聲，卻又久久無言。過了半晌才深深嘆氣：

「她怎能進宮？在西苑，橫豎由著皇帝鬧去！真進了宮，宮裡多少規矩！她若不守，治是不治？若治，你方才說了：『大不敬』！怎麼處置？要不治，宮裡上自皇后，下至答應，有多少人？拿什麼服人？就因為這樣，我一直不肯說一句話！說嘛！皇帝都馬上五十歲的人了……」

第十五章

穿著維吾爾服的瑪弭爾，端坐在樹蔭下，讓郎世寧畫像。

日頭漸高，「秋後十八盆火」，仍熱得夠受。她看出太監和宮女們忍耐的苦臉，卻無動於衷；她要再等一陣，等他們熱得受不了的時候……

在畫那張「洋裝」採花圖時，她就注意到了可趁之機；她渴望能私下和郎世寧談談，但她不能正面遣退周圍的人。那會引發皇帝疑竇，她不想讓郎世寧為難。

她想到，她可以「蓄意」讓侍候的人「受不了」，不得不離遠些。於是，她選了這片小樹蔭。樹蔭下，只容得下她和郎世寧。別人，必須曝曬在酷熱的驕陽下。

她不動，他們也不敢動。直到，一個宮女搖搖欲墜。

「哎呀！我真大意，累得你們受罪。」

她抱歉的站起，又匆匆坐下，向郎世寧道歉：

「對不起，修士，我不該亂動。可是，天這麼熱……瑪拉，你留著。」

她遊目四顧，不遠處有亭有樹：

「你們到那邊去伺候吧！頂著大太陽，太熱了。」

太監、宮女如逢大赦；哪位主子，這麼體恤下人？忙謝了恩，退到陰涼處。

郎世寧手中筆仍不曾停。只冷眼看著這個他深為敬佩，而且非常同情的回妃，看出她欲單獨一談的意圖。

在太監宮女都退下後，她問：

「修士！請你告訴我，『寶月樓』城牆之外大興土木，是為什麼？」

「皇上不是告訴你了？那兒要修『回回營』，安置與你同來的族人。」

「我不是問『做什麼』，我問『為什麼』？」

郎世寧聽她如此鄭重問出「為什麼」，倒有些難以作答，含蓄道：

「他做的一切，都只有一個目的：讓你高興。」

「我入京之後，他的作為，我能了解。可是，『寶月樓』呢？宮女告訴我，是為我而建。看這建築形式，我也相信是為我而建。修士！兩年之前，他就判定了我的命運嗎？」

郎世寧悚然而驚。他本「方外」修道的人，素不好事。任職「如意館」為御用畫師，人以為榮寵，他視為宗教的推展，為彌縫教廷與清廷間惡化關係的一種奉獻與犧牲。對清廷外朝內宮諸事，他不認為是一個「修士」該關心、過問的。

他自覺，他的心力，在如意館的職責之內，已耗費得太多了。若有餘暇，祈禱讀經、內省、默想還來不及，豈能分神管「人間閒是非」！

伊葩爾罕入京，皇帝如癡如狂。「寶月樓」藏嬌，像癡情少年似的，處處示好。他雖不以為然，卻也認為：皇帝也是人，見美色而動心，本是人之常情，也無可厚非。對伊葩爾罕，以亡國之妃，力拒皇恩，貞潔自守，更是欽敬。

也因此，他才示意皇帝：善待伊葩爾罕的族人，才是攻心上策。皇帝從善如流，視如「八旗」；

興建「回回營」，立「回旗」，設扎薩克，立佐領。他單純的認為：這是為伊葩爾罕做「好事」，可消滅她對族人的懸念與愧疚。

他卻不曾注意：「寶月樓」分明為伊葩爾罕所建，而樓建於先，人俘於後，其間的矛盾。如此說來，在建樓之時，已有「志在必得」之心了！那回部一役因果，便不怪伊葩爾罕生疑。這一疑慮，也必成為她心中極大的負擔；若是爭「土」之戰，乾隆因大、小和卓「反」，不肯順服而征誅。對回部而言，雖也是入侵，但因有清兵平定準噶爾，入伊里，釋放大、小和卓回南疆一事在先，責以「辜恩」，尚有辭可辯。

雖為「敵國」，事過境遷。皇帝一再示好「補過」，她顯然不會肯屈從。若能相待以「賓主之禮」，亦可相安無事。

但若為爭「人」——伊葩爾罕，那乾隆不僅理不直、氣不壯，有虧「聖德」。而且，必激起伊葩爾罕極端的仇恨之心。那……郎世寧也不敢設想結果了。

他只知道：乾隆二十三年，決定征回部，亦於二十三年春起造「寶月樓」。但出兵，必有「藉口」——不論爭「土」，爭「人」，都必另有一個「冠冕堂皇」的理由，才能「以興王師」。這理由是什麼？

他以此反問。伊葩爾罕道：

「小和卓，在庫車殺了阿敏道。」

「阿敏道是誰？」

「大皇帝派的招撫使。」

「為什麼殺他？」

「小和卓說，他又要徵我族人重稅，又不許我族人信奉真主安拉，不許我們做伊斯蘭教的穆斯林，比準部還要苛刻。這樣，族人根本活不下去。」

豈有此理！郎世寧心中懷疑，其中或另有緣故，卻苦於當事二人俱死，死無對證。徐問：

「那是什麼時候？」

「大前年的秋天。」

郎世寧如釋重負：

「那時，還沒建『寶月樓』。或者，雙方開戰後，有人說起你……」

他只能以此解慰；以大清兵力，此戰必勝。耳聞伊葩爾罕國色天香，心動之餘，預營金屋。

這樣的解釋，勉強講得過去。雖然，並不能使瑪弭爾釋然，但心情上的壓力，無形中卻得到一些舒解。

她不能不去尋求真相；小和卓的捲入戰爭，是「天意」，還是「人意」主導？雙方爭土，勢不可免，可歸於天意。若是……

因著乾隆的熱烈傾慕，她由疑生懼。使她有著強烈的不安。

「為她」築寶月樓，「為她」建回回營，賜她珍寶，陪她遊獵，令郎世寧為她一張又一張的畫像……這樣的寵愛優遇，她豈是無動於衷的？可是，他愈是熾烈，她愈是恐懼；這不是他！不是她在故鄉所知所聞的他！

眾所周知的「大皇帝」，是殘酷嗜殺的惡魔！回部素為準部欺壓，對準部向無好感。但，聽說準部數十萬眾，包括老弱婦孺，幾被清軍誅戮殆盡。仍令他們悲憫之餘，不寒而慄！

大皇帝口中辜恩反覆、罪該萬死的阿睦爾撒納，她是認識的。在她的眼中，阿睦是個血性漢子！準部諸長中，只有他，善待回部；力主釋放已羈留北疆三代之久的大、小和卓回南疆的，就是這千金一諾的血性漢子！

阿睦借兵平亂後，想當「準噶爾汗」，有什麼錯？難道向人借些錢，就等於同意把整個家作為償還？回人沒有借貸計利的觀念，對如此不公義之事，尤覺不平！

便算阿睦有罪，數十萬準部軍民何辜？老弱婦孺何辜？屠殺生靈，洋洋得意，非惡魔而何？她知道，小和卓「反」，這也是刺激之一！回部百姓要生活、要信仰自由！穆聖早就說了為主道而戰，是「聖戰」！

然而，血肉之軀，敵不過馬槍、火砲。小和卓敗了！她為了阻止準部屠殺在回部重演，為兆惠脅迫，入京求赦。

她見到了主導數十萬生靈無辜受害，回族兄弟分裂鬩牆，以致大、小和卓慘死的惡魔！他，威儀赫赫，相貌堂堂。他，對她只有滿臉笑容，滿眼柔情……

他！兇手！惡魔！敵人！卻戴上了那麼一副多情、仁慈的面具，日復一日的纏擾著她！是她因深具戒心，保持著高度的警覺性，乃能維持冷靜清明，不為所惑。可是她的冷靜清明，卻使她對自己在整個事件中，所處的地位，所占的分量，產生了極大的懷疑與恐懼。

為什麼，她以一「叛酋之妻」，受此優遇？

為什麼戰事方始，這西域式，宮女無心透露，為她而興築的「寶月樓」，已動工興築？

為什麼她未入京，已有這麼多太監、宮女習諳回語？

為什麼連乾隆自己，講得雖音調不準，卻已具相當聽與說的能力？

為什麼一個「威震四夷」的大皇帝，對自己武力征服的部族，會有這樣的態度？尤其，當初逼之如讎寇，如今保之如赤子，更完全在情理之外！

「他做的一切，都只有一個目的：讓你高興！」

他做的這一切，她該感恩戴德！她該嗎？

「她為什麼滿面愁容？」

站在新畫成的畫像前，乾隆回頭問。

郎世寧瞿然而驚，伊葩爾罕是憂鬱的呵！他無意中，就畫了出來。皇帝竟也一眼看出來了。

「她似乎有心事，老臣想，她想家。」

他不算說謊，但必須保留。

一聞此言，乾隆卻笑容滿面。

「那，朕建回回營，就建對了！寶月樓邊城牆外，便是清真寺，她站在樓上，就可望見。還有街道、市集。待回人遷入，熙來攘往，情景便如置身故鄉一般，她必然就釋卻愁懷了。」

郎世寧心中又嘆又笑：皇帝一心博美人歡心，豈知，他愈是如此，伊葩爾罕愈是憂疑。

想想，天下的事，真是難以「理」喻！皇帝這番話，猶如「自說自話」，真是一往情深。過去，他也曾有些感動。如今，伊葩爾罕的憂疑，也感染了他。也因此，只以冷眼相覷，不肯輕易付予同情了。

「真美！連愁容也美！」

乾隆嘖嘖稱嘆，英武果決之色蕩然，只一片心馳神醉。忽想起這些畫幅皆為靜態，且只有香妃一人。郎世寧，亦擅畫大幅長卷，昔日曾與如意館畫師合畫長卷「木蘭圖」。畫中，皇帝「聖顏」，指定郎世寧親自動手，畫中山水、房舍、人物、馬匹成千上萬，堪稱「巨構」。

以此推論，要他畫幾幅與伊葩爾罕偕行，遊園泛舟，行圍遊獵的長卷，應非難事。如此，自己便可堂而皇之，與伊葩爾罕出現同一畫幅中，豈不是一樂也？

愈想愈高興，神色便格外歡愉和悅。笑道：

「幾回與伊葩爾罕同遊，或出宮行獵，你都在場。你是否能憑記憶，把當時情景畫出來？畫成行樂圖的長卷，豈不比這樣單人的有趣？」

郎世寧在乾隆從善如流，攜伊葩爾罕出遊時，幾乎「無役不與」。這倒不是皇帝的意思，而是伊葩爾罕堅持要他同行，才肯出宮。無非是有他在場，比較有安全感。

通常出行時，總是乾隆皇帝在前，他陪伴伊葩爾罕在後。事實上，說是皇帝與伊葩爾罕同遊，還真有點牽強。因為，一路之上，與伊葩爾罕並轡共語的人，不是皇上，而是他——郎世寧！

他當然洞悉皇帝此言之意，無非以此聊以解慰。便答：

「老臣可憑記憶畫出。」

「那好極！你就慢慢的畫；畫得好，朕親自題畫，另有重賞！」

郎世寧依禮謝過。正待告退，乾隆又將他喚住：

「朕有一事為難，要與你商議。」

這話語中的謙下，倒使郎世寧一愣。忙道：

「老臣不敢，請皇上示下。」

「昨日，朕往慈寧宮給皇太后請安，皇太后頗有不悅之色。太妃悄悄道：因前些日，太后令如意館送呈伊葩爾罕畫像，竟無一幅穿著大清服色的。因此，心中耿耿！」

他無可奈何嘆口氣：

「朕何嘗不希望香妃易服？可是，她竟是不為所動。朕想……你能不能畫一張她著清裝的，聊慰慈心。」

郎世寧婉拒：

「老臣素來不善無中生有。而且，以此法上慰皇太后慈心，雖說出於善意孝心，也是欺瞞。皇上不宜做壞榜樣！」

他素性耿直，而且，又是修道之人，戒律甚嚴。不肯合作，乾隆倒也不甚怪罪。卻另出難題：

「那，你去跟她說，你要畫清裝！命她依從！」

郎世寧笑了：

「皇上！老臣只是個畫師，照本寫真。哪有命令本人如何穿著之理！要命令，也只有皇上降旨！」

「那……唉——」

乾隆極敬愛皇太后，又極愛慕伊葩爾罕。對太后因伊葩爾罕不肯穿著清裝的不悅，便頗為難以釋懷。大有「夾在兩個自己所愛的女人」中間，左右為難之苦。皇太后是「國母」，是天下唯一比他還尊貴的人，也是唯一他得罪不起的人。而伊葩爾罕，卻又是他最愛慕的人。任何后妃，他可以責備，可以命令，這「香妃」卻是他既不忍相責，她又根本不受命；她，根本「無視」於他的「存在」！他雖也惱，也怒，偏就割捨不得！當真是他前生虧負，今世償債的「冤家」？全奈何她不得！

「朕的聖旨，天下遵行，只進不了『寶月樓』！」

面對熟知內情的郎世寧，他也沒有什麼好掩飾的，苦笑坦承。郎世寧道：

「老臣以為，此事只能動之以情。」

乾隆激動起來：

「還要我怎樣呢？自她入京至今，朕為她做的，哪一件不是『動之以情』？可……她不領情哪！」

郎世寧微笑道：

「女子衣裝等事，不要說她是否受命，本也不便由男子出面議論。老臣是想到一個人，可以代皇上出面勸解。成，固然是好。不成，也不傷皇上令出不行的體面……」

乾隆笑著打斷：

「朕也想到了。你且別說，朕寫下來，看是否與你所想相同。」

隨手用筆寫下一字，摺起：

「好，你可以說了。」

「和貴人！」

乾隆展開手中紙片，果也是一「和」字，笑道：

「這叫『英雄所見略同』！和貴人曾道，在北疆時，與伊葩爾罕原也是相熟的。便撇開此事，只當她敘鄉誼，伺機而勸。成，自是求之不得。便不成，也無傷大雅，只當她們『他鄉遇故知』吧！」

見到艾伊娜，瑪弭爾有些喜出望外。

來到「寶月樓」，她常想起早先獻入清宮的艾伊娜。當然，她知道，若是自己想見，只要向皇帝開口，萬無不允。但，開口之後呢？她如今能堅持原則，與皇帝保持不相涉，我行我素，他來去由他的關係，把主動權掌握在手中，就因無欲無求，不必開口。一日有所示意，有所請求，打破了原則，這種均衡，勢將破壞。也就失去了立場，還能這樣相應不理嗎？別說艾伊娜，她更為關念的圖狄貢哥哥，她也不曾主動問過一句。倒是皇帝自己憋不住，告訴她，將善於圓夢、尤擅醫道的蘇太醫之女蘇黛香指配給圖狄貢的事。

她可以想見圖狄貢習醫的心情；愛妻死於難產，眼睜睜而不能相救；同胞傷病纍纍，看著他們受苦，而無法幫忙。

知道哥哥已再婚，她當然也想念哥哥，想見見嫂嫂。可是，她絕不能開口！

而在冷不防，在「和貴人到」的傳呼聲中，艾伊娜靚妝盛飾，亭亭嬝嬝的，進了寶月樓。

雖非慶典，艾伊娜卻特意穿上華服，梳著旗頭，戴著點翠鑲著各色珠寶的鈿子而來。高底的旗鞋，使她更顯得身長玉立。她也以此，使自己產生高貴、自尊，可以壓倒伊葩爾罕的優越感。

不錯！伊葩爾罕比她美！在小和卓選擇了當時的瑪弭爾，使瑪弭爾成為「伊葩爾罕」時，甚且身分也比她高貴。可是，如今呢？她是清宮有正式封號的「和貴人」了，皇上還許她，不久後便加封為「嬪」。而瑪弭爾，如今卻失去了尊貴身分的名位與依靠。

瑪弭爾的「伊葩爾罕」，乃至「香妃」只是個空銜。她的「和貴人」卻是有根有據，記載於大清宮官文書上的！她挺直了腰，雍容華貴，扶著宮女，登上了寶月樓。

「和貴人到！」

太監的傳呼，使艾伊娜感覺說不出的愜意窩心。

瑪弭爾起身含笑相迎。艾伊娜矜持微笑：

「瑪弭爾！」

稱呼是親切的。於艾伊娜，更隱含著一種微妙的低貶：我是「和貴人」，你只是「瑪弭爾」；在清宮中，你就是沒有身分、名位的！即使在回部你是「伊葩爾罕」，在清宮，卻只是沒名沒分的「瑪弭爾」！

就衣裝而言，無疑，瑪弭爾的尋常回人裝束，在錦衣繡帨、珠光寶氣的艾伊娜跟前，是失色的。但，她那秀蘊天成的美麗，如蘭似麝的體香，卻使一心自矜的艾伊娜，不由氣沮。心中不平，卻也由衷道：

「你還和以前一樣，美得無人能比！」

「艾伊娜姊姊，在我看來，你比以前更美了！」

瑪弭爾是言出由衷的。不論是服飾，或是化妝的技巧，艾伊娜都遠勝昔日。尤其今日，刻意盛裝而來，更覺豔麗。艾伊娜卻有些多心：

「大概就是漢人說的：『人要衣裝，佛要金裝』吧！」

說到這兒，她倒靈機一動，立刻想到完成自己使命的方式了；她來，原是受皇上之命，送一套清宮妃嬪的袍服到寶月樓。正想製造機會提起，不意，機會立刻就因那點多心，順理成章的來了。試探著道：

「我在想，這衣服若穿在你身上，會有多美！」

瑪弭爾只淡然一笑：

「這服飾再美，也與我不相干！」

艾伊娜故作不解：

「為什麼？」

「我是回部小和卓的伊葩爾罕，只該穿回部的服飾！」

「我也是回人，你是說我不該穿這個嗎？」

「你是大皇帝的妃子。女子出嫁從夫，是安拉規定的，自然可以穿，也應該穿！」

「女子出嫁從夫，夫死，便是自由之身！安拉和穆聖都沒有要求寡婦守節不再嫁。」

聽到這兒，瑪弭爾冷然之色，又浮上嬌美的臉龐。隨即背誦出一段經文：

「那一些人，安拉是禁止的：在宗教上和你們作戰，也把你們趕離家鄉，或協助別人把你們趕離家鄉。誰和他們結交，誰是不義的人！」

這話說得太重，恰踢中了艾伊娜的疼腳。她自己雖因被獻入宮，置身事外；她的叔父、兄長因此倒戈分化，對大清而言，是「立功」。對回人而言，豈不正在「協助別人把你們趕離家鄉」之列？便也斂了笑容，道：

「事有本末，總怪小和卓不該造反！」

「什麼叫造反？別人來搶奪原本屬於你的東西。你不讓他搶，就錯了？」

「我們的祖父輩，就因被擄離開了南疆，南疆原也不算我們的！」

「我們雖被迫離開，畢竟還是故鄉。如果，故鄉不能算我們的，難道還算大皇帝的？」

瑪弭爾想起那一段征戰殺伐的日子，心中猶有餘悸，悲憤道：

「準噶爾，還說是與大清三代為敵，有仇恨在先。回部何辜？只因他們想要我們土地，想讓我們永遠為奴，就可以任意入侵？我們不想歸順他，不想才解脫了一道鎖鍊，又被另一道更粗的鎖鍊綑綁，就叫造反？」

她重重點頭：

「對大皇帝，也許是。安拉會說，這是『聖戰』！」

「造反也罷，聖戰也罷，如今勝負已定，小和卓已死！你為什麼不能忘記過去的事，面對現實，好好過日子呢？皇上除了年歲大些，並不輸小和卓呀！」

艾伊娜因聖命在身，不得不忍耐。勸道：

「你入京以來，皇上如何對你，你自己心裡也明白。就算過去皇上錯了，他不也力求補過了？瑪弭爾！安拉也愛原諒別人的人呀！你為什麼不能原諒呢？」

「一個人偶犯的過失，是可以原諒的。可是，安拉並沒有說仇敵也要原諒，安拉只說：『你不會發現，確信安拉和末日的民族，與從安拉和差使中違抗的那些人們相親相愛！』」

她引述經文，一字一句的以阿拉伯語向外迸：

「即使那等人，是他們的父親，或兒子，或兄弟，或親屬！」

艾伊娜自衛道：

「也包括我嗎？包括所有大清的臣民百姓嗎？」

「不！連奉命出戰，身不由己的人，我都不怨恨。我恨的，是有權下命令的人。是他，為了滿足自己的權勢欲望，不顧別人死活！除了安拉，誰有權力主宰別人的生死？他卻恃強凌弱，順我者昌，逆我者亡的殺害了無數無辜生靈！艾伊娜！你沒有看到，沒有受到那種眼睜睜看著你愛的人，在你面前倒下，永不再起來的痛苦！我，看到了，受到了！」

艾伊娜默然了，瑪弭爾沉默了一下，雙眸中凝滿了淚：

「古麗死了！她的初生嬰兒死了！」

她連續念出一串艾伊娜耳熟能詳的名字：

「他們為維護信仰，保衛族人而死！安拉會報償他們！我，沒有死！但沒有死的，只是這有血有肉的軀體。你可以要求我不仇恨，可是，艾伊娜，我的心已經死了，活不過來了！」

「那，你為什麼要入京來？要在這兒，受你的仇敵供養？」

艾伊娜掙扎出一句反駁的話。瑪弭爾蒼涼的笑了：

「你在宮中，知道我們生長的北疆，已經沒有人煙了嗎？你不喜歡準噶爾人，我也不喜歡。可是，他們全都該死嗎？也許，在大皇帝看來，人命賤如螞蟻，可以成群的屠殺。但，我們能無動於衷嗎？小和卓死後，兆惠將軍告訴我，我若不入京師謝罪，我們的族人，就會遭到和準部一樣的命運！甚至連迎降的人在內！」

艾伊娜不覺掩口失聲。瑪弭爾看著她，點頭：

「包括額色尹、圖爾都！」

「他，一定只是要脅你的！大皇帝不是封賞他們了嗎？他們有功於大皇帝，大皇帝不會殺他們的！」

「也許是要脅，但，我不能不顧慮。不要說，還有那麼多族人。即使，只有額色尹和圖爾都，我又怎能眼睜睜看著他們被害？」

「你……不恨他們？」

艾伊娜不解的問，瑪弭爾搖搖頭：

「不是不恨；恨，也不能看著他們被殺……」

艾伊娜感動了。雖然，她還是不願相信皇上真會殺了她迎降有功的叔父、兄長。瑪弭爾不願見他們受害的不忍之心，無疑出於至誠。兆惠以此相脅，還加上萬千族人的性命，她又焉能不從？她悲憐的喊了一聲：

「瑪弭爾！難為你了……」

原先想勸服瑪弭爾順從的話，如今是再也說不出口了。重新省視瑪弭爾，卻換了另一種心情。沒有了勸說的企圖，她自己也覺得如釋重負。默然相對中，彷彿又回到了阿巴噶斯，那無憂的童稚歲月。

那時，她真心愛煞了這美麗，又身具異香的小妹妹！時常當她是個活的布偶，擁抱、親吻，聞她身上那好聞的香氣。常惹得瑪弭爾觸癢不禁，格格嬌笑閃躲。

那是多麼美好的歲月！雖然，上有準部的箝制，但出身和卓家的女兒，幼小的她們，備受家族呵護疼寵的她們，是感受不到的。

那無憂無慮的歲月，已經那麼遙遠了！她在大清宮中，被封為「貴人」，也算備受恩寵。說不上「不快樂」，但細想起來，在後宮複雜的人與事中，卻也不是「快樂」的。而瑪弭爾……

這在後宮，人人羨慕、嫉妒，甚至怨恨的「伊葩爾罕」，深斂的眼眸中，滿盛的，卻是見不到底的憂傷……

第十六章

「回回營」落成了！工部為了討乾隆歡心，特地安排在「萬壽節」前夕，將回人陸續遷入。萬壽節當天，算「喜上加喜」，正式啟用。並傳諭，命回人慶賀歌舞，算是給皇上「萬壽」的祝賀。

自興工起，乾隆下令，特在寶月樓面西苑牆外的窗裡，釘上帷幕；這也是乾隆特意為討好伊葩爾罕而安排的。一則，免除了興工期間風沙灰塵。二則，也讓一個規劃完整的西域城市，忽然展現在伊葩爾罕面前，使她宛如回到家鄉，格外驚喜。或也因而打動芳心，解除心上防衛的甲冑。

對乾隆的大壽，瑪弭爾是無動於衷的。但，當她知道這也將是她得以會晤久別的族人的日子，使她對這日子有了期盼。

許久以來，日子，對她成為沉重而無奈的負荷。西苑風光美麗，殿宇樓閣，假山澄湖，綠樹繁花，在一時新鮮過後，就不再能吸引她的心神了。即使憑欄臨眺，那，也只是目光的焦點。她的心魂，卻向天山南北飛馳；那終年不融的山巔積雪，一望無際的沙漠草原，成群牧放的牛羊駝馬，健壯婀娜的牧人牧女……那才是她心之所繫！

多少次，她在恍惚間，感覺又回到故鄉，與小和卓並轡而馳，去探望他們的族人。一路之上，「小和卓」、「伊葩爾罕」的歡呼聲不絕於耳。她從不必為自己的心設防；她知道，純樸善良的安拉子民，都是她的兄弟姊妹。對她只有敬慕、崇愛，她時時可以走入人群，與他們一同工作、飲食。也一同禮拜，彼此以真主之名祝福……

那是多麼美好的日子！那時，每一天都過得飛快。而如今，從日出到日落，卻是那麼悠長難捱！

常常，在捱完了漫長的一天，晚上，卻又被無邊的孤獨侵噬著她的睡眠。她常在深夜起來行夜晚的禮拜，以求真主安拉給予她心靈的平靜與慰藉。

在深夜中靜坐至天明，成為她尋求心靈熨貼的方式。

白天，她身邊總有那麼多人伺候，或……看守。不男不女的太監，禮數過於周到、幾至虛偽的宮女，她知道他們對她沒有惡意，但也談不上好意吧？他們只是盡他們的職責；皇帝交付的職責——把「香主子」伺候得好好的！

他們走不進她的心裡，儘管，她的心靈空虛寂寞，那麼渴望著有人進駐。但，他們「非我族類」，他們的回語再好，也不是穆斯林！

唯一能真心相伴，只有瑪拉；唯一能無私關愛的，只有郎世寧。

而如今，「回回營」要落成了！首領太監討好的告訴她，那將是一個成真的「美夢」！

「郎師傅到！」

傳報，驚破了她的沉思。她自妝鏡前起身，迎出室外。郎世寧黑衣白髯，慈眉善目，在她近於「近鄉情怯」的期盼中，無疑是有如見親人的欣喜。

「呵！修士！」

郎世寧第一次在瑪弭爾的臉上看到如此由衷的愉悅。她特意修飾過，使原本已絕美的容顏，更加豔麗且容光煥發。無疑，這表示的是：對她而言，這是多麼重要的日子！

「恭喜你！瑪弭爾！」

連郎世寧的語調，也不覺輕快了。

「皇上，今天忙著到太后宮拜謁，又接受后妃、大臣朝賀，不能到『寶月樓』來。特命我來陪你，分享你與族人相會的快樂！」

瑪弭爾原本沒想到乾隆來不來的問題。他，是她揮不去的夢魘，甚至夢中無頭，令她在夢中悲泣驚悸的小和卓，都比這笑容滿面的皇帝令她依戀！只是，這是他的國家、他的皇宮，只得由他自來自去。

但，今天，由於這個日子的特殊，又加上郎世寧前來陪伴這分體貼，卻也使她多少有些感動。便也沒如素日聽到「皇上」二字，便蹙眉掩耳的不悅。含笑低聲向郎世寧道謝：

「修士，我真高興，有你來陪我！」

她注目著那面向「回回營」，窗前深垂的帷幕。輕吁了一口氣，沒有說話。郎世寧卻自她帶著薄薄淚光的眸子中，讀出她的興奮與情怯。

選定的時刻到了，太監卸下帷幕。魔術般的，一座純西域式的街景，展現在瑪弭爾眼前。新月高綴在清真寺穹樓的頂端，街市、商店，往來的駝馬牛羊，無一不是西域回城的翻版。然而……她的笑容凍結了。

街市上，別說歡慶歌舞了，來往行人，都十分寥落。而且，神態冷漠。那乾隆曾向她描述，可以對晤、交談的牆外高台，更是一個人也沒有！

族人都該知道，今天是她會晤鄉親的日子！但，為什麼？

她記得一路入京時，父老們、兄弟姊妹們對她的呵護、親愛。那一段日子，完全化解了他們原先對小和卓誤會的心結。他們知道了真相，愧疚之餘，努力在她身上補償。她，也完全消弭了原先對他們聽信謠言的怨恨。滿心，只剩下愛。是為了愛他們，她才千里迢迢入京求赦！是為了愛他們，她才被幽囚在這華美的牢獄——「寶月樓」中！

她好不容易看到有人抬起頭，向「寶月樓」望來。她還來不及微笑，那人已一臉鄙夷不齒的表情，扭過頭去。

熱淚，滾滾而下；她明白了！

族人不願遷入回回營，不願與她相晤，正因對她鄙夷不齒！他們，只知她住進「寶月樓」，只見皇上為討好她建「回回營」，便判定了她的罪；認為她必然已失身事仇！忘了皇帝殺小和卓的仇恨，順從且受寵於皇帝了！

她驀然想起，當日小和卓百口莫辯的冤屈！那時，小和卓還有圖狄貢為見證，有她——瑪弭爾信任！而如今的瑪弭爾，在族人眼中，一切「事實俱在」！她不再是他們衷誠愛戴的「伊葩爾罕」。在他們眼中、心中，她已被打下了火獄！

一定是這樣的！她悲從中來，反身撲到郎世寧肩上，哭得肝腸俱碎。

在她的想望期盼中，第一個該在高台上的人，就是哥哥圖狄貢。可是，從「回回營」的寥落景象看來，族人不僅鄙夷她「失身事仇」，甚至也抗拒遷入回回營。整個回回營，竟成了族人恥辱的標誌！

圖狄貢的面容，閃現腦海。從她幼年，圖狄貢就是她的守護者。他溫厚忠誠的臉上，對她，永遠帶著憐愛疼寵之色。他強而有力的肩臂，永遠是她可以倚靠的驛站。

她怎樣也忘不了，他如何在小和卓被殺之後，一力承擔了殯葬的責任！又如何在兆惠脅迫她入京時，侃侃為小和卓洗刷冤屈！那義正辭嚴的神色，仍烙印般的刻在她心版上呵！

她為免族人遭屠殺之禍，委曲求全。族人因而對她更加崇仰。但，失身事仇，於穆斯林而言，卻是「是可忍，孰不可忍」的恥辱！尤其，伊葩爾罕素來為族人所敬、所愛，一旦有此「穢行」，愛之深，責之切，更使她的族人痛心疾首。

有多少人能了解其中枉曲？想到這其中，竟還有自己的「好意」勸說，皇帝才有建「回回營」的構想，更使郎世寧百感交集，無語相慰。

「萬壽節」，尤其又逢五十整壽，外朝、內廷無不喜氣洋溢。本來，按中國的算法，落地加一，該五十一歲了。但他願意過整壽，又有誰會駁回？倒有人歌頌是「親在不敢言老」的大孝。實則，在他潛意識中，卻因著面對伊葩爾罕，便有「自傷老大」的悲哀。

伊葩爾罕二十許人，幽憤之情，卻絲毫未減損她得天獨厚的美貌與異香。或因未曾懷孕生子之故，真是雪膚花貌，粉妝玉琢。這令已見二毛的乾隆，不能不「敏感」，伊葩爾罕之眷念小和卓，排斥他，與嫌他老有關！

他每在想及此事時苦笑；他的兒女，都不乏比伊葩爾罕年齡大的！他又焉能不老？雖然，他自認體力、精力都不遜少年。他的後宮妃嬪，也仍繼續承恩受孕，然而，伊葩爾罕！他無救的沉湎在對她可望而不可及的愛戀中！

「過了這一天，就真年逾半百了！」

他也自省，自己「半百」的事功，與祖父康熙相較，仍是略遜一籌。祖父五十歲時，事功之大者，有平定三藩之亂；克台灣鄭氏，納入版圖；攻俄羅斯雅克薩城，定尼布楚條約，劃定中俄邊界；親征準部噶爾丹，喀爾喀蒙古自此臣服。

相較，自己的平大金川，定準、回，不免小巫見大巫了。但，他仍自許是個英主！只是，英主在萬機之暇，也需要一些感情上的潤滑。

然而，自從他的初戀，也是今生摯愛的孝賢皇后薨逝後，後宮自皇后至答應，就沒有一個能在感情上使他滿足慰貼。因此，他不認他對伊葩爾罕，只是因她的美所產生的「色欲」。那是情！是愛！可是，他卻把情愛託付在無視於他情愛的人身上了。

伊葩爾罕！瑪弭爾！她真是千年不溶的寒冰雕成的？事功！他苦笑，他最自詡自得的「事功」，就是伊葩爾罕恨他的緣由。

工部奏報：今日是「回回營」落成的日子。他只希望伊葩爾罕由此鑒他補過之誠，回心轉意！他幻想著，與伊葩爾罕並肩立在陽台上，觀賞回人歡慶歌舞，接受回人歡呼祝壽：

「妾妃上壽，恭祝皇上萬壽無疆！」

驚聲嚦嚦，他笑逐顏開，幾乎喚出那在心中喚了千百次的名字。接著如合唱般的聲浪，驚醒了他：

「兒臣上壽，恭祝皇阿瑪萬壽無疆！」

「奴才上壽，恭祝皇上萬壽無疆！」

他恍然驚覺，他不在寶月樓，他在乾清宮。例行的壽誕家宴中，皇后領頭捧觴，帶著各宮妃嬪、皇子、皇女，向他祝飲！

嚥下那一絲別人無以覺察的苦笑，他捧起面前特製「五福捧壽」蟠龍黃釉杯，一飲而盡。

曲終人散，敬事房太監依例請示「召幸」哪宮妃嬪侍寢。他略帶著酒意：

「寶月樓！」

太監面面相覷，「寶月樓」？那位主子是能「召幸」的嗎？

仗著膽子，總管太監期期艾艾：

「啟稟萬歲爺，『寶月樓』在西苑，不能召入宮中侍寢！」

「不能召？」

他猛然醒悟，但，話已出口，如何下台？且，滿懷情思在微醺中縈繞糾纏，越發渴念著伊葩爾罕，揮手道：

「起駕『寶月樓』！」

「喳！」

訓練有素的太監和侍衛，迅速的備好便輿，直趨西苑「寶月樓」。

「噤聲！」

「寶月樓」中燈燭未滅，他不想驚動，悄悄掩上樓去。樓中宮女、太監見到他，大驚失色。隨即在他警告「噤聲」的手勢下，不敢言動。

伊葩爾罕憑窗而立，凝眸望著回回營。燈燭搖曳的光影，薄薄的塗抹在那白玉般潤澤的側面。她披散著長髮，夜風中，衣袂飄飄，益發綽約如仙。

他望著，心中怦然。微醺的酒意，經不起可餐秀色近在眼前誘惑。不由自主走上前去，一把摟住。

正憑窗臨眺回回營中燈火，心中輾轉，悲哀委屈，無以舒解的瑪弭爾，忽然為乾隆摟住。一驚之下，本能就拔出懷中短劍刺去。

乾隆正自意亂情迷，猛不防，一劍刺來。多虧他平日練武，眼明手快，疾往後退，衣袖已被削下一塊。

太監、宮女、侍衛全都傻了。乾隆才喊了一聲：

「伊葩爾罕！」

瑪弭爾執劍又悲又怒，雙目中，噴著怒火，劍尖指著他，微微顫抖。隨即一咬牙，回手就轉過鋒刃，向自己心窩刺去！

「不！」

瑪拉一聲銳喊，飛撲過去，劍尖一偏，劃過她左臂，落在地上。瑪拉抵死抱住。她悲怒掙扎，血，汩汩濕透了衣袖。瑪拉邊哭邊喊：

「伊葩爾罕！你不能這樣！你若死了，我們族人怎麼辦？」

瑪弭爾悲痛欲絕：

「他們根本……什麼都不知道！」

「安拉知道！安拉知道你為他們流淚流血——」

血！乾隆自驚懾中猛省：

「快傳太醫！快！快！」

「我寧死，也不讓你們大清的男人碰我！」

瑪弭爾淒厲如吼。乾隆急得跺腳，哀懇道：

「伊葩爾罕，是我不好！你……一定要止血包紮，不然……你會失血而死的！」

「死！我求之不得！」

瑪弭爾斷然的回答，急得乾隆無計可施。一位太監忽然想到：

「萬歲爺！蘇姑娘！」

蘇黛香！乾隆被這一提，一疊聲催促：

「快！快！馬上接圖狄貢夫婦來！」

蘇黛香，本是太醫之女，因圖狄貢立意學醫，乾隆特意將這位家學淵源的蘇姑娘指配。算來，她與伊葩爾罕還是姑嫂。

為了便於宮中隨時傳喚，蘇太醫便住在宮中太醫院的左近。夜晚，忽然傳喚太醫，蘇太醫急忙迎出。太監卻指名要圖狄貢、蘇黛香夫婦。

圖狄貢不明所以，偕蘇黛香出來，問：

「什麼人病了，為什麼要找我們？」

「伊葩爾罕不要別人！」

一聽伊葩爾罕，圖狄貢臉色一變。正要發話，蘇黛香已搶先問了：

「伊葩爾罕病了？什麼病？」

「劍傷！」

圖狄貢原先對伊葩爾罕心存不諒，根本不想去管她病痛死活。聽說是劍傷，不覺悚然：

「皇上傷她？」

太監一邊催蘇黛香取應用用具、傷藥，一邊苦笑：

「皇上從她入宮，就當神仙供著！碰都不敢碰一下，還捨得傷她？倒是她要行刺皇上，沒刺著，回劍自盡！」

行刺皇上！回劍自盡！不但圖狄貢，連蘇黛香也嚇壞了：

「自盡……那……」

「幸虧伺候她的瑪拉眼明手快，撲了上去。劍劃偏了，只傷了左臂。不然，還能等得到現在嗎？蘇姑娘，快著點，皇上都急瘋啦！」

蘇黛香撫胸，驚魂未定。忙提著藥箱，與圖狄貢跟著太監趕往「寶月樓」。她一邊趕路，一邊套問：

「都說她是現今皇上最寵愛的人兒，為什麼還要行刺？」

「哎！皇上最寵愛她是沒錯呀！可一腔熱血，全灑到冰窖裡了。皇上對她是掏心摟肺，當神仙供著。她可連正眼都沒瞧過皇上！外邊人是不知道，我們做奴才的，看著都替皇上氣不平！」

圖狄貢心中一緊：

「她，沒有跟皇上……」

「還跟皇上！她才進『寶月樓』就要尋死。皇上說了：她若尋死，皇上就要那些降來的、俘來的回回全族殉葬！可也許了她：絕不碰她。今天，皇上萬壽，喝了點酒，才走過去，還不知碰到沒有呢！她就是一劍！還好，皇上平日是練武的，身手矯健閃過了，只劃破皇上的衣袖，沒傷到人。她回劍就要自盡，要不是瑪拉……」

圖狄貢不覺雙目含淚；多少時日以來，他以瑪弭爾為恥！他把自己埋在醫道中，甚至羞見族人！回回營的興築，更成為他不能面對的具大傷口瘡疤！是他在工部安排族人進駐回回營時，一力阻止；他聯合族人，以行動羞辱他認為應該被安拉唾棄，貪圖富貴，失身變節，腆顏事仇的瑪弭爾！

他不願認這個妹妹！甚至太醫來傳喚時，他還不想管她死活！直到現在，他才從太監口中得知了真相。他忽然想到：瑪弭爾的行刺皇上，意圖自盡，或者，並不全為了皇帝酒後的意圖侵犯。也是藉這反抗、全節，來自明心跡：那一直受汙蔑，遭屈辱的貞烈之心！

趕到了「寶月樓」，乾隆正沮喪而焦急的來回踱步，鎖著眉，搓著手，坐立不安。一見圖狄貢夫婦，如見救星一般：

「你們來了！快！快！」

瑪弭爾左半身，衣袖上一片狼藉模糊的血跡。但由於傷口甚大，幾乎已滲透了幾重羅袖。人似乎因失血過多，也陷入半昏迷狀態。

圖狄貢因伊斯蘭教義，女子除手、臉之外，不得暴露外人前。忙抱起她，進入內室，將她安置床上。

由於這番震動，瑪弭爾蹙眉呻吟了一聲，隨即警戒的強睜失神的雙眼。看到是圖狄貢，似乎安心了。嘴角牽動，終於有了倚靠的笑影，淺淺浮現，低喚了一聲：

「哥哥……」

眼淚如斷線的珍珠滾落，臉上揉雜著受盡委屈，乍見親人的傷心與安慰的表情，深深打動了滿懷抱歉愧疚的圖狄貢的心。輕輕放下她，握住她冰冷的手，哽咽：

「瑪弭爾……你受苦了！」

蘇黛香為她抹去滾滾而下的淚，褪下染血的左半袖，洗滌血肉模糊的傷口。只見傷達兩、三寸，幸未傷及血管及筋骨。替她用清水洗滌，輕輕拭乾後，撒上太醫院特製的止血生肌的藥粉，又用潔淨柔軟裹傷的布，替她包紮妥當，並餵她服下止血治傷的靈丹。這才吁出了一口氣，柔聲道：

「伊葩爾罕，不要緊了。你靜養幾個月就會好的！」

瑪弭爾凝視著她，欲言又止。圖狄貢向前介紹，道：

「瑪弭爾！她是我的妻子，她叫蘇黛香。」

瑪弭爾蒼白的臉上，浮起微笑：

「嫂嫂……」

忽然想起什麼，低呼：

「劍！我的劍！」

圖狄貢不解何意，一直守在她身邊的瑪拉會意，隨即奔出，拾回她落在地下的短劍。劍上，還沾著血跡。

圖狄貢一眼認出，這就是當日小和卓求婚時，當做信物的短劍。萬不料，今日倒成了她抗拒強暴，自盡全節的利器。

捧著短劍，瑪弭爾悲從中來，泣不成聲。蘇黛香心中了然，也不勸止，讓她盡情一哭；這麼多時日中，壓抑累積的委屈、傷痛，無此一哭，何以發洩？

想起這個小姑所受的委屈，連她也思之鼻酸；這些時日，不但族人，連圖狄貢對「伊葩爾罕」這一名稱，也聞之掩耳；滿臉的憤恨、鄙夷、不屑，視為維吾爾之恥。她不解，照說，如鄂對、霍吉斯、額色尹、圖爾都，當初迎降，今日受封，豈不更該被族人摒斥？可是，族人卻寧可原諒他們，也不原諒伊葩爾罕！理由是：他們是被騙了，既上「賊船」，無可奈何。伊葩爾罕卻是自甘墮落，失身事仇，以圖富貴。

她不知道，這是不是因為他們太愛她了！愛到不容許點塵微瑕。「愛之欲其生」，一旦失望，便「惡之欲其死」的毫不容情！

在她看來，這種愛與恨，都幾近嚴苛可畏！她不由慶幸：今日，伊葩爾罕幸而不死，總算圖狄貢自太監口中，得明真相，還她貞烈清白。萬一死了，深宮邃密，死因也必然隱晦不明，豈不是沉冤不白，死不瞑目？

見她痛哭，圖狄貢自認男兒有淚不輕彈，溼著眼眶，強忍著淚，緊緊摟著她，卻一句話也說不出來了。

久久，她才強抑悲淚，抬頭，說了一句：

「哥哥，我沒有……我沒有……」

圖狄貢見狀，心痛如絞。含淚道：

「我知道了！我都知道了……」

瑪弭爾搖搖頭，忍著痛楚，把染血的左袖割下，將劍裹了，交給圖狄貢。

圖狄貢了然於心，鄭重藏入懷中；這是瑪弭爾向族人表明心跡的證物！她用她的血，洗刷了她的冤屈。

圖狄貢鄭重點頭，他一定要讓族人明白：瑪弭爾為他們所受的委屈。她是為他們才活下去的！她無愧於安拉，也無愧於族人的鍾愛和敬仰！

他抬頭，發現東方已白。清真寺的尖塔，巍然矗立窗外。

他心中充滿了喜悅與驕傲；回回營，不是恥辱，是光榮！安拉貞烈的女兒，以血、以淚，以誓死如歸的勇氣，換來的光榮！

第十七章

「什麼？她用劍，行刺皇帝？」

皇太后嚇得臉色煞白，渾身顫抖。

想到多少妃嬪，欲沾雨露，而不可得。這回女，竟因皇帝碰了她一下；照穎妃的說法，還不知碰到了沒有，便舉劍行刺！怎不令皇太后又驚又怒，問前來稟報的穎妃道：

「這是什麼時候的事？」

「說是皇上萬壽節的當晚！」

皇太后數數，已好幾天了，怒道：

「怎麼這會兒才說？」

穎妃見太后動怒，忙跪下：

「奴才也是這才聽說的，急忙就來稟告太后了。想必皇上下了令，不許說，消息就沒傳出來。」

「一定是這樣！你，怎麼知道的？」

「奴才宮裡壽春的妹子寶春，挑進了『寶月樓』。今兒她來瞧她姊姊，兩個人說悄悄話。我看她的神色不對，鬼鬼祟祟，驚驚慌慌的。逼著問，她才說了出來。奴才一聽，嚇也嚇死了！心想出了這麼大的亂子，只怕皇太后還給蒙在鼓裡呢，才趕來稟報！」

「嗯，你做得對！起來！」
「是！」
穎妃起身。聽皇太后問：
「皇帝對那回女行刺，可曾處置？」
「奴才問了。寶春說，那回女一劍，只割破了皇上袍袖，沒傷到人。她一回手，就要自盡……」
「哼！死了好！」
「回太后，沒死！她帶來的丫鬟，撲過去，把劍撞偏了，只傷了胳臂。皇上又急又疼，她偏抵死不許男人碰她。結果是蘇太醫家的姑娘，皇上指給了她哥哥的，兩夫婦趕來療的傷。」
「她行刺皇帝的事，就這麼算了？」
穎妃火上加油：
「寶春說，還是皇上一個勁兒的向她陪不是，說不該喝了酒，冒犯了她！」
太后氣得冷笑：
「她，一個叛酋之妻，倒真尊貴呀！」
「寶春說，原先皇上應許了不碰她的！」
「她不能碰，皇帝是能行刺的？養了這麼個刺客在宮裡，大家還有安心日子過嗎？」
皇太后轉臉傳喚慈寧宮的總管太監：
「叫皇上立時到慈寧宮來見我！」
「喳！」

總管太監退下後，穎妃道：

「皇太后，皇上既瞞著這消息，不想教太后知道，若曉得是奴才稟報的，可不恨死了奴才……」

太后知她深恐因而失寵，點頭道：

「你回宮去，我不會說的。」

大抵來說，乾隆母子孝慈之情甚篤，他三天兩頭就會詣慈寧宮問安。也因此，太后從未「召見」過他；實在也沒什麼緊急到等不了一、兩天他來請安時說的事。因此，慈寧宮總管太監口宣懿旨：

「請皇上立即詣慈寧宮，太后召見！」

乾隆立時怔了一下。頭一個反應是問：

「皇太后福體安康？」

「皇太后安康。」

這回答，使乾隆稍微放心。心中卻又升起第二個疑慮：那，為了什麼？試探著問：

「皇太后何事召喚？」

「奴才不知道。」

太監推得一乾二淨，乾隆恨得牙癢癢，卻又無可奈何。也放不下身段，去跟「奴才」計較，一擺手：

「起駕『慈寧宮』！」

一路忐忑，也不由不想到「寶月樓」事發，卻又祈望不是。

慈寧宮中，鴉沒鵲靜的。只有皇太后面無表情，端坐在正殿中間的鳳椅上。所謂「居無常禮」，若非節慶，他平日問安的地方，都是在太后日常起居的「花廳」。而這一回太后不但在正殿接見，而且連貼身太監、宮女都摒退了。一見這場面，乾隆忐忑之情加深，硬起頭皮，向上行禮：

「兒子請皇額娘安！」

半晌，皇太后才答話：

「我『安』！皇帝，你『安』嗎？」

乾隆聽出語氣不對，陪笑：

「兒子托皇額娘的福，也安。」

皇太后冷笑：

「還真托了我的福，沒把生日弄成忌辰！」

此言入耳，乾隆一陣頭皮發麻。不敢作聲，人便跪了下去。母子一坐一跪，半晌無言。久久，皇太后才嘆了口氣：

「你自己想想：五十年了，我說過你一句重話沒有？年輕的時候，倒沒叫我操心。如今，自家也是有兒有孫的人了，怎麼倒愈活愈回頭了呢？好好的皇帝，倒給人試劍去？」

「皇額娘，兒子……沒有……」

太后怒道：

「你是說沒有這回事？那你倒把『萬壽節』那天穿的袍子，拿過來給我看看！」

「不！不！……兒子是說……沒有傷到……」

「沒有傷到！總算你皇阿瑪自你小時候就督促著你練武，沒白練！你那時喝了酒，又意亂情迷的，萬一，真給她傷了，怎麼辦？往後史書上，這一段兒會怎麼寫？」

這話，倒真驚出乾隆一身冷汗；可不是？死在一個叛酋之妻手中，叫後人捕風捉影，真不知「描畫」成什麼樣！忙磕頭請罪。

「兒子知錯，皇額娘教訓！」

太后久久無言，一嘆：

「是什麼冤孽！讓你變成這樣？只顧一心癡戀，什麼聖明、體制全不顧了！你倒說！這事，怎麼發落？」

平常語聲慈祥溫暖的皇太后，「發落」兩字，說得又陰又冷。話一入耳，乾隆心中不覺寒慄，聲音也顫抖了：

「皇額娘……開恩……」

淚隨聲下，也招出了皇太后的眼淚：

「真不知是什麼冤孽！打從她入京，我的心，就直揪著！成日家風風雨雨往耳裡吹，我只當他沒聽見；我的兒子！大清皇帝呀！怎麼做小伏低的，給個回女這麼糟蹋！還不夠，還要拿刀動劍的！你要萬一有個三長兩短，大清怎麼辦？你又拿什麼臉，去見列祖列宗！尤其，去見你一向最敬最愛的皇瑪法康熙爺！」

「皇額娘！兒子……該死……」

「不！該死的，是那回女！你說吧！你怎麼處置？」

太后「該死」兩字一出，乾隆更為之魂飛魄散；顯然皇太后的意思，就是「該死」！他痛苦的搖頭：

「皇額娘，兒子真的著了魔了，管不住自己的心。自從那一年蘭沁……孝賢皇后薨逝之後，兒子心裡，就一直空空落落的。後宮那麼多妃嬪，就是誰也進不去，填不滿。直到她——伊葩爾罕來了，兒子才覺得，心又活了過來。」

他低頭半晌，抬起頭來。太后見到這年已半百的老兒子，眼中淚光閃閃，心就軟了。

「冤孽……呀！她的心就是鐵打的，這麼些日子，也該軟了。到底為什麼，她就恨成這樣！」

「兒子平了回部，殺了小和卓。亡國之恨，殺夫之仇，她……忘不了！」

「那，她就一死殉了她的國、她的夫，也強如這麼活著！」

乾隆不敢說出：是他以她全族人性命相脅的話。只道：

「她信奉的伊斯蘭教，不許人自盡……」

說起自盡，太后倒想起問：

「她不是行刺不成，就要自盡的嗎？」

「那不同，那是抗拒侵犯……」

太后苦笑了。搖頭嘆道：

「這樣，到底是怎麼個了局呢？皇帝！依我看，要你殺了她，你一定捨不得。要她從你，看來也是萬萬辦不到。不如……你就讓她回她故鄉去吧！這樣，她也許還感你的情。你也眼不見為淨；豈不比這樣看到得不到好嗎？」

這話說得雖然入情入理，乾隆卻無法接受。痛苦的說：

「額娘！兒子不知道為什麼，只要這麼看著她，心裡也是歡喜。其實這件事，也不能怪她。

本來，兒子答應了她的，『寶月樓』以她為主。我偶爾去的時候，各自恪守『賓主』之禮，一直也是相安無事的。那天因是兒子生辰，外朝、內宮都設壽筵，是兒子多喝了幾杯酒，失信於前。……額娘，兒子……就這麼一個心上丟不開的人了，額娘就……開恩……吧！」

長長嘆口氣，太后終於放棄了責備與遊說，道：

「你起來！這事，就且擱著。但可一而不可再，要再這麼鬧法，可別怪我不容情！」

「謝皇額娘恩典！」

看著這為情所苦的皇帝兒子，太后忽然想起一個讓他冷卻的法子。問：

「你一直打算要南巡的，安排妥了嗎？」

乾隆早些時確有南巡之議。但這些時日，萬機之餘，心思多用在伊葩爾罕身上了，無暇過問。卻也不敢實說，只含混道：

「應該安排妥了。」

「唉，我也早就想到南邊走走，看看那些好山好水好景致，也散散心。你就叫人擇個吉日，咱們母子，就到江南走一趟吧！」

乾隆心中了解，皇太后蓄意要把他和伊葩爾罕分隔一陣子。心裡雖念著伊葩爾罕臂傷未癒，口中也只有唯唯稱是。

皇太后豐富的人生經歷，洞悉人情世故，豈有看不透他的心思之理，嘆道：

「我也知道你不想離開京裡；人離開了，心也記掛。但，我總得試試，能不能讓時間和分隔，把你的癡情沖淡一點兒。再說，你這麼盯著她，她越發的不稀罕。也許，你離遠點，她倒想起你的好處來呢！」

傳旨擇吉南巡。但，就如皇太后說的，「人離開了，心也記掛」，他得把伊葩爾罕安頓好，才能安心南巡。

三叮四囑郎世寧常到「寶月樓」陪伴。又特許圖狄貢夫婦隨時進「寶月樓」探視。他想到，皇太后要到江南散心，伊葩爾罕也該讓她暇時出去散散心；不說別處吧！到「回回營」走走，參加節慶禮拜，總也能讓她紓解鬱悶，心情愉快些。

出去不難，護衛的人卻難找。額色尹、瑪木特，伊葩爾罕對他們都有芥蒂。圖爾都……他可不放心！旗人中，像兆惠、富德、明瑞，也都可算伊葩爾罕的熟人，可也是正面對過壘，且是致小和卓於死的敵人，她又如何肯接受？

左思右想，倒想起一個合適的人來了：當年初征準部俘來，赦他不死，且封了虛銜「親王」的達瓦齊！

他是認識伊葩爾罕的！事實上，還虧他獻計逼反了小和卓，才奪得美人歸！雖然，他亦如圖爾都，對伊葩爾罕有傾慕之意，但，想到他又醜又擅，腰大十圍的粗壯，總令人放心。而且，不怕他不盡忠職守，竭力巴結差使。

想到這設計之妙，乾隆不覺自得的拈鬚而笑了。

皇太后也有她的部署。她清楚的看出來，除了那寶月樓中的「香妃」，如今，最拴得住兒子的心的，是也來自回部的「和貴人」。

說起「和貴人」，她倒也有幾分憐愛。雖說入宮時已逾歲了，大概也因這緣故，格外的溫婉懂事，尤其心性忠厚可喜。

看！後宮裡，為了那「香妃」，多少人撚酸吃醋，都形諸顏色了。穎妃，就是其中之最；就太后的立場，並不喜歡這樣鋒芒在外的劍拔弩張。吃醋麼！本也難免，但總得留幾分忠厚，不要趕盡殺絕的刻薄。

「和貴人」就不一樣。她雖然也是妃嬪，還是首當其衝的，卻沒聽她說過伊葩爾罕什麼閒話，有時反而還護衛兩句；別人都對那集三千寵愛於一身，還不領情的伊葩爾罕恨得牙癢癢。問起她，她倒說：

「伊葩爾罕也可憐！」

就憑這一點，皇太后便想格外抬舉她。特別宣召，密密囑咐：教她柔情籠絡著皇帝。尤其，隨行南巡的這段日子，正是個「空檔」；能不能把皇帝的癡心扭轉過來，就看和貴人了。

她心中還有個盤算；升和貴人為「嬪」，今年是不便的；這樣做太明顯了，怕皇帝生疑，反而不好。也怕因此替和貴人樹敵惹怨，明年，夾著別人一塊兒，就不惹眼了。

穎妃，卻也不能不拉攏著；還得靠她當「眼線」。切切叮囑：

「好好兒管待壽春姊妹倆，好教她們有什麼動靜，早早大來告訴，咱們也好先有個底！」

「依奴才看，還該把皇上身邊總管太監叫了來，皇太后好好教訓教訓！」

「這話說的倒也是。這麼吧！把總管太監叫來，把那個叫什麼的宮女……」

「壽春的妹子，叫寶春。」

「對了，把寶春也叫來。總管太監，該教訓。寶春嘛！女孩兒家，威嚇不如籠絡！」

乾清宮總管太監，受到的是如霹靂雷震的切責。皇太后把「回女行刺」數落一遍：

「你倒有幾個腦袋？出了這樣的大事，還敢瞞著！」

總管太監王忠苦著臉：

「奴才該死！只是萬歲爺嚴命，不許洩露！」

「你防護不周在前，隱瞞不報在後，只知愚忠，卻不道事有輕重緩急！萬一，因為你瞞著不說，皇上受了什麼驚嚇傷害，你可擔待得起呀？」

「奴才擔待不起！皇太后開恩！」

「過去的，皇上有旨不許說，我也沒在事前想到，就也既往不究了。以後……」

皇太后頓住，穎妃冷笑：

「你可放明白點兒！皇太后懿旨，皇上也不敢不遵！一聲令下，輕嘛，削了你的『總管』，打雜充賤役。重嘛！送慎行司一頓棍子斃了！你自個兒合計合計，是聽皇上的，還是聽皇太后的！」

王忠磕頭如搗蒜：

「奴才一定遵奉皇太后懿旨，不敢有違！」

「好！那『寶月樓』的動靜，隨時來報！皇上多久去一次？去了，都做些什麼？那位……又怎麼應對，怎麼反應；這都是皇太后關心的。你可明白？」

穎妃「狐假虎威」一陣排揎，王忠哪敢打半點折扣，一個勁兒應「是」。待他退出慈寧宮，九秋天，還一身冷汗涔涔。

寶春的待遇，就不同了，皇太后誇她：

「懂事，機伶！」

稱許她把「寶月樓」上發生的事，告訴穎妃，就是「忠君愛國」：

「那回女，再怎麼美、怎麼香，也不過是個俘來的叛酋之妻。萬歲爺，可是咱們大清的皇上，不能受半點傷害。你說是不是？」

這一番言辭，激發了寶春愛國、愛君的情操，連聲稱「是」！

「所以，『寶月樓』裡大小事，你別怕，只管稟告穎主子。等這事過去了，我作主，放你們姊妹出宮回家去。要是你辦得妥當，我還親自為你指個好樣兒的女婿！往後，連帶你姊姊，你父母，都要托你的福了！」

看寶春含羞而笑。皇太后與穎妃對望一眼，知道事成了。

目送穎妃帶著寶春出了宮，皇太后嘆了口氣；再沒想到，要這樣「偵察」自己的兒子，可是……

天下父母心！

第十八章

達瓦齊為乾隆皇帝賞的「好差使」興奮極了！聖駕一離京，立時往「寶月樓」探問。

他才準備登樓，已被侍衛攔住了。他振振有辭：

「皇上命我前來，陪伊葩爾罕出宮散心！」

「王爺！那也得伊葩爾罕傳諭。這『寶月樓』，雖不是後宮，沒有伊葩爾罕口諭，誰也不許上樓！」

侍衛統領一臉絕不通融的表情。達瓦齊一頭熱火，豈肯罷休。

「我有聖諭呀！」

此言一出，侍衛不但未「改容相敬」，反而都露出別有意味的笑容。侍衛統領尚未開口，旁邊一位年輕侍衛先笑了：

「王爺！聖諭嘛……在別處是誰也不敢駁回。在『寶月樓』，聖諭也得打個七折八扣。」

另一位侍衛更語帶譏刺：

「皇上只交代我們：若是伊葩爾罕想出宮散心，請王爺護駕。可沒說，王爺可以闖『寶月樓』呀！」

七嘴八舌，達瓦齊灰頭土臉，心中惱怒。卻也知道這些侍衛，全是乾隆皇帝最親信的心腹。

而且，人在矮簷下，既不肯就此死心，掉頭而去，就只有陪笑：

「既這樣，請稟告伊葩爾罕：我達瓦齊奉旨而來，樓下求見。總可以了吧！」

侍衛統領卻未上樓，只令一個太監上樓稟告。轉頭向達瓦齊道：

「王爺，『寶月樓』的規矩，我們除非隨駕，也是不許上樓一步的！」

這是特意淡化方才那些侍衛語氣中的譏訕，讓達瓦齊好下台。

達瓦齊心道：待會兒，伊葩爾罕傳見，才讓你們見識一下我的分量！他雖封親王，卻只是虛銜，根本擠不進廊廟之上，對宮中情事，更是疏隔。

此番，他如此興沖沖，一則為了伊葩爾罕的美色。另一則，無非也想寅緣求進。他只想到，伊葩爾罕如今極受「寵幸」，這其中，有他「保薦」的大功在內。只要見到伊葩爾罕，表一表功，若伊葩爾罕隨意向皇上一提，那就前程如錦了。

他又豈知，雖居於儼然「金屋」的寶月樓中，伊葩爾罕的烈性，連皇帝也無以一親香澤，更遑論「寵幸」了！完完全全是「擔待了虛名」。

他自顧自的咧著嘴傻笑，目光不離樓梯口，眼巴巴的盼著。

半晌，太監下樓來了，卻正眼也沒瞧他，只道：

「伊葩爾罕不想出宮，王爺請回吧！」

這個釘子碰得結實；達瓦齊再沒料到，伊葩爾罕連面都沒露一下，就回絕了他原以為十拿九穩的期盼！

一臉悻悻之色，他只好掉頭走人。侍衛的訕笑，卻像箭般的追了過來。隱隱，還有難聽話：

「癩蛤蟆想吃天鵝肉！」

正憋著一肚子氣，卻見郎世寧迎面而來。立時有侍衛迎出，殷殷勤勤：

「郎師傅！伊葩爾罕正等著呢！」

郎世寧由衷欣慰。在瑪琠爾受傷後一天，他就奉皇上之召，前來探視安慰過。他，由於身分特殊，乾隆和瑪琠爾對他都有異乎尋常的信任。對「寶月樓」中的情事，他可說是了解最深的。甚至，由於他的立場客觀，比各執一端的兩位當事人，還看得清楚深刻，真正是「縱觀全局」！對瑪琠爾悲憤持劍抗拒，不惜自裁，他驚訝而不意外；驚訝，是沒想到乾隆借酒仗膽，意圖侵犯。瑪琠爾的反應，卻是他預料得到的必然。

對皇帝和瑪琠爾，他都因了解而有各異的同情。而二者相較，他毋寧更偏向瑪琠爾一些；皇帝固然癡情可憐，畢竟只出於一己的私慾偏情。瑪琠爾卻是為了忠於信仰、忠於族人、忠於亡夫而受盡磨難，是貞烈可敬的受害者。

「瑪琠爾，你精神好多了！」

瑪琠爾聽出他話語中由衷的關切之情，微笑：

「謝謝你！修士，我的傷已經不礙事了。」

她回頭看看正巧來為她檢視傷口的蘇黛香：

「真高興，有這樣醫術精良的嫂嫂！」

「我想，也要你自己配合；你近來心情比以前好得多，有助於復原。」

瑪琠爾怡悅的笑了。她了解郎世寧的話中之意：那一劍，傷了她的身體，卻解開了她的心結；當圖狄貢把那半幅染血、裹著短劍的羅袖，公開向族人展示後，許多族人當時痛哭失聲。尤其婦女們，想到他們曾如何殘忍的二度迫害了為他們忍辱、受苦的伊葩爾罕，更是悔愧、傷痛異常。

他們了解：「回回營」原來不是恥辱的標記，而是勝利的象徵！安拉的女兒降服了掠奪他們的土地、迫使他們背井離鄉的「大皇帝」，為他們爭得了這樣一個安身立命之處！

他們不必感到卑屈！他們可以昂然進駐！在大清的宮禁近側，崇拜他們的真神安拉！

安拉的聖訓，教他們：「信好歹都是主定！」

他們信！但他們曾不解：為什麼？為什麼使他們戰敗？使他們背井離鄉？如今，卻恍然了悟，唯有如此，才能使伊斯蘭教不侷促於西陲一隅，得以廣傳天下！

伊葩爾罕的美貌與異香，乃至所遭受的磨難與痛苦，也都是安拉廣傳伊斯蘭教於天下的一個環節。有了她，才能輕而易舉的使大清皇帝這勝利者屈服，低首下心的服事安拉；他也許沒有信仰安拉，卻動用國庫財力興築了清真寺！

當瑪弭爾扶著蘇黛香，再度站到面向回回營的窗前時，情況完全不一樣了！那高台上，站滿了阿訇、伊瑪目和族中同至京師的長者。大街上，也站滿了人！許多人噙著淚，指點著她包紮著的傷臂。一時「伊葩爾罕」之聲，震動屋瓦。

這一轉變，使瑪弭爾激動得熱淚盈眶。她一句話也沒有說，只向西方跪倒禮拜，默念：

「萬物非主，唯有真主，穆罕默德是主的差使！」

看著臉色仍帶著些蒼白，眸光，卻消滅了過去陰鬱的瑪弭爾，郎世寧不覺想到此刻正在南巡途中的皇帝。

皇帝臨行前，切切叮囑他要常到「寶月樓」探望伊葩爾罕之餘，曾喟然道：

「皇太后說，朕在伊葩爾罕面前時，她只會厭煩，不稀罕。也許離開一陣，她反而會想起朕的好來。」

他一頓，帶著不敢希望的期盼，問：

「郎世寧！你看，她……可能嗎？」

「老臣對女子心理未曾研究，不知道……」

郎世寧只能推託。皇帝看看他，失笑：

「朕忘了，你是出家人……」

隨即又一嘆，像自言自語似的：

「皇太后是女人，也許，她比較懂得。但願……」

乾隆皇帝沒往下說。郎世寧卻能領會；他「但願」的是：皇太后的想法正確，伊葩爾罕能因他不在眼前，而想起他的「好」來。

可是，在瑪弭爾平靜怡悅的神態中，郎世寧知道：皇帝的期盼落空了！瑪弭爾因他不在眼前而平靜、怡悅。瑪弭爾心中，只有安拉，只有族人。也只有她的族人，才能左右她的心境。皇帝？在她的心目中，根本沒有分量，沒有地位！

「瑪弭爾，你悶在樓中也好久了，達瓦齊親王奉旨前來，陪你出去散心，你為什麼不去呢？」

蘇黛香認為出去散散心，也有助於瑪弭爾復原。因而，就著郎世寧提起心情的話頭問。

瑪弭爾沉默了：這位漢人嫂嫂，對當日的情事一無所知呵！她忘不了達瓦齊為準噶爾汗時，要求以她陪侍，交換回人租欠的無禮！對這樣一個垂涎她美色的人，她豈肯假以顏色。

另一方面，她不願意「領」乾隆皇帝的「情」！這出於乾隆的體貼，她不能不心存畏懼。

乾隆征回部，殺大、小和卓，是族人與她共同的仇敵！可是……

她害怕，領受了太多的情、太多的恩典，會使乾隆誤以為她軟化了，變成對他執迷的鼓勵；一個人豈能一面接受別人的恩情，一面還能視如讎寇，拒於千里之外的？嘉惠族人，她不能不領情。她自己，無論如何，不能落入這用柔情織成的陷阱中！

但，她又如何向嫂嫂解釋這千迴百轉的心事？她確知：嫂嫂對她是真心相待。但她也知道：嫂嫂多少是被皇上的癡情感動的，否則不會一再嘆羨：

「皇上對你，可真是煞費苦心！什麼都想到了！」

她不能否認，乾隆皇帝對她，好到了一百二十分。奈何呵！她忘不了因著乾隆的野心，而傷亡盈野的場面。忘不了因狼狽逃亡、難產中得不到救治而死的古麗母子。忘不了她親自大小淨的小和卓，是沒有頭的！

一念及此，一切的柔情籠絡，都成了刺心之痛。去恨一個那樣待你好到一百二十分的人，是困難的；人非木石，對這樣的癡情摯愛，怎能真正無動於衷？

但，又叫她如何「動於衷」？如果這雙奉上天下一切至珍至貴禮物的手，沾染著自己所摯愛的人的鮮血！

自她受傷後，乾隆到「寶月樓」，總帶著幾分抱歉與誠惶誠恐，又不敢造次的關切。她仍由他自來自去，卻不能不在蘇黛香的嘆羨中恐懼；族人因著乾隆的力圖補過，敵意在淡化中。他們是可以適應這新的地方，就此「安身立命」了。她卻知道：族人是乾隆手中，以懷柔籠絡也脅迫她的籌碼！她不能再受乾隆半點恩惠！即使微不足道如達瓦齊陪侍出遊。她怕，這種恩惠受多了，會使她自己感覺不安，抱歉，無以回報，那……

她的平靜和怡悅，在愁思中逐漸消褪了。蘇黛香有些失措，不知自己說錯了什麼。

郎世寧卻是洞澈的。洞澈乾隆皇帝的種種恩遇，對瑪弭爾造成多大的心理困擾。而站在瑪弭爾的立場想，竟是無解的難題。

他不覺想到未來；這糾結難解的恩怨情仇，畢竟是何終局？是瑪弭爾困死愁城？是皇帝灰心放棄？是在歲歲年年的流光催逼下，瑪弭爾美人遲暮，不復使皇帝縈懷？還是被皇帝的柔情感化，終於守得雲開，花好月圓？

竟沒有一個結局，當得「圓滿」二字！

回鑾京師，乾隆迫不及待命駕「寶月樓」。在使他「一日三秋」的時日中，他發現「寶月樓」竟是沒有絲毫的改變。從樓中擺設，到瑪弭爾那不迎不拒，淡然任他來去的態度！

「一日相思一日深」的，只是他自己！

他說不上來，自己是該喜慰於「故人無恙」：伊葩爾罕傷勢平癒，氣色轉佳，白裡透紅的臉龐，襯上明眸皓齒，更是美得如天仙化人。還是惆悵於「故人無恙」；顯然，皇太后的預想落空。這一大段時日的空白，並沒有改變伊葩爾罕什麼。她的心，依然封凍，冷硬如鐵。

他為之計窮；他，堂堂大清皇帝！普天之下，莫非王土，率土之濱，莫非王臣！他，擁有了天下的一切，卻對他所摯愛的女子，無可奈何！

摯愛！就是「摯愛」，使他成為弱勢吧？

他太在乎她了！於是，不能不瞻前顧後。尤其，在她自刺後，他更悚然；伊葩爾罕絕不是說說而已，她真的會付諸行動，不惜以一死抗拒強暴。那，還有什麼是可以讓她屈服的？

他雖以她族人性命為要脅，他自己心裡卻知道，也只是「要脅」而已；他真能殺盡回族人？

他是屠了準部，但總算「師出有名」。而且，遠在西陲，不虞驚動天下。

而他藉以挾制伊葩爾罕的回部族人，卻在京師之內，位近宮牆！他能擔待得起這「酷虐嗜殺」之名嗎？

再者，他對回部，一直有著心虛和內愧；「平回」之舉，名不正，言不順。官樣文章再振振有辭，他畢竟非昏庸之輩，捫心自省，又豈能自欺？再說，「寶月樓」中貯阿嬌，他也知是公開的祕密了，豈真能一手遮盡天下人耳目！日後史冊……

他苦笑；伊葩爾罕又豈知他為她付出了多大的代價！而內中情由，卻是他絕不敢在伊葩爾罕面前露出絲毫口風的！

作繭自縛呵！是伊葩爾罕前世欠了他？還是他前世欠了伊葩爾罕？連他也思之惘然了……

依著皇太后的指示，他晉封和貴人艾伊娜為「容嬪」。平心而論，在後宮中，艾伊娜倒也真是他比較喜歡的一個。她和順溫柔，容貌也堪稱出色：「容嬪」，那一「容」字，他也頗費斟酌才選定。一則，表現了她容貌出眾。另一則，也嘉許她的「容人之量」；她，是後宮中，唯一能「容」他談伊葩爾罕，而且深表同情的！

「容嬪」，在後宮妃嬪眼中，是他的「新寵」。連皇太后，也為此而欣慰。只有他自己知道，「容嬪」只是個「替身」，也是煙幕；他臨幸容嬪，以紓解對伊葩爾罕可望而不可及的思慕。也藉此討好皇太后，以安定「軍心」；讓皇太后放心，別再過問讓他無言可對的情事。

皇太后倒真放了心，據「寶月樓」的消息，皇上和那位「香主子」間，又回復了過去「相安無事」的局面。依然是一熱一冷，壁壘分明。可也再沒有什麼劍拔弩張的事；明知道乾隆擱不下，多提，徒傷感情。皇太后也只好嘆口氣，以「且自由他」自解。

能怎麼樣呢？皇帝已說了：自孝賢皇后薨逝後，他心裡就這麼一個捨不得、放不下的人了！「冤孽！」

遇到了，又能奈何？

第十九章

時疫流行！

回回營首當其衝；主要是因為他們來自西陲，對流行於中土的疫疾，比一般人的抵抗力薄弱得多。

圖狄貢成了大忙人，回部中，只有他自入京以來，便追隨蘇太醫習醫，這時算是派上了用場。「寶月樓」中，再也不見他的蹤影。連蘇黛香也極少到寶月樓來了；她也「夫唱婦隨」的投入了救治病患的忙碌中。「圖夫人」，成為回族婦女對她的尊稱。這一漢人女子，是「回族的媳婦」，也是回族女病患的救星。

伊葩爾罕為時疫流行，時刻牽掛在心。眼見清真寺時時舉行亡人殯禮，更是憂心如焚；這些她連名字都不曾聽說的疫疾，造成了她族人的重大災難。而她，竟除了祈求安拉護佑外，只能困守在寶月樓中乾著急；她既無救治別人的能力，也因乾隆深怕她受到感染，而收回允許她赴回回營散心的成命！

她曾為不願造成自己「受恩」太多的負擔，而從不要求前往。如今，卻即使想去探望一下鄉親父老，也無法行動了。

她仍可憑窗眺望。如今，卻只見回回營中一片慘霧愁雲。雖然，伊斯蘭的穆斯林們，因著信仰：「好歹都是安拉所定」，及安拉對客死在異鄉穆斯林的恩許：「一個人死在異鄉，安拉會賜他出生地到去世地那樣長距離的天園恩典！」來相互扶持安慰。但，人，為親人的死亡傷痛，乃是天性，又豈能不傷不悲？

她不能不感謝圖狄貢。他立志習醫，如今，派上了用場。否則，這一場災難，恐怕更不知嚴重幾倍！

終於秋涼了！她聽太監說，秋涼後，疫情就會減緩；今夏的濕熱，是時疫流行的原因之一。太監還說：若非「回回」素來注重清潔衛生，只怕災難還不僅於此！

災難終於要結束了……

族人的災難結束了，她的，卻才開始。

乾隆面色沉重的，親至「寶月樓」，告訴她不幸的消息：圖狄貢感染了疫疾！

「不！他自己是大夫呀……」

她顫聲淒厲的喊。

「就因為他是大夫！這些時日，他忙著救治別人，自己偶然疏於防範……」

他專注救人的意志力，壓住了病情。他在忙碌中，也忽略了輕微的徵兆：疲倦。他把疲倦視為忙碌之果，而忽略了那是疫疾的病徵之一。

及至秋涼，疫情減輕。他心中一鬆懈，潛伏已久的疫疾，立時排山倒海的發作……

「我要去看他！」

伊葩爾罕驀然站起身。

「不行！」

乾隆情急大喝。而當他的目光觸及伊葩爾罕不解又憤怒的目光時，他語調不覺柔和了：

「你不能去！你也會傳染上這可怕的病的！」

「我寧可傳染，也要去看圖狄貢哥哥！」

瑪弭爾悲聲嗚咽：

「他……是我唯一的親人……了……」

乾隆黯然：

「伊葩爾罕！我知道你傷心。可是，這病若染上，會要人命的！」

「要人命！」

瑪弭爾淒厲道：

「我這樣活著，又怎樣？像一隻關在金絲籠子裡的黃鶯鳥，沒有天空，沒有伴侶，什麼也沒有！」

「你說話要公平一點！你可以有伴的，是你不肯接受！」

乾隆無可奈何的抗辯。瑪弭爾注視著他，悲憤而冷然：

「你說的是你嗎？黃鶯鳥可以跟野狼結伴嗎？」

乾隆啞然了，卻仍然不願她出宮探望圖狄貢：

「我怎麼能讓你去冒險？我已命太醫悉心救治，也許……」

他也沒有什麼把握。事實上，他得到的消息，圖狄貢是確定無救了。

他的閃爍，卻使瑪弭爾意會：恐怕圖狄貢是凶多吉少了！否則，乾隆不會親自來告知此事。

頓然，她的一顆心，沉到了谷底，淒然欲絕：
「有『也許』嗎？如果沒有『也許』，我今生今世，都無法原諒你攔阻我去探望他！」
乾隆的心往下沉；她已經至今都不曾「原諒」他了，再加上一個「今生今世都不原諒」！
他不由苦笑，這才想起，這是伊葩爾罕第一次主動和他說話，也是第一次有所要求。
她竟是那樣不快樂！她自認是「金絲籠裡的黃鶯鳥」，無群無伴，唯一的親人，奄奄一息。
他一直專注於自己對她一往情深，而得不到回應的苦惱，幾曾真為她想過什麼？金絲籠！他把她關在「寶月樓」這華美的金絲籠中豢養，竟已三年！
他在對伊葩爾罕一貫的愛慕中，不覺加上了幾分悲憐。這，或許是唯一讓伊葩爾罕對他改變態度的機會了。她，第一次出言求懇……至少，他不能讓她再「恨」……嘆口氣：
「好吧！我派乾清宮侍衛護送你去！」
他當即傳令，又切切帶著懇求的叮囑：
「你不要靠近他！離他遠一點！」

含悲忍淚，瑪弭爾做了完美的小淨，前往探望哥哥。
在蘇太醫家措手不及中，侍衛排闥直入。瑪弭爾一心牽掛，直趨圖狄貢病床前。
圖狄貢一臉蒼黃的病容，既驚又喜：
「瑪……弭爾……」
「哥哥……！」
瑪弭爾撲倒在床邊，拉住圖狄貢伸出被外的手。手，灼熱，卻乾燥得一點汗澤都沒有。而且，他瘠瘦如柴。她禁不住熱淚如泉，一滴滴的落到圖狄貢的手背上。

蘇黛香在一邊別過頭去，吞聲哭泣；她是醫家出身，知道圖狄貢已病入膏肓，如今，只是挨時辰了。

圖狄貢斷續道：

「瑪弭……爾，不要……哭，一切都是安……拉預定的。我……只希望，能……回……喀……喀……」

「喀什噶爾嗎？」

「是……喀什……阿巴和……加……瑪扎……」

「阿巴和加瑪扎」，是和卓氏歷代祖先的陵園。自知不起的圖狄貢，一向壓制在心底的鄉愁，至此抑止不住的洶湧。他懷念著他的故鄉！雖然，他在喀什噶爾的時日，十分短暫；原先，他與祖、父都生活在天山之北，準部的阿巴噶斯。直到小和卓逃回南疆，他才見到了真正的故鄉。

但，就如天性一般，喀什噶爾，立刻被他認定了是他一生安身立命的所在；他祖先的故鄉，就是他的根柢所在；祖先的墓園，就是他最終的安息之所！

他沒有想到，事與願違。他竟會那麼無奈的，來到他腦海中從不曾存在的京師。

他在這兒習醫、娶妻，似乎「落戶」了，卻生不了「根」。他的心，不在這兒。他的心，一直留在喀什噶爾！

回喀什噶爾去！成了他最後，也最大的願望。他知道，他生命已到了末程，但……

瑪弭爾完全領會了他的心情。他生前是回不去了。死後，她不能讓他死不瞑目，漂泊無依。

「我會設法送你回去，把你安葬在阿巴和加瑪扎！」

她強忍悲悽，以信誓般的堅定，向他保證。

圖狄貢臉上浮起安慰的笑影，依依凝視著她：

「小……瑪弭爾……安拉降……福……你……」

「哥哥！」

淚，又如流泉般湧出。她俯伏在床邊，泣不成聲。圖狄貢吃力的抬手，用拇指拭去她頰上的淚：

「不……哭……！要信……天定……！」

瑪弭爾見哥哥信仰堅定，多少心中得到些許安慰，哽咽道：

「你為救治穆斯林而染病，安拉會酬……報你，賜你……天園……！」

在侍衛再三懇求，蘇黛香也忍淚苦勸之下，瑪弭爾才一步一回頭離開了蘇家。

乾隆仍在寶月樓等她回來，一見她，便急切的表達關切：

「怎麼樣？他……」

「他……他快死了！」

早已心中有數的乾隆，聽到如此率直、衝撞的言辭，仍不覺一愣。嘆口氣，順理成章的用朝中籠絡安撫人心的方式，意圖安慰伊葩爾罕：

「你不要傷心，我加封他為輔國公，以厚禮安葬……」

一言未了，已被瑪弭爾打斷了。她冷笑：

「我族人，死在戰場、死於疫疾的人數以萬計，你都能加封、厚葬？加封厚葬，就能讓死者復活？」

伊葩爾罕根本不吃這一套。乾隆不得不辯：

「人哪有不死的？圖狄貢在喀什噶爾就不會死嗎？」

「死在喀什噶爾，他沒有遺憾，我沒有恨！」

面對這沉痛的話語，乾隆啞然了……

圖狄貢終於不治。依伊斯蘭習俗，本應「入土為安」。但因圖狄貢的臨終遺願，是歸葬喀什噶爾的「阿巴和加瑪扎」。因此，在阿訇和伊瑪目商議後，決定折中：仍在清真寺為他行「殯禮」，讓穆斯林共念經文，為他祈禱，入殮。但不立即下葬，等待時機，送他歸葬喀什噶爾。

瑪弭爾堅持要去清真寺，為圖狄貢祈禱。乾隆明知阻止不了，只好召達瓦齊到「寶月樓」，陪侍「伊葩爾罕」到回回營的清真寺去；他的孔武和氣味，能令最注重清潔的回民，主動保持距離。

頭一回進入寶月樓的達瓦齊，對寶月樓中陳設的華美，為之目瞪口呆。久久才回神，向乾隆道：

「皇上！你讓伊葩爾罕住在仙宮裡了！」

乾隆微笑不語，心中卻有些苦澀：連這莽漢，都知道這是「仙宮」！伊葩爾罕，卻視如金絲籠！

瑪弭爾一身白衣如雪，披著頭巾，蒙著面紗，自寢宮出來。乾隆吩咐：

「達瓦齊！你好好侍候伊葩爾罕去，早去早回！」

達瓦齊連聲應「是」，跟在瑪弭爾身後，寸步不離。

雖自寶月樓向窗外望，回回營看似近在咫尺，卻無路直通，須繞路出西苑而行。

達瓦齊好不容易得到接近瑪弭爾的機會，一路喋喋不休。又讚寶月樓華美，又誇瑪弭爾依然美貌如昔，又羨她如此「受寵」。瑪弭爾充耳不聞，卻聽達瓦齊表功：

「伊葩爾罕！你如今這樣享福，應該謝謝我才對！若不是我再三向大皇帝稱贊你的美貌和異香，又幫他設計，你如何會有今日？」

瑪弭爾心中一動，回頭問：

「你設什麼計？」

「逼小和卓造反呀！小和卓不反，他如何能『師出有名』？若不把小和卓殺了，又如何能令你進京？」

瑪弭爾一言入耳，如五雷轟頂。一手扶住瑪拉，顫聲問：

「你是說，他是因為想要……我，才逼反……小和卓？」

達瓦齊難得聽到瑪弭爾跟他說話，以為瑪彌爾如此說，是因為領了他的情。更把握機會表功：

「當然！伊葩爾罕，你還不該謝我嗎？別說是你，過得像神仙一樣。連我，都不想回準噶爾去了！」

瑪弭爾顫聲：

「真該謝你……真該謝你……」

她對達瓦齊的「謝」，當然不是達瓦齊所表的功。而是，達瓦齊一言，像一把鑰匙，解答了所有她一直念念在心，百思不解的疑問——

為什麼阿敏道逼得小和卓不得不反？而後來乾隆對回民的寬大，卻幾令小和卓含冤莫白？

為什麼兆惠言辭反覆，一定要她入京「請罪」？

為什麼，她在乾隆二十五年入京，「為她」而築的「寶月樓」，卻早在二十三年秋就已落成？

為什麼她還未入京，早已有一批太監、宮女受過了回語的訓練？

如今，這一切的不合理，都從達瓦齊的話中，找到了答案——

不是「小和卓反」，是小和卓落入了「逼反」的圈套，一步步逼使小和卓走投無路！

她又想起她如何忍淚含悲的為小和卓大淨，她親自大淨的小和卓，是沒有頭的……

一切的一切，只為了她！只為了乾隆要她！

因此，她族人的血，灑遍了南疆！

因此，小和卓含冤而死！

因此，大批族人成了人質，被迫離鄉背井，千里迢迢來到京師！

因此……圖狄貢臨終還念念喀什噶爾，死不瞑目！

穆聖命穆斯林要忍耐親人死亡的痛苦，不要痛哭。要以祈禱幫助亡者解脫，安寧的進入天園。

可是，瑪弭爾在達瓦齊那番話的震撼中，怎樣也忍不住泉湧的淚。

安拉！垂憫這她一直不自知的罪過！原來，一切的災禍，因她而起！

不！因那魔鬼而起！

她咬牙切齒：

「安拉！幫助我報仇！」

小和卓的！圖狄貢的！古麗母子的！那許多識與不識的族人的！血債呵！這三年，她卻受到那滿手血腥魔鬼的豢養！

一念及此，她心痛如絞！三年中，她也曾感動過、心軟過。幸而，安拉庇佑！她的公義之心，始終站在上風！她不曾因私恩而曲從！否則，她將何以自贖自解？

如今，真相大白！她，除非死，誓報此仇！

回到寶月樓，迎面，見到的是郎世寧。

如見親人，她才強自抑止的淚，又不禁滾滾而下。郎世寧嘆口氣：

「瑪琱爾！人生自古誰無死？圖狄貢是進入安拉的天園去了，你……不要太難過了。」

瑪琱爾痛苦的搖頭：

「不是為圖狄貢的死，是為他因我而死！」

「因你？瑪琱爾……」

郎世寧在瑪琱爾悲憤仇恨的目光下，竟不覺寒慄。他想起瑪琱爾曾追問的疑點，莫非：

「你是說……」

「為了我，他設下陷阱，逼反小和卓！為了我，回疆族人屍骨遍野，流離失所！為了我，小和卓被陷害、被族人背棄，最後，死了都沒有頭……」

瑪琱爾痛哭失聲：

「為了我……族人背井離鄉！圖狄貢死不瞑目！修士！我生而不祥嗎？為什麼，可以為了我，把一個人變成惡魔厲鬼，製造出那麼大的災禍！」

郎世寧心中慘然。仔細想想，只怕瑪弭爾的控訴，是有根據的：以瑪弭爾由西陲小和卓的「伊葩爾罕」，而成為「寶月樓」的「香妃」，其中曲折，恐不是「小和卓背恩」一言可以解釋。

尤其，乾隆皇帝對伊葩爾罕相待的種種，實在處處顯出謀劃已久，而不僅是見獵心喜，臨時起意。

如此，回部之戰，不為爭地，而為奪美……！那……太可怕了！

瑪弭爾早已為回部之戰，深恨乾隆皇帝。一旦知道，此禍，竟由己起——她一直最擔心、最恐懼、最無法接受的理由，不幸成真。一肩擔負如此的「血海深仇」，她將會……

他不由膽戰心驚，卻亦知：自己無言可以解慰。

因為，此仇絕然無可化解！以小和卓殺阿敏道於先，「平回之役」多少還勉強算「師出有名」，她尚且仇恨三年未解。若非為了族人安危，她絕不惜「玉碎」的烈性，如今知道了內情，豈肯……

一念及此，耳邊朝靴登樓之聲入耳。郎世寧臉色驟變，本能的以身護住出現樓口的乾隆。

被郎世寧居中一攔，乾隆尚未省何意，卻見瑪弭爾又執著那柄圖狄貢取以為證，又送還的短劍，直指向他。

瑪弭爾雙目中焚著仇恨之火，怒視著他，瞬也不瞬。他觸及那雙一向令他迷戀的美目，也不由心驚：

「伊葩爾罕……你……」

瑪弭爾卻滿臉淒厲，吐出冷如冰、堅如鋼的四個字：

「血債血還！」

乾隆猶以為她是因圖狄貢之死，刺激太巨，急道：

「圖狄貢是病死的，不是我殺的！」

「大、小和卓呢？死在南疆戰場上的維吾爾族人呢？古麗母子呢？是誰殺的？」

乾隆尚未會意她已洞悉內情：

「那要怪小和卓……」

這一言，卻更觸動瑪弭爾的新仇舊恨：

「怪小和卓！是怪他！怪他不該有一個令你想得到的妻子！怪他不該掉進別人逼他造反的圈套！不逼反他，不殺死他，你的『寶月樓』只能永遠空著！」

乾隆這一下真傻了。心中電轉，卻想不出一句話來回應。半晌，也只能喊出一聲：

「伊葩爾罕……」

瑪弭爾腦海中，前塵舊事一一浮現；一切的疑問，都有了解答。

她想起當初兆惠先籠絡回人，好話說盡，誘使他們背叛小和卓。卻在她一聲「不去京師」時，立刻翻臉，以族人性命為要脅！她原以為入京是為小和卓贖罪求恩；雖然她並不認為小和卓有罪。但，族人的性命，拿在「大皇帝」手中，她，不敢不委曲求全！因此，她到了京師，卻不明因由的被送進了「寶月樓」。

原來，從頭到尾，回部一役的目的，就只在逼她入京師，入「寶月樓」！禍因，只為自己的美色。罪魁，卻是這三年來，以「情聖」的姿態，使盡心機，柔情籠絡自己的大皇帝！如此，她如何能和他並存此世！一念及此，便舉劍進逼。

「瑪弭爾！」

郎世寧兩臂平伸，攔住她。她舉劍的手，停在半空中；她怎能殺這樣一個聖善的老修士！經此一攔，她滿腔仇恨，化成既悲且憤的委屈；別人不了解，郎世寧應該了解她的痛苦！他，為何卻攔阻她？

她冷厲質問：

「修士！你為什麼阻止我？我不該報仇嗎？」

「瑪弭爾！我不是阻止你報仇！是阻止你帶給你維吾爾族滅族之禍！你族人受的傷害，已經夠大了……」

瑪弭爾語聲憤怒而不解：

「你……你也以我的族人要脅我！」

「我不是要脅你！他若死了，大清還是會有新皇帝繼位的。那時，不但『回回營』，連天山南北你的族人，都會受到殘酷的報復！瑪弭爾！我不願你因一時仇恨，帶給你死後都不能安寧的悔恨！」

「修士！你不要攔阻我！我不想傷害你，不要逼我！」

瑪弭爾一雙淚眼，怒視著郎世寧身後的乾隆，話卻是對著郎世寧說的：

「他滿手血腥，我一身血債，只有用血還……」

「用我的血吧！瑪弭爾！他的血，只會造成更多的血債！耳撒教我們為和平流血；我的血，是和平的！」

瑪弭爾持劍向前，劍尖觸及了郎世寧的黑色長衫。郎世寧滿眼悲憫的凝視著她：

「刺吧！瑪弭爾！我的孩子！在我身上把你的仇恨發洩出來吧！」

一言入耳，連乾隆也不覺動容：平日臣下滿口的「肝腦塗地」，也不過是「套語」。稍遇挫折，便心懷怨望。郎世寧從沒說過這類的話，在這誰也噤若寒蟬，不知所措的當口，他卻挺身而出保護自己。並願以他自己的血，代他償還回部的血債！

感念一生，羞愧亦起：伊葩爾罕「恨」他，能說恨錯了嗎？平準、平回，他洋洋自得的「功業」，拆穿了，不過只為了美色而已！屍積如山，血流盈野，日後史書會怎麼記載？捫心自問，這「聖德」二字，能曰無虧？

但……他就算能重新來過，恐怕也不免仍會重蹈覆轍！尤其，當他見到伊葩爾罕時。他真的可以什麼都不顧，可以什麼都不要，只要伊葩爾罕在面前！

他目光定定的注視著伊葩爾罕，她沒有看他，只凝視著郎世寧。

久久，哐啷一聲，她手中的劍，掉在地上。伏在郎世寧的肩上痛哭：

「修士……你……叫他不要……再讓我看……見……！我……不能報……仇，但想到……我就忍……不住……想殺……他……」

郎世寧無言地輕拍著她的背，回頭看了乾隆一眼。

乾隆默然；費盡心機，結果……

黯然一嘆，緩緩轉身，步履遲重的向樓下走去……

第二十章

「寶月樓，那回女，怎樣？」

皇太后臉色陰沉。乾隆陪笑：

「還那樣，沒什麼……」

太后冷冷地說：

「你是要等我為你收屍，才算『有什麼』嗎？」

這話入耳，乾隆坐不住了。直挺挺的跪在皇太后面前，像做錯事的孩子，俯首受責。

「出了那麼驚天動地的事，還瞞著我！」

「兒子……兒子……」

見到鬢髮已花白的皇帝兒子，這麼吶吶言不成句的跪著，皇太后又生氣、又心疼：

「是什麼鬼迷了你的心竅？持劍犯上，一已為甚，還能演第二回？要不是那洋和尚擋著，你……你倒說，你是受她那一劍，還是回她一劍？」

乾隆為之結舌。說實在，他沒想過：如果沒有郎世寧橫阻，伊葩爾罕持劍刺過來，他將如何回應。但他知道，他絕不會「回她一劍」的！也許，他閃避……但，這話如何能說？他只有一言不發。

「三年多啦！鐵打的心，也該軟啦！你，是一國之君，就這麼一點骨氣也沒有？讓一個女人，這麼作踐！你，是大清皇帝，作踐你，就是作踐大清！你能受、能容，我不能！」

皇太后一臉冷肅：

「上回，我也已有言在先：下不為例！如今，你還有什麼話說？」

乾隆聞言，神飛魄散。他貴為天下主，唯一得罪不起的人，就是皇太后！除了「祖宗家法」，他唯一不能違抗的，就是慈命「懿旨」。登基二十八年，皇太后和他母子之間，母慈子孝，皇太后也從來未動用過「懿旨」來制裁他。如今，他若不能挽回慈心，「懿旨」一下，他也無力回天！那，伊葩爾罕……

情急之下，他雙手把家居戴的紅絨結帽摘下，放到地上。垂淚：

「兒子……玷辱威儀，不堪為天下主。情願遜位禪讓……皇太后開恩……」

皇太后被他這一舉動嚇住了，氣得渾身打顫，指著他：

「你……你……」

這人人稱道「強爺勝祖」的兒子，竟「不愛江山愛美人」，沒出息到連皇位都可以不要的地步！

她一時分辨不出，他是真的，還是以此「將」她。但，她至少看清了一點：眼下，不能再逼他了！不然，怕真逼出事來！但，也絕不能就此了事，總得拿捏住一個立足點，不能自失身分。而且，得進可攻、退可守，卻又能讓皇帝兒子下台的辦法來。

自己想辦法，不如把燙手山芋丟給他。於是，在刻意僵持半晌後，她冷冷地問：

「我要說殺了她，你是連皇位都可以不要。我要你放她回她故鄉去，你又捨不得。你自己說，你要我怎麼辦？難不成，就這麼成日價的，把心提在手上過日子？」

說到這兒，倒真觸動了母子天性，傷心起來：

「我已是風燭殘年的人了！經不起這防不勝防的驚濤惡浪！」

「兒子……不孝！皇……額娘……慈悲……」

乾隆心亂如麻，只能碰頭求赦。皇太后嘆口氣：

「唉——冤孽！」

半晌，以較平靜的口吻，問：

「你自個兒想吧！你要想出能教我放心的法子，我就撂開手，否則……」

如何能教皇太后放心？以前，還算可以「互不侵犯」。如今，那日伊葩爾罕的話，又在他耳邊迴旋：

「叫他不要再讓我看見！見到他，想到……我就忍不住想殺他！」

事實上，過去，伊葩爾罕就幾度以言辭相激，意圖激他殺了她。

這還是以前。如今，更明擺著「誓不兩立」。在她根本不惜一死，甚至「視死如歸」的情況下，除非如她所言：「不要再讓她看見」他，更如何能使太后「放心」？

一日不見如隔三秋呵！可是，他既不忍殺她，又捨不得放她，唯一可走的路，只有「不見」！

終於，他抬起頭來：

「兒子……不去『寶月樓』了……」

「你能做得到？」

皇太后進逼一句。乾隆痛苦的掙扎半晌，一咬牙：

「做……得到……」

「如果……你做不到呢？」

乾隆一愣，只好硬著頭皮：

「任憑皇額娘處置……發落。」

皇太后沉默半晌，才緩緩開口：

「君無戲言！」

這四字，說得平緩，卻重如千鈞，當頭壓下。乾隆下意識的運力相抗，旋即明白：自己根本無力抗拒。人情、國法、天理，皇太后都占全了。他，一敗塗地！

唯一差堪告慰的，只是幸得保全了伊葩爾罕，那他愛之入骨，卻恨他入骨的香妃！

「皇太后這就饒了那回女了？」

穎妃大不以為然。她苦心籠絡壽春、寶春姊妹，得來這驚天動地的大消息，原以為，必可置那令人思之生恨的「香妃」於死地。豈料，竟然又是一場空！

皇太后半晌無言；她豈聽不出這話中隱含的責備之意？換在平素，這是無禮頂撞「大不敬」，而此時此際，連她自己也有些感覺無法交代。只能嘆口氣，道：

「皇帝連頂冠部不要了，你教我怎麼辦？我是可以硬咬著牙殺她呀！殺了之後呢？這後果；我不敢想呀！」

她一頓：

「尤其，當時皇帝就跪在跟前，苦苦哀求！」

這倒真是個難局。當著皇帝面，硬下「懿旨」，殺了他心坎上的人，那可能激出的後果，的確如皇太后說，是「不敢想」。

但……她真平不了這口氣！這些時日，除了新封為「容嬪」的和卓氏，真是東西十二宮，都成了沙漠了。別說雨露，連皇上的面都見不著！

她卻也由皇太后一番話中，聽出皇太后對自己幾近質問語氣的不滿；她本機敏，豈肯因小失大？未挽帝心，又把皇太后得罪了？

忙換了體恤又陪笑的語氣：

「皇上也真是的，就奴才們，也都知道皇太后一片慈母心哪！皇太后還不是為了擔心皇上的安危嗎？還這麼跟皇太后撒賴！」

把乾隆不惜禪位之舉，淡化成了兒子對母親的「撒賴」，倒頗能投合心理負擔過重的皇太后之心；如此一解釋，「問題」似乎就不那麼嚴重得叫人喘不過氣來了。

心上一鬆，臉色稍霽，穎妃故意吞吞吐吐：

「只是……這麼懸著，總也不是辦法；萬一……奴才也知道，聖天子百靈庇佑，只是，不怕一萬，只怕……萬一……」

「皇帝答應了，往後不再往『寶月樓』去……」

穎妃點頭：

「這倒是讓皇太后放心唯一的辦法。只怕，像皇上那麼癡迷苦戀的，自己也管不住自己！」

一言中的，正戳中了皇太后的心事。頓然，愁容滿面：

「我是把話說在前頭了，『君無戲言』！他若失信，就怪不得我狠心，只是……」

「依奴才想，只要皇上在跟前，皇太后母子情深，再也禁不起皇上的苦苦哀告，下不了狠心；上回，皇太后不也說了『可一而不可再』嗎？」

皇太后深深嘆息；此言一點不差！只要乾隆哀告求情，她一見這麼一個年過半百，平日威儀赫赫的皇帝兒子，往面前一跪，心就軟了。

「那……」

「皇上若能遵守諾言，不再往『寶月樓』去，自然天下太平；皇太后也不用再憂煩掛慮了，咱們大清宮裡人那麼多，哪在乎多賞那回女一口飯吃；就算她住大牢，也少不了那一口飯哪！可是……皇上若是說了不算……」

「看他拿什麼話回我！」

「太后！恕奴才放肆！依奴才看，要了斷這禍根，就絕不能召皇上來問。前兩回，不都是一責一問，皇上一求情，才不了了之的嗎？要了斷，就得快刀斬亂麻，根本不教皇上知道！」

方才一席漂亮話，原是個門面。這番話，她才露出了本心；她深知皇太后本性仁懦，又愛子心切，當著她的皇帝獨子，是絕下不了狠心的。只有設計，加強皇太后心中的憂懼，認定伊葩爾罕不除，就無安寧之日。再確信，必須「先做再說」，才能解決問題。

這些話，目的不在立刻「執行」，而在於給皇太后心裡撒種；先讓皇太后默喻於心，到「水到渠成」之日，這些，就等於出於皇太后自己的「睿裁」，與她無關了。那些門面話，不過是緩衝；免得皇太后產生反感與戒心而已，因此樂得大方。

果然，皇太后點點頭：

「唉！怕真得先做了再說才行。但願……皇帝自己言而有信，不然，怕……只有傷他心了……」

穎妃心中暗喜，口中卻道：

「別說皇太后不忍傷皇上的心，奴才們，也不忍皇上傷心哪！只是，若不傷心，就要冒傷身、傷命的險，可叫人怎麼辦呢？如今，只能希望皇上真能『君無戲言』了，也免得皇太后為難！」

如此貼心知意，又通情達理，皇太后對穎妃的寵信，不覺又增了三分。順著話，嘆道：

「唉！但願他……『君無戲言』……」

悶坐與「寶月樓」一池之隔的瀛台，乾隆展玩著郎世寧畫的香妃圖像，郎世寧以西畫技法融入畫中，人物格外栩栩如生。香妃，一顰一笑，俱足動人。奈何，盈盈一水：

「迢迢牽牛星，皎皎河漢女……」

方吟兩句，又覺譬喻不倫。牽牛織女，兩情相悅，方可云：「盈盈一水間，脈脈不得語」。而他，徒然枉拋心力，伊葩爾罕何嘗回顏一顧？

以前，還只是對他視而不見，置若罔聞。他卻還是見得到她那絕世姿容，聽得到她的鶯言燕語。不時她那非蘭非麝的淡淡體香，還若無若有的拂上鼻端，令他心魂俱醉，相看不厭。

而如今……

他，並不怕她拿刀動劍真傷得了他；他自幼習武，絕不至於躲不過去。只是，想到她對他那如抱「血海深仇」的恨，他的心，就如亂絲一般，無從理清。又如打翻了五味瓶，五味雜陳，分不清酸甜苦辣。

從沒想到一個「情」字，能把人播弄到這田地！自幼至長，別人的敬、畏、忠、愛，處處以他為中心，處處體貼迎合。在他，是習以為常，理當如此，居之不疑的！雷霆雨露，都是恩澤，有誰懷疑過這一點？

尤其後宮，只要他對誰稍假辭色，不管是皇后、是宮女，還怕那人不受寵若驚？

「愛」！他一向得到的太容易了！容易到讓他認為：天下女子沒有不仰伺顏色，盼望「雨露」承恩的！

在他立意平定回部，消滅小和卓時，對那有絕代姿容，並懷天生異香的伊葩爾罕，也存著同樣的想法。

那時，與其說他「愛」伊葩爾罕，不如說好奇；又氣不忿：他貴為天下主，豈有「天下第一美人」竟為別人擁有之理？亡人之國，滅人之族，主要原因，竟只因此一念！

是「報應」嗎？伊葩爾罕的美貌、異香，果然名不虛傳，絕世無儔。而她的堅貞、剛烈，亦絕不遜於美色，同樣「絕世無儔」！

他從小聽說過，曾祖順治皇帝對端敬皇后董鄂氏的癡情；他自不敢肆言批評祖宗，私心是不以為然的。直到孝賢皇后——蘭沁薨逝，他才理解、也嘗到了鴛鴦折翼的痛苦。

但，那還是與順治爺癡情苦戀的情況是不同的。他與蘭沁是「結髮夫妻」，他們之間，從來沒有橫阻或艱危可言；她原本就是父皇、母后在他還是「皇四子」時指配的嫡妃，理所當然的在他登基後晉皇后位。與他兩情歡洽，互許為今生知己！

雖然，他們也因著三個孩子的夭亡，而嘗受到巨大的痛苦。但，即使在那樣的情況下，他們仍是彼此「相濡以沫」的愛侶，得以攜手走過傷痛的日子。無論如何，他們曾經有過二十年相依相守、相愛相親的美好歲月。那一段日子，他們有如比翼雙飛的人間仙侶。

他們之間的情愛，是深長雋永的。對他，當然還是嫌短暫。但彼此付出的深情摯意，卻使兩情圓滿無缺！

由於他與蘭沁之間的感情太深，使他沒有想過，他還會再去「愛」別人。他以為，自己的情，已隨著蘭沁埋葬了。他準備就在對蘭沁永恆的思念中，了此一生！

不意，伊葩爾罕卻在他一念好奇，與一念不平中，這樣奇特的走進了他的生命！而自己一旦再陷入情網，方知原先以為的「不合理」，卻全「合情」！

順治爺當初為了對董鄂妃的癡戀，竟自納弟婦於先，為董鄂妃之喪削髮於後。甚至，他的死，也不僅因為出痘，更因為他對人世已無留戀，無復生趣。這些他曾「不以為然」的事，到自己嘗過了為情所苦的滋味之後，不但不敢對曾祖順治皇帝有半點輕慢之心，反而嚮往羨慕。

順治爺比他有福！當時的皇貴妃董鄂氏，亦以同樣的深情摯意回報。不像他，只落得「片面相思」；伊葩爾罕對他，只有仇恨和殺機。

她在第一幅畫像中，就表明了這一點！那穿著一身鎧甲的「㛂嫿將軍」，對他，沒有半點柔情，他，卻春蠶自繭！

自伊葩爾罕的畫像中抬起頭，對岸「寶月樓」中燈火已滅了。伊葩爾罕想必行過宵禮，安然入夢。

他不知道，她夢中會有什麼？但他知道：絕不會有自己！

一日相思一日深！時序由秋入冬，乾隆感覺，自己對伊葩爾罕的思慕，竟是日日加番的向上堆疊。他也勉力於政事；聖賢之君，畢竟是他自幼所受的教育，和對祖父康熙「典範在前」，立下的志向。他讓自己忙碌，只為，他一閒暇，伊葩爾罕的倩影，就如蘭沁初逝的那段時日，占據了他整個腦海，拂之不去！

是不是人都有些「犯賤」？想到這兩字，他自己也有些啞然失笑；天下，誰敢用這兩個字形容他？

可是，就他對伊葩爾罕用情之深、之苦、之無望、之無悔，不是「犯賤」是什麼？

可是：「太上忘情，下不及情，情之所鍾」……

伊葩爾罕的動態，他是知道的。他雖然不去，「寶月樓」的首領太監，卻常應召來向他報告；不外乎飲食如常一類的泛語。

反倒是郎世寧探訪、交談，所見深入些。卻也全無「好音」；伊葩爾罕如今人不離劍，劍不離人。郎世寧也認為：皇上最好不要再上「寶月樓」了。而且：

「依老臣之見，這樣僵持著，也不是長久之計。皇上若真愛她，何不成全了她？她的哥哥圖狄貢遺願歸葬故鄉，皇上若開恩，讓她回故鄉，了此心願。她再恨，也總會有幾分感激的！」

乾隆嘆口氣，搖搖頭；如今，知道她在「寶月樓」中，心裡多少還有些安慰。一旦萬里遙隔……他不能想！

「那皇上準備把她幽囚到幾時呢？到她白了頭，還是閉了眼？」

郎世寧因著不平，有些動氣了。他不認為這叫做「愛」！他在宗教薰陶中，為「愛」下的定義，是犧牲、是奉獻、是成全！而口口聲聲「愛」伊葩爾罕的皇帝，卻只犧牲他所愛的人的幸福，成全自己占有的自私心態。在他看來，這是既不公平，又殘忍的事。

乾隆在他的言辭中悚然：歲月催人！伊葩爾罕也會在月圓月缺中衰老！這是他不曾想過的事。

不！美人遲暮，情何以堪？他竟在「君無戲言」的約束下，讓流光空逝。如果，有朝一日，他再上「寶月樓」，發現伊葩爾罕已雞皮鶴髮……

不！他斷然否決了這可怕的預想。如果，他不珍惜伊葩爾罕如今青春年少的玉貌珠顏，在眼下供養，豈不真暴殄了天物！

反正，局面就是如此了！只要他離她遠些，又令侍衛左右環護，安全無虞，也可以向皇太后交代得過了。他原先一直指望著伊葩爾罕回心轉意，既然是萬無可能，總要把她的美，欣賞個夠，才不枉自己一番癡情戀慕！

竟如賭氣一般，他心裡倒有了「豁出去」的痛快。

「怎麼你也說『幽囚』呢？『寶月樓』不是冷宮呀！朕也絕不會任由她紅顏老去！要老嘛，也是與朕白頭偕老！」

也許就這樣「相對無言」的白頭偕老吧！至少也得「相對」！

「起駕『寶月樓』！」

乾清宮總管太監，首先嚇得魂不附體：

「萬歲爺！萬萬使不得！萬一皇太后知道了……」

這倒不能不顧慮。他嚴命左右，不許到皇太后跟前饒舌。又加強「寶月樓」的防護，帶了貼身侍衛：

「朕這樣『如臨大敵』的去，便是皇太后知道了，也可以放心。天塌下來，有朕頂著，只要你們嘴閉緊一點，皇太后又如何會知道？」

心念既動，便迫不及待。喝了一聲：

「還不起駕嗎？」

目送皇帝上了便輿，郎世寧一陣說不出的迷惘。不自覺，畫了一個十字，口中喃喃：

「可憐的孩子，可憐的瑪弭爾！」

第二十一章

「他……又上『寶月樓』啦？」

「是！奴才奉皇太后懿旨，不敢不報！」

乾清宮總管太監王忠，見皇上一意孤行，又「領教」過伊葩爾罕仗劍怒目的場面，想起皇太后的切責，穎主子的要脅……聖駕一離「瀛台」，他便直奔慈寧宮：好歹，先脫了自己的干係再說。

皇太后臉色陰沉；對皇帝，她是徹底失望了！對那「寶月樓」回女的忍耐，也到了極限。

她回頭吩咐宮中太監：

「召穎妃！」

穎妃聞報即來。一見王忠，心裡已有數了，卻只依禮請安，靜待皇太后開口。

「他……又上『寶月樓』了！」

皇太后艱澀的說。穎妃故作失色：

「皇太后不是說了『君無戲言』嗎？那……」

「君無戲言」一語，戳到皇大后心中最痛處；在這樣「信誓旦旦」之下，他都把持不住，還能指望什麼？一時悲憤怨怒交織：

「『君無戲言』！他可以說話不算，我不能！事不過三，我對他也算仁至義盡了，怪不得我！」

吩咐王忠：

「馬上到『寶月樓』傳懿旨。令那回女自盡！」

穎妃心中大快，卻攔住：

「皇太后，這事不能這麼辦！」

皇太后一愣：

「不能這麼辦？」

「恕奴才放肆；如今，皇上必正在『寶月樓』。便不在，也一定有眼線在。必然一面敷衍，一面飛報皇上。那時，皇太后豈不為難呢？」

「那……」

「奴才請旨，問王忠幾句話。先弄明白，皇上憋了這些日子，怎麼一下又憋不住了。」

見皇太后點頭，王忠不待問，就磕頭回道：

「這些日子，萬歲爺常命駕西苑瀛台，隔著太液池，朝著『寶月樓』嘆氣，心事重重的。今日又命郎師傅……」

「那個洋和尚畫師？」

「是！萬歲爺命郎師傅去探望。郎師傅回來，勸萬歲爺放伊葩爾罕回故鄉去……」

「這是正論！」

「萬歲爺不說話，只搖頭。郎師傅問：難到要把伊葩爾罕幽囚到白了頭嗎？萬歲爺嘀咕了幾句，說什麼『白頭偕老』，就命侍衛起駕了。」

「白頭偕老」四字，直氣得皇太后臉色鐵青，胸脯起伏。穎妃自然更心中泛酸，冷笑：

「這麼看。皇上是應了『臨老入花叢……』」

一想，下句不妥，忙嚥下，皇太后卻接了下去：

「『至死無悔』！他心裡、眼裡，還有我這額娘嗎？還有大清嗎？」

不覺遷怒：

「你們就不諫阻嗎？」

王忠苦著臉碰頭。

「奴才不但攔著，還提醒萬歲爺，萬一皇太后知道了……萬歲爺說：要奴才們把嘴閉緊點。又說，他多帶侍衛，皇太后就可以放心了。天塌下來，有萬歲爺頂著……」

「那就不能怪你了，起來吧！」

穎妃道。王忠磕頭起身，鬆了一口氣。卻又憂慮道：

「皇太后懿旨，命奴才來稟報，奴才不敢欺瞞皇太后。可是，萬歲爺要知道奴才來報……」

「你這就回去，只當沒來過。皇太后也『什麼都不知道』，你明白嗎？」

王忠想想，會意：那邊要瞞著這邊上了「寶月樓」，這邊也要瞞著那「已知道」他上「寶月樓」的事實。總而言之，只當他沒來過，回去閉著嘴就對了。又忙磕頭謝恩：

「謝皇太后，謝穎主子！」

打發了王忠，穎妃見他出了宮。才屈膝請罪：

「奴才專擅，皇太后恕罪！」

「起來！你這麼做，一定有你的緣故；聽你這意思，是不讓皇帝曉得我們知道他去過『寶月樓』了，是不是？」

「是，奴才正是這個意思！」

皇太后不解：

「讓他曉得，好警惕點，不好嗎？」

「皇太后若知道了，就必得馬上發落；不發落，等於默許，以後就不能辦了。如今要發落，又礙著皇上，不如假裝不知道。」

「這話……也對……」

「還有一層。皇上背著皇太后上『寶月樓』，必然也防範萬一皇太后知道了的後果。到頭來，總歸還是不了了之。往後，皇太后倒不好再管了，也只有讓皇上『白頭偕老』去！」

皇太后嘆道：

「要真好好的『白頭偕老』，我操什麼心？他，倒想得美呀！人家，可是拿著劍等著呢！」

「所以，一定得一下就『了斷』了，不能拖泥帶水！奴才想了好久，皇太后要『發落』，只有揀皇上不在宮裡的時候，一下子了斷。在那之前，最好是讓皇上根本沒戒心，也不防範。否則，終歸難辦！」

皇太后默喻於心，點點頭：

「這話對！唉……母子呀！也得這麼用心算計！」

說著，忍不住落淚。穎妃深恐她一下心又軟了，道：

「誰願意這樣呢？不都為了怕皇上受到傷害，動搖了大清的根基嗎？」

這頂「大帽子」一扣，皇太后不能不凜然：

「等皇上不在宮裡……。如今冬月了，冬至，依例皇帝要禱天地圜丘，夜宿齋宮……就那時候吧！唉……等皇帝回宮知道了，不知會多傷心呢……」

「除非，皇太后從此撂開手，再不過問這件事；只是那樣的話，怕皇上心不傷，人倒要傷了。別說皇太后母子關心，三宮六院，誰不是提心吊膽的？這是外邊人都不知道，要是知道，只怕天下億萬臣民，都不能放心！有道是『長痛不如短痛』……」

長長一嘆，皇太后不再言語。穎妃低著頭，嘴角現出一絲勝利的微笑；這一下「敲釘釘板」，再無轉圜餘地了。

在侍衛環護下，登上「寶月樓」的乾隆皇帝，一眼看到伊葩爾罕，一顆久久彷彿沒個著落的心，一下就踏實了。萬斛相思萬斛情，總算尋著了寄託處。

朱顏依舊、綠鬢依舊，連那冷然、仇恨的神情都依舊。在知道無望，乾脆打消了挽回芳心的企圖，他反而更能以一種憐惜、疼寵、又客觀欣賞心情，來面對這豔如桃李、冷若冰霜，戒備的左手執劍鞘，右手握劍柄；劍雖未出鞘，她整個人，卻散著肅殺之氣的伊葩爾罕了。

乾隆一見她容顏未改，先呼出一口氣，旋又暗自失笑；給郎世寧那一句話，弄得心裡七上八下的；彷彿會在這一段「君無戲言」的期間內，伊葩爾罕也如他「一日三秋」的，就紅顏已老，美人遲暮！

不過，倒也得感謝郎世寧提醒。否則，在蹉跎中「等閒白了少年頭」，辜負了秋月春花，畢竟也是憾事！

想到皇太后冷厲的面容，想到「君無戲言」，他也未必不心中忐忑。但……貴為天子呀！連這麼看著自己心愛女人的權利都沒有？他不敢跟皇太后辯駁，心裡卻是一百個不服氣！

他不能不防備，當然，最好皇太后不知道，就天下太平！要皇太后不知道，首先，真得不再出「事」；兩回鬧穿幫，都是伊葩爾罕亮劍。他，多帶侍衛，並保持距離，當可無虞。如今，她雖手不離劍，不就只是戒備，劍卻未出鞘嗎？

另外，他不忘威脅利誘所有在局中的侍衛、太監、宮女「謹守口舌」。那，宮深皇太后遠……

果然，皇太后那邊全無動靜。乾隆放心的吁了口氣；這世上，除了皇太后，誰還敢管他？「寶月樓」去得更勤了，私心想要把那一段空白「補」回來！

「寶春！你說，皇上在『寶月樓』是什麼光景？」

穎妃刻意在后妃們到「慈寧宮」問安的時候，把寶春帶到了慈寧宮，當眾問話。

「奴才回稟皇太后、皇后和各位主子，如今是：皇上一登樓，伊葩爾罕便把劍抓在手上。皇上總對她笑笑，有時，寒暄似的，自說自話講兩句。有時，不說話，離她遠遠的坐著。就像看畫兒似的，看著伊葩爾罕笑。」

「像看畫兒」一語入耳，慶妃先忍不住「噗哧」一聲笑了出來。又忙用手絹兒掩住口，倒惹得其他妃嬪也為之解頤。

這一插曲，完全在穎妃意料之外，且非常不利於她預先的計畫；她素知老太后面慈心軟，尤其對皇上這一獨子，更是寵愛非常。

這些日子，「寶月樓」風平浪靜——她得到的消息，是伊葩爾罕劍不離手，皇上保持距離。深恐原已敲釘釘板的事，皇太后一下優柔寡斷，就前功盡棄。想到伊葩爾罕劍不離手，正好作文章。而且這一回文章，她不私下作了，索性當眾來作，「將」老太后一「軍」。省得眼見臨期了，又生變故！

她要營造的氣氛，是嚴肅沉重的。偏叫慶妃這一「噗哧」，洩了氣。心中惱恨，辭色也就冷厲了：

「皇上的性命，懸在人家劍上！你們還真笑得出來！」

這一責備，話說得太重了，慶妃一向溫厚，嚇得低下頭去。其他妃嬪，也自覺有失檢點，都斂了笑容。穎妃威風十足，這才滿意了。又向寶春發問：

「每回，都這樣嗎？」

「回穎主子，每回都一樣。」

「倒也虧著皇上大人大量，容得下這個！也坐得住，就這麼僵著，夠多難受！寶春，如今，皇上多久去一次？去了，又待多久？」

「大概隔兩、三天吧！很少超過四天的。去了，有時半個時辰、有時一個時辰，說不準。」

穎妃有心把重點移回來：

「那麼長的時間，那回女，就劍不離手？她都做些什麼呢？」

「她劍不離手，除非，該做她的禮拜功；她們的規矩，一天拜五回。平常她就遠遠坐在另一頭，不做什麼，冷冷的不言不語。」

穎妃環視妃嬪們一眼，正色問道：

「寶春！我有句要緊的話要問：你是伺候她多年的人了，照你看，她想行刺皇上，是裝模作樣，還是真的？」

「就奴才看，她是真的！奴才為了不負皇太后和穎主子託付，特別去結交瑪拉；瑪拉，是自願不嫁，服侍她的心腹人。瑪拉說，伊葩爾罕常賭咒發誓，要殺了皇上，報她的國仇家恨！」

空氣一下凝止了，人人心驚肉跳。穎妃適時住口；她知道，這劑猛藥一下，再不容皇太后三心兩意的優柔寡斷了。

從容拜完了宵禮，瑪弭爾站了起來，又是一天的結束。她每晚做完小淨，然後禮拜。拜完後，不管白天多麼紛擾、心緒撩亂，此時此刻，都彷彿得到來自安拉的力量和慰藉，感覺身心潔淨安詳，能平靜的安然入夢。

她習慣禮拜後小坐一會兒，回味這分近於甜美的安詳。

窗外，雨雪霏霏，室內，爐火熊熊。這是她到北京來的第四個冬天了，如今，故鄉必也雪滿天山……

外間一陣語聲吵雜，打斷了她的思維。總管王安在寢門外回稟：

「慈寧宮皇太后有請伊葩爾罕！」

來人說的，可沒有這麼客氣；是「皇太后召見回女」。

瑪弭爾一詫，旋即笑了；她也聽說了，慈寧宮皇太后對她極不諒解。召見她，當無好意。但……穆聖說：要信「好歹都是安拉所定」。如今的她，還在意什麼好意不好意呢？對她而言，又什麼是「好」，什麼是「不好」？

緩步出室，原先來自慈寧宮趾高氣昂的侍衛、太監，見到她，不知不覺便為她的容顏，尤其雙目湛然神光所懾。立刻改容，向前行禮：

「皇太后懿旨：請伊葩爾罕往慈寧宮去。」

瑪弭爾點點頭，問：

「大皇帝不在吧？」

侍衛不解何意，老實答道：

「皇上明日要上天壇禱天地圜丘，夜宿齋宮，不在宮裡。」

瑪弭爾解下佩劍，放在桌上，道：

「走吧！」

王安心中大急，又不敢出言攔阻。見伊葩爾罕上了來接的轎子，離開了寶月樓。他又憂又急，只見侍衛統領也是一頭急汗。搓手道：

「大事不好！伊葩爾罕這一去，怕是回不來了！咱們怎麼向萬歲爺交代！」

侍衛統領道：

「我也知道沒好事！可是，他們奉懿旨而來，偏皇上又不在宮裡！」

「分明看準了萬歲爺不在宮裡！你快趕到齋宮稟報萬歲爺去。否則，萬一伊葩爾罕出了差錯，『寶月樓』裡要沒活人了！」

統領如夢方醒，飛奔而去。

「伊葩爾罕到！」

慈寧宮中燈燭輝煌。聞報，滿宮的后妃，表情各異，卻全不由自主，把目光投向宮門。

一身雪白家常服，衣無華采，人未裝扮，卻一進門，就使人眼前一亮。那分美，那分尊貴、雍容，就映得滿宮珠圍翠繞的後宮佳麗，自慚形穢之心油生。宮門，隨即遵太后預囑鎖閉了。瑪弭爾對宮門下鑰，恍如未聞，從容走到太后座前數步，停下腳步，恭敬躬身行禮：

「真主安拉的平安，降臨皇太后。」

皇太后原先預備了一套厲色疾言，見她如此恭謹行禮，倒有些不知所措，只好道：

「罷了……」

忍不住回頭，向裕貴太妃道：

「真怪不得皇上癡迷，是當得上『絕豔』二字！」

裕貴太妃也嘖嘖嘆羨：

「畫，就夠美得叫人不能信了。人，倒比畫還美上三分！」

見老姊妹倆倒評頭論足起來，且大有憐愛之意。穎妃心中大急，注目之處，找到了扭轉乾坤的話題。冷笑：

「都說你『人不離劍，劍不離人』，你的劍呢？」

這一句話，算是把皇太后偏離主題的心，硬喚回來了。神色又轉為嚴肅：

「是呀！你的劍呢？」

「劍，是用來對付仇人的。這兒沒有我的仇人，不用帶來。」

「你倒真恩怨分明！你的仇人是誰呢？」

問話的，仍是穎妃。伊葩爾罕神色自若：

「大清皇帝！」

說來，這答覆並不出意外。但，如此直率的言辭，仍令在座兩代后妃心神一懾。把握機會，穎妃立刻以咄咄逼人的語氣喝道：

「你好大膽！竟敢口出狂言！你！一個叛酋之妻，本該凌遲處死，皇上赦你不死，你還敢生此恩將仇報、大逆不道的心思！」

瑪琠爾看著她，神色不變：

「我寧可不要他赦，寧可死！」

「那你就去死呀！一個人想死，還不容易嗎？」

一朵苦澀的笑，浮上瑪琠爾清麗的臉頰：

「安拉，是不許穆斯林自殺的。大皇帝又警告我：不可以尋死；我死了，他會以我回部全族人殉葬！」

這一言，卻是皇太后聞所未聞的了，不由同情起這難堪的境遇來。開口問：

「我問你，皇帝待你好不好？」

「好！」

於此，瑪琠爾覺得也不能昧心。穎妃怒道：

「你也知道『好』，還要動刀動劍的！」

「他對我瑪琠爾好，可是，他是我回部的仇敵！他侵犯我們的疆土，殺死大、小和卓，害死無數無辜的百姓！」

「那只怪小和卓造反！」

穎妃立時反駁。瑪琠爾搖搖頭，黑白分明、澄澈的眸光中，帶著慘楚：

「是他設計逼小和卓反！本來，回疆也不是他的，根本不能算反。但他……為了滿足自己的私慾，逼著小和卓不能不起而反抗，使他有進兵的藉口，有殺小和卓的藉口。因為，他……要我！」

這又是不曾聽聞的事，皇太后不覺神色也凝重了。原來……如此！

怪道才好好送美女進獻的小和卓，忽然反了。當時她還有些奇怪，皇帝只說夷狄之邦，反覆無常。照這麼看來，竟是皇帝設下圈套，掠人之地，奪人之妻……

但，自己畢竟是大清太后，不能不迴護兒子：

「事已至此，而且，皇帝一心補過，你也該回心轉意了。」

瑪弭爾凝眸注視皇太后：

「如果，是別人這樣對待大清，被俘受厚待的是皇太后，皇太后會因為他的厚待，就順從他嗎？」

語氣並不激越，卻使皇太后啞口無言，大為尷尬。是呀！如果說「是」，是大清國母，可以因「私恩」而忘「國仇家恨」，失身事敵。若是說「否」，那她所作所為，是報君父之仇、家國之恨，又有什麼不對？

見皇太后沉吟，穎妃以為是氣惱。立刻出頭：

「你敢出言不遜，侮辱皇太后！你可知……」

「穎妃！」

倒是皇太后通情達理的喝阻了。穎妃一愣，隨即悻悻閉口。皇太后嘆口氣：

「照這麼說，你是絕不肯放棄報仇的念頭了。」

「瑪弭爾不能忘了小和卓和成千上萬族人的血債。不能忘了，他們的不幸，是因我而生；大皇帝為了個人私慾，而變成殘酷嗜殺的魔鬼，造成我族人的浩劫……」

「唉！我不能說你錯，可也不能任由你殺了我兒子！那只有……賜你……死。……你……恨我嗎？」

瑪弭爾莊容跪下：

「瑪弭爾為怕大皇帝會令我族人殉葬，安拉又不許穆斯林自殺，才偷生苟活至今。皇太后賜瑪弭爾死，是成全瑪弭爾。瑪弭爾雖然仇恨大皇帝，對皇太后，只心存感激。願安拉降福仁慈的皇太后，只求皇太后，保全我族人。」

「仁慈的皇太后」！原本對敵仇視的后妃，此時此際，也不禁為之動容；賜她「死」，對她，原來竟是一種「仁慈」！

皇太后也不禁雙目含淚，「容嬪」艾伊娜，更忍不住掩面失聲。她也怨過、恨過瑪弭爾；瑪弭爾彷彿是她天生的對頭，從阿巴噶斯到清宮，她都因瑪弭爾而失色！但……

「瑪弭爾……」

顧不得儀制，她出列走到瑪弭爾面前，擁抱著瑪弭爾哭泣。

「艾伊娜姊姊！」

瑪弭爾含淚而笑，笑容中，沒有了悲傷，也沒有了怨恨。她用自己的袖子，為艾伊娜拭淚：

「安拉這樣安排了我的命運，一定有祂的理由！我很高興，我做完了該做的事……」

皇太后嘆息一聲：

「伊葩爾罕！你有什麼交代，就跟容嬪說吧！我會幫你完成心願的。保全你族人的事，我一定辦到！」

「多謝皇太后！」

瑪弭爾再次向皇太后行了禮。轉向艾伊娜：

「瑪拉，請你照顧。交給阿旬，為她擇配一個好青年。把我的東西，都留給她。」

「你放心！」

「請大皇帝，送圖狄貢和我回『喀什噶爾』去。我答應過他，把他送回去安葬在阿巴和加瑪扎。那裡，也是我所嚮往的安息之地。也請大皇帝讓想回去的族人，都跟隨我們回去。」

艾伊娜淚流滿面，自知無力承擔。抬頭望著太后，跪行至太后跟前，匍匐哽咽：

「奴才……求皇太后成全……瑪弭爾……」

皇太后沉重點頭：

「我答應她！問她還有什麼，一併說了。」

瑪弭爾含淚朝上恭身：

「沒有了。瑪弭爾敬謝皇太后成全的恩典！」

皇太后注視她，滿心不忍。明知徒勞，仍忍不住再問一次：

「你……不再想想嗎？你若肯回心轉意，還來得及……」

此言入耳，別人尚可，穎妃大急，深怕希望又落空了，忍不住：

「皇太后，她……」

「穎妃！住口！」

皇太后沉聲喝止。穎妃又羞又怒，卻敢怒而不敢言。

瑪弭爾望著她，帶著悲憐，粲然一笑，更恨得她咬牙。卻聽瑪弭爾道：

「請皇太后賜恩吧！」

皇太后張口，忍著淚，轉頭吩咐：

「侍候……香主子升天……」

一段白綾，是早先預備好的。負責執刑的太監，捧著白綾，走到瑪弭爾面前，一躬身：

「請香主子升天！」

瑪弭爾安然轉身，跟隨他們向偏殿而去。艾伊娜泣不可仰，后妃們見此情景，也不禁鼻根一酸，淚光隱隱。

除了抽泣聲，偌大的「慈寧宮」，鴉沒鵲靜。忽然，一陣急促的馬蹄聲，由遠而近。

皇太后身子一震；她知道，沒人敢在後宮如此急馳，一定是皇帝趕回來了！事到如今，她只能強打精神，支撐應付，沉聲吩咐：

「不許開門！」

一聲馬兒長嘶，接著步履紛沓。緊閉的宮門，被擂得咚咚作響，夾著皇帝的嘶號：

「額娘！皇額娘……開……門……」

裕太妃老大不忍，才喚了聲：

「太后……」

皇太后雙目緊閉，別過頭去。哽咽，卻堅定的說：

「不許開……門……」

門外皇帝哭出聲來。

「皇額娘……求求您！饒赦了……伊葩爾……罕……！皇額娘！兒子給您磕……頭了，開門……呀！」

苦求無效，門上又咚、咚的擂聲大作，夾著皇帝哭號。

「伊葩爾罕！伊葩……爾罕……」

皇太后掩耳，似乎不忍卒聽。滿宮妃嬪，也不敢出聲，卻都滿臉同情之色，紛紛拭淚。

執刑太監自偏殿出來，神色莊肅：

「回稟太后，香主子，歸天了。」

皇太后吩咐：

「抬進來！」

幾個太監熟練的把瑪弭爾的屍體抬入，一個太監，取出一小隻羽毛，放在她鼻下。細茸茸的毛羽，紋風不動，證實瑪弭爾已然氣絕。

皇太后拭去淚，沉聲下令：

「開門吧！」

宮門方開一線，乾隆已兩手用力一分，跌跌撞撞闖入。一見已玉殞香消，平臥地上的伊葩爾罕，淒厲銳喊了一聲：

「伊葩爾罕——」

步履茫然又遲重的，走到伊葩爾罕屍身前。執刑太監自有分寸，伊葩爾罕容顏如生，也沒有痛苦掙扎的表情，安詳如睡。

乾隆向她伸出手去，卻又停在半空；他不敢碰她！她的玉潔冰清，使他不覺自制。

就這樣，如一座雕像。他凝視著伊葩爾罕，一切的思緒，都在痛極中抽空了。

誰也不敢出聲，他那沒有眼淚、沒有表情的樣子，震懾了所有的人。久久，皇太后心痛又憂急，哭喊了一聲：

「皇帝！曆……兒……」

「皇額娘……」

皇太后傷痛的表情，逐漸喚回了他的意識。

猛然心中一痛，撲向皇太后膝前，痛哭：

「皇……額娘……」

尾聲

默立在「寶月樓」那扇面對回回營的窗前，陣陣誦經之聲入耳。回人，正在聚禮，為他們的「伊葩爾罕」虔誠祈禱。

一隊馬車，停在街口。儀式完畢，幾個回人，抬出了兩具棺木，恭敬慎重的安放在綠呢為幕的靈車中。幾個婦人，陪著一個素服女子走出來，上了另一輛馬車。

乾隆認得出來，那素服女子是蘇黛香。她，將萬里跋涉，把圖狄貢和瑪弭爾兄妹的靈柩，送到喀什噶爾；他們的故鄉，完成他們歸葬「阿巴和加瑪扎」的遺願。

車聲轔轔，回族男女老少，追走相送。

伊葩爾罕回「家」了！這大概是他做的唯一合她心願的事。

他原本也是不肯的；他不要伊葩爾罕離開他！不論是生，是死！

皇太后，把伊葩爾罕在「慈寧宮」中的話，從頭敘述了一遍。最後，問他：

「她，可說是恨你至死！你要她九泉之下都恨你嗎？」

慈寧宮中，字字句句，都是血淚的控訴。他，無可辯解。皇太后雖然賜死縊殺了她，卻對她充滿了同情與憐惜。而她，為皇太后的「賜死」，而感謝皇太后「仁慈」！

他復有何言？她，真如皇太后所說：恨他至死！

她責他為惡魔，責他滿手血腥；就為了得到她，他做了一切令她仇恨的事！可是，他真得到她了嗎？他想起她那澄澈秋波中的冷然和仇恨；萬里興師，他真正得到的，只是她的恨！

車聲遠了。他感覺，這一切都恍如一場夢，一場永遠悔不盡、喚不回的……夢……

繪者： Hiroshi 寬

【附錄】

由〈寶月樓自警詩〉看「香妃」

講起「香妃」，讀過孟森先生《香妃考實》的朋友，大概都會表示懷疑：

「不是說：那是『容妃』嗎？」

香妃與容妃是二？是一？至今仍聚訟紛紜，未有定論。我素不好辯，只是寫我自己的看法。我認為：香妃、容妃並非一人！因此，在我的《埋香恨．香妃》小說中，這兩個人都出場，她們是好友，容妃還二度視香妃為「情敵」——第一次是為小和卓霍集占，第二次是為乾隆。

「香妃」由西北邊陲進入清宮，源於乾隆期間的平準、平回之役。為了能了解「來龍去脈」，我倒是用了相當多的時間和心力，去探究大清與準噶爾、回部之間的關係。甚至因此，還寫了一部康熙平準、定藏的小說《萬里煙塵錄》。雖然因為這部小說與「香妃」沒有直接的關係，因此，當年沒有發表，後來也沒有出版。但對我個人而言，寫這一部小說，卻也是非常大的自我突破；脫離了我過去熟諳的「人文」與「宮廷」領域，而把「觸角」伸到了過去完全陌生的邊疆：蒙古、天山南北，乃至西藏。

「香妃」雖於「正史無徵」，但乾隆朝平準、平回之役，卻是列入「十全武功」的，資料非常豐富。雖然這些史料大都是「大清」的「片面之詞」；從「大清」的角度，不斷責備準部、回部「辜恩」造反。可是就整個事件來看，「大清」這些說詞，實在有著「理不直、氣不壯」的「情虛」。即使沒有「香妃」這個「疑案」牽扯在內，恐怕也出於大清侵略野心作祟，蓄意「逼反」準、回兩部，好有個「平亂」的藉口，以掠人之地、屠人之民；平準之役，準噶爾部所遭受到的，幾乎是「滅族」式的大屠殺。殺到整個天山北路，血流成河，千里曠野，幾無人煙！

這一件駭人聽聞的大屠殺，理由絕不充分！只因準部內亂，輝特部台吉阿睦爾撒納向大清借兵平亂。而事實上，因為當時的準噶爾汗達瓦齊暴虐，準部的台吉們都被壓迫得受不了。這一役，阿睦雖向大清求援，但一路之上，都由甚得準部人心的阿睦在前面「開路」，各路台吉聞風迎降，可說是「兵不血刃」的，就直驅伊里（準噶爾首都）；後來大清為紀「犁庭掃穴」之功，而改名「伊犁」。

「請神容易送神難」！乾隆皇帝認為：天山北路，「應該」就此成為大清的「囊中物」了。封了阿睦一個有名位、無實權的虛銜「雙親王」，阿睦就應該感激涕零，乖乖把天山北路的土地、人民雙手奉上。

阿睦心懷不平。因為，他雖說是向大清「借兵」為後盾，其實，一未使用大清旗纛，二未動用大清兵卒；「兵不血刃」之功，是因他在前「開路」。台吉們之所以「迎降」，迎的是他、降的也是他，與大清無關！在這種情況下，阿睦想自立為「準噶爾汗」，就他的立場而言，並不算過分；事實上，他也可以說是準部眾望所歸的領袖人物。比方說：一家人鬧家務，請外人來「調停」，也不能說調停之後，家產就該歸調解人所有吧？

可是，乾隆卻不作此想。他一心想要完成他祖（康熙）、父（雍正）兩代的「未竟之功」。

如今機會送上門來，一心想要「強爺勝祖」的他，豈肯錯失良機？於是，你該「識相」，不要囉嗦的「俯首稱臣」！你不同意？那就是你「辜恩造反」，乾脆「滅族」了帳！

乾隆對待準部，凶惡殘暴到沒有「人性」！竟至搜剔窮山惡水「趕盡殺絕」，連老弱婦孺也一概不留活口。以致於：清兵過境，天山以北，無復人煙。從此，大清堂而皇之接收了「大西北」地區，並駐軍、移民「屯墾」，得意洋洋的訂名為「新疆」（新開拓的疆土）、「伊犁」（犁庭掃穴平定伊里），這兩個地名，實在是用準部的鮮血寫成的！

準部一向剽悍，又與大清為「世仇」；從康熙、雍正兩朝就一直戰戰和和。而且，康熙朝，是當時的「準噶爾汗」噶爾丹發動攻勢的；他不但席捲了漠北，大兵甚至逼近到距北京只七百里的烏蘭布通！使康熙深為困擾，因而反攻。幾度親征，最後迫使噶爾丹窮蹙自殺。他的侄子策妄阿拉布坦，則在康熙輔佐支持下成為新任的「準噶爾汗」。本來康熙之意在於籠絡，沒想到，他壯大之後，又開始反撲。

因此，大清對準噶爾「志在必得」尚有一說。天山之南，回部的維吾爾人，基本上來說是一個「溫和」的民族，並不剽悍。而且，與大清素無瓜葛，更談不上仇隙。也因其溫和，在「小和卓」——香妃的丈夫霍集占——祖父那一代，就被當時的「準噶爾汗」噶爾丹，從天山以南的回部，俘虜到天山之北的準部。名義上他還是「回部領袖」，實際上，被準部當成「農奴頭子」；準部只長於遊牧，不善農耕；農耕之事，就是回人的工作了。而且相待極為苛刻；每一丁口，一「八柵爾」（七天），要交一匹布，或數頭羊，或一張猞猁皮。此外，農耕的收成，是雙方聯合收穫，各得其半。而回人的那一半，還要再交出十分之一給準部當「糧稅」。

如此苛刻的待遇，都未曾「逼反」當時回部的領袖大、小和卓兄弟。由此可知，小和卓並不是天生「叛逆」的；否則在準部欺壓下，早就「反」了。

阿睦對大清不立他為「準噶爾汗」，只封他為「雙親王」，又一直催逼他入京「面聖」，不滿且心生疑懼；事實上，大清也因他才能卓越強幹，而且在準部，他是眾望所歸，極具號召力的「輝特部台吉」，也怕準部會在他的領導下，壯大強盛到無以節制。逼他入京，對他還真的不存好意；打的如意算盤，是把他「軟禁」在北京，將他與他的族群隔離，以便他們掌控，乃至生殺由心。

他在對乾隆的野心有所認知後「反」了。在阿睦初定伊里時，便主張釋放小和卓與他的哥哥大和卓，帶著被虜到北疆的回人，一同返南疆故鄉。而大清居中留難；兩兄弟只許一個率族人返回南疆。小和卓毅然決定讓他的哥哥南返，自己留下；等於是被大清拘押在北疆的「人質」；在那時，必已種下他對大清「不信任」的種子。

後來，看到他好友阿睦的遭遇；因阿睦對大清「巧取豪奪」的疑懼，起而反抗所遭受的報復，竟是「滅族」式的大屠殺時，對大清的恐懼和不滿，可以想見。因此，他趁亂潛逃。回到南疆之後，便不願再「臣服」於大清，屈居人下，任人宰割了。

以回部的「實力」來說，小和卓不可能、也絕不敢存有與大清為敵「對抗」之心，只是想「楚河漢界」的互不侵犯。

本來，天山之南的「回疆」，與大清的「皇都」北京萬里遙隔。而且，也從來未曾入過「大清版圖」。回部想自立，並不為過！而大清的「反應過度」，實也令人不能「無疑」；到底是為了什麼？

更奇怪的是：萬里興師，對大、小和卓，是不「置之死地」，誓不干休。而「亂」平之後，不但已於「西苑」建了「寶月樓」。後來更建了回回營、清真寺等「西域式建築群」於寶月樓外。又設「回回學房」於宮中，令宗室子弟學習回語；連乾隆自己，都略諳回語；這似乎又太「寵遇優渥」了！

如果說，這是為了回部當初表示臣服，而「進獻」給大皇帝，並已納入後宮的「和貴人」，說服力實在不夠；大清對於「后家」，也從無如此恩遇！何況，當時這位回部的美人，還只是在有「名位」的「主位」中品級最低；可以說僅比高階宮女「答應」、「常在」，稍高一籌的「貴人」而已。

在乾隆「御製詩」中，有一首〈寶月樓自警詩〉。其中有這麼兩句：「卅載畫圖朝夕似，新正吟詠昔今同」。其中「畫圖」何指？竟能令他「三十年如一日」的朝夕不忘？

孟森先生說：此詩作於「乾隆五十六年」，距容妃之死「三年」，所以「殊有悼亡意味」。他也認為「畫圖」，可能就是現在一般人都知道的「香妃戎裝像」；但他認定那是「容妃」。可是，「卅載」是「三十年」，不是「三年」！而且，對一個就生活在身邊，隨時可以「召幸」的妃子，絕不會去對畫像「懷念」，其理甚明！則此「卅載」的女子，顯非「容妃」。而「寶月樓」中，必另有一個令他終身念念不忘的回族女子；那一女子，顯然不可能是因著時間，才慢慢由「容貴人」、「容嬪」而升至「容妃」的後宮妃嬪，也因此，他只能寄情於「畫圖」。

「平回」之役，發生在乾隆二十四年，「香妃」入宮，約在乾隆二十五年。正由於「香妃」對他的始終冷漠，甚至仇恨，因此才有命郎世寧為香妃「畫像」的事；由時間推算，恰合於「卅載畫圖」之說。

同為「回女」，「容妃」是在「平回」一役之前，由回部敬獻給乾隆，表示友好而納入後宮的美人，與「香妃」的際遇顯然不同。也因此，容妃對乾隆的寵愛是順服且感恩的。她雖入宮「承寵」，於乾隆五十三年亡故，但乾隆對容妃絕不可能有這等「癡情」！理由很簡單：大凡「可歌可泣」的愛情，不是「得不到」的，就是「殘缺」（生離死別）的！一般人尚不免「得到」了就「不珍惜」了，何況風流皇帝乾隆？乾隆宮中，「有名有姓」（進入《清史．后妃列傳》）的后妃，就達三十餘人！會對一個已五十幾歲，正常因病死亡的「老妃子」念念不忘？那是「情聖」，絕不會是乾隆皇帝！能令這樣一個皇帝念念不忘的，只有或「得不到」，或「早故」，而成為「終天情恨」的，才有可能。那，又會是誰？能是誰？

依照他詩中的自敘，她必須具備幾個條件：

一、必須是居住在「寶月樓」，且有可資懷念的畫像；才能對景、對畫思人。他的原配「孝賢皇后」，雖然是他的「最愛」，並一生懷念不忘。但孝賢皇后薨逝於乾隆十三年，距他作〈寶月樓自警詩〉的乾隆五十六年，相去超過四十年！而且，當時，大清與回部還沒有任何的「交集」，不可能有西域式建築，更不可能為孝賢建「寶月樓」。

二、必得是個「回女」。「寶月樓」外西域式的建築：「回回營」和「清真寺」才能有「著落」。

三、必然是「得不到」，或「早故」的。只有這樣，才具有一生難忘的「致命吸引力」。

四、必得不是後宮妃嬪，才能不受宮中的「體制」約束。依郎世寧留下的諸多畫像，此女絕不可能住在「後宮」。大清後宮尚稱「謹肅」，大約也不允許某一個妃子「破格」，只替她一個人畫上那麼多的畫像。郎世寧與他的學生，也為乾隆後宮妃子畫過像，但大都是正式的「朝服像」。而被指為是「容妃」的「香妃畫像」，有戎服像、漢服像（也有人認為是「清服」，但一般女子穿的「清服」是較合身的「旗袍」；長袍窄袖，外加坎肩。而不是圖中顯然「兩截穿衣」寬袍大袖的服裝）、洋服像、回服像；而且，這些都是西洋畫師郎世寧的「寫真」畫作。我們並沒有看到乾隆後宮中，其他的妃嬪「比照辦理」；穿著不同的服飾由郎世寧畫像。這種情事，顯然必得在後宮的「體制」之外，才有可能。而且比較奇怪的是，反而沒有看過「香妃朝服像」。

這被乾隆無比「珍惜」的「畫圖」，到乾隆五十六年還被他珍視、珍藏；詩中的時間，更寫得非常明確是「卅載」，無可置疑，確確鑿鑿是「三十年」，豈能以容妃死了「三年」來混淆視聽？

這個「呼之欲出」的人，有人說是「香妃」，我寧信其有，你認為呢？

國家圖書館出版品預行編目資料

埋香恨：乾隆皇帝與孝賢皇后、香妃／樸月著．
一初版．－臺北市：聯合文學，2021.4
608面；14.8×21公分．--（歷史讀物；PY006）

ISBN 978-986-323-377-0（平裝）

863.57　　110004572

歷史讀物 PY006

埋香恨：乾隆皇帝與孝賢皇后、香妃

作　　者／樸　月
發 行 人／張寶琴

總 編 輯／周昭翡
主　　編／蕭仁豪
資深編輯／尹蓓芳
編　　輯／林劭璜
封面繪圖／Hiroshi 寬
資深美編／戴榮芝
業務部總經理／李文吉
行銷企劃／林孟璇
發行專員／簡聖峰
財 務 部／趙玉瑩
韋秀英
人事行政組／李懷瑩
版權管理／蕭仁豪

法律顧問／理律法律事務所
陳長文律師、蔣大中律師

出 版 者／聯合文學出版社股份有限公司
地　　址／(110)臺北市基隆路一段178號10樓
電　　話／(02)27666759轉5107
傳　　真／(02)27567914
郵撥帳號／17623526 聯合文學出版社股份有限公司
登 記 證／行政院新聞局局版臺業字第6109號
網　　址／http://unitas.udngroup.com.tw
E-mail:unitas@udngroup.com.tw

印 刷 廠／沐春行銷創意有限公司
總 經 銷／聯合發行股份有限公司
地　　址／(231)新北市新店區寶橋路235巷6弄6號2樓
電　　話／(02)29178022

出版日期／2021年4月　初版
定　　價／450元

ISBN 978-986-323-377-0（平裝）